红核桃俩枣

李学庭剧作选

上册

李学庭 著

中国戏剧出版社
CHINA THEATRE PRESS

图书在版编目（CIP）数据

仨核桃俩枣 ：李学庭剧作选 ：上下册 / 李学庭著 .
— 北京 ：中国戏剧出版社，2021.10
ISBN 978-7-104-05126-8

Ⅰ．①仨… Ⅱ．①李… Ⅲ．①戏剧－剧本－作品集－
中国－当代 Ⅳ．①I230

中国版本图书馆 CIP 数据核字（2021）第 175387 号

仨核桃俩枣：李学庭剧作选（上下册）

责任编辑：赵宇欣
责任印制：冯志强

出版发行：中国戏剧出版社
出 版 人：樊国宾
社　　址：北京市西城区天宁寺前街 2 号国家音乐产业基地 L 座
邮　　编：100055
网　　址：www.theatrebook.cn
电　　话：010-63385980（总编室）
传　　真：010-63383910（发行部）

读者服务：010-63381560
邮购地址：北京市西城区天宁寺前街 2 号国家音乐产业基地 L 座

印　　刷：三河市兴国印务有限公司
开　　本：787mm×1092mm　1/16
印　　张：60.75
字　　数：860 千
版　　次：2021 年 10 月　北京第 1 版第 1 次印刷
书　　号：ISBN 978-7-104-05126-8
定　　价：398.00 元（上下册）

李学庭近照（鸟巢留影）

1968 年，李学庭
在黄河边采风

河南省剧作家采风团照片
前排：荆华、冀震东、接待人员、孟华、齐飞、李学庭（从左至右）
后排：接待人员、暴风（从左至右）

电视剧《白居易》剧照，李学庭饰演长安尹

洛阳春节晚会音乐剧《故乡情》现场照，李学庭饰还乡台胞

排演《九品巡检》，李学庭（右）和导演丁建英、音乐设计汤其河留影

李学庭（左二）与李金枝、王晓辉、陈淑敏合影（从左至右）

李学庭和著名豫剧音乐设计大师耿玉卿兄合影

李学庭与学者、教授叶鹏老师
在省文代会合影

李学庭（左）、王子厚与曲剧表演艺术家牛长鑫合影

李学庭（右）与河南曲剧大师马骐（左）、张秋兰（中）合影

在徐州研讨剧本，李学庭（左）与马金凤大师合影

登封嵩阳书院合影

前排：李紫贵、晏涌、郭汉成、李学庭（从左至右）

后排：接待人员、马也（从左至右）

李学庭在范园和著名作家李准合影

《金鸡引凤》剧组主要演员和著名剧作家吴祖光、著名评剧表演艺术家新凤霞夫妇合影

1980 年，李学庭和王子厚等陪著名作家李准赴伊川深入生活

李学庭和洛阳地区原文化局局长姜晋京看望著名作家姚雪垠

1984 年，李学庭在人民大会堂演出后和常香玉大师合影

李学庭和郭汉成老师留影于登封中岳庙

目录
Contents

序一　热血真情写人生

——李学庭剧作选《仨核桃俩枣》

◎姚金成

写下这个题目，好兄弟韩尔德对学庭兄的一个经典评价就从我心底里跳出来：“学庭老师是个热血男儿！”

这也是我评价学庭兄最想说的第一句话。

我和学庭兄是20世纪70年代认识的，算起来至今已经40多年了。那时我在汝州市——当时还叫临汝县剧目室，学庭兄在洛阳地区文化局，我们是上下级业务领导关系。20世纪80年代中期，我从上海戏剧学院进修结业后曾短暂地调入洛阳地区文化局艺术研究所，我们算是曾经“一个锅里搅过稀稠”。后来我调入河南省艺术研究院，离开了洛阳。其后虽然大部分时间我们不在一个城市，但毕竟都在河南剧坛，声气相闻，信息互通，时不时地还能见个面、聊个天，有新作出来，还能研讨座谈，切磋琢磨。看到亮点，不由得大声点赞；如有不满，自然也直言不讳。所以，这四十多年，我们可以说是一条路上同行相伴走过来的。看着学庭兄剧作选的目录，几乎每部戏我都觉得很亲切、很熟悉，都与一段岁月、一段记忆相关联。同时也不由得感慨，转眼之间几十个春秋过去，我们竟然都已无可逃避地过了古稀之年！虽然学庭兄有“冻龄”之福，年逾八十仍翩翩身姿不显老态，但毕竟总要面对造化之限，选集出书，实不可再拖。学庭兄命我写序，我自然不揣浅陋，乐于从命。

在我的印象中，20世纪80年代应该是学庭兄人生的一个火红年代。80年代初，以洛阳地区戏校首届毕业生组建起来的洛阳地区豫剧二团，以清新亮丽的形象出现在河南剧坛。在移植改编演出《孙成打酒》《泪洒相思地》两出古装戏之后，排演了学庭兄创作的大型现代风情喜剧《金鸡引凤》。该剧以改革开放初期河南农村生活为素材，以新时代农村男女青年之间的感情纠葛组织戏剧冲突，反映改革开放后农村的新风貌新气象。其饱满鲜活的人物形象，生动风趣的农村语言和令人捧腹的喜剧冲突，加上李金枝、陈淑敏等一批朝气蓬勃的青年明星演员惊艳亮相，真是引爆了剧场。从城市到乡村，连演上百场，场场爆满，好评如潮。1984 年 8 月，剧团由常香玉大师带队，应邀赴京演出《金鸡引凤》。北京观众反响强烈，售票处购票的观众排起了长龙。中央领导人观看后也对此戏大为赞扬。新华社发专稿《党中央领导同志盛赞豫剧现代戏〈金鸡引凤〉》。首都多家报刊发评介文章。北京电影制片厂、河南电视台先后将此剧搬上了电影银幕和电视荧屏。

《金鸡引凤》如此烈火烹油般地红火，而学庭兄当时不过四十多岁，是文化局艺术科科长，而且是剧团书记兼编剧！“春风得意马蹄疾，一日看尽长安花”，其风头无两，可想而知。

据我所知，当时地委宣传部领导对学庭兄非常器重，要提拔其担任文化局领导。然而，“木秀于林，风必摧之”，像所有这类故事一样，正在关节口上，有关他的虚虚实实的“负面信息”就莫名其妙地出来了。这对学庭兄无疑是个很特殊的考验。

他的“热血”性格此时的表现就是怒发冲冠，拍案而起！

结果可想而知，如此不冷静、不理智，缺乏隐忍谋略，怎么能当更高的领导？于是他合情合理地出局了。

在后来的岁月里，我们见面闲聊，常常会把他这个戏剧性的经历当作知人论世、自嘲自乐的话题，哈哈一笑，回味人生顿挫，感叹人性复杂，真是可气可叹又可乐呀。

塞翁失马焉知非福，这个挫折让学庭兄在后来的岁月中一心一意地写戏导戏，几十年下来，倒成就了他一个剧作家令人羡慕的成绩单。如果他当时有幸荣升，角色转换，人生期许难免游移，心难二用，还有没有这个成绩单恐怕就成了问题——即使有肯定也不会是这个样子了。

学庭兄的性情或许真的并不适合当更高的领导，但却真适合写戏、导戏。他的“热血”性格——直率诚恳，敏感多识而富于激情，加上对农村基层生活、农村各色人物的熟悉，以及驾驭语言的功力，还有多年剧团生活对观众和舞台的熟悉，都使他的剧本具备了一些很可贵的基本素质：有生活，有真情，动作性强，可演性强，不拖泥带水，人物形象有个性特点。只要大的故事结构拿住了，精神制高点抓准了，戏肯定不会太差，甚至可能会掘出金矿，搞出精品力作。《金鸡引凤》珠玉在前，就是明证。

可能是学庭兄见多识广，看过太多经典大作、眼光太高的缘故，所以他对自己非常钟爱而且用心血浇灌的作品一直非常低调和自谦。这从他为自己剧作选诙谐自嘲地命名为《仨核桃俩枣——李学庭剧作选》就可以看得出来。

其实枣与核桃虽非珍稀，但却都是百姓生活中不可或缺的高级营养之物。学庭兄自选的 23 个剧本，其中多数都已在舞台上排演，在戏迷观众中流传，有的还成了长期保留演出剧目，有好几部还获得了省级以至国家级的荣誉和奖项。这些剧目，无疑是自改革开放以来河南戏剧创作成就中不可或缺的组成部分。

学庭兄的剧作，大多数是现代戏，如《金鸡引凤》《试夫》《儿女情长》《娥眉女》《窦吉茂传奇》《清风明月》《俺娘俺妈》《天下父母》《尧山情》等。此外，也有新编历史剧、改编传统戏和新编神话剧，如《九品巡检》《清风亭上》《牡丹仙子》等。其中根据传统戏改编的《清风亭上》立足于人物命运的传奇故事和人伦情感，对贫与富、恩与仇、名与利进行了深入的人性开掘和浓墨重彩的强烈表现，成为豫剧表演艺术家李树建代表作“忠孝节义”四部曲之一，入选 2009 年国家舞台艺术十大精品工程。且久演不衰，省内外有二百五十余团都排演了此剧，在戏剧观众中广为流传。新编历史剧《九品巡检》（河南豫剧院二团演出）以清代苏州九品小官暴式昭为百姓请命、冒死肃贪的故事，塑造了一个封建官场最底层的廉吏形象。作为河南省纪委廉政文化项目，该剧由李树建、汪荃珍、李金枝等一众荣获梅花奖的表演艺术家联袂演绎，超强阵容，全省巡演，又被列为国家艺术精品剧目加工项目，堪称河南戏剧界的盛事。

但我更关注的是学庭兄的现代戏创作。学庭兄的现代戏创作不但量多，而且佳作也多。好多部都给我留下了很深的印象。有的已经过去 20 多年，依然记忆犹新。

九十年代初的豫剧《试夫》（原名《试用丈夫》，三门峡市豫剧团演出）反映改革开放初期，一个山村女性在命运的挫折经历和时代大潮的感召下，不屈服于丈夫的无理要求，宁可离婚，也不改变自己通过诚实劳动改变命运的努力，最终离开家乡养蜂致富，改变了自己的不幸命运，实现了人格的独立。塑造了一个真实的成长中的新时代女性的感人形象。该剧获文化部新剧目奖，成为文化部向全国推荐的优秀剧目之一。

豫剧《清风明月》（洛阳市豫剧院演出）的素材，取自现实生活中的一个真实案例。一场交通事故，使两户普通人家猝临大难，陷入了巨大的悲痛之中。在救赎赔偿过程中，又引发了一场宽容与怨恨、尚德与求财的冲突。主人公由于坚持善良待人而陷入命运困境。剧情悬念迭起，波澜多姿，观众在审美观赏的同时，紧随剧情起伏，进入了道德叩问和自省反思的境界。《清风明月》的故事来自时代生活，贴近世风人情，反映的是世道人心的浮动变迁与对善良宽恕人道精神的坚守，剧场观众感情随着剧情起伏跌宕而心驰神往。这是现实题材戏剧佳作才可能有的审美体验。该剧无疑是我们河南戏曲现代戏创作的一个重要收获。

中国是个家庭伦理文化传统非常深厚的国度。在新时代市场经济和工业化、城市化浪潮的冲击下，随着生产方式、生活方式的剧变，这一文化传统也在震荡和裂变中经受着空前严峻的考验。依我个人的印象，我们的戏剧创作并没有对这一变化给予应有的关注和表现。学庭兄的曲剧《天下父母》(汝州市第一曲剧团演出)在这方面做出了令人钦佩的努力。该剧主要是讲一户农民家庭，小儿子大学毕业在城市有了工作，娶了城市姑娘，在父母的全力帮助下在城市买了房安了家。村里老宅要拆迁改建，家里得到了一笔补偿款。这本来都是当下乡村振兴和城市化进程中的好事，但大儿子夫妇算计着房子的补偿款，却把老娘的生计和养老问题放在了一边。患病的老娘到城里小儿子家住，城里的媳妇看不起乡下来的婆婆，冷眼相待，上班就把内室锁上，含辛茹苦把儿子养大成人的亲娘却成了儿子家的外人。老娘身患绝症，不想给儿子增加负担，瞒着儿子回到了乡下孤零零的老窑洞……

该剧既有对世道人心的叩问与批判，更有对时代生活的文化反思与困惑，看后令人难忘，给人的是一种感喟万端、难以言说的困惑与思考。那是一种很复杂的审美感受，是一种真正的悲剧感。

这个戏观众反响非常强烈，已经成为汝州市第一曲剧团久演不衰的保留演出剧目，已成为省内外七十余个曲豫剧团的常演剧目。我认为《天下父母》在河南曲剧的现代戏剧目建设中，具有非同凡响的潜力和价值，如能抓住不放，从舞台艺术上进一步精益求精、打磨提高，完全有可能成为当代曲剧史上一部宝贵的新经典。

《尧山情》(河南豫剧院青年团演出)是学庭兄近年来的重要作品。该剧是根据海关总署派驻鲁山县瓦屋镇土桥村驻村第一书记王凯的真实事迹创作的。该剧塑造了一位扎根基层、无私奉献、带领群众脱贫致富的第一书记形象，展示了基层干部在脱贫攻坚中开拓创新、真情奉献的精神风貌。该剧经过数年演出，多次修改加工，现又改编为豫剧《情满合欢寨》，已在河南戏剧界脱颖而出，将代表河南省参加全国少数民族会演。相信这个戏一定会为河南戏剧界增光添彩。

学庭兄的作品题材从古到今，有历史题材，有现实题材，有喜剧，有悲剧，有正剧。其所有作品的共性，都鲜明地表现出了现实主义戏剧最根本的特征：对现实人生悲欢沉浮、美丑世相的关怀和思考——历史题材虽然披着古装的衣服，演绎着历史故事，但充盈的其实依然也是满满的现实人生关怀。他的剧作，就是他对现实人生的真情言说。因为他的“热血”——对艺术、对家国、对黎民苍生的一腔赤诚，他的剧作才具有了诸多能吸引人、感动人、启迪人的品质，才赢得了观众的喜爱，赢得了演出市场的成功。

我祝愿学庭兄不要辜负了八十不老之身，《仨核桃俩枣——李学庭剧作选》之后，不弃不离，继续笔耕，为我们戏曲事业、为我们广大观众结出更多的珍奇硕果！

2021 年 5 月 17 日　北京

（作者系河南省人民政府参事，著名剧作家，国家一级编剧）

序二

◎王子厚

学庭先生与我是相识交往40多年的挚友。我们二人同庚，他比我早来到这个世界上两个月，占据了兄位。

学庭兄祖居渑池，我家住偃师，既非同乡同学，又非同业同事，无亲无故，早年无任何交集，也无缘相识。1977年春，我从临汝县（今汝州市）调至洛阳地委宣传部工作，他在地区文化局艺术科上班，办公场所相距不远。我喜欢看戏，他主管戏曲，由此而结缘。交往多了，发现彼此不仅兴趣爱好相同，而且脾性相似，心气相投，对社会上的诸多事物现象看法相契，不知不觉成了无话不谈的知己之交。

上班时因忙于工作身不由己，我俩见面机会不太多。退休以后有了大量空闲时间和充分自由，我们经常见面聊天，一聊就是半天，内容海阔天空漫无边际，聊着聊着话题常常又转到戏曲上，自觉乐在其中。今年春节期间，因防控疫情大家都困守家中见不了面，只能电话聊天。一次通话时我向他提议，趁此时机把他几十年来创作的剧本收集整理出来，出版一本剧作选，算作多年心血的结晶。他回答：有此打算，已经着手。

一个多月之后，学庭兄电话告我，翻箱倒柜收集到自己创作及改编的大型戏曲剧本30多个、小戏剧本百余个，认真审读一遍，从中甄选了23个大戏剧本，文字稍作整理，打算暂出一集，其他以后再说。

6月初，学庭兄带剧本目录过来，一是要我写序，二是商议书名。关于写序，作为好友，我自然义不容辞，但自知分量不够，建议他请专家撰写主序，我附其后。

关于书名，他拟定为《仨核桃俩枣——李学庭剧作选》，做出的解释是：自己文化水平不高，创作的这些作品并非什么珍贵之物，只能算是还有点舞台价值的土产品，如核桃、枣之类的大路货。

学庭兄对自己作品的命名和为之诠释的一番话，既有自谦之意，也是真情实意。熟悉他的人都知道，他奉献给社会的这些被他称为“核桃”“枣”的“土特产品”，是多么来之不易。

据我所知，进入戏剧界并非学庭兄的初心。他上学期间成绩优异，参加文艺活动只是业余爱好。1958 年初中将毕业时，县领导决定从学校为剧团挑选几个学员，他被选中了。按照当时流行的“革命战士是块砖，哪里需要哪里搬”的要求，他必须服从安排，这样他就成了县剧团的学员，走上了献身戏剧事业之路。从 17 岁起，他先后经历了渑池剧团、县剧目组，洛阳地区文化局剧目组、艺术科、戏研室、剧团，洛阳市艺术研究所等多个工作岗位，从学员、演员、跑腿打杂到创作剧本、管理剧团、组织领导戏曲艺术研究，在各个岗位尽职尽责做好工作的同时，从学习和实践中不断汲取知识提高文化素养，靠着自己的天分、勤奋和坚持不懈的努力，投入大量的精力和心血，创作出一个又一个戏曲剧本，成为洛阳市至今唯一一位国家一级编剧、河南省戏剧界公认的优秀剧作家。

作为一名普通的戏剧爱好者，我没有能力从专业的角度评判学庭兄剧作的优劣与价值，只能从观众的视角来谈自己的一些感受和认识。

记得最早看学庭兄作品上演，是在 20 世纪 80 年代初。当时洛阳地区豫剧二团刚成立不久，这个以地区戏校首届毕业生为主体组建起来的新团，在试演《孙成打酒》《泪洒相思地》一小一大两个移植古装戏之后，排演的第三个剧目就是由学庭兄创作的大型现代戏《金鸡引凤》。该剧选取改革开放初期的农村生活为题材，以新时代农村男女青年之间的感情纠葛为内容，生动地反映了改革开放中农村的新风貌新气象。剧中鲜活的人物，感人的情节，生动的语言，接地气的唱词，深深打动了广大观众。从城市到农村，连演上百场，场场爆满，好评如潮。1984 年 8 月应邀赴京演出该剧，场场座无虚席，售票处买票队伍排成长龙。当时新华社曾发专稿《党中央领导同志盛赞豫剧现代戏〈金鸡引凤〉》。首都多家报纸刊发评介文章给予高度评价；河南电视台、北京电影制片厂先后将此剧搬上了电视荧屏和电影银幕。此后在我看过的学庭兄创作的戏中，由中国戏协副主席、河南省戏剧家协会主席、豫剧院院长李树建主演的古装传统剧《清风亭上》、河南豫剧院众多名角参演的新编历史剧《九品巡检》、河南省豫剧院青年团演出的扶贫题材现代剧《尧山情》、洛阳豫剧院二团排演的大型现代剧《清风明月》和汝州市曲剧团排演的大型现代戏《天下父母》等诸多剧目，均得到戏曲观众和众多专家肯定，并获各种奖项，不少在省内及全国巡演，成为许多剧团久演不衰的保留剧目。

学庭兄的许多剧作能够得到官方、专家和观众一致好评，既叫好又叫座，我觉得很重要的一条是因为他心中有正气，眼里有观众，作品做到了思想性和艺术性的高度统一。这里所说的思想性，是指他的作品所颂扬的人物品格精神，既符合中华传统文化优秀品德的标准，又符合社会主义核心价值观的要求，是当今社会弘扬正气应当肯定和发扬光大的。而艺术性，除了人物的鲜活与剧情的合理和吸引人之外，学庭兄作品的最大特色是接地气。他大部分剧作的主角都是身处社会底层的草根人物，剧中人物的对白和唱词也大都是具有河南地方特色的通俗质朴的群众语言，是观众熟悉的听得懂、听得惯、听起来亲切舒服的大白话，因此在演出中观众常常报以由衷的笑声和掌声。

阅读《仨核桃俩枣——李学庭剧作选》的目录，还有一个意想不到的发现：其中多数作品是学庭兄退休后创作的，23 个剧本中，2001 年退休后的作品 15 个，占三分之二之多。发现伊始，有点不解；继而细想，明白了。退休之前，他先后被安排到多个岗位，或跑腿打杂，或应景支差，或管理服务，多数时间是忙忙碌碌“为他人作嫁衣裳”，无法分身投入更多时间用于创作；退休以后，有充分的时间自己支配，自然作品就多。不过，在他看来，“为他人作嫁衣裳”也是分内事，同样是为社会做贡献，所以，他总会桩桩件件尽心尽力认真负责地去做好。据我所知，创作之外至少还有三件事他做得很出色。第一件是在 20 世纪 70 年代末，古装戏尚未完全开禁之时，他就积极向领导建言，尽快恢复排演著名曲剧表演艺术家马骐主演的古装传统名剧《寇准背靴》，获准后，他数次赴郑州邀请著名剧作家、导演杨兰春来洛阳导演此剧。经过精心改编、名家导演的《寇准背靴》恢复演出后引起轰动，中央电台、河南电台、河南电视台闻讯赶来录音、录像，河南电影制片厂为其拍摄了戏曲电影。1982 年进京演出，受到高度评价，表演艺术家马骐获得了“活寇准”的美誉。第二件是 20 世纪 80 年代初，以洛阳地区戏校首届毕业生为主体的地区豫剧二团成立不久，他奉命到二团挂职任书记，把剧团工作的重心放在出精品、出人才上，对青年演员高标准，严要求，精心培养出一批优秀演员，如今已闻名全国的李树建、李金枝、陈淑敏三位国家级演员、梅花奖获得者均曾得到他的许多帮助和支持，一直尊称其为“恩师”。第三件是 20 世纪 90 年代，洛阳电视台连续十多年的春节文艺晚会节目，均聘请学庭兄担任总撰稿，为此他付出了大量心血，多次在全省同类节目中获奖。

学庭兄退休以后作品多产，也跟他的名声有关。一是他的剧作水平得到社会公认；二是他为人豪爽，有人求助很少拒绝；三是他淡泊名利，不计报酬。所以，找上门来请他写剧本者甚多。由省纪委安排的反腐倡廉题材大型古装历史剧《九品巡检》、由鲁山县委县政府命题的扶贫题材的大型现代戏《尧山情》，就是由演出单位河南豫剧院出面邀请学庭兄创作的。2018 年，孟津县一个民营剧团为参加全省会演，请他为其量身创作一个剧本，排演后赴省参加民营剧团会演获得银奖，考虑到民营剧团生存不易，他坚持不要报酬，以作品参与扶贫工作。至于逢年过节或者平时举办各种活动排演节目需要，常有单位找他编排小戏、小品之类，他大都来者不拒，无不尽力而为。

学庭兄虽已年近八旬，但依然体格康健，思维敏捷，精力充沛，忙碌如常，毫无老人之态。我提醒他，年纪不饶人，要学会拒绝，减少工作量，不可过于劳累。他的回复是：咱们能够健健康康活到这个岁数，在同代人中已是幸运者；活着总还应该尽力干点事，咱就这点能耐，人家找上门来，咱把人家推出去说“不”，也实在说不出口。所以至今他仍然闲不下来。以他此等胸怀和精神状态，相信在今后的日子里他的笔下一定还会撰写出新的精品佳作来。

祝愿学庭兄艺术之树长青，期待剧作选第二集的问世！

（作者系原洛阳市委宣传部副部长、原洛阳日报社社长、总编）

开诚布公（自序）

在戏曲艺术创作的圈子里，从1958年年底算起，已搅和了五六十年，想着应当有个回望与小结，要不也对自己太没信心了。

在能找到的剧稿中，整理出了这23个本子，占我所有创作改编的大型剧本的近三分之二。

丑媳妇不必怕见公婆，就这个水平，不见也不会让人想象你会多美多漂亮。

这二十多个本子大多创作在改革开放之后。那时我在原洛阳地区文化局艺术科工作，职责就是抓戏曲艺术的创作和演出。也许是渐渐开窍了，也许是对自己前期生活的积累及创作上反复失败后的煎熬思考的回报，1982年，豫剧现代戏《金鸡引凤》的意外成功，让我拾回了信心，重新握紧了就要放弃的戏剧创作这支笔。

1958年我在渑池一中三年级读书，是校文艺宣传队的活跃分子，又唱又说又写。就因此，在县委宣传部领导为加强和提升“大跃进”中县剧团的文化素质，决定从学校挑选几个有文艺潜能的学生到剧团时，我便成为从高中到初中被选中的四个同学之一。

按文化水平，一个初中尚未毕业的学生，是没有条件从事专业的戏曲创作的。但处于“大跃进”的时代背景下，一切都是“敢想敢干”，而且组织一旦决定，只有全力执行，不可讨价还价。

就这样，从1958年到20世纪80年代初改革开放的全面展开，我一直在县剧团、县宣传队配合中心搞创作。那水平可想而知，虽然大戏小戏也时有上演，但不仅是速朽的，而且也实难称其为作品。好在县剧团常年在农村山乡演出，才使我这个充数的滥竽，在羞愧和煎熬中，还一直吃着这碗饭。

就我本人而言，所以以后还能有几个有点舞台生命力的作品，自认为应该是这几个原因：

一是坚守，没有因难而逃避。

20 世纪 80 年代初，我已在原洛阳地区文化局艺术科工作了，应当说干得风生水起，颇有成绩。从头至尾组织参与了曲剧《背靴访帅》（舞台剧《寇准背靴》）的电影改编复排拍摄工作；豫剧电影《三全其美》（舞台剧《金鸡引凤》）的舞台剧创作导演和电影拍摄工作；配合组织为如今依然享誉舞台的一批优秀戏曲演员，如李树建、李金枝、陈淑敏、王凯歌等的成长做了自己应该做的工作，使那时的洛阳地区戏曲艺术从创作到演出，始终处在河南全省戏曲艺术工作的前列。因此地委宣传部领导曾要把我从科长提为副局长，幸亏最终没有入选，让我依然坚持了写剧本这个虽呕心沥血但决不后悔的工作。

二是近二十年的剧团生活，使我对舞台很熟悉。

因为长期的剧团生活，使我对舞台表演和观众之间的“化学反应”很敏感，熟悉戏曲观众的审美需求，也熟悉我服务的演员表演上的优长。我的剧本大都是针对演员而创作，因此舞台演出效果一般都还可以。

三是我这个人爱激动，不乏激情和真情。

我所创作的剧本都是有感有悟而发。我遵循剧本首先要感动自己，才有可能感动观众的道理。不管是传统剧、历史剧、现代戏，只要缺乏真情与激情，道理再对再深，在舞台上都会是苍白无彩的。

我清楚地认知自己，因为学没上好，知识少而浅，加上理论上的欠缺，对生活的认识不可能深刻，所写剧本很难谈到文采、高度。一些作品之所以还一直活跃在舞台上，多半是因为演员优秀。

老百姓说：地没赖地，戏没赖戏，地看谁种，戏看谁唱。我很幸运在从事戏剧创作中，能与一批有才华的演员合作，是他们成就了我的作品。

所选的这二十多个作品，充其量算一簇带着青草味的野花吧！

集子中的现代戏，大都创作在改革开放以后。这些作品在一定程度上反映了那个时代的生活与人物风貌，但同时也明显带着个人认识上的局限！

我所以敢不揣浅陋地选了它们，厚颜地让它们堂而皇之变为面呈大家的文字，是觉得小狗汪汪，也是一种声音，虽然浅薄，但也会有些认识价值的。

所以书名曰《仨核桃俩枣——李学庭剧作选》，河南话的意思就是分量不重，不算啥。虽然没分量，但毕竟核桃枣都是有益之物，不可轻易抛弃呀。

胆子大也是我的优点之一。

就这么选了、集了，不怕博诸君一笑！

【现代豫剧】

金鸡引凤

编剧　李学庭

人物表

金　萍	二十二三岁	金鸡岭女青年
长　江	二十四五岁	金鸡岭男青年
爱　景	二十岁	金鸡岭女青年
山　虎	二十三四岁	金鸡岭男青年
金萍妈	六十岁	社员
肖朱阁	五十多岁	金鸡岭队长（爱景和长江的父亲）
刘　军	二十六岁	凤凰台苹果技术员（金萍的恋人）
君　梅	二十来岁	刘军的妹妹
刘军娘	五十来岁	凤凰台社员

男女青年若干

第一场

【20 世纪 80 年代的春天。

【豫西金鸡岭，苹果园内。

【堰上几株杏花似火，园内苹果枝条吐绿，风和日丽，春意盎然。

【幕启：刘军正在教金萍给果树喷洒农药。右侧幕后传来肖朱阁呼叫刘技术员的声音，刘军急走欲躲，被金萍拉住。

金　萍　刘军，你咋啦？

刘　军　让你二叔撞见咱俩在一起……不好！

金　萍　看把你吓的，我还以为老虎来了呢！

刘　军　我……

金　萍　你呀！咋没一点胆哩！

（唱）说你像大姑娘可真没说错，
你那脸皮比纸还要薄。
二十五六的大小伙，
胆量比芝麻大不多。

刘　军　（唱）俺自小脸嫩性子懦，
上学时就怕和女生坐同桌。
俺来你村为工作，
不是来把媳妇说。
咱的事儿不慎传出去，
那可是羞得没法活。

金　萍　（唱）论干活你一个顶两个，
种苹果就数你的办法多。
咋就养了个奶奶性，
生就的材料你怕——老婆！

刘　军　（唱）纸里终究难包火，
咱的事迟早要对外人说。
眼下千万要保密，
等我回凤凰台哪怕你去广播。

金　萍　对不起，我已经对人说啦！

刘　军　（紧张）说了！跟谁？

金　萍　俺妈。

刘　军　你……咋跟你妈说哩？

金　萍　别怕！我没说你的名，只说咱俩定了，你同意到俺家落户。俺妈一听就哭啦！

刘　军　她不同意？

金　萍　高兴哭啦！俺妈说你心肠好，急着想见见人哩。

刘　军　这可不行！这事儿还没有跟俺妈说哩，不知道她老人家是啥态度哩……

金　萍　这叫倒插门……我真担心你妈不同意。

刘　军　谁知道，反正我妈可厉害啦！

金　萍　怪不得哩，一辈刚强一辈弱。

刘　军　那我妹妹咋也恁厉害哩？

金　萍　哟，你家还有个厉害的？

刘　军　俺妈都得听俺妹的！

金　萍　……咱这事儿怕是凶多吉少！

【肖朱阁内喊“刘军——”

金　萍　　我先走，在杏花园等你！（下）

　　　　　【肖朱阁从另一侧上，

肖朱阁　　（见刘军忙向身后）爱景，快些！

　　　　　【爱景端茶缸上。

爱　景　　给！

肖朱阁　　咦？看憨不憨！给你刘军哥端去嘛！

爱　景　　（端给刘军）刘技术员，给，鸡蛋茶，喝吧！

刘　军　　（不明白）这……这是给我？

肖朱阁　　军，你妹子端哩，还不明白呀！

　　　　　（唱）春天日长肚易饥，
　　　　　　　你妹子爱景膺记你。
　　　　　　　特意打的荷包蛋，
　　　　　　　给你送来补补虚。
　　　　　　　哎哎——还热哩！

　　　　　【刘军推辞不接。

刘　军　　我不饿！

肖朱阁　　（唱）仨俩鸡蛋算个啥，
　　　　　　　你得收下这情意。
　　　　　　　你要推辞不喝了，
　　　　　　　俺爱景肯定不会依！
　　　　　　　哎哎——别客气！

刘　军　　（唱）感谢队长深情意，
　　　　　　　可惜实在肚不饥。
　　　　　　　爱景同志麻烦你端回去，
　　　　　　　鸡蛋钱仍然算我的。

　　　　　【掏钱。

肖朱阁　（生气）够句话钱不够！太小看人了！

刘　军　不能造成浪费……

肖朱阁　浪费俩鸡蛋算啥，关键是你妹子这份情意！

刘　军　那……谢谢爱景……妹妹了……

【山虎叫着刘军跑上。

山　虎　刘军，我下山拉东西，把你要的土壤化验结果拿回来啦！

刘　军　（接化验报告）太好啦，谢谢你，山虎！

山　虎　谢啥哩，你还不是为俺金鸡岭。

【刘军到一边看化验报告。

【山虎见爱景欲上前说话，爱景急示意老爹在，山虎这才发现冷脸的队长。

山　虎　队长也在啊？

肖朱阁　嗯！

山　虎　（讨好地）队长，抽烟！

（肖接烟，山虎忙又给点上火）

队长，拖拉机明天还进城哩，你有事没有？

肖朱阁　没事。

【山虎趁队长不注意，欲将一条红纱巾塞给爱景，肖看在眼里。

肖朱阁　（不满地咳一声）哼哼！

山　虎　（忙藏起纱巾）队长，你真没啥事？

肖朱阁　淡话！没事！

山　虎　那你忙……你忙，我先走啦！

【山虎下，爱景欲随山虎下。

肖朱阁　爱景！回来！

爱　景　（不乐意地回身）我有事儿！

肖朱阁　你有啥事？

爱　景　　学开拖拉机。

肖朱阁　　你咋不去学开飞机哩！你咋没有一点心眼哩！

【刘军高兴地站起来。

刘　军　　太好了！队长！

（唱）金鸡岭果然是天然园艺场，

各方面都适宜苹果生长。

棕钙土酸碱度正好适当，

落叶积腐殖质大量蕴藏。

论气温白昼热夜晚骤降，

论日照海拔高自然延长。

到将来结苹果营养丰富，

味道鲜美好存耐放，

一定会受欢迎远销四方！

肖朱阁　　好！

（唱）辈辈人守金鸡只是空望，

都说是金鸡被盗无了宝藏。

想不到今日里金鸡要唱，

这多亏你为俺操心帮忙。

（白）刘军，你要为俺金鸡岭立大功哩呀！

刘　军　　队长，没五六年努力可不行啊！

肖朱阁　　出力不怕，就缺你这样的技术员！

刘　军　　只要有用，我听队长安排。

肖朱阁　　好！等的就是这句话！咱签个合同，我给你抽成！

刘　军　　不，我只是锻炼自己。

肖朱阁　　刘军，老叔有句心里话，早想给你说，干脆在俺村说个媳妇，落户算啦！

刘　军　（惊觉）队长！这……这……你可别听他们瞎说呀……

肖朱阁　瞎说？他们咋说？

刘　军　他们……队长……以后再说吧！（急下）

肖朱阁　小伙子动心思啦，好！

爱　景　爹，鸡蛋茶都凉啦！

肖朱阁　端过来我喝！（接茶喝下）

爱　景　本来就是你的，你非让端给人家刘军干啥！

肖朱阁　你看，茶还是我自己喝了，可人情也落啦！

爱　景　就你会算计！

肖朱阁　你爹是谁？我能前看三十年，后望它三十年！今后种地过日子，光靠出死力，那不行了！得靠文化、科学、技术，得靠刘军这号人才中哩，妮！

（唱）这刘军为人忠厚技术高，
百里挑一人品好。
生就的招财进宝料，
打着灯笼也难找。
金鸡岭要办园艺场，
靠他为咱把钱捞。
哪个姑娘有眼力，
快把这个女婿挑！

爱　景　（唱）人家为咱村出力真不小，
一心一意把技术教。
咱村的姑娘这么多，
爹就该从中搭鹊桥。

爹，没事我走啦。

肖朱阁　爱景过来！你也不小了，往后办事学能点，没事不会给刘技术员洗洗衣服呀啥的？

爱　景　洗衣服的事，团小组有安排。

肖朱阁　那你可以和他多谈谈……啊！

爱　景　谈啥？

肖朱阁　谈……谈啥还得爹给你说！你不用给我打哑谜！我明确给你说，以后不许和山虎拉拉扯扯哩！

爱　景　我看山虎挺能干的！

肖朱阁　他会啥？啥本事也没有！

爱　景　开拖拉机也是技术！

肖朱阁　那是小技术！你这实心疙瘩闺女，爹给你说透吧，你只准跟刘军谈！

爱　景　谈技术？

肖朱阁　谈恋爱！

爱　景　咦！爹！

【爱景羞跑下差点撞上走来的长江。

肖朱阁　长江，蜂箱做啥样啦？

长　江　快啦。

肖朱阁　你大娘家那水？

长　江　担了。

肖朱阁　柴火？

长　江　送去了。

肖朱阁　记住，往后你大娘家的活你得包了！

长　江　我知道，爹。

肖朱阁　忙你的去吧！

【长江下。

肖朱阁　（暗自得意）俺长江一过继，爱景和刘军的事再一成，我肖朱阁的大功可就告成了！

【**美滋滋踱步下。**

【**眼不好的金萍妈拄着拐杖，摸索上。**

（唱）青青的山蓝蓝的水，
　　山水对我笑微微。
　　虽说我眼睛不好上年岁，
　　明朗朗的春阳耀双眉。
　　昨夜晚我一夜难入睡，
　　梦中笑醒好几回。
　　原只说命苦苦一辈，
　　谁料想老来福降临。
　　金萍说女婿心好人聪慧，
　　愿到俺家倒插门。
　　又是女婿又是儿，
　　这可是亲上又加亲。
　　在家咋也坐不稳，
　　拄着拐杖果园奔。
　　尽管闺女让保密，
　　也不能瞒着一家人。
　　金萍今年二十三，
　　在早先孩子该有一大群。
　　事情不能再耽搁，
　　早点办了早放心。
　　来找他叔拿主意，
　　她叔同意就结婚。

【**长江夹木板上，见大娘，忙搀扶。**

长　江　大娘，你咋摸岭上啦？

金萍妈　是长江啊，快找你爹，我有急事！

长　江　（扶大娘坐下）你眼不好，别乱动，我叫我爹。（向远方）爹——

【肖朱阁内应。

长　江　我大娘有急事找你！

【肖内：过去啦！

长　江　大娘，我爹马上就来，我做蜂箱去啦。

金萍妈　忙你的去吧。

【长江下，肖朱阁上。

肖朱阁　嫂子，你咋摸岭上来啦？

金萍妈　我有急事！

肖朱阁　急事？

金萍妈　她二叔！

（唱）昨天金萍透口信，

孩子自由订了婚。

男方的人品相貌都般配，

看来闺女很称心！

肖朱阁　好！准备啥时候出门呀？

金萍妈　（唱）女婿看我孤单心不忍，

怕我老了少温存。

情愿到咱家来落户，

肖朱阁　（大出意外）你说啥？

金萍妈　（唱）做一个养老女婿倒插门。

肖朱阁　（讥讽地）哎呀，不错呀！

金萍妈　（唱）儿女愿把孝心尽，

也免得母女两离分。

该我老来交好运，
省得以后累赘人。

肖朱阁 糊涂！
（唱）遇事你要多思忖，
可不能跟上金萍瞎胡云。
好男不当养老婿，
对那人你可摸底根？

金萍妈 （唱）金萍说人家高中毕业有技术，
是个和善忠厚人。
他们常常在一起，
相互之间早有心。

肖朱阁 （唱）金萍就在咱身边，
咱村哪有这个人？
听景总比看景好，
我的嫂嫂呀，
可不能见了棒槌就纫针！
招亲不是啥好事，
日后免不了惹是非。
金鸡岭百户都姓肖，
外姓人咋能存住身。
我大哥如若还在世，
也不会同意倒结亲。
放着排场不排场，
我的嫂嫂，
你还想创造啥新闻！

金萍妈 金萍说……

肖朱阁 （唱）金萍年轻心太嫩，
她怎知其中水浅深。
倘若遇上个大骗子，
后悔药天下哪里寻？
到时候人财两空脸丢尽，
苦药可得你一人吞！

金萍妈 （唱）我身子不好是拖累，
日后叫我靠何人？

肖朱阁 嫂子，我啥都为你想好了！
（唱）常言说一拃没有四指近，
外姓人不如咱一家亲。
你我本是叔嫂俩，
打断骨头连着筋。
前几年你侄年少难上阵，
日子过得也太贫。
可现在五大三粗长成材，
一个更比一个勤。
个个都是你的亲生子，
我立下字约过继人。
长江是我的摇钱树，
叫他膝前侍奉您。
活着把你来孝敬，
百年后手捧花圈送进坟。
趁早打消招婿念，
说到天边我也不应允。
谁叫咱一个肖字一家人，

我活该操心！

金萍妈 （伤心无奈）……

（唱）来时高兴满身劲，

如今好似大雨淋。

一场好事难如愿，

还恐怕伤了俺闺女的心！

肖朱阁 你也没想想，人家那头能没老哩，咋能光为自己想哩？！

金萍妈 她二叔……你别说啦……我全明白了……

肖朱阁 你本来就不是糊涂人！

金萍妈 ……那我回去啦。

肖朱阁 别动！（向内）长江——长江——

【长江应着跑上。

长　江 爹，啥事？

肖朱阁 把你大娘背回去！

长　江 好！大娘，来吧！

【长江背起大娘。

肖朱阁 （无限得意）嫂子咋样？软席卧铺！

（切光）

《金鸡引凤》剧照

第二场

【前场数日后。

【凤凰台刘军家。

【宽敞洁净的农家院落，正中是刘军的住室，窗子紧闭。

【刘军娘从后院提蜜桶上，桶放在石桌上，手蘸蜂蜜尝了一口，直甜到心窝里。

刘军娘 （唱）我老婆子一辈子性刚强，
生就一副直心肠。
老头子没福命早丧，
俺这个家，
全凭我妇道人家扛大梁。
我会使牲口会犁地，
会赶大车会扬场。
敢同男人比高下，
凤凰台谁不知道刘军娘！
这几年政府的政策好，
俺又有钱来又有粮。
一个儿子一个女，
小日子过得赛蜜糖。
气只气俺那丢人的儿，
办事尽惹我心伤。
金鸡岭请他去当技术员，
迷上一个山姑娘。

老娘的死活全不想，
一心去做上门郎。
他只说岳母孤单无人怜，
偏偏忘了他亲娘。
自从他把这事讲，
气得我火冒三丈烧上房。
指着他鼻子高声骂，
骂得他再也不敢把口张。
老娘主意已拿稳，
口信捎给了那姑娘：
俺孩子任凭打光棍，
也不去给别人把儿当。

你们说气人不气人？老娘怀里揣着，口里衔着，养了他二十多年，容易不容易？刚去了两天，心可让那闺女给捣转啦！一辈子没见过媳妇？她是九天仙女？气得我呀，早上饭都没吃好，蒸馍才吃了仨。肚子有点饿了，吃！我给谁省哩？谁知道心疼我？！

【刘军娘气冲冲进厨房捧一竹篮红薯，抱在怀里吃着上。

【君梅哼着歌打锄归来。

君　梅　妈？

【刘军娘看一眼女儿，不吭声只管吃。

君　梅　哟，这是咋啦？

刘军娘　不过啦，给谁省哩！吃！

君　梅　吃哩啥？

刘军娘　红薯！

君　梅　（忍不住大笑）好，我哩妈呀！不过了就吃红薯？行！我这就下到窖里，拾它个十来担，你可着劲儿吃！

刘军娘　你婆子那脚！想撑死我？

君　梅　哎哎，俺婆子你连面都没见过，你咋骂俺婆子哩？

刘军娘　咦——！又一个没良心羔！八字还没一撇哩，可护住她婆子啦！

君　梅　妈！（抱住妈亲昵）我是跟妈闹着玩哩。

刘军娘　没大没小，谁家闺女兴跟她妈闹着玩！

君　梅　他们不兴，咱家兴。都知道咱娘俩整五百！

刘军娘　啥意思？

君　梅　俩二百五嘛！哈哈哈……

刘军娘　打嘴！（忽想起）哎，你去锄地哩，咋恁早可回来啦？

君　梅　妈，不提啦，生气！

刘军娘　咋啦？

君　梅　你不知道，不到半晌午呀，那娶媳妇嫁闺女的，就从咱地边过去四五群！

刘军娘　春暖花开“好儿”多嘛。

君　梅　你是没见，那新娘子一个比一个傲气，好像别人都没对象似的，真气人！

刘军娘　看生这气弄啥哩？你就当没看见不妥啦？

君　梅　明明看见了嘛。妈，你说我那事啥时候办？

刘君娘　咦——脸皮比城墙都厚！想出嫁哩？到现在你那女婿是黄头发、黑头发我都没见过，可想办事哩？没门儿！

君　梅　想见面，一个电话人就到，保你满意！

刘军娘　一边待着去，现在说啥也不行。你哥快把我气死啦！

君　梅　有啥气好生的，他想倒插门，你放他走不就对啦？

刘军娘　胡说！我已托人给那闺女捎去信啦，她来，咱欢迎；不来，算没这回事！

君　梅　那我哥会答应？

刘军娘　他跟我怄气哩！几顿饭都没吃啦！饿坏了他，还是我的罪呀！他爹呀，你走得太早了呀！

【放声哭闹。

君　梅　（厉声喝止）哭啥哩哭！外人听见是弄啥哩？！

刘军娘　（忙赔笑脸）闺女，你去劝你哥赖好吃点饭！

君　梅　俺哥倔是倔，你闺女我说他就得听！

刘军娘　妈信！俺闺女一开口，哪个男人的耳根都得软！

君　梅　妈，你去歇着吧，我立马就让俺哥吃饭！

刘军娘　好！那妈收拾蜂去啦！（下）

【君梅进房将刘军拉出。

君　梅　哥！快捂出毛啦！出来晾晾吧！

【笑着进厨房。

刘　军　（唱）金萍送我返还乡，
十里话别情意长。
盼望回来传喜讯，
谁知让人透心凉。
妈妈她怒火三千丈，
骂我是只白眼狼。
准备好的道理无法讲，
委屈的泪水憋满腔。
妈把我养大是不易，
我硬要上山她心伤。
金萍她日夜将我盼望，
她的妈眼不好更需人帮。

俺亲手勘查的园艺场，
技术上靠我扛大梁。
走也愁留也愁头昏脑涨，
满腹的心事无人相商。
好事多磨忌莽撞，
如何能两全其美都欢畅。

【**君梅端饭出。**

君　梅　哥，先吃饭。

刘　军　（接住放一边）真吃不下去！

君　梅　看那小肚鸡肠！再大的事也得吃了饭说！

刘　军　唉！（摇头）

君　梅　咦！我就烦听这一声！哥，把心事说出来，老妹子给你参谋参谋。

刘　军　（心里一亮）对！好妹妹！这事还就得你帮忙！

君　梅　二百五爱听两响炮，说吧哥！

刘　军　好妹妹！

（唱）她的家只有一老娘，
里外靠她一人忙。
她若来把咱门进，
多病的老娘无人帮。
因此哥才做主张，
情愿落户到山乡。
谁知咱妈不答应，
态度硬得像块钢。
我的好妹妹，
你思想进步见识广，

快想法帮帮哥的忙。

君　梅　没门儿！这事咱管不了！

刘　军　好妹妹！你咋拿大堂哩！

君　梅　听听，一句一个“她”，说了半天，连个名字都不知道，不信任咱嘛！（佯走）

刘　军　（忙拦）哎……好妹妹，哥给你敬礼鞠躬赔不是！她叫肖金萍！

君　梅　肖金萍啊？我认识呀！

刘　军　你认识？

君　梅　俺在一起开过几天妇代会。此人说话办事柔中有刚，有点本事！哥，有眼力，给我找了个好嫂子！

刘　军　咱妈坚决不同意咋办？

君　梅　这还不好办？把金萍她母女一块接到凤凰台来，啥事不都解决了？

刘　军　哎呀！不行！一来老人离不开生活一辈子的地方，二来金鸡岭等我去开办苹果园艺场哩！

君　梅　还有一个苹果园艺场？

刘　军　不是是啥？这几天我做梦都梦见新嫁接那批果树有了问题！还有金萍……

【难过得流泪。

刘　军　你要一结婚出门了，娘以后咋办？愁死我了！

君　梅　哥……你吃饭让我想想……

刘　军　……咋办哩呀！（端饭进房）

君　梅　（唱）我的哥金鸡岭找到了爱，

搞园艺山区又急需人才。

爱情和事业将他等待，

进山区体现他高尚情怀。

君梅我帮助他责无旁贷，
应成全他并蒂莲早日盛开。
如何让妈妈把旧观念改，
还需要动心机巧妙安排。
哥哥他有志气敢把大步迈，
君梅我倾力支持完全应该。
金鸡凤凰串着飞，
两池荷花交换栽。
君梅要把阵势摆，
恭请老娘自下台。

【刘军端水出房给君梅。

君　梅　（推水）哥，金鸡岭有个叫肖江的人你可认识？

刘　军　肖江？有个肖长江！

君　梅　就是他！哥，我有个主意，能不能成还定不了，不过，为了你，老妹子这次可是豁出去了！

刘　军　你咋豁出去哩？

君　梅　从现在起，我好比元帅升帐，你的一切行动必须听我指挥！

刘　军　好好好！听你指挥！

君　梅　饭吃了吗？

刘　军　我……

君　梅　违令者斩！

刘　军　好好，我吃，我吃！（急进房）

君　梅　不是君梅吹牛皮，看我如何巧布局！（冲内）妈——妈！

刘军娘　（匆上）叫啥哩？

君　梅　你瞧俺哥，他现在饭也吃了，正在屋里反省呢！

刘军娘　（往房里一看）好！俺闺女这本事，当个县长都是好材料！说吧，想吃啥妈去给你做！

君 梅 啥也不想吃。你闺女说话都二十多啦，还不该给你闺女准备嫁妆啊？

刘军娘 中！今天呀喷一回！尽着闺女要！

君 梅 好！

刘军娘 哎！（拉住君梅）先说好，可不能超过存折上那数！

君 梅 超不过！

刘军娘 那就说吧！

君 梅 妈！

（唱）妈妈稳坐椅子上，
听女儿一件一件要嫁妆。

刘军娘 （唱）闺女要啥尽管讲，
现如今不是过去那时光，
我的好闺女你快开腔。

君 梅 （唱）彩色电视要一个，
最好是进口要原装。
全部家具要现做，
一律设计新式样。
席梦思床要名牌，
一米八宽两米长。
大小沙发要一套，
再做排书柜把书藏。

刘军娘 （唱）我以为闺女要多少，
这几样东西也平常。

君 梅 （唱）说平常也不平常，
家具做工有名堂。

一律做成捷克式，
拉克油漆放柔光。
颜色高雅不俗套，
玫瑰浅红微带黄。
沙发不要简易的，
高级布艺非弹簧。
家具红松水曲柳，
椴木楸木作脚框。
再要一辆摩托车，
总不能让女儿，
扑嚓扑嚓走出庄，
几十里地用脚量！

刘军娘 （唱）要这些东西不况外，
你妈全部都承当。
明天就去请木匠，
精工细做干一场！

君　梅 （唱）妈呀妈你到哪去请木匠？

刘军娘 （唱）鲁班寨去请大老王。
人送外号赛鲁班，
方圆百里数他强。

君　梅 （唱）几百年的老圪棒，
老手艺外加老眼光。
做那床头像棺材，
那柜子就像村头土地堂。
现在是 80 年代电子化，
讲究时髦和漂亮。

要是请不来好木匠，
女儿就不做嫁妆。

刘军娘 这大老王不行？

君　梅 南北两极差得远！

刘军娘 这除了北京、上海，哪有恁好的木匠？

君　梅 妈，我有一个老同学！

刘军娘 老同学？

君　梅 是个好木匠！

刘军娘 手艺儿有恁好？

君　梅 当然不寻常！

刘军娘 你能请他来？

君　梅 只要去一趟。

刘军娘 那你抓紧去！

君　梅 误不了做嫁妆！说走我就走！（欲走）

刘军娘 （笑）脾气真像娘。

君　梅 要不整五百？

刘军娘 总比那四百强！

（切光）

第三场

【前场数日后。

【金鸡岭千亩园艺场果园里。

【幕启：金萍在果园的一角锄草。

金　萍　（心事重重，愁绪万千）

（唱）冷风雨吹向金鸡岭，

凄凄风雨刺心疼。

二叔他软硬兼施心不正，

凤凰台托人捎信更绝情。

说什么我若下山就欢迎，

我不下山就吹灯。

刘军态度无音讯，

心头迷茫雾千重。

和刘军心心相印将情定，

为的是爱山育山志赤诚。

青山做证证尚在，

难道说一树好花要凋零。

耐着心我再把信儿等，

度日如年心不宁。

【山虎哼着自编的歌词上。

山　虎　“再过二十年，我们来相会，眼也花耳也背，皱纹一大堆，还是没有老丈人！”

【爱景追上。

爱　景　山虎，你瞎唱啥哩！我爹就烦你流里流气哩！

山　虎　改！改！改！以后保证改！

爱　景　还有件事，我爹可是硬逼我去找刘军谈哩！

山　虎　他刘军有啥了不起？不就比我多上两天学吗？我找他去！

爱　景　（拦）山虎！人家刘军……

【树下锄地的金萍闻声过来。

金　萍　山虎，你们说刘军咋啦？

爱 景 姐……（悄悄将事说给金萍）

金 萍 真的？

爱 景 刘军根本不知道这事，都是我爹！

山 虎 金萍姐，我和刘军可是好哥们儿！他可不能……

金 萍 山虎，这事你们放心。你和爱景以后也别总是躲躲藏藏，大着胆跟我二叔挑明！

山 虎 他看不起我！

金 萍 你聪明能干，别把闲空都用到打扑克贴纸条上。有空也多看点有用的书！多学本领！

山 虎 好！我一定好好学本领！

【远处传来肖朱阁喊爱景的声音。

【山虎、爱景拉着手从另一边下，金萍继续锄地。

【肖朱阁上，冲金萍：

肖朱阁 爱景没来这儿？（见金萍不理，走近金萍）萍，听说那边捎信说不愿意？

金 萍 二叔，你就少操点心吧！

肖朱阁 说哩轻巧，吃根灯草！谁叫我是你二叔哩？谁叫你爹死哩早哩？萍，那男方姓啥叫啥？啥地方人啊？真要好，咱就嫁过去！不过……金萍！

（唱）闺女不要想不开，
忧愁伤身划不来。
高高兴兴嫁过去，
免得老人挂心怀。
你的妈身体有点坏，
二叔早已有安排。
保她老了福如海，

长寿乐命少病灾。

金　萍　（唱）二叔心思好与坏，

俺家事不用你安排。

肖朱阁　（唱）一笔难写俩肖字，

一家门里俩锅台。

金　萍　（唱）二叔用心我明白，

不是为我为家财。

照看我母亲三五载，

落下俺家好屋宅。

肖朱阁　（唱）你说图财就图财，

都是俺肖家祖先传下来！

你想带给外姓人，

先问问你爹该不该！

金　萍　（唱）别忘了如今啥时代，

封建家规早葬埋。

我的母亲我抚养，

我的家产我安排。

肖朱阁　（唱）知道你金萍有能耐，

不把二叔往眼里睬。

任凭你本事有多大，

看谁敢踏进我肖家门里来！

金　萍　（唱）你坏俺婚姻犯法律，

告你一状难下台！

肖朱阁　（唱）有本事你去将我告，

哪怕枪毙带活埋！

金　萍　你以为我不敢去？

肖朱阁　　你现在就去!

金　萍　　好，我现在就去乡里找王书记!（下）

肖朱阁　　你找老天爷我也不怕!

【肖朱阁气得摔帽、蹲地。

【爱景跑上。

爱　景　　爹，刘军回来了!

肖朱阁　　啊?好!我知道他得回来!闺女，你去把他领到咱家去!

爱　景　　跟刘军一块来的，还有个漂亮姑娘!

肖朱阁　　啥?还有个漂亮姑娘?

爱　景　　对!

肖朱阁　　有多大岁数?

爱　景　　和我差不多。

肖朱阁　　“土地爷胳膊——麻缠”!闺女，不是爹埋怨你，我早都催你把这层纸戳破，你却整天跟我打哑谜!是这，我问问刘军，人家有了，咱啥也不说，若还没有，这次一定当面锣鼓说清楚!

爱　景　　爹，我可没那意思!

肖朱阁　　意思意思，只要你有意那就是了!你当我不知道?你悄悄做那双鞋是给谁做的?大大方方给刘军送去，主动点，爹支持你!走!

爱　景　　爹，你可别乱拉扯，你……

肖朱阁　　看看，恁大闺女连恋爱都不会谈!走!（拉爱景，爱景躲避，突然肖朱阁看到走来的刘军，只得松手，爱景跑下，肖蹲到一石头后抽烟）

【刘军、君梅交谈着走上。

君　梅　　哥，这园艺场规模可不小呀!

刘　军　　所以需要我来!

君　梅　　确实需要。别说了，找到金萍姐，咱一块商量。（看到石头后吸烟的肖朱阁）哥，那边有个人，快去问问金萍姐在哪儿。

刘　军　（一看是肖朱阁忙退回）快绕道走！那是队长！

【二人刚转过身，肖从另一边正好迎上。

肖朱阁　哎呀刘技术员，你总算回来了！咋见我可想溜哩？

刘　军　啊……队长，我正要找你呢……

肖朱阁　（看君梅）这闺女是……？

刘　君　她叫君梅。

肖朱阁　啊……（推刘军到一边）你看着老实！不吭声尽弄实事，这闺女长得不赖，怪好看，定下啦？

刘　军　嘿！别胡说，是我妹妹！

肖朱阁　妹妹？咦！我这俩眼……对不起！

刘　军　队长，我妹妹来是要找她的同学，肖江你知道吗？

肖朱阁　肖江？嘿！不就是长江嘛！

刘　军　不，她找的是肖江。

肖朱阁　这一回可错不了啦。他在家叫肖长江，在学校叫肖江，说是现在时兴两个字的名。

刘　军　啊！妹妹，队长就是肖江的父亲！

肖朱阁　错不了，我就是他爹！

君　梅　（不好意思）大叔，你好！（鞠躬）

肖朱阁　啊！都好！（回鞠一躬）你家人都好吧？

君　梅　谢谢，都好。大叔，肖江在哪儿？我找他说点事儿。

肖朱阁　他在家，我领你找他去。

刘　军　君梅，那你和队长去找肖江，我……

肖朱阁　（一把拉住刘军）走吧，一块回家！你爱景妹子整天念叨你呢！

刘　军　不、不、不……

肖朱阁　咋？俺家那鸡蛋不香还是白糖不甜？走！

【金萍匆上。

金　萍　刘军！

刘　军　金萍！

肖朱阁　刘技术员，跟我一块先回家！

金　萍　刘军，你走这几天，有几棵树出现了病态。

刘　军　病态？

金　萍　还发现了一种虫。

刘　军　虫？

肖朱阁　现在不治！

刘　军　队长，发现虫情不及时处治，可能会蔓延成灾！

君　梅　是啊，这不是小事！

肖朱阁　那好，你们俩先谈谈虫的事，（对君梅）那咱先回家？

君　梅　大叔，快走吧。

【肖朱阁，君梅下。

刘　军　金萍，真的发现虫情了吗？

金　萍　虫！虫在我心里！

（唱）半月来等你盼着你，
等来了一桌离散席。
盼望着同心同德结伴侣，
看起来痴人梦想无结局。
美好的愿望成泡影，
共同的事业休再提。
你我今生难相聚，
只能梦中常相忆。
请你早把我忘记，
另找新爱另娶妻。

刘　军　金萍！

（唱）金萍且莫起此意，

咱俩的爱情难更移。

水打山石山不动，

雨激松柏头不低。

我到你家来落户，

这于双方都相宜。

我妈妈一时想不通，

还是封建留残余。

男到女家新事物，

成功要靠咱心齐。

我和君梅已商议，

她有一个好主意。

今天来把长江找，

就为解决这问题。

俺还拐到乡里去，

给领导汇报很详细。

领导支持咱争取，

金萍啊！

咱们不会两分离，

你再莫叹息！

金　萍　你去乡里啦？

刘　军　是君梅的主意，乡里领导十分支持！

金　萍　那你也不害羞啦？

刘　军　不逼不上梁山嘛！

金　萍　君梅想的是啥主意？

刘　军　　我正要告诉你呢！

【刘军、金萍到一边大石旁坐下说话。

【长江、君梅说着话上。

长　江　　君梅，这么大的事，你得让我好好想想……

君　梅　　这还有啥好想的？

长　江　　那俺爹咋办？

君　梅　　成全金萍姐，是为了你们金鸡岭发展园艺事业。哪轻哪重，你咋不想想？还有，像你爹那种私心财心鬼迷心的人，你斗争过没有？你还言听计从等着过继哩！你是80年代的青年吗？

长　江　　君梅，你听我说……

君　梅　　算算算！明说吧，这件事就是对你的考验，不配合，咱各走各路！

长　江　　看你……我又没说不同意，一切听你的还不中？

君　梅　　（笑）这还差不多。事不宜迟，哎，他俩人咋不见了呢？

【发现刘军、金萍二人正说得火热，悄悄上前。

君　梅　　哥！啥时候啦还只顾亲热哩！

刘　军　　别胡说。

金　萍　　君梅，你们说啥样啦？

君　梅　　长江完全同意我的安排。咱们马上按第一方案实施！长江，对肖朱阁的私心必须马上揭穿，开展面对面斗争！

长　江　　我……好、好、好，听你的！

君　梅　　还有些事咱们得认真商量一下。走，找个僻静地方去。

金　萍　　走，都跟我走。（四人从石后下）

【少顷，肖朱阁一手拿新布鞋，一手拉爱景上。

肖朱阁　　去，给刘军送去！

爱　景　　爹，你干啥呀！

肖朱阁　再晚就失去机会了！快去！

爱　景　根本不可能的事，我不去！

肖朱阁　你不去我去！

爱　景　爹！那鞋是我给山虎做的！

肖朱阁　不许提山虎！（呼叫）刘军——刘技术员！

【刘军应着上，其他三人随后也上。

刘　军　队长，你找我？

肖朱阁　刘军，你爱景妹子看你整天山上山下跑哩，给你做了双鞋，千层底，实纳帮，好看耐穿！她不好意思给你，给，拿着穿吧！

【推爱景到刘军身旁，自己闪下。

刘　军　（窘极）这……

爱　景　（无法明说）我……（捂着脸跑下）

刘　军　这是咋回事呀？

金　萍　你还蒙在鼓里，俺二叔想要你做爱景女婿哩！

长　江　真是糊涂到顶了！（从刘军手中拿过鞋）这事由我处理！

君　梅　就这眼光，还“肖诸葛”哩？哥，咱继续说事！

【君梅、金萍、刘军三人下。

长　江　遇上这号老哩，真叫人脸红！

【肖朱阁叫着刘军返上。

肖朱阁　哎，人哩？

长　江　走了！

肖朱阁　走了？你妹子和刘军……

长　江　别问了！给，刘军也孝敬你一双鞋！

肖朱阁　（高兴）咦！看这孩子，礼式还怪多哩。（接过鞋一看）咦！这鞋不是……

长　江　爱景做的！爹，你私心财心鬼迷心，尽打如意小算盘！实话跟你说，金萍姐和刘军早定下了！

肖朱阁 金萍是和刘军？真的？

长　江 真哩！真哩！我也宣布，决不过继！

肖朱阁 你小子再噎我，我就揍你！

长　江 你要敢揍我，我就离家走！

肖朱阁 你要敢离家走，我就不要你！

长　江 好好好！这可是你说的，我现在就走！（下）

肖朱阁 （气得用鞋掷向长江）你小子有本事永远别回来！

【肖从另一边下，正好碰上山虎。

山　虎 （掂了一摞书）队长，我正要找你哩。

肖朱阁 （没好气）没空儿！

山　虎 我是给你送钱哩！

肖朱阁 钱？啥钱？

山　虎 咱队办千亩园艺场，听说资金困难，我这几年跑运输攒了几个，投资给队里先用吧。（递存折）

肖朱阁 （接看存折）嗬！你小子攒了这么多钱呀！

山　虎 勤劳就能致富，现在这政策，挣几个钱不算啥！

肖朱阁 （看山虎手里的书）你这是？

山　虎 买了些农机理论书。

肖朱阁 你能看懂？

山　虎 不懂就问，我山虎不笨不傻，只要肯下功夫！

肖朱阁 没看出，你还蛮有志气哩？

【爱景拿鞋上，直接送给山虎，山虎不敢接。

肖朱阁 咦！山虎，我让爱景给你做的鞋！收下吧！

山　虎 （一把拿过鞋）谢谢老丈人！

【冲肖朱阁鞠个躬，和爱景亲密地挽着跑下。

肖朱阁　　咦，现在这年轻人咋都是这哩！

【**羞得蹲下，查看山虎给的存折**。

（切光）

第四场

【**距前场几天后**

【**凤凰台刘军家的院子**。

【**幕启：君梅揣着几个煮熟的鸡蛋，悄悄走到刘军住室的窗前，刘军打开窗子，接过鸡蛋，将窗子关上。刘军娘此时正好走上，君梅遮掩地迎上**。

君　梅　　“哎呀妈妈，你可不要为我生气，年轻人就是这样相爱的……”

【**笑闹着跑下**。

刘军娘　　【**望望室内的刘军，又望望后院正在做活的小木匠，不由得又笑了**。

（唱）俺君梅请来个小木匠，
名不虚传手艺强。
小伙子长得好模样，
见面先笑后叫娘。
这青年勤快又实在，
一天到晚不停地忙。
木工活丢下就扫地，
一大早将水又担满缸。
大件料子做家具，

边角料补补做蜂箱。
好小伙，本领强，
人人见了都赞扬。
做那家具真叫好，
颠倒横竖都漂亮。
君梅说是“接客式”，
高兴得她一天到晚笑声扬。
小木匠五更将工上，
干活累得汗直淌。
人家干活掏力气，
咱的饭菜要跟上。
煮绿豆，小米汤，
炒鸡蛋，配韭黄，
萝卜丝一盘好利口，
醋腌大蒜调蜜糖。
油旋馍烙的千层饼，
你们闻闻，
老远扑鼻芝麻香。
菜端上，饭盛上，
洗脸水，倒停当，
开口叫声小木匠，
长江哎——
快点歇歇来喝汤。

长　江　（长江抱木块上）大娘，这些碎木块可以烧火。

刘军娘　看孩子多会过日子！快洗洗脸吃饭！

长　江　好。（洗了脸，将水均匀洒在院内地上，送盆下）

刘军娘　（越看越满意）人家孩子真有材料呀！（不由得想到刘军）我咋摊上个不争气的东西！我以后靠谁哩呀！

【君梅上。

君　梅　靠你闺女嘛。

刘军娘　靠你？这家具都做了，你出门一走……

君　梅　妈，正要给你说哩，情况有变，我原先说那个人呀，吹啦！

刘军娘　啥呀？

君　梅　吹啦！

刘军娘　咦——这二百五闺女！扯旗放炮，准备嫁妆哩，咋又吹了？恁儿戏？！

君　梅　吹啦。

刘军娘　看看这，嫁妆都做了，咋办？！

君　梅　遇到合适的就再找。

刘军娘　合适的在哪儿？都恁好找？

【长江端水给大娘。

长　江　大娘，你也喝点水吧。

刘军娘　（过意不去）看，孩子对我多膺记！

【君梅给长江示意，要他继续努力表现。笑着跑下。长江拿起扫帚就扫地。

刘军娘　（急拦）快放下！孩子，坐这儿歇歇！

长　江　年轻人，不累！

刘军娘　（假意生气夺过扫帚）坐下！大娘去给你冲碗蜜糖水去！

长　江　大娘，你养的蜂我看过了，蜂的品种不纯，易染病虫害，产量也低。

刘军娘　孩子！那你说养啥蜂好呢？

长　江　根据这一带气温条件，应当养东北黑蜂和意大利蜂杂交的新品种，产量最高。

刘军娘　孩子，这你也懂？

长　江　学过，也养过。我养的“克尼阿兰”和“赛普鲁斯”蜂群，产量没下过50公斤。

刘军娘　老天爷呀，那不发大财了！孩子，坐！

长　江　大娘你也坐。

【二人坐下。

刘军娘　孩子，家里几口人啊？

长　江　我现在没有家，就我一个人。

刘军娘　就你一个人？那日子……

长　江　走哪干哪，干哪吃哪，现在大娘这儿就是我的家！

刘军娘　咦！你真好这人品，真好这手艺，就没个媳妇？

长　江　想找……没遇到合适哩。

刘军娘　（暗喜）这也是没遇到合适哩！（忙靠近长江）孩子，你看俺凤凰台好不好？

长　江　这儿山好水好人更好！来到这儿我都不想走啦！

刘军娘　好，算你有眼力！

（唱）俗话说鸟爱林来蜂爱花，

你就该在这里安个家。

如今党的政策好，

辛勤劳动就能发。

不是大娘吹大话，

万儿八千俺能拿。

新房去年才翻盖，

五间上房三间厦。

儿子结婚不缺啥，

就差女儿再找个家。

娶了儿媳把闺女嫁，

我专门做饭抱娃娃。

就等凤凰往这儿落，

可是不要黑老鸹！

长　江　（唱）大娘说的一席话，

长江心里乐开花。

大娘啊！

凤凰台是个好地方，

你老就像我亲妈。

刘军娘　（唱）你和君梅是同学，

她又疯又傻你可莫笑话。

长　江　（唱）俺俩最能说着话，

在学校我就佩服她。

刘军娘　（唱）你说这话可不假？

长　江　（唱）我岂能诳言骗大妈。

刘军娘　（唱）长江哎——

长　江　（唱）好大妈——

刘军娘　（唱）我真想留你常住下！

长　江　（唱）我也盼能在这儿安个家。

刘军娘　孩子！

长　江　大妈！

刘军娘　实话实说，大妈可是相中你了！

【君梅上，故意地。

君　梅　长江，你咋磨蹭着还不去干活？咱可是按件计工，你早干完早走人啊！

刘军娘　死闺女！今天不干了，长江，歇一天！

君　梅　不行，三天后必须交活。

长　江　放心，保证按时完工！（下）

刘军娘　江、江！（转身欲打君梅，又舍不得）君梅，你咋催人家走哩？

君　梅　不催他走，还能叫他常住在这儿？

刘军娘　君梅，我看你这老同学各方面都怪合适！

君　梅　你相中了？

刘军娘　我相中了！

君　梅　人是真不错，可惜咱不能要。

刘军娘　咋说？

君　梅　他光棍一条，要结婚就得在咱家落户！

刘军娘　咦！那可是正想瞌睡哩递来个枕头！又是女婿又是儿，亲上加亲！

君　梅　招养老女婿，太丢人，我不同意！

刘军娘　你年轻轻思想咋真封建哩？白受党教育十几年！这倒插门自古以来就有。

（唱）年轻轻思想老封建，
娘今天要将你批判。
为啥只兴男娶女，
为啥不兴女娶男。
男到女家来落户，
政府提倡早宣传。
你常说如今男女都一样，
都有财产继承权。
旧思想早就不合理，
你要再说成笑谈。

刘　军　（从屋里高兴地冲出）妈！

（唱）妈妈你站得高来看得远，

一席话春风化冰团。

君梅一定听妈话，

让长江在这儿把家安！

妈，你的思想觉悟可真高啊！

刘军娘　（得意地）别看妈开会少，其实啥道理我都懂！

君　梅　哥，你赞成咱妈的意见？

刘　军　当然赞成！咱凤凰台就需要长江这个养蜂能手。

刘军娘　对，这叫引进人才！

君　梅　妈，你真不简单，你在搞人才交流呀！

刘军娘　对，我就是要交流交流哩。

君　梅　哥，这一下你可以放心走啦！

刘　军　感谢妈成全我们的事！

君　梅　妈，我哥走了以后……

刘军娘　（醒过来了）住！半天把我给绕进去了！这是个圈呀！我刚才说那全不算！

刘　军　妈，你反悔了？

君　梅　谁说咱妈反悔了？妈可是一辈子唾沫掉地砸个坑！妈，你同意长江在咱家落户？

刘军娘　那当然！军，可你，就死了那条心吧！

君　梅　妈，你这可叫说理不走理！我哥可是心缝窄的人，你要把他气出个毛病来……（示意刘军装疯卖傻）你可后悔也来不及了！

刘军娘　说啥也白说！

君　梅　哥，既然咱妈把门关死了，你也就……哥？哥？妈，你看我哥这是咋了？

【刘军佯装痴呆不语。

刘军娘　（忙到刘军身边）军？军！军！这……这是咋啦这？

【刘军佯疯，傻笑着坐到地上。

君　梅　妈，我哥这是怨气上攻，迷了心窍，麻痹了神经功能！咦，憨了！傻了！

刘军娘　老天爷呀，这要紧不要紧？

君　梅　要说也不大要紧，只不过会落个后遗症。

刘军娘　啥后遗症？

君　梅　又傻又呆，生活不能自理，活着跟死了差不多！

刘军娘　老天爷呀！那还不严重！军，你可不敢呀！你别生妈的气啦，是妈害了你呀！你说吧，你说啥妈都答应呀！

君　梅　妈，你答应俺哥到金鸡岭落户？

刘军娘　答应答应，妈全答应！

刘　军　（高兴地一把搂住妈）妈！你答应了？

刘军娘　答应了，答应……了，哎？这咋好哩恁快哩？又是个圈儿？！

君　梅　妈，这叫一顺百顺！

刘军娘　不行！还不能定！

刘　军　那？！妈——

刘军娘　我要调查研究，三天以后定！

刘　军
君　梅　三天以后定？

刘军娘　（得意地）对！

（切光）

第五场

【距前场数日。

【金鸡岭金萍家。

【洁净的山区农家小院。院内金萍往小桌上摆放着核桃、大枣、花生、苹果之类食品。透过院子大门，可望到美丽的山景。

金　萍　（唱）君梅已走七天多，
我心高悬难落窝。
不知她如何做工作，
婆母的话儿可好说？
昨夜晚君梅捎口信，
让俺今天接贵客。
究竟谁来没说破，
思来想去费琢磨。
开水备足留着火，
要炒要煮不耽搁。
窖里苹果挑大个，
洗净好把皮儿削。
柿饼大枣盛一盘，
核桃都已把仁剥。
山里没啥好东西，
唯有赤诚心一颗。
眼看日头已错过，

几十里山路也差不多。

耐着性子院中坐，

金萍啊，

无论如何你要沉着。

【金萍娘上。

金萍妈 萍、萍——

金　萍 （忙扶妈坐）妈，你咋出来啦？

金萍妈 今天有啥客人来？

金　萍 没啥客。妈，你还是回房歇着吧。

金萍妈 你写信没有？可不能让气着他妈！

金　萍 妈，不用你多操心。药吃了没有？

金萍妈 好好哩吃啥药哩！

金　萍 （转身取药、倒水）吃个药还得让催着你，来吃药！

金萍妈 （接过药片）这都是用钱买来的，一次吃恁多干啥，我吃两片就行。

金　萍 一天三次，一次六片，这是医生规定，吃少没作用！ 你不好好吃药，眼病啥时能好？

金萍妈 唉！你要有个兄弟或是哥，该多好呀！

（唱）闺女闺女听妈劝，

自古好事难两全。

颠来倒去我想了多少遍，

闺女呀！

还得闺女你下山。

我身体不好能动弹，

照看自己不费难。

有你二叔勤照管，

不愁种不好责任田。

我的闺女呀，

莫为妈把你大事耽。

金　萍　（唱）妈呀妈，你太良善，

全不把自己挂心间。

不是女儿不听劝，

我二叔没打好算盘。

他把我往外赶，

欺我不是男，

我要争这口气，

让他看一看，

看一看80年代的新青年！

我和刘军已说好，

志在青山爱青山。

园艺场靠我们来创建，

金鸡岭把女儿的心肠牵。

金萍妈　听人劝，吃饱饭，没见过你这闺女真犟！

金　萍　妈，来，我扶你回屋歇着吧！

【金萍扶妈进房。

【少许，君梅和妈上。

君　梅　妈，到啦！

刘军娘　君梅，按昨夜商量好的办，千万不能露馅！

君　梅　放心吧妈。

刘军娘　放心？我最不放心的就是你那嘴！

君　梅　咦，只要你那嘴能看好！

刘军娘　去，叫门去！

君　梅　（到金萍家门口）家里有人吗？

【**金萍闻声跑出。**

金　萍　哎呀君……

君　梅　（忙示意外边也有人，装相互不认识）俺是过路的！俺妈走到这儿突然犯病了，能到你家歇歇吗？

【**忙凑近金萍说明情况。**

金　萍　（大声回答）那快请大娘进来吧！

君　梅　那就谢谢啦！

【**金萍随君梅出门，搀扶装病的刘军娘。**

金　萍　大娘，你慢点。

刘军娘　（注意观察金萍）给你添麻烦啦……

【**金萍扶大娘进院坐在小凳上，发现大娘坐得不舒服。**

金　萍　大娘，你稍等一会儿！（匆匆进屋）

君　梅　（小声）妈，她就是肖金萍。

刘军娘　人长哩怪好，个头也不低。

【**金萍搬躺椅上，扶大娘坐躺椅。**

金　萍　大娘，坐这上边舒服。

刘军娘　闺女心肠真好啊！这都是那五讲四美！

【**边说边看金萍，看得金萍不好意思。**

金　萍　大娘这病？

君　梅　心病，心上有病！

刘军娘　是老毛病，老毛病……

金　萍　（会意笑）那可得好好看看。

君　梅　俺就是来看病的嘛。

刘军娘　是……是来找个老仙儿看的，路过你这儿。犯病了。

金　萍　大娘，别慌，病好了再走，我去给你冲碗茶。

刘军娘　　那就多谢谢闺女啦！

【金萍笑下，刘军娘指责君梅。

刘军娘　　你咋说我是心病哩！还说就是来这儿看病哩！不是我聪明遮掩，那不露馅了？

君　梅　　没事，山里人没你恁多心眼。

刘军娘　　（起身）看着点，叫我看看她家这房院！

君　梅　　中！（向金萍下场的方向走下）

刘军娘　　（巡看）

（唱）大大方方一所院，
对面新厦出前檐。
房后一片果木树，
鸡窝猪圈垒一边。
苹果大枣栽一片，
那边还有块小菜园。
农具家什一件件，
干干净净很齐全。
这闺女勤快又能干，
小院子收拾得怪舒坦。
她里里外外一把手，
俺儿子来了不作难。
初步印象还可以，
就不知那瞎眼娘麻缠不麻缠。

【君梅咳嗽示意，刘军娘慌忙又坐躺椅上装病，金萍端碗上。

金　萍　　大娘！

（唱）这是一碗荷包蛋，
搅了些蜂蜜驱风寒。

山里没啥好招待，

多有怠慢心不安。

刘军娘　哎呀，好好！（接过一看）哟，七八个荷包蛋，这……吃不了呀！

君　梅　人家好心好意做好啦，不吃能行？来，我喂你吃！

刘军娘　我……我实在……

君　梅　（喂）吃吧，一饱压百病！

【君梅硬喂，急得刘军娘暗里蹬君梅却蹬住了金萍。

刘军娘　（遮掩）我这腿……抽筋啦……

君　梅　哎哟，别是半身不遂吧？

刘军娘　（气愤地站起）死闺女！咒你妈！回去再算账！（忽见金萍，想起忘形，忙又坐下）我这肚子……

【金萍笑下。

刘军娘　你这闺女，可真是个二百五呀！七八个荷包蛋硬是塞到妈肚里了！你就不怕人家笑话你妈饭量太大？

君　梅　自己的儿媳妇，用不着装。妈，咱还得去看看我哥要搞的那个千亩园艺场哩！

【金萍搀妈出，两位老人亲热着相扶坐下。

【金萍、君梅进屋。

金萍妈　哎呀！大妹子，有病还敢出远门？

刘军娘　老姐姐，给你添麻烦了！

金萍妈　麻烦啥，要不是这，请也请不来哩。就是没啥招待哩……

刘军娘　你看这么多好吃哩。老姐姐，你多大岁数啦？

金萍妈　快七十啦。

刘军娘　比我大五六岁。你这眼有病？

金萍妈　晃晃哩，能看点路，不耽误干活。

刘军娘　没请个大夫看看？

金萍妈　闺女给拾的有药。

刘军娘　好！

（唱）老姐姐，好福气，

养了一个好闺女。

金萍妈　（白）夸她咋哩！

刘军娘　（唱）哎哎好闺女！

金萍妈　（唱）要说也算差不离，

干罢地里干家里。

刘军娘　（唱）闺女今年二十几？

金萍妈　（唱）二十三，属鸡哩！

刘军娘　（唱）闺女可曾寻女婿，

岁数可是不算低。

金萍妈　（唱）说女婿，不容易，

正为这事生闷气。

刘军娘　（唱）咋着哩，啥问题？

说出来老妹帮你来合计。

金萍妈　（唱）都怪我老婆子命不济，

这辈子就生一个闺女。

早年又害一场病，

两眼整天雾凄凄。

闺女怕我受委屈，

婚事一直不让提。

前些时找了个好小伙，

人家愿做倒插婿。

闺女一说我怪高兴，

谁知道人家老哩不同意。

刘军娘 （唱）不同意？

金萍娘 （唱）不同意！

这事哪能恁容易。

常言说儿是娘的连心肉，

人家不愿有道理。

养活个儿子不容易，

咱不能不顾人家想自己。

前想想，后虑虑，

决定不招倒插婿，

让俺金萍嫁过去。

刘军娘 （唱）嫁过去？

金萍妈 （唱）嫁过去！

成全她一对好夫妻。

只要儿女能欢喜，

当娘的心就放到肚子里。

咱虽老了受点屈，

俺亲家一家能团聚。

刘军娘 （旁唱）她不顾自己为儿女，

不想自己想亲戚。

我一个心眼想自己，

暗自害羞水平低。

金鸡岭上受教育，

不能拆散这桌席。

回头给老姐忙道喜，

孩子们的婚事没问题！

（白）老姐姐，放心吧，我能保证让你那女婿来金鸡岭落户！

金萍妈 好妹子，你认识俺那亲家母？

刘军娘 认识！俺俩好得跟一个人一样！

金萍妈 好好……听说俺亲家可厉害呀！

刘军娘 （不好意思）厉害是厉害些，可她觉悟并不低！

【君梅、金萍出。

君　梅 妈，别再演戏了。（对金萍妈）大娘，你把她当成谁了？她就是——

刘军娘 不用你说！老姐姐，我就是你那女婿刘军他妈！

金萍妈 啊！你是亲家？

刘军娘 货真价实，这一回你放心了吧？

金萍妈 亲家，你这份情我领啦，可……还是让金萍下山吧，不能让你太作难呀！

刘军娘 咋？你是信不过我不是？让军来金鸡岭，不光为你，还有咱的千亩园艺场！他有那点小本事，出了成绩，咱脸上不都光彩吗？！

君　梅 （推金萍）还不快叫！叫妈呀！

金　萍 （冲刘军娘）妈！

刘军娘 哎！

【爱景喊着金萍姐急上，拉金萍到一边耳语。

金萍妈 咋了？

爱　景 俺二叔不知从哪打听到长江在君梅那儿，又知道刘军他妈来你家了。我爹说，是君梅母女把我哥拐跑啦，冲你们要人来了！

刘军娘 放……他那气！谁拐他儿子啦！

金萍妈 亲家，他二叔没正性，你还是避避吧。

刘军娘 不避！我光明正大，谁都不怕！

爱　景 俺爹可厉害啦！

刘军娘　我就是专找厉害哩！他不打听打听，“文化大革命”俺村那造反派都不敢找我弄事！

君　梅　妈，咱还是避避吧，吵吵闹闹多丢人呀！

刘军娘　不避，丢人大家丢！我今天就是要会会他这二光棍！

爱　景　（外看）俺爹来啦！

【众连推带拉把刘军娘拉下。肖朱阁手提棍子，冲上。

肖朱阁　人哩？！人哩？！

金萍妈　啥人呀？

肖朱阁　骗子！拐俺孩子那母老虎！

金萍妈　他二叔，人家都走啦！

肖朱阁　她就没出村，跑不了！

【肖欲往房内冲，金萍上挡。

金　萍　二叔，你再这样闹下去是要触犯法律的！

肖朱阁　你少拿大话吓唬人！你们拿俺儿子给你妈换回个儿呀！ 这一手可真绝呀！今天她不把俺长江交出来，我就吊死在这大门上！

金　萍　有话好好说！

肖朱阁　你们真是逼我哩不是？那我就吊死到你门上。

【四处找绳。

【刘军娘、君梅从屋内出。

刘军娘　（将一根绳送给肖）大男人说话算话，现成的绳，吊吧！

肖朱阁　你！（拿起绳走了几步，又回身冲到刘军娘面前）我跟你拼了！

【肖朱阁一头撞向刘军娘，刘军娘闪身，肖朱阁倒在地上。众笑。

（切光）

第六场

【前场数日后。

【金鸡岭肖朱阁家大院内外。

【幕启：爱景喊着跑上。

爱　景　爹！爹！

肖朱阁　（上）叫啥哩？飞机撂炸弹了？

爱　景　爹，她又来啦？

肖朱阁　谁？

爱　景　就是上次跟你打架那个刘军娘！

肖朱阁　（慌）快，把咱门闩上！

爱　景　人家这次是掂着礼来看你哩！

肖朱阁　打一拳，揉三揉，占了便宜卖乖！我不吃这一套！不见！

爱　景　真不见？俺哥可是也回来了。

肖朱阁　啊？长江回来啦？

爱　景　对，见不见你看着办吧！（下）

肖朱阁　长江也回来啦，这事咋办？

（唱）家里挤，上边压，

乡里要把我的典型抓。

看起来这事我得答应下，

心里头不高兴，

脸上还得笑哈哈。

嘻嘻嘻，哈哈哈，

憋不住想把脾气发！

【金萍上叫门。

金　萍　二叔，在家吗？

肖朱阁　不在！

金　萍　不在咋答应哩，开门吧！

【爱景上开门，君梅、长江、刘军娘、金萍娘齐上。

刘军娘　（冲肖朱阁）嘿——嘿！

肖朱阁　（装笑）嘿——嘿！

刘军娘　（提礼）咋？记仇不收我这礼？

肖朱阁　看来就来了吧，还破费拿恁些东西干啥？爱景，还不赶紧接住！坐、坐……都坐！

【爱景接东西下。

刘军娘　亲家，我今天专程来，给你商量孩子们婚事来了。

肖朱阁　中、中！咋着都中！

刘军娘　俺刘军上山已几天啦。今儿个我把长江和俺君梅都带来啦。你想让他们在这儿结婚，我就让君梅上山，咱好说好商量！

肖朱阁　那……刘军也上山啦？你以后……

刘军娘　没啥，以后蹦跶不动了，就上养老院！

【刘军、山虎等群众拥上。

刘　军　妈，君梅，你们都来了？

刘军娘　军，干啥去啦？

刘　军　千亩园艺场第一期工程已经开工了！

刘军娘　好好干，别给你娘脸抹黑！

刘　军　放心吧。二叔，我们来请示下一步施工问题。

肖朱阁　这全靠你们啦，回头咱细说。

长　江　凤凰台蜂群出现了“阿米巴”病，我今天还得赶过去。

刘军娘　亲家，你不用为难，咋办都好啊！

金萍妈　　她二叔，你看亲家说得多好，咱可不能光想自己，得为孩子们多想想。

君　梅　　你们为俺们想，俺们是为建设家乡想!

众　　对!

肖朱阁　　（思绪纷乱）

（唱）孩子们都等我说话，
这心里七上八下难回答。

金萍妈　　（唱）她二叔心往宽处想，
孩子们做得都不差。

刘军娘　　（唱）都怪我过去说了过头话，
老亲家千万不要结疙瘩。

爱　景　　（唱）爹呀爹，山虎进步非常大。

金萍娘　　（唱）叫我说，你这儿就是山虎的家。

金　萍　　（唱）园艺场你还当场长。

刘　军　　（唱）二叔你指哪儿俺就干到哪儿。

长　江　　（唱）我就是去到凤凰台，

君　梅　　（唱）金鸡岭仍是俺们的家。

众　人　　（唱）都还是一家!

刘　军
金　萍　　二叔!

长　江
君　梅　　爹!

刘军娘　　亲家!

肖朱阁　　是这！我肖朱阁前看三十年，后看三十年！今后孩子们在哪结婚都一样！山虎，不要光杆一人过啦，明天就搬家里来吧!

山　虎　　（蹦起跪下）谢谢老丈人!

众　人　　哈哈哈……

【喜庆的乐声中，众人举起酒杯相碰，腾起更欢快的笑声。

【幕闭。

（剧终）

《金鸡引凤》剧组合影

别开生面的《金鸡引凤》

方 杰

河南省洛阳地区豫剧二团演出的现代戏《金鸡引凤》，是一出反映农村新生活的喜剧。这个戏描写的故事是，凤凰台的苹果技术员刘军，为了大面积种植和发展果树，情愿到金鸡岭未婚妻金萍家做“倒插门”女婿。这引起了刘军娘的坚决反对、二叔肖朱阁的阻挠和破坏。戏剧矛盾由此展开，结果引出了三对“倒插门”。然而这个戏的立意并不在于要反映“倒插门”问题，而是通过“倒插门”揭示今天农村新的矛盾，歌颂年青一代新的道德风尚，批评封建思想意识，从而展现了一幅党的十一届三中全会以后，广大农村移风易俗、蓬勃向上的生活气象。这个戏虽然多有趣味，却不俗气，格调清新健康，使人笑得自然，笑得舒服。而在这笑声中，流露着对美的赞扬，对丑的鞭挞。

其实，《金鸡引凤》所选取的这个题材并无新奇之处，很容易被处理得一般化，落窠臼。但是这个戏却很有新意。这首先就是它通过戏曲的喜剧手法，鲜明地创造了一群性格不同的人物。喜剧最忌人为地制造“笑料”，同样应该以生活为基础来反映真实，写好戏曲现代戏喜剧也必须对生活熟悉。对生活的了解越深，则越能体现形象的独特性和真实性。《金鸡引凤》的成功即出于此。作者对自己反映的对象了如指掌，生动表现了各种人物的心理和性格特点。刘军娘就是一个带有典型意义的人物：善良、刚强，但在她身上还残留着旧思想。她反对自己的儿子去“倒插门”，却要别人家的小伙子到她家做“上门郎”，结果闹出许多笑话，讽刺了她的封建意识。而她的女儿君梅，自称和她妈是两个“二百五”，但其实爽朗泼辣、足智多谋。她帮助哥哥实现了“倒插门”的愿望，促使妈妈转变了旧思想，真实地刻画了一个新一代青年的形象。剧中的每个人物形象虽然并不都很丰满，但多不一般化、简单化。我尤其感到肖朱阁这个人物，尽管有某些过火处，却不失为一个动人的形象。他处处打自己的小算盘，损人利己。演员是把他当作丑角来扮演的，许多动作很夸张，然而虽丑却不庸俗，夸张而不造作，引人发笑，耐人寻味。

这个戏的喜剧性又是同它那些带着泥土气的语言分不开的。这些语言既有地方特色，又有个性特点，妙趣横生，感染力极强。请看刘军娘的这一段台词：“你说气人不气人？老娘怀里揣着，口里衔着，养了他二十多年，容易不容易？刚去了两个多月，心可让那闺女给捣转啦！一辈子没见过媳妇，她是九天仙女？把我气得呀，早上饭也没吃好，蒸馍才吃了仨。”实在使人忍俊不禁。河南地方语言丰富、生动，作者善于从生活中选择语言，重视语言效果。《金鸡引凤》的人物塑造得如此动人，剧场效果如此强烈，在一定程度上应归之于那些充满乡土气味的独特的语言。

《金鸡引凤》的经验再次启示我们，创作戏曲现代戏，生活是最基本的。一个地区剧团演现代戏竟然在北京一炮打响，靠什么？首先就是靠它的生活基础扎实。

豫剧的生命力恰恰存在于那浓厚的泥土气息中，存在于它与广大群众的密切联系。现在，当有的剧种对自己的前途发生忧虑的时候，豫剧的观众面却越来越扩大。豫剧之所以受到群众的喜爱，还有一个不可忽视的因素，就是它的味道浓。豫剧表演艺术家常香玉在谈到《金鸡引凤》的创作时说，虽然我们搞的是现代戏，但也非常重视“味儿”。“味儿”，对戏剧来说，犹之于国画中的气韵，是艺术的一种魅力，或者说是更高程度的美。这个戏的演唱大都是学常派的。众所周知，常香玉的唱腔本身就是味道十足的，所以群众爱听爱看，能够得到一种欣赏的满足。是的，戏曲现代戏的创作，势必要对传统戏曲形式加以改革和创新。但改革创新，不是取消自己的艺术特点，取消自己的艺术特点，等于取消了剧种艺术本身。我想，戏曲改革，包括现代戏的创作，应该是既有革新，又要保持和发扬自己的特色，越有特色才越有生命力。

豫剧形式自由，唱腔动听，通俗易懂，适于表现现代人的生活和感情，这对创作现代戏是优越条件。戏曲现代戏是“三并举”的内容之一。戏曲要反映现实，进行共产主义教育，在社会主义精神文明建设中发挥作用，非搞现代戏不可，这应该是戏曲工作者努力的目标。从这一点来说，尽管《金鸡引凤》还有缺点，有些地方显得过火了些，需要继续加工提高，但它的成就和贡献却是主要的，体现了戏曲为社会主义服务的方向。我们今后必须在革新和提高传统戏的同时，进一步发展戏曲现代戏。

最后，还要提到常香玉。她是《金鸡引凤》的艺术指导，戏的成就凝聚着她的劳动，常香玉已年逾花甲，如今转入了培养青年演员的工作。剧中扮演角色的许多青年演员都曾受教于她。

这个戏的演员大部分都是青年。他们严肃认真，台风很正，表演也出色。看到这一台生气勃勃的青年演员的精彩表演，实在令人兴奋不已。听说他们常年在农村演出。他们不追名，不逐利，坚持为广大农民服务，真正体现了出人出戏走正路的精神。

原文载于《人民日报》1984 年 3 月 12 日

（作者系中国戏剧家协会书记处书记，《戏剧报》主编。）

中央领导同志赞扬现代豫剧《金鸡引凤》

新华社北京3月8日电 两天来，河南省洛阳地区豫剧二团在中南海怀仁堂演出《金鸡引凤》等剧，受到热烈欢迎。中央领导同志认为要大力提倡这样的现代戏。

这个剧团上月22日由著名豫剧表演艺术家常香玉率队进京，平均年龄22岁。反映80年代农村青年生活的《金鸡引凤》，富有浓郁的生活情趣和喜剧色彩，观众在畅快的笑声中受到启迪。习仲勋同志热情鼓励演员们，赞扬他们路子走得正。薄一波同志为剧团题词："名师出高徒，豫剧后继有人。"宋任穷、秦基伟、郝建秀、廖汉生、杨成武、萧克、黄火青、朱穆之、贺敬之等观看了演出。

原文载于《人民日报》1984年3月10日星期六第三版

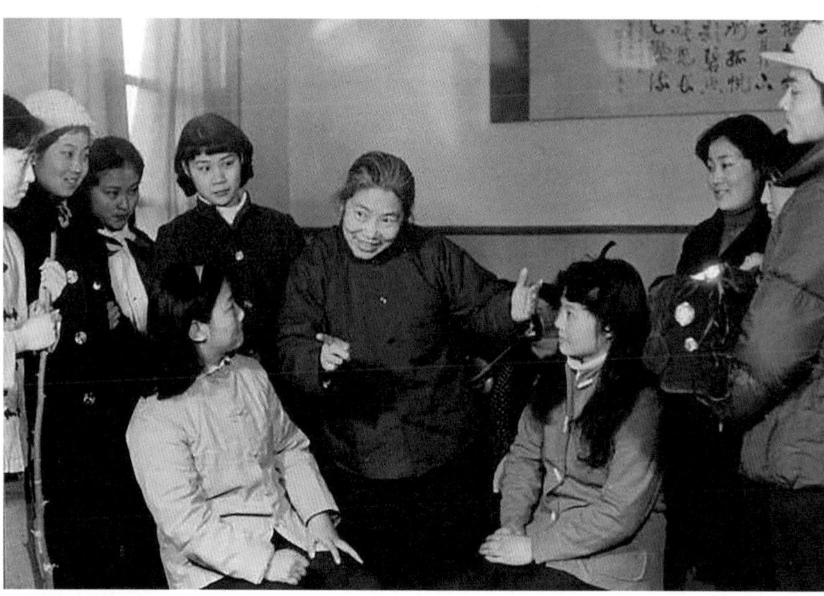

常香玉给青年演员说戏

看不尽满台春色

宋　晨

有人说，爱情是生活的窗口。透过这个窗口看整个社会，常能见微知著。豫剧《金鸡引凤》就是这样，它通过几对青年男女的爱情故事，反映了农村中新旧思想的斗争，歌颂了 80 年代的农村青年“要开创新生活面向未来”的美好心灵。

豫西的伏牛山区，山上金鸡岭，山下凤凰台。山上山下，刘军与金萍、长江与君梅、山虎与爱景等几对青年男女互相爱恋。青年们热情甚而带点天真地想象着未来的幸福生活，可老人们却另有打算：刘军娘反对儿子到媳妇家做倒插门女婿；爱景的父亲肖朱阁狭隘自私，为实现如意算盘，对孩子的婚事横加干涉……几对青年的婚事遇到了波折。

青年们在争取婚姻自主、促进事业发展的斗争中，显示出特有的力量。这里，古来就有的殉情、私奔、抗婚等手段早已陈旧过时，不足效法了。温淑的金萍，敢于正言厉色地顶撞肖朱阁：“别忘了现在是啥时代，封建家规早葬埋。”“你坏俺婚姻犯法律，告你一状难下台！”老实的爱景被父亲逼急了，在众目睽睽之下，一把挎起山虎的胳膊，正步走似的扬长而去，表示了对包办婚姻的强烈反抗；泼辣的君梅更为爽快，她把长江当作木工，请到家来，打制结婚家具，先让母亲对他的人品有了感性认识，而后再说出彼此关系，真是“闻名不如见面”了。

这些斗争手段，包含着浓烈的喜剧因素，有着今天的时代特征。三中全会后的社会主义新农村，欣欣向荣，蒸蒸日上。从广义上来说，这就为许多事物向着“喜”的方向转化提供了有力的保障。《金鸡引凤》没有正面写今日农村的形势，但是，从刘军设想并得到肖朱阁支持的“千亩园艺场”的规划中，从君梅向母亲要嫁妆，母亲“尽着闺女要，可不准超过存折上那个数”的许诺中，从山虎要读《机械理论》，“木匠”会做“捷克式”成套家具等细小情节中，人们分明可以看到一幅年年有余的农村生活画，一幅日新月异的农村远景图。通过这些农村青年也包括那些克服了旧思想残余的老人们对生活的热爱，对幸福的追求及其圆满结局，人们完全可以感受到社会主义新农村前进的脉搏，并为之振奋不已。

像剧中的青年人一样，舞台上的青年演员们也是青春似火，朝气蓬勃。《金鸡引凤》的演员，绝大多数是二十岁上下的青年人，这就使演出自然熨帖，春意盎然，撩人欲醉。李金枝扮演金萍，台风端庄大方，表演朴素自然。准确地塑造出深沉热情、外柔内刚的农村姑娘的形象。特别是金萍言志的唱段，清丽委婉，明快抒情，“儿要争口气，要让他看一看，看一看80年代的新青年”的唱句，千回百转，跌宕起伏，真有为青年一抒壮怀的艺术效果。扮演刘军的王凯歌，音色圆润清亮，唱腔朴素大方；扮演刘军娘的张丽萍，演、唱放得开，收得拢，人物的分寸感掌握得恰到好处；扮演君梅的陈继萍，自然洒脱，毫不做作，极富生活情趣。扮演肖朱阁的常通玉是位“老”演员了，他的表演引人发笑但不脱离真实生活，特别是脸上有戏，眼中带戏，显示了一位丑角演员深厚的艺术造诣。

如果说，《金鸡引凤》使人们看到了今日农村风情，看到了农村的希望和未来；那么，洛阳地区豫剧二团的演出则使人们看到了豫剧乃至戏曲的希望和未来。

原文载于《戏剧电影报》1984年3月11日

【豫剧现代戏】

试　夫

编剧　李学庭（执笔）

王双全

人物表

朱二旦	玉　婉
秀　芹	金　贵
二旦妈	志　强
海　利	孟　兰
赌徒甲、乙、丙	

第一场

时间 20世纪80年代。

地点 豫西伏牛山区。

景 山枣沟外的半坡上，左侧是通往村里的小道，右侧是一爬满山草的巨石，石后有小道通往沟外。

（幕前伴唱）

一座座山一道道沟，
山高沟深路难走。
春风一夜进山口，
我们的故事开了头。

【伴唱声中幕启。赌徒丙推朱二旦到山石前，赌徒甲、乙从山石后出，将二旦围在中间。

赌徒甲 朱二旦，你总算来了！

朱二旦 诸位抬抬手，说啥我也不敢再赌啦！

赌徒甲 不赌可以，听说你想举报爷们立功受奖？

朱二旦 没有，真没有！

赌徒甲 那好，今天咱们就再赌一次！

朱二旦 不……不敢！你们知道，我老婆离婚之后，跟着四川人跑了，我欠你们的钱还没还呢！

赌徒甲 不赌了？

朱二旦 不赌了！

赌徒甲 那就是心里有鬼！别怪爷们不客气啊，打！

【赌徒甲一挥手，赌徒乙、丙拳脚相加，将朱二旦打倒在地。

【幕后传来二旦妈："旦儿——旦儿——"的呼叫声。

赌徒甲　（示意）拉那边去！

【众赌徒蒙头架胳膊将二旦拖至石头后边。

【二旦妈拄着拐杖，踉跄奔上。

二旦妈　（呼叫）旦儿——旦儿——

（唱）前世作孽今世报，
苦命难把灾祸逃。
好好的媳妇被逼跑，
又学会赌博把是非招！
好话劝不醒二半吊，
当娘的算把活罪遭。

【二旦妈被山石绊倒，伤心抽泣。

【金贵老汉从山外赶集回来，忙上前扶起二旦妈。

金　贵　嫂子，你跑这干啥？

二旦妈　找二旦哩……

金　贵　又跑出来赌啦？

二旦妈　我就是不放心！正找哩。

金　贵　赶紧找。嫂子，你盼的人回来啦！

二旦妈　谁？

金　贵　（唱）我说过山里人就跟大山亲，
山里虫羽儿恋山林。
今一早石门沟赶庙会，
正碰上你日思夜想的那个人。
两年不见不敢认，
人变得鲜润有精神。
掂了两个大提包，

看着都觉坠手沉。
听说是四川养蜂发了财，
你可是时来运转福临门。

二旦妈　你是说玉婉回来啦?

金　贵　对!

二旦妈　他叔，你见……她是几个人?

金　贵　一个，看样还没走家！嫂子，快找着二旦，赔礼认错，把人接回来!

二旦妈　好！好！好！我这就去找旦儿。

金　贵　找着叫他找我，我得嘱托他一下。

二旦妈　中!

【二旦被剥得只剩个裤头，从石后跑上。

二旦妈　（惊骇）旦儿！这是咋啦?

金　贵　咦！这是把衣服也输光啦?

二旦妈　不叫你赌，不叫你赌，你……

朱二旦　快回去拿衣服!

二旦妈　好……好！（二旦妈急下）

金　贵　二旦呀，玉婉可是从四川回来啦!

朱二旦　真的？!

金　贵　在石门沟集上，俺俩还说了一会儿话！她说要回来看孩子哩!

朱二旦　唉！我现在这熊样!

金　贵　旦儿，支起精神来！这事不能算了！这儿是风口，走，到那边合计一下。

【二旦随金贵到石后。

【少顷，玉婉挎包匆上。

玉　婉　（唱）离家两年似百年，

朝思暮想梦魂牵。

进家门一口热茶没有咽，

想女儿匆匆来到这山前。

还是那弯弯的黄土路，

还是那陡陡的料疆田。

远远望见那所院，

依然是半截土墙破房檐。

如今是景是人非关系变，

说不出心中是苦还是甜。

绕路走去学校把翠翠见，

也免得碰上他惹麻烦。

【玉婉绕道下，正碰上山石后出来的金贵。

金　贵　玉婉？真是说谁想谁谁就到！

玉　婉　金贵叔，我回来看看孩子。

金　贵　你一走就是两年！心也够狠啦！坐一会儿，翠翠还没放学。

玉　婉　我这就到学校去。

金　贵　慌啥哩？叔还有话说！

【金贵走到石后，将二旦推出。

【玉婉猛见二旦，惊讶不解。

玉　婉　你……他？！

朱二旦　（窘迫难言）我……

金　贵　咳！玉婉，一家人你也别笑话，他输钱让人家扒了衣服。

【二旦羞愧地蹲到地上。

玉　婉　（气愤地）朱二旦！两年不见，你真出息啦！下回该卖孩子了吧？

朱二旦　（欲分辩）我……

玉 婉　你听着！当初孩子虽然判给了你，可我决不让孩子跟着你这赌棍受罪！我这次要把翠翠领走！

金 贵　玉婉，有话好说，你可不能领孩子！

玉 婉　孩子我领定了！这个官司打到哪儿都可以！

【愤然而下。

金 贵　玉婉！……看这火气大哩。二旦，不要怕，孩子她领不走，这事咱得说说……

朱二旦　（一跃而起）说！说！你为啥给她说我输光了衣服？

金 贵　这不是明摆的事吗？

朱二旦　我算认识你啦！当初我和玉婉离婚，就是你从中挑唆！你到底安的啥心？滚！

金 贵　（一蹦三尺）啥呀？你离婚是我挑唆的？这个混账名声，我可不背！今天得把话说清楚！

朱二旦　说！说吧！我……我他妈就这一堆儿啦！

【二旦抱头蹲地，失声痛哭，灯渐暗。

【黑暗中，对话在继续。

金 贵　你哭，哭我也要说！你娃子想想：自从玉婉到咱山枣沟，谁不夸她是个贤惠勤快的好媳妇？你娃子到翻砂厂干了三天半，就起了坏心思！

朱二旦　我……我没有……

金 贵　没有？屈说你啦？那年秋分会，我去赶会，碰上你屋里那个女人是咋回事？！

朱二旦　我……那天……那天……

【二旦话音渐失，狂躁的迪斯科音乐起。灯渐亮，舞台现二场景。

第二场

时间 两年前的秋天。

地点 二旦翻砂厂宿舍

景 土洋杂陈的摆设，杯盘狼藉的场面。

【幕启：二旦正笨拙地跟着女工孟兰学跳迪斯科，一曲终了。

孟　兰 怎么样二旦？

朱二旦 痛快！真痛快！

孟　兰 人，就应当这样痛快地活！别再抠抠搜搜一副穷相，多窝囊！

朱二旦 唉！孟兰，我要像你就好啦！

（唱）吃喝玩乐谁不爱，
想起穷家头难抬。
欠下了老婆娃子还不清的债，
这辈子难把愁帽摘。

孟　兰 （唱）如今你工作已在外，
就要把眼光放得开。
人活世上有几载，
活着就要图自在。
休管他人说好坏，
自己生活自安排。
好花转眼就会败，
青春一去可不再来呀！

朱二旦 对！这话对极了！

（唱）你真是80年代新一代，

一句话将我说明白。
求你把我带一带，
也让咱尝尝洋荤开开斋。

孟　兰　今天星期六，晚上敢不敢跟我出去？

朱二旦　敢！去哪儿？

孟　兰　那地方保证让你开眼。不过，手里可不能没钱呀！

朱二旦　（忙从枕头下摸出一沓钱）我媳妇两个月没来要钱啦，都在这儿！

孟　兰　好！把你身上“油皮”也换一换，五点钟我来叫你，拜拜啦！

朱二旦　孟兰……你别走，我没好衣服呀！

孟　兰　把你的好衣服都拿出来，我帮你挑一件。

【孟兰帮二旦挑衣，试衣，有意逗弄二旦。

【金贵匆上，推门进屋。

（猛见二人亲昵状，窘极）咦……咦！

朱二旦　是……金贵叔来啦？

金　贵　这一猛进屋，啥也看不见……你媳妇来了没有？

朱二旦　没有呀。

金　贵　她坐东明家拖拉机来的，给我捎了点蜂蜜。那我到会上再找找。

【金贵忙出房欲下，正碰上提篮挎包的玉婉。

金　贵　玉婉？你咋才来，我那蜜呢？

玉　婉　拖拉机在供销社门口等你哩。

金　贵　那我去了，你们忙！（匆下）

【玉婉进房。

孟　兰　呀……嫂子来啦！（忙接过篮子）

玉　婉　你也在呀？

【二旦满脸不高兴。

朱二旦　眼下农活正忙，你今天来弄啥哩？

玉　婉　篮里是给你攒的鸡蛋，包袱里是棉衣套子，捎来弹弹。

孟　兰　看嫂子对你多好，你们说，我走啦！

朱二旦　孟兰，别空手走，拿些鸡蛋吃！（提篮送上）

孟　兰　这么鲜的鸡蛋？

朱二旦　不吹，城里买不来这鸡蛋。

孟　兰　这鸡蛋真好！好，我就拿几个。

朱二旦　我最烦吃鸡蛋，干脆你连篮掂走吧！

孟　兰　那多不好意思，拿几个就行了！

【孟兰拿了几个鸡蛋跑下。

朱二旦　孟兰！

【二旦掂篮追孟兰下，玉婉欲阻又不好开口。稍后，二旦空手返回。

玉　婉　鸡蛋都……

朱二旦　都拿走了！

玉　婉　那……篮哩？

朱二旦　放心，人家不要你的破篮！（二旦从抽屉里取出两个硬馍，放桌上。）现成的咸菜，壶里有水，吃吧！

【二旦提塑料桶下。

玉　婉　【手拿馍，眼望剩菜，一口也吃不下去。

（唱）一篮鸡蛋百十个，
母女攒了一月多。
捎给他补身垫垫饿，
他送人好似把水泼。
挡又挡不住，
说又没法说。

真怕他发火，
扯嗓乱吆喝。
也只得千般怨气心底锁，
怎能够见面就闹不和。

【二旦提水桶进房，从床下掏出一堆脏衣服。

朱二旦 吃了饭洗衣服。咋？你没吃？你是不是心疼那几个鸡蛋？！

玉 婉 家里买盐我都没舍得卖，我腰疼还得看病……

朱二旦 你呀！咱鸡蛋不是白给哩！人家对我帮助可大啦！对，上个月捎那 10 块钱收到没有？

玉 婉 称点盐，买点油，早光啦。

朱二旦 你也得体谅我的难处。我又不会屙金尿银！

玉 婉 要不……咱把鸡蛋要回来点，卖了……

朱二旦 不行！

【孟兰叫着二旦上。

孟 兰 嫂子，给你的篮，真的谢谢啦！两三个月也吃不完！

朱二旦 腌咸鸡蛋，我会腌！

孟 兰 不麻烦你了，陪嫂子说话吧！

【孟兰走，二旦外出拉住。

朱二旦 （小声）孟兰，你说那事……

孟 兰 你还能去？

朱二旦 能，现在就可以走！

【孟兰笑着下，二旦欲追下。

玉 婉 他爹——

朱二旦 （止步，返身进屋）啥事，快说！

玉 婉 领我去看看病吧？

朱二旦 你摸不着医院？（欲走）

玉　婉　　他爹！疼两个月啦，水都提不动……

朱二旦　　哎呀！不就腰疼嘛，洗了衣服自己去！

玉　婉　　我……一点钱都没有。

朱二旦　　现在都困难，给你两块钱买点止疼片。（掏两块钱放小桌上）

玉　婉　　我不让你作难，反正鸡蛋她一下吃不完，咱去要回来点……

朱二旦　　你！

玉　婉　　我知道你不好说，我去说。

朱二旦　　站住！

玉　婉　　（心里难过）他爹，你知道俺那鸡蛋是咋攒哩！

朱二旦　　你今天是存心想办我难堪！（一把拉回玉婉）你敢去要回一个鸡蛋，我打折你的腿！

【朱二旦一掌将玉婉推坐床上，出门奔下。

【玉婉伤心地伏床抽泣。

玉　婉　　（唱）他一掌推我床上坐，

一阵心疼似刀割！

几十里山路受颠簸，

我来到这里干什么？

在家里没明没夜把活做，

盼相见听他把体贴话儿说。

谁知他进门就是冷脸色，

热腾腾一颗心掉进冰河！

夫妻情淡如水早应看破，

他心里全不管我死我活。

人家既然讨厌我，

何必在此受冷落（提包欲走），

欲待走心犹豫脚步难挪！

两个月没来看他心中有火，
再要走火上把油泼。
细思想今日事我也有错，
要鸡蛋让他脸面往哪搁。
他脾气不好性情倔，
我不忍让该如何？

【强颜欢笑，对镜理容。

当年俊俏花一朵，
眼看花败叶要落。
你呀你，年轻轻的不拾掇，
就要变成老太婆。
我要让他喜欢我，
不能生气把眉锁。

【玉婉高高兴兴梳理自己，二旦匆匆返回，从枕头下悄拿出钱装兜里，又抽一件衣服穿上，玉婉忙上前，笑着帮他整衣系扣。

玉　婉　明天，我把被子也给你拆了洗洗。

朱二旦　（拨开玉婉的手）我跟你说，厂里有点急事，我得去办一下，今晚可能不回来，你不要等！（欲走）

玉　婉　（强抑泪水）那……要没事，我今天就回去吧？

朱二旦　（走到门口）可以！家里忙，你就回去吧！（下）

【玉婉倒坐床上，失声痛哭。

（合唱）话如冷水泼，
情比纸还薄。
还在这里干什么，
伤透心一颗！

【合唱声中，玉婉挣扎站起，拿上空篮、布包，掩面走下。

【灯渐暗。

【金贵和二旦回忆的对话在继续。

金　贵　唉！你娃子那天是太不像话！伤了玉婉的心哪！ 你那晚究竟干啥去啦？

朱二旦　跳舞、打麻将……

金　贵　啥时候回去哩？

朱二旦　第二天早上七点半。

金　贵　你知道那天玉婉是咋回山枣沟哩？

朱二旦　不知道！

【声渐弱，舞台灯亮，呈三场景。

第三场

时间　紧接上场的傍晚

地点　伏牛山区一座开满山花的山坡上。

景　舞台一侧扎有放蜂人的帐篷。

【灯亮时，秀芹正提桶从山坡上下来，走到帐篷前，放下蜜桶，冲帐篷后大声吩咐。

秀　芹　海利，烧盆洗脚水！

海　利　（内应）要得！

秀　芹　（满心喜悦地眺望烂漫山花）

（唱）千里放蜂到河南，

　　帐篷扎遍伏牛山。

哪里有花就有我，
步步赶的是春天。
追花夺蜜滴滴汗，
人说辛苦我说甜。
风梳云鬓雨洗面，
整妆理容照山泉。
日随蜂群踏山远，
夜伴明月对花眠。
芬芳烂漫看不倦，
惯听蜂儿弄丝弦。
不饮美酒醉一半，
又迎来一个丰收年！

【秀芹坐凳上记养蜂笔记，海利从帐后端热水出。

海　利　秀芹，热水来了，洗吧。

秀　芹　（头也没抬地忙于书写）嗯。

海　利　你忙。（蹲下为秀芹脱鞋洗脚）

秀　芹　我自己来嘛……

海　利　这里也没人看见。

秀　芹　好了、好了！（擦脚）

海　利　（端水倒水）你说本丈夫现在表现得啥样？

秀　芹　啥样？不啥样！你没看我这鞋又不能穿了，就没想到给我再买一双？

海　利　想到了。昨天在城里就想买，可不知道你穿多大号鞋。

秀　芹　我呀，穿“四八”的？

海　利　“四八”号？好，明天就去买。

秀　芹　笨蛋！那么大号我能穿吗？连自己老婆穿多大号鞋都不清楚，

还口口声声模范丈夫呢！

海　利　（不好意思）那你到底穿多大号的？

秀　芹　记住，“三八”的！

海　利　“三八”号。这我忘不了啦。我海利今年三十八岁，老婆穿三八号鞋。

秀　芹　明年你三十九岁，我就穿三九号鞋……

海　利　对头……不不不……

【二人开心的笑声中，传来汽车喇叭声。

海　利　志强回来了！

秀　芹　走，卸车去。

【二人下。

玉　婉　（内唱）无钱坐车爬山路——

（玉婉挎篮拖包，含泪走上）

（唱）泪水和着汗水流！

人前不敢哭出口，

如今屈情涌满喉。

生在深山柴火妞，

命如路草风雨稠。

自从结婚过门后，

玉婉变成一头牛。

婆婆老，女儿幼，

三亩山田种和收。

别人家夫妻合力手帮手，

我一人家里地里忙两头。

季季收种求亲友，

年年张口不顾羞。

千般苦累我能忍受，
受不了冷言恶语情不留。
早起欢喜城里走，
伤心回家把人丢。
眼前是弯弯曲曲盘山路，
曲曲弯弯没尽头。

【一阵头晕倒坐路边。

【秀芹、海利、志强拎着食品等东西说笑着上。

志　强　表姐，按你吩咐，钱寄回去了，这是汇款单，这是买东西的报销条。

秀　芹　好。海利，晚上改善生活，多做几个菜。

海　利　（接食品就走）要得！

秀　芹　回来！

海　利　没走。

秀　芹　给我做——

海　利　老规矩，正宗川味担担面！

秀　芹　对头。不要挂面。

海　利　我亲自擀。面要和得不软不硬，条要切得不窄不宽，下到锅里又薄又筋，吃到嘴里又香又鲜！

秀　芹　你是越来越聪明了！

海　利　伺候老婆咱可是把好手！

【海利笑着走向帐后。

志　强　表姐，我去把车开到树下。

秀　芹　去吧。

【志强下。秀芹欲进帐篷，发现坐在地上的玉婉，忙走过去。

秀　芹　这位妹子，你是……

玉　婉　（挣扎站起，头晕，秀芹忙扶）大姐……我……

秀　芹　（忙扶玉婉坐到椅上）快坐下！你脸色蜡黄，定是有病了！

玉　婉　不要紧……大姐，给找碗水喝吧？

秀　芹　好，你别动。海利，快，沏碗蜂蜜水送来！

【海利内应，少顷端水出，玉婉接过，一饮而尽。

秀　芹　你是饿了！海利，拿些蛋糕来！

海　利　要得！

【海利进帐篷取蛋糕出。

秀　芹　吃吧！赶路在外，有一顿没一顿的，这是常事，不要见外。

玉　婉　那……谢谢大姐！

【含泪吃了一口，抽泣吃不下去。

秀　芹　（对海利）你傻站着干啥？做两碗担担面，少搁些胡椒粉！

海　利　要得！（急下）

秀　芹　大妹子，家是哪村的？

玉　婉　山那边……山枣沟的。

秀　芹　你进城啦？

玉　婉　嗯……

秀　芹　他在城里上班？

玉　婉　嗯……

秀　芹　你咋不坐汽车？

玉　婉　大姐！（情不自禁扑在秀芹怀里失声痛哭）

秀　芹　（抚慰）好了，别哭了……（突然发火）别哭了！

玉　婉　（惊恐）大姐？

秀　芹　女人受了欺侮就会哭！越哭人家越欺侮你！

玉　婉　大姐命好，这辈子有福气，我……

秀　芹　好？福气？哈、哈……你算不摸姐的老底儿，过去和你差不多！

玉 婉 和我？

秀 芹 妹子，姐是个直肠子，想听，姐就给你亮亮家丑！

（唱）常言说谁家灶火不冒烟，
两口子好好坏坏麻一团。
结婚时他在公社干民办，
小尾巴翘得够着天。
说句话板着脸，
把他那大丈夫的架子端。
我家里地里团团转，
他回家就躺到床上去抽烟。
大事小事都不干，
顿顿饭等我端到他面前。
我忍呀忍按呀按，
憋不住大吵一架把脸翻！
女人有志气不短，
我学会养蜂赚大钱。
他一月不过几十块，
姐姐我每月都挣几百元。
他辞了民办不再干，
死皮赖脸来求咱。
答应他跟我养蜂受考验，
每一月发他工资一百元。
他改过自新有表现，
俺感情和好胜从前。
姐姐说句见笑话，

俺现在分开不能过三天！

玉　婉　　姐姐！

（唱）好姐姐初相识以心相见，

句句话让我惊奇又羞惭。

羡慕姐姐真能干，

为什么我就没有这一天！

秀　芹　　他在城里啥干部？

玉　婉　　翻砂厂的工人。

秀　芹　　一月开多少钱？

玉　婉　　四十多块。

秀　芹　　那算个啥子！妹子，跟着姐干吧？

玉　婉　　我真想跟着姐干，可……

秀　芹　　咋？

玉　婉　　我自小怕蜂蜇，没有喂过。

秀　芹　　啥也别怕。你们这儿适合养蜂，姐包你学会，先给你四箱蜂。

玉　婉　　四箱蜂？我……买不起……

秀　芹　　妹子，给你就是给你哩，要啥子钱！（掏本子）给，这是姐这几年的养蜂经验，你先拿去看看。

玉　婉　　姐，我给你磕个头吧！

秀　芹　　干啥？干啥？记住，以后要学得有点骨气！（向远处叫）志强！回来一下。志强是我表弟。帮姐开汽车兼跑外。

志　强　　（跑上）表姐？

秀　芹　　挑四箱健壮蜂，吃了饭，开车送到我妹子家。对，你这段抽空教会我妹子养蜂，记住没有？

志　强　　要得！

【海利端面上。

海 利 担担面来了！

秀 芹 （接面）妹子，咱俩一人一碗！

玉 婉 让大哥他们先吃吧。

秀 芹 他们吃米饭。（突然想起）唉，说半天啦，妹子你叫啥？

玉 婉 我叫玉婉……

秀 芹 我叫陈秀芹！

海 利 （对志强小声）叫马大哈！

秀 芹 你说啥子？

海 利 我说……你是“一枝花”！

秀 芹 你这个“龟儿子”哟！

【笑声中灯暗。

第四场

时间 距前场月余后。

地点 玉婉家小院。

景 破旧的农家院落。

【灯亮时志强在塑料桶里搅拌药液，玉婉端茶水出住室。

玉 婉 志强哥，你喝水。

志 强 （接水）你看看，药要配成这种颜色。

玉 婉 （对照笔记本）配方比例和这上边记的一样吧？

志 强 一样。这里蚂蚁太多了，走，我帮你洒上药。

【二人欲下，正碰上进门的金贵。

玉 婉 金贵叔，你有事？

金　贵　　没事没事！你们忙，你们忙！

玉　婉　　我妈在家，那我们去洒药啦。（二人下）

金　贵　　（目送玉婉、志强下）哼！看把你能哩！

（唱）城里改革山沟变，

黄蒿棵变成大木椽。

二旦的媳妇小玉婉，

养蜂竟压我一肩。

她的洋蜂满山转，

咬得俺土蜂窝里钻。

一月不见蜜的面，

生生断了我的零花钱。

【二旦妈出房。

二旦妈　　是金贵兄弟？

金　贵　　不是我是谁？

二旦妈　　你咋闲啦？

金　贵　　地里活干完啦，蜂叫咬死完啦，不闲着干啥！

二旦妈　　蜂叫啥咬死啦？

金　贵　　叫你家那杂种！

二旦妈　　你家那杂种？

金　贵　　我是说，叫你媳妇养那杂种蜂给咬死了！

二旦妈　　放闲屁！俺那蜂咬你那蜂，你那蜂没长嘴？

金　贵　　这你就不明白了。这人是杂种聪明，蜂也是杂种厉害！

二旦妈　　啥杂种杂种哩！俺翠翠都跟你叫爷哩，放尊贵点！

金　贵　　嫂子，我前几天去城里办事，听二旦说他这几天回来哩，没回来？

二旦妈　　嗯。（向房内走去）

金 贵　我刚才见四川那小白脸，和你儿媳妇又……

【见二旦妈不理睬他进了房，自己也无趣地欲出门走，二旦满脸乌云进了院门。

金 贵　大侄子回来啦？！

【二旦放下包，拉金贵到一边。

朱二旦　金贵叔，你那天说的都是实情？

金 贵　大侄子！

（唱）城里风气你明白，
如今也吹到咱山沟来。
你媳妇玉婉虽不赖，
架不住风大吹得身子歪。
放蜂人十个就有九个坏，
出事可就砸招牌！

（白）常言一正压百邪！你这一回来，啥事都好办了！

朱二旦　玉婉哩？

金 贵　刚和四川那个小白脸又上山去啦！

朱二旦　（拿出一瓶药）妈的，我还给她捎了治腰疼的药，我叫你吃！

【二旦摔药瓶，金贵忙捡。二旦从石桌下抓起一把斧头，金贵忙上前夺住。

金 贵　你这要干啥？

朱二旦　我找她……他们去！

金 贵　（夺过斧子）你可不能上火！这事咱没抓住把柄，扯旗放炮一闹腾，有啥好处？

朱二旦　真要有那事，我就休了她！在城里找个媳妇还没多大问题！

金 贵　那是！话又说回来了，不敢那样想！孩子快上学了，玉婉平常也不赖。眼下关键是不能再让她养蜂！

朱二旦　　对，关键是蜂！

金　贵　　这蜂你打算咋办？

朱二旦　　我烧了它！

金　贵　　不，不能烧，我想把这蜂……

【**玉婉进院。一见二旦，笑脸相迎。**

玉　婉　　你回来了？

朱二旦　　哼！我的家，谁敢不让我回来！

金　贵　　恁两口说话，我先走了。（匆下）

玉　婉　　（打水）你洗洗，我马上给你做饭。

朱二旦　　不用！我问你，五六个星期啦，你为啥不去看我？

玉　婉　　金贵叔没跟你说，咱养了几箱蜂？

朱二旦　　哪来的蜂？

玉　婉　　一个四川大姐送给咱的。

朱二旦　　是大姐呀还是大哥？啊！

（唱）纸里终究难包火，
二旦我已将把柄握。
背着我你勾引野男人，
你还想活不想活！

玉　婉　　（唱）你……你千万不能胡乱说！
自端污水头上泼！
大姐大哥好心意，
怎将恩人当恶魔！

朱二旦　　别说啦！给你个改正错误的机会。你听话不听？

玉　婉　　我……没有说不听。

朱二旦　　马上把蜂还给人家，从此断绝一切来往！

玉　婉　　他爹！咱不能憨过啦，养蜂增加收入……

朱二旦　我每月还有几十块工资哩！不指靠你挣钱。送蜂去！

玉　婉　我……我想养蜂！

朱二旦　你想咋哩？你是不是舍不了四川那个小白脸？

玉　婉　他爹，你千万不能乱说！人家热心热肠！

【志强提药桶兴冲冲进院。

志　强　玉婉……（发觉气氛不对）

朱二旦　好啊！大天白日，跑到我家里来了！

玉　婉　他爹！

朱二旦　（冲志强）你是干啥哩？

志　强　放蜂哩！

朱二旦　咋放到我家来啦？

志　强　大哥……

朱二旦　谁是你大哥？滚！

志　强　（忍耐）玉婉，还剩这些药明天你再洒一次。洒了药不能离人，请你去照看一下，我走啦。

朱二旦　回来！咱是先君子后小人，今天老子也不打你，把你那蜂赶快拿走！

玉　婉　不！我要养蜂！

朱二旦　（打玉婉一耳光）你敢作精！

志　强　你……你不能这样！她养蜂有啥错？你们这里地气暖，花期长，适合养蜂！光靠种山坡地，啥时候才能丢掉穷日子？

朱二旦　闭起你那臭嘴，大道理我二旦比你知道得多！滚！

志　强　你！（愤下）

玉　婉　（伤心已极）你……太欺负人了！

【玉婉哭着跑进房里。二旦妈出房。

二旦妈　旦儿，你回来半天啦？

朱二旦　嗯。妈，翠翠哩？

二旦妈　她姥姥接去十来天啦。

朱二旦　妈，你在家看着，叫那些野男人往咱家乱跑？！

二旦妈　出啥事啦？

朱二旦　村里人都快编成戏啦！

二旦妈　我就说整天往山上跑，也不是个事。

朱二旦　玉婉这皮子痒痒啦，我今天得治治她！

二旦妈　旦儿，女人家打着不怕吓着怕！你吓吓她就是啦。

朱二旦　妈，你先出去，我今天得熘熘她的皮！

【推母出门。

二旦妈　（走几步又回头）旦儿，要打，往屁股上打！打几下就行了。自己媳妇，打出毛病，还得花钱看……

朱二旦　你先出去！

《试夫》剧照，演员：李树建、阿娇、孙丽君等

【二旦妈下，二旦关门。

【玉婉拿养蜂笔记出房，欲开门上山。

朱二旦 站住！

玉 婉 刚洒了药，我得去看蜂。

朱二旦 你还要养蜂？

玉 婉 我……要养蜂！

朱二旦 你是不想活啦！

【二旦一把将玉婉摔到地上，举起扫把就打，玉婉抓住扫柄。

玉 婉 他爹……

（唱）翠她爹且莫怒发无名火，

听玉婉把情由详道始末。

那一天离城回又累又饿，

黄花坡遇大姐求水解渴。

好大姐得知咱日子难过，

一心教我养蜂把咱帮托。

大姐是雪中送炭怜贫惜弱，

志强哥传技负责光明磊落。

四箱蜂白送咱恩深意阔，

咱怎能听风是雨信口开河！

虽说你有工作日子尚可，

比别人看咱家相差太多。

草房子年月久越来越破，

娘的病要住院也不能再拖。

学养蜂我也是病急求药，

想助你一臂力早把贫脱。

为养蜂我不顾人说非道过，

为养蜂冒风雨夜宿山坡。
满以为你知此事会支持我，
谁知道等来了当头棒喝！
就有人去对你胡拉乱扯，
你也该分一分泾渭清浊。
要说错这件事我只有一错，
我事先没进城去对你说。
你有火你有气你就打骂我，
翠她爹呀，
万不能伤害大姐心一颗！

朱二旦　说来说去，你还是觉得他们人不错？

玉　婉　大姐热心直肠！大哥和志强都是正派人！

朱二旦　男人们心里想的啥，是你清楚还是我二旦清楚！啥也别说，我处理蜂去！

玉　婉　（挡）他爹，你不能……

朱二旦　不松开手，我打死你！

玉　婉　你不能毁蜂！你不能！

【**拉扯中玉婉笔记本掉地上，二旦拾起看本。**

朱二旦　什么他妈的交配……杂交！尽是黄色书报！（不容分说，将笔记本撕得粉碎）

【**玉婉惊叫着去夺，抓到了一把碎纸。**

玉　婉　你！（气晕倒地）

【**敲门声。二旦开门，二旦妈进院。**

朱二旦　哼！别装死吓人，我这就烧蜂去！

【**二旦下。**

【**二旦妈忙到玉婉身边。**

二旦妈　起来吧。男人打两下，还不是为你好？早先你爹活着时，我挨那打多啦！山里女人谁不挨男人打？（扶玉婉发觉不对）啊？手脚咋都冰凉？（吓得坐地疾呼）旦儿！二旦——快回来，出人命啦！

【灯暗。

【黑暗中金贵和二旦的对话在继续：

金　贵　二旦呀二旦！我没想到你真的一把火烧了四箱蜂！多好的蜂，那都是钱呀！

朱二旦　当时正在火头上……

金　贵　掏良心说，我当时是想要那几箱蜂。咋也没想到你娃子会越闹越大，越闹越厉害呀！

第五场

时间　距上场一星期后。

地点　黄花坡前。

景　同三场。

【灯亮时场上无人，玉婉忧心忡忡上。

玉　婉　（唱）四箱蜂一把火灰飞烟散，
一家人只闹得地覆天翻。
烧了蜂打了人他回厂转，
一口气堵心口我睡了七天。
强挣扎上山来想把姐见，
急相见又怕见我该咋谈。

【玉婉走近帐篷。

玉　婉　　秀芹姐——

志　强　　（从帐篷内出）玉婉？你病好了？

玉　婉　　好啦……

【一时无言，都有些窘。

玉　婉　　秀芹姐不在？

志　强　　她和海利哥一块到乡上办点事，也快回来了。

玉　婉　　志强哥，你别生俺的气，他……

志　强　　玉婉，我很不安，没想到让你挨打受气……

玉　婉　　志强哥，啥也别说啦！我就是这种命！（掏出钱和烂本子）这是卖那一次蜜的一百二十块钱，还有姐的本子，也让他撕烂了！请你交给秀芹姐……

志　强　　不！这钱秀芹姐不会收！（接过本子）呀！听说本子让撕了，可咋撕成了这！这可是表姐这几年的心血呀！

玉　婉　　他……啥也不懂啊！（哭泣）

志　强　　既成这了，难过有啥用！

玉　婉　　你给秀芹姐说，玉婉对不住她，我走啦……

志　强　　玉婉，你不能走！你不来，秀芹姐也会去找你。这里花已不行了，过两天我们就要搬家。

玉　婉　　往哪搬？

志　强　　回四川。

【秀芹、海利上。

秀　芹　　玉婉！

玉　婉　　秀芹姐！

【二人紧紧相拥。玉婉失声哭泣。

秀　芹　　别哭了！

（唱）真叫人又是可怜又气愤，

年轻轻咋成了这样的人！

玉 婉 （唱）夫妻之间理难论，

摊上苦命能怨谁。

原谅玉婉不长进，

辜负姐姐一片心！

秀 芹 这么说，蜂你再不养啦？

玉 婉 我……不敢养啦……

秀 芹 （气愤）好！有志气！志强，海利，准备东西，明一早就离开这里！

【**志强、海利进帐篷**。

玉 婉 姐！好姐姐，你有气打我……

秀 芹 打！骂！玉婉同志，你也是人呀！

（唱）那一日相遇黄花岭，

咱同病相怜诉苦衷。

姐一心为你解困境，

帮你养了几箱蜂。

烧蜂毁书我心不冷，

最痛心你逆来顺受不抗争！

张口闭口喊苦命，

简直是条可怜虫！

认识你算我瞎眼睛，

今天就把账算清。

送给你蜂你还蜂，

还要你还给我，

风风雨雨南北西东，

三年笔记心血的结晶！

玉　婉　（哭求）姐姐……你打死我也赔不起呀！

秀　芹　赔不起就算了？事情就这么了啦？！

玉　婉　我……我……（哭泣）

秀　芹　哭！哭！眼泪救不了你！

【志强上。

志　强　表姐，你消消气。

秀　芹　玉婉啊玉婉，你真使我失望！

【秀芹悻悻进帐篷。玉婉失声啼哭。

志　强　玉婉啊，你不理解我表姐的心呀！

（唱）表姐为人热心肠，

实心实意将你帮。

今日严词要赔偿，

是怨你软弱不自强。

她盼你挺直腰杆往前闯，

还要送你蜂几箱。

想不到你口喊苦命往下躺，

她是又急又气把心伤！

玉　婉　秀芹姐还要送我几箱蜂？

志　强　表姐一心要帮你走上养蜂致富的路！

玉　婉　真的？

志　强　真的！因为我们马上就要走了，秀芹姐今天到你们乡上去，就是想让乡政府支持你养蜂！

玉　婉　那……这个蜂我还要养！

志　强　你说啥？

玉　婉　这个蜂我还要养！

志 强　（激动地一把抓住玉婉）这就对了！

【朱二旦一头冲上。

朱二旦　好啊！这一次可是让我抓住了！你这个不要脸的女人！

【二旦揪过玉婉，举手就打，志强急挡。

志 强　大哥，你不能打！

朱二旦　（甩过志强手）你他妈听着，离婚手续没办，她还是我老婆！我打了，看谁敢放个狗屁！

【二旦举手又打，秀芹、海利出。

秀 芹　住手！你凭啥随便打人？

朱二旦　哈哈！你四川人跑到俺河南逞能哩？今天就要打个样子叫你们看看！

【二旦又打玉婉，秀芹示意志强阻挡，志强上去三拳两脚将二旦按倒地上。

玉 婉　志强哥！你不要打他！

【志强松手，二旦心怯嘴硬。

朱二旦　好、好……打得好！玉婉，你听着，我二旦再没本事，也是场面上混事的人！这脸皮也是肉长的！你把事办到这份上，啥都不说啦，走！离婚！

玉 婉　他爹……你不能！

朱二旦　事是你做的，不怪我二旦无情。走！离婚！

玉 婉　不！我不离婚……你不念我也得念孩子！

朱二旦　离不离，恐怕由不得你了！

【二旦抓过玉婉拉着要走，玉婉甩开二旦的手。

玉 婉　（由伤心到气愤）朱二旦！你不要这样逼我！掏掏良心，结婚多少年，我啥罪没受？啥苦没吃？啥活没干？真离了你，也饿不死我！

朱二旦　　那就走吧！

秀　芹　　好！（推玉婉到前边）妹子，姐支持你离！离了他，跟姐到四川养蜂去，活个样子叫他看看！

朱二旦　　（推玉婉下）走！

（灯暗）

第六场

【时间地点重返第一场的情景。二旦依然光背蹲在地上听金贵叙说。

金　贵　　二旦，咱是啥话都说清楚啦。当初你烧得晕头转向，逼着玉婉离婚，还说要在城里找个黄花大闺女……

朱二旦　　别说啦……

金　贵　　话说回来，这件事我心里也有亏欠！为这，我一见玉婉回来就赶来找你，你要不叫管，这事我就不管了！

朱二旦　　不！金贵叔，都是我不对……我瞎眼啦！

【二旦妈拿衣服上。二旦接过衣服穿衣。

二旦妈　　他叔，不好啦，我见玉婉把翠翠领走啦！

金　贵　　咦！可不能让她把孩子领走啊！全凭孩子拴她心哩！

二旦妈　　那咋办？

金　贵　　你在哪见她啦？

二旦妈　　刚在村头。

金　贵　　不要紧，孩子是判给咱啦，她领不走，咱得截住她把孩子要回来！

二旦妈　　旦儿，走，赶紧去要咱翠翠！

【金贵、二旦妈走，二旦站立不动。

金 贵 二旦，你咋不走？要孩子！

朱二旦 别去啦。领走就让玉婉领走吧！

二旦妈 你憨啦，孩子是咱哩！

朱二旦 我是孩了他爹，玉婉是孩子她妈！两年多啦，她能不想孩子吗？让玉婉领走吧……

金 贵 二旦，你可不敢糊涂呀！

朱二旦 别说啦。金贵叔你们先走吧，我想一个人静一会儿……

二旦妈 旦儿？

朱二旦 （发火）走吧！

【金贵无奈和二旦妈一块下。

朱二旦 玉婉，你总算回来啦！可我……没脸见你呀！就是在这里我打了你……逼你和我离婚……我好后悔呀！

（唱）离婚后她含泪别家四川走，
我以为卸掉包袱得自由。
指望着孟兰对我情谊厚，
谁知她干敲梆子不卖油。
她骂我癞蛤蟆想吃天鹅肉，
草鸡想结凤凰俦。
受尽奚落丢尽丑，
鸡飞蛋打没一头。
工厂实行承包后，
我名落榜下无路投。
实指望赌场顺顺手，
来钱不用把汗流。
谁知运气算坏透，

越赌越输成了光腚猴！
这才是连阴雨偏逢茅屋漏，
杯杯苦酒难下喉。
两年来辛酸苦辣我尝够，
后悔得想把脑袋揪。
翠翠要妈我难张口，
我的娘想玉婉病加愁。
我人前装硬不低首，
背地里想她泪长流！
忘不了恩爱相亲那时候，
多少个灯前月下话轻柔。
她为我四季衣衫破又旧，
她疼我自喝稀粥我吃稠。
去看我从没有空过手，
哪怕是半篮柿子俩石榴。
我瞎眼不分香和臭，
把金子当成瓦片丢。
我想她怕过礼拜六，
我想她怕回山枣沟。
到如今她总算又回家门口，
我定要赔情认错把她求。
只要她答应复婚不怨旧，
任凭他棒打棍敲耳巴抽。
我还要一步一跪磕响头，
玉婉呀——我磕响头！

（灯暗）

第七场

【景同三场，但帐篷和蜂的主人，已经是玉婉了。

【玉婉从帐篷内看着信出来，心事重重。

玉　婉　（唱）回到家乡一月多，
心似湖水难息波。
婆婆天天哀求我，
二旦前后来缠磨。
志强哥来了一封信，
火热赤诚心一颗。
决心再往四川走，
撇不下女儿翠翠正上学。
一颗心儿分两下，
是走是留我该如何。

【坐椅上沉思，渐睡去。

【二旦提一篮鸡蛋上。

朱二旦　（唱）我三番五次来求她，
她冷冰冰的不理茬。
是冰也要把她暖化，
谁让我当初浑蛋把事做差。

【见玉婉休息，悄悄放下鸡蛋篮，进帐篷拿出小毛巾被，搭在玉婉身上，返身端出泡在脸盆的脏衣洗了起来。

玉　婉　（坐起）放下！

朱二旦　你累啦，歇吧，我会洗！

【玉婉起身夺过脸盆。

朱二旦 （乞求的）我能洗净……我都学会了……

【二旦又忙拿起鸡蛋篮，捧送到玉婉身边。

朱二旦 这是翠翠叫我送来的鸡蛋。

玉　婉 二旦，你坐下，咱商量个事。

朱二旦 中、中！我站着，你说吧，我听着哩。

玉　婉 你把孩子给我，我可以多给你钱。

朱二旦 不……钱你留着，孩子是你哩，也是我哩，你是她妈，我是她爹，咱还是一家人！

玉　婉 一家人？

朱二旦 玉婉，我现在才知道糖是甜哩，醋是酸哩，咱复婚吧！

玉　婉 别说啦！

（唱）离婚时你的话我没忘记，
你说过城里闺女等着你。
咱的事早已成过去，
复婚二字休再提。

朱二旦 （痛心疾首）玉婉！

（唱）玉婉你压压火消消气，
我如今已知道天高地低。
咱的家过去全凭你，
上养老下养小出尽了力。
你对我百般体贴真情实意，
我不该头枕蒸馍喊肚饥。
这二年累死种不好三亩地，
粮食不够填肚皮。
翠翠哭着闹，

妈病无钱医。
三顿饭难做,
四季穿旧衣。
日子过成烂浆饭,
稠不稠来稀不稀。
这次你就不回来,
我也要带翠翠
千里迢迢去找妻——
去找你呀!
从今后二旦知错定改错,
你叫上东我不上西。
你说养蜂咱养蜂,
你说种地我拉犁。
你就当收个小伙计,
你就当养头拉磨驴。
我要犯病再气你,
玉婉啊,
我就算少肝没肺无情无义,
没披人皮我披狗皮!

玉　婉　算啦!不用尽说好话叫我听,快把这鸡蛋拿走,送给你那相好的吧!

朱二旦　呀!你提那破鞋烂袜子干啥!要不是她……玉婉……

玉　婉　你走吧,我看蜂去啦!

朱二旦　(拦)玉婉!你真叫我给你跪下哩不是?!

玉　婉　你干啥?我说多次啦,复婚不可能!我……心里已有人啦!

朱二旦　没有……你哄我!

玉　婉　他是四川的，待我好……

朱二旦　（急）不！谁也不能夺走你！玉婉，我过去对不起你，这两年我明白了，你人好心好啥都好！

玉　婉　别说啦！

朱二旦　玉婉，你就不允许我改吗？我也在变呀……

玉　婉　你变了，变得赌博输钱快卖孩子了！

朱二旦　鬼迷心窍呀！我还想着赌博赢个万元户哩！我已主动向派出所坦白了，再也不赌啦！

玉　婉　只怕狗改不了吃屎！

朱二旦　玉婉！我再赌就不是人生父母养的！你要不信……

【二旦顺手捡起块石头，砸得手上鲜血直流。

玉　婉　（急挡）你干啥！疯啦！

【玉婉忙给二旦手上包扎。

【志强风尘仆仆上，见此情景，止步。

玉　婉　（突见志强，惊异）志强哥？！

志　强　玉婉……

【玉婉情不自禁扑向志强，二旦坐立不安，悄悄走向帐篷后。

玉　婉　志强哥，快坐下歇歇。你咋找到这儿啦？

志　强　你信上说，还在咱当初相遇的老地方。

玉　婉　（打水）你洗洗。真想不到你来。也不拍个电报，让人家接接你。

志　强　用不着。我是来拉罐头机的，秀芹姐让我顺道看看你。对，她给你有信。

玉　婉　快给我！（激动地拆看秀芹的信）

【秀芹画外唱导入回忆情景：

千里外叫一声妹妹玉婉，

姐对你讲几句肺腑之言。

志强他人正直是个男子汉，

这件事若成了确是良缘。

玉 婉 （唱）信上话勾起我心事千万，

两年来暗藏的心事她一语说穿。

志 强 （背唱）峨眉山，川江岸，

朝夕相伴整两年。

她勤劳贤惠人良善，

我暗藏爱心难明言。

玉 婉 （唱）我——

秀 芹 （唱）心重重——

志 强 （唱）我——

秀 芹 （唱）意悬悬。

爱又不敢爱，

欲走举步难，

玉婉啊，难道说丽山秀水你不恋？

玉 婉 （唱）我呀我——

志 强 （唱）你呀你——

玉 婉 （唱）怎知我心中扎着一座伏牛山。

秀 芹 （唱）不管是成哪头只有一点，

再不能靠男人听命由天。

脚下路自己走主意莫变，

望妹妹早定夺免姐挂牵。

【回忆结束。

志 强 （站起）玉婉，我就是来看看你，没有事，我今天就走……

玉 婉 今天就走？

志　强　我……恐怕又要给你添麻烦……

玉　婉　志强哥，我……

志　强　我刚才见到了，祝你们破镜重圆！

【志强走，玉婉拦。

玉　婉　志强哥，你多心啦！回来这两个月，二旦天天来求我！翠翠也哭着替他求情，俺妈也劝我复婚。我动过心！可我想，要不是遇到你们，不是秀芹姐领我走上这条路，我不还是个挨打受气的小媳妇吗？我怕，怕再回到过去那种日子呀！

志　强　你能有今天，是不容易，决不能回到过去那种日子啦！

玉　婉　我现在才觉得自己是人，不是牛！不是马！（哭泣）

志　强　玉婉！不要难过，你应当有信心！这几年，你跟着表姐养蜂，不光挣了钱，也懂得了如何做个人。

玉　婉　秀芹姐是大好人！

志　强　她这次把全部积蓄都拿出来，给村里办罐头厂，她想让大伙都富裕！

玉　婉　真的？

志　强　真的！你们这里花期长，花种多，蜜源广，很适合养蜂！玉婉，你就留下来，帮乡亲们发展养蜂事业吧？

玉　婉　志强哥，我也想……可你？

志　强　你放心，我会生活得很好！

玉　婉　你别说啦！

【玉婉忍不住哭泣着跑进帐篷。

志　强　玉婉——（跟进帐篷）

【二旦带二旦妈、金贵上。

金　贵　成败在此一举，二旦领你妈先到那边等一下。

【二旦领母下。

【金贵走到帐篷前。

金 贵 玉婉！玉婉……（玉婉出）听说四川大哥来了？

志 强 （出）大叔！

金 贵 听说你来了，我说得来看看，过去的事还得赔个不是哩！

志 强 过去的事别说了。大叔的蜂换品种没有？

金 贵 换了换了！

【二旦妈出，冲志强双膝跪倒。

二旦妈 四川大哥，我求求你了！

志 强 （忙搀扶）大妈！快起来！

二旦妈 大哥，俺这一家可不能散呀！你要不答应，我就不起来！

玉 婉 （见状生气）朱二旦！

朱二旦 （出）哎。哎哟，四川大哥来了？大哥抽烟！

玉 婉 二旦！有话说话！（指跪下的二旦妈）这是弄啥哩？！

朱二旦 （好像忽然发现）哟，妈！你咋弄这哩？快起来！

【二旦明拉暗按。

朱二旦 玉婉，我妈她不起！

玉 婉 （上前搀扶）妈，你起来听我说……

二旦妈 （忙起身）好，玉婉，妈听你哩……

玉 婉 朱二旦，妈，你们的心情我理解！我可以答应你们暂不去四川。

朱二旦 （顿时激动地叫了声）哎呀我的亲妈啊！

金 贵 二旦是高兴迷啦！

玉 婉 二旦，复婚的事你也别提！我也没想！我决定在山枣沟办个养蜂场，如果你愿意，可以到场里打工帮我养蜂。

朱二旦 愿意！愿意！

玉 婉 试用期一年。

朱二旦 啊！试用？

金 贵　（忙拉二旦）你憨啥哩！兴啥啥不丑，试用就试用吧！

二旦妈　旦儿，就先试着用吧！啊？

玉 婉　决不勉强，同意签合同，不同意拉倒。

朱二旦　中！中！同意！同意！

志 强　来，双方都在合同书上签字画押！

【二旦签字画押后，高兴得抓起活就干，惹得众人笑声顿起。

（合唱）一道道沟一座座山，

山变绿来沟变宽。

春风荡荡山吹遍，

山里的故事说不完！

（剧终）

【现代豫剧】

娥眉女

编剧　李学庭

人物表

娥　眉

唐春早

老唐头

马国章

麻脸婆

白连良

杜　婶

老将军

第一场

【那荒唐的年月，在距北京一日之程的运河平原上，发生了这么一个故事。

【大队革委会主任马国章家的院子里。

【幕启时小院静悄悄，种瓜匠老唐头从外进来。

老唐头　（唱）破布卷，麻线缠，

布卷线缠血汗钱。

东挪西借才一半，

讨儿媳还差四百元。

（白）马主任在家吗？

麻脸婆　（出）老唐头，钱带来了吗？

老唐头　还差四百。

麻脸婆　那咋能行！

老唐头　咱公社规定男女加一块够五十才准结婚，这人俺领过去了，还得当闺女养两年。因此这钱嘛，马主任说可以宽限一半年。

麻脸婆　既然马主任答应了，先把四百块给我吧。

老唐头　（掏出钱欲给又收回）咱不挑不拣，你总得让我先见见人吧？

麻脸婆　叫你见识见识，娥眉！出来！

（苗条俊俏的娥眉，蹇眉低首出房，她警觉多于羞怯地注视着老唐头。

麻脸婆　老唐头，睁大眼看吧！

（唱）你看这明眉大眼有多俊，

细皮嫩肉像画中人。

你儿子算交上桃花运，

这媳妇打着灯笼也难寻！

老唐头 （唱）庄户人不讲丑俊讲本分，

过日子只求节俭手脚勤。

闺女呀，咱家境不好日子紧，

你可愿到俺家里去受贫？

娥　眉 （唱）千般屈辱我要忍，

心头滴血不露真。

为找时机报冤恨，

绝境中且把生路寻。

看大伯忠厚诚实似可信，

柴门之中好安身。

大伯呀！

只要你不嫌娥眉手脚笨，

俺不图富贵图人亲。

麻脸婆 咦——老唐头，你说好不好？

老唐头 （甜蜜地笑了）好！

麻脸婆 高兴不高兴？

老唐头 高兴！

麻脸婆 掏钱吧！

【示意娥眉回房，然后一把将老唐头的四百元钱拿过来，迅速数了一遍。

麻脸婆 唉，谁叫俺当着干部哩，贴着钱为你们办事儿！

麻脸婆 丑话说到前边，公社有规定，你可不敢领回去偷着圆房，一定当闺女养两年！

老唐头 那是，违法的事情咱从来不干！

麻脸婆　不是这一条，人家闺女还不答应这事儿呢！

老唐头　那是、那是……

【娥眉换上了自己的破旧衣服，提一小包上。

麻脸婆　刚才那身衣服是俺借给她的。

【娥眉走到老唐头身边。

娥　眉　阿爸，咱走吧！

老唐头　咱……咱走，咱回家！

【麻脸婆开了大门，娥眉、老唐头欲出门，马国章匆匆上，将老唐头、娥眉推回，反身上了门。

老唐头　马主任，钱给他婶了！

马国章　不能走前门，从后门走，快！

【老唐头领娥眉匆匆走向后门下。

麻脸婆　你这是咋啦？

马国章　连良来了！出事了！

麻脸婆　自己女婿，又不是外人，看你慌的！

马国章　（掏出一纸）你看看这个人像谁？

麻脸婆　（细看）这……是娥眉？

马国章　对！这是上边刚发下来的通缉令，虽说名字不一样，看相片可是像娥眉呀！

麻脸婆　咦，你咋办了个这差皮事儿哩？！

马国章　当初我还以为捡了个大便宜呢！

（唱）看起来她不是出外顾口的穷家女，

这丫头是有些不同凡俗。

在四川临走那天将她遇，

同行们你争我抢把价提。

一听说咱离北京百八里，

她身价就不讲高低。

只花了五十斤粮票三十块，

可真便宜呀——

谁知道要落个蛋打鸡飞。

【白连良带民兵匆上。

白连良 四川那个女人哩？她可能就是反革命分子金小玉！

马国章 人家叫娥眉！不是金小玉，地点都差几百里哩！

麻脸婆 我看了，根本不是一个人！再说人已叫领走了！

白连良 别说废话，领天边也要找到她！这可是县革委会主任亲自下的命令！

麻脸婆 一定要看？

白连良 一定看！

麻脸婆 哼，我怕你是有别的坏心眼！

白连良 岳母同志！这是阶级斗争！

马国章 都别说了，我领你去看！走！

（切光）

第二场

【运河滩上瓜地旁的两间泥棚草房，断断续续的高粱秆扎的篱笆墙，圈出了一个小院的模样。

【唐春早在自己的草庵内闭门读书。缺腿少脚的白木桌上，放着一盏小煤油灯。

【老唐头满怀喜悦，兴冲冲进院，他向后看着说。

老唐头　在这儿，来吧闺女！（转身冲草庵）早……春早！

春　早　（庵内）叫！叫！看会儿书都不能安生！

【一肚子不高兴地放下书出了草庵。

春　早　爹，啥事呀？

老唐头　早！（掩饰不住喜悦）爹给你说了个媳妇！

春　早　爹，这话你能不能不说啦！咱说不起媳妇，我情愿打一辈子光棍！

老唐头　胡说！（向篱外叫）闺女，来吧！这就是咱的家！

【娥眉不安地挎着小包踏进篱笆院。

【春早一时茫然……

老唐头　（拉春早）闺女，这就是你那……那……他叫春早，你春早哥。

娥　眉　阿哥……

春　早　啊……爹，这？

老唐头　还不接着包袱进屋，愣着干啥！

【老唐头不容分说，将娥眉包拿过来塞给春早，神秘地笑着进了厨房。

春　早　包袱……先放屋里吧！

【抱着娥眉的小包，逃一样急忙钻进草屋。

娥　眉　**【不由得瞅一瞅就要生活一段的这个小院，不安的心情，渐趋平静。**

（唱）一月来神不宁提心吊胆，

断线的风筝浪里船。

冒风险逃离四川随了人贩，

今日被卖到这草庵。

老阿爸人虽贫困却良善，

看阿哥也是个本分青年。

虽如此也须提防意外之变，

待时机再脱身进京诉冤。

【将小院的倒篱扶正。

春　早　（从窗内向外偷看娥眉）哎呀！

（唱）原以为老爹又把空话念，

想不到姑娘真的到面前。

回味方才初见面，

她一声阿哥叫得甜。

叫得我脸儿发烧手脚乱，

心里如同荡秋千。

春早我聪明不在众人下，

为什么见了她咋会变恁憨。

【老唐头出草庵，见只有娥眉一人。

老唐头　春早，春早！

【春早走出草庵。

春　早　爹！

老唐头　你去窖里扒两个萝卜。

春　早　萝卜？

老唐头　菜，炒个菜。

春　早　爹，我到运河里去摸条鱼去！

老唐头　这么冷的水……

春　早　没事儿！（跑下）

娥　眉　阿爸，我什么饭都能吃下！

老唐头　我知道你也是个苦命的孩子！

（唱）听人讲四川灾重世道乱，

你孤身女背井离乡实在可怜。

春早这半间屋你先将就占，
俺爷俩就住那一间草庵。
够岁数就把你们婚事办，
受委屈也就一两年。

娥　眉　阿爸！
（唱）娥眉我既进咱篱笆小院，
就不怕吃苦受艰难。
只要咱全家相处好，
喝口凉水心也甜。

老唐头　好！（忽闻到煳味）哎呀，玉米粥坐锅了！

娥　眉　我去收拾。（迅速跑进厨房）

老唐头　端了先放着，等你春早哥回来炒菜。

【杜婶跑上。

杜　婶　老唐头、老唐头！

老唐头　他婶？

杜　婶　你买了个四川媳妇？人啥样？走，看看去！

老唐头　在厨房，你去吧！

【杜婶笑着进了厨房。

【白连良和麻脸婆等上。

白连良　老唐头，你买那个四川媳妇呢？

老唐头　这……

麻脸婆　啥叫买了个媳妇呀？咱这穷的连老鼠都养不起的地方，大小光棍一大群，马主任是为了贫下中农困难户办好事，千里迢迢从四川请来的！

白连良　别说了，把那个四川女子叫出来！

麻脸婆　咱根正苗红，还怕审查？叫娥眉出来！

【老唐头进厨房和杜婶一同领娥眉到白连良跟前。

白连良　（被娥眉的美丽惊呆）啊！

（唱）白连良也算是经多见广，

却不曾赏识过这样的姑娘！

看相貌她就是金小玉，

怎忍心送她进牢房。

白连良　啊……（取通缉令让娥眉看）姑娘你看：

（唱）这上面印的是谁的像？

你可要如实交代莫隐藏！

娥　眉　（看通缉令一惊，随即镇定）啊……

（唱）这女子看着和我有点像，

白连良　不错！

麻脸婆　（唱）“像”和“是”那可不一样，

盐是盐来糖是糖。

娥　眉　（唱）俺从小还没有照过相，

咋能上这光荣榜。

麻脸婆　（唱）可不能为了自己去领赏，

错抓好人丧天良！

白连良　其实我今天一见你本人，心里就有底了！

马国章　你是说……

白连良　乍看二人有点像，仔细看嘛……还是有区别的！娥眉同志，放心！我会给上边讲清楚的！

娥　眉　（鞠躬）谢主任了。

麻脸婆　好啦！审查该结束了吧？走啊！

白连良　老唐头，娥眉同志从四川不远千里来到咱们这里，你要当亲闺女一样照顾，公社的政策你也清楚，不够年龄结婚那可是违法的！（转脸色眯眯地对着娥眉）可不要让娥眉同志受委屈啊！

老唐头　　那是、那是——

麻脸婆　　白主任，关心过了吧！

【白一挥手，民兵等随下。

杜　婶　　（对娥眉）闺女，你拾掇饭去！

【娥眉进厨房。

老唐头　　唉，吓人一身冷汗！

杜　婶　　（推老唐头到一边）看出来没有？白连良可是没安好心！孩子们的事情你打算咋办？

老唐头　　等两年年龄一够就办事儿。

杜　婶　　你是让糊涂饭吃糊涂了！

（唱）这件事千万不能等，

趁热打铁把亲成。

夜长就会有噩梦，

闹不好鸡飞蛋打两头空！

老唐头　　那你说这事儿？

杜　婶　　今晚就圆房！

老唐头　　公社有政策……

杜　婶　　那都是摆治咱小百姓哩，国家都没规定够五十让结婚。

老唐头　　可啥也没有准备呀……

杜　婶　　俩枕头往一块儿一拼，啥都有了！

老唐头　　怕娥眉不答应……

杜　婶　　咱花了钱就得听咱的。事不宜迟，说办就办。还愣啥哩？

（切光）

第三场

【当天夜里，春早居住的草庵，现在是娥眉的居室了。

【娥眉不安地翻看着桌上的书本，又推开窗户，窗外月光如水。运河滩被罩在一片神秘的氛围中。

娥　眉　（唱）月融融星淡淡夜幕轻掩，
风嗖嗖虫唧唧人难入眠。
对明月我暗把小弟呼唤，
阿毛啊——
今夜晚你流浪何处忍饥受寒！
你怎知呀半月来姐整天提心吊胆，
改姓名为进京雪咱的屈冤。
到此处离北京已经不远，
再不怕他们跟踪监视万般阻拦。
那边的通缉令今日已经发到这县，
瞒事情姐还要暂住草庵。
喜的是阿爸他把我当亲生女儿看，
阿哥他也是个忠厚青年。
贫寒家人良善能避风险，
厚道人心肠好把我爱怜。
盼只盼严冬尽大地回暖，
澄清那是与非雪咱的屈冤，
咱举家团圆。

【她关上窗，顶上门，从衣缝中取出告状材料，就着油灯观看。

【老唐头将穿了一身新衣的春早，从他的草庵中推出来，春早为难地不想走，老唐头手里捧着个布包。

春　早　爹，这咋能行！

老唐头　咋个不行？咱花了钱买来就是给你做媳妇哩！

春　早　爹，人家今天才来，等几天还不行？

老唐头　一天也不能等！（将手里包袱交春早）这身衣服你拿上，让娥眉明早换上。

春　早　爹，我心里有点怕……

老唐头　你呀，木这是怕啥哩？二十六七啦，还不开窍！

春　早　好好好，我去！

老唐头　敲门去！

春　早　我去就是了嘛！

老唐头　行，我走了。（走了几步，见春早仍站在原地，着急地又走回来）早！木这是叫你钻老虎笼哩？你咋没一点胆哩？去！

春　早　我去，我去！

【春早鼓足勇气，在父亲监督下走到草庵前敲门。

【娥眉一惊，忙将材料收起，屏气凝听。

【老唐头示意春早再敲门，春早又敲门。

娥　眉　谁？

春　早　我……

娥　眉　阿哥我……我已经睡了。

春　早　啊——那——（扭头欲离开）

【老唐头示意坚决敲门。

春　早　（为难地）你起来开开门吧，有话说……

娥　眉　（想了想，只得去开门）好……你等等。

【娥眉开门，春早慌忙进了草庵，门外的老唐头笑着进了他的

小屋。

娥　眉　（不解）阿哥你……

春　早　啊……我……我看会书，咱家就这一盏灯，你……你歇着吧！

娥　眉　（不安）……你看书吧。

【春早以书掩面，局促地坐在灯前。

【娥眉警觉地坐在床上，小屋内一片不安的气氛。

春　早　（内心唱）红着脸进草庵浑身流汗，
心儿跳头难抬自觉不安。
爹硬逼唐春早荒唐事办，
孤身女初来乍到我话该咋谈。

娥　眉　（背唱）眼看看月影移时近夜半，
阿哥他无意去守坐在灯前。
说什么夜读书来就灯盏，
心不宁分明是托词借端。
手捧书紧遮面说看未看，
失措态拘谨情神色不安。
最蹊跷深夜间把新衣更换，
这迹象怎不使我顿生疑团。
莫非是老人家主意改变，
今夜晚要圆房自食前言！

春　早　（如坐针毡）唉！
（唱）眼观书不见字茫然一片，
坐针毡难挨这分秒如年。
难开口也只能装把书看，
盼望着月西沉日出东山。

【老唐头出门送杜婶远去，见娥眉屋内灯光还亮，不满地咳嗽

两声。

老唐头　春早，灯油都是掏钱买的！还要起早修大寨田，还不快歇了！

春　早　嗯，知道了……

【老唐头进了他的小屋。

娥　眉　呀！

（唱）果然是老人家把主意改变，

心慌乱无主意坐卧难安。

心一横脱身走再不回转，

身欲行步难迈逡巡不前。

门外边夜色浓云锁路断，

落难人在异乡可往哪边？

天地广何处能容我存站，

茫茫人间举目无亲又无援。

更何况岁月动荡世道险，

通缉犯落虎口后果更惨。

留下难，出走险，

也只有放大胆在此周旋。

看他们也非是乘人危难，

这件事原也在迟早之间。

必要时我只得话讲当面，

晓以理动以情渡此难关。

【老唐头抽着烟又走了出来，看到灯还亮着，不由得火起。他用力地咳嗽了一声，春早慌忙间将灯吹灭。老唐头满意地回草屋去了。

娥　眉　（唱）他噗的一声灭灯盏，

事已明白我的警觉添。

春　早　（唱）此时解释更添乱，

用行动取信她无须多言。

（白）不吹了灯，爹要怪的！你放心睡吧，我就歇在这里，有话明天再说。

【**春早忙伏案歇睡**。

娥　眉　阿哥，阿爸这是……

春　早　娥眉同志，实在对不起。你知道俺家穷，八百元，爹把命都押上了！他老人家怕夜长梦多，你会变卦，才、才……

娥　眉　不是不够公社规定的年龄，说好要等两年，你们咋能这样做！

春　早　请你原谅，我不得不照父亲的意见办，可我绝不会为难你！除非……你、你放心歇吧！

【**话已讲明，春早心坦然了一些，索性伏案睡去。娥眉呆坐沉思**。

娥　眉　（唱）阿哥他讲真情不欺不瞒，

娥眉我忐忑心才觉稍安。

是阿爸怕夜长梦多生异变，

出此策防我走情理可原。

阿哥他迫于父命也非情愿，

进房来同样是尴尬为难。

对外乡弱女子体恤怜念，

人稳重言坦诚品正行端。

这年月总见他手不释卷，

是一位有志气的好学青年。

（夜风敲窗）

呼啦啦夜风起树影摇乱，

一阵阵料峭春寒透过窗帘。

他为我受委屈身伏冷案，
人困乏入梦乡微微轻鼾。
枕头下抽出来旧衣一件，
沉睡中且与他遮体御寒。
（欲行又止）……不可！
眼下这境况更需检点，
倘因此生误会麻烦又添。
倒不如避闲事狠心不管，
（风声急急，春早缩肩蜷臂）
风转急又怜他衣衫太单，
难得他男女共处不生邪念。
进屋来从未有轻举妄言，
足见他一颗心金光闪闪。
娥眉我乱思忖情理有偏，
大着胆去为他披衣增暖。
（大大方方将衣服披在了春早身上，返回坐在床上，不由得长吁了一口气）
心坦然倦意生倚枕而眠。
（倚枕而卧，不觉睡去）

【少顷，春早醒来，发现披在身上的衣服，顿生感激之情。

春　早　（唱）好姑娘好娥眉心地良善，
一件衣万般情动我心弦。
萍水逢乍相见能知冷暖，
贤淑性温柔心可共百年。（点灯）
白日里我不敢将她细看，
借灯光悄端详姑娘容颜。

虽然是面憔悴菜色未减，
衣破旧掩不住她美丽非凡。
眉紧蹙似藏有万千幽怨，
睡梦中含悲容楚楚可怜！
若非是家境苦何以自贱，
抛父母别家乡被卖到俺草庵。
从今后俺二人要终身相伴，
破碎心正需要爱的慰安。
本有心唤醒她一诉心愿，
还怕她怪轻薄反觉难堪。
强抑住一腔情愫再把书看。

【春早重捧起书，收敛心神，渐被书吸引。

【娥眉醒转，见春早以身遮灯看书，心中十分感动。

娥　眉　（唱）蒙眬醒见阿哥夜读未眠。
用身躯遮灯光怕扰我梦幻，
这样的入微体贴暖人心田。
观夜色离破晓为时不远，
他还要上早工去修大寨田。
应让他上床歇息换一换，
我且去倚桌案待黎明天。
（白）阿哥——

春　早　啊？

娥　眉　夜已深了，明日还要干活，你上床睡一会儿吧！

春　早　（误解，十分激动）娥眉，你……你不怪我？

娥　眉　阿爸的心意我能理解。

春　早　我这个人……

娥　眉　　阿哥，今晚我已看见你的心了……

春　早　　（上前一把拉住娥眉的手）好娥眉，我……

【娥眉急将手抽回。

【春早忽然想起，忙拿起爹交给的小包，取出新衣。

春　早　　娥眉，这是给你的新衣……

娥　眉　　新衣？阿哥，我穿这身衣服就很好，我不要……

春　早　　不要怎么能行呢？好赖是场事，你换上吧！

娥　眉　　不！我不换！

春　早　　好妹妹，命运之神既然让我们走到了一起，也算那老人们说的千里姻缘一线牵！让我帮你脱下这身烂衣服，换上咱的新衣吧！

【春早一口吹灭灯，深情地走向娥眉，欲拥娥眉，娥眉用力将春早推开。

娥　眉　　不……不！我不愿意！

春　早　　（大吃一惊）什么？你……

娥　眉　　我不愿意！阿哥，我把你当亲哥哥待，你……原谅我吧！

春　早　　**【羞惭得无地自容，恨不得向自己擂拳。**

嘿！我干了些什么呀！

【春早夺门而出，跑到父亲的屋前，气愤地以手擂门。老唐头披衣出屋。

老唐头　　早，这是咋啦？

春　早　　爹，你让我干的啥呀？人家根本不愿意！

【春早说完，气愤地奔到屋后。

老唐头　　（醒悟）啥呀？她不愿意？！

【老唐头像头激怒的牤牛，喘着粗气奔到刚走出草屋的娥眉身边。

老唐头　　你、你！

娥　眉　　阿爸，求你老人家原谅我……

老唐头　　原谅？你是想坑害俺呀！

娥　眉　　阿爸，你听我说，我……

老唐头　　（声泪俱下）我不听！你欺负我们老实人没本事呀！你要我老汉给你跪下吗？！

娥　眉　　（咚地双膝跪地，哀哀涕泣）阿爸、阿爸，你原谅娥眉千里迢迢，逃离四川，为的是进京告状，替父母申冤！阿爸呀我的好阿爸！

（唱）阿爸阿爸叫连声，

原谅我满腹血泪情。

母亲悬梁冤未诉，

父亲被抓无影踪。

四川告状无人管，

我一心上访进北京。

改名隐姓来到此，

求你把我当亲生。

父母冤仇一旦诉，

阿爸呀，定报你父子山海情！

老唐头　　（惊愕）什么？你不是出来找家哩？

娥　眉　　阿爸，你就把我当女儿吧……

老唐头　　春早、春早！

【春早从屋内出来。

老唐头　　春早，咱叫马国章骗了！我找他去！（一把拉住娥眉）走，我将你送还给他！走！

娥　眉　　（挣扎不去）阿爸、阿爸……

春　早　　爹，你松开手。

老唐头　　（失声痛哭）这不是不叫人活了吗！

春　早　　爹，你别难过，娥眉要骗咱她就不会跟咱讲实话。

老唐头　　那她……

春　早　　爹，让我问问情况再说。

老唐头　　早，咱心肠可不能太软了呀！现在这世道，好心没好报啊！

【老唐头走向自己的屋，春早走到娥眉身边。

娥　眉　　阿哥……

春　早　　你刚才讲的，我都听到了。你真有冤仇未报，我们不会乘人之危！你能仔细讲一讲吗？

娥　眉　　（点头）阿哥，到屋里说吧！

春　早　　好。

【春早、娥眉进屋，娥眉将门掩上，从衣内取出状子，扑通一声跪地含泪呈给春早。春早忙扶起娥眉，展状于油灯之下细看。

【老唐头出屋，见春早、娥眉进了屋，听了听没有动静，大喜，欲走，又返身将娥眉的门从外锁上，这才放心进了自己的屋。

（灯暗）

第四场

【几个月过去了，秋色代替了春寒景象，老唐头的茅庵小院生意盎然。整齐的篱笆上攀缘着紫红的牵牛花，泥庵上垂瓜吊果，香色诱人。

【春早和娥眉住的草庵内也收拾得洁净明亮，有了女儿气息。

【幕启时，时近傍晚，衣着整洁的老唐头，满脸喜色地在轰鸡进窝。

老唐头 （唱）鸡三只，鸭三只，

老唐我心里美滋滋。

自从媳妇进院子，

破房烂屋变样子，

攒票子，盖房子，

单等来年抱孙子。

（见春早归来）春早——

春　早 （上）爹。

老唐头 咦，你和娥眉一起赶集，咋一个人回来了？

春　早 她拐到柳营四川老乡那去看看。

老唐头 （生气）你咋不一块去呢？！她哪来的四川老乡？

春　早 看你吓的，跑不了！

老唐头 （盛怒）你昏……昏了头啦！

（唱）你二十好几没心计，

竟不知人心隔肚皮。

你别看娥眉表面顺着你，

可知她心里有秘密。

春　早 爹！

（唱）以心换心靠情义，

待人不可互猜疑。

老唐头 胡扯！

（唱）还不赶快找人去，

要出事我揭了你的皮！

春　早　　让我先喝口水。

老唐头　　人要找不回来……

春　早　　（抢白）剥了我的皮！你呀，就不相信人！

【春早说着往外走，娥眉风尘仆仆上。

娥　眉　　阿爸！

老唐头　　（喜出望外）孩子，回来啦？

春　早　　谢天谢地，这一回我这皮剥不了啦！

老唐头　　你小子，快打水让娥眉洗洗，我做饭去！

【老唐头喜滋滋进厨房，春早和娥眉进自己的草庵，春早倒水娥眉洗了把脸，接过春早送上的热茶。

春　早　　你咋回来这么晚？我看天快黑了，还等不到，真担心出了啥事儿呢！

娥　眉　　春早哥，又白跑了一趟！

春　早　　还没找到人？

娥　眉　　阿哥！

（唱）阿爸的战友找不到，

反被坏人盯了梢；

若不是急中生智把尾巴甩掉，

被抓就得蹲大牢。

春　早　　（唱）依我看上访告状是白跑，

闹不好引火烧身把祸招；

且沉气，莫急躁，

总会有咱路一条。

（白）我倒有个想法！

娥　眉　　啥想法？

春　早　　我看一不做二不休，咱把状子多写几份，寄给那几个还没有被完全打倒的老干部。

娥　眉　能行吗?

春　早　最起码，也让更多人知道你爸的冤案!

娥　眉　那就试试吧……

春　早　你跑一天了，让我来誊吧!

娥　眉　好，我歇一会儿，写了咱明天就寄出!

春　早　好!

【娥眉拉上房间中间的布幔，进内休息，春早点亮油灯，伏案疾书。

【屋外一弯下弦月，悄悄出现在天边。

【白连良悄悄溜上。

白连良　(唱)自从和四川小妞见过面，

俏模样总是闪现在眼前。

通缉的事有意为她巧遮掩，

施恩惠放她过难关。

几次相邀她不给脸，

借故常来找机缘。

缸里的鱼，

迟早得让我尝鲜!

【走近草庵，隔窗向里偷望。

(白)这小子在里边?!他们不会先斩后奏办实事吧!料他也没那个胆!

【老唐头在厨房叫。

老唐头　春早——

【春早在屋内应，白连良闪到黑影处。

老唐头　你来一下。

春　早　　好。

【春早将写好的一封信装进信封，压到书本下，出了草庵，进厨房。

【白连良从黑影处出来，进了娥眉住的草庵，随手关上门。

白连良　　（小声）娥眉同志！（掀幔看）啊，她睡着了！（他闪身进到幔内，少停，娥眉一声惊呼，披衣跑到幔外，白连良嬉皮笑脸追出）

娥　眉　　你……你干啥！

白连良　　不要怕，娥眉同志，我是来让你去参加公社宣传队哩，就凭你这条件……

娥　眉　　白主任，你规矩点儿！我说不去就决不会去！

【娥眉说完，开门跑出，进到老唐头的草庵内。

【白连良尴尬地在庵内巡视，发现桌上的信，急忙拿起翻看。

白连良　　哦！这信好恶毒啊！

【一想，将信揣进兜内，走出草庵。

【老唐头和春早从厨房出来。

老唐头　　白主任，你啥时来啦？

白连良　　（严厉地）让娥眉到公社宣传队，为什么不去？

老唐头　　她不会唱……

白连良　　不会？三天内到公社找我报到，不去她自己知道后果！

【白连良拂袖而去。

【老唐头摇了摇头，看见娥眉出来了。

老唐头　　吃饭吧！（进厨房）

春　早　　（突然想到）娥眉，信呢？

娥　眉　　信？不是在你手？

春　早　　哎呀！

【春早，娥眉急忙进到庵内，翻看桌上的东西。

春　早　　没有了！

娥　眉　　（惊慌）是他？

春　早　　（反倒镇静地坐下）是——他！

（切光）

第五场

【半月后，景同前场，时值夜半。

【娥眉住的草庵内，布幔后有微弱哭声传出，惊醒了布幔外睡在桌上的春早。春早拥被坐起，披衣下桌，点上灯走到布幔前。

春　早　　（小声地）娥眉、娥眉！

【哭声渐止。

（内，娥眉声）嗯！

【少许，娥眉披着衣服由幔后出来，双眼泪水未干。

春　早　　又做啥梦了？

娥　眉　　唉，春早哥！

（唱）满腹心事难入梦，

时过夜半方蒙胧。

恍惚间看到妈身影，

脖子上还系着那根上吊绳！

惊愕中阿爸随之乘风到，

镣铐下手脚淋漓血染红。

二老同声把我问：

（白）阿毛呢？你把阿毛弄哪儿了？

（唱）为什么你把阿毛扔！

春　早　你是膺记小弟。十二岁的孩子到处流浪，让人不能放心啊！

娥　眉　（哭泣）春早哥，状告不成，害得你夜夜这样睡到桌子上。这样瞒阿爸多久呢？我想……

春　早　说吧？

娥　眉　我想……想小弟呀！（哭泣）

【天渐明，老唐头起来了，春早闻声吹了灯，出庵。

老唐头　早，大寨田上活完没有？

春　早　早哩，爹，我想跟你商量个事。

老唐头　啥事儿？

春　早　爹！

（唱）几月来娥眉实心对待咱，

里外操持忙不闲；

她只身离家千里远，

独撇小弟在川江边。

嘴里没说心思念，

咱应当让她给家寄点钱。

老唐头　嗯，多少？

春　早　（唱）咱父子以后多省俭，

让她寄回五十元。

老唐头　啥？五十元？

春　早　我保证拼着命干，多挣工分……

老唐头　一个劳动日八分钱，你一年能挣五十不能？至多二十。

春　早　爹，三十吧！

老唐头　　嗯……早，过来，爹问你个事儿！

春　早　　（走到老唐头身边）啥事儿？

老唐头　　早，这、这……你们在一起也几个月了，有……有情况没有？

春　早　　啥情况？

老唐头　　这孩子，你咋恁木瓜呢！爹想早点抱孙子哩！

春　早　　（羞笑起来）爹，大概……可能……也许吧！

老唐头　　少给爹玩名词，这有啥不好意思，有就有了呗！

（高兴地从内衣兜里掏出钱，数出一沓）给，五十块！

春　早　　（接钱）谢谢爹，娥眉——

【娥眉出草庵。

春　早　　娥眉。

（唱）自从你跨进咱篱笆院，

带来了三春艳阳天。

爹让我给你五十块，

寄给小弟解急难。

娥　眉　　春早哥！

（唱）血凝汗积五十元，

两颗赤心捧面前。

娥眉眼里知深浅，

诸多情景在心田。

怎不知阿爸衣破鞋绽线，

怎不知白水煮菜少油盐，

怎不知全家仅有灯一盏，

怎不知马家逼债爹作难！

五十元钱我不要，

情和义我永世铭刻在心间！

老唐头　你嫌少？

娥　眉　不。钱是咋来的，我一清二楚，攒起来还账吧。再说小弟现在在哪里，钱寄到何处？

春　早　这……

老唐头　那……钱你们就先留着，打听着再寄吧。

娥　眉　阿爸，实在要给，钱我收下，我想用它做路费回四川一趟。

老唐头　啥呀？回四川？！

娥　眉　我想找找小弟，安置之后就回来，行吗？

老唐头　别说了！闺女，你吃我身上的肉，我马上割给你！回四川，杀了我，我也不同意！

【老唐头说罢，进屋关上门。

【娥眉失声痛哭。

春　早　娥眉，你回屋歇着，我再给爹好好说说……

娥　眉　阿哥，我……不回去了！阿毛，你原谅姐姐吧！

【娥眉抽泣着进了自己的草庵。春早敲父亲的门，老唐头没开。

【白连良、马国章、文攻武卫队员等上。

马国章　唐春早，你过来！

春　早　啥事儿？

马国章　你写过一封告状信？

春　早　信？

【老唐头闻声出来。

白连良　不要装聋作哑了，真凭实据就在手里，你还想抵赖吗？！

【晃了晃信。

春　早　（明白了）啊，那封信啊？是我写的！

白连良　竟敢写这样的翻案信，你简直是反动透顶了！

（唱）这封信一个字一个点都是毒箭，

又猖狂又恶毒气焰冲天。

证据在手难狡辩，

要让你尝一尝专政的铁拳。

（白）绑起来！

【娥眉急出。

娥　眉　　慢！这事与春早哥无关，信是我写的！

春　早　　（一把推过娥眉）你过去！我唐春早堂堂男子汉，敢作敢当！

白连良　　好！

马国章　　春早，这信是你写的，这事可不是你的呀！

春　早　　我编的。

马国章　　你为啥要编这种事？

春　早　　对你们不满，想打倒你们！

娥　眉　　春早哥……

白连良　　带走！

老唐头　　不！白主任，俺儿冤枉，他没有写！

【马国章。民兵不由分说押春早下，老唐头哭叫着追下，娥眉叫着春早哥追，被白连良挡住。

娥　眉　　信是我写的，你放了春早哥！

白连良　　好，正要审查你！

【白连良将娥眉推回草庵，将门闩上。

娥　眉　　你要干啥！

白连良　　不要怕。

娥　眉　　我不怕。信是我写的，杀头蹲监都可以，你赶快放了春早哥！

白连良　　一句一个春早哥，真亲啊！你当我不知道信是你写的？唐春早只是沓一下！

娥　眉　那你……

白连良　我还清楚通缉令上的金小玉就是你娥眉！

娥　眉　（一惊）你要怎样？

白连良　你放明白点，我一直在保护你！你要知恩图报才是！

【欲抱娥眉，娥眉斥骂反抗。

【杜婶、老唐头匆匆返回，听到呼叫声。

老唐头　（暴怒，掂棍破门而入）畜生！

【老唐头一棍打向白连良，白狼狈逃下，娥眉扑到杜婶怀里放声痛哭。

杜　婶　闺女、闺女……

老唐头　娥眉，你阿爸是个穷种瓜匠，无权无势，没福分留你！你、你……还是回四川走吧！

娥　眉　不，我不走，我要去把春早哥换回来！

老唐头　（怒）站住！

娥　眉　阿爸，我不能连累春早哥！

老唐头　闺女，你阿爸再浑，也不能叫你进火坑！咱舍一个不能舍两个！舍他也不能舍你，快走！

娥　眉　（咚地跪倒在老唐头膝前）阿爸——

（切光）

第六场

【历史恢复正常生活的第二年，初秋天气，云淡风轻，老唐头的小院明亮且充满生机，但什物摆放，显然缺少女人的打理。

【还在那间草庵，还在那张桌前，春早在埋头读书，桌上没有油灯，屋内有了电灯。

【开幕时，麻脸婆拿一纸包上。

麻脸婆　（唱）三十年河西转河东，

西风过去刮东风。

往日吃下今日吐，

鱼没逮住落一身腥。

（白）老唐哥，老唐哥在家吗？

春　早　（出）啊，你坐，我去瓜地寻我爹去！

麻脸婆　快坐下孩子，身上还疼不疼？

春　早　没大事！

麻脸婆　白脸狼个叫炮贼！硬把我娃关了一年多大牢，我和你叔跟他斗争来斗争去，挨千刀的六亲不认！

春　早　有啥事儿吗？

麻脸婆　早，白脸狼叫抓起来了！俺闺女也和他蹬啦！这是当初为娥眉你爹给的六百块钱，如数送还！

春　早　送还？

麻脸婆　当初是白脸狼逼着让要，娥眉也早走啦，能让你家人财两空？

【杜婶兴冲冲上。

杜　婶　早、早！咦，主任丈母娘在啊！

麻脸婆　啊，我走啦……

春　早　这钱——

【杜婶一把按住春早的手，麻脸婆仓皇溜下。

杜　婶　这原本就是咱的钱！他敢不还？就这也饶不了他龟孙们！

杜　婶　孩子，娥眉有信儿没有？

春　早　没有。

杜　婶　　孩子！

（唱）昨夜晚和你爹说了半夜话，

老头子掉了两眼泪疙瘩。

娥眉虽好没指望，

咱可得早点再把主意拿。

柳营有个小寡妇……

春　早　　婶，你不要再说了。

杜　婶　　非等娥眉不可？

春　早　　我谁也不等。

杜　婶　　眼看两年啦，说不定人家早成家啦！这个娥眉，非坑了你不中！

春　早　　婶，你忙吧，我看会书！

杜　婶　　唉，你这孩子……

【远处嘈杂声渐近。

【老唐头脚步踉跄跑上。

老唐头　　早、早、早！

【老唐头一步跨进院子，抓住春早，老泪纵横。

春　早　　爹，你咋啦？

杜　婶　　他叔……

老唐头　　（颤抖着手指向外边）她、她……

【老唐头说不下去，蹲到地上抽泣起来。

【杜婶拉春早欲出院，正碰上众人拥着进了篱笆院的娥眉。

春　早　　（惊喜得不相信）娥……眉！

娥　眉　　（热泪盈眶）春早哥！

【空气凝固了。

杜　婶　　（擦去喜悦的泪水）天爷呀！闺女回来啦！

【娥眉扔掉手中的皮箱，一步一步走近春早。

娥　眉　　阿哥！（她伏在春早肩上哭了）

伴　唱　　　长江头，运河边，

山水相隔心相连。

顾不得身旁众人眼，

滚烫的泪水胜千言。

（切光）

【灯光复明，小屋内只剩春早和娥眉了，春早给娥眉倒了杯水。

春　早　　娥眉，阿爸的事情？

娥　眉　　平反了。

春　早　　小弟呢？

娥　眉　　上学了。

春　早　　你参加高考了吗？

娥　眉　　你猜猜！

春　早　　考了，而且考上了？

娥　眉　　还是名牌大学呢！

春　早　　啊……好！

娥　眉　　阿哥，你考上了哪个学校？

春　早　　娥眉，你累了，躺床上歇歇，我帮爹做饭去！

【娥眉一步站到门口，挡住了春早的去路。

娥　眉　　春早哥，你有心事儿？

春　早　　啥心事？没有。

娥　眉　　我来了，你不高兴？

春　早　　咋……咋能不高兴呢……

娥　眉　　你坐下，听我说。

（唱）两年来想阿哥不能见面，

心里头攒下了万语千言。

哥被抓妹被迫四川回返，
人虽去心留在运河岸边。
忆当初患难相遇篱笆小院，
这一段共同生活太不平凡。
难忘哥磊落光明至诚一片，
孤身女蒙庇护得以保全。
苞米糊萝卜丝虽然粗淡，
人有情地有义食之甘甜。
白脸狼禽兽心逼我就范，
阿哥你挺身护我身陷牢监。
老阿爸恩义如山情可感，
关键时舍子掩护把苦难承担！
这一桩桩一件件，
剪不断意缠绵。
心驰神往魂飞苦，
夜夜梦断五更残。
从小不知相思味，
至此方被情丝牵。
我连发四信回音断，
关山遥阻我的泪空弹，
好容易盼到了乾坤扭转，
俺居家得团圆我心未圆。
正欲动身把哥来看，
高考的喜讯忽又传。
这良机是你我多年期盼，
下决心先考试把行期后延。

录取后插翅急把你来见，
总算是娥眉又到哥身边。
八百元未能把我买，
善良心却把娥眉拴。
天变地变我心不变，
铁坚石坚我情更坚。
此行来把婚约践，
阿哥呀！
欠下的情和债我要一并还！

（白）结婚的东西我全准备好了，再不能让我阿哥睡这硬木桌了！阿爸说你是新时代的真男子！

春　早　（避开娥眉的亲昵）娥眉，学校啥时候开学？

娥　眉　还有一个多月，正好度完蜜月。哎，你还没说你考到哪个学校呢！

春　早　我……没考试！

娥　眉　为啥？

春　早　成绩不行。

娥　眉　哎呀，你失去了一个好机会！你的基础，绝没有问题！

春　早　不说了。

娥　眉　我帮你复习，明年再考。

春　早　你歇吧，我帮爹做饭去。

娥　眉　别走，你说啥时候举行婚礼？今天，明天，还是后天？

春　早　这……上学要紧。

娥　眉　不，这是政策允许的！

春　早　再说……

娥　眉　说呀，咋啦？

春　早　　再说……这快两年……你没有信儿，我……我又订下了！

娥　眉　　（惊疑）骗人！胡说！

春　早　　真的……真的！

【春早夺门跑向野外，娥眉追到门前，杜婶端饭上，娥眉一把抓住杜婶。

娥　眉　　你告诉我，春早真的又订婚了吗？

杜　婶　　你不来，他跟谁订哩！

娥　眉　　我明白了。村里有电话吗？

杜　婶　　有啊！

娥　眉　　快领我去打个电话！

（灯暗）

第七场

【第二天，景同前场，老唐头正在小院和春早生气。

老唐头　　孩子，这一回可是人家心甘情愿啦，你又变卦了！

春　早　　爹！

（唱）儿也是血肉之躯有情有感，
婚姻事何曾不思虑再三。
因家贫过去把心思深掩，
不忍看爹为我愁苦作难。
是命运巧安排与娥眉见面，
无望中看到了春光灿烂。
多少个憧憬啊多少回梦幻，

多少次编织那美丽的花环。
是真爱我不愿乘人危难，
是真爱同室居兄妹相安。
是真爱容不得纤尘沾染，
是真爱我坐监虽苦犹甜。
如今她考入大学爹又平反，
时过境迁已非当年。
咱与她她与咱距离已远，
决不能给娥眉添忧增烦。
应祝她化作春风高飞燕，
一飞冲大九挂牵，
决不能把她的翅膀拴。

老唐头 你说这也对……那咱就……打发人家走吧！

【马国章、麻脸婆匆匆跑上。

马国章 老唐大哥，快，快接贵客！

老唐头 贵客？

【众拥娥眉和身着军装的爸爸上，他是一个老军人，须眉斑白，我们称他为将军吧。

将　军 哪位是我的亲家呀？（走到老唐头面前，拉住手）大概你就是老唐大哥！

老唐头 我是老唐头……（众笑）你是……

马国章 （抢白）司令员！将军！大首长！

将　军 都说错了，我是娥眉的爸爸，解放军的一个老兵，你的亲家！

老唐头 啊……坐……坐，啥时候来哩？

【将军一屁股坐到石凳上。

将　军 昨天就到了，我女儿怕我这个庞然大物吓住亲家，谁知我还没出场，春早就不干了。哪个是我女婿啊？

【众人将春早推到将军面前。

春　早　大伯……

将　军　（庄重站起，抚春早双肩）好小伙！你有一颗金子般的心！我谢谢你啦！

春　早　大伯……

将　军　这婚事你为什么不同意了呢？就为她是大学生，你爸是种瓜匠？我过去也是种地放牛的！为了消灭等级差别，参加了革命，革命了几十年，这些旧观念非但没有革掉，咋又严重了？这怎么能行呢！

马国章　首长说得对……

将　军　这几年，我被关在山洞里，有时间想了许多问题。老唐大哥，春早，我们是有许多失误！掌权、当官，脱离了群众，就会走到群众的对立面！不得了啊！这个风必须改。娥眉你过来！

娥　眉　爸！

将　军　老唐大哥，我女儿从小在她姥姥家长大，又下乡插过队，靠这点基本功，在这里快一年的试用期，还合格吧？

老唐头　合格、合格！

杜　婶　俺全村也难找出一个！

将　军　老唐大哥，既然她做农民的儿媳还可以，就留下她吧！

老唐头　我……嘿嘿，春早……你说话嘛！

春　早　大伯，能有今天不容易，得让娥眉安心学习，我……

将　军　把婚订下，先不结婚这总可以吧？

春　早　不是……我……

娥　眉　春早哥，你别说啦！（拿出入学通知书）大学我得到了，可我失去了和春早哥的平等！爸，你原谅女儿没出息，这个大学，我不上了！

【**娥眉唰唰撕烂了入学通知书，急得春早大叫一声，急忙捡起。**

春　早　你这是干啥啊？！这个容易吗？！

【**娥眉哭泣，春早也难过得掉了泪。**

将　军　真是乐极生悲啊！春早，你看咋办好呢？

春　早　我……我同意订婚，可……

将　军　好啊，这就对了！这样放了假，娥眉可以来住这儿，名正言顺帮你复习，明年你也考大学，多好啊！

【**娥眉含泪捶了春早一拳，伏在春早肩膀上。**

众　人　好！（鼓掌）

【**老唐头捧出一盘西瓜。**

老唐头　这是我留的瓜种，来，都吃一块！

将　军　好，为我女儿找了这么好一个女婿，大家高举西瓜！

众　人　吃啊！哈哈哈……

（剧终）

该剧参考刘绍棠短篇小说《娥眉》创作。

二〇一五年九月

【豫剧现代戏】

儿女情长

编剧　李学庭

人物表

赖　妮	女	五十九岁	农村妇女
雪　花	女	二十四岁	赖妮之长女
雪　枝	女	二十岁	赖妮二女
雪　叶	女	十八岁	赖妮三女
江洋母	女	四十七八岁	城镇妇女
赛　南	女	二十多岁	女司机
金　豹	男	小三十岁	农村青年
李　欣	男	二十五六岁	农村青年
宝　贵	男	二十五六岁	农村青年
江　洋	男	二十五六岁	镇办厂厂长
山　根	男	五十岁	农村干部
麦　堆	男	七十二岁	老农民

男女青年若干

第一场

时间 初春的一个下午。

地点 豫西河道村赖妮家的院子里，杏花、梨花、蜡梅花，小院好似花园一样。

【开幕时，赖妮正招呼几个来帮她打井的年轻人。

青年甲 婶，今天保证把井打好！

赖　妮 好！叫雪花去给你们招呼着！雪花！

【雪花从房内出。

雪　花 妈！

赖　妮 雪叶哩？（雪叶从屋内出）你哥们都来帮忙打井哩！你们到后边招呼着！

雪　叶 遵命！（众青年随雪花、雪叶上后院）

【宝贵气喘吁吁跑上。

宝　贵 婶！我到银行去了一趟，来迟了！

赖　妮 不迟，你二叔又从美国给你家寄钱啦？

宝　贵 哎，婶，重活交给我，有的是力气！

赖　妮 来人不少啦，你歇歇吧！

宝　贵 婶，咱家的事，我咋能歇？

赖　妮 雪花在后院。

宝　贵 婶，我去啦！（跑下）

赖　妮 娘那脚，我知道你们心里都想的啥！

（唱）人都说养女不如养儿好，

叫我看闺女好了才是宝。

小伙们见你就围着把婶叫，
有点活你争他抢全代劳。
不是老婆子的脸面大，
心都在俺闺女身上操。
这才是和尚无儿孝子多，
任凭他们把香烧。

【**宝贵和雪花返上。**

宝 贵 婶，人多工具不够用。

雪 花 妈，我到我四叔家去借几样工具。

赖 妮 雪花，你在家给你哥们烧茶，我去你四叔家看看，还得借他几尺管子哩！

【**赖妮下。**

宝 贵 走吧，雪花！

雪 花 宝贵哥，你先照看一下大伙，我烧点水送去。

宝 贵 中、中！（跑下）

【**雪枝提行李包上。**

雪 枝 姐！

雪 花 二妹？你咋回来啦？

雪 枝 姐，咱妈在家吗？

雪 花 刚去四叔家借东西了。二妹，你咋把行李也拿回来啦？

雪 枝 不干啦！

雪 花 不是说有指标就要转正吗？

雪 枝 转正也不干啦！

雪 花 咱妈还说，今年冬天就办你们的事呢！

雪 枝 当初咱妈代我去登的记，让咱妈还去代我退了！

雪 花 雪枝，你还要闹呀？

雪　枝　　不闹就不把我当人待了！姐！

（唱）咱妈只知他爹把书记当，

就不知江洋多窝囊。

生就一副奴才相，

张口就是女人腔。

别说跟他过日子，

想起来就让人恶心得慌！

雪　花　　雪枝！

（唱）为了你大气小气十几场，

咱妈已经把心伤！

雪　枝　　不！

雪　花　　（唱）你心里还把金豹想，

看着江洋就不舒畅。

咱妈把话已说死，

你怎能一头撞南墙？

雪　枝　　我的事你少管！

雪　花　　我心疼咱妈！

雪　枝　　为啥不心疼我？

【雪叶出。

雪　叶　　二姐，真的说不干就不干了？行，有气魄！大姐，二姐的事你管不了，就别吭声了！

雪　花　　雪枝，你回来，千万不要去和金豹见面。

雪　枝　　我偏去见！

雪　叶　　你看你这人，她说不让见，你就说好好好！不吭声见了面，谁还能给退回去？

雪　枝　　我不会你那样两面派！

雪　叶　　咦，这叫策略！

雪　枝　　昨晚江洋和我闹了一夜，我得去睡一会儿！

雪　枝　　姐，咱妈回来，先别说我回来了。

雪　花　　我不管！

雪　枝　　要说了，我恨你一辈子！（提东西进雪花房内）

雪　花　　雪叶，人家在帮咱打井，你到后边招呼一下，我把水烧开。

雪　叶　　好、好、好！

【雪花进厨房，雪叶向后院看了看，却进了雪枝的房间。

【少许，江洋掂礼垂头丧气上。

江　洋　　（唱）浑身上下无有劲，
暗暗只把苦泪吞。
整日笑脸赔谨慎，
换不来人家一颗心。
掂大礼岳母面前把孝心尽，
求岳母做主早成亲。
任打任骂婚不退，
丢雪枝再难把这样漂亮的媳妇寻。

江　洋　　妈！妈耶——

【雪叶出。

雪　叶　　哟，江厂长大驾光临啦？

江　洋　　是雪叶妹妹啦，咱妈没在家？

雪　叶　　咱妈？（笑）八字还没一撇哩，嘴可这么甜！

江　洋　　嗯……登了记啦，按法律就算结婚啦……

雪　叶　　噢，登了记啦，按法律就算结婚啦？

江　洋　　嗯，我爹亲口说的。

雪　叶　　听着你爹的吧！掂这么多，啥好东西？

江　洋　这都是孝敬咱妈的！

雪　叶　那孝敬我的呢？

江　洋　以后再买……

【山根、麦堆、赖妮抬水管子上。

赖　妮　快接住！

江　洋　（忙接住管子）妈！

赖　妮　洋来啦！

麦　堆　咦，赶得早不如赶得巧，正好江厂长来了。江厂长，你没听你爹说，俺们告状那事咋说啦？

江　洋　告状？

麦　堆　你不知道？

（唱）自从金豹当村长，
欺上压下民遭殃。
私卖地皮几十万，
引来了一个火葬场！
他小子没把好心安，
分明要烧俺这黑脊梁。
阶级仇恨不能忘，
扳不倒金豹我不姓张！
这回事，可得让你爹给俺们做主！

山　根　麦堆哥，别闹了！洋他爹和我一样，退下来啦，不管事儿啦！

江　洋　还没办手续哩，说还要扶上马送一程……

麦　堆　（唱）算了吧，俺懂的，
退下来哪能恁容易。
唱的是出提猴戏，
实权还在老书记。

赖　妮　（唱）麦堆你个老东西，

选村长就你投票最积极。

说什么金豹年轻有本事，

火葬场专为你建的。

麦　堆　（唱）谁也没长前后眼，

人心包着几层皮。

反正是得把金豹撸到底，

赖妮啊，这可是把阴德积。

山　根　告状得有理由，建火葬场可是政府提倡！

麦　堆　提倡？又计划又烧，这不是两头下刀嘛！

山　根　别胡说，金豹错就错在卖地皮建火葬场，没有征得全村人都同意！

麦　堆　对，这叫一手遮天！

雪　叶　不卖地建火葬场，那咱村的弯管厂去哪弄钱建？

麦　堆　不建！这边又建了个瓦罐厂，等着装尸灰啊！

雪　叶　哈……麦堆伯，你真老了，金豹建的是弯管厂，就是水管子拐弯那地方用的弯管子，不是瓦罐！

赖　妮　好了，老麦堆，别搅和了，滚吧！

麦　堆　俺宝贵在你家吧？

雪　叶　在后院帮俺打井呢！

麦　堆　这鳖孙孩子，家里没一点水吃了，他也看不见！

【走向后院，雪叶随下。

赖　妮　洋，你今天来有啥事？

江　洋　妈……（委屈）

赖　妮　咋啦？

江　洋　我……我想给你说……

赖 妮　　又给雪枝生气啦？

江 洋　　雪枝她……她不要我啦！

赖 妮　　啊？

江 洋　　妈！

（唱）提起来叫人好心伤，

满腹苦水倒给娘。

自从雪枝到镇办厂，

她对我心比冰棍凉。

脾气不好我忍让，

他不该旧情复萌变心肠。

你们村在办弯管厂，

金豹又当了大厂长。

想让她回来当技术员，

暗地里活动很猖狂。

趁俺厂产品无销路，

雪枝辞职要返乡。

我苦苦相求她硬走，

叫我这厂长还咋当！

赖 妮　　雪枝回村了？

江 洋　　回来了，行李都带回来了，你没见？

赖 妮　　（紧张）雪叶！（雪叶上）见你二姐没有？

雪 叶　　我二姐？没见！

赖 妮　　雪花！（雪花出）

赖 妮　　雪花，见老二回来没有？

雪 花　　雪枝？（看看雪叶）我……我一直在烧水……

赖 妮　　都没见？

（唱）雪枝既然转回村，
不到家何处把身存。
这闺女自小主意稳，
我知她一直不满这门亲。
莫不是金豹又将她勾引，
看来这病得除根！

（白）她四伯，你看这啥事都不叫人省心！

山　根　（示意江洋等）你们先到那边歇歇去。

【江等下。

山　根　老书记在台上，咱结了亲戚，是人家让雪枝上了职专，学了技术，这咱不能忘了！现在书记退二线了，咱更不能让雪枝毁了这门亲！

赖　妮　对！

山　根　这个金豹，虽然说把我选掉，他当了村长，可我越看越发现他办事悬乎！二三十万他都敢贷，这办工厂和做生意一样，一嘴砂糖一嘴屎，要砸了锅，他拿啥赔？

赖　妮　几十万呀！

山　根　他爹旧社会十几处生意，几处庄子，结果啥下场？这金豹有他爹那能耐，可谁敢保政策今后不会变？

赖　妮　雪枝一辈子不找家也不能跟他！

山　根　雪枝和江洋登了记啦？

赖　妮　对，我亲自去登的记！

山　根　金豹再插手——就是违法！

赖　妮　对，他一直在犯法！

山　根　这件事……

赖　妮　他四叔，你哥不在啦，这件事我可靠你啦！

山　根　　必须马上找到雪枝！

赖　妮　　她会上哪儿？

山　根　　金豹！

赖　妮　　有道理！

【麦堆拉宝贵上。

麦　堆　　回去！家里一点水都没有啦！

宝　贵　　缸里水够今晚吃！我明儿个担！

麦　堆　　你娃子赤巴脚撵朝廷——苦尽忠哩！你赖妮婶家的闺女，连书记家的厂长都看不中，那是你要的虫羽儿？走！

赖　妮　　宝贵！别听你爹胡咧咧！你不能走，要帮婶办个事！

宝　贵　　好！婶，我听你的！

【二人近前悄语。

（切光）

第二场

时间　当天晚上。

地点　河湾柳林。明月高挂，夜色似画。

【开幕时金豹背对观众，在柳林徘徊。李欣上。

李　欣　　金豹哥！

【金豹转身。

金　豹　　李欣，找到了吗？

李　欣　　吃饭时，我让雪叶转告她了！

金　豹　　按理说，咱应当登门相请。

李　欣　算了吧！赖妮婶见你，恨不得把你撕巴撕巴吃了！所以只好搞点地下活动了！

金　豹　光明正大，有啥怕的。咱是引进人才！你再去看看，别让我瞎等！

李　欣　好！（下）

金　豹　（仰首蓝天明月，一时心潮起伏）

（唱）月挂柳梢高空照，
传来黄河阵阵涛。
自小惯听黄河啸，
今晚声声荡心潮。
出身不好一顶帽，
三十年我似野豹难归巢！
石河子受过骄阳烤，
草原上钻过蒙古包。
太行山里锻石磨，
陕北高原烧砖窑。
坐火车从来不买票，
拘留所招待住宿钱不掏。
苦辣酸甜我全尝到，
不信命运不讨饶！
三十年盼，三十年找，
三十年等来这一朝。
全村人投给我张张选票，
张张票颗颗心情比天高。
三十年去掉了身上的镣铐，
庄稼汉要闯新路致富伸腰。

肩上担有多重我心知晓，
脚下路有多长不屈不挠。
豁出去五尺躯大打大闹，
为信任金豹愿把心智全交。
志如东去黄河水，
百折千回向目标！

【金豹张望着转过树去，雪枝从另一棵树后转出。

雪　枝　（追望金豹的背影）
（唱）月挂柳影人去远，
话似钟声震河湾。
还是那个男子汉，
山倒地塌腰不弯。
三年前此地分手苦情咽，
自认今生梦难圆。
人随江洋厂里走，
心沉黄河沙泥潭。
谁料想大伙把他村长选，
转眼间一座工厂盖村前。
他几次托信把我唤，
助他闯过眼前关。
一潭死水又搅乱，
路该咋走我作难。
我知他为人坦荡少私念，
心似明月挂中天。
怎知道人言可畏似毒箭，
怕为他忙没帮成更添烦。

妈不准我和金豹再见面，
用绳索将我和江洋两下拴。
苦水苦药可以咽，
无情的生活把心摧残。
青春和智慧应为家乡做贡献，
雪枝我要高高扬起生活的帆。
我凭我心走我路，
何惧碎语与闲言。
要和金豹并肩站，
管他是沟还是山！

【李欣跑上。

李　欣　雪枝！

金　豹　（亦上）怎么样，我知道一定会来的！

雪　枝　你总是这样自信！

金　豹　因为是家乡对你的召唤！是你热爱的事业的召唤！

李　欣　啥样？金豹哥讲话既有文采又有激情！
金豹哥，你们说吧，我还有点事！

金　豹　别走，这是咱弯管厂招贤纳士的大事，你主管生产的副厂长不参加还能行？

李　欣　我在这儿不合适……

金　豹　再合适不过了！三人为众，雪枝，听说你们厂办不下去了，所以想请你这个技术员为我们的弯管厂出点力。当然在镇办厂，你有可能转正，吃商品粮，端铁饭碗。咱这个民办厂，只能当个农民式的工人，但工资待遇……

雪　枝　我不想听这些！我关心的是你们产品的销路。你知道，我们厂的产品就卖不出去。

金　豹　不，报酬要谈，先丑后不丑。投产后，还清贷款前，凡工厂职工每人只领四十元生活费。还清贷款，除了基本工资，还可以按利润分成。

雪　枝　我问的是产品销路！

李　欣　雪枝，咱厂设备是金豹通过西兰大学王教授搞的最新产品，国内领先！

金　豹　石油、化工是国家的重点发展项目，弯管需求量极大，王教授说，只要产品合格，他的学生都可以包销。现在联系询问的已有十几家了！

雪　枝　镇办厂是弯管厂，你们又办个弯管厂，不是存心挤垮国营企业吗？

金　豹　政策鼓励竞争，谁被击垮，只能说活该！

（唱）你们那个厂早该砍，
简直是糟蹋国家钱。
设备落后不增建，
废品堆得像座山。
凭着关系靠贷款，
早已是条漏底船。
大锅饭，铁饭碗，
迟早要把锅啃穿。
哈……

雪　枝　请你不要这样挖苦，工人们没错！

金　豹　工人们是没错，有错的是你的未婚夫——江厂长！

雪　枝　你！我走啦！（走向一边下）

李　欣　雪枝！金豹哥，你哪壶不开提哪壶！

金　豹　不让人说实话呀！走就走！（向另一边下）

李　欣　　金豹哥！看这弄成啥事？（气得蹲到一边）

【雪花悄悄上，险些踩到李欣。

雪　花　　呀！你……

李　欣　　雪花！你找我？咋知道我在这儿？

雪　花　　不……我找雪枝，雪枝来了吗？

李　欣　　雪枝已经走了！

雪　花　　走了？就好了。我回去啦！

李　欣　　雪花！你妈总把你看得严严的，咱难得有这么个机会，你能听我说几句话吗？

（唱）我心中闪着一团火，

这团火日夜暖着我心窝。

从小学到中学咱一个桌上坐，

我了解你来你了解我。

忘不了我家缺粮日子难过，

你每天悄悄塞给我一个馍。

那一次山上劳动我的衣剐破，

你细针密线给缝合。

雪　花　　（唱）你记着我缝衣带馍馍，

咋忘了你冒雨为我去抓药。

你忠厚勤奋人不错，

雪花愿把终身托。

可只是这事不由我，

成不成就看我妈怎么说。

只要我妈能答应，

李欣哥，咱的事就算天作合！

李　欣　　都八十年代了，你还不能主宰自己的命运！

雪　花　俺妈一个人把我姊妹仨带大，俺家的事儿，都得依她……再说，老哩也是为儿女好……我得走，时间长了，我妈又要找我！（匆下）

李　欣　雪花！（追下）

【几乎同时，金豹和雪枝从两边走回。

金　豹　（笑）嘿嘿，我知道你还会回来的！

雪　枝　你为啥也没走？皮脸！

金　豹　雪枝，眼下工厂要投产，急缺技术力量，你回来帮一把，好吗？

雪　枝　我担心你这个厂的寿命多长？为卖给火葬场的地皮，村里一些人把你告了，知道吗？

金　豹　知道。都不愿让建火葬场！十亩料姜地，卖了几十万块，去哪捡这便宜？没这钱，弯管厂能办成吗？

雪　枝　你是村长，要征得村里群众同意呀！

金　豹　农村这事，要等到都同意，干脆就别干！

雪　枝　你总是顾前不防后！

金　豹　我没那么多的精力！也没那么多时间！

雪　枝　小心掉进陷阱里！

金　豹　掉进去！就想法爬出来！

【一道手电射过来，脚步声杂沓纷至。

金　豹　谁！干什么？

【几道手电齐聚金豹、雪枝。宝贵领江洋等跑上。

江　洋　果然是……是你们呀！（捂脸哭泣）

【山根、赖妮及两个民兵上。

赖　妮　雪枝呀，你个不要脸的东西！

【扑上去要打雪枝，被金豹挡住。

金　豹　大婶，这是干啥？

赖　妮　　金豹！我非要碰死在你身上不可！

【**雪枝一把推过金豹。**

雪　枝　　妈！有话和我说！

金　豹　　（怒吼一声）你们要干什么？（手指民兵）谁让你们来的？你们来干什么！

【**全场镇静，几个民兵溜下。**

山　根　　金豹！

（唱）你身为村长伤风化，
　　竟然还敢把脾气发。
　　违反国法必严办，
　　今天要把邪风刹。

金　豹　　请问我何处有伤风化？

山　根　　你们两个在这干啥？

金　豹　　谈办工厂的事！

山　根　　为啥躲在这里？

金　豹　　月明风清，富于诗意！

山　根　　你，心怀不良！

金　豹　　你要拿出证据，否则就是诬陷！

山　根　　我……

金　豹　　拿不出证据，诬陷我金豹可以不究，你这当叔父的，也竟然诬陷你的亲侄女吗？！

赖　妮　　是你勾引我雪枝！你犯法！

江　洋　　我们登了记啦，登了记就算结婚了！你知道吗？

金　豹　　我提醒你们，今晚是谁带着民兵来抓人，不仅越权，而且侮辱了我的人格！走吧，咱们一块到派出所去说！

【**看热闹的纷纷溜下，只剩下山根、宝贵、江洋、赖妮。**

金　豹　雪枝，我们厂的条件，请你考虑。老村长，不要紧张！对你今晚的错误我原谅啦！雪枝，我等你的回话！（扬长而下，场上人面面相觑）

赖　妮　（歇斯底里发作）连自己闺女都管不了，我就不活了呀！宝贵，雪花，连夜去叫你舅！

（切光）

第三场

时间　二场第二日。

地点　赖妮家的住室内。

景　室内正中摆着桌子、椅子，是平日家聚的陈设。

【**开幕时，气氛紧张，宝贵和雪花进来**。

宝　贵　（冲内室）婶！

雪　花　妈！

赖　妮　（上）现在才回来？你舅呢？

雪　花　我舅这段身体不清爽，停几天来。

宝　贵　老舅说，怕咱村那火葬场。

赖　妮　雪花，回你屋去吧！（雪花进内间）宝贵，你过来。（小声）那晚你看清楚是雪花和李欣？

宝　贵　就是。我电灯一晃，他们躲到树后边了，我正要说，这边发现了金豹和雪枝！

赖　妮　嗯！（略一思索）宝贵，去把你爹请来，说有大事相商。

宝　贵　好，我这就去叫。（匆下）

赖　妮　　雪花！（雪花应声出了内间）

雪　花　　妈。

赖　妮　　雪花，昨晚你到河湾干啥去了？

雪　花　　妈……我没……

赖　妮　　嗯？！你也生出花花肠子来啦？

雪　花　　（急申辩）妈！我……我是去找雪枝的……

赖　妮　　那怎么李欣也在那儿？

雪　花　　他……我去时，他都在呀！（哭泣）

赖　妮　　雪花，你今年二十四了，要不是去年金豹和雪枝闹一下，这事得尽着你先办。雪花，你过来！

（唱）雪花儿近前来你听妈讲，
你怎知做父母疼儿的心肠。
拱出土小苗苗盼你们快长，
怕日晒怕雨淋风冻雪伤。
三九天抱怀里胸膛贴胸膛，
暖热了儿的身妈上下冰凉。
三伏天床前彻夜把扇子摇晃，
怕蚊叮怕虫咬还怕生疮。
长大把学上，学费难死娘，
求亲朋告邻友我把口张。
姊妹多咱家粮年年接不上，
叫你们吃稠的妈顿顿喝汤。
下地没力气，干活心发慌，
头晕眼花我在地上躺，
一想起你姊妹妈就有力量。
村里的男娃们把你们欺撞，

妈妈我骂上门像虎像狼。
破老脸撑门面妈的恶名响，
为的咱孤儿寡母活得强。
至如今你们一个个长成人模样，
村里人夸奖你们妈脸上有光。
妈今年六十五土埋心口上，
往前看妈的日子没有多长。
婚姻事妈也可不管不讲。
怕你们虑事差日后凄凉。
找好家一辈子吃用便当，
遇荒年也能够相依相帮。
你爹他一撒手担让我扛，
我心里千般苦谁能体谅？
你当姐一定要实话实讲，
有没有啥事情瞒着你娘？

雪　花　　妈——

（唱）妈的话似重锤砸儿心上，
止不住两眼泪叫声亲娘。
娘为儿受的罪儿何曾能忘，
奶水育血水浇母女情长。
为儿女你风里雨里把工上，
为儿女你一年到头破衣烂裳。
为儿女你累得脸肿脚胀，
疼得妈一夜夜捣枕捶床。
那一年小妹要吃嫩玉米棒，
下工时你摘两穗衣服内藏。

被人家搜出来恶狼一样，
一耳光打得妈口冒血浆。
这些事这景象我终生难忘，
世界上最最亲是我的娘。
没有娘哪有儿道理明亮，
孝顺娘是儿女应尽的天良。
妈有话只管对女儿讲，
儿怎能不听话把妈心伤。

赖　妮　行啦！儿有这句话，妈就放心啦！今天妈说啥，你就按妈的意思走啊！

雪　花　嗯！

【**老麦堆，宝贵上。**

宝　贵　婶，我爹来啦！

麦　堆　赖妮子，你这金牌召银牌宣的，有啥过不去河的事啦？

赖　妮　老麦堆，走，到里间说个事。

麦　堆　好，到里头密谋密谋！

【**赖妮、麦堆进里间。**

山　根　（上）雪花，你妈哩？

【**内赖妮声：他四叔，进来吧！山根进里间。**

宝　贵　雪花……俺二叔前几天又从美国寄钱来啦！

雪　花　嗯，那么多钱，你爷俩也舍不得穿件好衣裳？

宝　贵　过两天去赶集！

【**雪叶匆上。**

雪　叶　宝贵，你在这儿干啥？

宝　贵　我爹在这里边呢……

雪　叶　出去！

宝　贵　　咋？

雪　叶　　叫你出去你就出去！

宝　贵　　好好，别推啦！（宝贵不满地下）

雪　叶　　姐，看今天这阵势，咱妈要干啥哩？

雪　花　　没啥事啊！

雪　叶　　这里边是不是正开着政治局会议哩？

雪　花　　你就爱乱说！

雪　叶　　给，李欣让我捎给你的信。

雪　花　　李欣？……我不要。

雪　叶　　你真看重宝贵家那美金啦？

雪　花　　看你说的啥呀！

雪　叶　　姐，听小妹几句话吧！

（唱）现在是——

（白）姐，现在是哪一年啦？

雪　花　　八三年。

雪　叶　　不错，还记得是八三年。

（接唱）现在是八三年电子时代，

从地球到月球可以往来。

虽说咱居住在偏僻山寨，

决不能与世隔绝耳目闭塞。

朝而作暮而息安享天籁，

落后的旧生活应当葬埋。

青年人就要有青年气魄，

敢追求敢创造敞开胸怀。

做个人要敢恨更要敢爱，

自己的命运就要由自己主宰。

孝父母不等于万事依赖，

望老姐善为之自主自择。

（白）给，李欣的信。

雪　花　（不接）雪叶，我……咱都要听妈的。

雪　叶　你呀！

【麦堆哈哈笑着和山根、赖妮出内间。

赖　妮　雪叶，把你雪枝姐都叫过来！

雪　叶　是！（下）

【宝贵、江洋上。

宝　贵　婶，江洋哥来了！

赖　妮　洋，你爹来了没？

江　洋　妈，我爹正在参加镇党委会，来不了。

山　根　他那事重要，不来就算了。

江　洋　妈，告诉你们个好消息！

众　　　啥事？

江　洋　（喜形于色）这一回，金豹把自己告下了！

（唱）金豹这小子实在胆大，

想咋干就咋干不要王法。

他一心把俺厂挤倒挤垮，

出高价截原料投机倒把。

卖地皮给火葬场欺上瞒下，

告状信十几封要他回答。

镇党委正开会研究办法，

这一回可要他哭爹叫妈。

山　根　（唱）我早看这小子瞎胡蹦跶，

强出头落一个锁镣戴枷。

麦　堆　（唱）没想想咱乡人谁不恨他，

火葬场烧住谁谁都咬牙！

山　根　凭他那出身，迟早也要出事！

赖　妮　这些人记吃不记打！好，江洋坐。雪叶！雪枝！

【雪叶、雪枝上。

赖　妮　都找地方坐下，宝贵，你也坐下。

【都坐下后，赖妮起身进里间，恭恭敬敬地捧出上写“显父少堂之神位”的牌位。

赖　妮　（鼻子酸楚）今天，也让她爹坐这儿听听！

麦　堆　唉，少堂死得太早了！

赖　妮　都坐下，今大你麦堆伯不是外人，你四叔百忙中也来啦，咱开个家庭会。我先说几件事，第一件：

（唱）雪花和宝贵正式订婚！

【众表情各异，雪花惊愕。

赖　妮　（唱）两家人是世交也是近邻。

问宝贵这件事你可应允？

宝　贵　中、中、中！我没意见！

赖　妮　好，（唱）冉问问雪花女你可称心？

雪　花　我……（眼眶含泪）

雪　叶　姐，你有话说嘛！

赖　妮　你姐长的有嘴！

雪　花　我……

山　根　这不是征求你意见哩吗？咱又不强迫。宝贵他二叔在美国做着大生意，这条件全县有几家？

麦　堆　闺女，有啥话，净说啦！

赖　妮　雪花！

雪　花　　我……我……我听妈的……（哭泣）

雪　枝　　姐！

麦　堆　　好，今天是喜庆日子，事先也没有准备（从内衣里撕开口子，取出一个存折）给娃子个折子，想买点啥买点啥吧！

赖　妮　　雪花接住！

【**雪花抽泣不去接。**

雪　枝　　咋不接呀！一手交钱，一手交人！

赖　妮　　（白了雪枝一眼）好，我代闺女收下。

雪　枝　　（急）妈，你就稀罕那俩钱？

麦　堆　　哎，这是规矩！

雪　叶　　二姐，别吭声！

赖　妮　　好，我接着说第二件事：

（唱）雪枝和江洋早已登记，
亲戚们都催着让订喜期。
这个月就给你们成大礼，
再作难我也把嫁妆备齐。

（问麦堆）老亲家，订好的这月初几？

麦　堆　　（唱）二十六黄道日大喜大吉。

雪　枝　　（唱）这件事如果我不同意？

赖　妮　　（唱）妈做主定下来你就得依！

雪　枝　　（唱）我和江洋压根起就没情意，
为什么一定要制造悲剧？
我宣布这婚约彻底脱离，
妈不要再为我操心费力！

江　洋　　雪枝！

（唱）婚姻事岂能够任性怄气，

登了记法律上咱是夫妻。
江洋我从没有对不起你，
上职专是我爹供你学习。
为指标我爹接连找上级，
虽然说迟几天绝没有问题。
只要你答应这月成大礼，
咱家的事一切由你掌全局。
你说东我不西，
你叫打狗我不打鸡。
工资存折全交你，
一切家务我包起，
说到办到决不虚。

雪　枝　（唱）你越说我越恶心你！
离婚的决心不更移！

赖　妮　（拍案而起）雪枝，你想干啥？

雪　枝　我想自主！

赖　妮　你还想去找金豹？

雪　枝　我有这个权利！

赖　妮　你……你还要脸不要了？

雪　枝　光明正大！

麦　堆　大侄女，你咋真憨哩？江书记是咱镇的老干部，你女婿又当着厂长，你还想要啥哩？

雪　枝　要爱情！爱情！

麦　堆　爱……情？不……不就是结婚生孩子嘛！

山　根　雪枝，我知道你心里还放不下金豹。啥爱情？你们是识俩字，知道那事，都是书本上写下的。我们说的，可都是亲身经过的！这世事，分久必合合久必分，没有不变的时候。咱关起门说哩，邓小平这政策好，那邓小平百年以后，会不会变？只要共产党坐天下，他金豹迟早得栽大跟头！

雪　枝　跟不跟金豹，那是一回事！但，打死也不答应江洋这件事！

赖　妮　雪枝，你今天敢不答应，我就死在你跟前！

雪　枝　妈，如果你真要逼我答应这件事，你就当没我这个女儿好了！

【雪枝夺门欲奔下，众挡。

雪　花　二妹！

雪　叶　二姐！

雪　枝　放开我！放开我！

赖　妮　**【突然一拍桌子，像男人一样哈哈大笑起来，接着又放声大哭，众惊！**

（以下赖妮皆以亡夫少堂口音讲话）……花她妈！她妈！你消消气，我回来了！我回来了！

麦　堆　你……你是谁？

赖　妮　堆哥？四弟？我是少堂，你们都不认识我啦？

麦　堆　哎呀！雪花！你爹魂附你妈身上啦！都快给你爹跪下！

【在哭声中，雪花、雪叶、宝贵、江洋齐跪下，唯有雪枝昂立不跪。

山　根　雪枝！

麦　堆　少堂老弟，你看她妈多作难，你不该走得太早！

赖　妮　她妈呀！你为她们把心都操碎了，我死了也不放心呀！

雪　花　（哭）爹……

赖　妮　我雪花是妈的好闺女！雪叶，你听妈的话吗？

雪　叶　爹，你放心，妈说啥我都答应！

赖　妮　就是你个雪枝！忤逆不孝，伤风败俗！再和金豹到一块，我打断你的腿！

【**抓起一把椅子，高高举起，众挡。**

雪　枝　好……好呀！我爹真要能回来，我倒要问问：爹，你活着时，打小俺就知道，俺妈说你窝囊，骂你没本事，你日子舒心吗？

山　根　雪枝！

麦　堆　对亡人你胡说啥哩？！

雪　枝　我偏要说：别以为我们当儿女的啥都不知道。我妈年轻时也有相好的，气得我爹寻死上吊！

赖　妮　（啪一耳光打在雪枝脸上）

雪　枝　打吧！苦你们还没吃够吗？还要葬送我们的一生吗？

【**雪枝夺门而下，众惊愕。**

麦　堆　（突然一蹦多高）反了！反了！当小的竟然揭老哩短！反了天啦！

【**麦堆蹦得正有劲，突然捂住肚子蹲在地下，吓得宝贵、江洋忙来搀。**

宝　贵　爹！爹！你咋啦！

【**麦堆从腰里抽出一根断了的裤带。**

（切光）

第四场

时间　距前场十余天后。

地点　“太平洋弯管厂”办公室内外。

【**开幕是金豹伏在案上酣然大睡。电话铃响，李欣悄然走进，小声接电话：**

李　欣　　你是——啊石化二公司？谢谢，太感谢了，一定转告我们厂长！再见！

（欲叫醒金豹，看了看表）再睡一个小时吧！你这头豹子呀！

（唱）太平洋弯管厂正式投产，
新设备产品果然质量拔尖。
订货客这几天接连不断，
好形势却让人难开笑颜。
雪枝来技术上做出贡献，
却惹得社会上议论哗然。
金豹他只顾干不妨暗算，
镇党委已决定让其交权。
报纸上谈改革春风一片，
实际上干起来步步艰难。

【李欣轻手轻脚欲出门。

金　豹　　（头依然伏案）站住！

李　欣　　你没睡着？

金　豹　　（笑着抬头揉眼）只需十分钟就行了！石化公司电话里怎么说了？

李　欣　　款已汇入咱的账户。

金　豹　　好！（掏出几张稿纸）老弟，我昨晚上写了个材料，你看看！

李　欣　　（接看）“我们错在何处？”……你想往上级申诉？

金　豹　　不！递到地区也解决不了问题。你要设法在市报上发出来，有关系吗？

李　欣　　有个熟人。

金　豹　　给你五十元活动费，一定发出。

李　欣　　好！

金　豹　　那笔款，让会计今下午一定提出来。

李 欣　好！（出）

【金豹从桌柜里拿出一瓶酒，仰脖灌了两大口，还要喝，雪枝进门，一把夺过酒瓶，扔进废纸篓里去了。

金 豹　你干啥！

雪 枝　我要你时刻保持清醒的头脑！

金 豹　我全身十万亿个细胞，没有一个不清醒！

雪 枝　我觉得你太自信了！

金 豹　一个连自己都不敢相信的人，哪来的力量？能干成啥事？！

雪 枝　村里已经通知三天后重选村长！

金 豹　卖给火葬场地皮，成大罪一桩！好吧，那就重新竞选一次，我有充分信心，村长还是我！

雪 枝　金豹，谈点意见好吗？

金 豹　请！

雪 枝　（唱）老朋友想向你进一言，
我劝你从此后别涉足政坛。
小村长谁愿干就让他干，
一门心办工厂里外安全。

金 豹　（唱）我笑你书生气阅世太浅，
干事业手里头岂能无权。
倘若是村里事我说了不算，
这工厂想办好比登天都难。
正为此想当初我毛遂自荐，
为的是放手脚大干一番。
人一生每步路如同作战，
我怎能鸣金收兵打出降幡。

雪 枝　你要落选了呢？

金　豹　如果再选上的是个清楚人，那当然也好。不过，还是我自己干放心！

雪　枝　好像一切都是你说了算？

金　豹　明天上午，全村一百二十户，每户先分一百块！

雪　枝　收买人心？这是贿选。

金　豹　这是我办工厂的目的！就是要全村人受益！

雪　枝　钱分了，贷款你不还了？

金　豹　办厂二十万贷款是我签名贷的，这个厂全部技术资料是我的老朋友王教授提供的，如果他们把我撤了，技术资料得不到，你这个技术员肯定也不会在这里待。厂办不好，谁来还贷？谁有胆量来擦这个屁股？

雪　枝　你事先都有伏笔？

金　豹　若一切如愿，此时报上还会有篇文章也将击他们一掌！小姐你想想，谁还敢动我这把金交椅！

（金豹充满自信）把生产记录给我。

雪枝取生产记录，金豹埋头审看。

【雪枝浮想联翩。

雪　枝　（唱）他在我心中好比一座山，

他在我心中好比水一潭。

山高不可攀，

潭深底难见。

我像棵小草要把山依恋，

我似条鱼儿难离潭。

在他身边我有一种安全感，

跟着他天下无困难。

看见他我看到光明一片，

想起他心中点燃火一团。

多么想啊，躺在他怀里轻闭双眼，

多么想啊，伏在他耳旁细语呢喃。

多么想啊，为他唱曲“金豹赞”，

多么想啊，为他展姿舞翩跹。

实可悲女儿心他不察半点，

为办厂他忙得四处冒烟。

识时务儿女情必须深掩，

顾大体再不能为他添麻烦。

【金豹合起记录，起身欲走，打了个趔趄。

雪　枝　（急扶）你醉了？

金　豹　不、不……在新疆和维吾尔族朋友一次都喝十几斤白酒呢！昨晚少睡了。（欲走）

雪　枝　你坐下，你想听歌吗？

金　豹　想啊！

雪　枝　想看跳舞吗？迪斯科，最时髦的！

金　豹　好啊，让咱土包子开开洋荤？

雪　枝　咱得交换节目，听说你气功很不错？

金　豹　这容易！（从外捡回半截砖）雪枝，你看啊！（运气，挥手，“咔”，砖断成两截）啥样？

雪　枝　好！我也兑现。唱不好跳不好，别笑话！（雪枝边唱边舞，逗得金豹哈哈大笑）

金　豹　高！这比维吾尔族姑娘那摇脖子还好看。不知道你还会这一手！

雪　枝　你忘了，我在上海培训一年呢！

金　豹　好！

【李欣上。

李　欣　　雪枝，雪花在厂门口找你。

金　豹　　雪花？老弟，你怎么不接待？

李　欣　　人家现在两只眼里只有美金，哪还有咱李欣！

雪　枝　　别说这没意思话，我姊妹一奶吊大，我知道我姐，她心里有你！

李　欣　　有我？那咋能答应宝贵？

雪　枝　　还不是我妈！

金　豹　　你妈真可以啊！大权独揽，一长独裁啊！

雪　花　　（上）雪枝！

雪　枝　　姐！

【金豹拉李欣下。

雪　花　　（抽泣）你一走一个多月，家门也不踩了，真要给妈记仇？

雪　枝　　咱妈不答应我退婚，我就不回家！

雪　花　　家里出大事啦！（将一封信交雪枝）

雪　枝　　（急看信）“敬请妈妈多原谅，决不再把苦果尝。我有两腿会走路，胜利之日再返乡——女儿雪叶。”

雪　花　　雪叶跑啦？

雪　枝　　雪叶跑啦！都是叫咱妈给逼跑的！

雪　花　　雪枝！

（唱）雪枝妹你休再生妈的气，

妈为咱姊妹们耗尽了心力。

那一天吵闹后你扬长而去，

妈两天没吃饭流泪叹息。

雪叶跑如同是晴天霹雳，

一巴掌打得她卧床难起。

儿女们若不念父母情义，

想一想做父母屈也不屈？

雪　枝　（唱）姐姐你只知要当孝顺女，
像一只听话羔羊任驰驱。
难道说你心没有真情义，
为什么一遇困难就把头低。
姐，你真看重宝贵家那美金啦？

雪　花　我……

雪　枝　你！谁不知道麦堆伯老抠，能过啥好日子？宝贵整天贼眉鼠眼，拍马屁、翻是非！

雪　花　别说啦！快去看看咱妈吧！

雪　枝　我们“家庭王国”要解体了，我以为就出我这一个“叛徒”，现在又出了一个“叛国分子”，雪叶跑啦！

李　欣　（上）雪叶跑啦？一个女孩家，要赶紧找找！

雪　枝　我知道我那妹妹的胆识，没事！

雪　花　妈一辈子要强，她气得直打自己的脸！

雪　枝　走吧姐，我回去看看。

雪　花　咱妈不在家。

雪　枝　在哪？

雪　花　在镇上！

雪　枝　在镇上？

雪　花　先是说趁江洋的车，到镇上打听雪叶，今一早捎信说妈病倒了，回不来了！

雪　枝　啥病这么重？

雪　花　没说。

雪　枝　咱现在就去看看。

雪　花　妈要让我在家看门，说让你去陪妈看病！

雪　枝　单捎信让我去？我不去！

雪　花　　你不要妈啦？

李　欣　　雪枝，既然大婶病倒了，应该去看看！

雪　枝　　我有一种预感，好像还有啥事？

雪　花　　还有啥事？！好妹子，我心都快……（哭泣）

李　欣　　雪花，你别哭，雪枝会去的。

【金豹上。

金　豹　　气氛挺严肃啊！

雪　枝　　（一把拉住金豹）金豹，有事相求！

（唱）我的家现在最热闹，
好戏已经进高潮。
逼婚的逼婚，
出逃的出逃。
我的妈到镇上已经病倒，
单另个捎信让我去把病瞧。
一提起回镇上我胆量就小，
想借你豹子胆前去保镖。

金　豹　　（唱）你家事我插手恐怕不妙，
你的妈见了我就想捅刀。
叫我看我还是不去为好，
该咋办你姊妹自谋高招。

雪　枝　　（唱）我回村可是你去请去叫，
到现在过了河就想拆桥。
没想到你金豹如此胆小，
关键时才发现也是个草包！

（白）好，我到镇上，要有麻缠回不来，这里就另请高明吧，走，姐！

金　豹　（拍案而起）站住！

“草包”二字似火烧，

雪枝果然胆气豪！

誓死要走一条道，

挺胸而上不脱逃！

走！

雪　枝　走！

【雪枝、金豹并肩走下，吓得雪花连连后退。

雪　花　这……这不好……雪枝！

李　欣　看看人家雪枝的胆量，八十年代啦，要敢于追求自己的幸福！

雪　花　我……

李　欣　雪花，喝杯水。

【雪花接住，李欣手触雪花的手，雪花一惊，杯掉地下，雪花逃下。

（切光）

第五场

地点　镇上江洋的家里。

时间　上场的下午。

【一边是小客室，一边是江洋的卧室。江洋的卧室一片新房的陈设，江洋和雪枝的放大照片，挂在双人床的正中央。

【开幕时衣帽崭新的江洋母子，领着赖妮走进江洋的住室。

江洋母　亲家，实在太仓促，有点慢待闺女了！

赖　妮　好……不赖！

江　洋　（捧着茶杯）妈，您喝水！

赖　妮　我不渴，刚喝了！

江洋母　您放心，这以后的日子，还不全是他们哩？！

赖　妮　那是，你就这一棵苗嘛！

江　洋　妈，你喝水！

江洋母　（嗔怪）端出去！亲家，外边坐。

【两位老人从卧室走出，在客厅落座，江洋捧杯立在赖妮一侧。

江洋母　亲家，你看闺女今天能来吧？

赖　妮　唉，说不准……亲家！

（唱）人常说有福修双好儿女，
卦仙儿说我命里是那刨食鸡。
仨闺女两个不争气，
叫我人前把头低。

江洋母　亲家！

（唱）谁不知道河套仨俊女，
都夸亲家你福寿齐。
论条件咱家虽不好，
比上不足比下有余。
他爷俩两个是国干，
他爹还有点小权力。
不是关门说大话，
多少人都想跟俺攀亲戚。
江洋迷上你雪枝女，
俺老俩事事都得把他依。

待雪枝俺可是真情意，
若不然，咋会送她去学习？
一身本事学到手，
就要对俺用脚踢。
要真闹出丢丑事，
亲家呀，这可不是小问题！

赖　妮　（唱）我心里明白这个理，
舍不了这门好亲戚。
雪枝她今天若不来，
用绳绑也要把人送给你。

江　洋　妈，你喝水！

【山根上。

江洋母　他四伯来了？

江　洋　四伯喝水！

山　根　我和江书记商量好了，江书记说，今天这事，他先不宜出头，叫咱们办，回头他再请客！

赖　妮　也好！

山　根　还有个好消息，县委打电话找江书记谈话哩！要重新安排！

江洋母　他今年才五十几岁，身体好着哩！

江　洋　（对赖妮）妈，俺家到县里，也把你接去！

赖　妮　我可没那个福！

山　根　咋没有？不为享福还不结这门亲哩不是？江洋，你爹说，回头叫我到你们厂里，给你当个副厂长！

江　洋　那太好啦！我正愁无法整治哩！

江洋母　今天喜庆日子，尽是些喜庆事！亲家，你们先到那边坐，我和江洋把这房子再收拾一下。

赖　妮　　好！

山　根　　车该到了，我得去汽车站接雪枝去。

【赖妮、山根下。

江　洋　　妈，咋布置？

江洋母　　布置个啥！妈是要给你说说，洋，你有胆量没有？

江　洋　　胆量？有！

江洋母　　今天若顺说不成，咱也不用客气！反正已经登了记。到时，妈就把她交给你，降住降不住，就看你的本事啦！

江　洋　　我练过鹤翔桩，不依我就揍她！

江洋母　　女人生得贱，就怕厉害汉。（从抽屉里取出一瓶酒）把这个放你房里，胆小就喝上几口，酒能壮胆。

江　洋　　好！（接酒进里间）

【江洋母看表。

江洋母　　人早该到了呀！

【山根跑上。

山　根　　亲家，雪枝来了！

江洋母　　人呢？

【雪枝提小兜上。

雪　枝　　四伯，我妈呢？

【赖妮上。

赖　妮　　妈在这呢！

【雪枝见妈不像有病的样子，不由得警觉。

江洋母　　坐，坐下呀孩子。吃糖。（江洋伏里间听）

山　根　　雪枝，你妈找不到雪叶，这几天都没好好吃东西啦，你坐下跟你妈好好说会儿话。

【示意江洋母，二人出。

雪　枝　　妈，你有病咋不到医院？来人家家干啥？

赖　妮　　这是亲戚家，正来的地方。

雪　枝　　你的亲戚，与我无关！妈没大病，我走了！（扭头就走）

赖　妮　　站住！雪枝，你真要把妈气死不可？

【推雪枝坐沙发上。

雪枝呀！

（唱）你从小聪明伶俐人喜欢，

姊妹仨妈心里对你最偏。

脏累活从不让你干，

两块馍让你先把大块拣。

宠你敬你把你惯，

想上天妈都给你把梯子搬。

谁料想你人大心野不听劝，

惹妈生气叫妈作难。

这门亲多亏人家高看咱，

别人想攀也难攀。

一家两口是国干，

公公在镇上掌大权。

女儿有了立身处，

全家都会把光沾。

你今天得听妈的劝，

和江洋举行大礼过百年！

雪　枝　　妈！你们？！这是要干什么？！

（唱）妈呀妈你以病重把我骗，

原来是设好圈套让女儿钻。

全不顾女儿的幸福与情感，

拿我做礼物把权势攀。

若真要强迫耍手段，

雪枝宁死腰不弯！

妈，你没啥大病，我走啦！

赖　妮　（挡）哪也不准走！雪枝，你就听妈这一回。记都登过了，把事办了吧，啊！

雪　枝　凭他爹一张条子，你去给我登的记！你要不是我妈，我早都把你告上法庭了！

赖　妮　告你老妈？我把你养成了啊？！今天成亲的事，你说，你答应不答应吧？

雪　枝　没门！

赖　妮　你不答应，我就碰死你跟前！

雪　枝　妈！雪叶都叫你逼跑了，你真也要把我逼疯吗？！

赖　妮　你只说你答应不答应？

雪　枝　绝不答应！

赖　妮　我……我碰死算了！我不活了！

【赖妮一头撞向桌边，霎时鲜血直流。

雪　枝　妈！（惊愕，忙上前止血，扶妈）妈！你……这是干啥呀！（哭泣）

【江洋母、山根匆上，拉开雪枝，为赖妮止血。

江洋母　亲家！亲家！

山　根　没见过你这样的闺女！

雪　枝　妈，你真要逼死女儿吗？（哭泣）

江洋母　（推过雪枝）闺女，你真不愿意，这事也不能强迫。咱好聚好散。你妈一时转不过来弯，你到里间坐一会儿，我劝劝你妈啊！

【说着把雪枝推进里间。雪枝伏在里间的被上哭泣。江洋母回

身将门带上，掏出一把大铁锁，悄悄将门锁上。

江洋母　（扶起赖妮出）到那边上点药去！

【山根、江洋母扶赖妮下，江母随手将外间电灯关掉，闭门。

【稍许，雪枝起身，突然看到从卫生间走出的江洋。

雪　枝　江洋？你啥时候进来了？

江　洋　雪枝，我一直在等你，你看？（指床中央雪枝的照片，雪枝环视四周，两朵红花摆在柜子上，猛惊，回身外走，发现门已经外锁）

雪　枝　开门！开门！

【传来鞭炮声。

雪　枝　啊！江洋！这是干啥？！

江　洋　咱……咱们结婚了！雪枝，你听我说……

雪　枝　（啪，打了江洋一耳光）你……无耻！

（唱）想不到啊没想到！

卑鄙无耻是强盗。

江洋！快将门上锁去掉，

若不然我告你骗婚法难逃！

江　洋　（灌了一口酒）雪枝……你听我说……

（唱）登了记你我是夫妻，

今天圆房合法律。

一放鞭就算拜天地，

从今后咱就……可同床宿。

【江洋又灌了两口酒，向雪枝走近。雪枝顺手抓过一个花瓶。

雪　枝　江洋！你敢再往前走一步，我就砸你个头破血流！

江　洋　别、别、别……我不走，我……给你跪下还不中！（跪在地下）雪枝！

（唱）你去哪找我这样的好男人，

对你真是一片心。

关起门来立保证，

一辈子跟你铺床、叠被、做饭，

打水、洗衣、捶背全心全意伺候您。

中不中！（已带几分醉意，又喝了几口酒）

雪　枝　（唱）这样子真叫人恶心，

这地方一分一秒也难存身！

（打门、摇门）开门！开门！

金豹啊！你为啥不随我一同把门进，

我落陷阱你快救人！

【江洋已醉，抓雪枝不住，倒在床上。

开门！开门！（一阵晕眩，跌坐门后）

金　豹　（外唱）翻过高墙破门进！

（金豹冲上，进外间）雪枝！雪枝！

为何此处也不见人？

（发现门上铁锁）雪枝！雪枝！

雪　枝　（雪枝闻声苏醒）金豹哥——

金　豹　雪枝！这是咋回事呀！

雪　枝　（挣扎站起）快……将门打开，他们骗婚！

金　豹　简直是无法无天了！

【外间灯突然打开，姜母、山根、赖妮怒目注视金豹。

江洋母　到底是谁无法无天了？这是谁的家？你从哪里进来的？

山　根　你小子胆也太大了！

金　豹　谁把雪枝锁在这房内？

江洋母　雪枝是我的儿媳妇！登了记，拜了天地，入了洞房！你是干啥哩？你有啥权力干涉？！

山　根　私闯民宅，今天这事不了！

金　豹　登记？是你们凭着一张字条，背着当事人，以权行私、以权代法登的记，完全无效！今天又设下圈套骗人成亲！八十年代了，此事竟然发生在一个身为镇党委书记的家里，你们眼里还有国法吗？！

赖　妮　我的女儿，哪有你插的嘴？

金　豹　你的女儿，但不是你的私有财产！她是我们太平洋弯管厂的技术厂长！我是村长，厂长，她也是我们河套村的村民，我有责任保护她的人身自由，把门打开！

江洋母　不打！

金　豹　打开！

江洋母　不打、不打！有本事你告去吧！

金　豹　告是要告的！你要不打开，我就要动手了！

山　根　你敢？！

江洋母　好，外边有斧头，你去拿来砸吧！

金　豹　用不着掂斧头，也免得你再给我栽上一个罪名！但是这把铁锁，我是砸定了！闪开！

（金豹挥手扎了个骑马蹲裆式，运足丹田之气，掌似铁斧砸向铁锁）嘿！嘿！嘿！（铁锁哐啷落地，雪枝破门扑出）

雪　枝　金豹哥！

【哭泣着扑入金豹怀中，众惊愕。灯暗。

【一束光照在手持酒瓶、睡在里间床上、扯着长鼾的江洋。

第六场

时间 时令已届中秋。

地点 赖妮老院旁边已建起金豹的三层小楼。两院中间扎起来一道竹篱笆。新楼式样美观，色调典雅。老院显得陈旧沧桑。

【开幕时，雪花在右边小院做针线活，她往左边院里看了看，长叹一声。

雪　花　（唱）一家人被闹得七零八散，
一座院被分成这边那边。
那边是一天到晚笑声不断，
这边人难得见欢语笑颜。
弯管厂生产好事业发展，
连县长都来找金豹座谈。
我的妈只装着不闻不见，
好劝说她任死也不转弯。
雪叶妹无消息令人挂念，
这日子真叫人日夜忧烦。
宝贵他催结婚一天几遍，
我满腹委屈情可找谁谈！

【老麦堆上。

麦　堆　闺女，你妈哩？

雪　花　（不愿理睬）不知道！（拿活计进房）

麦　堆　嘿嘿，都给我个不照脸？现在这事儿，越往前走，叫人越不明白！金豹、雪枝官司竟然打赢了！江洋爹老书记受了处分，帽子也让摘了！山根投降了，如今在村弯管厂当保管员；赖妮钻到窝里不出来！那火葬场都开始烧人啦！这赖妮当初把雪花许给俺宝贵，不抓紧把事儿办了，恐怕也不保险！（叫）亲家！亲家！

【**赖妮出房**。

赖　妮　像只黑老鸹，号叫啥哩！

麦　堆　亲家，火葬场已经开始烧人了！七十三，八十四，阎王不叫自己去。我明年正赶上七十三呀！

赖　妮　烧死你活该！你个老鳖一，吝啬鬼，你宝贵催着办事，我要那几件东西你准备了没有？

麦　堆　那……家里现成有！

赖　妮　家里那你带火葬场去吧！我要你做新的！

麦　堆　那不是糟蹋钱吗！

赖　妮　钱？钱比你命还金贵！上次你给那存折，我一直放箱里没敢用，昨天去取钱，原来这么大一本，才二十一块钱。羞仙人哩。还给你！

麦　堆　这……不够咱还能商量嘛！

赖　妮　走吧、走吧！不图你有俩钱，我雪花给你宝贵？滚吧！（上后院）

麦　堆　哈！原来是想要我那美金哩？你想得老美呀！

【**宝贵上**。

麦　堆　宝贵？（一眼看见宝贵脚上的皮鞋）你脚上穿那……

宝　贵　高跟皮鞋！

麦　堆　谁哩？

宝　贵　我哩！

麦　堆　多钱？

宝　贵　　六十二块八！

麦　堆　　我的妈呀！抵个小猪娃钱了！你个败家子！

宝　贵　　钱是我借的，你管不着！爹！

（唱）没有钱你盼钱，

有了钱你攒钱。

把钱拴在肋巴扇，

花一分你就像摘心肝。

一年四季吃素饭，

春夏秋冬旧衣衫。

叫我人前没法站，

这样的日月我要造反！

麦　堆　　不吃肉你不是也长恁高了？穿的旧不是也没冻死？

宝　贵　　你那是啥标准？

麦　堆　　啥标准？我知道你想穿好好的叫雪花看哩！算啦！不是咱玩的虫羽儿！光看脸蛋白不行！俗话说：丑媳妇近地家中宝，媳妇好看是惹气包呀！想当初，你妈可是又黑又小，那二坡地红薯，看着不值吃着值，不照样生娃子过日子？

宝　贵　　爹！跟你没有共同语言！（欲进雪花屋，门却从里闩着，叫了两声无人应，只好跑向后院。）

麦　堆　　宝贵！宝贵！（追下）

【左边院，金豹和李欣从房内出，金豹手中拿着篇文章。

金　豹　　老弟，我不赞成给报社写这样的文章。

（唱）佩服你生花笔写得流畅，

只可惜发此文会帮倒忙。

把咱厂歌颂得鲜花一样，

会引来参观人源远流长。

到那时一顶顶高帽戴上，
逼着你去配合学唱花腔。
干实事咱不图别人表扬，
是好猫决不爱大声嚷嚷。

李　欣　人家报纸约咱，成绩又没夸大！

金　豹　老弟，听着哥哩没错。这文章一发，记者们都来了，叫咱总结："几个保证几不准，啥啥思想放光辉"，越吹就会越玄乎！记着，说大话的时代过去了，现在是——邓小平闷头挣钱干大事的时代！

李　欣　好——吧！听你的，那王教授来，欢迎仪式还搞不搞？叫住到哪儿？

金　豹　搞！不是王教授，没有咱的厂。没有王教授，咱以后难发展！花钱值！住嘛，就住我这里，吃也在这里！

李　欣　你这条件……

金　豹　得罪不了！我们是生死之交啊！那年我流窜兰州，他还带着反革命帽子，从公共汽车上挤掉下来，不是我抱着他滚下来，怕早没有这个人了！

李　欣　那我走了！

金　豹　慌啥！（示意李欣去找右院刚走出房的雪花）

李　欣　我……

金　豹　雪花！李欣找你！（忙进房）

李　欣　我没……

雪　花　（雪花出房，羞涩地）李欣哥……你有事？

李　欣　啊……你……

雪　花　我妈……说……想把宝贵的事退了……

李　欣　真的？

雪　花　　嗯！（跑回房内）

李　欣　　（欣喜若狂）万岁！

【**李欣兴奋地向外跑，差点将进门的雪枝撞倒。**

雪　枝　　哎呀！你疯了！

李　欣　　疯啦！我真疯啦！（高唱：我们的生活充满阳光……跑下）

（金豹笑着端水出房）

金　豹　　下班啦？（接过衣物）

雪　枝　　（边洗脸）哎呀，我这个技术厂长，教跳舞比教技术还难！

金　豹　　哎，雪枝，我想坚决把这道篱笆拆了！这次来个彻底的。要不王教授来了，这印象多不好！

雪　枝　　好！动手（边唱边拔竹篱）

（唱）拆篱笆，用力拔，

女婿心疼丈人妈。

拆掉篱笆住新楼，

幸福和睦一大家。

赖　妮　　（从后院出来怒喝）住手！谁敢动我的篱笆，我把他手指头剁掉！

雪　枝　　妈，你就不让拆？！

赖　妮　　我不是你妈！咱永不来往！

金　豹　　妈！

赖　妮　　谁是你妈？！

金　豹　　妈！

（唱）妈呀妈你消消气听我几句，

我知道丈母娘最疼女婿。

咱本是一家人生点小气，

怎能够记世仇你东我西？

我和雪枝年纪轻虑事不细，
当妈的骂几句打几下也是正理。
怎能让一道篱笆让咱常分离，
雪枝她想妈常把泪滴。

雪　枝　妈！

（唱）这小楼是金豹亲自设计，
俺夫妻住二楼一楼给你。
电视、电扇、沙发、立柜全摆齐毕，
就等着请妈妈进去安居。
金豹说妈一辈子吃苦受累为儿女，
到晚年就应当享享福气。

赖　妮　你们那楼，我怕搬进去出不来！

金　豹　咋啦？

赖　妮　看把你们烧哩！人家乡长还没有住这么好的楼哩！你就不怕出头的椽子先烂！

金　豹　妈，这楼咱村已经七八座了，这是咱劳动所得，怕啥哩！

（唱）这钱是咱劳动换，
自己花着心坦然。
党的政策给咱胆，
河套村今后就要换新颜。
河套人都要住上金銮殿，
河套村要建成一个大花园。
要让那城里人到咱乡下看，
看了让他们眼里馋。
信不信，妈等着看，
时间用不了三五年。

放空炮你把俺金豹脑袋砍，

绝无怨言！

赖　妮　　哄小孩去吧！（捡起拔掉的篱杆，在空开处又竖）

金　豹　　（示意雪枝）妈，你先到楼里去看看中不中！

赖　妮　　不去！

雪　枝　　妈，你还让俺抬呀？金豹，来，一、二、三！

【雪枝、金豹将赖妮抬起。

赖　妮　　放下我！放下我！

【李欣跑上。

李　欣　　哟！这是唱的哪一出呀？

【雪枝等放下赖妮，赖妮忙又爬回篱笆这边，门外汽车喇叭声。

李　欣　　（高兴地）大婶，你看谁回来了？

【众青年簇拥着一身汽车司机打扮的雪叶上。

众　　　　雪叶！

雪　叶　　妈！

赖　妮　　（愣）雪……叶……

雪　叶　　妈——

【扑入赖妮怀中，母女相抱，赖妮热泪横流。

赖　妮　　（唱）双手把儿紧紧抱，

又疼又气热泪浇。

你只知撒腿往外跑，

可知妈日日夜夜把心操！

雪　叶　　妈！

（唱）轻轻将妈泪擦掉，

知妈为儿心操劳。

你的雪叶长大了，

我有双翅能飞高。

哎呀，妈，我还给你带回来一个人呢！

赖 妮 带回来个人？

雪 叶 你等等。（雪叶跑出，提着大包的司机赛南上，众惊视）介绍一下，汽车司机赛南同志，我的老师，也是我的密友！（雪叶搂住赛南亲了个响吻）走，进房帮我换衣服！

【**拉着赛南手进屋。**

金 豹 现代派的！

青 年 “叭”来了个脆的，真毒气！

赖 妮 （气得不得了）这雪叶学坏了！不能要了！

雪 枝 这死闺女，太疯了！

赖 妮 雪花，去把雪叶叫出来！

雪 花 妈，三妹不是去换衣服啦！

赖 妮 换衣服拉个大男人在身边干啥？！

金 豹 我说，咱小地方，少见多怪，还是少干预好！

雪 枝 不行！（走到楼前）雪叶！雪叶！滚出来！

雪 叶 （一身时髦女儿打扮出）咋啦？这衣服不好看？

赖 妮 雪叶！你！你把那个男的给我撵出去！

雪 叶 你是说我师傅？噢！明白了，赛南，请出来吧！

【**赛南，一头披肩发，潇洒漂亮地走出。**

金 豹 啊！我还以为是奶油小生哩！

雪 叶 不是奶油小生，是汽油小姐！

赖 妮 原来……你是个女的？

赛 南 大婶，奇怪吗？

（唱）我的名叫赛南长了个男孩样，

论志气自认为比男子还强。

新生活为俺姐妹插上翅膀，

好儿女走天涯志在四方。

雪　叶　赛南同志，是俺十姊妹环球运输公司总经理！

金　豹　大开眼界！总经理同志，咱们签订长期运输合同好吗？

赛　南　请多关照。（送上名片）

【江洋穿工商管理干部服上。

众　江洋？

江　洋　金豹，通知一下，我现在负责镇上工商管理工作，你们厂这段的账该查查了！

金　豹　随时恭候光临！

江　洋　大婶，我爸到县上老干局去了！

赖　妮　啊……你……坐！

江　洋　不啦！我的工作很忙，告辞了！（下）

金　豹　哈……生活真像演戏一样，这种人物永不会消失，我愿和他们再战三百回合！雪枝，拿酒来，为雪叶回家接风！

赖　妮　停停！（众静）我说……几句。

（唱）这日子真叫人眼花缭乱，

我这心里一会明一会暗乱作一团。

从今后这家里事我再也不管，

众　妈！

赖　妮　（唱）大小事都由你们自己掌权。

妈，我……我也退居二线呀。（抽泣）

雪　叶　我看这是俺家的大好事儿！妈，你把俺们都养大了，我和姐姐今后生活的一个重要内容，就是让我的妈妈幸福地欢度晚年！

【大家动手拆掉篱笆，打开四喇叭收录机，按动电钮，放出乐

曲:"太阳太阳像一把金梭，月亮月亮像一把银梭，交给你，也交给我，看谁织出最新最美的生活。"

【雪叶、雪枝，率先起舞，众相随，在热烈的舞蹈中。

【徐徐合幕。

（剧终）

一九八五年三月

【新编古装豫剧】

清风亭上

编剧　李学庭

人物表

张元秀
贺　氏
张继保
大夫人
周桂英
周小哥
管　家

第一场

（幕前伴唱）

风雨沧桑亭一座，
见证了多少善与恶。
善有因恶有果，
清风亭上一曲悲歌。

【元宵夜郊外清风亭前。

【苍凉的主题歌声中。

【灯渐亮，圆月隐现中，散雪飘飞。

【张元秀与妻子贺氏于风雪中上。

张元秀 老婆子，雪大路滑，你可要小心点啊！

贺　氏 知道啦。

张元秀 （唱）十五观灯飘雪花，

贺　氏 （唱）夫妻相携转回家。

张元秀 （唱）行路人就怕风雪大，

贺　氏 （唱）累得我脚疼腿又麻。

张元秀 老婆子，我看你是走不动了。正好来到清风亭，离家不远，咱还是歇歇再走吧。

贺　氏 咱还是赶快回家吧！

张元秀 家里是比这儿暖和？咱还是歇歇再走吧！

贺　氏 歇歇再走？

张元秀 歇歇再走。

贺　氏 好，歇歇就歇歇。

张元秀　老婆子，你搀我来！

贺　氏　老头子，你扶我来！

张元秀　哎！咱要是有个儿子，搀着你扶着我，那是何等的快乐呀！

贺　氏　想要儿子哩？等下辈子吧！来，你我还是相互搀扶着！

张元秀　好，咱们相互搀扶着！哈哈……

【二人搀扶进亭。

张元秀　老婆子你请坐呀！

贺　氏　还是老头子你请坐！

张元秀　好、好，咱两个都坐。

【二人入座，贺氏刚要坐下，臀下一声婴儿尖啼，吓得她一蹦多高，二人跑出亭外。

贺　氏　打鬼！打鬼呀！

张元秀　哪……哪里有鬼呀？

贺　氏　就在石桌下面，你听！

【婴儿啼哭。

张元秀　哎，分明是婴儿啼哭声呀！

贺　氏　婴儿啼哭？你快去看看！

张元秀　好，我去看来！（鼓足勇气，探步上亭，小心地抱起襁褓）哎呀！老婆子，这果然是个婴儿呀！

贺　氏　（急步进亭）快让我看看！

【贺氏抱过婴儿。

贺　氏　是个刚落草不久的婴儿！

张元秀　你快看看是男是女？

贺　氏　哈哈……老头子，还是个带茶壶嘴的嘞！

张元秀　这就奇了！这么好一个娃娃，落草不久，他的母亲怎么将他扔在这清风亭上呢？

贺　氏　　是不是他母亲在此歇息，走得匆忙……

张元秀　　咳，这又不是个物件，岂有遗忘之理！

贺　氏　　那……就是来路不正！

张元秀　　咱不要瞎猜，孩子受冻多时，你赶快揣进怀里给孩子暖和暖和。咱在这里等上一等，若是遗忘，他的父母定会很快来找。

贺　氏　　（贺氏抱儿于怀，发现血书）老头子，你看这是啥？

张元秀　　（接看）老婆子！这白布上边写的是红字，这是血书哇！

贺　氏　　血书？上面写些啥？

张元秀　　它不认识我呀！我明白了，既有血书在此，定是他母亲有难言之隐，不得不忍痛抛子！放在这里，是有意让人捡去抚养！老婆子，咱捡到个儿子呀！

贺　氏　　咱真的捡了个儿子呀？

张元秀　　这是老天给咱的恩赐！咱有儿子了！

贺　氏　　老头子，快给咱儿子起个名字！

张元秀　　好，给儿子起个名字。老婆子，咱当年夭折的儿子叫小保，今天老天爷赐给咱一个儿子，叫"继保"如何？

贺　氏　　张继保！（婴儿啼哭）

张元秀　　他答应了！答应了呀！

贺　氏　　继保儿啊，快随爹娘回家吧！

【婴儿啼哭，张元秀脱去外衣，为婴儿覆盖。

张元秀　　赶快把孩子包上！

贺　氏　　老头子，你不要命了！

张元秀　　从今往后，儿子就是咱的命

《清风亭上》剧照，表演艺术家李树建饰演张元秀

呀！咱赶快带儿子回家吧！哈哈哈！

（贺氏滑，张元秀搀扶）老婆子，这一回我得搀着你，走哇！

【欢快的音乐中，二人抱婴儿顶风冒雪走下。

周桂英　（内唱）大夫人心狠似蛇蝎！

（披头散发奔上）儿啊——

（接唱）夺婴弃儿天良绝。

儿呀儿你等等我，

黄泉路上咱母子偕！

【周桂英倒地，周小哥匆上扶起。

周小哥　二夫人！二夫人！

周桂英　（一把抓住小哥）小哥你快快告诉我，你把我的娇儿扔在哪里了？！

周小哥　二夫人不必着急，我这就与你找来！（跑上清风亭，寻找不见，大惊）啊！是我亲手将小少爷放在这里的，咋就不见了呀？！

周桂英　（踉跄上亭）你、你……你还我的儿子！

【周桂英气晕倒地，小哥跪地扶救。

周小哥　二夫人哪！小少爷落地，大夫人就说他是克星投胎，要我将他抛于荒郊，置于死地！老爷不在家，你又无力抗争，无奈之下，我要你偷偷写下血书，瞒着大夫人，将小少爷放在这清风亭上，为的是让人捡去抚养。如今寻找不到，可能已被好人捡去抚养了！二夫人，这事你可不能怪罪小人我呀！

周桂英　就是死，我们母子也要死在一起！我要我的儿子！

周小哥　二夫人，你出身寒门小户，大夫人她父在朝官居吏部，平日里老爷尚怕她三分，就是将小少爷找回，大夫人能放过他吗？

周桂英　不！我要找回我的儿子，我一定要找回我的儿子！

【严氏带管家、家丁等提灯追上。

大夫人 哎呀呀，外面天寒风大，快快送她回府！

家　丁 是！

【**周桂英挣扎中被家丁挟持下**。

大夫人 周小哥！

周小哥 奴才在……

大夫人 克星哪！你是个聪明人，要好自为之！

【**拂袖而下、管家随下**。

周小哥 （颤惊站起）小少爷，你不会有啥好歹吧？……

（切光）

第二场

【**十三年后**。

【**张元秀家**。

【**张元秀挑豆腐筐上**。

张元秀 啊，哈哈……

（唱）日似流星月似箭，

十三年婴儿成少年。

卖豆腐供儿把书念，

盼子成龙做高官！

甘为我儿做牛马，

为的是老有所靠后来甜。

（白）老婆子！

贺　氏 （出草屋）老头子，你回来了？

张元秀　　回来了。

贺　氏　　豆腐卖完了？

张元秀　　没卖完我敢回来？

【放挑子进屋坐下。

张元秀　　（从怀里取出包子）给继保儿又买了一个肉包子！

贺　氏　　好！咱儿子就爱吃这肉包子。

张元秀　　老婆子，午饭可曾做好？

贺　氏　　做好了。

张元秀　　你做的啥饭呀？

贺　氏　　面条。

张元秀　　面条好！

贺　氏　　面条是给咱继保儿做的，咱俩还是炒豆腐渣。

张元秀　　炒豆腐渣，炒豆腐渣也中！

《清风亭上》剧照，吴素真饰周桂英（左一）、朱旭光饰大夫人（右一）

【贺氏张望门外，张继保哭上。

张继保　爹、娘……呜呜……

贺　氏　继保回来了？继保，是谁欺负你了？快让娘看看……

张元秀　为父早给你说过，不要招惹那几个顽皮孩子，你怎么……

张继保　不是我招惹他们，是他们仗着爹娘权势欺负人！

（唱）平白地讥笑我非亲生，

说什么十三年前被扔清风亭。

贺　氏　啊！一派胡言！

张元秀　啊！一派胡言！

张继保　（唱）他们说爹藏有一张血写的书，

血书将我的身世全写明。

贺　氏　一派胡言，哪有什么血书！没有！没有！

张元秀　没有！

贺　氏　都是那些坏孩子无事生非，胡说八道！他爹，还不快去，教训教训那些坏孩子去！

张继保　爹，人家有当官的爹，连先生都怕三分，你还是别去了。等我以后做了大官，也要好好地气气他们！

张继保　（贺氏将包子给继保，继保推过包子）爹，同学们都说有血书，到底有没有啊？

张元秀　有……没有！没有什么血书！

张继保　看你们慌的那个样子，看来，我真是你们十三年前捡来的！

张元秀　你胡说些什么！

张继保　都说你让先生看过血书，为啥不敢让我看？

张、贺　没有什么血书啊！

张继保　你们一定有事瞒着我，你们不给我说清楚，我找人问去！

【出门跑下。

贺　氏　继保！你快拉住他呀！

张元秀　他去哪里找他的亲生爹娘？他的亲生爹娘若要要他，也不会落草之时，就将他扔在清风亭上！他已十三岁了，老伴，不如就将真情告诉他吧。

贺　氏　老头子，你是老糊涂了！不能告诉他！先把孩子找回来，孩子还没吃饭，包子带上，快去……你快去！

张元秀　好，老婆子，你在家等候，我追这个奴才去了！继保，儿啦……（追下）

贺　氏　老头子！见了儿子你可不要打他啊，让孩子吃了包子快点回来！

（切光）

第三场

【接前场，清风亭前。

【周桂英急至清风亭上，寻儿不见，一声长叹。

周桂英　（唱）叹岁月似流水转眼而过，
十三年周桂英眼泪成河。
为找儿拜神求佛占过课，
为找儿私下也曾将人托。
为找儿侍郎府邸难坐卧，
为找儿只身返乡苦奔波。
清风亭石阶已被我踏破，
儿呀儿呀娘的亲生儿，
声声唤儿徒奈何！

周小哥　（匆上）二夫人，你怎么又来到这清风亭上了啊？

【桂英哭泣，小哥劝慰。

张继保　（继保上）唉！谁能说清楚我的身世呀！（望着清风亭）清风亭呀清风亭，爹娘真是在这儿捡的我吗？（无奈继续走去）

周小哥　（闻言一惊，急上前拉住）这一学生你……你、你……适才你讲说什么呀？

张继保　（不悦）我说什么，关你啥事！（下）

周小哥　（望着离去的继保，似有所悟，急至二夫人前）二夫人！适才有一顽童，心事重重来到亭前，眼望清风亭，说什么……爹娘真是在这儿捡的我吗？

周柱英　（惊喜）学生多大年纪？

周小哥　我观他年纪不过十二三岁，相貌颇与夫人老爷相似！

周桂英　你看得明白？

周小哥　看得明白！

周桂英　听得仔细？

周小哥　听得仔细！

周桂英　莫不是老天真的开眼了？你还不快快追他回来！

周小哥　小人这就去追！

【周小哥匆匆追下。张元秀寻找继保上。

张元秀　我看着这个奴才往这个方向来了，怎么一转眼就不见了？继保！儿啊！继保，我的儿啊！

周桂英　老伯，你可是在找一个十二三岁的少年？

张元秀　正是。你可曾看到我的儿子了！

周桂英　我已让家人去追，即刻转来。

张元秀　多谢了！多谢了！

【周小哥将张继保拉回，张元秀上前拉住继保。

张元秀　哎呀，你看看为父说你两句，你出门就走，你看天色已晚，走，随为父赶快回家吃饭上学！

【张元秀拉继保，继保挣脱。周桂英目不转睛审视继保。

张继保　爹爹，你就告诉我真情吧！

张元秀　讲也要回家去讲！当着外人讲些什么！走，回家吧！

【元秀拉继保走，桂英挡。

周桂英　老伯，这一少年可是你的儿子？

张元秀　自然是我的儿子！

周桂英　可是亲生？

张元秀　你讲此话好没有道理呀！不是我的亲生，难道是你的亲生不成？

周桂英　老伯贵庚几何？

张元秀　我七十三岁。

周桂英　妈妈多大年岁？

张元秀　二牛拉犁与我同耕（庚）！

周桂英　你儿几岁？

张元秀　七十三岁！

张继保　我一十三岁！

张元秀　一十三岁，都让你把老父气糊涂了哇！

周桂英　老伯，自古云：男子四十九，到老终须有；女子五十天癸绝，哪有六十生子婆呀？

张元秀　你岂不闻五十七八，能生朵花，六十出头还生个孙猴！我二老何时生子，与你何干呢？！

周桂英　老伯，实不相瞒，十三年前我那刚刚落草的儿子，就丢失在这清风亭上！

张元秀　（惊）十三年前哪一天？

周桂英　正月十五！

张元秀 那天……

周桂英 下着小雪……

张元秀 孩子包着……

周桂英 蓝色襁褓！

张元秀 襁褓之上……

周桂英 血书一张！

张元秀 何人所写？

周桂英 我亲手所写！

张元秀 你写些什么？

周桂英 “周桂英泣血告白：大夫人嫉恨，抛我落草小儿于荒郊野外，仁人君子，得而哺养，当报高天厚恩！”

【**张元秀大惊**。

张元秀 难道你、你、你真是……

周桂英 老伯，我真是他的亲生母亲！（跪下哭泣）

张元秀 啊！

周小哥 老伯，我家夫人讲的句句是真！十三年前元宵之夜，是奴才我亲手将小少爷，放在这清风亭上的！

张元秀 这就奇了！这就怪了！常言道虎毒不食子，既然是你的儿子，为何刚刚落草之时，就将他扔在这清风亭上？！

周桂英 （唱）老伯呀！

皆因为老爷进京去赶考，
家撇下一妻一妾我为小。
大夫人心狠又悍暴，
嫉我有孕妒火烧。
说什么生在酉时是凶兆，
逼小哥抛儿在荒郊。

十三年我何曾不寻找，
踏破铁鞋音信杳。
老伯你犹如九天菩萨到，
救儿命养儿大恩比天高！

周小哥　我老爷在京城官居侍郎，大夫人至今尚未生养，薛门就要无后了，这才让二夫人返里寻子。老伯你就发发慈悲，好事做到底吧！（跪下）

张继保　我爹爹真的是个大官？

【周小哥拉继保到一边。

周小哥　官居侍郎啊！

张继保　（急到元秀身边）爹爹，这是真的吗？

张元秀　这是真的，你又能怎样？

张继保　哎呀，这可太好了！原来我亲爹也是个大官！看他们以后谁还敢欺负我！爹爹，我想进京城去见见我那当大官的亲爹！

张元秀　你说些什么？

张继保　爹爹，我要进京城去找我那当大官的亲爹！

张元秀　你这个奴才！（一耳光打在继保脸上）

（唱）奴才全将良心昧！
气得我浑身打战心意灰。
十三年含辛茹苦人长大，
羽毛长成你就要飞。
想当初我这清风亭上抱你归，
好一似遭霜小草命将萎。
为救你我全村跑遍找奶水，
我日日讨米您娘她做炊。
熬得米汁将你喂，

哪一夜我不起三五回。
吃饱哄你入了睡，
俺去到磨坊把磨推。
推磨推到三更后，
你娘她瘫软我的眼发黑！
她为我擦去头上汗，
我给恁娘把背捶。
恁娘她问我累不累，
我说道为儿愿把老命赔！
十三年冬夏只有一条被，
十三年淡酒没敢喝一杯。
十三年衣不遮体人变鬼，
十三年俺骨瘦如柴奴才肥。
十三年受了多少罪，
十三年希望化伤悲。
十三年做了一场梦，
梦醒心头血刀锥！
苦命人心血掏尽全白费，
从此俺二老可靠谁！

张继保　爹爹！儿不走了，继保不走了！

周桂英　老伯，继保虽是我的亲生，可他永远都是您养大的儿子！为了儿子的前程，老伯，你就让他走吧！俺求你了！（再次下跪）

张元秀　夫人请起！继保虽不是我的亲生，可我们夫妻一十三年，贴心贴肉连心连肠，他是我们的命啊！我张元秀虽然贫穷，也明白事理。靠我这一副豆腐挑子，难将他供养成器。你失子一十三年，受尽失子之痛！今日你们母子相见，这也是天意呀！

张继保　　爹爹！

周桂英　　老伯！

张元秀　　你就带他走吧！

张继保　　爹爹！

周桂英　　老伯！

张继保　　爹爹，儿不走了……儿不走了……

张元秀　　为了我儿的前程，你就随你的亲生娘走吧！

张继保　　爹爹！

周桂英　　老伯，继保日后成器，定报你们的大恩大德。

张继保　　爹，你等着，等我做了大官，就回来接你和娘去过好日子，再也不让爹娘吃豆腐渣啦！

【周小哥、周桂英拉继保下。张元秀痛不欲生。

《清风亭上》剧照，孙洋饰管家（左一）、吕军帅饰张继保（左二）、郭青峰饰贺氏（左三）

张元秀　继保！……继保……

（唱）我儿一去情义尽！

撇下我这白发断肠人！（突然摸到包子）

（白）继保，你吃了包子再走！

【贺氏寻找着匆上。

贺　氏　老头子，孩子呢？咱的继保呢？

张元秀　啊……孩子……继保？他……

贺　氏　快说，孩子在哪里？他怎么了？

张元秀　他……他……他随亲娘走了！

贺　氏　啊？！（倒坐地下）

张元秀　（扶老伴）老伴，为了孩子的前程，就让人家走吧！

贺　氏　（一把抓住张元秀）告诉我，孩子他上哪里去了？

张元秀　往、往……往（胡乱一指）他向那边去了！

（贺氏猛地站起，叫着继保，欲追，突然倒地，两眼什么也看不见了）

贺　氏　（惊慌）我的眼睛怎么啥也看不见了？

张元秀　（以手相试）哎呀！你是急火攻心，双目失明了呀！

贺　氏　继保！我儿！你回来呀！

【膝行追赶，造型，切光。

第四场

【数年后，薛府。

【张继保衣着华贵喜气洋洋地上。

张继保 （唱）几年来尚书府内蒙娇养，
罕有的富贵我尽尝。
饮美酒，食羔羊，
骑骏马，着锦裳，
珠团翠拥人敬仰，
弦歌声中舞袖长。
无须动手只要讲，
万事有人办停当。
才知道未必读书朱紫贵，
荣耀全凭好爷娘。
外公贵为一品相，
翻手为阴覆为阳。
今生何愁青云上，
张继保——不，薛少爷！
我背靠大树好乘凉。

【面容憔悴的周桂英从厢房出，叫住继保。

周桂英 儿呀！你回来了？

张继保 啊……我刚从外公府上回来，这就要去拜见……母亲呢。

周桂英 儿啊，娘好不容易把你找回来，她们就把你送到尚书府去。不见我儿，为娘寝食难安！难得你心里还想着娘。儿啊，随为娘到房中叙话。

张继保 （手指大夫人上房）我是要到……母亲房中拜见！

周桂英 （心寒惊疑）她是你的母亲，那我又是……什么人呢？

张继保 父亲和外公讲过，咱们这样的人家，是有规矩的，我该叫你……姨娘！

周桂英 （惊愕，凄凉）好一个……姨娘！

（唱）十月怀胎将你养，

却换来冷冷一句喊姨娘！

莫忘了谁扔你到荒原上，

你怎能不辨恩仇亲恶狼！

张继保　（唱）求求你这些旧话再莫讲，

孰是孰非我迷惘。

周桂英　（唱）你是一心只想把福享，

也忘了卖豆腐养你成人的爹和娘！

张继保　（唱）养父养母我何曾忘，

眼下想帮也无力量。

待外公助我腾达登金榜，

到那时男儿志气才能扬！

周桂英　（唱）儿啊儿你有前程娘所望，

为了儿我……我、我就做姨娘！

【周桂英哭着奔向厢房，继保不忍，欲追去抚慰，管家出现，挡住了他。

管　家　少爷，你母亲正等着你呢！走吧！

张继保　我正要拜见母亲。（快步进上房）母亲！

大夫人　儿啊！**【上房灯亮，大母严氏端坐堂中，继保叫着进堂，向大母扎头便跪。**

大夫人　儿啊，快让娘看看！你长高了！儿啊，你外公府上可好啊？

张继保　孩儿总算明白何为紫阁名公、相府门楣！果然天堂一般！

大夫人　哈、哈、哈……只要我儿孝顺听话，你外公会为你安排好锦绣前程的。

张继保　孩儿明白，明白。

大夫人　嗯，你要记着，你只有我这一个母亲，你是你外公的亲孙子，咱薛家的传承人！

张继保 （跪）母亲，孩儿心中只有一个疼我爱我的亲娘！孩儿今生今世绝不会负母亲和外公的恩情！

大夫人 儿呀，起来起来。从今天起就让管家跟着照顾你。下面歇息去吧，你要好好读书啊！

张继保 是。母亲保重，孩儿告退了。（退下）

大夫人 管家！

管　家 夫人。

大夫人 在家小住几日，还要送他到外公府去。只有断了少爷和过去的一切干系，他才能真正和咱们一心！

管　家 是，遵大夫人之命，我已派人打探，那豆腐佬已多年不知去向，恐早已不在人世了，可二夫人她……

大夫人 我会让她闭嘴的！

管　家 我明白！

（切光）

第五场

【数年后，清风亭上。

【周小哥内呼：哎，闲人闪开，状元爷过来了……让开了！（敲锣上）

周小哥 地方地方，差事难当。在下周小哥，原在薛府当差。因大夫人二夫人不和，无奈回到家乡当了个地保。听说二夫人已不在人世了！好在小少爷如今中了状元，做了大官，衣锦荣归，返乡

祭祖，要在这清风亭打坐。我还得伺候他哩！哎，四方闲人闪开喽！让开！让开！（撵行人下）

【张元秀扶瞎了双目的贺氏，衣衫褴褛地乞讨上。

张元秀　老爷太太赏给我们点剩饭剩菜吧！

（唱）想子盼子一场梦，

贺　氏　（唱）只落得沿门乞讨孤苦伶仃。

张元秀　（唱）黄泉归路眼前等，

贺　氏　（唱）双眼盼瞎一场空。

贺　氏　老头子咱这是到哪儿了？

张元秀　这几年咱四方乞讨，怎么又到这清风亭了？

贺　氏　它不叫清风亭，它叫望儿亭！

张元秀　它也不叫望儿亭，它叫断肠亭啊！

张、贺　继保，儿呀！

【周小哥匆上。

周小哥　让开、让开！都让开了！（发现张、贺）咦……我吆喝了半天，你这两个讨饭的，咋睡到这儿啦？快走！哎，我观此人怎么好像当年抱养小少爷的老人哪！是他！这老两口多年不见，都说他们已不在人世了，今日突然来到这清风亭上，莫非这是天意吗？张伯伯、张伯伯，醒醒！

张元秀　你是叫我？

周小哥　对，叫你哩！

张元秀　你是……

周小哥　我是周小哥呀！

张元秀　周小哥？

周小哥　你忘了，当年跟随二夫人寻找小少爷的周小哥呀！

张元秀　哦，那你如今……

周小哥 我如今当上地保了。

贺　氏 继保?

张元秀 他是地保!不是咱继保!

贺　氏 儿啊!

张元秀 她想儿子,把眼睛给哭瞎了。周小哥,你应知我儿在何处呀!

周小哥 我正要告诉你哩,你那儿子张继保中了状元,返乡祭祖,正要在这清风亭上打坐哩!

张元秀 返乡祭祖,要在这清风亭上打坐?我的儿子还没忘了旧情啊!

贺　氏 是啊、是啊!

周小哥 苦尽甘来,你要认官儿子了!

张、贺 要认官儿子了!

周小哥 (内响开道锣声)张伯伯,状元爷到了,您马上就能见儿子了!我接状元爷了!等着!(下)

张元秀 老婆子,咱儿子有出息了呀!

贺　氏 我要认儿子了!(哭泣)

张元秀 老婆子,你不要哭啊!

贺　氏 我不哭,老头子,你快带我去见儿子呀!

张元秀 老婆子,你看咱俩这副模样,去见儿子,有失他的官体呀!那边有条小河沟,咱俩去洗洗手,洗洗脸,再见儿子呀!

贺　氏 你快带我去!你快带我去!

【二人搀扶下。

【开道锣声中,八校尉引张继保上,此时的张继保已是薛状元。

张继保 (唱)锦衣辉煌还故乡,
十里争望状元郎。
清风亭依稀旧模样,

而今草木亦芬芳！

【管家上。

管　家　大人，太夫人让你在此等候，也让众乡邻一睹薛门后人的荣耀！太夫人随后就到。

张继保　好。

【张继保登亭入座。

【周小哥上。

周小哥　小少爷做了官！还真威风哩！这老两口咋还没来呀！

【张元秀、贺氏上。

张元秀　周小哥，果真是我儿子到了？

周小哥　没错，快去认儿子去吧！（下）

贺　氏　老头子，快带我去！

张元秀　老婆子，你行走不便，在这等着，我让儿子来接你啊！

贺　氏　老头子，你可别忘了我呀！

张元秀　这土地爷啥时候敢忘了土地奶奶！你等着，我去了！

贺　氏　老头子，刚才刘员外给我了个包子，我还没舍得吃，你给咱儿子带上，咱儿子他从小就爱吃这包子！

张元秀　你呀，儿子如今可是状元了，啥好东西没有吃过？要吃咱这肉包子！你爬一边去吧！我去了！

（唱）想子盼子多少年，

事到临头我犯了难。

只见他玉带锦袍色光艳，

巍然端坐面带寒。

校尉持刀两旁站，

小民丧胆难近前。

定定神，拈拈汗，

自励自劝自心宽。

漫说他今日把状元做，

做朝廷爹娘也是他头上天！

抖抖精神我大声喊：

继保儿啊！继保！

你看看是谁来到了你面前。

（白）继保，为父到了哇！

【**众校卫喝威，张继保下望。**

张继保 哎呀呀！这一老乞丐怎么似曾相识？莫非……啊！果然是养父到了！（欲起身）

管　家 大人，你那养父早已不在人世，老乞丐定是冒认官亲！

张继保 （自语）冒认官亲？是呀，是……啊！我如今已不是张继保，而是薛状元！

（白）管家！

管　家 大人。

张继保 告诉这一老人，他认错人了，让他离去。

管　家 是。咄！大胆老乞丐，竟敢冒认官亲，如不速速离去，定让棍棒伺候！

张元秀 继保！你果真认不出为父了吗？我是你父张元秀啊！

管　家 你姓张，我家老爷姓薛，还不是冒认官亲吗？

张元秀 你哪里晓得，这恩父义子可不同姓啊！继保，你忘了那一年，我不让你看血书，一气之下你跑到这清风亭前？

张继保 血书？果真有血书吗？拿来我看！

【**张元秀呈血书。**

张元秀 你且看来，老夫今日背于你听：“周桂英泣血告白：大夫人嫉恨，抛我落草小儿于荒郊野外，仁人君子，得而哺养，当报高天厚恩！”

张继保 （惊骇）啊！

（唱）惊心血书呈当面，

姨母所讲非戏言！

继保我该怎么办？

一道难题摆面前！

（话外音：记着，你只有我这一个母亲）

若与大母翻了脸，

从此仕途失靠山！

外公官高居吏部，

生死在他股掌间。

（白）不可！万万不可！

（唱）狠心不认情意断，

毕竟养我十三年。

张元秀 （唱）儿啊儿！

再苍老你也该认出爹的这张脸，

你不会把过去的事情全忘完。

你忘了夏日里，

爹彻夜为你驱蚊打扇；

冬夜里，

你的娘胸暖双脚让儿眠。

你忘了，

豆腐挑挑着你街巷转，

卖了钱爹买包子让儿餐。

张继保 （唱）怎能忘？草屋虽破人情暖，

二老视我如心肝。

我若执意不相认，
负他们我心何以甘！
怎么办怎么办？
乱了方寸抉择难！
人上人下在一念，
呀！我怎能一步回到十年前！
豆腐渣烂衣衫，
受欺辱遭白眼，
千人崇沦为万人贱！
纵有忠孝亦枉然。
养父母呀，
你们风烛残年路途短，
我无限前程梦待圆。
当年你们救我命，
今日再将我成全。
男儿做事要通变，
良心不能当银钱！
成大事者莫心软，
收起血书生威严！

（白）将这一老乞丐与我轰了下去！

张元秀 继保，你这个小畜生啊！

【管家与校尉轰张元秀离开。

张继保 管家，母亲怎么还不来呀！

管　家 即刻就到！即刻就到！

张继保 此地不可久留！

贺　氏 （摸索上）老头子！

张元秀　老婆子……

贺　氏　老头子，儿子咋不来接我呀？

张元秀　老婆子，咱走吧，你没有儿子了！

贺　氏　胡说！咱儿子不是中了状元了吗？

张元秀　那是状元爷，不是咱儿子！不认也罢！原本咱也不指望什么，走吧，咱还要饭去！

贺　氏　不认？哦，我明白了，定是你平日里管教太严，待我去认！

张元秀　你还是不去的好！

贺　氏　我盼瞎双眼，等的就是这一天，岂能不去！

张元秀　我怕你去了后悔呀！

贺　氏　他是我养大的儿子，我后悔什么！

张元秀　要去你就去吧！

贺　氏　（摸索往亭前）继保，为娘找你来了！

张继保　母亲？！

贺　氏　继保！可怜为娘想你盼你哭瞎双眼，你快快下位相认啊！

管　家　大人！

张继保　（变脸）大胆老乞婆，又是冒认官亲。与我轰了下去！

贺　氏　儿啊，怎么你连为娘也不认了吗？

（唱）儿啊儿啊我连声喊，

这声音呼你唤你多少年！

为寻你我泪水流尽哭瞎双眼，

为寻你沿门乞讨受尽艰难。

为寻你残喘不死心有盼，

为寻你四季奔波忍饥寒。

有谁知今日得相见，

你居官变心把脸翻。

你不怕老天长有眼！
你不怕世人唾沫将你淹！
你不怕坏了良心心肺烂！
你不怕五雷轰了你个不义男！

管　家　快走！

【**贺氏被推倒地，张元秀上扶。**

张元秀　老婆子，起来吧。

贺　氏　老头子，咱该走了……

【**周小哥匆上。**

周小哥　二老不能走呀！

张元秀　不认啦！变心啦！

周小哥　老伯，他不认你，你就跪下求他！

张元秀　怎么，你让我跪下求他？我张元秀人穷骨头硬！我宁跪苍天父母，岂能跪这个忘恩负义的畜生！

周小哥　我也知这世上断无父母跪儿女的道理，可老伯若能一跪，他良心发现，认下二老，倒还罢了！如若不认，老伯这一跪，岂止惊天动地，定然人神共愤，使他小人嘴脸昭然天下，万代千秋骂名不绝，岂不快哉呀！

贺　氏　小哥说得对！咱跪这个奴才，就是骂这个奴才！

张元秀　好，咱跪！继保！

贺　氏　叫老爷！

张元秀　老爷！今天千辛万苦养大你的爹娘，可是给你跪下了哇！（哭滚白）状元爷！你睁眼往下看，俺老夫老妻白发苍苍跪在了你的面前！清风亭救命之恩你不念，也当念俺苦苦养你十三年！你的娘她想你盼你哭瞎双眼，俺二老乞讨度日，老病相缠！过了今天就没有明天！你如今官高禄厚良心不见，难道你……你就没有半点人心人肝！我的状元爷呀！

管　家　大人，让他们如此哭闹，成何体统？来人与我棍棒伺候！

张继保　慢！围观之人众多，人言可畏！你就给他们二百铜钱，让他们速速离去！

管　家　（走至亭前）大人看你们确也可怜，状元爷有赏了，赏你们二百铜钱，速速离去！

张元秀　（捡起铜钱）哈哈！状元爷赏给咱二百铜钱，这分明在羞辱咱哪！

贺　氏　（抓过铜钱）张继保，你个小畜生！我们二老含辛茹苦哺养你长大成人，就为这二百铜钱吗？我们二老虽穷，但也不要你这二百铜钱，赏与你个狗奴才买棺木去吧！

【贺氏扔钱，转身奋力撞柱而死。张元秀跪地救扶。

张元秀　老婆子、老婆子、老婆子呀！

（唱）老婆子撞柱血飞溅，

张元秀只觉得塌了天！

我的老伴呀，

悔不该清风亭上心肠软，

清风亭上将他母子来成全。

倘若他还是跟着咱，

咋会变得灭绝人性无心肝！

更不该清风亭上今天又把奴才见，

认什么子来叙什么缘！

盼他做的什么狗官！

我的老伴呀！

可怜你死去难闭眼，

可怜你满腹话要说却不能言。

可怜你到死也不明白，

咱养大的儿咋能害咱这样惨！

老伴呀，我的老伴呀！

这包子还在你的身上暖，

你为谁留谁稀罕？

张元秀我、我、我……压不住怒火燃！

恨不得一指捅破天！

苍天哪！……苍……天！

【张元秀手指苍天气绝而亡。

【周小哥急上，发现人已死去。

周小哥 张伯伯！啊！张伯伯气绝身亡了呀！张继保呀张继保！你忘恩负义，贪图荣华富贵，就不怕天打雷劈吗？

众　人 天打雷劈呀！

【一声炸雷，张继保惊恐万状，似看到四处都向他索命的养父养母……精神错乱，暴雨如注，声声炸雷，清风亭倒塌，张继保被压毙命。

【苍凉的主题歌声又起：

风雨沧桑亭一座，

见证了多少善与恶！

善有因恶有果，

清风亭上一曲悲歌。

【歌声中大幕缓闭。

（剧终）

二〇〇九年一月改稿

【河南曲剧】

红 娘

编剧 李学庭

人物表

红娘	（花旦）
莺莺	（闺门旦）
张生	（小生）
老夫人	（老旦）
欢郎	（娃娃生）
法本	（老生）
法聪	（丑生）

引子

【普救寺大殿。

【烟霭缭绕，烛光明灭，重重幢幡后，昏冥中的菩萨似隐似现。大殿层台上环列闭目坐地诵经的和尚，沉闷的木鱼声和着嗡嗡的诵经声，压抑得人昏昏欲睡。

法本前导，欢郎扶老夫人至神案前上香，稍后红娘引一身缟素的莺莺入殿，陡然如佛光乍亮，殿内声响骤停，闭目的和尚都睁大了眼睛，呆视着绝美的莺莺。

（起伴唱）啊……

惊见千年佛堂上，

雪梅一枝绽春光。

霎时殿奥全照亮，

暗了菩萨，

傻了和尚，

乱了道场，

疯魔了洛阳多情读书郎。

【合唱中张生抢步进殿，朝着让他着迷的莺莺径直走去，被法聪拉住。他便朝着莺莺跪下。张生的呆相被红娘看到，差点笑出声来，她暗扯莺莺衣裙，指看张生呆状，莺莺似浑然不觉，然两腮早已飞红。此时老夫人起身，红娘忙移身挡住张生，老夫人拉莺莺出殿，莺莺临去回首留下一瞥。

痴醉的张生突然发现人去殿空，忙起身追去，法聪亦急追下。

（切光）

第一场

（红娘一阵清脆的笑声后，出现在追光中）

红 娘　哎哟俺的那个娘哎！

（唱）哪里来了一个傻秀才，

佛殿上差点撞进俺小姐的怀。

哈喇子眼看流口外，

两只眼像有小手伸出来。

俺小姐今天好奇怪，

不恼不怒分外乖。

临出门回首那一睬，

哎哟亲娘啊！

那意思谁见也明白！

借询问法老檀香可曾买，

红娘要打听打听那个坏小孩。

【见张生走来，忙闪一边。

【张生前边紧走被法聪追上一把拉住。

法 聪　哎呀，施主快走快走！

张 生　不要拉我，神仙哪里去了？

法 聪　哪来的神仙呀？

张 生　就是方才大殿上那个艳绝千古的水月观音！

法 聪　嘿！那不是观音，是崔相国的千金和丫鬟红娘与她母亲，一块扶送相国灵柩返乡，在此西厢暂住。刚才是替她亡父祭拜菩萨，被你撞上了！

张　生　　啊！原是崔相国的千金？

法　聪　　对，因此施主断不能追了，快走吧！

张　生　　我此时拜佛心切，哪里也不去了！

法　聪　　你看我家师父来了！

【法本和尚上，张生径直上前施礼。

张　生　　学生张君瑞见过大师。

法　本　　施主免礼。你是……

张　生　　禀师傅，小生姓张名珙字君瑞，乃洛阳人氏。今次上京赴考，假道拜访八拜之交的兄长，就是镇守蒲关的杜确将军，途经此地，特来瞻仰。

法　本　　请相公到前面精舍，贫僧薄茶相敬。

张　生　　不瞒大师，这茶嘛不喝也罢，只是小生有一事相求！

（唱满州月）昨日到贵乡，
住进小店房。
市井烦乱日夜闹喧嚷，
哎呀月儿求，
求寺院借一斋舍待讲习文章。
送上茶资银五两，
万望能借一寮房。

法　本　　（接唱阳调）谢施主慷慨又大方，
儒释一家要相帮。
恰有静舍枯木堂，
清静正好读文章。

张　生　　（唱）好、好、好，学生即刻就前往。

法　本　　（唱）尚未收拾莫慌张。

【红娘出。

红　娘　长老，我家小姐让问问俺要的檀香买了吗？

法　本　买了。法聪，快将檀香拿与小姐。

红　娘　我自己去拿吧！（笑着看了一眼张生，随法聪下）

法　本　相公请到前边吃茶。

张　生　我尚需更衣，长老先行，请！（法本下）

小姐的丫鬟，她取了檀香，定然归来！我就在此等候！

【红娘拿檀香返回。

张　生　（忙上前施礼）小娘子，我这里有礼了！

红　娘　哎哟俺的娘呀！先生咱素不相识，你施什么礼呀？

张　生　学生是问你拿此檀香，莫非还要做道场吗？

红　娘　你做道场上瘾啦？这是我小姐每晚花园祭奠老爷用的。

张　生　每晚花园祭奠老爷？小姐真乃至情至孝之人！小娘子，小生姓张名珙字君瑞，洛阳人也，年方二十三岁，正月十七日子时生，未曾娶妻……

红　娘　哈哈哈！你是不是有病啊？俺都没问，你可把啥都交代了。再说，想要媳妇不找你娘，给红娘说有啥用？

张　生　小娘子，学生是……是……我……

红　娘　你别说啦！刚才大殿之上瞧你那两只眼睛，哎哟我的娘哎，谁都能看出你是二月的蒜薹起了心了！你们这些酸秀才，书没读多少，倒是一肚子花花肠子，拈花惹草的好手！可我家小姐乃相府千金，不是那路旁的闲花野草，你可别看错了人，打错了主意！

张　生　小姐出身名门，学生张珙也非无名之辈，严慈在世官居侍郎，与小姐正好门当户对！

红　娘　住口！越说越不像话了，啥当不当对不对哩！你看上俺小姐，俺小姐能看上你？俺小姐饱读诗书，品德高洁，从不与不三不四之人来往。先生既出身宦门，又是秀才，连一点规矩都不懂吗？你记住不会烧香得罪神，不会说话得罪人。以后当说的说，当问的问，不当说不当问的，就闭上嘴巴！若是不操正经心眼，小心我告知俺家老夫人让官府收拾你！那可就不是“洗具”是“杯具”了啊！

【说罢扬长而去，张生怅然茫然。

张　生　　苦啊！

（切光）

第二场

【西厢内，莺莺闺房。

【莺莺持书徘徊，心事重重。

莺　莺　　（唱诗篇）心烦乱持书卷只字未看，
佛殿内那情形让人红颜。
火辣辣多情目将我呆看，
看得人心发慌魂魄不安。
这个人似相识何处曾见，
莫非他真是我梦中的孽缘。
庆万幸老母亲正好背面，
若看到定惹出一场波澜。
差红娘取檀香怎不回转，
恍惚的一颗心难遣愁烦。

红　娘　　（上）离东厢回西厢，报与小姐知端详。红娘见过小姐。

莺　莺　哎呀，红娘你回来了？

红　娘　这不就站在你跟前哩嘛。

莺　莺　红娘，檀香可曾取回？

红　娘　已经取回，放在前厅。

莺　莺　往下说来。

红　娘　没了。

莺　莺　你平日回来，总把看到的那些有趣的人儿稀奇的事儿说个没完，今天怎么……

红　娘　你想知道啥呀，哎哟我的娘哎！小姐，我正要给你说呢，我又见到刚才撞进佛殿的那个傻秀才了！

莺　莺　啊……他还没走吗？

红　娘　对！听法聪说他要在寺内读书呢，且走不了哩。

莺　莺　啊……还有些什么？

红　娘　没啦。（莺莺无奈地叹了一声，红娘暗笑）小姐，有些事我想给你说吧，可又怕你听了生气……

莺　莺　说吧，好好的生什么气。

红　娘　那我就告诉你，（笑）哎哟我的那个娘哎，你不知道那秀才多冒傻气！他刚才等在我回来的路上，一见到我就上前先施一礼，开口就说小生姓张名珙字君瑞，乃洛阳人氏，年方二十三岁，正月十七日子时生，未曾娶妻……（笑）小姐，你说好笑不好笑？

莺　莺　（会意）好笑。他……何出此言？

红　娘　是呀，我把眼一瞪腰一叉，厉声斥道：我家小姐乃相府千金，你休存非分之想，你猜他咋说？

莺　莺　他怎么说？

红　娘　他说，小姐出身名门，学生严慈在日，也是官居侍郎，正好门当户对！

莺　莺　既是出身望族，何出言如此无礼？

红　娘　是啊！小姐，这个人可不老实，咱得小心点。

莺　莺　此人若还在寺院，你我是要小心。

（抑住喜悦）红娘，月儿快升起来了，收拾香案，西厢焚香！随我来！（下）

红　娘　哎，这说走就走啊！（追下）

【景转西厢花园，夜。

【张生上。

张　生　（唱）团圆月儿挂当空，

银河泻地花弄影。

急切切晚餐无心用，

潜西厢等待嫦娥下蟾宫。

说是她每晚一更万籁静，

花园焚香祈苍冥。

我侧着耳朵听，

蹑着脚步儿行，

为探看世间绝色苦下功。

【内莺莺：红娘，走慢些！

呀，猛听得啼娇莺，

又喜又心惊。

太湖石后忙藏定，

好也似将军夜伏兵。（藏身）

【红娘，莺莺上。

莺　莺　（唱太平年）听谯楼打一更，

夜阑人静万籁无声。

星空万里月如镜，
太平年。
花影斑驳风儿轻，
年太平。

红　娘　（唱）趁月光踏花径，
手托香盘快步行。
来到花园足站定，
太平年。
摆上香案祝神灵，
年太平。

莺　莺　（上香）
（唱落江）上香一炷祷告神灵，
保佑亡父，
天界超生，
俺为神灵常诵经。
上香二炷祷告神灵，
保佑母亲福寿康宁，
儿孝母慈家运兴。
上香三炷祷告神灵，
保佑莺莺……

红　娘　小姐，怎么不说了？对神仙还有啥不敢说哩！来，我替小姐许愿：
（唱）保佑俺小姐，
姻缘早成，
找一个如意郎夫贵妻荣。

【张生太湖石后潜出。

张　生　（唱阳调）阵阵香气随风送，

月朦胧来人朦胧。
似嫦娥似湘灵，
搜尽词语难形容。
只见她月下凝神如画境，
含有万千缱绻情。
学一学司马相如文君诵，
高吟一绝探惊鸿。
（吟诗）月色溶溶夜，花阴寂寂春。
如何临皓魄，不见月中人。

红　娘　小姐，哎哟你听，那个傻子在吟诗哩！他这是有意在咱们跟前卖弄学问哩！小姐回他一首，让他知道知道高低深浅！

莺　莺　我就依韵也作一首。

红　娘　那个傻瓜你听着啊！

莺　莺　“兰闺久寂寞，无事度芳春。料得行吟者，应怜长叹人。”

张　生　呀！
（唱阳调）俺这里五言诗刚刚住口，
她那里依原韵应答如流。
行吟者长叹人心意灵透，
我大胆迎上去良机莫丢。
绕过花丛往前走……

红　娘　小姐，那边好像有人来。

莺　莺　分明是花梢弄影，何必自惊。红娘，你回去看看老夫人有呼唤没有。

红　娘　小姐，你一个人在这儿，我不放心啊！

莺　莺　叫你去就去，磨蹭什么！

红　娘　好好，你可提防着那个傻小子一点。

【**红娘下**。

张 生 好啊！（唱）她分明有情意把机缘巧留。

【**径直走向莺莺**。

（白）莺莺小姐，小生这厢有礼了！

莺 莺 咄！何来狂徒，擅入西厢好生无礼！

张 生 小姐息怒，学生并非狂徒。乃西洛人氏，姓张名珙字君瑞……

莺 莺 二十三岁，尚不曾娶妻的可是你？

张 生 正是不才，正是不才！小姐呀！

（唱）张君瑞非狂徒亦非白丁，

怀大志游天下见多识明。

莺 莺 （唱）既如此就应该守礼遵圣，

语轻佻行孟浪何以品评？

张 生 （唱）小姐你艳丽姿难描难咏，

疯魔了张解元不辨西东。

忘不了初相逢小姐倩影，

忘不了小姐临去眼角含情。

莺 莺 （唱）十九载守闺训心不曾动，

今夜晚见了他堤溃浪涌。

欲待言又胆恐主意难定……

【**红娘匆上**。

红 娘 （唱）小红娘急慌慌回到花庭。

（白）小姐，老夫人并未唤……哎哟！

莺 莺 红娘快来，哎呀！

红 娘 （一步上前手指张生）咄！我看你真是二十一天不出鸡——坏蛋一个！竟敢潜入花庭，我看你是活得不耐烦了！

张 生 哎呀，不是红娘，不是小姐……

莺　莺　喂呀！

红　娘　小姐不要啼哭，红娘这就告知老夫人，让官府拿这小子治罪！

张　生　（急挡）啊……不……

莺　莺　（急挡）啊……不……

红　娘　哎哟我的那个娘哎！原来唱戏的吹胡子——假生气呀！

（唱）二人都把我挡，

红娘费思量。

一个怕官府，

一个怕见娘。

回头看小姐，

干哭没泪淌。

脸蛋似火烫，

神情惊又慌。

两只眼不时地偷瞥那小张郎，

那眼神告诉我另有文章，

红娘呀红娘你可不能瞎张狂。

（白）小姐，按说张先生也不是坏人，他对小姐是……

莺　莺　休得多嘴，要他从今往后……

红　娘　咋着？

莺　莺　不许踏进西厢！

【莺莺下。

红　娘　听到没有？彻底断绝外交关系了。走吧，这政策可是宽得不能再宽了！（下）

张　生　菩萨！我看你绝非无情，张珙我可还要伺机而动呢！哈哈哈……（诵经声起）

（切光）

第三场

【**莺莺卧室。**

【**红娘端茶到床前。**

红　娘　小姐，请起来喝杯茶吧。

【**帐后莺莺悻然回道：我何曾给你说我要喝茶？端过去！**

【**红娘惶然后退，置茶于案。**

红　娘　哎哟，我的那个娘哎！

（唱）自那晚西厢转回来，
小姐的脾气变古怪。
女红不做书不睬，
没事发火把人抢白。
奴婢原本是气布袋，
只求小姐心开怀。
小姐心事深似海，
遇事总让俺红娘猜。

【**传来阵阵琴音。**

忽听得阵阵琴音来窗外，
又是那个傻秀才。
有才情你哪里不能卖，
偏要给病人再加灾。
急忙关窗把门带，
弹吧弹吧，弹死你也无人埋。

【**红娘关窗，莺莺出帐。**

莺　莺　红娘！你越发的不知礼了，大白天谁让你关窗闭户，想要闷死我不成！

红　娘　小姐，我是怕琴音惹你生气，我这就打开。

【**开窗、开门**。

莺　莺　我说你是偏要与我怄气不是？开那么大，想让风吹死我不成？

红　娘　哎哎……我再关小点！

莺　莺　（饮茶）红娘，这茶怎么是凉的？

红　娘　端来多时了，让我与你再打。

莺　莺　回来，我没吩咐谁让你再去打茶，你眼里还有我吗？

红　娘　（嘟囔）不打就不打，犯着发那么大火吗？

莺　莺　你嘟囔啥哩？是不是我不能管你了？

红　娘　哎哟我的娘哎！小姐呀，红娘到底何事做错，你明说出来，我也好改！我自己思来想去，是不是那晚我回去得早了？

莺　莺　你这是何意？我看你是越发的无礼了！

红　娘　小姐，你究竟心里想的啥，就直说呗！红娘是个直性子，你不要让红娘猜了，你说出来，红娘好与你排解。有你不好说的，不好办的，都由红娘去说去办！你这样心情不好，发火使性，我倒无妨，倘你积出病来，叫红娘如何交代呢？

（唱）劝小姐莫发火言语悻悻，
红娘的心腹话早想挑明。
老相国仙逝后失去梁栋，
弟年幼母年迈你忧愁千重。
你一心帮夫人把家业来整，
顾不得岁渐长花不长红。
眼看着十八九好期过境，
终身事无着落心事重重。

老夫人严家教事专权控，
红娘我干着急位卑无能。
前一晚西厢焚香偶遇张珙，
他也是宦门子满腹才情。
论人才俊郎潇洒十分出众，
论年龄二十三岁大小适中。
叫我看是天作美姻缘来送，
你不该拂袖去绝人之情。
好在他脸皮厚能担轻重，
日弹琴夜诵诗传递心声。
你若是真有意不能坐等，
想吃鱼就不怕身上沾腥。
你若是真厌他轻浮放纵，
赶他走只需我去告诉老僧。
有心事就明讲莫使小性，
怒伤肝忧伤肺你岂不明。
倘若是不听劝积郁成病，
红娘我心里愧难脱罪名。
咱主仆是亲人祸福与共，
哎哟我的小姐呀，
天大事说明白咱共同担承。

莺　莺　（唱）句句话都把人心动，
朴直的红娘情热诚。
何不想挣脱篱墙出红杏，
打不开无数心锁道道封。

红　娘　小姐，你把真心告知红娘，你可是喜欢上那个姓张名珙字君瑞的秀才了？

莺　莺　婚姻之事，自有母亲做主，我从没想及此事，你不要再信口开河！

红　娘　哎哟我的小姐！夫人年迈，除了老爷的丧仪，哪顾得上小姐的大事？常言机不可失，时不再来，我看这个张珙就是老天爷给你送来的良缘。若不然，咱今晚明月升起再到西厢焚香？

莺　莺　红娘，你越发的胆大了！我乃相府千金，饱读诗书，幼承家教，岂是那些无耻淫奔之人！

红　娘　是，常有理的是东家，都怪红娘多管闲事了！

【内传来惊恐的杀伐喧哗之声。

莺　莺　清净寺院，何来吵闹喧哗之声？红娘快去看来。

【红娘直走出门，老夫人与丫鬟、欢郎惊慌匆上。

夫　人　莺莺，我儿哪里？！莺莺，我儿哪里？！

莺　莺　（急迎）母亲，如何这样惊慌，出了什么事情？

夫　人　我儿，大事不好了呀！

（唱）法本和尚报恶信，
　　贼寇飞虎围寺门。
　　贪羡我儿容貌美，
　　要抢儿做他的压寨夫人！

莺　莺　（唱）祸从天降灾难临，
　　骇人听闻惊散魂。
　　母亲，女儿宁可玉石焚，
　　决不辱祖屈贼人！

夫　人　（叫头）哎呀女儿——

莺　莺　哎呀母亲——

夫　人　我苦命的儿呀——

莺　莺　我可怜的娘呀——

【法本匆上。

法　本　夫人，大事不好了！夫人再不回话答应，孙飞虎就要焚寺杀人了呀！

（法聪等小和尚跑上）师父！大事不好了！山门要倒了！贼人冲进来杀人又火烧，如何是好！如何是好呀！

莺　莺　母亲——

夫　人　我儿——哎！（抱头痛哭）

红　娘　夫人、小姐，现在哭有什么用？咱还是要快想个良策呀！

法　本　（对法聪）你等快去顶紧山门，万不敢让贼众进来！

法　聪　好，怕顶不了多时，你们快想良策呀！

【众小和尚下。

夫　人　红娘，你平日就心眼灵、主意多，你快说说该咋办好呢？

红　娘　我一时也无退兵良策！

法　本　贼人进来，老僧倒不怕死，只是夫人小姐……

红　娘　你看这样可好？

法　本　快说！快说！

红　娘　常言说人多出韩信，这寺院僧众许多，还有不少香客被围。我们何不悬赏出去，谁若能退兵解围，咱可重金相赏！

法　本　重赏之下必有勇夫！可小寺只有些许油盐钱，夫人你可能出重金？

夫　人　我哪来重金！只有这个惹祸的千金？

莺　莺　母亲，我本当一死了之，又怕祸及母亲，我倒不如死了的好啊！

红　娘　我倒有个主意。咱有“千金”，就用“千金”。夫人你看这样如何？（与夫人耳语）

夫　人　这……这万万不可！亏你想得出！

红　娘　夫人，咱现在是眉毛上吊炮仗，大祸就在眼前呀！万一……

夫　人　这……也罢！我儿许与英雄，也万万不能落入贼手！

红　娘　对。这不是没法了嘛！

夫　人　如此请长老告诉众人，谁若能退贼兵，我愿将莺莺女儿许配为婚！

法　本　这……也不知行不行，待我晓与众人知道：（出外）众人听了：谁若能退贼兵，老夫人愿将莺莺小姐相许为婚呀！（重说一遍）

【张生内应：退兵的人来了！

张　生　（张生上）长老，学生张珙，有退兵之计！

法　本　张相公有退兵之计？快随我来！

（入内）老夫人，张相公有退兵良策！

夫　人　谢天谢地，我儿有救了！张相公果真有退兵之计？

张　生　老夫人，言必信，行必果，只是刚才老夫人许婚之事……

夫　人　只要退了贼兵，我是一诺九鼎！

张　生　如此，小姐夫人请回。

【莺莺和夫人等下，红娘去而复转。

红　娘　姓张哩！你真是色胆包天，啥牛皮都敢吹呀？你一介书生，手无缚鸡之力，如何退得贼兵？

张　生　红娘不知，镇守蒲郡的杜确将军，乃我同窗好友，只需我一封书信，他必速来救兵！

法　本　蒲关离此需一二日才可到来，这眼下午时三刻贼人就要烧寺索人，如何是好？

红　娘　有了！长老，烦你告诉贼首，就说老夫人愿将莺莺小姐许其为妻，只是丧服未除于将军不利！让他兵退一箭之地，三日后功德圆满，再成大礼。

法　本　好、好、好，言之有理！张相公速去修书，我与贼人交涉。请！

【张生随法本下，又转回情不自禁对红娘。

张　生　红娘姐，莺莺小姐来时，你可也要一并来呀！

红　娘　哎哟哥们儿，这贼兵退不退了还两说呢，你幸福指数可冲上天了？

（切光）

第四场

【枯木堂。西厢夫人客厅。

【红娘喜冲冲上。

红　娘　（唱）小红娘笑连声，

张先生一封书信退贼兵。

夫人把酒宴安排定，

今日里要请张先生。

书馆门外一声请——

（白）姓张名珙字君瑞的张先生在吗？

【张生衣帽整洁，匆匆笑着迎出。

张　生　（唱）哪来的佛音琴瑟声。

（白）红娘姐，你叫我吗？

红　娘　对，老夫人念你退敌有功，今日请你吃桌呢！

张　生　请我饮酒，何人作陪？

红　娘　寺院众僧作陪！

张　生　如此……我不胜酒力，这酒宴嘛，就不去了！

红　娘　站住！哎哟我看你小模样长得不傻，却是画上的果子，中看不中吃！告诉你：为你退贼有功，老夫人今日设宴践约，谁也不请，专请你这退敌大将军和我莺莺小姐，要成全你们的好事呢！

张　生　当真？

红　娘　不假！

张　生　呀！（唱）红娘姐说得我喜不自胜，
一颗心嗵嗵地撞前胸。
既如此，还在此把什么等，
张君瑞肋生双翼脚步轻。

【张生匆匆前走，红娘追。

红　娘　（唱）似先锋得了将军令，
兔子腿跑得赛过鹰。
张先生你等一等，
小心绊倒栽进坑。

红　娘　（气喘吁吁，紧紧追上）哎哟我的亲娘哎……

张　生　来到东阁，红娘姐快禀告老夫人，就说张珙来了！

红　娘　你急成那，自己进去吧！

张　生　（拉红娘）不是我走得急，是你脚小走得太慢，烦请姐姐与我传禀！

红　娘　你记住，吃饭要等揭锅，吃奶要等解怀，心急吃不了热豆腐！

张　生　是、是、是！姐姐所言极是！

红　娘　站一边等着去！（进内）回禀老夫人，张先生到了。

【老夫人与欢郎、丫鬟出。

夫　人　（入座）红娘你回来了，那张生呢？

红　娘　门外等候。

夫　人　请他进来！

红　娘　有请张先生。

【张生端正衣冠入内，望老夫人施礼。

张　生　张珙拜见老夫人！

夫　人　张先生免礼。前日若非先生，我一家焉得有今日。聊备小酌，还请先生勿嫌轻薄。

张　生　此贼之败，虽赖义兄杜将军之力，也赖老夫人福佑。

夫　人　先生请坐。

张　生　张珙谢坐了！（入座）

夫　人　红娘，去唤你家小姐来，与张先生见礼。

红　娘　是！

【红娘出，走到上场门。

红　娘　有请小姐！

【莺莺上。

莺　莺　红娘，叫我何事？

红　娘　不是红娘叫你哩，是你亲娘叫你去赴宴哩。

莺　莺　烦你禀告母亲，我这几日精神不爽，无心赴宴。

红　娘　那好，我告诉夫人和张先生，就说俺小姐……

莺　莺　红娘，张先生也来了？

红　娘　不是是啥？既然小姐身体不适，我就告诉他们散了吧！

莺　莺　（拉住红娘）哎呀！你咋不早说呢？（喜出望外，精神焕发匆走向客厅）母亲，女儿来了！

红　娘　这也是个性急的！

【红娘随莺莺进客厅，莺莺施礼。

莺　莺　孩儿拜见母亲！

夫　人　莺莺我儿，快与你张珙哥哥施礼见过！

【一声哥哥，莺莺、张生、红娘俱都诧异不解。

（伴唱）一声哥哥施礼见过，

九天炸雷惊南柯！

莫非夫人出言错，

这样称谓太不合。

红　娘　　哎呀！（唱）老夫人不像是口误言错。

莫非她借酒宴要悔前约？！

张　生
莺　莺　　呀！（唱）我、我、我！浑身瘫软难立坐，

红　娘　　（唱）这、这、这，今天摆的是散席桌！

夫　人　　（呵斥一时惊傻的莺莺）莺莺！快与你家哥哥见礼！

莺　莺　　（忍泪吞声）是……

【莺莺与张生见礼，口叫：“哥哥。”张生含泪摇手，不忍对视。莺莺忍泪奔下，红娘随下。

张　生　　老夫人，你……你要杀了我也！（跌坐）

【寺院和尚诵经声骤起。

（切光）

第五场

【景在莺莺闺房、西厢花园、张生书房之间。

【红娘上。

红　娘　　（唱）红娘只把夫人怨，

你不该红口白牙食前言！

要成的佳偶生拆散，

害苦了痴女与旷男。

张君瑞一气要寻短见，

小姐要遁迹空门去参禅。

我这边哄了那边劝，

哎哟我的娘哎，

心病医着实在难！

昨夜晚张先生琴音忽然断，

更惹俺小姐柔肠牵。

今日里差红娘悄悄去把音信探，

怕张生想不开又把牛角钻。

书馆门前小声唤，

（白）张先生，张先生开门！

（唱）咋声息全无门上闩？

（白）张先生、张先生！天爷呀！不会出啥事吧？（又拍门又大声喊叫）张先生！开门！

【书馆区灯亮，张生强扶病体，挣扎开门，红娘夺门而入。

红　娘　（急扶）张先生，你病了？

张　生　（泪吞声咽）红娘姐……我怕是不行了……

红　娘　呸！年轻轻的说什么丧气话！（以手拭额）不咋烧呀，这小脸咋黄得秋梨似的？

张　生　老夫人毁约，几欲置我于死地！我听了红娘姐的劝说，强打精神，每晚借琴瑟聊寄相思之苦。可一连数日，小姐却一点回音也没有。小姐若也变卦，我活着还有什么意思！

红　娘　张先生，你错了！实话说了吧，俺小姐对你的情意没变！

张　生　当真？

红　娘　老夫人悔约，俺小姐也是又气又难受！可是亲妈哩，她有啥法？今天就是小姐让我来看你呢！

张　生　（忽添精神）红娘姐，你说莺莺小姐也一样思念于我？

红　娘　不想你难道去想秃头和尚？

张　生　（喜出望外）啊呀，好啊！

（唱）只道是黄连树下自苦吟，

却不知隔墙听琴有知音。

只是这咫尺天涯难亲近，

怕只怕相思更伤身。

红　娘　我说你们都是识文断字的，有什么心里话写张字条，我给你捎过去不就对了？

张　生　着呀！（唱）果然是人在事中蠢，

红娘姐片言值千金。

急忙展纸写书信，（写信）

烦红娘送达意中人。

红　娘　俗话说，“传言过话，自讨挨骂”。你都写的啥，先读给我听听？

张　生　姐姐请听，上写：珙百拜奉书芳卿可人妆次……

红　娘　打住打住！放着现成的人话不说，又酸又涩，红娘一个字也听不懂，你就说啥意思吧！

张　生　小生聊抒思念之苦，还写了五言八句一首小诗。

红　娘　这不对了嘛！给我吧，给你捎过去。

张　生　烦请红娘姐好话多说，日后定有重谢！

红　娘　俺红娘一是可怜你，二是心疼俺小姐，三是觉得老夫人说话不算话办这事太缺德！可不是图啥谢不谢哩，告辞了！

张　生　送红娘姐！

红　娘　回去吧！

【红娘离去，书馆灯暗，中场灯亮。

红　娘　（唱）书馆安抚了张相公，

还有个望眼欲穿的崔莺莺。

老夫人绝情种下相思病，

俺红娘偏打这个抱不平！

（白）谢天谢地，总算没让人撞见。

【闺房区灯亮，红娘叫着小姐进到闺房，莺莺迎出。

莺 莺 你回来了？

红 娘 嗯。

莺 莺 张先生他怎么样了？

红 娘 （抽泣）小姐，我看他恐怕不行了！

莺 莺 （惊）你待怎讲？

红 娘 （边装边观察）小姐，常言说“相思病，要人命”！我看那张生恐怕没有几天了呀！

莺 莺 （几于晕倒）母……母亲呀！

红 娘 小姐！小姐！你可一定得挺住呀！那张先生之所以还有一口气，就是因为有小姐你在，你要有个三长两短，那他可就全线崩盘了呀！

莺 莺 如今这生不如死，生有何望！

红 娘 小姐，我看这事还没到那一步。

莺 莺 红娘姐，你还有什么好主意吗？

红 娘 我临回来时，张先生让我给你捎封信，你先看看。（交信）回头咱再商量咋办。哎哟娘哎，跑得我汗把衣服溻湿了，我换换衣裳去。（下）

莺 莺 （拆信看）

（唱）急切切展阅信简，

惹心跳五言诗篇。

他渴盼与我相见，

暗定下更深月阑。

真怕他绝望生变，

去赴约还须将红娘隐瞒。

【**红娘更衣上。**

红　娘　小姐，信看完了没有？

莺　莺　（肃然作色）咄！大胆红娘还不与我跪下！

红　娘　（惊诧）哎哟我的娘哎！小姐，三伏天小孩脸咋说变就变？

莺　莺　你越发的胆大了！竟敢将这样的柬帖拿来与我看！跪下！

红　娘　人平不语，水平不流，红娘不能下跪！

莺　莺　你莫非要犯上欺主？

红　娘　请问小姐，可是你叫我去看张先生的？

莺　莺　不错，我是看在兄妹的情分上让你去看他的。

红　娘　就算是兄妹情分，你哥哥让我转信于你，为奴的敢不转交吗？你这不是把送殡的也埋到坟里了吗？

莺　莺　我没说你不该转交，可这信上写的什么你知道吗？

红　娘　信上写的啥，我又不识字。不过这事也好办，把信给我。（拿过信）

莺　莺　你要干啥？

红　娘　我把这信拿去交与老夫人，他张生要胡说八道，让夫人往死里摆治他！

【**红娘说完就走，莺莺急拉。**

莺　莺　红娘，算啦！不要惊动老夫人了！

红　娘　不行！姓张的瞎材料，把俺红娘也带累进去，我一定要告知夫人！

【**红娘走，莺莺拉。**

莺　莺　红娘姐——我不怪罪你了……

红　娘　可我要怪罪他！

莺　莺　红娘姐，我们以后不理他也就罢了。算啦，你也消消气。

红　娘　（旁白）俺不精，也知道你卖的是假药！小姐，我可咽不下这口气呀。

莺　莺　不如我回他一信，让他从今往后，休存非分之想！（写信）

红　娘　小姐，这信你可不敢写呀！

莺　莺　如何？

红　娘　他对你是一片真心，你写这信不是要杀那个痴情的人吗？且饶他这一回吧！

莺　莺　休得多言！把信送去！（掷信下）

红　娘　是！

【红娘拿信出门，闺房区灯暗。

【红娘犹豫脚步踟蹰往西厢外走去。

红　娘　（唱）小姐果然心事变，

害人的差事让我担。

手握着小姐的绝交简，

真怕是张先生的断命笺。

来到书馆拍门喊。

【书馆灯忽亮，张生急切迎出。

张　生　（唱）果然盼来了女神仙！

（喜不自胜）红娘姐姐快快请进。

【红娘进书馆、张生殷勤倒水。

张　生　红娘姐辛苦了，请来用茶。

红　娘　不喝也罢！

张　生　（急不可耐）红娘姐，你可将我的书信交与小姐？

红　娘　受人之托，忠人之事，哪能不交！

张　生　小姐她……她可看了书信？

红　娘　　自然是看了。

张　生　　好、好、好！

红　娘　　好什么呀好！

（唱）小姐把信看，
怒火上房檐。
从此情意断，
兄妹也不相干。
你到底写些啥呀，
这一回可是弦断戏也完。

张　生　　（如雷击顶、颓然倒坐）

（唱）一席话如同刺心剑，
却原是雪地里烤火半边寒。
恨只恨张珙多情心性贱，
亲娘啊，莫非今日要赴黄泉！

红　娘　　（看张生不对，发慌）张先生！张先生！你怎么啦？！这天下好女子多的是，不能一棵树上吊死呀，张先生……

张　生　　红娘姐！

（唱）我若是今日去把阎罗见，
烦红娘将信西洛传。
生不能青史留名功德显，
盼来世再做好儿男。

红　娘　　（急哭）哎哟，我的娘哎，眼看着张先生不行了呀，这可怎么好呀！我说小姐呀小姐，你的信他还没看就成这个样子，这信若是再让他看了，那不成了索命的鬼符了吗！待把我信撕了吧！（欲撕信）

张　生　　（挣扎）红娘姐，你说小姐她……写有书信？

红 娘 （急答）没有，这是……这不是……

张 生 小姐既有书信，快快让我看过。

红 娘 不、不、不！你千万不能看。

张 生 红娘姐！（跪地，泣诉）既然小姐写信于我，你就让我看上一看，纵死也要死个明白！

红 娘 你一定要看？

张 生 一定要看。

红 娘 你能挺得住吗？

张 生 我已有死的准备，把信给我吧！

红 娘 （交信）那……你可一定要挺住呀！

【红娘扶张生起，张看信，越看越高兴，越看越激动。

张 生 （跃然跳起）呀！真天书也！

（唱）原以为阎罗无情书勾判，

却是个题诗红叶好信传。

多情的小姐存怜念，

今夜晚三更天，

要会神女在巫山！

红 娘 哎哟娘哎！神经有毛病了？咋一会儿哭一会儿笑，张先生！张先生！你认得我是谁吗？

张 生 你不是红娘，你是我的亲娘呀！

红 娘 真是气迷心窍啦！这可如何是好啊！张先生，你咋想不开呢？

张 生 红娘姐，你知道你送了封什么信吗？

红 娘 什么信？

张 生 小姐骂我都是假的，她要约我今晚花园与她相会！

红 娘 真的？

张 生 你看这诗句写得明白："待月西厢下，迎风户半开。隔墙花影动，疑是玉人来。”是说今晚月亮升起，她在西厢开门待我，让我前去会她！

红　娘　你看明白了，这可不是玩的！

张　生　我是猜诗谜的行家，绝对错不了！

红　娘　小姐呀小姐，庆幸你心事没变，虽然你瞒了我红娘，我一点也不怪你，可险些儿吓坏张先生呀！张先生，看来一时半晌你也死不了啦，那我就回去复命了。

张　生　红娘姐，今晚月上柳梢头，人约黄昏后，让小姐可一定要等我呀！

红　娘　等你？谁知回去俺小姐又咋说哩！

【出门。

张　生　红娘姐，千万千万可不敢再变了呀！

红　娘　股市的行情，谁也说不准！（下）

（切光）

第六场

【红娘上，至闺房前。

红　娘　我说小姐呀小姐，你总算又向前走了一大步。好！这事小姐既是要瞒着红娘，我还得装啥也不知道。

【闺房灯亮，红娘进，莺莺迎出。

莺　莺　红娘回来了？

红　娘　回来了。

莺　莺　书信可曾送到？

红　娘　送到了。

莺　莺　　那……他……怎么样了？

红　娘　　你不是写信斥骂他吗？不知你骂的啥话，他不光不生气，还傻不楞登笑个不停，看来一时半会死不了人啦。

莺　莺　　（暗笑）

【红娘留意莺莺。

红　娘　　哎呀，我还没看到。今日小姐打扮得好齐整呀！这是要去见谁呢？

莺　莺　　休得胡说，我何曾打扮！

红　娘　　小姐，你今天见谁都可以，千万不能见那张生！

莺　莺　　这是何意？

红　娘　　他为你本来就神魂颠倒了，再要见到你这份容颜，可是真要了他的小命了！

莺　莺　　休得胡言乱语，你看今夜月朗风清，快随我花园上香。

红　娘　　小姐，今晚就免了吧！

莺　莺　　你越发的没有规矩了！

红　娘　　是，我拿上盘儿，咱这就走！

【二人出闺房花园区灯亮。

莺　莺　　（唱）玉兔东升庭院静，
　　　　　　　　花香袭人月朦胧。

红　娘　　（唱）背着母亲私相会，
　　　　　　　　人世上最大是一个“情”。

莺　莺　　（唱）诗笺不知他可解懂，
　　　　　　　　莫负今夜月华明。

红　娘　　（唱）她疾步走走又停停，
　　　　　　　　大姑娘偷情心不宁。

莺　莺　　（唱）此事若是漏风声，
　　　　　　　　葬送清白一世名。

不如转回西厢去，

是非关头要慎行。

（白）不去了，回去吧，红娘。

红　娘　（唱）小姐又犯老毛病，

我要推她往前行。

小姐，今夜晚若停香断供让上苍等，

怕的是前头功课都成空。

差一步就到祭拜处，

做事情不可有始无有终。

（白）你看已经到了啦。

莺　莺　（唱）但愿得菩萨度我过窘境，

从此戒绝儿女情。

红　娘　（唱）红娘我急忙摆香供，

请小姐对月焚香祷神灵。

莺　莺　（心事重重，矛盾不定）红娘，你去看看西厢角门关没关？

红　娘　是！（欲走又停）小姐，你是让我把角门关上呢，还是让“迎风户半开”呢？

莺　莺　（定下心来）什么户半开，把角门关上，防有外人进来！

红　娘　是。（边走边嘟囔）让人家来，又让我关上角门，这不是存心整人家张先生吗？

【红娘来到西厢角门。

红　娘　这角门还真没关上。我看看痴情的傻瓜来了没有？

【红娘出角门，张生从旁闪出，从后一把抱定。

张　生　亲娘啊！你总算来了也！

红　娘　不是你亲娘，是红娘！

张　生　（忙谢罪）小生病得眼花，望乞恕罪！

红　娘　你这人也太二杆子了，幸亏搂的是我，若搂的是老夫人，那你可是点着炮捻儿了！

张　生　红娘姐说得对。敢问小姐来了吗？

红　娘　我问你，小姐那诗上真是约你今晚相会吗？

张　生　你忘了，我是猜诗谜的行家！

红　娘　但愿你猜得没错。告诉你吧，我家小姐倒是在湖山石旁。

张　生　如此小姐已在等我，待我去会……

红　娘　（挡）慢！小姐嘱我关上角门，防止外人进入。

张　生　不、不、不，“迎风户半开”，分明是留角门于我。

红　娘　小姐之命，为奴的不敢不遵。你今晚要见小姐，就请跳墙而过。不过千万不要性急，等我借故离去后，你再跳啊！

【红娘推张生于角门外，关门后走向莺莺。

红　娘　小姐，起风了，我去给你再拿件衣服吧？

莺　莺　也好，速去速回。

【红娘转身待走，张生翻墙而过。

莺　莺　（惊觉）是谁？

张　生　小姐莫喊，是小生我来了！

【红娘急避下，已被莺莺看到。

莺　莺　张生！你既读孔孟之书，必达周公之礼，怎能做出如此无礼之事？

张　生　小姐，是你……

莺　莺　什么是你是我，若不速走，我喊人了！

张　生　呀！变卦了也！

莺　莺　红娘快来！

【红娘不出。

莺　莺　红娘出来吧，我见到你了！

【**红娘只得出来。**

红　娘　小姐，怎么了？

莺　莺　有贼！

红　娘　哪里有贼？待我打！

张　生　是小生……

红　娘　原来是张先生！你不在书馆读书，谁让你来这儿啦？啊？（示意张生说原因）你要不说清楚，我可一定要拉你去见夫人！

张　生　是……是小姐书信约我……

莺　莺　红娘，休听他胡说！

红　娘　你真是胡说八道，我小姐怎么会约你？

张　生　小生怀揣着小姐的诗简呢，红娘姐你可以看过嘛！

莺　莺　胡说……那不是！

红　娘　对，你真是寿星老说瞎话——编谎的老手呀！俺小姐写信，是叫你死了心，不许再想俺小姐的，你咋说是约你的诗简？我看你这人真是口是心非，出尔反尔！咱去找人看看，信上白纸黑字写的若不是小姐约你，我看你如何做人！现在就走，走吧！（拉张生）

莺　莺　（挡）红娘……他若知错，就罢了吧。

红　娘　他这人说谎话不脸红呀！这事不弄明白不中，张生你跟我走！

莺　莺　（挡）红娘姐，你到那边我有话说。

红　娘　（放张生）蹲那考虑问题去！

【**红娘随莺莺到一侧。**

莺　莺　红娘姐，你看他已知错，也怪可怜的，就饶他这一趟吧。

红　娘　小姐，想当初孙飞虎兵围普救寺，老夫人以许婚为诺骗了他一次，把他气了个半死吧？可他是属狗的记吃不记打，还不把小姐你丢开手！硬说今晚小姐有诗简约他，咱把诗简拿去让老夫人看一看，看看到底谁在说瞎话！

莺 莺 （羞愧心虚，不知所措）

（唱）红娘舌如刃，

句句惊我心。

诗简约他是真意，

可……我的心事难启唇。

红 娘 （唱）小姐呀为人不可不守信，

关键时怎能再撤身。

莺 莺 （唱）扪心自盘问，

为他早丢魂。

相见就有托付意，

难迈出相府门高庭院深。

红 娘 （唱）小姐细思忖，

主意要拿真。

一步走错全盘错，

后悔的苦水可要一人吞。

莺 莺 （唱）莺莺我今年十九岁，

红 娘 （唱）转眼就是二十春。

莺 莺 （唱）好花能有几日俊，

红 娘 （唱）莫让春去失良辰。

莺 莺 （唱）他似真情怜爱我，

红 娘 （唱）对你的确是真心。

莺 莺 （唱）他果然敢作又敢为，

红 娘 （唱）你就该拿出真情酬知音。

莺 莺 （唱）我怕母亲知道了，

红 娘 （唱）一误再误可要误终身！

莺　莺　红娘，你到那边看着，小心夫人来唤，我再问问他吧……

红　娘　好好好！对话比对抗好！不过，小姐，机不可失，时不再来，不敢啥都靠着老夫人，大主意你要自己拿！

莺　莺　知道了。

【红娘笑下，莺莺走向张生。

莺　莺　张先生，真的是我约你吗？

张　生　哎呀小姐："待月西厢下，迎风户半开。隔墙花影动，疑是玉人来"。写得清楚明白，这还能错了吗？

莺　莺　非是我食言变卦，你怎能红娘没走就越墙而至呢？

张　生　是是是，都是我渴盼早见姐姐，心太急了！

莺　莺　妾非淫荡女子，诗简于你，实欲终身相托，非念一时之欢，你可有诚信，有真情吗？

张　生　哎呀小姐！今夜明月当空，我愿对天盟誓！（跪地）今生今世张珙若负小姐，神鬼不容，天诛地灭！

莺　莺　妾知君是真情，不可誓言太过，张先生——（扶张生起）

张　生　莺莺姐！（二人相拥相携走向幕后，灯暗）

【远处和尚诵经声时高时低。

【红娘少时悄步出。

红　娘　看来是握手言和了。哎，人呢？莫非……莫非……

【红娘疾步，寻找出角门到书馆，欲推门书馆灯灭。

红　娘　呀！小姐！你不鸣则已、一鸣惊人呀！

（唱）书馆突然灭了灯，
红娘心儿跳嗵嗵。
欲待不信眼前景，
千真万确事儿已成。
我走又不敢走，

停又不敢停。

小姐呀你给红娘挽圈又套绳，

做贼的不害怕我咋慌又惊。

花儿羞红了脸，

月儿闭眼睛。

红娘我气喘不匀脸上热又红，

佩服你两个人色胆豪如虹。

张先生读孔孟，

小姐习女经。

母亲严训教，

礼义列刀兵。

钢墙复铁壁，

关防一重重。

看起来山崩地裂都抵不过一个情！

老夫人她以为一言九鼎。

却不料一败涂地折将又损兵，

如今她酣睡梦未醒。

有情人颠龙倒凤在情浓中。

这件事叫我看该喜该庆，

顺天理合人情水到渠成。

到明天夫人知道干气也没用，

生小米熬成粥看你咋变生。

再细想这件事太大太重，

败露了可如同地塌天倾！

再有气亲母女都好说好哄，

我红娘难逃脱这一罪名。

拦已拦不住，

躲又躲不成。

倒不如豁出去听天由命，

为小姐终身好抱这个不平。

小姐呀真高兴你竟有如此胆勇，

有情人总算是挽紧了红绳。

月儿向西去，

夜深凉风生，

站得我脚麻腿又疼。

斜倚着廊柱坐下慢慢等，

小姐呀，可不敢贪欢耽搁到天明！

【光渐收，诵经声越来越强。

（切光）

第七场

【夫人客厅。欢郎搀扶怒气冲冲的老夫人上。

老夫人　快唤红娘来见！快唤红娘来见！

欢　郎　（对内）传红娘速来见夫人！

红　娘　（随召急上）来了！来了！哎呀娘哎！我咋听着这声音不对哩？对，那晚欢郎撞见我了，莫非？

老夫人　（怒不可遏）红娘快来！

红　娘　来啦来啦！嗯，有脓迟早得挤，兵来将挡，水来土掩，她有来言，我有去语，见机行事，走着说着吧！（进厅）红娘拜见老夫人！

老夫人　（强压怒火）红娘！

红　娘　有！

老夫人　跪下！

红　娘　老夫人，我啥事做不对啦？

老夫人　叫你跪下你不跪，这个就是你的不对！

红　娘　好、好、好。叫我跪我就跪，不跪就是我不对。

老夫人　我来问你，这几日你与小姐都干些何事？

红　娘　回禀夫人：我和小姐无非是清早起来梳头洗面，吃了饭习些女红，做些针线……

老夫人　我问你们去到花园干些何事？

红　娘　去花园无非是赏花观景，听和尚念经……

老夫人　夜晚呢？

红　娘　夜晚？对月焚香，祈祷神灵，为老夫人添福加寿，祝老相爷魂灵升天……

老夫人　因何出了西厢？

红　娘　啊，月亮咋上了西墙？

老夫人　欢郎取家法来！

欢　郎　是！（取家法交老夫人）

老夫人　你这个奴才！看打！（打红娘）

红　娘　（挨打不过，挡住夫人）这才是黑狗偷了油，要打白狗头，迟说早说反正得说，实话实说，我看你如何了结？

（了子头）哎呀老夫人，你且住手，听我红娘慢，我慢慢地道来呀！

（唱）（转钮丝）自从你设酒宴悔约以后，

老夫人　嗯！

红　娘　　（唱）这才是诸多事起因根由。
张先生气下病
“卧床不起呀”
无亲也没朋友，
俺小姐闻此信
“她心肠老软呀”
整日泪交流。
一心去探望，
“又怕你不允”
心中犯忧愁。
“实在是没法啦”
叫我代她去问候；
我一见张先生，
“吓了一跳”
人瘦得像个干猴。
若不请医治，
“用不了多久”
小命就会丢。
俺小姐着了急，
“人命关天不是”
才夜晚离绣楼，
到了西厢院；
“二人见面可亲啦”
紧紧握住了手。

老夫人　　成何体统！

红　娘　　（唱钮丝）双双书房进，

“我怕人看见呀”
左右都瞅了瞅。
我本想跟进去，
“可一步没跟上”
被关在门外头。

老夫人　　你为何不叩门？

红　娘　　（唱）我心软难出手。

老夫人　　你就该告诉我！

红　娘　　（唱）本想给你说，
“可不妥呀”
怕你生气血上头。
责打小姐是小事，
“你年纪大了呀”
气出病这场咋收。

老夫人　　你倒是替我着想啊！

红　娘　　（唱）我思前又想后，
“老不放心呀”
只得在门外守。
又怕他们想不开，
“再出事咋办？”
暗暗把墙根偷。
只听俺小姐说
“你咋病成这了”
说着就泪哽喉。
张生开言道：
“你若迟来一步”

我命就要休。

老夫人 死了倒好！

红　娘 （唱）眼看三更过，

“还是又哭又说”，

听着心直揪。

后来情况变，

“声音越来越低了”

再也听不周。

这时寒风起，

“后半夜了”

我浑身冷飕飕。

老夫人 （白）咋不冻死你呢！

红　娘 （唱）忽然灯光灭，

“我知道坏事了”

啥声也没有！

我是挡也没法挡，

老夫人 （白）你砸窗子呀！

红　娘 （唱）我救也没法救。

老夫人，别生气，

“你也打年轻时过过”

细想也没啥羞。

一直等到天色大亮，

“小姐出来”

俺才回了绣楼。

老夫人 （怒不可遏）气死我了！都是你个奴才从中穿针引线，酿成丑事！污我女儿贞节，坏我相府门风！我要拉你见官！你与我走！

红 娘　（挣扎）夫人，路是弯的，理是直的。有理不在声高，你听我说嘛！

老夫人　到公堂，有你贱人说的，你与我走！

红 娘　夫人，一定要拉红娘上公堂？

老夫人　对，定要依法严惩你个教唆犯！

红 娘　夫人，千万别冲动，冲动是魔鬼！真要到公堂，我怕你这原告倒要成了被告！

夫 人　岂有此理！你身为奴婢，唆使小姐办下苟且之事，难道罪不在你，反倒在我不成？

红 娘　对了！这事压根不怨小姐，不怨张生，更不能怨俺红娘，就怨你夫人一人！

老夫人　岂有此理！

红 娘　山高高不过天，势大大不过理，夫人你可愿听红娘给你说出这其中原因？

老夫人　你讲！你……你……你讲不出道理，我定不饶你！

红 娘　中！夫人请听！

（唱）老夫人你暂息雷霆之怒，
你听我原原本本，清清楚楚，
是是非非，有根有据，
述说从头。
都只为一男一女，一见钟情，
一对情人，
一片痴心，一心一意苦追求。
那一日孙飞虎兵围普救，
要掠小姐压寨做妾上下惊忧。
危急中老夫人你许婚姻来求救，

便叫那一个狂生，一时冲动，
一口承诺一封书信搬来救兵，
杀退贼人一心一意要与小姐早成佳偶。
谁料想老夫人，
你酒席宴前改了口！
许婚赖婚，诚信全丢，
恩将仇报，一杯水酒，
大睁俩眼装糊涂，
将一桩金玉良缘一笔勾！
他二人一腔衷情付流水，
心都伤透。
更叫那可怜张生又气又恼，
又怨又恨又思又念又无望，
一头病倒一息悠悠死不甘休。
（**转诗篇**）俺小姐终日里茶饭不思容颜消瘦，
她舍不了张先生救命之恩情意相投。
老夫人你言而无信错已铸就，
又不该还让他们隔墙相居思虑不周。
常言说情到深处万药难救，
她这才跨越雷池幽会情人，
一夜不归一斋同宿狂风流。
病根是你种，
机会是你留。
女儿是你教，
张生是你求。
你女儿办错事，

不怪亲娘咋能怪丫头？
咱两个到底谁错，
你想想这因由？！

老夫人 （白）我……我、我……

（接唱）我崔门世代官宦门第优秀，
家教严家风正岂能被辱。

红　娘 （接唱）倘若是孙飞虎把小姐掠走，
事到如今传扬天下是何等的蒙羞。

老夫人 （唱）我知道奴才你伶牙俐口，
这件事我不会善罢甘休。
咱现在上公堂你与我走！

红　娘 （唱）劝夫人万不可逆水行舟！
倘若是去见官家丑外露，
在寺院出这事可臭名远流。
我就是受责打疼点皮肉，
老夫人家规不严，女儿淫媾，
传扬天下，难遮难兜！
岂不是敲锣寻爷丢大人，
出乖露丑更把人丢！

老夫人 气死我了呀！这如何是好呀！

红　娘 （唱）老夫人莫气恼我良谋还有，

老夫人 快讲！

红　娘 （唱）倒不如顺情顺理顺水推舟。
顺其自然既往不咎，
就让他们结了鸾俦。
这才是上上策堵缺补漏，

成全了儿女婚事堵了众口。

还能让四方高兴，

八面光彩，

既无近虑，

又无远忧，

女儿女婿全都有，

情信双收。

你想想前思思后，

看看左来掂掂右，

事好事坏理想透，

万不敢意气用事硬结怨仇。

真要想去见官咱现在就走，

俺红娘我公堂之上，

实话实说不遮不搂。

掂住布袋往外抖，

谁对谁错咱听凭法律，

从严追究！

老夫人 （唱）红娘她果然是伶牙俐口，

我不得不服她说的是理由。

进不能退不成磨盘压手，

我只得大事化小釜底把薪抽。

（白）你个贱人，你气死我了！就依你的，还不快去，将那两个畜生叫来见我！

红　娘 （喜）是，我就去叫那两个畜生。

老夫人 嗯？

红　娘 说错了，我这就去请小姐和先生！（出厅堂门）

（对内）有请小姐！

【**莺莺上。**

莺　莺　红娘何事？

红　娘　俺红娘没事！是你们那事呀老夫人都知道了！

莺　莺　（花容变色）啊？这……这……这便如何好？

红　娘　哟！那时候胆咋恁大哩！现在知道怕了！给你说吧，是我三说两不说，把天大的事呀都说下去了！夫人如今唤你，八成是同意给你发照哩！

莺　莺　让我如何去见母亲？

红　娘　就跟你那晚进书房一样，头一低不就进去了？

莺　莺　母亲若是责打，如何是好呢？

红　娘　小姐，在夫人心中，你可是寿星老的脑袋——宝贝疙瘩！你进门就哭，夫人看女儿哭得伤心，就打不起来了，走吧！

【**莺莺随红娘进厅。**

莺　莺　（哭）哎呀母……亲！我的母亲老娘啊……

老夫人　哎哎，我的女儿呀！

红　娘　（红娘出堂对内）有请张先生！

【**张生喜滋滋上。**

张　生　红娘，可是小姐唤我？

红　娘　你心里尽想美事呀！你们那事老夫人知道了！

张　生　（惊怯）啊……这……这……红娘姐，这便如何是好啊？你快与我拿个主意呀！

红　娘　为你们的事，老夫人把俺骂也骂啦，打也打啦，俺吃了多少苦呀！

张　生　红娘姐的恩情小生铭刻肺腑，日后定当报答！

红　娘　俺是路见不平，拔刀相助，图你什么报答！去吧，如今夫人气已消了，要成全你的好事呢！跟我来吧！

【张生随红娘进厅，红娘按张跪地施礼。

张　生　拜见老夫人！

老夫人　张先生！你乃读书之人，圣贤门生，竟然做出如此非礼之事，你……

张　生　小生知罪！小生知罪！

老夫人　唉！还不与我站起来！

张　生　小生谢夫人开恩！

老夫人　念你对我母女有活命之恩，就将女儿许配于你！

张　生　张生拜见岳母！（匆匆跪地）

老夫人　慢！我崔门世代为官，从无白衣门婿。今大比之年，你进京求取功名，若能得中，就与你们完婚，你若不中，今世休想成亲！红娘，打点行装，这就送张先生起程！

红　娘　这就起程？再留两天吧？

老夫人　休得多言！女儿从今往后与我同居一室，快随我来！

红　娘　夫人，俗话说："直巷赶狗，回头一口，"啥事不能做绝！他们毕竟是小两口，你让张先生走，总得让小姐送一送吧？

老夫人　就依你！（生气与欢郎下，红娘推小姐向张生）

莺　莺　张郎——

张　生　小姐——

（伴唱）秋风紧吹落叶，
才缔约就伤别。
从此天遥地更远，
泪眼相顾心滴血。
心滴血愁万结，
高天孤雁声悲切。
从此西厢秋风里，

相思绵绵肝肠绝。

【红娘劝阻小姐，张生向红娘深深施一礼，含泪一步三回头越走越远。

【和尚诵经声响彻全台。

【闭幕。

（剧终）

二〇一〇年六月

【豫剧现代戏】

春到邙岭

编剧　李学庭

人物表

爱　琴	四十三岁	半坡党支部书记、村长
豹　子	四十五岁	爱琴丈夫
振　良	五十多岁	原支部书记
小　虎	二十一岁	爱琴儿子
桃　妮	二十岁	振良之女
庆　祥	二十六岁	半坡村民
田奶奶	七十六岁	半坡村民
王大叔	六十岁	半坡村委
大　牛	二十多岁	半坡村民
秀　秀	二十多岁	半坡村民
乱　子	三十多岁	半坡村民
张书记	四十多岁	县委书记

第一场

【豫西丘陵山区，爱琴家窑院。

【开幕：小虎和桃妮搀着饮酒过量的振良从窑垴走下，进到院内，豹子系着围腰，从厨房迎出来。

豹　子　振良哥，你这是……

桃　妮　我爹喝多了！

振　良　胡说！（推桃妮，小虎）你俩都走，都走！

桃　妮　爹，我还是扶你回去吧！

振　良　叫你走，你就走！

【桃妮、小虎无奈进窑内。

豹　子　（端水扶坐）你坐下喝水！

振　良　兄弟，今天这场酒喝得得劲儿！县、乡都有领导捧你哥的场呀！

（唱）亲家母今天不该不到场，
听一听县乡领导话咋讲。
搞承包是改革的大方向，
不允许随心所欲动规章。
外人是看我支书被选掉，
破鼓想用乱锤夯。
爱琴心里要有底，
可不能信马放野缰。

（白）把……把爱琴给我叫出来，我有话问她……

豹　子　从县上回来吃顿饭，就去研究整科技高产田的事了。哪在家啊！

振　良　有人说……爱琴把于庆祥叫回来了，要把厂收回去，让于庆祥干哩！有这事儿没有？

豹　子　不会！不会！我没听她说。

振　良　我把狼撵走了，她能再引回来？这事你得问问！

豹　子　这支书要是还让你干着，她只当村长……

振　良　打住！这支书我干了快二十年啦！该让我歇歇啦！

【乱子在窑垴向院内叫道：

乱　子　叔！你找我？

振　良　乱子，下来！

【乱子下到窑院。

振　良　你把你妹子秀秀送去了吗？

乱　子　（大声）大牛送去啦！

振　良　我跟你说，秀秀去赵行长家当保姆，工资由咱厂里出，你照我头就行了。

乱　子　行，振良叔，你看能不能把秀秀的工资，给我先支一个月，这手头……实在……

振　良　秀秀工资，顶你欠厂里的三千元账！顶完账再说。

乱　子　你……你让我妹子去当保姆，原来是要顶债哩？

振　良　让你跑采购，你拿着公款去赌，我不开除你就不错了！

乱　子　（突然笑了起来）哈哈……行！你真行！不说啦！你现在不是支书了，这村机械厂恐怕也霸不住了，到时候开除谁还说不定呢！

【乱子趾高气扬地走下。

豹　子　这小子不正干！

振　良　你看见没有，就是这些人积极吵着要村里收厂子呢！

（一抬头望见爱琴从窑垴下来）哟，亲家母回来了！

【爱琴进院。

爱　琴　振良哥，我就说要去找你哩！哟，好大的酒气！

振　良　请你陪领导喝酒你都不去，找我有啥事？

爱　琴　刚开了村委会，一两天半坡岭上高产田整治工程就开工啦！

振　良　啥啥？现在地都分给个人了……咋？还搞修大寨田那一套哩？亲家母，你可不敢穿新鞋走老路呀！

爱　琴　放心吧，这次整高产田，和过去不一样！

（唱）小浪底大坝已合龙，

浩荡碧波万里平。

世代呼唤的母亲河，

那乳汁要让沿河儿女改面容。

黄河水就要提上邙山岭，

千里大渠向东行。

半坡村旱田变水田，

从此后年年高产季季丰。

虽说是土地经营归个人，

党支部还要全力抓好这工程。

上级拨款加自筹，

资金一定要保施工。

这件事关系着半坡小康景，

振良哥，

你这个老领导还要为此立大功！

振　良　听你这话，你是要我也去上工？

爱　琴　你不出工，但要拿出点钱！

振　良　我开着银行哩？

爱　琴　不是让你赞助，白拿！你承包村机械厂时，村里五万元底垫资金，几年了，你还不该还给村里？再说承包金你还欠村里九万块哩!

振　良　哎呀!这是向我这下台干部讨债哩。现在地都是个人哩了,整地需要钱,各家出各家的呀!

爱　琴　咱村情况你知道,出工可以,拿钱几家能拿出呀!

（唱）村支书你干过二十年,
人情事理不用谈。
承包厂原说为集体做贡献,
五年来村里没见过多少钱。
合同合理不合理,
过去的事情咱不纠缠。
合同到期又没兑现,
群众意见你了然。
村里钱不能长期占,
该交的也不应该再拖延。
这个厂今后怎么办,
咱按民意政策再商谈。
这次工程很关键,
振良哥,
你不能看着我作难!

振　良　（唱）亲家母果然水平不一般,
苦话说得还有些甜。
包厂时我虽还把支书干,
可没有利用手中权。
那时候厂子乱得没人管,
我也是临危受命接的盘。
这几年虽然交钱不利索,

你知道这铺路修桥得多少填？
厂子刚刚有点样，
我知道有人就看着眼发馋。
实话说我打的江山该我坐，
谁想夺走难上难！
想让我拿出些钱也可以，
这个厂合同再续十二年。

爱　琴　振良哥，你真想再承包下去？

振　良　我费了多少心血！刚走上正道，能见点利了，都眼红了！不行！

爱　琴　你再承包也可以，但合同要重新订，可不是一年只交三万块钱！

振　良　你要我交多少？

爱　琴　每年三十万！

振　良　多少？你开国际玩笑！

爱　琴　三十万你不干，有人干！

振　良　谁？

爱　琴　于庆祥！

振　良　什么？你真把他叫回来啦？！

爱　琴　庆祥这两年在豫北一个乡办厂当工程师，干得不错，我把他请回来了。

振　良　好！好！你这事办得漂亮！他当初几次写信告我，你知道不知道？

爱　琴　过去的事了，你把人家整得够苦了！于庆祥可是咱半坡的人才！

振　良　（突然笑了起来）好！算你会办事儿！亲家母呀！你不要忘了，他和桃妮……不是我干预，说不定现在孩子都有了！

豹　子　（冲爱琴）你猪脑子！

振　良　（气冲冲地）桃妮！滚出来！

【桃妮、小虎从窑内出来。

桃　妮　　爹，咋啦？

振　良　　回去！你爹这老脸，不贴人家的冷屁股！

【振良推桃妮出门。正碰上走进来的于庆祥。众一时尴尬。

桃　妮　　于……庆祥！

庆　祥　　振良……叔！

振　良　　哼！（拉起桃妮就走）

（切光）

第二场

【夜，山弯处的一片小树林旁，桃妮在等待着谁。

【庆祥匆匆走来，发现桃妮站在小树边，警觉地止步。

庆　祥　　你找我？

桃　妮　　嗯……你既然走了，又回来究竟想干啥？

庆　祥　　半坡是生我养我的家，我为啥不能回来？再说，当初被你父亲逼走的时候，我就说过还要回来！

桃　妮　　现在我爹也不干支书了，过去的事都放一边，好吗？

庆　祥　　有些事，不是说放就能放了的！

（唱）被蛇咬才知道蛇牙狠，

全怪我心地善良太单纯。

告状信让你过目是信任，

不料你泄密告诉你父亲。

有些话我写得虽然欠分寸，

那也是我痛恨腐败一片心。

打狼不着挨闷棍，

我……含恨才离开半坡村！

桃 妮 （唱）这些话说得我只发晕，

好似坠入半天云。

你让我看信是信任，

我怎能泄密陷害人？

你头天把信送乡上，

第三天信就转回半坡村！

庆 祥 （唱）你说是乡上转回信，

不是你联手陷害人？

桃 妮 （唱）桃妮不会恁卑鄙，

你把我看成什么人。

忘不了你临走撇给我那封信，

字字带血刀刀深。

你心里我已成鬼魅，

恨不得千刀万剐火上焚。

我含冤去信做申辩，

你不理不睬无回音。

好容易我忘却伤害心平稳，

你竟然又回村来惹是非。

我今约你来相见，

是求你不要墙倒众人推。

我爹过去伤害你，

算俺不义你大仁。

我和小虎婚已定，

我真怕再会搅起漫天云。

庆　祥　我回来是为半坡办厂的，与你无干，更不是找你爹闹意气的！

桃　妮　可我爹说，他还要承包机械厂！你回来就要和他对着干！

庆　祥　你爹那是承包吗？那是利用权力化公为私！群众现在把他的支书弄掉了，他还不想松手！

桃　妮　庆祥，我爹也不干支书啦！你们和解吧！

庆　祥　你太单纯了！我觉着你爹虽然挂着党员牌子，可现在走的是我爷爷当年的路！你知道吗？

桃　妮　你爷爷的路？

庆　祥　不说啦！我就是想给半坡干点实事儿！咱村的厂再添一台机床，就可以和豫北的厂签订零件加工合同。只此一项每年就能有百十万的收入！

桃　妮　庆祥，可……（一道手电光照在桃妮脸上，振良匆上）

振　良　不要脸的东西！黑天半夜你在这干啥？！

桃　妮　爹，我……

振　良　滚！

【桃妮委屈地含泪下。

庆　祥　哈哈哈！（转身欲走）

振　良　站住！于庆祥，桃妮马上要和小虎结婚了，你一回村就把桃妮叫到这儿，这性质不好吧？

庆　祥　（讥笑）咋？再给我定个罪名，弄进去？

振　良　嘿嘿……我知道你是个心里记事的人！看我下台了，回来想出出气？

庆　祥　哎呀，你可太小看我于庆祥了！我回来是要干事儿，不是出什么气！

振　良　记住，这可不是你爷爷那个年代了，你成不了气候！

庆　祥　说得好！我提醒你一句，时代不是我爷爷那时代了，可有人，还在走我爷爷的那条路！看看你的脚下！

【**说完扭头离去**。

振　良　（冲庆祥背影）你算啥东西！轮不着你教训老子！

（切光）

第三场

【**追光中爱琴在等待着什么，秀秀提半袋东西急步走到爱琴身边**。

爱　琴　秀秀，我在这儿！

【**秀秀走到爱琴身边**。

秀　秀　婶子，赵行长口封得很死！连你掂这点黄豆，人家也不要！

爱　琴　（接过黄豆）我也是听人说城里人喜欢吃黄豆……唉！

秀　秀　哎，对了，赵行长和振良伯关系不一般，前天振良伯来，两个人还在一块喝酒呢！你让振良伯来嘛！这没钱，整地工程还可以努着干。村里厂子收回来，没钱咋买机床哩？

爱　琴　好吧，我回去求求振良！

秀　秀　天要下雨，你还没吃晌午饭吧？

爱　琴　我带的有馍。秀秀，给人家当保姆，一定好好干！给你乱子哥，还有大牛捎啥不？

秀　秀　不捎，我一定好好干！

【**追光灯暗**。

【**全场灯亮，爱琴家的院子**。

【振良掂酒进院，豹子系围腰迎上。

振　良　（看豹子）你这又是？

豹　子　准备做晚上饭。

振　良　（摇头苦笑）你呀，来喝两口！

豹　子　这不过年不过节的……

振　良　（打开酒瓶，仰脖灌下一大口）

豹　子　不敢这样喝，这要伤身体哩！亲家，你是不是还在生爱琴的气？

振　良　老弟！亲家……这个于庆祥回来就找桃妮纠缠，我生气呀！

豹　子　什么？真的？

振　良　这小子是在欺负我呀！

（唱）人分类，鸟分群，
河里螃蟹鳖对门。
咱就不从阶级论，
也知他姓于的是个什么人。
年轻轻为人阴又狠，
心野想把老天吞。
和桃妮他根本没有真情分，
是往我振良心里扎钢针。
亲家母偏偏要和我作对，
他专请恶鬼不请神。
咱兄弟的情分就要尽，
眼巴巴要让人搅散咱好姻亲。

豹　子　他敢！

（唱）这才是没事偏把是非引，
说来说去怪爱琴。
姓于的真要是失分寸，

我豹子翻脸不认人！

振　良　桃妮呢，我也骂了！我也说了！这孩子没主见！我总不能一步一步看着她！我想好啦，抓紧时间把她和小虎的事办了！

豹　子　好！可……那……就先住这窑洞？

振　良　那不行！我的朋友多，爱琴也是名人，脸上都挂不住！

豹　子　不行先盖几间平房？

振　良　啥年月啦？一客也得待，十客也是一桌！至少得起小二层，八间。

豹　子　那钱上可差得太远了！

振　良　你有多？

豹　子　一万多一点……

振　良　再省也得五六万！

豹　子　去哪抓借这么多钱哩？

振　良　我拿！

豹　子　咦！咋着也不能用你的钱！

振　良　兄弟，真人面前不说假话。承包厂这两年我是攒了俩钱。不就为了这俩钱，我把支书都弄掉了？

豹　子　其实……其实你比爱琴有本事！

振　良　本事？我没本事，是“钱”有本事！都说那合同不合理，可乡上咋就通过了？银行咋就贷给我钱啦？

豹　子　这……这都是关系。

振　良　兄弟，我给你掏实底，咱这个厂，他们都有干股呀！

豹　子　干股？

振　良　权力股！兄弟，从今年起，厂子也有爱琴一股！

豹　子　这……不行！她那人你还不知道，决不会要！

振　良　你知道就行了！先别给她说。（将一小包推到豹子面前）拿住，这是三万块钱，先启动盖房办事！

豹　子　咦！这……这可不行！这么多钱，振良哥你……

振　良　算借给你还不行？

豹　子　这么多，啥时候能还起？

振　良　今后小虎是我半个儿，分不了恁清楚！匠人我叫，你快把钱放起来！

豹　子　那……这钱我先借着……（送钱进窑，复出）

振　良　（打量院子）就在这儿盖呀？这院子可是斜着哩！

豹　子　我说再批块地方，爱琴不赞成！

振　良　她还没睡醒呀！（看院子）这可是得好好布局哩！

豹　子　你给看看，小虎还在整地工地开推土机，我赶紧去叫他回来拉砖！

振　良　记住，厂子的事儿，你可得给爱琴过过话，一定要捏到咱手里！

豹　子　行！你放心，我给她说！（豹子下）

【振良丈量院子，爱琴从另一边上，进院。

爱　琴　振良哥？

振　良　看你那一身土！

爱　琴　翻地哩能没有土？振良哥，村里的钱你还不起，帮助贷点款总可以吧？

振　良　贷多少？

爱　琴　二十万。

振　良　工地上钱差不多了，你贷那么多干啥？

爱　琴　不是要买两台机床嘛！

振　良　买机床？

爱　琴　添两台机床，就可以和豫北厂签订长期加工零部件的合同了。

振　良　这么说，厂子你是定了要让于庆祥干？

爱　琴　振良哥！

（唱）咱半坡丘陵薄地常干旱，

靠种地实现小康比登天难。

责任制虽说粮食增了产，

社员们十家九户都缺钱。

引黄河虽说以后能浇灌，

想富裕经营门路要拓宽。

村集体有个企业很关键，

振良哥要帮我闯过这一关。

振　良　叫我咋说你呀！你还没有看清社会走到哪一步了！过去是有一碗饭大家吃，谁也别想吃饱！现在是这一碗饭谁抢到手吃饱谁光荣！你还不明白？

爱　琴　（惊愕）振良哥！假如半坡村只有一碗饭。咱不管老老少少饿肚子，就抢过来往自己嘴里填，能咽下肚吗？

振　良　打住！打住！咱是亲戚，咱今天可是关住门说心里话哩！

爱　琴　振良哥……我这就是心里话呀！

振　良　当模范，受表扬，那啥都不顶呀！有钱才是实在的！七九年你做手术那一回，交不出三百块住院费，人家咋把你推出病房？你忘了没有？

爱　琴　振良哥……可……

振　良　不能再糊涂啦！

（唱）我老爹土改就把支书干，

无私奉献了几十年。

打井救人成烈士，

撇给我一间草房一块匾。

三十岁我又把支书干，

一干又是二十年。
打机井，修梯田，
黑汁白汗几河滩。
春夏秋冬连轴转，
几乎保不住肚子圆。
要不是改革让咱睁开眼，
咱还是瞎驴拉磨转圈圈。
人生在世一辈子，
为啥让咱把苦水都喝完。
他们权大能吃山海味，
咱猪肉粉条也解馋。
亲家母不能再把老经念，
错失良机可后悔难！

爱　琴　是呀，我也是想，咱半坡人不能光喝苦水了！今年把高产田整完，黄河水一上岭，千亩地搞成洛阳的北菜园！再把厂办好，人人都能吃上猪肉炖粉条了！

振　良　你还是糨子一盆！一盆糨子！不说这啦，我来是商量桃妮和小虎的事哩！你知道不知道，庆祥一回来，就把桃妮叫出去了！

爱　琴　真的？

振　良　于庆祥心毒呀！他回来不是敬神哩，是要拆庙哩！

【振良说罢悻悻出院，向窑垴走去。

【爱琴思绪纷乱……

（灯暗）

第四场

【追光亮，大牛在看信。

【秀秀信中话："大牛哥，来到赵行长家，才知道咱过那不叫日子。赵行长这人还可以，对我很好。贷款的事儿我凑空又求了赵行长一次，赵行长说，村里的厂子要不让振良承包，不光贷不到钱，以后原料、客户、税务都会让半坡有难题哩！你给爱琴婶说一下，还是让振良伯干吧……"

大　牛　（气不可遏）他妈的狼狈为奸！

【追光暗，起"我家住在黄土高坡"的歌声，全场灯渐亮。现黄土岭工地和整地指挥部的帐篷，有高音喇叭、红绿彩旗。

【音乐渐弱，白发苍苍的田奶奶拄着拐杖爬上了岭。

田奶奶　（唱）耳听阵阵喇叭响，

眼望岭岭红旗扬。

多少年不见这景象，

只觉得这弯了的老腰往起昂！

那一年会战就在这地方，

"娘子军连"我当连长。

一天挑土五百担，

田大妞名字传四方。

广播上说我是穆桂英，

报纸上称我是个铁姑娘。

俺男人骂我是个疯不够，

我知道，

他正话反说把我夸奖。
好汉不夸当年勇，
已成落叶瓦上霜。
这心里依然不服老，
可腿脚行动不利亮。
村里的工作帮不上，
心火急得烧胸膛。
来工地哪怕捡根柴火棒，
给大伙烧壶热水把忙帮。

【高音喇叭广播声：“各村民组注意！不经指挥部同意，谁也不许离开工地！不许请假！天越来越冷，要保证按时完成整地任务！”

田奶奶　（冲帐篷内）老王，是你吆喝哩不是？

【王大叔从帐篷出。

王大叔　老天爷呀！老嫂子，你咋爬上来啦？快到帐篷里暖和暖和！

田奶奶　要暖和在家都不上来啦！多少年没有这样干了！

王大叔　现在难呀！地都成个人的了，都想出去打工挣钱。不是爱琴抓得紧，都不想干！人上不齐，真受症呀！

田奶奶　我虽然躺在家里，村的事我也知道。爱琴哩？

王大叔　县委张书记来检查整地情况，他们上北洼去了。这一整，黄河水引到岭上，全成水浇地了！爱琴说，搞几百个大棚，专种时鲜蔬菜，要成为洛阳北菜园！

田奶奶　好！好！快说，叫我干点啥？

王大叔　你啥也不干！转转看看，我送你下岭！

田奶奶　过一边去！我自己找活去！

【田奶奶说完就走，步履踉跄，慌得王大叔急上前搀扶，二人

向帐后走去。

【稍后庆祥匆匆上，进帐篷一看无人，扭头看到走过来的大牛。

庆　祥　大牛，你见到支书没有？

大　牛　（止步，走过来）庆祥，你有啥事？

庆　祥　啥事？

（唱）在豫北说得莲花转，

满以为回到半坡干一番。

这些时人人都在工地干，

机械厂还在振良手里边。

看来一切难兑现，

我天天心如滚油煎。

大　牛　（唱）村里事儿今天说了明天变，

纵横交叉麻一团。

劝你早回豫北干，

搅进去再想抽腿难。

（白）你听说没有？当初村委根据大家意见，都同意把厂收回村里。这一段刘振良个别一个一个做工作，现在除了王大叔，听说连爱琴婶都动摇了！

庆　祥　我说买机床的事儿咋一推再推！

大　牛　银行不给贷款！已经传出口信，这厂不让刘振良连续干，以后原料、税务、客户上一步一个坎等着哩！

【大牛说着走下，庆祥慢慢转身欲下，小虎从帐后转出截住。

小　虎　（充满敌意，双目喷火）于庆祥！

庆　祥　小虎？

【小虎步步逼近。

庆　祥　　小虎兄弟，你这是……

小　虎　　你挂羊头卖狗肉！你回村是为了办厂吗？你是要骑我脖子上拉屎啊！

【**小虎一拳把庆祥打倒在地，庆祥起身。**

庆　祥　　小虎你听我说……

小　虎　　我不听，我长有眼！

【**小虎又一拳打过去，庆祥躲过，小虎又扑上，二人抱着扭倒在地。**

【**大牛、乱子等群众拥上。**

乱　子　　快来看啊，世界重量级拳击比赛！

【**有人叫着打，有人上前拉架。**

大　牛　　别打！别打！

【**王大叔，爱琴上，见状急上前喝止。**

爱　琴　　小虎！你疯了！

【**小虎住手，二人衣衫狼藉，面上各有伤痕。**

王大叔　　这是为啥？啥事不能好好说！

【**爱琴心里已明白原因。**

爱　琴　　庆祥……

王大叔　　小虎，开推土机去！（对围观的人）任务都完成了？都站在这儿看啥哩？干活去！

【**众下，小虎向相反方向走去。**

爱　琴　　小虎，你上哪儿？

小　虎　　拉砖盖房！（悻悻而下）

爱　琴　　小虎，你回来！

【**欲走的乱子又转身回来。**

乱　子　　好，走，咱都回家去！

【真有几个跟着乱子向岭下走。

王大叔　站住！谁敢私自离开工地，缺一晌我罚他五十块！

大　牛　王村委，干，这都是为自己好日子干哩，咋能不干？只是你得承认大伙有些事还是心里不顺！

王大叔　补偿的钱一分不少发给你了，还有啥不顺？

爱　琴　整地县上补的钱，咱都公开了，村里能挤的都挤了！大家要相信村委！

乱　子　婶子，大家心里想的不是这！

（唱）大家伙黑汁白汗把黄土啃，
还不知好过哪龟孙。
村办厂成了个人摇钱树，
到现在收不回来是啥原因？

爱　琴　（唱）一来整地任务紧，
村委们都在工地难脱身。
二来是工厂需要添设备，
眼下咱村里没资金。

乱　子　（唱）说的做的有矛盾，
谁也瞒不了全村人。
五个村委仨变卦，
村长啊，你也舍不了好姻亲！

王大叔　乱子，就你咬槽！干活去！

【庆祥摇了摇头悄然走下。

乱　子　（走到爱琴身边）支书，咱这些没本事人都指望你哩呀！你可不能也是一变蝎子就蜇人！

【乱子向工地走去，众人议论着随下。

【王大叔催着与众人同下。

【爱琴颓然倒坐在土堆上，小虎梗着脖子走上，站在一边。

爱　琴　小虎？（站起走过去）你这是咋啦？

小　虎　（爆发）咋啦？！你把于庆祥叫回来干啥？你知道不知道，这些时桃妮总是躲着我，连面都不见了！

爱　琴　真的？

小　虎　妈呀！于庆祥要真把桃妮拉走，我就永远离开这个家！（小虎扭头跑下）

爱　琴　小虎，你回来……

（唱）一时间风吹火爆霹雳震，
心头压上了几千斤。
都是怨来都有愤，
谁知我进退两难汗水和着泪淹心！
十八岁过门把半坡进，
跳进穷坑难脱身。
那些年逢年过节回娘家，
兄嫂面前矮三分。
每吃饭有钱的兄妹两口桌上坐，
豹子他端碗院里地上蹲。
我生气，我有愤，
谁让咱家穷过得不如人！
为此我断了亲戚路，
三两年不踏娘家门。
盼半坡早富裕我不惜苦累，
可多少年穷折腾狂出力难拔穷根。
改革开放政策变农民解了捆，
有本事无本事又两极划分。

没想到大伙对爱琴信任，
重新选举我竟然重任担身。
看别人徇私胡干我有怨恨，
早有心当家后一心为民。
权在握我应该有所作为，
干起来才知道手脚难伸。
振良他依权霸厂村里受损，
合同满理应当收回归村。
于情理于政策情通理顺，
没想到重重关隘错节盘根！
振良他上下活动心事用尽，
村委里也有人动摇变心。
赵行长不贷款捎了音信，
说收厂会得罪一批要人。
请庆祥回村办厂我信心百倍，
没想到却危及儿子的婚姻。
俺小虎和桃妮是多好的一对，
做妈的怎忍心再出是非。
庆祥呀这件事你办得太欠分寸，
这一杯苦酒你叫我咋吞？
收厂的事我索性不再过问，
也免得家里家外矛盾加深。
可这样做分明是为私失品，
拿原则做交易背叛村民。
为自己如果让半坡受损，
我爱琴和振良成了一样的人。

悔不该当初冲动挑重任，

爬坡才知担子沉。

至如今我是该退还是进，

进不能退不忍乱了心神！

【王大叔扶田奶奶上，指了指沉思的爱琴。

【王大叔下，田奶奶慢慢走到爱琴身边。

田奶奶 侄媳妇……

爱　琴 啊呀，婶！这么冷的天你不在家……

【扶田奶奶坐下。

田奶奶 难吧？

爱　琴 （笑了笑）是……难……

田奶奶 现在不是早先，党支部说句话一呼百应！如今是党员不像党员，群众不像群众呀！

爱　琴 婶……我这个支书不称职啊！

田奶奶 过去咱党员干部，那是吃苦在前，享受在后。都是为大伙儿干哩，可如今你看看，颠倒了！

爱　琴 婶……

田奶奶 爱琴！

（唱）你婶我七十零八岁，

过了早上没黄昏。

论说该躺到家里等伸腿，

可就是管不住这颗心！

爱　琴 婶子！

（唱）为半坡你吃尽苦和累，

你是咱半坡村的大功臣！

我们应学习老前辈，

努力建好咱半坡村。

田奶奶　（唱）那振良可是变质忘了本，

他如今是想方设法坑乡邻。

咱革命不能革回去，

让地主老财再还魂。

我建议马上召开党员会，

对振良一批二斗挖病根。

他检查改过咱不论，

若不然就把他清出咱党的门！

你看看，他硬是把村里恁大个厂霸到手多少年！这不是和庆祥他爷差不多？庆祥他爷就是黄河边这带一霸，勾结官匪靠着抓壮丁、卖寡妇把几个村的地都霸到了手！

爱　琴　婶，振良哥当初承包厂，订的有合同，现在合同到期，咱就是要收回来哩！

田奶奶　能收回来？人家上边有人支持，就是顶住不交嘛！

爱　琴　婶，你放心，这件事我一定按全村人的意见办！

田奶奶　（从内衣口袋里掏出个布包）侄媳妇，我知道你现在作难！咱村太穷，我给咱党也做不了啥贡献啦，我攒这点钱你收下吧！

爱　琴　（激动）婶！村里再难也不能要你的钱呀！听大牛说，你有病，不去看！不吃药！你怕花钱，这钱你是拿命攒的呀！婶！

田奶奶　我都七八十了，吃啥药哩？那都是糟蹋钱哩！这是六十二块钱，顶不了大用，工地花钱地方多！从我爹帮八路军往黄河北偷运弹药开始，都盼着共产党得天下，穷人过上好日子……眼看快了！你一定要好好干！孩子，拿着吧！咱这钱干净！

爱　琴　（双手捧钱）大婶！

（唱）双手捧过来一颗心，

爱琴忍不住泪涔涔！
这些钱不够有些人把杯酒饮，
它它它却胜过金银万千斤！

（白）婶，这钱我代村里收下！你放心吧，村里的事我一定办好！岭上太冷我送你回去。

田奶奶　（颤巍巍站起）侄媳妇，你忙你的，我来是给大伙烧水哩！

爱　琴　不，岭上太冷！有人烧水……我一定得送你下岭！

田奶奶　（动情地抓住爱琴双手）别赶我走！干不了几回啦！我……我想干！

【田奶奶说完慢慢捡着柴走向帐后。

【爱琴热泪盈眶。

【大牛跑上。

大　牛　婶子，庆祥让我告诉你，他走啦！

爱　琴　走啦？上哪儿？

大　牛　回豫北！

爱　琴　什么？（惊讶，追下）

（切光）

第五场

【半坡村口，桃妮追上庆祥。

桃　妮　站住！你这人咋说走就走？

庆　祥　今天小虎这一拳把我打醒了！我回半坡是要给村里办厂的，不是……不是给爱琴婶制造难题的！我走啦！

桃　妮　我原来是想让你走，可现在我明白，你要走了，我爹还是霸着厂不交还村里，他的结果真可能和你爷爷一样！

庆　祥　你看得很准！

桃　妮　至于小虎，这是我的错，他也误会我了。我会讲清楚的！庆祥，留下吧！帮帮爱琴婶！

【爱琴上，见状转身欲离去。

庆　祥　爱琴婶！

【爱琴止步。

桃　妮　那……我先走了！

【桃妮下，爱琴努力平静自己。

爱　琴　庆祥……你真的要回豫北？

庆　祥　我不该回来让你作难！

爱　琴　庆祥，我不作难……只是，你和桃妮是不是……

庆　祥　婶，不是！绝不是！

爱　琴　也许……我早该想到这一点……

庆　祥　婶，要真如你想的那样，你是不是后悔把我从豫北叫回来了？

爱　琴　这……

（唱）一句话问得我张口难答，

庆　祥　（唱）这世上就没有不为儿的妈！

爱　琴　（唱）桃妮她莫非真的变了卦，

庆　祥　（唱）我理解她的天平会倾斜。

爱　琴　（唱）年轻人谈恋爱咋像玩耍，

弄不清何为真来何为假。

这件事对小虎打击太大，

真怕他承受不了闹出大差。

让庆祥回豫北或可作罢，

收厂的计划就更为复杂。
小虎呀，是咱的人咱就不用怕，
没情分拿绳拴住也白搭。
这杯苦酒要咽下，
爱琴我不只是小虎的妈。

（白）庆祥，你和桃妮的事，大婶无权干涉！我不会为这事儿让你走！我把你从豫北请回来，说好是要办厂的，你不能不吭声就回豫北呀！

庆 祥 婶，你也放心，我和桃妮的事早已过去！不为办厂，我也不会答应回来！可半个月了，买机床的钱还没有见到一分，再说，厂能收回来吗？婶，你还是让我走吧！

爱 琴 不，你不能走！买机床银行不贷款，可改革的路谁也堵不死！我这几天一直在想县委张书记曾说过的股份制！

庆 祥 对呀，豫北那个厂就是股份制！

爱 琴 就是半坡，有钱人不多！

庆 祥 没钱的可以劳代股！

爱 琴 庆祥，你按豫北的情况帮我尽快拿出方案来，咱开村民大会讨论怎么样？

庆 祥 婶……主意倒不错，可……能行得通吗？

爱 琴 为啥行不通？

庆 祥 上下左右的压力，够多了！有些事儿还得等，还是让我走吧！

爱 琴 庆祥！不能等了！你看看对面坡上，咱半坡等死了多少代人了！从接支书那天起，我就咬了牙印！庆祥，为了咱半坡的父老乡亲，子孙儿女，为了几代人过好日子的梦，一天都不能等了！让压力都冲着我来吧！咱半坡村党支部垮不了！庆祥，无论如何你不能走！婶子我屈膝求你了！

【爱琴双腿欲跪，庆祥震惊，急上扶起。

庆　祥　大婶!

（切光）

第六场

【全场灯亮，爱琴家院子，多了几碇砖。

【爱琴从窑内出来，手里拿着什么东西，显得疑虑重重。

【豹子擦着满头热汗从外进院。

豹　子　我正要找你哩，听说你拦住没让庆祥去豫北?

爱　琴　嗯!

豹　子　你知道不知道他和桃妮又……

爱　琴　我知道!

豹　子　那为啥?你想毁了小虎的婚事?!

（唱）兴家靠的人心齐，

商商量量是好夫妻。

你要念我这个男人还可以，

爱琴呀!

这件事你一定要听我的!

（白）马上让于庆祥回豫北!

房子一盖起，春节前就把桃妮娶过来……

爱　琴　我正要问你，你火抬老营盖房哩，你哪来的钱?

豹　子　钱上的事，不让你发愁。

爱　琴　咱家就那一万零一百五十块，前些时我去省里开会，拿走五十，整地我拿去一百，还剩一万来块钱，你有啥办法？

豹　子　我……借嘛！

爱　琴　借？半坡谁能借出这么多钱？

豹　子　振良答应借给咱……

爱　琴　（拿出那个小包）这三万块钱，是不是他送来的？

豹　子　你……拿我钱干啥！

爱　琴　豹子，你可是个不会撒谎的人，你给我说实话，振良说的有啥条件？

豹　子　说……还不是要继续承包厂！

爱　琴　还说啥啦？你不要瞒我。

豹　子　振良哥说，咱这个厂人家上边不少当官的、行长都有权力股！从今年起，给咱也算一股……

爱　琴　给咱也算一股？

豹　子　现在你是支书、村长！

爱　琴　（震惊）豹子……你接过这三万块钱就（气愤爆发）要同流合污！

豹　子　你……你疯了！恁大声咋呼啥哩？！

爱　琴　（双手捧钱，思绪潮涌）

（唱）钱呀钱你是魔鬼，

你让人喜也让人悲。

你能把贫穷变富贵，

你能把好人变成贼。

你能让小丑居高位，

你能把崇高变卑微。

你能把死囚变无罪，

你能让英雄泪空垂。

非变是，是变非，
黑变白，白变黑。
是非黑白美丑假真你任意为，
说不清你是功臣还是罪魁！
豹子呀，收下它咱和振良成狼狈，
这辈子良心要把亏欠背。
这个交易是犯罪，
三万元现在就送回！

豹　子　你……这钱不能送回去！我要给儿子盖房娶亲！

爱　琴　你不能见这么多钱心就糊涂呀！这三万块钱就算振良还村里的底垫款，我去给他说！（出门走）

豹　子　（怒喝）站住！你把钱给我！

爱　琴　他爹！

豹　子　你不让于庆祥走，又不让振良哥承包厂，你是存心坏咱小虎的婚事呀！

爱　琴　小虎有气，我给他说。（转身走）

豹　子　（上前一把抓住爱琴）你再走一步我打断你的腿！

爱　琴　松开，你疯了！

豹　子　放着好日子你不让过，那咱就不过！

【豹子一拉，把爱琴摔倒在地，扑上去扭着胳膊夺钱，爱琴惨叫一声！

（切光）

第七场

【灯亮，景同前场。

（豹子焦躁不安地在园中踱步，王大叔、田奶奶、大牛、乱子等众多群众，气愤地从窑垴走到院子门口，豹子闻声欲往窑内躲避，众人推开门拥进院子。）

田奶奶　你给我站住！

【一拐杖打向豹子，豹子急忙躲闪。

豹　子　婶子！婶子……

田奶奶　（唱）豹子你咋是一条狗，
谁一吆喝你就下口。
几十人你不分香和臭，
五尺高的汉子把人丢。
打爱琴你咋下去手，
这一次你和全村结下仇。
娃子们找根绳子快动手，
捆起这打人犯往乡上揪。

众　好！（几个人拿绳要绑豹子。）

王大叔　（拉过众人）豹子呀豹子！爱琴是半坡村党支部书记，是一千五百口人举手投票选出来的村长呀！

豹　子　我……

田奶奶　你心黑啦？！眼瞎啦！你没有看这俩月她累得瘦的，操的啥心，出的啥力？！你咋……咋下去手啦！（放声大哭）我可怜的侄媳妇呀！

【振良匆匆进院。

振　良　大家都在啊？

【众不理睬振良。

振　良　（走到豹子身边）我安置好啦，骨折接住啊，咱小虎在那照顾看着哩，我走啦！

田奶奶　站住！振良，这下你高兴了吧？

振　良　看婶说哩，我……

田奶奶　振良，好赖我还是你的入党介绍人，能说你几句不能？

振　良　看婶说哩，别说说，你打也打得，骂也骂得！

田奶奶　振良，你爹是咱半坡老支书！七八年打井出事他把别人推上来，自己被砸死在井里！扒出来时，手还往上举着！全村人哭成一摊泥，三天村里没人动烟火，你忘了没有？

振　良　没有……

田奶奶　可你咋变成这啦？你让财迷了心窍啦！你还像个党员吗？我……我……（一棍打向振良）

（唱）这一棍要打得你睁开眼，
你咋能蒙头跳深渊。
人活世上一辈子，
可不是只图吃穿钱。
半坡村为啥只富了你一个，
这缘由难将众人瞒。
坑了大伙肥自己，
吃肉喝酒你能香甜？
村里人把你脊梁快戳断，
你住着高楼心能安？
百年后半坡人会给爱琴把庙建，

振良呀，你可只会被唾沫淹！

王大叔　振良，这话你得好好想想呀！

【乡上一干部进院。

乡干部　大家正好在。乡上接到县委办公室电话，叫马上把豹子送到县上去。

【众人一时无语，豹子惊恐。

众　省劳模叫打成那样，我想着县上也不会不管！

田奶奶　（又觉心疼不忍）豹子……

豹　子　（几欲泪下）给我拿个铺盖卷吧！

【振良急进窑洞，田奶奶走到豹子身边。

田奶奶　孩子，到县上好好认错！住几天就没事儿啦！

王大叔　咳！

乡干部　快一些，车子在村口等着哩！

【振良拿行李卷出。

振　良　亲家！

豹　子　放心，不管事有多大，我兜啦！

【豹子随乡干部急步走下。

田奶奶　豹子！

王大叔　等等，我也去！

（切光）

第八场

【追光中大牛在等待，秀秀匆匆走上，衣着已非过去。

秀　秀　大牛哥？

大　牛　秀秀！

秀　秀　地整完了？

大　牛　基本完了。昨天豹子叔把爱琴婶胳膊打折了，你知道吗？

秀　秀　（惊骇）爱琴婶胳膊真让打折了？

大　牛　县上已把豹子叔弄过来了！可能要住几天。

秀　秀　那爱琴婶呢？

大　牛　在县医院。

秀　秀　爱琴婶为咱半坡这两年太受难为了……一定得去看看！

大　牛　我就是来叫你，咱一块儿去。

秀　秀　哎呀……赵行长中午要请客，要不你先去？（拿出一张百十元的票子）大牛，你去买些补养品，先给爱琴婶送去。

大　牛　（吃惊）一百？你不是没有工资吗？

秀　秀　这你不用管，拿住吧。

大　牛　（审视着秀秀）你……你是不是……

秀　秀　咋啦？

大　牛　你这钱我不要！

【大牛怒冲冲走，秀秀没追，笑了笑将钱收起。

【切光。

【全场灯亮，县招待所客房。

【工作人员领豹子和王大叔进房。

工作人员　你们先在这等一会儿。

（工作人员下，豹子将行李放在地下，蹲在一边。）

王大叔　不用怕，毕竟是一家人，也不会弄到哪去，我去打听一下情况！

豹　子　你去吧！

【王大叔下。

豹　子　唉！

（唱）都怪我一时气愤失分寸，
如今想来悔恨深。
爱琴今生落残废，
岂不是自找罪受害自身！
仔细想爱琴结婚把门进，
就是个善良厚道好强的人。
干过团支书，领过突击队，
公家事她一向热心认真。
看人家当干部如鱼得水，
有钱花有酒喝又捞又吞。
咱不学那些人心黑手狠，
多少的行点方便有啥亏心。
强收厂你不分亲戚远近，
留庆祥你留下是非祸根。
快过门的儿媳让人勾引，
你不管你不顾算啥娘亲！
一时间怒火起手劲太狠，
伤了她我自己也悔恨痛心！
没想到打媳妇竟然有罪，
看起来我要把黑屋蹲呀！

【**工作人员和县委张书记进房。**

工作人员　豹子同志，张书记来了！

【**豹子急忙站好。**

豹　子　张书记？我……

张书记　（热情地抓住豹子双手）让你久等了，坐呀！坐下坐下！

豹　子　不，我就蹲在这儿！

张书记　放着沙发不坐，干吗蹲地下呀？

工作人员　（为二人倒上水）书记让坐，你就坐嘛！

【豹子不安地跨了个沙发角。

张书记　小王，你请他们吧！

【工作人员下。

张书记　（端水给豹子）山林之中，排行老二，厉害得很呀！哈哈……

豹　子　张书记，我是个野人，性子起来，手下就没了轻重。我不该打爱琴，她是支书，村长，是省劳模……

张书记　你打爱琴了吗？爱琴说是你看她太累，拉着不让她去工地，你一拉，她一挣，摔在地上跌折了胳膊！

豹　子　不！是啥就是啥，是我把她胳膊打折了……

张书记　这么说，是爱琴有意包庇你？

豹　子　是啥就是啥，张书记，该咋办你就咋办吧！

张书记　（发现豹子的行李卷）这是谁的行李？

豹　子　我的。

张书记　带这干啥？

豹　子　打人犯法，我没啥说的……

张书记　哈……哈……我的豹子老兄，你想到哪里去啦！

（唱）豹子老兄你太多心，

这可真冤枉了吕洞宾。

两口子言来语去生矛盾，

家务事何用法律解纠纷。

你说打人把错认，

她说是关心不当误伤身。

糊涂官司不好断呀，

留着你两口子枕头边上辨假真。

今日屈驾请你到，
除了叙谈无他因。
老兄千万别误会，
客厅可不是监狱门。
哈……哈……

豹　子　张书记，我豹子人粗心里明白，我知道从公家方面论，你们都说俺媳妇好！可从私情方面论，她太气人呀！

张书记　坐下慢慢说。

豹　子　你知道，俺那山区，岭岭洼洼九个自然村，走一遍得走五六十里。天晴下雨，刮风下雪，半夜三更她说走就走！自己的媳妇，我能不心疼她！亲戚拿包点心，鸡下个蛋，连小虎我都不让吃，我都逼着让她吃下去！为她当干部，我个大男人，烧锅燎灶，洗洗涮涮，我都干了呀！

张书记　好！这我可得好好向老兄学习！

豹　子　看这说哪去了，咋着也不能向我学习……

张书记　豹子兄，我说的可是真心话！你这个当家人，毫无怨言，甘于奉献，精神可贵啊！爱琴是半坡的当家人，我是咱们县的当家人，不都应当具备老兄这种精神吗？

豹　子　这……嘿……嘿……

（唱）果然是书记会说话，
他让我满腹怨气没法发。
二尺五的高帽我不戴，
我还是心里想啥就说啥。

张书记，我求求你，别让爱琴干了！再干我怕我这个家都团聚不了啦！

张书记　家家有本难念的经呀！不怕老兄见笑，这不，我在招待所吃住半个月了！

豹　子　咋不回家？

张书记　让撵出来了！孩子高中毕业没考上大学，不到半年，穿上了工商干部服，还当了一个管理所的副所长！

豹　子　孩子有能耐！

张书记　什么能耐？！是我老婆托了人情！我让纪检部门一查到底！孩子回家了，老婆就把我逐出家门了！

豹　子　这事你……你办得也太那个啦……

张书记　太咋个了？（不由动容）党和人民要我来当县委书记，是要我为大家办事的！不是让我为儿为女，为亲朋好友谋私利的！咱共产党的宗旨是什么？全心全意为人民服务！党要求的是全心全意呀老兄！

豹　子　那是、那是……

张书记　有的人以为改革开放，党的宗旨也不要了！他们上下利用，互相勾结，利欲熏心、中饱私囊！要让这种人掌权当家，人民还会拥护我们共产党吗！

豹　子　那是、那是……

张书记　在为人民服务这一点上，我不如爱琴同志呀！

豹　子　看你说哩，她咋能和你比！

张书记　是呀，她不是高官，也没有厚禄。率领半坡村民平整了千亩山地，修了引黄大渠，要建成五百个大棚的洛北大菜园……！在工地上我亲眼看到她在帆布篷里睡的麦草地铺，吃那风干了的馒头！我到医院去看她，她地上的鞋里还有工地的黄土！连头发里还夹着土粒。就这样，她还在给我说她们机械厂的股份制……豹子兄呀，你你……你咋忍心下手了呀！（哽咽难语）

豹　子　我……我……咳！

张书记　　听说她挨了打！我痛心！也生你的气！

豹　子　　张书记，我……

【**小虎搀扶着吊着胳膊的爱琴进来。**

爱　琴　　张书记……

张书记　　哟，爱琴来了！（急扶爱琴坐沙发上）豹子兄来看你了，俺弟兄俩唠了一会儿。你们俩先坐，我去安排一下，马上就来。

【**张书记出门，又招手让小虎出来。**

张书记　　走，帮我办点事！

【**张书记、小虎笑下。**

豹　子　　（羞愧不安）伤……啥样？

爱　琴　　没啥事。

豹　子　　我……是失手啦……我都给张书记说啦……

爱　琴　　家务事，别乱说。哎，你来啦，正好叫大夫检查一下你的腰。

豹　子　　不用，我没事！

爱　琴　　我都给王大夫约了！

豹　子　　爱琴……我……

（唱）原谅我是一个蠢马笨牛，
火头上无轻重后悔难收。
你受伤住医院我心难受，
想来看你又怕见你羞难抬头。

爱　琴　　（唱）两口子格点气谁家没有？
过去事就过去莫把气留。
夫妻间吵两句难分薄厚，
再莫说客套话让人害羞。
这两天在医院我想前想后，
想起你受难为暗把泪流。

这两年家里罪全让你受，
做妻子没给你分忧担愁。
眼见你一天天又黑又瘦，
又心疼又无奈常把心揪。
这一次你动气我伤了骨肉，
就算是惩罚我虑事不周。
乡亲们不理解对你又骂又咒，
你也学宰相肚里能撑大舟。
你媳妇啥脾性你已摸透，
认准了一条道就不回头。
当个人要知道啥香啥臭，
为自己损大伙骂名千秋。
相信你不糊涂能分良莠，
他爹呀我的好男人，
妻盼你帮助我爬坎过沟。

豹　子　张书记啥理儿都给我说了，我是怕桃妮真变了心，咱小虎受不了呀！

爱　琴　这两天我啥话都给小虎说啦，咱小虎不是窝囊孩子，不愁找不下好媳妇！

豹　子　论理也是，强绑不是夫妻。

爱　琴　他爹，咱不能在这儿啦，我听说张书记是想叫咱吃饭哩！

豹　子　咦！那咋能行！哪有县委书记请咱小百姓哩！要是这，咱们赶紧走！

【二人拿东西欲出门，桃妮跑进。

桃　妮　（哭着扑向爱琴）婶！

爱　琴　桃妮，这是咋啦？

桃　妮　　婶——

（唱）俺家不知得罪什么人，

大门口挖沟堵住了门。

不能出不能进，

要把俺逼出半坡村！

爱　琴　　胡来！谁这么大胆？

豹　子　　太不像话了，大门口挖沟这是断人路哩！

爱　琴　　桃妮，别哭，走，咱马上回村，查清楚一定从严处理！

【振良一步踏进门里。

振　良　　不用查了，沟是我挖的！

众　　　　什么？你挖的？

振　良　　是我挖哩，是我自己断了自己的人路！我在半坡村咋活成这啦呀！（蹲地下号啕大哭，众相劝）

爱　琴　　振良哥，你别这样，挖沟的事，我一定从严查办。

振　良　　（慢慢擦泪站起）爱琴，自你挨打住院，我见到了人心呀！田婶那一棍打得好呀！门前这沟挖得好！论说支书改选，我没有一票，都该醒啦！爱琴，我来是给你送点钱，村里买车床用吧！（将包交爱琴）

爱　琴　　振良哥，你这钱……

振　良　　爱琴，账回去再算。村里该得的给村里，我该得的，算我入股。给我个机会吧！打死我也不能走庆祥他爷那条路呀！

【振良说罢，伤心地出门离去，爱琴叫着追出。

豹　子　　桃妮，走，咱也走吧！

【二人跟下。

【少许，张书记、小虎提酒、食物进来。

张书记　　服务员，人哩？

服务员 他们都走了！

张书记 （少思）小虎，拿上东西，走，上半坡村去！

【二人出门，走。

【起合唱。合唱中现原野的半坡上，张书记追上爱琴等，相拥成造型。

（合唱）冬去春来绿半坡，

桃杏李花醉颜酡。

最美春色人心中，

希望的田野荡春歌。

【合幕。

（剧终）

【歌舞神话戏曲】

牡丹仙子

编剧　李学庭

人物表

牡丹仙子（又名水妹子）

邙山哥

桑女甲、桑女若干

西王母

太白仙

护法神　四

芍药等花仙若干

鼠姑等若干

村民若干

瘟王

瘟卒甲、乙若干

觋汉甲等四人

女巫甲乙等四人

舞蹈演员若干、群众若干

第一场

【深不可测的天庭，云罩雾绕，隐约显现矗立于舞台正中央的天门牌楼。

（伴唱）昊昊天庭几曾宁静，
阴阳搏杀你输他赢。
从来天心不可测，
谁能料雨露雷霆。

【太白金星天门前宣旨。

太　白　诸神听旨：牡丹仙子劾奏瘟神私入凡间、祸害生灵一事，查：皆为天下太平日久，百姓富而骄纵，道观荒芜，侮慢神灵，对天不敬。瘟神布瘟疫以示惩戒，无罪有功。允其人间建庙，供享牺牲；牡丹仙子妄奏失据，嫉贤妒能。着西王母将其囚禁三年，悔过自省！钦此！

【玉皇万岁、万万岁声中，云雾渐退，显匍匐听旨的西王母、牡丹等花仙，还有瘟神。

【在瘟神的狂笑声中，西王母接旨，众花仙神情黯然。

【瘟神急不可待地走到太白身边。

瘟　神　太白仙翁，玉帝英明，奖惩公正。小神斗胆尚有所请。

太　白　讲。

瘟　神　小神对天忠心耿耿，却遍遭嫉恨，无妻少朋。恳请玉皇将牡丹赐婚小神，使我族类繁盛！

太　白　她乃阳神，你是阴神，善恶相悖，水火不容，断不能行！

瘟　神　阴阳当交合，善恶可相融。牡丹若遂了我意，可免她三年面壁之惩。恳求仙翁代小神陈请！

太　白　岂有此理！官司你已赢了，不可得寸进尺，过于绝情！速到人间建你的瘟庙，享你的香供去吧！

瘟　神　这……（背身狞笑）牡丹呀牡丹，我决不会放过你的！

【瘟神挑衅地从牡丹等花仙中狂笑而过，扬长而去。

西王母　太白仙翁，玉皇怎能如此骄纵瘟魔？这官司断得不公！

众花仙　断得不公！

太　白　西王母呀！

（唱）玉皇也喜人尊崇，
岂能忍轻慢天庭与神灵。
自从瘟神降瘟病，
人间是处处焚香上供祷告声。
此声犹胜九天乐，
西王母呀你这官司怎打赢！

牡丹仙子　仙翁！

（唱）百姓有错当惩儆，
怎能让瘟煞肆虐夺性命？
你往人间看一看，
凄凉景象人心惊！
多少家妻离子散悲声恸，
漫山遍野起坟茔。
为神祇不能护百姓，
枉受香火枉耽名。
求仙翁玉帝驾前再陈请，
禁杀瘟魔布欣荣。

太　白　（唱）我也是甘草一味无大用，

但求无过不求功。

劝仙子认错去自省，

面壁三年求安生。

西王母，请你遵旨行事，小神告退了！（下）

西王母　送太白仙翁！

牡　丹　西王母，如此那瘟魔更会变本加厉祸害百姓，您老不能不救啊！

众花仙　您老不能不救啊！

西王母　唉！如今玉皇旨意已下，我又能如何？牡丹，你就遵旨闭门三年自省去吧！你们也各归仙所，万不可再惹是非！

众花仙　是！

【众伤心地看着伫立不动的牡丹仙子。

西王母　牡丹莫非你要抗旨吗？

牡　丹　西王母呀！天上一日，人间数载，小神闭门思过三年，岂不是一任那瘟魔肆虐，残害生灵！

西王母　御旨已颁，你还有力回天吗？

牡　丹　小仙虽无力回天，可愿入凡间，与那瘟魔拼死相争！

西王母　大胆！你不要命了！

牡　丹　小仙抛却神职，留命又有何用？

西王母　你若抗旨不遵，私入凡间定要祸及众位姐妹，你难道不知轻重？

牡　丹　西王母呀！小仙神职乃是为百姓吉祥富贵而设，倘若任百姓遭受瘟害之苦，我却苟活偷生，活不如死！实难遵旨从命！我要与那瘟魔以死相争！恳请王母放行！

西王母　你……你若执意下凡，我就只好解除你的仙体，逐出天庭！

众　　　不能解除仙体！万万不可呀王母！

芍　药　牡丹姐姐，你若解除仙体，怎能再与那瘟魔抗争？西王母万万不可呀！

众　　　牡丹姐姐，你就忍了吧！

牡　丹　我……我……西王母，我知您也不忍心百姓遭受瘟害，求您老网开一面吧！（跪）

众　　　（齐跪）求您老网开一面吧！

西王母　你们……你们要我如何是好？牡丹若执意下凡与瘟魔相斗，我就得解除她的仙体！我若不解除牡丹仙体，私放她到人间，玉帝岂不要了我等性命？！

众　　　牡丹姐姐……那瘟魔早觑姐姐美色，无了仙体岂不是羊入虎口？妹妹……忍了吧，万不能去了仙体呀！

牡　丹　这……

（唱）仙体功法千年修，
一旦解除功全丢。
无功怎与瘟魔斗，
唯有悲悯血泪流。
面壁三年小命有，
苟且偷生低下头！
它日纵使花锦绣，
难除愧疚心上留。
心蒙垢，万古羞，
空有仙体魂魄丢。
罢罢罢……牡丹形柔骨执拗，
香消玉殒不降仇。
宁死芳心不愧疚，
决不面壁做佝偻！

牡丹回王母话，小仙断不为一己微命苟且偷生，我去意已决！

西王母　你你……我只得……你还是要三思呀！

众　　　姐姐！不可呀……万万不可呀姐姐！

牡　丹　　百姓受害，我生不如死，我更不能连累你们。王母，小仙愿舍仙体！

众　　　姐姐……

西王母　　你……你愿舍仙体？

牡　丹　　愿舍！

西王母　　你……你不后悔？

牡　丹　　我不后悔！

西王母　　你这个犟丫头！那就休怪我无情了。护法神来者！

【四护法神应声而上。

护法神　　王母！

西王母　　解除牡丹仙子仙体，打入凡间！

护法神　　遵神旨！

【四护法神，高擎法器，四道神光围罩牡丹。牡丹仙子痛苦得旋转翻滚，仙衣件件脱落……

众　　　（跪地求告）王母留情！王母留情！

西王母　　住！念她也是一片爱民之心，我就违旨担责，给她留下一丝仙脉，将牡丹抛入河洛去吧！

护法神　　喳！

【在众花仙的呼唤声中，四护法神高高举起牡丹，走向中天抛下。

【起无字歌，云雾蒸腾，弥漫整个舞台。切光。

第二场

（伴唱）天上过一日，
人间十余冬。
向阳人家近洛水，
婷婷女儿已长成。

【洛水岸边，正是柳抽柔枝，桑吐嫩叶时节，远远近近，几丛桃花梨朵，使沃野明媚而富生机。

【一群采桑女，臂挽竹篮，歌舞于桑林间。起采桑舞。

（伴唱）采桑采桑风吹我裳，
采桑采桑春色满筐。
采得蝶舞鸟儿唱，
采得歌逐洛水长。

【邙山哥，一个结实阳光的农村小伙。他手持弓箭，奔跑至洛河边，期待的目光，急切地在采桑少女中寻觅着。

邙山哥　（唱）我追着香獐跑，
我循着雉鸡翔，
北邙飞奔至洛水旁。
啊……
我日思夜想的少女呀，
你在河之洲在水一方，
我的心日夜在你身边徜徉。
成双成对的水鸟啊，
你们朝夕相伴关关鸣唱，

何时我才能对她一诉衷肠。

一丛丛荇菜清水中漂荡，

翠玉般的色彩犹如她的裙裳。

啊淑静美丽的姑娘啊，

我何时才能弹着琴儿娶你进房。

【调皮的采桑女，从背后悄悄扯夺邙山哥的弓箭，逗闹出串串笑声。

桑女甲　邙山哥，你手持弓箭，是要在洛水中射鱼吗？

【众笑。

邙山哥　我是……追逐一只香獐，在此略作歇息。

桑女甲　你瞧，你要追逐的香獐在那儿呢！

【众从桑林中推出水妹。她容貌依然是牡丹仙子，但人已是村姑水妹了。

【邙山哥欲盖弥彰地要走开，被桑女甲拉住。

桑女甲　哎呀呀，马上就是你的新娘子了，咋还这么害羞呢？

众　我们可都等着喝喜酒呢！

水　妹　别逗了。（冲桑女甲）你母亲的病可好些了？

桑女甲　就是要给姐说呢，不光我妈，俺村几个病人吃了你给的草药都大好了！都说回来要谢姐呢。

水　妹　谢什么。那些草药还是你邙山哥上山采的呢！

邙山哥　不够说一声，我再去采。

桑女甲　哎呀，看我多不懂事！姐妹们，咱们是不是该走了？

【众答应着笑着没入桑林。

【邙山哥折一柳枝，吹着柳笛走向水妹。

【水妹丢却羞赧，深情地面对邙山哥。

邙山哥　（唱）忆那年吹柳笛，

与妹相识在花畦。

水　妹　（唱）婉转悠扬笛一曲，

声声入耳动心扉。

邙山哥　（唱）惊见人比花俏丽，

医病的本领更称奇。

水　妹　（唱）草药偏方是小技，

聊解乡亲燃眉急。

邙山哥　（唱）从此后妹就住进我心里，

情如涛水要破堤！

无人处我喊的都是水妹你，

见了面求爱的心声口难启。

妹好比天鹅展翅在云际，

我山间樵汉怎企及！

水　妹　（唱）穷樵汉、种花女，

柴门正好傍竹篱。

好花更恋好土地，

鱼水帮衬两相宜。

邙山哥　（唱）妹不嫌樵汉破衣履，

允订婚约哥感泣。

水　妹　（唱）从此后哥帮我采药冒风雨，

从此后哥花田劳作忘渴饥。

转眼两年已过去，

哥呀哥迎娶事不该等着让妹提。

邙山哥　（唱）我天天都想着把妹娶，

可难以张口唯叹息。

两孔窑洞漏风雨，

过门去妹妹太受屈。

水　妹　（唱）漏雨山草可遮蔽，

有爱凉水也是蜜。

只要和山哥在一起，

水妹今生愿亦足。

邙山哥　（唱）妹心似金子与宝玉，

深情感我热泪滴。

禀告爹爹就迎娶，

荒乱年顾不得择日凶与吉。

水　妹　（唱）相爱天天都吉利，

勤勉苦寒变富裕。

从今后咱夫妻同心下力气，

安居乐业自有期。

二人合　（唱）咱夫妻同心下力气，

安居乐业自有期！

【二人偎依在一起。

邙山哥　好妹妹，你真的不嫌破洞烂窑？本想着盖上两间草房再……再……

水　妹　黄土窑冬暖夏凉，我喜欢！

邙山哥　好呀，那就马上迎娶！过门后咱一起在邙山上种花，你闲了还给乡亲们看病，我依然上山采药打猎！

水　妹　说起医病，前几日我医了几个瘟病。听说崤函一带瘟疫流传，已渐向东来了！

邙山哥　我也听说熊耳山一带瘟疫肆虐，世事如此不宁。咱的事早办了，也好有个照应，我这就回去给爹说！

水　妹　嗯，我等你的信儿！

【隐隐传来雷声。

邙山哥 春天怎么有雷声呢?

【一阵黑风扫来。

邙山哥 不好！天要变了。水妹，待我送你回家……不好！

【一声炸雷，黑风四起，黑风中众采桑女随风翻滚，犹如飘叶。水妹与邙山哥被卷向两边。瘟魔跳“黑风舞”。

【黑风中心，渐显瘟魔及爪牙。

瘟　神 （狂笑）哈哈哈哈哈……

（唱）最爱看遍野尸陈，
最惯听盈耳悲音。
牡丹被贬身带罪，
难逃我的手掌心！

瘟　神 本王所到之处，无不建庙上供。不想在这河洛一带，竟有人医好了瘟病！

小　瘟 如此下去，谁还会惧怕我们呢?

瘟　神 多方打听，方知那牡丹仙子解除仙体之后，就被抛在这河洛一带。定是她还在与我为敌！徒儿们！四下寻找，抓到她，还要她做爷的瘟夫人！

小　瘟 回瘟王，河洛一带千门万户，一时不知那牡丹投胎谁家呀！

瘟　神 告知这些村落的觋汉女巫，十日内若不献出牡丹投胎的村姑，我要他们的小命一个难留！

众　瘟 是！

【瘟魔的狞笑声中。

（切光）

第三场

【瘟疫横行的河洛，一片凄凉景象，丧幡飘摇中，一对对送丧人，行进在往北邙的路上。

（伴唱）凄惨惨亡人向北邙，
悲切切死别泪千行。
可怜百姓生无望，
呜咽洛水哭凄凉。

【四觋四巫招摇舞上。

觋　巫	（念唱）天灵灵地灵灵， 四脚忙如走马灯。 寻找少女瘟王供， 祈求村落免灾星。 嗨嗨弥呀嗨嗨陀！ ………
觋　甲	老天爷呀！不得了啦！俺村老人全撂倒了！
觋　乙	俺村昨天抬出五口棺材，还有六个等着葬埋！
女巫乙	各村情形都一样，赶紧得找出瘟王要的那姑娘！
觋　甲	这两天送去几十个，瘟王见了就发火，全不是他要找的那一个！还剩一天了，谁知道这闺女在哪儿躲！
众	找不出来都难活！
女巫乙	我……我说，我村有个闺女叫水妹，方圆百里数她俊！你走到她身边，还能闻到一股花香味。
众	啊！主贵！贵人！

女巫乙　　这闺女能用草药为乡邻治病疗疾，不瞒大伙，我前些日染病在身，就是她送的汤药帮我治愈的！

觋　甲　　这女子是有些奇！瘟王要找的姑娘，看来是她无疑！走，快带大伙去抓这个水妹子去！

女巫乙　　不可呀！不可呀！水妹善良贤惠，我要带你们抓了她，全村人都会把我记恨！况且那水妹子早就许配给了邙山哥，听说今天就要拜堂成亲！

觋　甲　　呀！那更不能耽搁了！她若拜了堂成了亲，瘟王怪罪，大祸降临，时不我待，赶快抢人！走！

众　　走！

【众在嗨嗨弥的吟唱中推拉女巫甲同下。

第四场

【水妹子的黄土窑洞内，红灯辉映，几个采桑女正给待出嫁的水妹子梳妆。

（伴唱）天生丽质小嫁娘，
无须费心再梳妆。
娉婷腰肢三春柳，
麻衣着身胜绸裳。
只可惜瘟疫肆虐多魍魉，
停了轿，免了乐，佳期难消人心慌。

【水妹娘从门外匆上。

桑女甲　　迎亲的人来了吗？

水妹妈　还没有。亲家翁是强撑着为儿子办这场喜事！

桑女甲　不会有变故吧？

水妹妈　昨晚都说好了，不会有甚变故。你们也忙了一早，先回去休憩一会儿，待人来了，我再请你们小姐妹过来为水妹子送行。

桑女甲　也好，如此咱们先去了吧。水妹姐，待会儿再来送你。

水　妹　谢众姐妹这时还来送我！

【众采桑女下，水妹妈不安。

水　妹　妈妈，不要着急，不会有事的。

水妹妈　我的宝贝女儿呀！

（唱）娘的女儿娘的宝，
娘的心肝娘的娇。
有了儿娘的人生有欢笑，
有了儿天大的忧愁也全消。
我女儿自小懂事明孝道，
十岁上就能帮娘育花苗。
我女儿无师自通医术妙，
更有那醉人的香气随身飘。
乡亲们见儿都说菩萨到，
娘人前也被敬得高。
全村人谁不羡慕娘命好，
是苍天念娘仁善赐姣姣。
娘眼里乖女儿还是小莺鸟，
谁料想转眼展翅要离巢。
本应当倾其所有鼓乐闹，
偏遇这灾病年月人心焦。
仓促间送儿出门陪嫁少，

过门去还让我儿住寒窑。
喜日子娘本当为儿高兴为儿笑，
可眼下这嫁女分明是把荒逃。

水　妹　妈妈——
（唱）妈妈莫流泪，
妈妈莫心焦，
喜日子咱应该喜上眉梢！
你看那苑中的花儿朵朵笑，
映衬我新娘子百媚千娇。
你看那枝头的鸟儿又歌又跳，
祝福我今日要欢渡鹊桥。
百鸟为我奏鼓乐，
百花为我绣嫁袍。
邛山哥今日迎娶水妹子，
处处是山欢水笑喜乐飘！
儿不嫌妈妈备的嫁妆少，
儿不怕无轿无乐人讽嘲。
儿不羡深宅高门金光耀，
儿喜欢邛山哥的黄土窑，
只要有恩爱勤劳两双手，
小日子芝麻开花节节高。
过门后山哥狩猎采药草，
女儿莳花把病瞧。
和山哥相亲相爱敬二老，
和善人家乐陶陶。
虽说女儿出门去，

邙山洛水一步遥。

水妹我永远是妈的小棉袄，

妈在哪儿哪就是女儿的小暖巢。

等姥姥再将外孙抱，

怕妈妈忙得吃不消。

妈呀妈，我的好妈妈，

到时候你可别为躲清闲一边逃。

【门外一阵喧嚷，桑女甲匆上。

水妹妈　是不是迎亲的人来了？

桑女甲　不是。水妹姐，都怪我妈说漏了嘴，许多觋汉女巫就要来抓你献于那瘟王！

水　妹　献于瘟王？！

水妹妈　这如何是好？！

桑女甲　（拉起水妹）快，你随我躲一躲！

【水妹等欲出门，众巫婆觋汉拥进门来，女巫甲胆怯地直往后躲。几个觋汉围着水妹子察看。

觋汉甲　天生俊丽，花香扑鼻，是她无疑！

众　是她！是她！就是她！

水　妹　你们不是来祝贺我新婚之喜的？你们要干什么？

水妹妈　是啊，你们这是为何？

觋汉甲　实言相告，我等受瘟王委派，寻找一美貌女子献于瘟王！几日来送上几十个，俱不是瘟王要的那一个。今天才知晓，（指水妹子）她就是瘟王要找的美女。望大姐献出女儿，救救大伙！

众　献出女儿，救救大伙！

【觋汉女巫跪地紧逼。

水　妹　妈妈，他们想把我献于那瘟魔？！

水妹妈　我女儿今日出门，迎亲人马上就到。你们可莫要作恶！

桑女甲　（走到女巫甲身边）妈，快让他们走！

女巫乙　我……我也是无法了！

觋汉甲　（起身，众巫皆起）现在是瘟情如火，你不答应也得答应！我们来时已差人告知瘟王，你已无处可躲！

水　妹　妈妈，快叫邙山哥来接我！

觋汉甲　这事有几个自己乐意的，咱动手吧！

【众觋汉女巫动手抓人，水妹子与妈妈、桑女甲等躲藏撕扯。邙山哥飞跑而上。

邙山哥　住手！

水　妹　邙山哥！（扑入邙山哥怀中）

邙山哥　她是我的新娘子，你们要干什么？

觋汉甲　把她献于瘟王，你也积了大德，抓人！

【众觋汉女巫抓水妹子，邙山哥打倒几个，将水妹子推出院门。

邙山哥　（奋力拦住觋汉、女巫，对水妹）快跑！接你的人在村头等着呢！

水　妹　邙山哥……

邙山哥　快走！

水妹妈　快跑！

【桑女甲飞身拉住水妹夺路跑下。邙山哥和觋汉搏斗。瘟卒上，布放瘟气，邙山哥倒下被缚。

瘟　卒　那女子呢？

众　　　跑了！

瘟　卒　跑不了，追！

【水妹妈爬起欲拦，被瘟卒劈倒，瘟众追下。

（切光）

第五场

【瘟王庙前，广场正中竖一高杆，染瘟的邙山哥赤体被绑在杆柱上。

乌云四布，杀气腾腾。

瘟　王　（气急败坏）

（数板）跑了水妹女，

抓了她情郎。

只要钓饵在，

等尔自投网！

听着！马上抓回你的水妹子，她若乖乖顺从于我，本王就放你一条生路，若其不然，即刻要尔的小命！

邙山哥　老天怎么会容你这样祸害百姓的恶魔！

瘟　王　哈哈哈……玉帝还允我遍建瘟庙，尽享人间香火呢！哈哈哈哈！

邙山哥　总有一天，百姓会烧了你的瘟庙！

【瘟卒甲等奔上。

瘟　卒　禀大王，那女子她她她……

瘟　王　她怎么样了？

瘟　卒　我等降下瘟气，竟然伤不了她，她……她跑掉了！

瘟　王　她竟然不曾染瘟？

瘟　卒　她身带香气，可避瘟御邪！

瘟　王　身带香气避瘟御邪？（思度）定是那西王母阳奉阴违，还给她留有仙脉。这女子定是牡丹转生无疑！好！牡丹呀牡丹！怕你这次就难逃我的掌心了！

邛山哥　想抓到我的水妹子，你是痴心妄想！

瘟　王　（挥手一道黑气，邛山哥垂首无语）将他吊至杆顶！

【瘟卒将昏迷中的邛山哥吊至杆顶。

小　瘟　大王，干脆宰了他算了！

瘟　王　你懂什么，那牡丹生性不惧我等厉害，她怎会不来救她的情哥？这就是抓住牡丹的钓饵。尔等听着！

众　嘿！

瘟　王　四下设伏，那牡丹今日不来，明日必至！只要她来，你们就与我拿下了！

众　是！

【瘟王下。

瘟　卒　（对觋汉）过来过来！你们将眼睛睁大，在此守着，有事叫爷就来！

觋　汉　是……是……

瘟　卒　跑了一天，料她今日不会来救，我等且到那边歇息去！

【众瘟卒下。

觋　汉　（招女巫）过来！过来！

【女巫等上。

觋　汉　你等在这儿看着，那女子再傻，今晚也不会来，你们看着就是了！哎呀累死了！（下）

女巫甲　你们累，老娘就不累吗？（不满地吩咐女巫）反正今晚也出不了事。咱就分坐四周，轮流着睡会儿。

【众横七竖八躺下睡去。女巫甲拉乙，二人巡视四周。

【中心区舞台灯暗。

【另一光区灯亮，水妹子潜上。

水妹子　（唱）苍天佑水妹我未染瘟病，

万死之中幸逃生。

山哥被缚在险境，

救山哥顾不得吉与凶。

潜至瘟庙探动静，

四下果然伏犬鹰。

猛然见山哥高吊旗杆顶！

啊！

我心头吞刀滴血疼！

见山哥垂首人不动，

莫不是已被瘟魔害性命？

没想到今日佳期成丧期，

是水妹给哥带灾星。

山哥呀哥没命妹要此命有何用，

咱生生死死一路行。

人不畏死百倍勇，

虎口拔牙入魔笼！

【水妹欲走向旗杆，桑女甲匆上拉回她）

桑女甲　水妹姐，你这不是送死吗？！你没看到这四下都有埋伏？

水　妹　（悲恸欲绝）山哥已经奄奄一息了！倘若山哥不在，我亦不愿偷生！要死死在一起！

桑女甲　你知道吗？你逃跑后，大婶她……

水　妹　我娘怎么样了？也染上了瘟病？

桑女甲　大婶……已被瘟卒害死了！

水　妹　啊！（一阵眩晕，被桑女甲扶住）娘啊！

桑女甲　水妹，现在只剩你一人了，千万不能再去冒险送死！

水　妹　（止泣拭泪）娘是为我和山哥婚事被害！我若不救出山哥，娘的命不是白送了吗！我定要救出山哥！

桑女甲　（拉回水妹）既然这样，让我先去探探虚实。

水　妹　你去？不！

桑女甲　我妈就在那旗杆下巡看，我去会没事的。你且在此稍等！

【桑女甲走向旗杆处，此处灯暗。

【舞台中区灯亮，山哥依然被吊在杆上，众女巫散睡在旗杆四周，桑女甲悄悄摸上，拉过女巫甲。

女巫乙　（惊）谁？你……

【桑女甲急捂母亲嘴，拉到一边。

女巫甲乙　（压声）你咋摸到这儿了？快走！

桑女甲　妈，是你出卖了水妹子，你知道全村人都恨死你了！

女巫乙　我……也是怕瘟王加害大伙……看到水妹山哥的事弄成那样……我也后悔呀！

桑女甲　妈，你知道全村人离不开水妹子，你一定要帮她！

女巫乙　她不是跑了吗？叫她们千万不敢来救山哥，人家这是设套等她钻呢！

桑女甲　可水妹一定要救邙山哥！你什么也别说，你要将功折罪！

女巫乙　我……咋帮呀？万一要是……

桑女甲　没什么万一！真出了事，我和水妹姐一起死！（向水妹躲藏处招手，水妹上）

女巫乙　那你们快……我……

【水妹、桑女甲在女巫乙的掩护下，小心绕过觋汉女巫至杆下，女巫乙又帮解开绳索，将山哥从杆顶滑下。水妹背负起山哥走，不小心把一女巫甲惊醒。

女巫甲　谁！有人！

【一声惊呼，众觋汉女巫纷纷醒来！桑女甲急推水妹下，自己张扬着向另一方向跑下，引得众觋汉女巫叫着追下。

（切光）

第六场

【伏牛白云山间。白云涛涌中，飞泉流瀑和着鸟鸣，红白山花在绿色的山树丛间闪耀。

【这里是一片世外桃源般的仙境。

【山溪边，一块大如床榻的巨石上，躺着昏迷不醒的邙山哥。水妹子巾蘸溪水，在为山哥擦拭着。

（伴唱）白天躲　黑夜逃，
拼力逃至深山坳。
身离险境瘟病在，
邙山哥命悬一线无药疗！

水妹子　（呼叫）山哥！山哥！
（唱）山哥山哥我呼又叫，
依然是木然无知眼不瞧。
浑身滚烫似火烤，
气若游丝几欲消。
为医病我踏遍山坳采药草，
疗效全无尽徒劳。
救山哥稽首滴血祷又告，
山哥却一日更比一日糟！

难道说俺舍生忘死脱魔爪，

就逃不出阴曹地府路一条？

进山来石洞栖身虫叮咬，

挡风御寒靠山茅。

山石垒起遮风灶，

无米只有水一瓢。

山哥瘟病治不好，

水妹随哥赴阴曹。

山哥呀声声唤你可听到？

你不能空将水妹一人抛！

为救你母亲丧命我难尽孝，

为救你桑女妹怕只怕也将瘟害遭！

你千万千万不能倒，

咱死处求生不动摇。

我这就下山去把良药找，

冒险要将活路逃。

松枝为杖我强上道，

（疾走几步，一阵眩晕几欲倒地）

举步忽觉山飘摇……

（伴唱）心力纵比山大小，

身如黄叶风中凋。

【山妹訇然倒在山石旁。

【少许音乐声中，白云山漫山的小白花鼠姑——牡丹的原生前身，在山风中若万千白蝶展翼。旋即花朵幻化为一群素衣少女绕水妹翩翩起舞。似怜惜，又无奈，欲呵护，又无策。一阵清亮的笑声后，白云涛中显西王母和芍药等花仙。鼠姑即

伏地跪迎，西王母等踏云而降。

众　　鼠姑迎西王母大驾。

西王母　　都起来吧。牡丹虽逐入凡间，依然是我族类。今日有难，我们不能不管。快唤牡丹醒来。

【众花仙执拂尘轻拂水妹，水妹若沉睡醒来，乍见王母和众花仙相围，惊愕不已。

水妹子　　你们是……是……

芍　药　　牡丹妹妹，你不认识我们了吗？

西王母　　哈哈哈……她自入凡间，往事俱忘。让我来告诉她吧！

（唱）休吃惊　莫愕然，
你原是大上牡丹仙。
因告瘟魔遭逐贬，
投胎凡间十六年。
不意今日遇大难，
我等相助到人间。
急急律令口中念，
记忆速将过往连。

水妹子　　（唱）她那里急急律令随口念，
我心里春风拂过帷幕掀。
叮叮咚咚熠熠闪闪，
过往事清清亮亮在眼前！
曾记得玉皇宣旨我争辩，
因此遭贬到今天。
西王母呀！
（腾地跪倒王母面前）
瘟魔他又加害俺，

山哥染瘟命在悬。

恳求王母救良善，

将俺二人来成全。

西王母 你呀，只记得你是水妹子，忘了你还是牡丹仙呀！

（唱）天上只是一眨眼，

牡丹的心性你快忘完。

牡丹本是富贵花，

佑百姓幸福吉祥与平安。

可你呀你，

百姓遭瘟全不管，

只一心背负山哥逃进山。

山下边，

瘟魔尚在逞凶焰，

你心里只有你山哥的危与安。

当年的牡丹今不见，

再不醒悟铸罪愆。

众花仙 （唱）水妹子你是牡丹仙，

快返本性还本源。

水妹子 （唱）王母将我来指点，

众花仙声声为我唤本源。

猛醒悟水妹我本是牡丹，

佑护百姓任在肩。

王母呀！

农家日子已过惯，

失去仙体变愚顽。

感谢王母点化我，

水妹始觉返从前。

西王母　牡丹，（从此水妹子改叫牡丹）十余日前，你从瘟魔手中逃脱，他就知道我还为你留有仙脉。

牡　丹　我生下就身带香气，今日才知原是王母所赐。

西王母　为此事，那瘟魔又在玉皇面前告我阳奉阴违，悖旨徇私。

牡　丹　莫非我又连累王母了吗？

芍　药　自姐姐被贬凡间，王母从未忘却姐姐，今日知道姐姐有难，背着玉皇带我们前来帮你。

牡　丹　你们今日不来，怕我和山哥都要死在这荒山野涧了！

西王母　牡丹，（手指鼠姑）你可认得她们？

牡　丹　不……不认得这些神仙姐姐？

芍　药　她们名唤“鼠姑”，原是牡丹族中的姐妹。

众鼠姑　拜见仙子！

牡　丹　不……不不不，我已不是仙子了。

西王母　牡丹，你虽失了仙体，可不能只知儿女情长呀！

牡　丹　王母，我……

西王母　当初你甘愿解除仙体，被贬人间为了什么？你逃进深山，你的妈妈和多少百姓俱都死于瘟疫，你就全然不管了吗？

牡　丹　啊……母亲！桑女妹妹……我……我……

（唱）西王母一席话醍醐灌顶，
又难过又惭愧无地自容！
乡亲们染瘟病父母丧命，
我心里却只有儿女私情。
为牡丹我忘却使命神圣，
为水妹失孝道人伦不恭！
牡丹我今日是大梦方醒，

牡丹魂不可丢要把重任担承！
此身虽无功法在，
此命愿为百姓生。
斗瘟魔，佑百姓，
布吉祥，祈安宁！
拼一个香消玉殒要唤回春风！
牡丹就此辞别王母！

西王母　慢！那瘟魔残暴成性，你单人独骑，岂是它的对手？让鼠姑姐妹与你一同下山，驱退瘟害，我还要招你返回天庭。

牡　丹　招我返回天庭？

西王母　牡丹，那瘟魔如今人间盖的瘟庙，比玉皇的庙宇还多！诸神早看不惯，它失宠时日不远。等待时机，我会禀明玉皇，再招你返回天庭。你我就此别过了！

【西王母挥动拂尘，大石上山哥翻身坐起，白云飘过，西王母等踪影已无。牡丹惊喜地叫。

牡　丹　山哥！

邙山哥　水妹子！（二人激情相拥）

（切光）

第七场

【洛河岸畔，邙山脚下。

（伴唱）辞别白云归故园，
洛河岸畔种牡丹。

花香驱邪气，
丹根制药丸。
化瘀血，驱风寒，
消除瘟病还笑颜。
百姓不向瘟魔跪，
种花育花敬花仙。

【伴唱声中，牡丹和山哥将一棵棵牡丹花苗送给四方来的乡邻。

众乡邻在牡丹、山哥的帮助下，提水浇灌种下的牡丹。

桑女等将熬好的丹汤送给染瘟的老人。

众人服下汤药，顿感清爽，抛杖欢笑。

洛河两岸牡丹花苗在春风中摇曳，人们沉浸在欢快的笑声中。

突然，阴云密布，纷纷扬扬飘起了雪花。众人一片惊慌。

山　哥　水妹，怎么突然降起了大雪？

众　天呀，这下牡丹花苗非冻死不可！咋办呀，水妹子？

桑女甲　姐姐，牡丹可是咱驱瘟的良药，万万不能让冻死呀！

牡　丹　（看天）大家不要惊慌，分头快找些秸秆、稻草，将幼弱的花株遮护起来！

山　哥　对，大家随我来！

众　好！（众人随山哥下）

牡　丹　（看天思索）这雪下得邪性！

（唱）陡然四月下大雪，
霎时冰雪封山河。
此时怎有大雪降，
八成又是那瘟魔！
自乡亲遍地种牡丹，

瘟魔分明大受挫。

有牡丹就可驱瘟病，

无牡丹瘟魔又扼百姓脖。

临危难，莫失措，

降魔志，不可夺！

请出鼠姑帮助我，

同心协力渡劫波！

有请鼠姑姐姐！

【众鼠姑从雪地聚来。

众 拜见仙子！

牡　丹 众位姐姐！阳春四月，突降如此暴雪，定是那瘟魔作祟！如何是好？

鼠姑甲 仙子姐姐休慌。我等久居山坳，惯经冰霜雪雨，此雪虽然暴虐，众人稍加呵护，定然无妨！

牡　丹 定然无妨？

鼠姑甲 姐姐稍待，看我等化春雪为春水，催促雪中牡丹开放去者！

【音乐声中众鼠姑散布雪原之上，起“雪牡丹舞”。只见遍地洁白之中，一株株牡丹，火焰似的花朵傲雪开放。众百姓欢呼雀跃！

【舞台一角，蓝色灯光中现狰狞的瘟魔。

瘟　王 （数板）河洛遍种牡丹棵，

害我瘟病难传播！

借得冰雪施暴虐，

不料却被它逃脱。

索性再放一把火，

定让尔一枝一叶难存活！

任凭玉皇降下罪，
要灭天下牡丹棵！
尔等听令！

【众瘟卒齐涌上。

瘟　卒　大王！

瘟　王　若听凭他们遍植牡丹，我等在河洛就无法存身！大雪冻不死，咱再烧一把火！

众　烧了它！烧了它！

瘟　王　尔等速召唤各地觋汉、女巫，一齐动手，火烧牡丹！

众　火烧牡丹！火烧牡丹！

【众瘟卒狂呼滥吼着举火把四野放火，象征牡丹花木的众鼠姑在烈火中奋力挣扎。

【起火牡丹舞。

水妹、山哥和乡亲们提水灭火，无奈火大势猛，牡丹苗株在烈火中毁灭！

水妹手捧烧焦的牡丹花枝，心痛滴血，倒坐地上。

山　哥　（唱）熊熊烈火四下燃，
遍地牡丹化灰烟！
只说浴血逃一难，
瘟魔伎俩更凶残。
火似毒舌遍地卷，
生生吞噬我心肝。
我的水妹一腔心血毁一旦，
她弱躯怎将这苦难担！
多少个赤日炎炎，
多少个风雪天寒；

多少个晨昏夜半，
多少次劳作无眠。
她带乡亲种牡丹，
心血汗水洒川原。
倾注了一腔情与感，
才有这河洛川上牡丹鲜。
眼看着瘟疫退去平安现，
一把火万千期望化泪泉。
关键时我不能怯懦双腿软，
更不能空抛泪水把惊恐添。
我要做水妹的依靠水妹的胆，
挺身躯站立中流挽狂澜！
为乡亲纵把此命献，
拼死决不降瘟顽！

【觋汉、女巫走向众村民。

觋汉甲　乡亲们哪！你们想想，牡丹要能医瘟病，那要神灵有啥用？要想保小命，还得把瘟王敬！

女　巫　对对对！还得把瘟王敬！都走吧！
嗨嗨弥呀……嗨嗨陀呀……

【一些村民随觋汉女巫走下。

【山哥欲阻不能走到牡丹身旁。

山　哥　水妹子，天无绝人之路！我刚才四下寻看，大火虽烧毁了牡丹棵株，地下根茎未必全被烧死，尚有一救！

牡　丹　你是说一些牡丹根还活着？

山　哥　是呀！有根就能发芽！就能重育种苗，明年春天还会是一片花海！

牡　丹　山哥说得有理，有根就会发芽！有种就有希望！只是，如今焦土一片，不知哪棵牡丹根还活着呀？

山　哥　找！一棵棵寻找！

【山哥伏地双手挖地寻根，挖出一棵，根已枯了，他飞速又挖……终于挖出一棵活根。

山　哥　水妹！快看这棵的根茎还活着！

水　妹　太好了！（她突然发现山哥十指鲜血涌滴不止）

牡　丹　山哥，血！你的手指磨破出血了！

山　哥　（突然也发现奇迹）水妹快看，血滴在牡丹根上，焦根竟然发芽了！

牡　丹　（欣喜察看）果然如此……可……快把你的手包上！

山　哥　我明白了！血润牡丹，枯根即刻就能返活！

牡　丹　血润牡丹？枯根返活？

山　哥　对，血！

（唱）看到焦根绽新叶，

热血润泽茎拔节。

拼将一腔热血泄，

救我牡丹破瘟劫！

【山哥抽出匕首割腕，被水妹伸手挡住。

牡　丹　山哥！你要干什么？

山　哥　水妹，你看血润花根转眼就绽出火焰般的嫩芽！救活牡丹，血就是灵丹妙药！

【又欲割腕，水妹夺刀。

水　妹　不！血流尽了，山哥你还要命吗！

山　哥　（笑了笑）水妹子，爹、妈和多少乡亲们都死于瘟魔之手！为救我这条命，我的水妹子蹈险赴危九死一生！如今好容易种出牡丹，驱退瘟害，这是多少乡亲们生的希望啊！咱的牡丹绝不能让瘟魔烧尽杀绝！今天，为了乡亲，为我的水妹子，山哥洒尽一腔热血，还不值得吗？！

水　妹　不！要舍命，就让水妹舍命，把刀给我！

山　哥　不！你不能呀我的水妹子！

（唱）斗瘟魔，驱寒邪，
妹肩担着千钧责。

水　妹　（唱）千钧责妹不怯，
决不能背负当初对明月。
咱插草为香盟誓结！

水妹、山哥　（合）生同命，死同穴！
同行同止生死偕！

山　哥　（唱）当初纵有生死约，
今日情势当有别。
乡亲们靠你带领种牡丹，
乡亲们靠你制药斗瘟劫。
为乡亲山哥甘将生命借，
妹莫阻拦我意已决！
明年春风花开时，
哥就是簇拥牡丹片片叶。

【一刀割腕，血流如注，山哥一步步将血洒向烧焦了的牡丹棵）

牡　丹　山哥！你不能啊！

【山哥踉跄倒地，水妹扑地将山哥抱入怀中。

牡　丹　山哥！

（唱）一声山哥声呜咽，
泪如江水溃堤穴。

有缘同生河洛岸，
相识相爱百年约。
水妹爹爹去世早，
两家担子你一人接。
年年农忙夜赶夜，
四季忙碌少见歇。
只说我过门哥能减点卸，
却不料瘟魔将咱生路截。
种牡丹帮助乡亲把瘟病解，
一把火烧得希望化灰屑！
山哥你今日不惜一腔血，
誓救牡丹于将绝。
哥用生命将大情写，
千秋万代书碑碣！
水妹有哥步不趔，
咱协力同心斗瘟邪！
血润牡丹花放烈，
咱生死相偕永不别！（夺刀欲割己腕）

山　哥　（拼力一把抓住牡丹手）不！水妹子，你不能啊！

牡　丹　山哥啊山哥！事到如今，水妹就对山哥一吐实情了！你的水妹原本不是水妹！

山　哥　不是水妹？

牡　丹　你只知你的水妹生下就身带香气，却不知我原本是天上的牡丹仙子！

山　哥　你是天上牡丹仙子？！

牡　丹　只为状告瘟魔，玉皇罚我三年思过。我不服相抗，被贬人间，才有了与山哥的姻缘！

山　哥　你……你讲的可是真的？

牡　丹　白云山上山哥命悬一线，水妹束手无策，多亏西王母相帮，你我才活命下山！

山　哥　如此说来，你还要返回天庭吗？

牡　丹　自牡丹被贬人间，河洛乡亲待牡丹深情义厚，山哥又这样疼我爱我，以命相许！牡丹岂能割舍这一切独自返回天庭？我决意将生命与哥一起融进这片热土，与乡亲们和我的山哥永不分离，永生相伴！让你我的血育得河洛大地年年岁岁花开花落，岁岁年年百姓幸福，于职于责于情于心夫复何求呀山哥！

【手起刀落，割断手腕，鲜血涌出！

（伴唱）啊……

甘洒一腔血，

情将大爱写！

心留河洛地，

魂魄映日月！

【音乐轰起，追灯照着山哥水妹，他们相扶着一步步在原野中走着，将鲜血流播向棵棵牡丹，牡丹和邙山哥走至舞台后中高处，轰然倒下。

【无字歌起：啊……

无字歌声中，云际现西王母。

西王母　牡丹啊牡丹！瘟神已被玉皇招回天庭囚禁，你却甘愿留在人间。也罢：你们就一为花王一为花后，让人间天香永驻，盛世安康！（王母隐去）

【无字歌声中河洛大地之上，万千棵牡丹花株，枝叶舒展，花蕾绽放，似霞似锦，如海如潮！其中一黄一紫两株牡丹格外

妖娆艳丽。

【起盛世牡丹舞。

【歌词：牡丹牡丹，

国色天香。

佑我万民，

富贵永昌。

永昌！永昌！！永昌！！！

【歌舞中，汪洋的牡丹花海中，天际冉冉升起身着黄衣的牡丹仙子和身着紫衣的山哥的雕像。他们相拥含笑面向大地。

【合幕。

（剧终）

【独幕豫剧现代戏】

师　傅

编剧　李学庭

人物表

包正清	男	六十余岁
魏火奇	男	四十余岁
包文星	男	二十余岁
肖　玲	女	二十余岁
魏　涛	男	二十余岁
魏　妻	女	四十余岁

【八十年代某天上午。

【豫西某煤矿。

【矿党委书记魏火奇家的院里，花木明媚，幽雅洁静。

【这是一个星期日的上午。

【轻快的音乐声中肖玲提大包礼物上。

肖　玲　（唱）秋高气爽逢星期，

手掂着厚礼来看俺姨。

俺的姨原本是农村妇女，

野菊花栽到了金盆里。

想当初姨夫挖煤钻井底，

只如今熬成了一个大书记。

肖玲我结下好亲戚，

招工到矿机关当了总机。

平日小事不开口，

关键时登门找老姨。

只要姨父、老姨讲几句，

就能解决大问题。

（欲进门，忽然想起往身后一看）咦，（向内）走快点，看你那个胆小样，俺姨夫还能把你吃了？

【衣帽整齐的包文星上，他是个忠厚腼腆的青年。

肖　玲　（一边帮文星整衣，一边数落）跟着我来哩，你怕个啥哩？

文　星　这事……我觉得不好开口……

肖　玲　不好开口不叫你开口，我说叫你爹来，你咋不叫来？

文　星　我爹……他不愿和咱一块来，他说他晚上自己来说。

肖　玲　好啦。我要说成了，也不用劳你爹的大驾！没见过这种老哩，给自己儿子办事，一点积极性都没有。走！

文　星　（抬步、又缩回）哎呀，你先进去，我在外边等等，说好了，我再进去。

肖　玲　咦！推着不走，打着倒退！有我陪着，你是怕啥哩？

文　星　求求你，还是让我先在外边等着……

肖　玲　好，你在外边等着，不要远走，随叫随到！

文　星　嗯。

肖　玲　（欲进又止）文星，记着，见了我姨夫，嘴学甜点，手学勤点，心眼学灵点！

文　星　记住啦。三点指示：嘴甜点儿、手勤点儿、心眼灵点儿。

肖　玲　（满意地笑了笑，欲走又止）文星，俺姨好说话，重点进攻对象是俺姨夫！别看他脾气老好好，心里可是狡猾狡猾的！

文　星　重点：姨夫；特点：狡猾。

肖　玲　（欲进又止）……

文　星　你好好想想，有啥指示，一次说完！

肖　玲　好，不说啦，一切看我眼色行事！

文　星　记住了，一个措施，看眼色行事！

【肖玲进院，文星下。

肖　玲　姨！姨！

【书记的老伴出，一个还带着农村色彩的市民家属。

姨　呀，俺玲来啦！夜黑我还和你姨夫说你哩，这一参加工作，俩月多没来看姨啦！

肖　玲　刚上班，业务不熟，我不敢乱跑。姨，你不知道我多想姨和姨夫，我都哭了好几场。

姨　（唱）俺小玲咋长得这样水灵，

小脸蛋嫩鲜鲜白里透红。

比你妈年轻时还要齐整，

看一眼老姨也变得年轻。

肖 玲　　姨！

（唱）这些薄礼是孝敬，

原谅我工资低真有点脸红。

姨　　（唱）谁叫你花狂钱给我把礼送，

一家人哪来的这多虚情。

肖 玲　　姨，这不是我买的。

姨　　那是谁买的？

肖 玲　　他买的……

姨　　他买的？他是谁？

肖 玲　　他就是他呗！你还问……

姨　　噢……我闺女有家啦？

肖 玲　　嗯。看姨说得多难听，应该说有朋友啦！

姨　　朋友！好，朋友在哪工作？

肖 玲　　就在咱矿上。

姨　　都在一块儿，好！你咋不领来叫姨相相哩？

肖 玲　　姨，他各方面情况都不错，要不是他学校英语教师水平太差，把“古得拜”说成“狗旦伯”，考外语吃了亏，现在已是大学生了。

姨　　那好呀！在矿上啥工种？

肖 玲　　井底工！

姨　　好，挣钱多。

肖 玲　　好啥好！你没听人家说“好女不嫁挖煤郎，穿不了一件净衣裳。年三十晚上洗个澡，初一还是黑鼻梁”。

姨　　那都是老年陈话，现在矿上职工澡堂，又是盆池，又是淋浴，冷热水一天到头不停有，哪个不是洗得干干净净、爽爽气气的？

肖　玲　反正这一点我不满意！今天来，就是让俺姨夫张张嘴，把他调到井上来！

姨　噢，你今天来就是为这事儿？

肖　玲　这是捎带的，主要是看姨和姨夫哩！

姨　拿这么厚的礼，也是为这？

肖　玲　看姨说的，我不拿礼姨夫就不给我办事啦？

姨　肖玲，这事八成办不成！你不如道矿上正抓廉政纪律哩。你表哥技校毕业，应该先到井下锻炼一年，可他死也不下井！你姨夫只得让他先到技术科上了班。为这，意见提了一大堆，你姨夫这几天正生气哩！

肖　玲　我听说了，叫我姨夫心放宽宽的，谁掌权不给自己办点事？煤堆里打滚，谁身上也能抠出几星黑。提意见也是白提！

姨　有话你跟你姨夫说，这事我不敢管。

肖　玲　姨，你得先给我过句话，吹吹枕边风呀！

姨　你姨夫给我定的有制度，只管穿衣吃饭，买菜买面，缝补浆洗，收拾小院。工作上的事，不准我参言。

肖　玲　呀！俺姨夫就恁专制？现在的领导，有几个不是“妻管严”？

姨　人家那些都是有文化的小媳妇。你姨夫说我是“四心牌”媳妇。

肖　玲　“四心牌”？

姨　“看见烦心、想起来寒心、出门放心、过日子暖心”。你看，我还敢管你这事？（进内）

肖　玲　姨！姨！呀！

（唱）今天看来有麻缠，

我的姨不答应从中周旋。

倒不如来个双保险，

推出老将上阵前。

（出门招呼）文星，快！（文星上）

肖　玲　文星！

（唱）集中力量打个歼灭战，

不信他是铁门闩。

快打电话将你老爹唤，

一不做二不休破釜沉船。

文　星　我爹现在不来，说好等晚上……

肖　玲　我姨夫要把话说死了，他晚上来还有啥用处？叫你去你就去！

文　星　好好好，我就去打电话。（下）

【魏涛，魏火奇的独生子，时髦的青年人，从外回来。

魏　涛　肖玲？

肖　玲　表哥？

魏　涛　你是来找我的？

肖　玲　不是，我找姨夫。（欲进门，魏涛一把拉回）

魏　涛　你为啥一直躲着我？几次约你去跳舞，你都不去！

肖　玲　涛哥，你不要再缠我了！

魏　涛　这儿没人，来叫我亲一下！

肖　玲　不，你走开！

魏　涛　我知道你找我爹为啥事，你那个意中人的调动，我一句话就能办，信不信？

肖　玲　别蒙人，你到技术科去，不是已提了不少意见？

魏　涛　他妈的，煤技校毕业，非要我到井下去锻炼！说得好听，锻炼个三五年，老爹换届一下台，不把我坑啦？！我就待在机关，看谁能把我撵走！说真的，你朋友的事，我真有办法帮忙。

肖　玲　你有啥办法？

魏　涛　这你就不懂了。不用我爹出头，让三矿我李叔把你朋友调到那儿，调下工种，过一段，再回来，不就结了？

肖　玲　真的？这也是个门！

魏　涛　这就叫，你给我办事，我给你办事，表面上谁也没办自己的事。实际上谁的事也办了！这里的小九九多啦。

肖　玲　姨夫要是不答应，这件事就拜托表哥了。

魏　涛　你得答应给我去跳两次舞。

肖　玲　嗯……到时候再说。（魏涛强拉肖玲接吻）

【肖玲挣扎。

【魏火奇由室内出。

魏火奇　咦，不是说小玲来了，咋不见人哩？

【肖玲跑进院，魏涛跟进，直进内室。

肖　玲　姨夫！

魏火奇　嗬，稀客！好几个月不见俺肖玲了。

肖　玲　姨夫，这个礼拜天没开会呀？姨夫，你坐下。（帮魏披好衣服）姨夫，别看文件了，礼拜天在家应该松弛松弛，你要爱护身体！

魏火奇　俺玲知道心疼姨夫！说说，为啥好久不来看我？

肖　玲　姨夫，你不知道，一上班，忙得晕头转向，咱新工人只知道老实干，一点也不会投机取巧。

魏火奇　啥意思？你说老工人就会投机取巧啦？

肖　玲　不是、不是！我是说，我不想学那投机取巧。

魏火奇　对，咱煤矿工人的后代，可是得实实在在。

肖　玲　咋着也不能给姨夫脸上抹黑！

魏火奇　（向室内）老伴，送点茶水来。

肖　玲　我去端。（姨，端两杯茶出）给，肖玲你的水。

肖　玲　姨夫先喝。

魏火奇　（对老伴）小玲来了，做几个好菜。

姨　　嗯（下）。

魏火奇　（发现桌上东西）这是谁带这么多东西？

肖　玲　姨夫！

（唱）我一直膺记着姨夫的腰病，

我知道遇阴天就要犯疼。

托人捎了几瓶参茸酒，

每一晚睡觉前喝上几盅。

魏火奇　（唱）大凡是送礼都为把我用，

俺肖玲莫不是也有事相请？

肖　玲　（唱）当女儿理应当对老的孝敬，

没有事就不该表表心情！

（白）看姨夫说的，为我的工作，你操了多少心！我现在工资低，有心没有力，孝敬您老的，还在后头呢！

魏火奇　你姨刚才给我咕哝了一句，好像你今天来就是有啥事？

肖　玲　姨夫，我是来给您老商量一下。

魏火奇　说吧！

肖　奇　我找了个男朋友……

魏火奇　好嘛！俺闺女的眼力，一定错不了。

肖　玲　条件嘛，还可以，就是一条……

魏火奇　嗯？

肖　玲　他是个井下工。

魏火奇　好啊，肖玲，你能找个井下工，不喝补酒，我这腰也不疼了！

肖　玲　（沉默）……

魏火奇　好！我肖玲不愧是九十年代的新青年，凭这一点，姨夫就得感谢你，表扬你！

肖　玲　姨夫……我……

魏火奇 咋啦？不要激动，姨夫表扬你几句，都是实情话，你受之无愧！

肖　玲 我不想听你表扬！

魏火奇 咋啦？

肖　玲 姨夫！

（唱）你不要再表扬我不欢喜，

现在的年轻人都讲实际。

井下工总是让人看不起，

危险多活又重流汗出力。

姨夫你在矿上当着书记，

难道不心疼你的外甥女婿。

求姨夫早把他从井下调离，

只要你一句话就解决问题。

魏火奇 （唱）怪不得她对我甜言蜜语，

原来是笑脸后面藏心机。

肖　玲 姨夫，反正闺女的事就是你的事，你办也得办，不办也得办！文星爱写作，高中毕业，文化程度可好呢！现成的茬口，调到《矿山报》当个记者，或者到宣传科当个干事，你以后用着也顺手！

魏火奇 俺玲能干个组织部长！我那外甥女婿同意你这意见？

肖　玲 同意！这是俺两个商量好的。

魏火奇 玲啊！那他咋不来呢？也得叫姨夫见见人啊！

肖　玲 （高兴）姨夫，他来了呀！就在门外。

魏火奇 为啥不让进来？快叫他进来嘛！

肖　玲 姨夫，你真是我的亲姨夫！

（在脸上亲了一下，跑出门）文星！文星！

文　星 （上）我爹马上就来。

肖　玲　你爹来，只是会会老朋友啦！咱的事有门了！

文　星　有门了？

肖　玲　你写那诗带来没有？

文　星　你要叫带，我还敢不带？

肖　玲　好，一会儿，给咱姨夫朗诵一遍，要用普通话读。走吧！

文　星　哎呀！我心里，这……

肖　玲　（一推）进去吧！姨夫，这就是文星，快叫姨夫！

文　星　书记……姨夫……

魏火奇　哈哈……书记姨夫。坐。

肖　玲　坐下，这是我的水，喝吧！

魏火奇　文星啊，高中毕业，啥时候进矿的？

文　星　去年。

魏火奇　爱文学、会写诗？

文　星　不会……爱好……

肖　玲　会，他写的可好啦！《矿山报》还登过四句呢。

魏火奇　有文化，所以不想在井下工作？

文　星　我……其实井下也不赖……都是机械化……

肖　玲　文星！对咱姨夫，还不敢说真心话？这又不是开会，让你表决心哩！

魏火奇　肖玲，你让文星自己讲话嘛，可不能管得太严了啊！文星，你说说，井下工作咋不赖呢？

文　星　煤炭是工业的动力资源，四化建设离不了。

肖　玲　呀！这是对咱姨夫，又不是对外人，你呀！

（唱）文星生来胆就小，

见领导就像老鼠见了猫！

违心话说了一套套，

书记面前装觉悟高。
对姨夫何必弯弯绕，
心里咋想照实掏。
青年人谁不盼职业好，
前程似锦步步高。
整天和煤打交道，
栋梁劈开当柴烧。
四化建设人才少，
怎能够埋没屈材料。
姨夫把他井上调，
千斤重担让他挑。
俺们的工作有成绩，
姨夫老姨也荣耀。
这事对你小又小，
只需掏笔批个条。
文星，咱快鞠躬把谢意表。

魏火奇　慢！
（唱）这个礼不敢受快把我饶。
（白）不敢，不敢！我可消受不起！文星，肖玲说的全是你的意思？

文　星　（文星看肖玲眼色）是……

魏火奇　你压根儿不热爱井下工作？

文　星　（看肖玲眼色）是……

魏火奇　那招工的时候，你咋报了名？

文　星　我……

肖　玲　姨夫，这你还不明白，不说当矿工，咋进到矿上来？走了这一步，这第二步就靠你了！

魏火奇 真会办事，真聪明！

肖 玲 你看，姨夫夸你哩不是？

文 星 姨夫……书记，我……

魏火奇 文星啊！既然你们给我讲了你们的想法，我就得帮你解决。不解决，我这姨夫书记就有点不像话了，是不是？

肖 玲 姨夫，你真给解决？

魏火奇 一定解决！

肖 玲 姨夫！

魏火奇 嗯？

肖 玲 真没想到姨夫待俺真好！文星，啥样，不吹大话吧，姨夫待我最最最亲了！

魏火奇 肖玲，你让我不喝酒就醉了八分了！是这，文星，你把你要求调动的理由，真实想法写一写，交给我。

肖 玲 还得写一写？

魏火奇 这是个大事，不写可不行！你们有文化，写一写又不作难！

肖 玲 姨夫，那咋写哩？

魏火奇 咋想就咋写！

肖 玲 那还敢照实写？

魏火奇 咋不敢照实写？

肖 玲 姨夫，要写，就写矿工工作十分光荣，十分重要，只是本人有关节炎、心脏病、美尼尔综合征，不适应井下工作。

魏火奇 编瞎话？

肖 玲 咋编瞎话？姨夫放心，咱还能拿到盖着大红公章的医生证明！各样手续都少不了。

魏火奇 俺肖玲还有这本事？

肖　玲　看姨夫说哩！我有啥本事！咱矿上谁不知道我是你的外甥女，还得靠姨夫的金面。

魏火奇　我真是官僚主义啊！简直岂有此理！（拍案而起）

（唱）亏你们讲真话大言不惭，
听得我火烧心毛骨悚然。
看上去一朵花又红又艳，
枝叶间布满了病疴陈瘢。
年轻轻怕吃苦钻奸偷懒，
难道让老头子去把煤剜。
有文化就应该多做贡献，
新一代煤矿工重任在肩。
在井下如同是前线作战，
刚交锋就逃跑耻辱可怜！
竟然又开后门来把我见，
一套套谬理由不觉汗颜。
要不是看在咱亲戚情面，
休怪我老头子要把脸翻！

（白）送客！（怒冲冲进房）

【肖玲哭泣，文星左右为难。

文　星　我说不来吧，你要来……

肖　玲　我就是要来，就是要来！

文　星　看这办多长……

肖　玲　不说啦！我就不信，他就是真马列主义！就没给自己办过事！我表哥为啥安排在技术科，为啥不下井去光荣光荣？

文　星　肖玲……

肖　玲　走！

【**推文星出门，肖玲停步。**

文　星　还不走？还想回去吃没趣？

肖　玲　你电话打通没有？

文　星　通啦！

肖　玲　你把我的意思给爹说清了没有？

文　星　全说清了。

肖　玲　魏姨夫呀大书记，你给我卖狗皮膏药，老头子来了，我看你咋下台？！

【**肖玲拉文星下。**

【**少许魏火奇、老伴儿房内出。**

姨　你呀！啥亲戚都叫你得罪完了！

魏火奇　你懂个屁，为小涛到技术科，意见就提了一大堆，再找病害？

姨　那不会好好说！

魏火奇　小涛！（小涛出）

魏火奇　小涛，请求下井的报告你写了没有？

魏　涛　爹！你真叫我下井啊？

魏火奇　下不下井，党委研究了再说，你的态度要明朗！

魏　涛　老爹，你拉倒吧！

（唱）老爹不必把我哄，
其中的道理我门清。
听你话真要写申请，
立马会批准我下井。

魏火奇　（唱）爹原本也是井下工，
我为此自豪又光荣。
年轻人多出点力有好处，
更何况如今井下大不同。

采煤全是机械化，
安全保险又轻松。
听爸话下井锻炼三二年，
不适应以后再调整。
你若是各方面表现都出众，
还可以提拔重用往上升。

魏　涛　（唱）老爸呀你受重用算侥幸，
往后去不会再提井下工。
如今是文凭年龄加活动，
没有关系事难成。
马上机关改革把岗定，
定不好影响我幸福是一生。
关键时无论如何我不下井，
老爸呀你不能为保乌纱把儿坑！

魏火奇　（怒不可遏）你……你说的这是什么话！

魏　涛　大实话！

魏　妻　小涛，你不能这样和你爸说话。

魏火奇　我真没想到，你变成了这个样子！这像我的儿子吗？！

魏　涛　你说对了，我要像你那样，活得也太累了！竟然要拿儿子的青春，去保自己的乌纱帽，窝囊！

【魏涛说罢拂袖进房。

魏火奇　（几欲立站不住）你……你……

魏　妻　他爹……他爹！走，我扶你进房躺一会儿，你千万别为他生气……

【魏妻扶魏火奇进房。

【少顷，包正清内唱。

包正清　（唱）儿子讲魏火奇不给情面，

【肖玲、文星随包正清上。

一定要把我老包搬。

转眼间四五年没有见面，

我还得先试深浅再放船。

肖　玲　爹，你真的救过俺姨夫的命？

包正清　不是我冒死从棚架下把他挖出来，背出井，他小子当书记，早当小鬼去了！

肖　玲　今天这事可全靠你了，事关文星一辈子前途……

包正清　我心里有数。

文　星　爹，实在不行，你老也别……

肖　玲　咋不行？你待一边去！爹，我姨夫那嘴可是比你会说，你老千万别让他给蒙了……最好今天别喝酒……

包正清　你俩走吧，我心里有数！

肖　玲　听文星说，你老见了酒就想喝，一喝就要醉！

包正清　放心吧，我今天见酒，就当它是敌敌畏，啥样？

肖　玲　好！那我们在那边等你的信儿。爹，记住酒可是敌敌畏！（下）

包正清　（进院）小魏，小魏在家吗？

【魏火奇出。

魏火奇　哎呀，是师傅！

包正清　小魏！

【二人紧紧拥抱。

魏　妻　（上）是师傅啊！真是稀客，都坐呀！

魏火奇　（兴奋）（对老伴）愣着干啥！把苹果拿出来！（姨答应着进屋）我一听声音，就是师傅的！师傅，你啥时候来的？

包正清　来两天了。

魏火奇　两天了？为啥不来家？

包正清　你太忙，我和几个老哥们儿聊聊。

魏火奇　师傅！给，先来一支烟，你算把我想死了！

包正清　从小你就嘴上甜，想我咋不去看看我？

魏火奇　师傅，要说忙，实在不是假话！去年到省厅开会，下决心拐拐路，大不了两三天工夫，谁知道长途电话又要到了会议上……！

包正清　出息了，当大书记了！日理万机嘛。

魏火奇　师傅，看你身体，还不错！再过两个月，是你六十七岁生日，对不对？

包正清　你还记得？

魏火奇　师傅，我自己的生日记不住，师傅你的生日，我可从没有忘记！

包正清　你真会说话。

魏火奇　农村现在红火吧？

包正清　农村现在比过去强上天了！咱家劳力不多，可你师娘鳖样不强，喂啥成啥，前年喂了一头猪，年底下了十三个小猪娃！翻过年喂了五十只鸡，鸡下蛋，蛋孵鸡，现在已发展到了五百多只！不大不小成了个养鸡专业户！

魏　妻　（端苹果出，倒上水）那不成了万元户啦？

包正清　万元户？万元户算啥！

魏火奇　好！师傅，你说这一席话，真叫我高兴！老伴，拿酒来！

魏　妻　好！（下）

包正清　酒，啥好酒？

魏火奇　不是一毛烧，也不是老白干，请师傅万元户自然是好酒——五粮液！

包正清　五粮液？我这几年，养了个毛病，啥酒喝着都不顺，就爱喝那仰韶酒！

魏火奇　那太容易了。伙计，拿仰韶酒来。

【魏妻端上一盘，连菜带酒。

魏　妻　师傅，四五年都不见了，这次来，可得多住几天！

包正清　办了事就得回，别看你小魏当书记忙，我在家，可真是日理万“鸡”呀！哈哈……

魏　妻　你俩慢慢喝，我准备午饭去。（下）

【魏火奇斟好酒。

魏火奇　师傅，老规矩，这头三杯，敬师傅。

包正清　（急忙接过）好，我领了！

【包正清举杯欲饮，肖玲拉文星急进院。

肖　玲　（咳嗽）爹，“敌敌畏！”

包正清　“敌敌畏”？“敌敌畏”我也不怕它……（连饮三杯）

魏火奇　师傅，这是……

包正清　你不认了，文星！就是我那个小孬蛋，你忘了？

魏火奇　啊，闹了半天，文星就是小孬蛋！我说咋好面熟。文星，你咋不早说！

肖　玲　姨夫办事，不是从不讲私情嘛，说那干啥？

包正清　小魏，你师傅今天是让孩子们搬来的佘太君！就看你咋处置这小两口了。

魏火奇　师傅……

包正清　办着作难吧？

魏火奇　只要师傅开口，这件事再难我也要办！

肖　玲　好！

魏火奇　肖玲到后边帮你姨包饺子去。俺师徒俩今天得高兴高兴！

肖　玲　姨夫，今天你让我干啥我都高兴！文星走！

【二人下。

魏火奇　师傅，响闲话少说，咱师徒碰一杯！

包正清　好！干！（饮酒）好酒、好酒！

魏火奇　师傅！

（唱）自从师傅退休后，

火奇我未去探望和问候。

双手再敬三杯酒，

原谅我工作繁忙礼不周。

包正清　（连饮三杯）

（唱）说什么礼周礼不周，

煤黑子心比石头厚。

一家人休说两家话，

咱今日不醉不罢休。

魏火奇　（唱）愿喝就要喝个够，

师傅的酒量我逊一筹。

老规矩，还是伸指头，

谁输谁就把酒喝！

包正清　（唱）两个好！

魏火奇　（唱）六啊六！

包正清　（唱）全家福！

魏火奇　（唱）俩指头！

包正清　（唱）七巧枚！

魏火奇　（唱）逮你个九！

包正清　（唱）我不赢枚我赢酒！

魏火奇　（唱）看来小猴胜老猴！

（白）倒上，师傅！

（唱）咱师徒今天来见面，

多少话儿想与你谈。

党组织信任咱挖煤汉，
千斤重担压在肩。
若不是师傅当年严教管，
火奇难有这一天。

包正清 （唱）你进步全靠党培养，
自古饮水要思源。
党把重担交给咱，
火奇呀，对自己可得要求严。（喝）

魏火奇 （唱）师徒举杯相对欢，
此情此景似从前。
十八岁进矿把矿工干，
师傅领我上的班。
危难中师傅舍生救了我，
没师傅哪来火奇这一天。
师傅退休回农村，
小文星来矿接上班。
为调动今日把我见，
我不答应情理偏。
又想起党委会上提意见，
原则问题要把好关。
这件事，怎么办？
酒入愁肠愁更添。

包正清 （唱）小魏他手持酒杯轻声叹，
知道他心里搅着麻一团。
四年师徒不见面，
听说是如今的小魏非当年。

忠厚诚实的好小伙，
已变得八面玲珑会耍奸。
儿女的事情暂不讲，
且将旧事来叙谈。
小魏啊，可记矿上办剧团，
咱师徒同台把戏演。
我唱黑头包文正，
你唱青衣秦香莲。

魏火奇 （唱）好多年没听师傅唱过戏，
现在的嗓子可胜从前？
想当年谁不知黑头“一声雷”，
那唱腔，至今还在矿上传！

包正清 （唱）现而今孩子都大面前站，
吼两声都怕人笑谈。
憋急了高粱地里过戏瘾，
自觉嗓子胜当年。
小魏呀，咱师徒今日见了面，
你快把前后大门都上闩。
咱今天过过唱戏瘾，
我早已喉咙发痒想叫板。

魏火奇 师傅你想唱？

包正清 想！我今天是瘾头大发呀！

魏火奇 （迅速将前后门关上）师傅，哪一出？

包正清 老搭档，《见皇姑》。

魏火奇 如此你看秦香莲来了——
（唱）悲切切我把大人见，

包大人！你是万民头上一青天！

包正清 （唱）说什么青天不青天，

这官司问着实在难。

你没有抬头往上看，

宋王爷的圣旨到堂前。

三百两纹银交给你，

回均州路上做盘缠。

吃一半留一半，

留下一半种庄田。

送你儿子把书念，

光念书不要再做官。

你丈夫若不是高官做，

怎会居家不团圆？

这官司我不能秉公断，

对不起足下黄土头上的青天！

魏火奇 （唱）实指望告状把天见，

青天又被这乌云瞒。

说什么你是包铁面，

看起来官官相卫有牵连。

三百两纹银我不要，

屈死俺，俺再也不喊冤了。

【戏毕，二人相抱大笑。

包正清 小魏啊！你听说过没有，有一个县选县长，竟有人投票选包拯！

魏火奇 听说过。

包正清 你这个大书记，干的比包公强不强？

魏火奇 我咋敢和包公比！可有时候比他还作难呀！

包正清　你大权在握，有啥难的？

魏火奇　师傅！

（唱）人没有权想有权，
有权并非不作难。
工作苦累我不怨，
调资、分房、评职、提干，
简直如同过难关。
这个找，那个缠，
又送东西又塞钱。
磨破嘴推出张三走，
李四半途又把路拦。
上下班闹得你连轴转，
咱不敢发火光冒烟。
最怕上峰写条子，
还怕去把亲戚搬。
给谁办事谁高兴，
不给谁办谁脸翻。
有私没私难分辨，
到头来意见还落两河滩！

包正清　（唱）你事事照着制度办，
身正影子不会偏。

魏火奇　（唱）道理好讲事难办，
师傅啊，具体情况可不简单。

（白）师傅，就拿文星这事说吧，从原则说，井下工不能随便往上调。

包正清　不能调？

魏火奇　可师傅你想想，咱师徒如同父子，文星是我的弟弟，我能不办不能？

包正清　这么说……

魏火奇　师傅，文星的事我一定办！不过，不能急，你得让我想想办法转转圈。

包正清　咋转圈？

魏火奇　眼下我正为小涛的事生气呢。这孩子按制度应到井下锻炼两年，可他死活不下井，我想好了，实在不行，只好托托朋友，先把他调到别的矿上去，以后再往回调，这点权力咱还有。看来，文星也得用这个法！

包正清　（啪，拍案而起）好！

魏火奇　师傅？……

包正清　不敢！魏书记，你实在是长本事了！

魏火奇　师傅，你喝多了吧？

包正清　我非常清楚！（冲里喝道）文星，出来！

【文星、肖玲，魏妻及小涛均出，不知发生了何事。

文　星　爹……你……

包正清　你个王八羔子！你说说，你来矿上时，我咋交代你哩？！

文　星　好好干，当个好矿工。

包正清　这两年你写那些信，原来都是糊弄你老子哩？

文　星　不是……我……

包正清　那你为啥又打电话又写信，叫你老子来丢这人？！

文　星　爹，你别生气，我……

肖　玲　是……是我叫文星搬你来的……

魏火奇　师傅，我没说不办呀，这……

包正清　文星，你掏心窝子给爹说，你自己想不想调到井上来？

文　星　　想……

包正清　　啊？

文　星　　也不想……

包正清　　（发火）到底想不想？！

文　星　　爹，虽然井下如今机械化程度提高很多，但是毕竟还是艰苦的。尽管你儿不怕吃苦，可要说我不向往幸福那是骗人哩！可我不想凭着爹的脸气，凭着……肖玲的关系调动工作！我为啥不能像魏书记一样，干出成绩，体现出自己的人生价值！

魏火奇　　好！有志气！

【众各自反应不同，包文清走到儿子面前，深情地整了整儿子的头发……

包正清　　孩子……这才像爹的儿子……给爹装脸了……爹……给你鞠一躬！

【老包深情地退后一步，给儿子弯腰行礼。

文　星　　（震动、不安）爹！

魏火奇　　师傅！

肖　玲　　（发作，委屈）这是干啥呀！办谁难看哩！我是为了谁！

【肖玲委屈地扑到魏妻怀里哭泣。

包正清　　闺女，你别怪我糊涂，我不想说当个矿工多光荣，可挖煤这活，再苦再累也总得有人干呀。国家需要煤，老百姓需要煤，咱干这活不丢人！三百六十行，行行出状元！要是年轻轻就脱奸扒滑，挖窟窿打洞走邪道，凭着娘老子捡便宜，别人背后要戳脊梁骨！那不叫能耐，那叫丢人！

魏　涛　　老爷子，你文化不高，这马列水平不低呀！你知道你这叫什么吗？这叫整一个“愚昧”！

【啪！魏火奇一耳光打在魏涛脸上。

魏火奇　　畜生！

魏　涛　　你凭什么打人！

魏火奇　　我就是要打你这个不成材的东西！

【魏追打魏涛，众拦。

包正清　　住手！小魏子，这一耳光应当打在你自己脸上呀！

（唱）小魏子，魏火奇，

拿镜子照照你自己。

你有私，你有弊，

你不责自己把孩子欺。

你要是还把咱矿工看得起，

就不会把小涛安排到机关里。

陈世美一当官就把良心昧，

你掌权也循私舞弊玩心机。

这些年你变得不像你，

再不是我忠厚的徒弟魏火奇。

师徒今日绝情意，

我老包不攀权门让人看低！

（喝文星）走！

魏火奇　　（急拦）师傅！

（唱）师傅话如同刀剑利，

说得我浑身冒汗红脸皮。

这两年听到的多是奉承语，

今日里当众被剥去身上衣。

师傅一言揭根底，

这耳光确实该打我自己！

（白）师傅，你说得好！说得对！这病确实在我身上……我我我辜负了师傅的教导！辜负了矿工兄弟对我的期望！

包正清　火奇呀，给孩子们安排个好工作，让他们少吃点苦，做父母的都有这份心。可你的身份不同，你是领导，是咱共产党的书记呀！全心全意为人民服务，不是全心全意为自己服务！老百姓不看你咋说，就看你咋做。共产党的领导不好干！要干好，就得像咱老矿长那样，带头奉献，带头牺牲，吃苦在前，享受在后！要是一当官都带头谋私利，那老百姓要他干啥哩？！

魏火奇　师傅！魏火奇决不做人民唾弃的贪官污吏！

【魏热泪盈眶，激动地突然双腿跪地。

包正清　（动情地扶起魏火奇）……火奇！

魏火奇　师傅！

【二人紧紧相拥，音乐突起高潮！

（合唱）一阵清风扫尘埃，
　　一轮明月照襟怀。
　　一泓心泉常澄澈，
　　一溪春水源头来！

【造型聚光合幕。

（剧终）

【豫剧现代戏】

黑汉子的俏婆娘

编剧　李学庭

人物表

玉　梅	女	四十余岁
牡　丹	女	二十六七岁
魏　嫂	女	四十五六岁
金　英	女	小四十岁
玲　玲	女	二十岁
刘　嫂	女	四十余岁
大　妈	女	六七十岁
天　厚	男	四十五六岁
苗立仁（小苗）	男	二十余岁
牛成玉	男	三十岁
冯火秋	男	小五十岁
李　彬	男	三十岁
玉　才	男	二三十岁

记者和其他群众矿工甲、乙等

第一场

（合唱）三个女人一台戏，
响亮的笑声汇成溪。
看戏的男人莫傻笑呀，
戏中唱的就是你！

【某矿街区花园一角，金英正在指挥家属协管会的人排演节目，魏嫂扮醉鬼，东摇西晃上。

魏　嫂　（念数板）
说我是神不是神，
一天到晚三驾云。
见酒走不动，
闻香就动心。
违章被罚款，
通报丢大人。
不过咱的脸皮厚，
见酒还比爹娘亲！
爹娘亲！

【滑稽的表演逗得大伙畅怀大笑。

刘　嫂　死鬼，你咋装哩真像哩？

魏　嫂　咋真像哩！用人家的话这叫“有生活”！俺苗他爹活着时，有一天下了夜班，不知咋着醉得一塌糊涂，到家就拱我脚头被窝里，扳着我脚就开叫“巧七枚呀三桃园！”

金　英　又猜上啦？

魏　嫂　他老鳖孙还埋怨我“你咋光出老五魁哩”！

【众被逗笑得前伏后仰。

刘　嫂　别闹了，你们看玉梅回来了，玉梅！

【玉梅前走，小苗紧跟上。

众　玉梅！

玉　梅　好，大伙都还在这儿，先说个高兴的事，刚才赵主任在会上说，马上北京要开矿山安全经验交流会，要让咱家属协管会去个代表哩！

众　真的？太好啦！

刘　嫂　老天爷呀，玉梅，你这一回可要光荣光荣哩。

魏　嫂　玉梅请客吧，今中午一人一碗羊肉烩面。

玉　梅　谁去还要选呢！那要是选上你去哩？

魏　嫂　我？想都没想！

金　英　都别咋呼啦！人家牡丹是咱协管会正主任，这好事怕谁也别想！

玉　梅　对对，咱们还是说工作吧。

（唱）咱煤矿一本老经天天念，
时时刻刻要记安全。
这俩月矿上奖金没兑现，
不少人井下干活心不安。
“三违”现象有增多，
安全工作开展难。
咱大伙继续宣传送温暖，
家和睦先要女人贤。
咱肩上都有千斤担，
要撑起安全的半边天。

（白）下边请安监员小苗同志说一说上一班的安全情况。

【**众拍手。**

苗立仁　不敢拍，拍得我说不成话啦。我说冯火秋可是兔子枕着狼腿睡——不要命啦！两次都是喝了酒下井，你们得想法摆治他一下！

金　英　小苗，不敢乱说，冯师傅和你妈可是正有情况哩。

魏　嫂　撕你那夜壶嘴！

玉　梅　别闹，这算个事。

苗立仁　还有牡丹主任没来呀？这几天成玉师傅情绪不正常，上一班差点出事故！

【**牡丹上。**

刘　嫂　就是哩，牡丹还是咱正主任哩，这一连三天两头不见人，这协管会的工作托给玉梅不说，连自己男人都管不好！

（看见牡丹）你……来啦！

牡　丹　说呗！

玉　梅　小苗正在通报安全情况哩。

苗立仁　牡丹姐，通报上点了成玉师傅的名啦！他最近好像有心事。家里有啥事儿？

牡　丹　啊……老家有点事，放心，我负责，我保证……

【**牡丹 BP 机响。**

刘　嫂　啥响哩？

【**牡丹看 BP 机。**

牡　丹　哎哟，我……玉梅姐，工作你先看着安排吧。

玉　梅　那下午宣传的事？

牡　丹　你先安排，我一定去。

【**牡丹匆下。**

刘　嫂　看人家这主任当的，真是“脱产干部”！

玉　梅　小苗，还有啥情况？

苗立仁　没啦。总之一句话，这男人就得让女人管！你们要是来点真哩，比矿长说话都管用。

金　英　哟，这是你妈的经验吧！

魏　嫂　（冲小苗）滚，鳖孙孩子！

【小苗跑下。

刘　嫂　听说牡丹可是……可是……

魏　嫂　啥话说吧！吐半截咽半截，比鸡下蛋都难。

刘　嫂　不说啦，我啥也没说。

魏　嫂　（急）咦！你这不是老母猪摆尾巴——闲磨屁股哩！

刘　嫂　你狗嘴吐不出象牙！

金　英　啥话你说出来不对啦？

玉　梅　你听到啥啦？

刘　嫂　咱可是哪说哪了！听说，牡丹混了个有钱的头儿，她腰上那啥“屁屁机”都是那人给买的，嘀嘀一响那是暗号，都是叫她哩。

魏　嫂　真哩？老天爷呀！

玉　梅　没影的事不敢乱说！咱还说工作吧，冯师傅喝酒的事，咋做工作？

金　英　这事交给魏嫂，你们没听说，火秋见魏嫂，咋说咋都好。

魏　嫂　你嘴没戴笼头！

玉　梅　是这，大伙都先回去准备吧，下午两点半井口见。魏嫂，你留一下。

【众下。

魏　嫂　还有啥事？冯火秋的事我可不管啊！

玉　梅　魏嫂，魏哥过世三年多啦，你是咋打算哩？

魏　嫂　伺候好俺小苗儿，给他说个媳妇。

玉　梅　　我是说你的事咋办！不是大伙说，我看冯火秋师傅老伴去世都五六年啦，对你可是有意思。

魏　嫂　　你再说我可恼啦！我那死鬼不为喝酒能在井下出事？我如今听说酒字心都打战！再找个酒鬼？

玉　梅　　咱让冯师傅戒了酒还不行？

魏　嫂　　要能戒了，苗他爹也不会走恁早！这你不懂。

玉　梅　　咱是这，那冯师傅要把酒真戒了呢？

魏　嫂　　我说……管管你家的事吧！你家天厚要是真上玲她舅那去干，我看咱可都得散摊儿！（下）

玉　梅　　魏嫂，你等我说嘛。（追下）

【玲玲匆上远叫。

玲　玲　　妈——

【玉才、天厚上。

玲　玲　　爸，我妈走远啦。

天　厚　　她不吐口，我真不能去！

玉　才　　姐夫！

（唱）我玉才既能把煤窑办，
　　也不愁找不下技术员。
　　三番两次来请你，
　　为的是肥水不流外人田！

玲　玲　　爹！

（唱）虽说你每月少上几个班，
　　这可是月资五千元。
　　你掐住指头算一算，
　　爹呀爹，快顶你矿上干半年。

玉　才　（唱）你只知为矿上出力流汗，

大半辈攒了多少钱？

玲　玲　（唱）下决心去跟我舅干，

错失良机可后悔难。

天　厚　这是大事，得让你妈定。

玉　才　咱玲医院建房集资款你都交不起，只要你去帮我开小煤窑，玲这集资盖房的四万块钱，我拿了！

玲　玲　（求）爹！

天　厚　这事……是好事，不过，得让你妈定。

玲　玲　我妈？她当了安全协管副主任，就跟当了矿长似的！

玉　才　姐夫，现在这社会，不兴我姐那号人！你没看谁不为自个着想！走，今天先到我那窑上看看。

天　厚　我下午四点班，这一段正紧哩。

玉　才　外边有车，不就一个班吗！

玲　玲　爸呀，你就勇敢一回，大老爷们总听着媳妇的，让人笑话！走吧老爸！

【玲玲推、玉才拉，将天厚拉下。

第二场

【夜，矿山小院，住着牡丹、玉梅两家。

【玉梅家灯亮着，坐在轮椅中的大妈正焦急地观望等待。

大　妈　（唱）月亮爷从东岭转到南山，

玉梅去叫天厚还没回还。

天厚他实诚人没有主见，

这一回要生气让我不安。
三年前老伴去世我无人管，
残疾人无儿女实在可怜。
是玉梅怜贫惜弱心良善，
硬把我认作干妈拜膝前。
领回来废物当作亲妈看，
三餐茶饭顿顿端。
也不知我前世积下啥阴德，
修下老来福寿全！

【玲玲从外回来。

大　妈　玲，接着你妈没有？

玲　玲　没有，她去叫，我爸也不回来！

大　妈　我真担心生气。

【驱车到门口外望。

【牡丹和李彬悄悄进院，牡丹忙上前迎住大妈。

牡　丹　婶，你还没歇？

大　妈　没有，你才回来？

【牡丹搭话中，李彬急步走向牡丹家，牡丹也搭讪着离去。

【玉梅家灯暗，牡丹家亮灯。李彬拉住进来的牡丹。

李　彬　牡丹，你该活明白啦！
（唱）一个穷字如利剑，
斩断咱情谊整五年。
如今我李彬腰万贯，
失去的要他加倍还。
当决断时你要决断，
牡丹呀，我不信你把彬哥全忘完。

牡　丹　（唱）当决断我想决断，
船行江心掉头难。
五年岁月路漫漫，
我并非只苦没有甜。
成玉忠厚人良善，
对牡丹扑心扑肝情意专。
我若忍心伤害他，
善良人天塌地陷太可怜！

李　彬　（唱）这次来下决心要了旧心愿，
错写的历史要还原。
我不蒸馒头争口气，
总算是等到了这一天！

（白）牡丹你不要摇头，你让我见见牛成玉，我给他谈，我可以给他三万五万、八万、十万！只要他把你还给我！

牡　丹　彬哥！……让我想想再说吧！

【牡丹家灯暗，玉梅家灯亮。

大　妈　（望着牡丹家，疑心顿起）这个男人……

【玉梅、天厚进院。

大　妈　玉梅！你们总算回来啦，快进屋！

【玉梅答着进屋。

【玲玲掀帘出来。

玲　玲　爸？你咋回来啦？真没劲！

玉　梅　（生气）玲玲！你要能当了这个家，从今天起，我啥事也不管了，全家交给你！

玲　玲　（不满地返身进里间）哼！

玉　梅　（倒杯水端给天厚）天厚，说吧，我玉梅有哪些对不住你，你提出来，我改。

天　厚　没……我……我是……咳！

大　妈　天厚，自打你师傅过世，玉梅和你把我这个废物接到你家，当亲老哩待，你们是真心，我也不见外。从我进这个门见到，玉梅啥重活都不叫你干，一天三顿都端着叫你吃，还不是为的你下井出力，她心疼你！你倒惹她生气！

天　厚　我知道……我……

玉　梅　下午三点俺协管会到井口去送茶水，搞宣传，小苗问我，天厚师傅咋还没来？魏嫂就疑心你上天才那去啦！你这不是让我自己打自己的脸吗？我好赖还是协管会的副主任，天厚，叫我咋说你哩！

大　妈　你真是糊涂呀！

天　厚　我……我不糊涂！

大　妈　你还不糊涂你？

玉　梅　妈，你别急，让他说。天厚，你说。

天　厚　玉梅，你越待我好，我心里越不好受！我是个男人，不能让你娘们受屈！我总想让你们吃好、穿好、过好日子，可……

（唱）十八岁接班井下干，
掐指算已快三十年。
那些年矿工人人羡，
只如今，
一落千丈人心寒。
煤挖多了不好卖，
卖了煤欠账太多要着难。
工资不高还拖欠，
寅吃卯粮日子艰。

我天厚年年评模范，
不惜力气不耍奸。
可如今建房交不起集资款，
半辈子难道就落个肚子圆？
玲她舅好心让我去干，
为的是肥水不流外人田。
这个账我也反复算，
干俩月顶住矿上干半年。
帮她舅小煤窑慢慢再发展，
后半辈全家肯定不缺钱。
如今政策让单干，
为什么好事你们偏要拦！

【玲玲跑出。

玲　玲　（兴奋）好啊老爸！你总算是活明白了！

玉　梅　天厚，钱可不是啥都能买走呀。矿上正困难，你这时候真要走了，那是啥影响，你想过没有？

玲　玲　你们知道不知道，现在连工程师、教授、专家都可以跳槽，这叫寻找自己的人生价值！

玉　梅　你懂个啥？往前推十几年，你咋不叫你爸跳槽哩？

（唱）咱家人两代都把矿工干，
父一辈子一辈守着矿山。
矿山兴咱全家得福不浅，
矿山难咱怎能就变心肝。
青山矿正经受改革考验，
全靠着大伙齐心渡难关。
你是个老矿工技术全面，

关键时咋能够拔腿逃窜。

尽管是兴跳槽政府不怨，

那样做咱的良心安不安？

啥时候当逃兵也丢人现眼，

做个人人品比啥都值钱。

玲　玲　（唱）头脑要随时代变，

跳出陈规道路宽。

只要能创造自身高价值，

就要抓住机遇冲上前。

（白）妈，不客气地说，你观念陈旧，保守落后！你说这么好听，你给我拿四万块钱集资款？

【玲玲掀帘进里间。玉梅家一侧灯暗。

【牡丹家一侧灯亮，情景如前。

李　彬　牡丹，煤矿上的情况你比我清楚，你得为自己想想！

牡　丹　协管会里我还是主任，最近，很有可能还要去北京开表先会，这时候我要走这一步……

李　彬　你呀，还是这样单纯！去北京？我可以让你到香港、日本、美国去转一圈！

牡　丹　彬哥，我心里乱极啦！

李　彬　牡丹，答应我吧，彬哥过去说的话算数！我这一辈子就是要娶你，你是我的！

【李彬将牡丹拥进怀里，顺手拉灭了电灯，黑暗中传出牡丹不、不……不能这样……不能这样！

【另一侧灯亮，玲玲掀帘出。

玲　玲　我爸可以提前病退！

大　妈　玲，你别添乱了，好不好？（推玲进里间）

玉　梅　天厚，不能这样！不管别人咋着，咱就和青山矿绑到一起了！疾风知劲草，患难识人心。困难时候才能看清人心哩！你上玉才那去的事，大伙还不知道，明天照常上班，千万不能造成坏影响！矿上……很可能让我代表家属协管会去北京开会呢！

天　厚　去北京开会？

玉　梅　这事还没定准，不要对别人讲。你歇吧，我找牡丹研究一下明下午宣传的事。

【欲出门。

大　妈　（止）玉梅，不能去，今晚……

玉　梅　咋啦？

大　妈　反正你别去……人家都睡啦！

玉　梅　成玉还没下四点班，不会睡。

大　妈　你听我的，别去！

玉　梅　到底是咋啦？

天　厚　她家好像有啥事，成玉前天四点班差点出事。

玉　梅　我正是要去了解了解情况哩。十几里路跑得我一脸土，先洗洗……

【玉梅一侧灯暗。牡丹一侧灯亮，牡丹送李彬出。

牡　丹　成玉快下四点班啦，你走，你快走！

李　彬　牡丹，这事也不能常瞒，我要和牛成玉当面把事说明！

牡　丹　你让我自己慢慢说好吗？快走！

【院子里李彬匆匆外走，玉梅出门泼水，一盆水浇在了李彬身上。

李　彬　你！这是干什么？！

玉　梅　对不起，对不起！你是……

【牡丹急出。

牡　丹　哎呀，表哥，你还没走？呀，咋泼了一身水？

【李彬悻悻下。

玉　梅　那是你表哥呀，我没看见，真是……

牡　丹　没事。

【火秋、成玉叫着天厚进院。

玉　梅　哟，都下四点班啦？

牡　丹　成玉，饭都快凉啦，回去吃吧。

成　玉　冯哥，你们说吧，我回去洗洗。

【牡丹、成玉进自家屋。灯暗。

冯火秋　天厚，你这货今个咋旷一班工？

天　厚　我……

玉　梅　他今天腰不得劲儿，趁我兄弟车去城里检查一下，连假也忘了请。

冯火秋　就是，我想着你这劳动模范，也不会像他们说的那样，去干小煤窑。天厚弄俩菜，咱喝一盅。

玉　梅　冯师傅，你喝酒几次违章，真的就不怕出事？

冯火秋　我不像你家天厚，有人疼有人爱，热热和和一家人。咱就这一古堆啦，命不值钱，啥时候交粮本都中。

玉　梅　不对，我可知道你心里想着魏嫂哩！

冯火秋　（笑）想也是白想，人家会能看上咱？

玉　梅　只要你能把酒戒了，这事包我身上！

冯火秋　我是见酒比媳妇还亲。天厚，快拿酒来！（“啪”传来成玉家摔坏东西的声音，黑暗中，成玉说道：你不能给我丢人！）

【火秋、天厚闻声出院，迷惘地望着成玉家。

【灯暗。

第三场

【**井口上班前工人休息的地方，三五一堆的工人在闲侃。冯火秋微带酒意上。**

冯火秋　天厚，你家玉梅那天晚上说，魏嫂对我还有点意思？

天　厚　你呀！既有那份心，以后少喝点酒！见了小苗像个长辈，别整天没大没小的！

冯火秋　小苗这孩子爱打渣子。

【**玉才匆上，拉天厚到一边。**

天　厚　你咋到井口来啦？

玉　才　玲那四万块集资款我可给玲了！

天　厚　你看你…… 恁些钱叫我咋还哩！

成　玉　你还得去呀！

天　厚　你姐不同意！你先回去按我说的干着，你快走吧。马上你姐来宣传安全，见你又得生气！

玉　才　往东北角挖对吧？

天　厚　对，可不敢偏，一定注意安全！

玉　才　我这姐呀，还不胜另姓旁人！（玉才匆下）

苗立仁　（跑上）伙计们，今天协管会宣传队特意化了妆，来给咱们送温暖，宣传安全，大家鼓掌欢迎！

【**众鼓掌，七八个化了妆、衣着鲜亮的家属们列队上场，新美光彩的形象，令男人们目瞪口呆。**

【**家属们在玉梅指挥下，精神抖擞、列队向前，响亮地问候道：**

众　矿工亲人们，你们好！

【矿工情不自禁热烈鼓掌。

玉　梅　（唱）亲人们就要下井把活干，

姐妹们一杯香茶双手端。

【家属们将盛着饮料的水端给各个矿工。

玉　梅　（唱）茶水一杯心一片，

望亲人下井干活要记安全！

众　（合唱）望亲人下井干活要记安全！

【冯火秋拉天厚到一边。

冯火秋　（唱）女人们真是敢打扮，

你看看，啥衣服都敢往身上穿！

你老婆今天最好看，

看好了别让人领蹿！

矿工甲　（唱）人凭衣裳马凭鞍，

矿工乙　（唱）绿叶衬得花更鲜！

矿工丙　（唱）嫂子们今天真长脸，

众　（唱）挖煤汉的媳妇赛天仙！

【众畅笑，刘嫂拉魏嫂到冯火秋跟前。

刘　嫂　冯师傅，看看这是谁？

冯火秋　（故作惊讶）这……这不是那电影明星刘晓庆嘛！

【众又一阵笑闹。

【牡丹拿鞋垫和一个背摄影机的记者同上。

玉　梅　牡丹，这鞋垫还没收齐，你咋拿来啦？

牡　丹　《矿工报》要一张咱送鞋垫的照片，先把这些送了吧？

（招呼大家）都来，把这些鞋垫送给大伙。

牡　丹　（登上一高处）各位师傅，这些鞋垫是咱家属们一针一线扎成的，上边都扎了“安全”两个字。它是我们的期盼，它是我们的祝愿！希望大家穿上它，记住我们的祝福，一步一个脚印地走在安全规章指引的大道上！

（唱）双手捧上花鞋垫，

千针万线情意连。

穿上它步步走的安全路，

吉祥如意保平安！

【**牡丹边唱边送鞋垫，矿工高兴地和唱，记者频频拍照，情绪热烈**。

【**牡丹 BP 机响**。

牡　丹　（看后，对记者）对不起，我得先走一步。

记　者　好，我任务也完成了。

【**牡丹与记者下**。

【**金英捅了刘嫂一下**。

刘　嫂　啊！（跟下）

玉　梅　下边请看小品表演《醉酒》。

【**魏嫂等开始表演**。

魏　嫂　说我是神不是神，

一天到晚三驾云。

玉　梅　你见酒走不动，

闻香就动心。

金　英　你违章被罚款，

通报丢大人。

魏　嫂　不过咱的脸皮厚，

见酒还比爹娘亲！

【**众笑**。

苗立仁　（走近冯火秋）冯师傅，你今天又喝酒了？

冯火秋　　没有……我是牙疼，用酒漱了漱口。

矿工甲　　漱了口没吐都咽下去了吧！

【**众笑。**

玉　梅　　冯师傅，你这还能下井？

苗立仁　　除冯师傅外，咱们记住亲人们的嘱托，牢记安全，蹬罐下井！

【**众下，冯不满地走向另一侧。**

玉　梅　　冯师傅，这也是为你好！

冯火秋　　好个屁，一班工资没有了！（下）

玉　梅　　咱们商量一下，咋做做冯师傅的工作，他这样喝酒，迟早要出大事！

金　英　　不是交给魏嫂了吗？

魏　嫂　　你嘴又痒了不是？

金　英　　唉，咱那节目白排了？再说冯师傅光棍日子快六年啦，你不该去关心关心？

魏　嫂　　你咋不关心哩，你去是正合适！

玉　梅　　别打渣子！魏嫂，这可是咱协管会的正经事，摆治这种人，谁也不如你，你看，你真要不行，咱再换人？

魏　嫂　　你说我不行，我还真不服这个气！

玉　梅　　好啊！不服任务就交给你啦！

金　英　　这种人是顺毛拨拉，咋说咋好，戗毛拨拉，又踢又咬。

【**众笑，刘嫂上，在金英耳前悄语，金英又悄语给玉梅。**

玉　梅　　你看清楚了？

刘　嫂　　我这眼不是出气哩！

金　英　　这硬是欺侮到矿工头上啦！玉梅？

玉　梅　　情况要进一步弄清，真是这样……我有办法！

【**众围拢计议，灯暗。**

第四场

【冯火秋家小院，冯从房内拿出酒和酒具，坐到院里小桌旁。

冯火秋　想着少喝两口没事，可小苗这熊孩子就是要较真！不让下井，牛王爷不管驴事，继续喝酒！

【一口酒下肚，美得咂着嘴。

（唱）都说我火秋不主贵，

见酒没命太贪杯。

老婆子不够意思做了鬼，

光棍汉无聊只有酒作陪。

三杯美酒进了胃，

这心里想谁就有谁。

啥时我才能交上桃花运，

身边能有那个意中人！

【喝酒。

【玉梅领魏嫂上。

玉　梅　魏嫂，一定要完成任务，我和金英把那事弄清楚，马上来叫你。

魏　嫂　放心吧。

【玉梅下。

魏　嫂　（唱）真后悔一时头发昏，

不该把这个任务揽在身。

可我说不清是为什么，

心里总膺记着这个人。

【进门。

进门见他把酒饮，

我又恨又气似火焚。

冯火秋狗挨打还知夹夹尾，

难道你五尺汉不如一畜禽！

【不容分说把酒泼地。

冯火秋　（发火）谁他妈敢把我酒倒了！

魏　嫂　我！（摔了酒壶）

冯火秋　（看清是魏嫂，一时失措）是……是……你？

魏　嫂　是我，认识不认识？！

冯火秋　（喜出望外）认识……认识，你坐……请坐。没想到你会来……看我……这是……真哩不是？

魏　嫂　告诉你，我是受我们协管会委派，来解决你喝酒违章的事哩！

冯火秋　不管啥事，只要你来就好！你坐，你坐，我倒茶！（急忙端茶捧给魏嫂，二人四目相望，都感不安）你请坐……

冯火秋　（唱）在梦中与她相会多少遍，

今日里亲手给她把茶端。

魏　嫂　（唱）他两只眼好似都有电，

看得我浑身热燥心不安。

冯火秋　（唱）这真是下猛雨捡到一把伞，

鼓勇气今天要把那事谈。

魏　嫂　（唱）守寡人见不得单身汉，

同病相怜一样的难。

冯火秋　（唱）这婆娘全矿有名的心肠软，

我不说硬话只道可怜。

魏　嫂　（唱）冯火秋你为啥把安全规章犯，

难道说酒比你小命还值钱？

冯火秋 （唱）魏嫂呀人生世上时间短，

不知爱命是实憨。

我火秋这几年为啥变？

实情难将近人瞒。

六年前她撒手离去事不管，

撇下我孤苦伶仃谁可怜！

上班下井把活干，

回家来冷锅冷灶四壁寒。

歇个班又买又炒做一案，

一个人咋吃都不香甜。

多少次我面对饭菜泪涟涟。

为补衣我把手扎烂，

有了病没人将一口热茶端。

这日子叫人不留恋，

才学会喝酒解愁烦。

我要是有个女人知冷知热常相伴，

好魏嫂，我也能创高产、当模范，

遵规章、保安全，哪龟孙愿拿小命，

去玩完！

魏　嫂 （唱）难怪他酒后违章把制度犯，

他心里装满苦辣与辛酸。

这才是家家有本苦经念，

各家不知各家难！

（白）我知道，没有女人，男人过那就不叫日子！

冯火秋 哎呀，理解万岁！那没有男人，女人那日子也没滋味，咱这情况一样！

魏　嫂　　胡说，我可跟你不一样！

冯火秋　　那是……你有小苗能跟你说说话，可有些话也不能跟孩子们说，你说是吧？

魏　嫂　　对。（忽然意识到不妥）不对，你别胡扯，咱情况可不一样！

冯火秋　　对，不一样，我是光棍，你是寡妇。

魏　嫂　　我说你胡扯啥哩？你想解决问题不想？

冯火秋　　想，做梦都想！

魏　嫂　　这酒必须戒！喝了酒下井太危险啦！苗他爹不是为这丧了命？

冯火秋　　对，当时我在场。

魏　嫂　　你今天立个保证，这酒能戒不能？

冯火秋　　能！

魏　嫂　　好！我算没白来，我这就去跟玉梅汇报。

冯火秋　　哎，你不能走啊！

魏　嫂　　咋？你可是立了保证啦！

冯火秋　　可我的问题还没解决呀！

魏　嫂　　啥问题没解决呀？

冯火秋　　魏麦花同志……

魏　嫂　　叫魏嫂。

冯火秋　　好，叫魏嫂。魏嫂同志，这酒和吸烟一样，好学难戒，要想戒彻底，得有个人管住！

魏　嫂　　谁能管住你？

冯火秋　　你，你就能管住我！

魏　嫂　　这得讲自觉，我也不能天天跟着你，守着你。

冯火秋　　那咱搬到一块住，不就天天守住啦？

魏　嫂　　你是说……

冯火秋　　哎呀，别人都听清楚啦，你还装糊涂！

魏　嫂　（明白）啊！你是说……我和你……

冯火秋　对呀！你咋才想起这事？我都想好几年啦！

魏　嫂　不行！不行！绝对不行！

冯火秋　咋不行？他们都走啦，啥心都不操啦，咱还得往前走不是？

魏　嫂　我比你大三岁哩……

冯火秋　女大三抱金砖，我冯火秋就是要抱个大元宝！

魏　嫂　我……条件不好……

冯火秋　咦，都快饿死啦，还敢嫌馍黑！

魏　嫂　不行，小苗不会愿意！

冯火秋　没事，小苗想叫叫个爹，不想叫叫哥们儿也行！单线联系。

魏　嫂　你放闲屁，这事得慢慢说……

冯火秋　哎呀，都是最末一班车啦，还敢再耽搁？我的麦花呀！（抓住魏嫂双手）

【玉梅、金英、刘嫂叫着魏嫂上，二人触电似的离开。

金　英　咦，你俩咋啦，这脸咋跟红布一样？

刘　嫂　是不是都喝酒啦？

冯火秋　没……是……太热。

玉　梅　（看出原因，捅了金英一下）魏嫂，任务完成啥样？

魏　嫂　任务基本完成啦！

冯火秋　你们要是这时候不来，那任务完成得就更好啦！

魏　嫂　你！

玉　梅　好，以后有的是时间，那任务你们慢慢去完成。魏嫂，我们来是叫你去执行一件更艰巨的任务！

魏　嫂　啥任务？

玉　梅　抓坏人！

魏　嫂　抓坏人？

玉　梅　对，咱们分头行动，密切配合，今天要大获全胜！

（灯暗）

第五场

【**矿山边一幽静处。**

【**玉梅走向牡丹。**

玉　梅　你今天必须告诉我，你和那个人究竟是咋回事？

牡　丹　（发作）他是我的老相好，野男人！明白了吧？

玉　梅　牡丹，你也不要说气话，我玉梅是啥人，你应该知道。有啥原因，告诉我，我会实心实意帮你。人在事中迷，告诉我吧，牡丹！

牡　丹　我说，我全告诉你！

（唱）反正是纸里终究难包火，

牡丹把内中情由从头说。

那个人并非是坏人一个，

他的名叫李彬是我的同学。

俺自小一道沟里捡柴火，

辍学后干活在一个山坡。

我心里有他他也有我，

两颗心同把好梦做。

我爹滚崖塌天祸，

治病借债三千多。

成玉家送去彩礼三千块，

我违心含泪别李哥。
结婚后成玉待我很不错，
慢慢地婚前旧情渐淡薄。
五年的日子平静过，
岂料陡然起风波。
他开办金矿已变阔，
十万元硬要赎回我。
往日的情意他不舍，
我愁肠百结难抉择。
那一晚他要等成玉把事说破，
怎能让两仇相遇动干戈。
我苦口求他出门走，
恰遇你院中把水泼。
如今我进退都失措，
玉梅姐你告诉我该如何做！

玉 梅 这还用说吗？让那人走！

牡 丹 可他不走！

玉 梅 不走就找派出所！

牡 丹 不！过去是因为穷，他才失去了本应属于他的人！

玉 梅 他过去穷，是成玉的罪过吗？牡丹！

（唱）三千元当初助你渡难关，
胜过他如今的十万元。
生活的过错账难算，
不能让无辜的好人把罪责担。
虽说你当初结婚非情愿，
五年来你们过得也怪香甜。

矿井下苦累中练出的挖煤汉，
更需要女人的情意与爱怜。
成玉兄弟人良善，
可是把你捧在手里敬成仙。
做女人要的是男人的真情感，
有真心胜过金山与银山。
五年的情意不能断，
更何况还有女儿连心肝。
这李彬看似仍将旧情念，
我看是怨气未消不舒坦。
一旦他出了怨气遂心愿，
会不会爱你不变似从前。
你毕竟五年婚史理已短，
一生气他准会把旧账翻。
到那时你忍气吞声把苦酒咽，
这苦酒怕的是你喝不完。
那李彬如今钱多成大款，
少不了野蜂浪蝶将他缠。
是猫都会喜腥膻，
谁不爱三春牡丹颜色鲜。
我认为你跟李彬有风险，
万不可一时冲动顾眼前。
这个家千万不能散，
你主意要稳心要坚。
牡丹呀，
一步走错步步错，

一念之差误百年。

一心一意家和睦，

一身二任惹祸端。

一了百了快决断，

一如既往情要专。

一片真心将你劝，

好妹子，

万不可脚踏两只船！

牡　丹　玉梅姐，你说的是有道理，可人这感情，不是道理明白就能解决的呀！

玉　梅　这事不能再这样拉拉扯扯，闹不好会出事的！

牡　丹　可我……

玉　梅　牡丹，成玉这段情绪不好，你这样子不是害他吗？得马上让李彬走！这事不能拖！

牡　丹　我……我谁也不忍心舍……

玉　梅　啥呀？你想合资经营还是搞股份制哩？

牡　丹　我心里乱极了！

玉　梅　牡丹，我今儿叫你来，一是劝劝你，二是要告诉你，这件事咱协管会已经采取了措施！

牡　丹　采取措施？啥措施？

玉　梅　我们要赶李彬离开矿区！

牡　丹　什么？你们赶他走？你们有啥权力！（掉头跑下）

玉　梅　牡丹——（追下）

【**灯暗**。

【**另一侧灯亮**。

【**李彬按字条上的地址来到这里**。

李　彬　（唱）这件事不需要躲躲闪闪，

按字条来约会故弄虚玄。

借机会我再将牡丹相劝，

圆旧梦早随我离开矿山。

（寻找）就是这里，牡丹——牡丹——

【见到背对他的“牡丹”。

李　彬　牡丹，何须将我约到这里，在宾馆也好说话，你怎么不看我呢？

背　影　你一定要我和成玉离婚？

李　彬　不离，我们就不能名正言顺在一起，总不能这样偷偷摸摸的！

背　影　我要不想离呢？

李　彬　牡丹你不能这样！

【强行将背影转身，原是化了妆的魏嫂，魏嫂照李彬脸上就是一个耳光。

魏　嫂　你个流氓，看清我是谁？

李　彬　你！这怎么回事？

【李彬一转身，金英和刘嫂等逼视着围了上来。

李　彬　你们……你们这是要干什么？

魏　嫂　干什么？仗凭着你有两个臭钱，欺侮到我们矿工的头上了！来，把他扭送派出所！

李　彬　你们住手，干什么！

【众扭打，李彬挣扎，脸上被挖出血道。

李　彬　你们打人犯法，我要告你们！

魏　嫂　哟，你还恶人先告状，谁打你啦？

刘　嫂　（拉李彬到一边）我说，你勾引良家妇女那是犯法的！叫我说，你趁早离开矿区，三十六计，走为上策，你还不赶紧跑！

李　彬　我不走！

魏　嫂　你破坏矿工家庭，来，送他上派出所！

【众扭扯，牡丹和玉梅跑上。

牡　丹　（厉声怒喝）住手！（如护小鸡一样将李彬护在身后）

魏　嫂　牡丹……我们……

牡　丹　谁让你们这样干的！谁让你们这样干的！

玉　梅　是我。牡丹，你是咱协管会的主任，你应该知道，这样对成玉打击有多大？！

牡　丹　（抚摸着李彬脸上的伤痕）彬哥，疼不疼呀？

【成玉上。

众　　　成玉！

【李彬惊惧。

成　玉　我都知道啦，玉梅姐，你和大伙都走吧。

玉　梅　成玉兄弟，咱可不能……

成　玉　放心吧，我知道咋办。都走吧。

金　英　（在玉梅耳边低语）

玉　梅　（点头）好，咱们大伙都走吧，让他们好好谈谈。牡丹，你可要拿稳主意！

【众下，成玉走向李彬，牡丹护。

牡　丹　成玉，你不能胡来！

成　玉　牡丹，我今天来不是打架的，能不能让我们两个谈谈？

李　彬　（拉过牡丹）好，我早就想找你谈谈，把话说到明处。

成　玉　牡丹，你能不能暂时离开一会儿？

李　彬　去吧，没事！

牡　丹　成玉，有啥错都是我的，你别难为他。

成　玉　你滚！

【牡丹一步三回头离去。

【李彬抽出一支烟让成玉，成玉接过拿在手里。

李　彬　成玉兄弟，这件事你没错，我也没错。我俩过去……

成　玉　（以手相止）别说啦，我都清楚啦。

（唱）自你到矿上第三天，

成玉我有察觉也听到传言。

我也曾旁敲侧击问牡丹，

她不该心存疑忌巧相瞒。

这几日我心里波澜翻卷，

想过来思过去彻夜难眠。

我不忍小家庭就此离散，

和牡丹结夫妻毕竟五年。

尽管是我爱她痴情一片，

也察觉牡丹对你依然爱恋。

难抉择背地里她以泪洗面，

看着她受熬煎我心里不安。

咱都是堂堂五尺男子汉，

不能让女人为咱把痛苦担。

挖煤人能吃苦累有肝胆，

天大事咱今天要坦诚交谈。

（白）刚才的事可能是婶子、嫂子们出于对我的关心，做法实在不当，还要请你原谅。

李　彬　太不像话！

成　玉　你能不能告诉我，你至今还确实爱着牡丹？

李　彬　不爱她，我来干什么？

成　玉　不是赌气？

李　彬　不是赌气，是争气！当初你给她家三千元，只要你答应把牡丹还给我，我今天给你三万五万、十万都可以！

成　玉　（怒）你浑蛋！

李　彬　你怎么骂人？

成　玉　你现在是有钱，我一个煤矿工今天是没法和你比，但是，我小看你！我鄙视你！

李　彬　你鄙视我？这不是过去，你们是工人，是国家主人，我们得仰着脸看你们！你们端的铁饭碗，我们端的泥饭碗。现在，我端的是金饭碗！谁鄙视谁还不一定呢！

成　玉　不错，你端的是金饭碗，可我真担心牡丹跟着你，能不能获得幸福！

【玉梅等领天厚、小苗等人上，牡丹亦上，护李彬。

玉　梅　成玉。咋办，大伙听你一句话！

牡　丹　你们要干啥？牛成玉！你要敢胡来，我马上就跟上他走！

众　　　成玉……

成　玉　（不屑地笑了笑）牡丹，咱生活了五年，你还不认识牛成玉！只要你心真变了，你就睁大眼睛看着，我牛成玉是个提得起放得下的汉子！成全你们！走吧！

（成玉掉头而去，全场不解。）

（切光）

第六场

【上午，玉梅家院，静悄悄。

【大妈坐在轮椅中做家务活。玲玲和玉才神色慌乱进院。

玲　玲　奶，我妈回来没有？

大　妈　没有，出啥事啦？

玲　玲　舅，你在这儿等一会儿，我上医院去一趟，马上就回来。

【玉才点点头，闷头坐在小凳上。

玲　玲　（气不打一处来冲室内）爸，起来吧，你还能睡着！（出院下）

大　妈　这闺女。（对玉才）十点前都是你姐夫睡觉的时间，这是你姐多少年来定的规矩。

【玉才双手抱头抽泣起来。

大　妈　玲她舅，你哭啦？出啥事啦？

玉　才　婶！

（唱）都怪我一心赶产量，

安全方面少提防。

昨天下午出了事，

一人亡故十人伤。

大　妈　啊？出了这么大的事故？

【天厚匆出。

天　厚　玉才，真出事啦？

玉　才　这下他妈全完了！

天　厚　你没照我说的干？

玉　才　我只顾想着多出煤，谁知……

天　厚　老天爷呀，那还不快走！

玉　才　伤员送医院了，死了人得赔钱，对不住姐夫，我是来取给玲玲那四万块钱哩。

【玉梅跑进院里。

玉　梅　玉才、玉才……真出事啦？

玉　才　（积怨爆发）这下你高兴啦！拍你心窝里啦！你要是让我姐夫去

我那儿，会出这么大的事？（哭）

【玲玲拿钱匆上，径直走到玉才跟前。

玲　玲　舅，这是钱，快送去吧。

玉　梅　玉才，姐这儿还有两万。

天　厚　我去取。

玉　才　谢谢！你的钱我不敢用，我玉才没有姐！我要有姐，我这事能弄到这儿！（夺门而出）

玲　玲　舅！

天　厚　玉才！

【二人追下。

【玉梅颓然坐在凳子上，眼泪潸然而下，大妈心疼关切地驱车到玉梅身边。

大　妈　玉梅，想哭你就哭出来……啊！

玉　梅　人家说我傻，莫非我真傻吗？

大　妈　咱不傻，孩子！

【衣着华丽的牡丹，打着手机进院。

牡　丹　啊……你等着，我知道。啊，玉梅姐在啊，你脸色咋啦？

玉　梅　没事，你坐。

牡　丹　玉梅姐，你放心，殴打李彬的事，我们不向法律部门申诉了。我下了决心，给你说一声，我已决定和成玉分手啦。

玉　梅　什么，牡丹你……这是真的？

牡　丹　真的。（进自己家）

大　妈　老天爷呀，好好的这都咋啦！

玉　梅　（欲追去）牡丹，你不能……

【玲玲进院，叫回玉梅。

玲　玲　你少管点闲事中不中？

玉　梅　　你成玉叔咋能受得了嘛!

大　妈　　这一家人不散了嘛!

玲　玲　　天塌不下来，地球照样转！妈，告诉你个消息，协管会去北京开会的代表定了，你知道是谁吗?

玉　梅　　谁？……牡丹?

大　妈　　是你妈吧?

玲　玲　　居委会赵主任!

玉　梅　　咋会是她?

玲　玲　　没想到吧？看看你干了多少傻事!

（唱）自从你被聘为协管员，
凭心论工作成绩不平凡。
安全规章快背烂，
又扭又唱搞宣传。
给伤员送过多少饭，
给单身拆洗过多少被褥和衣衫。
送多少茶水毛巾和鞋垫，
咱的家每月要贴多少钱。
我舅办窑你不管，
至亲之间结仇冤。
领导当面夸你好，
有了荣誉你靠边。
妈妈你若不变观念，
到头来不成可爱成可怜!

【**玲玲掀帘进里间。**

玉　梅　　（唱）玲玲把代表事儿谈，
我心里咯噔一声沉甸甸。

这些时我其实暗暗在等盼，
没想到一盆冷水让人寒。
虽说我于名于利淡又淡，
这件事让我胸口发闷又发酸。
难道说矿山的事情我不该管，
难道说如今就时兴私与贪。
难道说为公就是旧观念？
难道说我果真落后于时代傻又憨？

【**天厚进院。**

大　妈　天厚，去北京开会的事，不是玉梅，是居委会赵主任！

天　厚　谁说哩，那代表得选哩，还没选哩咋知道是她？

玉　梅　对呀！

（唱）代表要经群众选，
决不会私下决定把大伙瞒。
仔细想领导不会这样办，
玲玲听的是谎言。

天　厚　玉梅，我想请几天假，去帮玉才料理一下。

玉　梅　好，下午就去吧。

【**玲玲出。**

玲　玲　妈，你要是真明白，我认为还应当让我爸去帮我舅办小煤窑。

玉　梅　那不行！你爸是矿工，有自己的岗位。现在矿上正在难处，我不管别人咋着，咱决不能那样做！

玲　玲　好吧，你们这一代人有你们的道理，也许妈妈是对的，我不干预。但希望你们理解我，支持我的选择。

玉　梅　你工作上，妈啥时候不支持啦？

玲　玲　我要说的是，我已向医院正式提出了辞职，不再做护士工作了。

玉　梅　　你辞职啦?

玲　玲　　对，我决定去广州。

玉　梅　　去广州干啥呀?

大　妈　　老天爷呀，这人都是咋了呀?

天　厚　　玲玲，千万不能辞职呀!

玲　玲　　这件事情我想许久啦。现在政策有利于个人发展，我想先到我同学那里看看。广州不行，再想别的办法，外边的世界很大，我决定去闯一闯，走一条你们可能不理解，但却是我自己想走的路!

【玲玲说着进里屋。

天　厚　　玲玲!

【天厚和大妈追到里间劝玲玲。玉梅一时不知如何是好。

【牡丹提箱出。

玉　梅　　牡丹，你真的这就要走?

【牡丹含泪点了点头，又回头看了眼小屋，扭头急下，玉梅欲追。

【成玉出。

成　玉　　玉梅嫂，人家外边有专车，不用送。

玉　梅　　成玉兄弟……

天　厚　　（出）成玉，她真走啦?

成　玉　　今一早，我们手续都办了。

玉　梅　　成玉兄弟，你坐……天厚，正好今天都是零点班，我弄点菜，你和成玉兄弟喝点酒。

【冯火秋提两瓶酒上。

冯火秋　　谁想喝酒，看咱送得及时不及时?

玉　梅　　好，现成的菜。（进内端菜）

天　厚　都坐。（倒酒、端酒）来，都先喝一杯。

冯火秋　天厚，我可是真戒酒啦！这是专门拿来叫你们喝哩！

【玉梅端茶出。

玉　梅　真戒啦？那今天是零点班，少喝点没事。

冯火秋　不，我是滴酒不沾啦！我先敬成玉兄弟一杯，牡丹这事，你处理得大气！给咱煤黑子装脸啦！

成　玉　好！这酒我喝啦！（仰脖灌下）

（唱）潇洒喝下杯中酒，
心头殷殷血在流。
眼看着妻子跟人走，
咬牙记下万古羞。
几天来思前又想后，
有志不向命低头。
挖煤汉敢和死神斗，
困境中不做卧坡牛！

天　厚　兄弟，人走就走了，天下女人多的是！你一定要想开。

冯火秋　对，你还年轻，还怕找不来好的？

成　玉　（笑）我早想开了。人家看中的不是人，是钱！咱矿工如今是穷了，可我就不相信永远就这样穷下去！

冯火秋　对，三十年河东还三十年河西哩！

成　玉　天厚哥，兄弟想劝你一句，青山矿困难是暂时的，坑口电站，煤气化工程马上要上马，还要实行股份制改造，振兴的日子不远了！

冯火秋　不错，矿长说过，国家支持咱哩！

成　玉　关键是心不能散！心要散了，企业没希望，谁还能看起咱？

玉　梅　说得好！矿兴咱兴，矿衰咱衰，走出困境靠的就是齐心努力呀！

天　厚　（紧握成玉手）兄弟，哥听你的！

【**魏嫂、刘嫂、金英等进院。**

魏　嫂　玉梅！你知道不知道？

玉　梅　都来啦？

魏　嫂　玉梅！

（唱）咱蒙在鼓里不知晓，
　　居委会不经选举就定代表。
　　这真是咱辛辛苦苦种棵树，
　　人家不劳而获摘蜜桃。

金　英　（唱）像这样出力不讨好，
　　咱不如干脆都撂挑！

众　（唱）俺就等你一句话，
　　一块都把聘书交！

众　俺们的意见，不干啦，散摊！

玉　梅　散摊？

刘　嫂　现在这社会，把咱这号人都看成傻瓜啦！有啥干头？！

大　妈　不敢散呀！你们干这，虽说贴了点钱，我看值！它换来的是爹妈有儿子，媳妇有丈夫，孩子有爸爸！那代表算啥，谁去不是开会哩，咋能为这点事就散摊哩？啊？

玉　梅　妈，你说得好！姐妹们，咱男人都是矿工，都是挖煤的，吃的苦、受的累够多了！咱们搞好安全工作，就是真疼他们，真爱他们！

（唱）世上行业千万种，
　　危险苦累是矿工。
　　都说是当兵服役受人敬，
　　依我看煤矿工和军人同样光荣。

一个是流血牺牲卫国家，
一个是生命血汗化热能。
别人看他们是煤黑子，
在咱心里是英雄。
咱的男人咱要爱，
咱的男人咱要疼！
咱要把他们装在心窝里敬，
把女人的情和爱献给咱矿工！

【小苗、矿工等上。

小　苗　玉梅姐，东矿来接你们宣传演出哩，去不去？

众　玉梅？

玉　梅　（玉梅跳到院中一高处，满怀豪情地发出口令）

姐妹们，集合！

【众安全协管员迅速排成了队，情绪昂扬。

青山矿协管会家属安全宣传队，演出开始：

众　（队列向前三步，齐声问候）矿工亲人们，你们好！

【起合唱。

黑汉子俏婆娘，
火辣辣的情爱烧胸膛。
千里矿山春光好，
滚滚煤海飘花香。

（剧终）

一九九八年十一月

仨核桃俩枣

李学庭剧作选

下册

李学庭 著

中国戏剧出版社
CHINA THEATRE PRESS

目录
Contents

天河恨

编剧　李学庭

人物表

牛　郎　（小燕）
织　女
金牛星　（黄牛）
孙守义
嫂　子　（蔡氏）
老　舅
玉　瑛
鹊　王
托塔天王
王　母
众仙女　　众　鹊　　天兵天将

第一场

（伴唱）这故事发生在久远的年代，
先辈们一代代流传下来。
说的是那满天星斗绝非石块，
一个个有名有姓有血有肉有恨有爱有喜有哀。

【合唱声中大幕徐启：整个舞台，好似个深蓝色的天穹，万千颗星斗，璀璨夺目，一道银河依稀如练。银河两岸的牵牛织女星座，光芒熠熠闪耀，渐化出牛郎、织女形象。星斗渐隐，显出天界一片葱郁的桑林，众仙女及织女采桑舞上。

（众仙女唱）采桑忙，采桑忙，
缫丝织锦献玉皇。
晨织朝霞涌日出，
暮结天幄遮夕阳。
万片桑叶千丈丝，
织出天衣七彩裳。

【众仙女及织女采桑舞下。

【数具金牛牵犁、牛郎扶犁上。

（众牛郎合唱词）
忙耕耘，耕耘忙，
金牛耕耘不为粮。
一犁云海万顷波，
二犁蓝天闪粼光。
朝耕暮耘蓝天上，

耕云播雨日月长。

【**众牛郎扶犁下。小牛郎止步，四下张望。**

牛　郎　（对牛）金牛哥，今日为何不见织女妹妹采桑？

金牛星　哈哈哈，牛哥早已为你们约好了，看那边谁来了？

【**织女匆上。**

织　女　牛哥！

牛　郎　小妹！

金牛星　趁天王赴宴未归，你二人有话快说。

【**金牛星隐去。**

牛　郎　小妹！

（唱）饥难忍，渴难忍，

饥渴难比相思心。

手扶犁杖想小妹，

不知犁儿浅与深！

织　女　牛哥！

（唱）病难挨，痛难挨，

不见牛哥情难挨。

采桑不见牛哥在，

手中的桑叶变干柴。

牛　郎　刚才路过蟠桃园，顺手摘了蟠桃一颗，小妹你尝一尝鲜吧！

织　女　哎呀！私摘蟠桃，触犯天规呀！

牛　郎　桃园是我犁，桃树是我栽，吃个鲜桃还不应该？

【**织女欲接蟠桃，金牛星匆上。**

金牛星　你二人速速离开，托塔天王宴罢回来了！

【**牛郎、织女正欲分手，一声断喝，托塔天王出现在半空。**

托塔天王　咄！牵牛织女，私约偷情，拿下了！

【众天神从四下围上，将牛郎、织女拿下，天将从牛郎手中夺过蟠桃，交天王。

金牛星　托塔天王，他二人偶然相遇，闲话几句，何罪之有？

托塔天王　他二人暧昧之情，玉帝早有察觉。今日又偷摘蟠桃，被千里眼看得一清二楚！玉帝有旨，将牵牛打入凡间，永世受苦！

牛　郎　小妹！

织　女　牛哥！

【牛郎被众天将抓举，抛下天空。

织　女　牛哥——（晕倒）

托塔天王　将织女责打一百天棍，贬员峤山去养冰蚕！

金牛星　托塔天王，你为虎作伥！

托塔天王　将金牛星暂打冷宫，不日宰杀烹调，为玉帝配酒菜一盘！哈哈哈！

【震耳笑声中金牛、织女被押下，光渐隐。

第二场

【人间、伏牛山间，草深林密，山道陡峭。

【蔡氏提饭罐上。

蔡　氏　（唱）手提饭罐进深山，

累得我大口大口把气喘。

从未受过这份苦，

荆棘撕衣手扎穿。

一不上山把柴打，

二不降香求上仙。
只为拔掉眼中钉，
一份家业能保全。
今日亲自来送饭，
饭里早把毒药掺。
来到山坳大声喊——
小燕——好兄弟——
莫非他滚崖已进鬼门关！

（白）小燕？死鬼小燕……没在这儿，到那边找找去。（寻下）

【小燕背着一大捆山柴，身后跟着黄牛从山后出。柴捆大，小燕身单力薄，强力支持几乎跌倒，黄牛从后将柴捆拱掉。

小　燕　哎呀老黄牛呀！你好不懂事！你看我饿得前心贴后心，眼花腿颤，浑身流汗。这么大一捆柴，你不帮我，还把柴拱掉，你干啥哩呀？

（唱）阵阵山风阵阵寒，
饥渴犯困身似绵。
三更进山星未散，
日不落山我家难还。
再大苦累都能忍，
愁的是嫂子嫌弃俺。
家道不和少温暖，
最痛心我的哥哥两头难。
为哥哥千般委屈我肚里咽，
为哥哥我擦掉眼泪装笑颜。
只求能全家和美少生变，
日子再苦也过着甜。

【黄牛突然“哞”叫了一声。

小　燕　老黄牛，你叫啥哩？我肚子饿了，也没劲了，要躺一会儿，你自己去吃点青草吧。

【小燕躺下，黄牛走到小燕身边，紧贴小燕卧下。

【蔡氏东张西望提罐上，见小燕。

蔡　氏　咦！你们都看看！原来他躺在这山清水秀的地方享清福哩！（抽一根山柴，怒冲冲扑向熟睡的小燕。举棍欲打，黄牛一角将蔡氏掀翻）哎呀，我的妈呀！这只死牛让他喂熟了，我连你一块打！（蔡氏举棍，牛与之对峙，蔡氏胆怯）算啦！叫他个畜生把我掀翻到崖下，就全完了。（提起饭罐，换上一副笑脸）小燕，好兄弟，快醒醒，嫂嫂给你送饭来了！

【小燕醒来。

小　燕　嫂子？山路如此难走，你咋摸到山上来了？

蔡　氏　好兄弟，今天是你的生日呀！嫂子特意来给你送饭来了！

小　燕　（看见饭罐，万分感动……）嫂子！难为你记着小弟的生日！

蔡　氏　看看，小孩泪，说掉就掉。快擦擦，嫂子一大早就忙着买肉买菜，特意给你做的蒸肉！

小　燕　（接饭）嫂子……你咋给我做这样好的饭？俺哥他吃了吗？

蔡　氏　别管他！常言说，老嫂比母！我不疼你谁疼你？快吃吧兄弟，吃了回家！

小　燕　嫂子，我……我也实在饿了……那我吃了？

蔡　氏　吃吧！吃吧！

小　燕　嫂子，你跑了这么远，一定也饿了，你再吃点吧？

蔡　氏　不！……不，嫂子在家吃饱了，这是专给你送的，快吃，快吃吧！

小　燕　好，那我吃了。

【小燕举筷欲吃，黄牛“哞”地叫了一声。

小　燕　老黄牛，今天嫂子送的好饭，算咱俩的，你一半，我一半，中不中？

【黄牛又叫了一声。

小　燕　中？那好，我先吃，你后吃！

【举筷吃，黄牛又大叫，且四蹄乱动。

小　燕　你还跟我争哩！好，你饿你先吃！

【小燕将碗举到黄牛面前，黄牛一角将碗掀翻，饭撒在地，黄牛用脚踏踩。

小　燕　（大惊）啊！

蔡　氏　好啊！你个小燕！平日里你哥总说我待你不好，今天我做了蒸肉送到山上，你却让牛掀翻在地，你是给我脸看哩不是？！

小　燕　嫂子息怒！都怪小弟不好。你打我吧！骂我吧！

蔡　氏　不打死你，我这气出不顺畅！（举棍欲打，黄牛牛眼圆瞪，逼向蔡氏，蔡不敢打下）啊……小燕！你把牛拉过去！

小　燕　老黄牛，你走开，让嫂子打我几下出出气就好了！

【小燕拉黄牛不动。

蔡　氏　小燕！你打！你先给我打这黄牛！

小　燕　嫂子，只要你不生气！（走向黄牛）老黄牛，小燕今天只好打你几下了。黄牛，我就打你几下吧？

【小燕举棍打黄牛，蔡氏却疼得乱叫。

蔡　氏　快别打了！（旁白）今天这事儿怪了！打在牛身上，我身上咋恁疼哩？莫非我那个死鬼公婆，在暗中护着他？深山野林，不是清净之地，回家再算账吧！

小燕，你听着，我把心扒出来，给你做好吃的，你还不领情！这个家里有你没我！

小　燕　嫂子，你千万别生气，都是小燕的错！

蔡　氏　　咱回去再说！（悻悻而下）

小　燕　　嫂子！

（唱）嫂嫂一怒下山走，

吓得小燕魂魄丢。

黄牛呀，都是你今天惹下祸，

咋让小燕把场收！

（白）老黄牛呀老黄牛，你一角算把我掀到沟底了！走吧，回去是打是跪是罚，只要嫂嫂不生气，就任凭发落吧！

【小燕背起柴捆走，黄牛不动。

你还不走？还耍你那牛脾气哩？看你今天办这事儿多好！我走啦！

【小燕背柴下山走，黄牛突然说话。

黄　牛　　东人转来！

小　燕　　（惊回首）深山老林，谁在说话？

黄　牛　　东人，是我在说话！

小　燕　　啊！（柴捆吓掉地上）你……你……你是妖怪？

黄　牛　　我非妖非怪，我乃天上金牛星！

小　燕　　金牛星？

黄　牛　　东人，你投了凡胎，往事全不知晓了，东人！

（唱）咱二人原都在天河岸畔，

你扶杖我牵犁月月年年。

为私情不慎将天规触犯，

玉皇帝贬下你投胎人间。

织女星如今在员峤山巅，

罚苦役育冰蚕难开笑颜。

原本要宰杀我大宫开宴，

趁月蚀我私逃来到人间。

我知道东人你有劫有难，

变黄牛才来到你的身边。

你嫂嫂心肠狠灭门霸产，

蒸肉里掺毒药笑里藏奸。

叫东人你往地下看，

饭撒处只药得叶落花残！

小　燕　（唱）果然是绿草地焦黄一片，

不由我抽冷气心中胆寒！

（白）黄牛大哥，你是小燕的救命恩人，大哥转上，受我一拜！

黄　牛　东人请起。此次回家，你嫂嫂定不与你善罢甘休！

小　燕　那如何是好？

黄　牛　如今之计，只有分家！

小　燕　分家？不中、不中！我哥将我养这么大，我一点力还没出，咋能张口就要分家？不中！

黄　牛　分了家，你哥哥才能不生气，东人才能不受害。

小　燕　我嫂子就怕我分家要产，好赖是我嫂子呀！她待我不好，可待我哥不赖！我不能光惹她生气！

黄　牛　东人，分家房地全不要。

小　燕　全不要？

黄　牛　只要你牛大哥就行了！

小　燕　要了你，我哥拿啥犁地拉车？

黄　牛　你嫂嫂对我怀恨在心，你不要我，她也要卖掉我，杀掉我！

小　燕　那好！只要咱俩在一起，咱开荒种地，不愁吃喝。中！分家就分家。黄牛大哥，咱现在回家，我就去叫我老舅来分家！

【**小燕背柴**。

黄　牛　东人，快将山柴放下！

小　燕　（放下）咋啦？

黄　牛　山高路远，让它自己下山！

小　燕　自己下山？

黄　牛　东人你看！（黄牛用嘴拱柴捆，柴捆如插翼飞去）

小　燕　神了！神了！好！我的牛大哥！（翻身骑上牛背，造型）

（切光）

第三场

时间　距前场第二日

地点　蔡氏家

【二幕前

老　舅　（上）（数白）世人都不想当舅，
怕的是分家结冤仇。
想起美酒猪头肉，
哪怕以后成对头！
（白）笑话几句。一大早俺外甥小燕，就来叫我去分家。定是蔡氏那个贱人，搅家不和！虐待俺小燕！燕，你咋还不出来？

【小燕跑上。

小　燕　我妗子说，老想我，俺说了几句话。哎呀舅！你咋穿俺妗子的裤子？

老　舅　打嘴，就你眼尖！

小　燕　我说俺妗子咋不起床哩。

老　舅　哎，实话说哩，我和你妗子就这一条裤子！走吧，快走，老舅这空肚子，还等着到你家吃饭哩！

【二人下，开二幕。

【蔡氏家，孙守义上。

孙守义　（唱）贫家娶了富家女，

十有八九是恶妻。

只是苦了我小燕弟，

挨打受气常忍饥。

昨晚分家信捎去，

气得我一夜捣枕席！

（进门）哪个在家？

【蔡氏出。

蔡　氏　哟，回来怪快哩。脸色咋恁不好看？一定是肚子饿了，为妻将饭早给你备好了。吃了喝了，好商量商量咋分家。

孙守义　你听着，从今以后，再提分家二字，我要打……

蔡　氏　你咋呀？

孙守义　我就打……

蔡　氏　打？打我跟前过去！

（唱）爬河边照照你那像，

还敢对我起高腔。

不是我爹老糊涂，

能嫁给你这个穷窝囊。

如今你吃穿像点样，

全凭俺娘家来相帮。

侍候你我已受委屈，

再不能养你兄弟那白眼狼！

孙守义　（唱）夫人你……

蔡　氏　　咋？

孙守义　　（唱）休要大声嚷——
分家事就是与你来商量。
兄弟小燕年纪小，
分出去外人定要说短长。
求求贤妻让一让，
落一个贤名人传扬。

蔡　氏　　（唱）贤名恶名任人讲，
谁说我叫他舌头长疔疮。

孙守义　　这家你一定要分？

蔡　氏　　要分！

孙守义　　这房产土地，多分给兄弟一些……

蔡　氏　　说哩比唱哩还好听。咱妈死时他才五六岁，谁把他养这么大？还想要家产？！

孙守义　　娘子，我那兄弟他……

蔡　氏　　你张口兄弟，闭口兄弟，心里哪有我？我活着还有啥意思？不如上吊死了你心静！

孙守义　　娘子……我……依了你还不行！

蔡　氏　　记住！到时一切由我说。走，饭都好了，到里屋吃去，马上你舅那老馋鬼一来，想吃你都吃不成了！

【孙守义与蔡氏进里屋。

【小燕，叫着哥跑上。

小　燕　　哥，老舅来了！

【蔡氏迎出，老舅呼喘着上。

蔡　氏　　舅，你来啦？

老　舅　　来啦……

蔡　氏　一定吃过饭来的是吧？

老　舅　吃……吃……

小　燕　舅，你不是说赶到这儿吃饭吗？

蔡　氏　哟，看小燕把咱舅说得多下才！咱舅可是个有脸面的人！那吃了就是吃了！

小　燕　嫂子，你给咱舅做些饭菜充饥……

蔡　氏　分了家，去你家吃好的吧！（下）

小　燕　嫂子！

老　舅　燕，别说了！人穷低三辈，叫你哥滚出来！

小　燕　哥哥——

【孙守义出，蔡氏跟上。

孙守义　舅父大人来了，舅父安好！

老　舅　守义！这分家之事，是你的主意，还是……

（看蔡氏）你的主意？！

小　燕　舅，路上我不是都说了，我哥在外教馆，他一字不知，分家是我的主意！

老　舅　守义，我要骂你个奴才！你读书知理，就没想想，你爹妈死得早，小燕年幼小……

小　燕　哎呀舅，我说过，这不怪俺哥！

【舅将小燕推到旁边。

老　舅　憨子！你别吭声。我不吓唬他们几句，一会儿咋多要东西哩？

蔡　氏　老舅，今天分家你心要放正，理要摆平！谁要是拉偏套，让他死到五黄六月天！

老　舅　咄！

（数白）蔡氏蔡氏你太泼，

没把老舅放眼角！

孙家日子不能过，
全是你一人作的恶！
把俺燕当成眼中钉，
你那心里藏蛇蝎。
为分家产起歹意，
蒸肉里面掺毒药！
要不是老天长了眼，
俺燕早已不能活！

孙守义 啊？有这等事！你？！

蔡　氏 我咋？你舅血口喷人，不得好死！

孙守义 你……你……

小　燕 哥，别再说了！

（唱）哥息怒，哥莫恨，
齿咬舌唇疼自身。
兄嫂为我心操尽，
十五年难忘养育恩。
过往事情莫再论，
咱永是一母同胞亲。
贫家日月多艰困，
嫂嫂为我受苦辛。
分家不是嫂相逼，
小燕长大要另立门。

孙守义 兄弟，你一定要分家？

小　燕 哥哥，分了好……

孙守义 弟心既然已决，这房产土地，家用衣具，尽我兄弟挑选！

蔡　氏 这房屋是我娘家给钱翻盖的，这土地，是我侍奉公婆留给我的！谁也休想带走！

老　舅　　咄！（数白）说分家，就分家，

男人在那有你说话！

家产尽着俺燕要，

老舅今天正当家！

守义，拿纸笔来写分契！

【孙守义捧纸笔放好。

老　舅　　（提笔书写）

（数白）天要阴，地要下，爹一死，娘要嫁，淅沥沥沥，哗啦啦啦，燕燕快说话，全部家产你要啥？

小　燕　　我要……要东屋那个破箱子。

老　舅　　啥呀？

小　燕　　我要东屋那个破箱子。

老　舅　　（急推小燕到一边）你真是小憨子呀！那么多大柜小柜你不要，咋开口就要个破箱子？

小　燕　　那个箱子是俺娘唯一留下来的东西，见了箱子，就像见到了娘！

老　舅　　啊，俺燕是一片孝心！想着我那老姐姐。好！稀里哗啦写上啦，除了破箱还要啥？

小　燕　　舅，我要那辆破车。

老　舅　　咦——燕！老舅攥真大劲儿帮你分家哩，你咋离了“破”字不张嘴？要新车！

孙守义　　兄弟，你就要那辆新车吧！

蔡　氏　　不行！那新车是俺娘家帮助打的，谁也不能要！

老　舅　　你男人没死，轮不着你说话！燕，咱就要新车！

小　燕　　舅，那辆破车，是爹爹在时亲手打的，他老人家用了一辈子，见车就像见了我爹爹！

老　舅　俺燕还是孝心一片！想着俺那老姐夫哩。好！写上，破车一辆。孩子，接下来要啥？

小　燕　我要那头老黄牛。

老　舅　总算要件正经东西。

蔡　氏　不行！那牛俺还要用。

老　舅　稀里哗啦写上啦，你干瞪俩眼没有法！燕儿，还要啥？

小　燕　我……啥也不要啦！

老　舅
孙守义　啥？

小　燕　我啥也不要啦！

老　舅　憨娃子，正经东西还没要哩！房子？土地？说吧！

小　燕　房子土地我都不要了。

蔡　氏　男子汉，大丈夫，说话不能收回！

孙守义　兄弟，没房没地，你如何生活？

小　燕　哥，我真的不要了。

孙守义　哎呀，兄弟！（哭滚白）哭了声兄弟，再叫声二弟，都怪兄嫂不好，逼你小小年纪分家另过！既要分家，为何土地房产一件不要，莫非你要乞讨度日？风霜雨雪，山高河深，你要有个三长两短，叫为兄怎对九泉之下父母讲清说明……我的兄弟呀……

小　燕　哥哥！

（唱）哥哥休流伤心泪，
分家迟早有一回。
鸟雀尚有自食力，
为弟此去不伤悲。

（牛叫声）耳畔只听黄牛叫，
声声在将小燕催。
老舅膝前双腿跪，
舅呀舅为分家你尚未喝上水一杯！

老　舅　燕，憨娃呀！
（唱）初生牛犊你不知畏，
需知前路一片黑！
舅不能帮甥儿心有愧，
从今以后你可靠谁？

小　燕　老舅，你不要为甥儿担心。哥，你帮我套上车吧？

【孙守义、蔡氏套车下。

小　燕　舅，早上到现在，你还没有吃一口饭！小燕再给舅磕个头吧！（磕头）

老　舅　憨娃子呀，你以后咋活哩！

【孙守义牵牛车上，蔡氏将破箱子扔车上。

孙守义　兄弟！

小　燕　我这一走，不知咱兄弟还能不能见面了！燕给哥磕个头吧！

孙守义　（掩面而泣）兄弟！

小　燕　嫂子，今后我再也不会惹嫂嫂生气了！嫂代我照护好我家兄长，小弟也给嫂子叩个头吧！（叩头）

蔡　氏　（也为之动容）兄弟，算……算了！

【黄牛叫。

小　燕　老舅！哥哥！嫂嫂！小燕就此别过！

【小燕登车，黄牛拉车突然腾空而起，众惊呼声起。

蔡　氏　哎呀！牛车上天了！上天了！

【黄牛拉着车上的小燕，向天际飞去，空中传来小燕呼叫舅

舅、哥哥声。

（切光）

第四场

地点 员峤山上。

时间 距前场不久。

景 员峤山乃五神山之一。山石如玉，飞瀑如练，翡翠般的桑林。织女育出冰蚕千万，时有巨鸟飞翔，其鸣如歌管弦。

（合唱）员峤山，万仞山，
隔断春光几多年。
画地为牢织女苦，
朝朝暮暮育冰蚕。

【织女花容憔悴，采桑育蚕。

织　女　（唱）泪眼盈盈对冰蚕，
员峤山高人孤寒。
可怜长叹复短叹，
忍看西风吹花残。
怎能忘洞箫横吹天河畔，
与牛郎心歌一曲情酣酣。
怎能忘桑间相约月更阑，
喁喁情话到晓天。
原只说相亲相爱结仙伴，
妹织丝锦哥耕田。

如今全部成梦幻，
天上人间音杳然。
想牛哥，难相见，
生死安危心中悬。
夜夜梦中声声唤，
恨不能一步到君前。
思千遍，梦万遍，
今生只恐相见难。
独倚危崖拭泪眼，
空看月缺变月圆。
天垠何啻万里远，
此生难见恨绵绵。

【**众仙女自天而降，织女玉瑛跑上。**

玉　瑛　织女小妹！

织　女　玉瑛姐姐！

玉　瑛　你看，众姐妹看你来了！

【**众仙女上，相互热情呼唤。**

织　女　众姐姐今日怎能到此？

玉　瑛　织女小妹！

（唱）天宫今日摆喜宴，
恩准姐妹们假一天。
员峤山来把小妹看，
一叙别情二来玩。

（白）小妹几日不见，看你花容憔悴，恹恹病态还在思念牛郎？

织　女　姐姐休要取笑！

玉　瑛　都说人间不如天上好，可人间穷家小户，也是夫妻成双，同耕同织，相依为命，自有一番乐趣。哪像你我，一天到晚，为别人织不完的锦缎，受不完的苦罪？

【**织女抽泣**。

玉　瑛　看看我这个人，来为你宽心的，倒惹你流泪！不说了，妹妹，你知道我们今天来约你咋玩？

织　女　小妹不知。

玉　瑛　咱们今天一同到伏牛天池，沐浴去吧！

众　　　对，一同到伏牛天池，洗澡玩耍！

织　女　使不得，使不得！玉帝将我贬在这里，托塔天王画地为牢，离开员峤山半步，就要罪加几等！

玉　瑛　小妹，你可知道，金牛星已私逃凡间，气得玉帝大眼瞪小眼，捉拿不住！

织　女　金牛大哥私逃凡间？

玉　瑛　金牛大哥敢作敢为！画地为牢，这都是治咱的法子，你听他，他就有威，不听他，啥也不是！众姐妹时间不早，伏牛天池去着！

织　女　姐姐……

玉　瑛　随大伙走吧！

【**众仙女拉织女下**。

第五场

【**伏牛山间**。

金牛星　（金牛星内唱）奋蹄腾空风雷震——

【**金牛驾车出现在空中**。

身边匆匆飘白云。

【**牛车落下。**

金牛星 （唱）多情千里来相会，

天地难隔意中人。

（白）牛郎醒来，牛郎醒来！

【**牛郎醒转，下车。**

牛　郎 黄牛大哥，咱这是到哪儿啦？

黄　牛 此乃伏牛深山！

牛　郎 你不是说，带我到一个水土肥美的地方，开荒种地，就是这儿吗？

黄　牛 正是此地。

牛　郎 这里山清水秀，好！咱就在这儿开荒种地过日子吧。

黄　牛 东人，咱开荒种地不难，只是还缺少一人。

牛　郎 缺谁？

黄　牛 缺少个洗衣做饭、持家理院之人。

牛　郎 在家这些活都是我嫂子干的。现在分了家，让我自己学着干吧！

黄　牛 不行、不行！为兄要给你找个花媳妇！

牛　郎 哎哟哟，羞死了，羞死了！不行，不行！

黄　牛 男女婚配，阴阳相合，传宗接代，万世不灭，乃天地间大事，为何不行呢？

牛　郎 非找不可？

黄　牛 非找不可！

牛　郎 可谁肯给我这穷光蛋做媳妇哩？有了媳妇，让人家穿啥吃啥？总不能像我老舅那样，两个人合穿一条裤子吧？

黄　牛 东人，你可记得你的织女妹妹？

牛　郎 织女妹妹？我只有个哥哥呀！

黄　牛　自你投了凡胎，过往的事全忘记了。你织女妹妹就是你的媳妇！

牛　郎　织女妹妹就是我的媳妇？

黄　牛　对对对！她今日正好离了员峤山，随同众姐妹在前边天池沐浴。

牛　郎　在天池沐浴？

黄　牛　东人，放下车辆，随我一同去见你的织女妹妹！

牛　郎　哎呀，我……我怕……我不敢！

黄　牛　怕者何来！一切有为兄安排，你附耳过来……

【**与牛郎耳语。**

牛　郎　（笑）哎呀，不中不中！大小伙咋去看女人洗澡？！还要偷拿人家衣服，打死我也不去！

黄　牛　时机不可错过，东人你随我走走走！

【**拉牛郎下。**

（切光）

第六场

【**天池边。**

【**清澈天池，碧波上芙蕖万朵，众仙女沐浴其间，歌声笑声阵阵。**

众仙女　（且歌且舞）溶溶月光满蓬莱，

玉池朵朵莲花开。

泓泓碧波任游汰，

几多幽怨天外排。

玉　瑛　（唱）只觉得筋儿骨儿好爽快，

好也似心儿肝儿醉上来。
才知道人间有此好去处，
强胜那天堂为囚日月哀。

玉　瑛　姐妹们，你我难得今日闲暇，尽情消受一番！

【众舞下。

【牛郎颤惊惊，掩面悄上。

牛　郎　（唱）只觉得心儿嗵嗵蹦腔外，
腿儿颤颤步难抬。
耳听得飞珠溅玉笑声起，
羞得我双眼难睁红满腮。
期期艾艾往前挨——
醉人清香飘过来！
循着笑声偷眼睬，
呀！天池春色令人呆！
泱泱水碧似仙界，
莲下仙女去又来。
只见那冰肌雪肤腰儿摆，
婀婀娜娜好身材！
心头涌热萌生爱，
牛郎我豁然顿觉情愫开。
猛然见一女孤独在，
轻拂碧水面戚哀。
乍相见似曾早相识，
好面熟一时却想不起来。
但愿她就是绿衣主，
在此专等牛郎来。

【牛郎呆看，空中传来金牛唤声。

东人、东人！快将那身绿衣拿起！

牛　郎　对了、对了！

【牛郎急到衣堆旁边，寻找绿衣服。

就是这件绿色衣服！就是这件绿色衣服！

【牛郎声响惊动仙女，牛郎急躲下

玉　瑛　（闪出）啊呀不好！有个男孩偷看你我洗澡，众姐妹快走！

【仙女纷纷披衣飞离池面，独织女急找衣服不见。

织　女　哎呀，姐姐，我的衣服不见了！

【牛郎上。

牛　郎　果然是她！别找了，你的衣服在这儿哩！

织　女　呀！（羞遮玉体，掩于荷叶之下）你这个人好生无礼！为啥将我的衣服偷走？！

牛　郎　不是偷，是我不吭声拿哩！

织　女　求你快将衣服还我！

牛　郎　还你不难，你要答应我大事一件。

织　女　什么大事，你快说吧！

牛　郎　我可说了啊……

织　女　说吧！

牛　郎　（鼓足勇气）你可听清楚了！

织　女　听清楚了！

牛　郎　我说啦，哎呀！这句话咋真难张嘴哩！

织　女　那个小孩，你要不说，先把衣服还我，有话以后再说。

牛　郎　也中！（欲送衣）不对！你穿上衣服跑了，我可逮不住你。那不中，话得先说清楚。

织　女　那你快讲啊！

牛　郎　（再鼓足勇气）听着，你得答应给我做个花……

织　女　花衣服？

牛　郎　不对、不对！我个大小伙子还能穿花衣服？做个花……

织　女　花帽子？

牛　郎　不是！不是！做个花……

织　女　花鞋、花袜、花兜兜？

牛　郎　不对！不对！给我做个花媳妇！

织　女　哎呀，小孩，看你说的啥话！你知道我是谁吗？

牛　郎　是谁？

织　女　我乃莲池鲤鱼精，会吃了你的！

牛　郎　你长得这么美，真是鱼精，吃了我也心甘情愿！

织　女　你一定要我答应？

牛　郎　一定要你答应！

织　女　那好，我答应了，快把衣服给我吧！

牛　郎　答应了？咱说话可得算话，说话不算话，是那会叫的小狗！

织　女　好……

牛　郎　好，接衣服！（将衣服撂给织女，织女穿衣上岸）

织　女　多谢还衣，告辞了！

【织女欲走，牛郎一把抓住衣带。

牛　郎　跑不了，我防着你这一手哩！你答应了，要给我做花媳妇，咋说话不算话哩？

织　女　小大哥，百样事情都能应允，只有此事万万不可！

牛　郎　为啥？为啥？我牛郎会开荒种地，保证不让你受苦挨饿！

织　女　小大哥速速松手，若不松手，即刻灾祸临头！

牛　郎　不松手，不松手！

【二人相持，织女挣脱欲走，金牛星上。

金牛星　织女慢走！

织　女　金牛大哥？！

金牛星　织女小妹，你可认得我家东人？

织　女　仔细看来，似曾相识……

金牛星　他投凡胎，往事无记。你难道也忘记了那天河畔的牵牛郎了吗？

织　女　他是牛哥？

金牛星　你仔细看来！

织　女　（恍然若梦）啊！

（唱）细看英俊一少年，

旧事经心到眼前。

果真是牛哥又相见，

恍然好似在梦间。

（白）你……你是牛哥？

牛　郎　我……我是牛郎！

织　女　牛哥——（扑牛郎肩上）

金牛星　员峤山苦役何时了？随牛郎去到人间，欢度一生，了却百年情缘！

牛　郎　妹妹，咱们回家吧！

（切光）

第七场

时间　距前场三年之后

地点　牛郎新居住地

景　新草房洁净舒畅，小院落花木芬芳，房前果树池塘，房后乔木修篁。

【儿女啼哭声中，织女双手各抱一婴孩出草房。放到摇篮里，手晃摇篮，哭声顿止。织女搬凳子坐在摇篮前飞针走线。

织　女　（唱）篱墙上牵牛花开了又谢，
小院里桃杏果摘了又结。
花三开花三谢三载欢悦，
一胎生儿和女柴门有接。
牛哥他人忠厚情深意切，
两颗心贴一起鱼水相谐。
春撒种夏耕耘冬令狩猎，
两双手勤劳动百样不缺。
昨日里秋风起雨降一夜，
霜露冷寒气冽急做棉靴。
针记情线结意情意倾泻，
富贵结只纳得千重百叠。
人世间天伦乐远胜天界，
小日月甜如蜜一步一阶。
永不羡天庭上琼楼玉榭，
再不愁天规严如囚如劫。
一大早牛哥犁田套已该卸，
放下活端酒菜将他迎接。
烹几只池塘中自养肥蟹，
鲜黄瓜紫茄子凉拌一碟。
备一壶高粱红家酿玉液，
只许他饮三盅饮食有节。

不到时人不归思念不切，
该回来不见人如同久别。
牛哥他贪活计性情太烈，
就不知铁打身该歇要歇。
远望见牛哥回肩负犁械，
（急抱起小儿女）快叫爹，快叫呀——
刚满月的儿和女还不会叫爹。（放儿女）
牛哥——

牛　郎　（负犁跑上）娘子！

织　女　（接犁）咋又回来这么晚？

牛　郎　把那块田犁完啦（急抱儿女）我的儿子，我的千金！快叫娘，快叫爹！笑啦，笑啦，她认识我了！

织　女　（端水接孩子）快洗脸吃饭吧。

牛　郎　差点忘啦。（从怀中掏出一只喜鹊）

织　女　喜鹊？

牛　郎　我正在山坡犁地，见一秃鹫和这喜鹊斗架！喜鹊受了重伤，眼看就被秃鹫抓走，我一石击飞秃鹫，救了这只喜鹊。怪可怜哩，腿伤我已包好，它浑身颤抖，我怕它冷，揣怀里暖了暖。你快喂些小米吧！

织　女　（放下孩子，接过喜鹊）好，牛哥，你快用饭吧。

牛　郎　娘子要小心喂它。（牛郎净面、用饭，织女背身用小米喂喜鹊。突然喜鹊飞起）

织　女　牛哥！你看它能飞啦！

牛　郎　让它去找同伴吧！说不定它也有儿女等它回家呢。

【鹊儿突又飞回在小院上空绕了三圈，叫了三声，振翅飞去。

牛　郎　你看飞禽有心，它谢娘子喂它小米之恩呢！

织　女　　它分明在谢我好心的牛哥！

牛　郎　　娘子这二亩地已经犁好！种些什么呢？

织　女　　纺纱织布，为妻知道；种田之事，全由牛哥做主。

牛　郎　　我想……

（唱）这二亩山田我有打算，

过日子五谷六蔬要齐全。

半亩黑豆磨豆腐，多吃豆腐奶水甜。

再种半亩好江米，端阳佳节包粽团。

再种半亩黑芝麻，小磨香油好佐餐。

还剩半亩种红薯，磨粉漏丝过新年。

地堰种上绿大豆，孩子煮吃尝新鲜。

人吃五谷身康健，身康体健好种田。

农家日子笑着过，不是神仙胜神仙。

织　女　　牛哥说好便好，秋风凉了快加件衣服。

【将一件衣披在牛郎身上。

牛　郎　　刚干完活，一点不冷！（取下衣服）

织　女　　这么大个人，就不知道冷暖！这么冷了，反说不冷，你不穿我生气了！

牛　郎　　（急穿衣）好好好！这就穿上。你呀，你一冷，就给我加衣。你一热，就让我减衣。你的冷暖，就是我的冷暖。你要知道，你在家，我在外面干活，一出力气……好好不说了！（牛叫）我的好娘子，黄牛大哥半道拐路，现在该回来了。你接接牛大哥。

【牛郎抱儿女进草房，金牛星匆匆走上。

织　女　　大哥，听你叫声惊慌，出了什么事儿？

金牛星　　牛郎呢？

织　女　　抱儿女进房去了。

金牛星 织女小妹！大事不好！玉帝已探得你我在此！托塔天王，带领天兵天将，今日午时三刻要捉拿你我归天！

织　女 啊！金牛大哥，这便如何是好？！

金牛星 天兵天将已将各道路口把严，想逃已是不能！俺老牛决计以死相拼，但愿能护得你夫妻不散！

织　女 托塔天王，心狠手辣！天兵天将，残忍成性！今生团圆，恐怕无望……

金牛星 此事暂不要告知东人，他若知道会吓煞的！你要做好准备，我再去探个虚实。（急下）

织　女 金牛大哥！（天外传来了隐隐的雷声）

（唱）惊雷隐隐心头震，

滔天劫难终临身。

午时三刻天神到，

要抓织女回天门。

牛哥还在梦中笑，

怎知霎时要离分。

牛　郎 （牛郎抱儿女出）娘子，两个小家伙不想睡，我抱他们池边看鱼去。（走向房后）

织　女 牛哥！

牛　郎 放心，我马上回来了！

织　女 （唱）欲待要讲真情话，

怕他三魄走六魂。

可怜一双小儿女，

嗷嗷待哺怎生存！

玉帝玉帝你心太狠，

何故再三害小神？！

【又一声雷响。

滚滚雷声时刻紧，
心慌只觉五内焚！
儿女衣服快放齐备，
用时急待他无处寻。
转眼冬冷雪降临，
新靴未成还差几针。
欲持飞针手不稳，
心急意乱难安神。
从此家无小妹在，
牛哥寒暖谁膺心？
一双儿女靠谁喂，
幼儿断奶怎生存？
不如以死来相拼——
怕的是祸及他父子身！

【一身炸雷，托塔天王出现空中。

天　王　咄！织女星听者：私离天界，违反天规，玉帝命你速速归天！（天王隐去）

【牛郎抱儿跑上。

牛　郎　娘子！娘子！刚才一声炸雷，把孩子都吓哭了！天上乌云翻滚，好不吓人，你快给孩子喂喂奶吧！

织　女　（泣不成声）牛哥！

牛　郎　（惊）娘子，你怎么了？有病了吗？（放婴儿扶织女坐下）你快回房躺下歇息。我早就说不要你劳累，不要你劳累！你就是不听人家的话！你有病倒不如我有病，叫人心里好不难受！娘子，你现在好点了吗？

织　女　牛郎——我的好牛哥呀！事到如今不能再瞒你了！

牛　郎　出什么事儿了？

织　女　你可记得伏牛天池，你接为妻到此。我乃织女星私离天界，与你成亲，如今玉帝命天王今日午时三刻收我归天！

牛　郎　什么？要收你归天？真是笑话！咱们成亲已三年多了！又有一双儿女，儿女幼小，怎么能离开母亲？他玉帝再厉害，也不能干这种缺德事！娘子放心，有我牛郎在，看谁敢夺走我妻！

织　女　牛郎啊牛哥！你怎知道，玉帝狠毒，他哪里管你我夫妻恩爱，儿女幼小……

牛　郎　娘子休怕，我叫来咱金牛大哥，他自有办法。

织　女　牛哥还蒙在鼓里！金牛大哥也是私逃天庭，今日也要收他归天！他……他……他也无可奈何了呀！

牛　郎　你说的是真的？

织　女　为妻肝肠寸断，哪里还有戏言！生离死别在即，牛哥！咱的一双儿女就托付给你了！

【天王随着雷声再现空中。

天　王　午时三刻已到，收取织女归天！

【四天将从两方逼向织女。

织　女　牛哥！

【二人相抱热泪交流。

牛　郎　娘子！

牛　郎　（唱）事来突然人惊煞，

只觉地陷天也塌。

家若没有贤妻在，

从此没有这个家。

上天牛郎跟你走，

永不相离到天涯！

织　女　（唱）牛哥牛哥休犯傻，

你怎能随我到天涯。

人间天上相隔远，

凡体怎会驾云霞？

分手在即有多少话，

千言万语乱如麻。

儿女太小我最最放不下，

牛哥你既当爹来又当妈。

孩子哭闹你千万不敢打，

普天下最可怜是无娘的娃。

下地干活山上野风大，

千万将儿女撇在家。

床边多摞几层被，

小心他们床下爬。

头疼脑热有了病，

快找郎中把药抓。

小病莫让积成大，

千万痛惜你爷仨。

一副肝肠八下挂，

千斤重担将牛哥压。

儿女病了有你在，

你有好歹把儿女杀。

三餐茶饭你吃饱，

天冷莫忘把衣加。

你自己身体自膺心，

牛哥呀——

从此后再没有为妻给你料理家！

四天将 织女速走！

【天将将织女牛郎拉开，织女被拉下，牛郎与天将搏斗，天将举刀欲杀牛郎，金牛星冲上。

金牛星 休伤我家东人！（金牛与天将格斗，且打且下）

（切光）

第八场

【二幕前。

【一喜鹊飞来落地，现出鹊王原形。

鹊　王 俺，鹊王是也！那日与秃鹫相斗，不幸被伤。多亏牛郎搭救，恩情时常在心！今日牛郎有难，我不相助，何人相助？众鹊们，（众鹊上）助牛郎夫妻去者！（众鹊舞下）

【开二幕，原野空旷，乌云翻卷。

【金牛与天兵格斗，几欲被擒，鹊王率众鹊冲上与天兵天将相持，混杀在天上地下进行，地上格斗渐远，牛郎披头散发追上。

牛　郎 （唱）一阵狂风妻不见，

隐隐唤声来云端。

翻山蹚河将妻赶，

无奈何我在地上她在天！

不顾生死要相见，

多少话儿要与妻谈。

娘子啊，你在云头站一站，

难道说咱恩爱情意你全忘完！

【**云端现织女**。

织　女　牛哥——

（唱）牛哥止步莫追赶，

天上人间相见难。

今生只有梦中见，

妻夜夜托梦到枕边！

牛　郎　娘子！（织女隐去）娘子怎么不见了，我的娘子呢！

【**呼天抢地晕倒**。

【**金牛星退上**。

金牛星　东人醒来！东人醒来！

牛　郎　（醒）娘子……啊，金牛大哥，是你帮俺夫妻成的亲，你是牛郎的大恩人！如今我娘子被天神抓走，眼看就家破人亡！我牛郎身死不足惜，可怜我那一双刚满月的儿女，要妈我哪里去找，吃奶我何处去寻……金牛大哥，你是牛郎的大恩人，就应设法再救我一救，我给你磕头了！

【**牛郎跪地叩首**。

金牛星　东人！

（唱）断肠话，断肠人，

断肠景象泣鬼神。

东人双膝面前跪，

声声哀求刺我心。

想当初他们天庭相爱常相会，

是金牛从中穿针把线引。

因此遭下杀身罪，
一怒逃离南天门。
费周折他们又成一对，
小夫妻恩恩爱爱享天伦。
玉帝为尊心肠狠，
如今斩草要除根。
牛郎眼看成疯癫，
满月的婴儿也难生存。
面对此情景暗沉吟，
三条性命系一身。
生性不会事权贵，
粉身碎骨为小民。
金牛仰天哈哈笑，
玉帝呀，玉帝！
小神叫你枉费心！

（白）东人快快请起，大哥使你夫妻相见！

牛　郎　真的？

金牛星　那还有假。我有皮靴一双，你穿在脚上，腾云驾雾，就可以上天去会你妻！

牛　郎　有这么好的靴子，你咋不早说！小弟再给大哥磕个响头。

金牛星　快起来，回家将你一双儿女抱来，穿上靴子，上天去见你妻！

牛　郎　好，那靴子呢？

金牛星　你抱儿女，我去取靴。

牛　郎　好，大哥，我可是马上就来了！（跑下）

金牛星　（眼望牛郎远去）东人呀，东人！你我天上人间相伴多年，如今咱们要分手了！望东人从今以后善之为之多多保重！

【金牛持剑，自刎而亡，牛皮化作一双靴子。

【牛郎挑一双儿女跑上。

牛　郎　金牛大哥！唉，咋不见人哩？（发现牛死）啊！谁将我金牛大哥杀了！金牛大哥！（伏尸痛哭）（发现靴子）我明白了！金牛大哥自杀身亡，牛皮做成了这双靴子，大哥！（扑地跪倒）大恩大德永世不忘！（穿上靴子，挑起婴儿）大哥，牛郎去了！

【牛郎挑担腾空而去。

尾声

【天庭，祥云缭绕，王母娘娘站立云端。

【牛郎肩挑儿女，踏云而上。

牛　郎　（唱）金牛大哥将俺成全，

双足登云上了天。

遍寻不见娘子面，

娘子——

【织女从另一侧奔上。

织　女　牛郎——

（唱）小妹等哥眼望穿！

【二人相向而行，几欲接近。西王母现身云端。

王　母　定！（牛郎织女各自退后，定格）你二人听着：论罪当要尔等命，念你们痴心有真情，一道天河分两岸，每年七夕再相逢！

【王母抽簪划出天河，牛郎、织女被隔天河两岸。

【万千喜鹊飞来聚桥，牛郎、织女相会于鹊桥之上，造型隐

去。天幕又现满天星斗，天河两岸牵牛、织女星座，光彩灼灼。

（伴唱）这故事发生在久远的年代，

先辈们一代代流传下来。

他们说那满天星斗绝非石块，

一个个有名有姓有血有肉，

有恨有爱有喜有哀。

【**合幕**。

（剧终）

根据传统曲剧《天河配》改编。

《天河恨》剧照，陈淑敏饰织女

【豫剧】

九品巡检

编剧　李学庭

人物表

暴式昭	男	西山角头司巡检
李　氏	女	暴式昭妻
许虎姐	女	西山逍遥馆老板
姨　母	女	暴式昭姨母
朱通判	男	苏州府通判
陈书办	男	角头司书吏
叶子建	男	角头司捕快
荷花爹	男	山民
打手甲、乙、丙		
役丁甲		

（其余役丁、侍女、打手、山民等根据剧情设置）

序幕

【电闪雷鸣山呼海啸，风雨洪水中的西山岛。九品巡检暴式昭正在指挥役丁背负灾民过场。

（合唱）天河倾倒！

太湖滔滔浊浪高。

洪水漫卷西山岛，

拔树卷我禾与巢！

叶捕快 暴大人，永宁桥塌了！

暴式昭 蹚过去！那边有几百灾民待救呢！

叶捕快 大人，水大过不去啊！

暴式昭 从浅水处蹚过去！走！

【暴走进洪水。

众 暴巡检——

唱 天灾人祸一起到，

可怜百姓唯哀号！

（切光）

第一场

时间 数月后秋季。

地点 太湖西山一角景。

【甪头一隅，面对浩渺太湖，背依青翠山峦，一条清幽的街肆。舞台一边是名曰“逍遥馆”的茶馆。其门前一方布幛下，置一洁净茶桌，上有茶具。门前有婷婷女侍。

【音乐声中手持水烟袋的许虎姐步出茶馆。

许虎姐　（唱）太湖西山逍遥馆，
人间难得一洞天。
无边林木遮翠幔，
多情白云绕溪泉。
非是虎姐具慧眼，
选此世外桃花源。
人欲似洪斩不断，
专为幽梦荐枕眠。
更何况灾年人多苦命短，
甘为逍遥舍大钱。
险中取利要有胆，
巧借好风扬我帆。

【打手抬一小轿匆上。

打手甲　老板，人抬回来了！

许虎姐　事情还顺利吗？

打手甲　老东西开始答应，可马上又反悔了！我把他一放倒，绑了荷花就来了！

许虎姐　（见打手手受伤了）你手怎么了？

打手甲　被小妞咬了一口，小手指都快咬掉了！

许虎姐　你可别伤了她，她可是大人看中的！

【走向小轿掀帘观望，伸手抚摸大惊。急走回拉打手甲到一边儿，挥手给了打手甲一耳光。

打手甲　我……

许虎姐　狗东西，人怎么死了？！

打手甲　什么？我只打了她一拳，绑得紧了点儿，怎么会……

【**欲去观望，被许拉回。**

许虎姐　人已凉了，还看什么！

打手甲　这……这……实在没想到……

许虎姐　（看了看轿夫，小声）趁都不知情，你悄悄驾舟，将尸体远远地沉到太湖中去！

打手甲　是！（欲走）

许虎姐　慌什么！事毕，你就带这抬轿两人，到山中看烟库去！记住，他们若不可靠了，也要灭口！

打手甲　是！

许虎姐　今日起，没有我的口信，你们一律不许回来，去吧！

打手甲　是！（招手让轿夫抬轿匆下）

许虎姐　这些蠢材，一点事儿都干不好！

【**捕快叶子建汗淋淋上。**

许虎姐　哟！叶老弟，好稀罕呀！半年多都没见侬了！看你跑得，快来喝茶。

叶子建　哎呀，今夏你这里好像无灾呀？

许虎姐　（倒茶给叶）要不说风水宝地呢！洪水进不来，东北风又吹走了暴雨！

叶子建　哎呀，许老板真是大福之人呀！我们是快累死了！剿了一年多湖匪，今夏又是洪水又是雹灾，整天东奔西跑，忙得脚不沾地。这不，我是从永宁桥工地跑来的。

许虎姐　有事啊？

叶子建　（小声）小荷花是不是你抬过来了？

许虎姐 小荷花？没有，我抬她干吗啊！

叶子建 许老板，你帮我我记在心里，因此才特地赶过来，你可不要瞒我呀！

（唱）常言说江上行船看风候，
绕过礁石躲暗流。
暴巡检三年前放你一手，
可不敢不收敛又向火浇油。

许虎姐 这是怎么说的！

（唱）三年前听训示知错低首，
遵法纪一心经营小茶楼。
远近客对小馆赞不绝口，
何来的不收敛向火浇油？
灾荒年人心乱生意难做，
可不能听闲言无中生有。
真有人想找事咱也不怵，
现如今可有人替咱出头。

叶子建 许老板，我知道魁知府与你的关系不一般。可常言县官不如现管。暴式昭毕竟是巡抚谭大人推荐的，人家和大学者林樾是通世之好，魁大人也不能不看三分薄面。若真惹出事儿，对谁都不好。荷花要真在你这里，还是要把人放了。他爹已经在巡检那告下你了！

《九品巡检》剧照，豫剧表演艺术家李树建饰演暴式昭

许虎姐　　岂有此理！怎么就认定人是我抬走了呢？这湖匪抢女人的事儿还少吗？他欠我的烟钱还没还呢！是不是想找理由赖账啊！

叶子建　　真不是你抬了人？

许虎姐　　兄弟，对你我还有啥不敢说呢？真不是！

叶子建　　这要是湖匪抢走可就麻烦了！我得走了。另外你看我借你的钱，还得容些时日！

许虎姐　　兄弟，我早说过，给娘看病，我也应该尽一份孝心。再提钱的事儿，姐可生气了！

叶子建　　好好好，以后再说，告辞！（匆下）

许虎姐　　来人！（打手乙、丙上）

打手乙、丙　老板！

许虎姐　　速速让馆内抽烟赌钱的，从后门暗道上船去！另外，把魁大人的题字高高挂到迎门屏上！

打手乙、丙　是！（速下）

【许虎姐随下。

（暴内唱）太猖狂——

【暴式昭高挽裤腿，足蹬草鞋，肩挎竹笠，匆上。

暴式昭　　（唱）恨恶徒，把人抢，
循迹追踪太湖旁，
定为百姓除强梁！
几年来任上历风浪，
踏遍西山土一方。
人道苏杭鱼米乡，
可叹成以往！
官府税重又灾荒，
忍见空村人逃亡。

从九品官微职责不敢忘，
面对疮痍心痛伤。
要将这山山水水心上放，
疗民伤甘倾情一腔！

【荷花爹急到暴身旁。

荷花爹　大人，你一定得帮俺找回荷花，都怪我呀，一时糊涂！

暴式昭　你认准是许虎姐的人带走荷花的吗？

荷花爹　（取出债单）那人我虽没见过，可他拿着这个，还能错吗？

暴式昭　（接过单子看）好，你到那边等待，稍时与她对证。

【荷花爹到一边。暴转身走向茶馆，陈书办叫着暴大人急上欲挡，此时许虎姐却从茶馆热情迎出。

许虎姐　哟！这不是巡检大人嘛，稀客稀客！快请到馆内用茶！

暴式昭　今日唐突来访，许老板见谅！

许虎姐　蓬荜生辉！来呀！上贡品碧螺春！

暴式昭　慢慢慢！我怎敢亵渎圣品。来人，把我的茶送上来！

【陈书办提一瓷罐递给暴，暴接过倒了一碗茶，一饮而尽，挥手陈退下，暴将罐置茶桌上。

许虎姐　暴大人果然清廉得一尘不染，连我们一盅茶也不用吗？

暴式昭　哪里呀！自小在河南老家养的习惯，爱用菊花、黄黄苗泡水喝，清热去火，许老板不要见怪。

（起身端详）嗯……“羽叶斯馨”，呀！这是魁大人的题字呀！

许虎姐　魁大人说，小馆的碧螺春如同茶王陆羽的香茶，就题写了这四个大字。暴大人，早听说您文采了得，一笔好字，也请给小馆赐些墨宝，润笔一定丰厚！

暴式昭　吔！魁大人在前，式昭岂敢狗尾续貂！

许虎姐　大人到任西山这些年，剿匪恤民，扶孤济困；修缮古迹文物，崇尚古圣先贤，洪水中为救百姓，差点丢了性命。百姓是道听途说，赞声一片呀！

暴式昭　吔吔吔！俺老家人都知道，这当面说好话，可未必是真心呀！哈哈哈……

许虎姐　那，我可要说大人的不是了！

暴式昭　哎，这个我倒要听，请讲！

许虎姐　听说，你常把不多的俸银，接济那些穷困之人，闹得有时夫人竟然无米为炊，这可太不像话了！

暴式昭　这个嘛——咋听着还像夸奖我呀？！

许虎姐　哈哈哈……暴大人冰雪操守，一定为的是日后飞升；放心！魁大人是逍遥馆的座上常客！以后暴大人的事儿，就是我许虎姐的事儿，怎么样？

暴式昭　哎呀……好……好……好……

（唱）许虎姐又吹喇叭又放枪，
这女人果然不寻常。

许虎姐　（唱）索性破开葫芦讲，
但愿能化敌为友互不伤。

暴式昭　（唱）魁知府果是她背后倚仗，
看起来投鼠还需将器防。

许虎姐　（唱）只要他聪明能识相，
逍遥馆又多条忠犬护门墙！

暴式昭　（唱）可笑她以己之心把我想，
病未看准开错了方。
只要你害民伤民是魍魉，
暴式昭决不容你再猖狂！

（白）许老板，式昭个人能否升迁，听凭朝廷做主，无须扰动许老板。你若真想帮我，倒有一事相求！

许虎姐　请讲！

暴式昭　立即放还小荷花！

许虎姐　嘿嘿……大人说的我就不明白了，平白地让我放还什么荷花！梨花？这从何说起啊！

暴式昭　三年前，我就听信了你的话！来人！让荷花爹给许老板当面说清！

【陈书办，叶捕快叫着寻荷花爹。

陈书办　荷花爹！

叶子建　荷花爹！

暴式昭　怎么？

陈书办　刚才人还在，转眼怎么就不见了？

暴式昭　不见了？

叶子建　莫不是犯了烟瘾，找烟抽去了？

暴式昭　速速分头去找！（陈、叶下）许老板，那我就代老人说了。（取出债单）请看这可是他欠你的债单？

许虎姐　债单？（接过看）哈哈哈……暴大人，你上当了！他这张债单是伪造的！

暴式昭　伪造的？

许虎姐　定是有人知他欠我烟钱，串通湖匪骗走了他女儿。老人不识字，辨不出真伪。你看真债单可还在我手上呢！

【拿出债单付暴。

【暴忙接过许的债单，两下对照，一时无措……

（唱）两张债单对照看，

内中看来有虚玄。

莫非老人真受骗，

许老板她分明早有准备神坦然。

荷花爹为何突然人不见?

定是有人将他拦。

她要我无以查对自销案,

我却要抓住你狐狸尾巴另一端!

许老板,

你说老人被人骗,

你手里拿的才是真债单?

许虎姐 （唱）那上边有他亲手把指印按,

欠本息共计三十五两大烟钱。

暴式昭 （唱）对,他欠了你的大烟款,

这可是白纸黑字证如山!

逍遥馆一直在把毒品贩,

凿凿铁证在眼前。

许虎姐 哈哈哈……大人,这可是三年前的旧债单!不错,大人来西山之前,官府查得也不严,我曾贩过鸦片。自大人到任,查烟禁赌,虎姐我早已遵法守纪,一心经营茶馆了。

暴式昭 这么说,你真的早已收手?

许虎姐 大人不信,现在就可以到我馆里查嘛!

暴式昭 我今天人都来了,可真要查了!

许虎姐 把门打开!请暴巡检查个明白!若不然我不是连魁大人都骗了吗?这个罪名我可担待不起!

【气定神闲入坐。

暴式昭 好!来人!

【叶子建、陈书办齐上。

陈、叶 大人!

暴式昭　（看了看安定的许虎姐，走到茶馆门前，止步返身，突然放声大笑）哈哈哈！给许老板开个玩笑。看来荷花爹真是被人骗了。他报了案，又一走了之。当事人都不愿说了，我们又何必深究？许老板，职责所在，得罪之处，大度海涵。今后免不了许老板的关照。叶捕快！（提起瓷罐）带上人，还去修咱的永宁桥！告辞！

【场上灯暗，一侧追灯中暴式昭对陈书办嘱托。

暴式昭　今日起你要派可信之人，悄悄盯住这里。（追灯暗）

【另一侧追灯中。

许虎姐　来人！

【打手乙上。

许虎姐　老东西呢？

打手乙　已押在山下寮棚，是否……（以手示杀的动作）

许虎姐　现在不用了。押到山上，让他慢慢去死！

打手乙　是。老板，刚才有人送信……（与许耳语）

许虎姐　你怎么不早说！好！咱们的神来了！一切照常！哼哼哼！

（切光）

第二场

【永宁桥工地，暴式昭指挥众人在抬石修桥。

众　大伙把石搬哪！嗨哟！

桥通大道宽呀！嗨哟！

百姓得方便呀！嗨哟！

谢咱的好巡检呀！嗨哟！

【**陈书办、叶捕快持锹、提筐上。**

叶子建　不办案就修桥补路，这巡检司是专管治安的，可在咱西山这……

陈书办　（笑）在暴巡检眼里，这都是咱该干的活。老弟，你说那天这荷花爹咋突然没影儿了，荷花真不是许虎妞抬走的？

叶子建　我去问过，看来真不是许老板抬走的。老兄，咱得说说，不能让巡检一个劲儿只盯着许老板，这湖匪抢女人的事儿也不少。再说人家背后有魁大人，闹不好吃亏的是他啊！

陈书办　你说得对！

【**内喊声起：快救人啊，有人跳湖了！**

【**暴式昭匆上指挥救人，少时众将一大娘背上。**

暴式昭　（扶大娘坐下）大娘，你这是怎么了呀？

大　娘　你们救我干啥！我儿子赌债还不上，家产都变卖光了！两腿也被打折了。我无法活了啊！

群众甲　大人，这逍遥馆可是害不少人啊！我兄弟染上了毒瘾，兄弟媳妇为此上吊自尽！撇下五个月大的婴儿，也难活啊！

众　　　暴大人，你要给我们做主啊！

暴式昭　乡亲们，待我一一查明，定为乡亲们除害！（掏出些碎银）叶捕快，我还有些银子，你拿去给大娘买些柴米，妥善安置。

【**叶子建答应扶大娘下。**

陈书办　乡亲们，该干啥就干啥

《九品巡检》剧照，豫剧表演艺术家汪荃珍饰演许虎妞

去吧！

【**众说着下**。

暴式昭　书办老兄，来，坐坐坐。（拉书办坐下）

陈书办　不敢不敢……

暴式昭　老兄，我支走叶捕快，就是想单独给你说说。这几年咱忙于剿匪救灾，这逍遥馆趁灾乱可长成了毒瘤，为害不小呀！我就不信荷花不是她抢走的。那一天去到逍遥馆，荷花爹突然不见，许虎姐顺手就拿出了那张债单，分明一切都是早有防备！

陈书办　就是啊！她咋会知道咱要去查？

暴式昭　那天在这里，荷花爹刚刚报了案，叶捕快就借故离开了，他和许的关系……

陈书办　不……不不！前些年他老娘有病，曾借过许老板些钱，听说已经还得差不多了。我和叶捕快共事多年，太出格的事儿他不会办的！

暴式昭　他借了许老板的钱？若还差得不多，我们一块想法帮他还上，这些人的钱不能借呀！

【**役丁甲上，对暴耳语**。

暴式昭　啊！好！咱就是要等蛇出洞再打它的七寸！你要继续监看！还要设法打听荷花和荷花爹的下落。

役丁甲　是。（下）

陈书办　大人，你不是说找不到荷花爹这事就……

暴式昭　我当时那样说，是怕荷花爹若在她们手里，逼急了会杀人灭口！

陈书办　大人，荷花这事呀，说大也大，说小也小。你来西山这些年，没听说过在俺苏杭一带，自古买卖女孩是常事。小女孩买去之后授以琴棋书画、歌舞弹唱之技，然后……

暴式昭　然后送给那些达官贵人玩耍？伤天害理！

陈书办　大人哪，荷花固然该救，可许虎姐千万不能得罪呀！

（唱）逍遥馆并非是今日才建，

多少年招红引紫风火炎炎。

就因为魁大人背后立站，

得罪了许老板就惹麻烦。

到时候魁大人若是出面，

你是退你是进都作大难。

民不告官不究最好不管，

利与害轻与重要思虑周全。

暴式昭　小荷花比我女儿大不了几岁，百姓的孩子就任由他们祸害吗？来西山之前，我也是个小小的百姓，心里常想，一日做官，定做个真心为百姓的好官！咱不能像乡亲们说的那样：一戴官帽就歪嘴，一变蝎子就蜇人呀！

陈书办　这……

暴式昭　（唱）自我到任甪头坳，

立誓把烟赌之害连根刨！

许虎姐为钱财良心不要，

害乡民家破人亡罪滔滔。

就为她结交权贵有依靠，

每查禁都让她法外逍遥。

这颗毒瘤必除掉，

不能让世人骂我暴式昭！

陈书办　大人身入官场，依然以百姓之心为心呀！难得难得！如此老哥更得帮你了。有件事你要听我的。

暴式昭　老兄请讲！

陈书办　荷花这事儿就依大人之见，咱查！可自你到任这些年，从未给上司送过节敬，这犯大忌啊！上个月陈知县来索要钱款，你又顶了。这官场之内最不该得罪的是上峰！马上要到中秋了，咱得给上司送些节敬！

暴式昭　送节敬？哪来的银两呀？

陈书办　西山三家“当铺”惯例，每年要给巡检司三百六十两捐款，钱马上就送来了！

暴式昭　这是变相行贿！去年我不让你回绝了吗？

陈书办　大人，俺不能看着你把买米的钱都用到公务上！我和叶捕快做主，让他们按惯例又交了！

暴式昭　你们呀！既交了，正好今夏洪水雹灾，上百户山民冲毁的房屋，正愁没钱修复。立即拨去三百两，其余六十两给“继善堂”孤寡老人救急！

陈书办　大人，那上司的节敬……

暴式昭　老兄啊，记住，咱要多为百姓雪中送炭，不能想着给上司锦上添花！他们不缺这些钱，就这样定了！

陈书办　本来还想给大人留点，这……

【叶子建返上。

叶子建　大人，大娘已安置好了。

暴式昭　叶捕快，召集弟兄们，随我执行公务！

叶子建　执行公务？

暴式昭　对，那些抽烟参赌之人，都从湖上返回逍遥馆了！我要给她来个“回马三刀劈杨藩”！

叶、陈　啊？！

（切光）

第三场

【景同一场，只是入夜了，逍遥馆内灯火辉煌，传出丝竹之音。

【门外棚布下，无灯光。逍遥馆门两侧，已换男性护卫。

【暴式昭等上、指挥叶捕快、陈贵和役丁将逍遥馆四下围起。

【女侍执灯拥许虎姐出。

许虎姐　（迎上）巡检老爷你这是要干什么？

暴式昭　许老板，这次可真要瞻仰你这逍遥馆了！来人！搜查逍遥馆！

【叶指挥众欲动，突然发现逍遥馆内走出的朱通判，忙止。暴见众不动，大怒。

暴式昭　怎么？你们听不懂我的话吗？

【叶示意暴回身观看。暴扭头看到，朱通判在侍女簇拥下走出逍遥馆。

朱通判　暴大人！式昭兄！久违了！哈哈哈……

暴式昭　（众速下，暴急单膝下跪施礼）不知通判大人光临，式昭给通判大人见礼了！

朱通判　请起请起！并非官场，不必拘礼，给暴大人看座！

暴式昭　大人光临西山，应该告知式昭，我好接迎呀。

朱通判　哈哈，在苏州整日忙得头

《九品巡检》剧照，豫剧表演艺术家李金枝饰演暴式昭妻子李氏

昏脑涨。正好魁大人说，过几天想来西山散散心，我就讨巧过来安排一下。

暴式昭　过几日魁府台也要光临西山？

朱通判　暴大人，你这个巡检的功课，可是没有做好哟！

（唱）西山虽然地僻远，
幽深湖岛藏神仙。
这地方休闲散心是首选，
魁大人最爱来此偷个闲。

暴式昭　（白）巡检司定全力接迎……

朱通判　（唱）魁大人向来官私明分辨，
因私从不扰巡检。
许虎姐是他干女儿，
她尽孝道理当然。

暴式昭　是……是……

（唱）朱通判假作无意闲扯谈，
是要我知难而退莫向前。
许虎姐有恃无恐把法犯，
就因为这些大员是靠山。
朱通判如今就坐我当面，
他要袒护我难出拳。
难道说我知难而退闭上眼……
不！
这毒瘤不除我心不甘！

暴式昭　朱大人，属下正有事不知如何是好，要请大人示下！

朱通判　巡检请讲。

暴式昭　整肃社会风气是地方的要务，魁大人也曾催办再三。西山该禁的，该抓的，这些年皆依律而办了，唯这逍遥馆，职下该如何办呢?

朱通判 一个茶馆你要办什么呢?

暴式昭 魁大人可能还不知，近日查得，这逍遥馆以茶馆为名，却一直暗中贩毒售烟，设赌纵娼！近日又将一良家女子……

朱通判 （怒）好了！你什么意思？！你是说魁大人与我皆是昏庸无能之辈，竟被人给骗了吗？！

暴式昭 职下绝无这个意思，我是说……

朱通判 暴大人！我正有事要问你呢！你这西山应受何处辖治?

暴式昭 吴县辖治。

朱通判 为何陈知县上月来催收银款，你非但不配合，还公然拒交呢？！

暴式昭 陈知县在正当税款之外，又加收数千银两。西山今夏洪水雹灾，尚待赈济，百姓实在无力……

朱通判 你别说了！西山有灾，国家就无难吗?陈知县多要之银，那是要上交府台，府台要上交朝廷！你是谭巡抚举荐，大学者俞樾说过话的人，目中可以没有知县、知府，可你不能没有皇上！

暴式昭 大人言过了！实在是西山灾大、百姓太苦……

朱通判 暴式昭！

（唱）自你西山任巡检，
告状信柬就没个完！
别忘了你是给朝廷把差办，
要把朝廷的事，
放到你心的正中间！
别耍你那点小心眼，
想图个廉洁恤民的好名传。
欠的银两交不上，
暴大人，暴巡检，

暴老弟，暴清官，

朝廷不会养闲员，

你可思虑周全！

暴式昭 通判大人！

朱通判 住口！暴式昭，瞧这些年你干的事儿！我今儿个给你透个信儿，陈知县参你的折子，还在魁大人手下压着呢！就连推荐你的巡抚大人，也有斥责你的信件！你好自为之吧！

（朱通判将信摔在地上，在许的迎接下走进逍遥馆）

【暴捡起信件心如坠铅。

（切光）

第四场

【暴式昭租住的小院，几间茅舍，一片小园。

【开幕，时在中午，一身布衣，高挽衣袖的暴式昭妻子李氏，正用水冲洗一个冬瓜似的白净石头，女儿妞妞背书包进院。

妞　妞 娘——

李　氏 妞妞，你从学堂回来了？

妞　妞 娘，我饿了。

李　氏 好孩子，一会儿娘给你做饭吃。

妞　妞 哎，娘，俺姨奶呢？

李　氏 姨奶在里屋呢，看过姨奶就去读书。

妞　妞 （高兴）哎，我去了！（进屋）

李　氏 （唱）随式昭西山来任上，

求一个夫唱妇随两相帮。
他九品小吏薪俸少，
我就要用心打理把家当。
辟一片小园勤浇灌，
三餐不缺菜蔬香。
冬衣夏装巧改补，
两稀一稠省米粮。
可就是式昭用钱心无账，
生就的菩萨热心肠。
一见贫弱就想给，
常闹得寅吃卯粮塌饥荒。
虽然说日子艰辛心坦荡，
贴心夫妻情更长。
这几日式昭归来话少讲，
看出来他有难事心上藏。
家里事决不能让他分心想，
千斤担我要帮他一齐扛。

【挽袖弯腰搬石头，几次搬不走。

【姨母拿着一只旧鞋从草屋出来。

姨　母　媳妇，你搬那块石头干啥哩？

李　氏　姨妈，我想用这块石头压酸菜哩！你拿式昭那双旧鞋做啥？

姨　母　式昭整天穿个草鞋，我看着难过！

李　氏　他整天上山下田，蹚河过渠，有多少布鞋也不行啊！

姨　母　我把这鞋补补，还能穿。

媳妇啊！

（唱）常言说千里做官为吃穿，

谁见过你们日子这样难。

我想前想后主意定，

让式昭送我回河南。

李　氏　姨！

（唱）娘去世你就一直跟着俺，

如同爹妈在身边。

有你在咱这个家更温暖，

我做错了啥事姨直言。

姨　母　哎呀！

（唱）你们对姨孝顺体贴实少见，

照顾得比亲生儿女都周全。

姨是想为你们省口饭，

我不能再给你们把累添。

为这家你天天口挪肚里攒，

孩子呀你要垮了这家就完。

李　氏　（唱）我好好的一天三顿饭，

姨呀姨你才是杞人在忧天。

“走”字从此不许说，

咱拱一块苦中也有甜。

（白）姨妈，回老家的话，叫式昭听到，一定会怪我没侍候好姨！

姨　母　（拭泪）你咋作难，姨心里明白……我全明白呀！姨心里有些话老想说说，我不知道我想这对不对……

李　氏　对不对都只管说！

姨　母　媳妇，俗话说在家靠父母，出门靠朋友。你说，左邻右舍给把柴火，几棵青菜，那是多大的事？你也要给还些米给些钱。孩子，式昭花钱心里没数，你不敢再穷装大方！听姨的，咱不问人要，人家给咱就少要点，你说中不中？

李　氏　（笑）姨，咱老家人常说“拿人家手短，吃人家嘴软”你忘了？左邻右舍给把米给棵菜，不是我一定要还，这大灾荒年里，谁家都不容易，要说咱还比人家强哩，要帮也该咱帮人家，你说是不是？

姨　母　说这也是。

李　氏　式昭来西山前，在家就给我立了规矩：谁送东西也不能要！不论大小多少，这口子扎不死，开一寸小口，就会撑成一丈大口！那，姨，你外甥要真成了千人指万人骂的大贪官，那我也成了贪官婆了，你也成了贪官姨了！哈哈哈……

姨　母　哎呀！姨是老糊涂啦！刚才这话千万不敢给式昭说呀！

李　氏　放心！姨，你进屋歇吧。

【姨母拿过鞋，进屋。暴式昭挑着挂有茶罐的柴担进院。

李　氏　式昭你回来了？

暴式昭　回来了。

李　氏　你又买了柴？

暴式昭　在山上顺手捡的。

【暴将柴放墙后，提茶罐出。李氏接过为暴倒上水，暴坐小桌旁喝水。

暴式昭　姨妈呢？

李　氏　在屋里歇着哪。来，帮我把这块石头移到酸菜缸里。

暴式昭　（暴起身搬石，发现弯腰搬石的李氏头上）

夫人，你头上那银簪子呢？

李　氏　当了！

暴式昭　你……

李　氏　一个破簪子，多大个事儿！当了贴补家用。式昭，这几天你回来，总是闷闷不乐，莫非遇到了啥难事？

暴式昭　（百感交集深情地抱了抱妻子）夫人，你说我是不是个百无一用的人呀？

李　氏　咋有这想法？

【暴将信给李氏，李氏看信。

暴式昭　（唱）这官场盘根错节太凶险，
我深感无能为力举步难。
听上命把赌毒之徒从严办，
谁知道人家和你的上司抱一团。
看着坏人不能管，
灾民待救手无钱。
他们让榨民血汗我不干，
挨训受斥难申言！
最痛心恩公来信也埋怨，
还连累举家跟我受苦寒。
九品小吏都干不好，
说什么报效国家追圣贤。
真不如甩手而去回滑县，
咱守一起课子读书种庄田。

李　氏　（唱）听式昭一腔不平诉愤怨，
怜丈夫虎遭犬欺报国难。
眼见他几年里无明无夜拼命干，
却总是遭受申斥与谗言。
我知他心怀壮志待施展，
怎甘心就此折翼息田园。

夫妻间此时应当相慰勉，

让夫君坚定心志挺起肩。

（白）式昭啊，你真的心生退意了？

暴式昭 我即使不生退意，不按他们意愿去办，他们也不会让你干下去。倒不如一走了之！

李　氏 夫君说的也是！知难而退、明哲保身乃人之常情。事到如今，看来咱也只能想咱的利害了。尽管西山百姓需要夫君这样的人来卫护他们，咱也顾不得他们了！咱只管一走了之，让魁文农再派一个唯他之命是从的巡检来，那时，西山父老就是受再大的苦，遭再大的罪也与咱无关了！你说对吗？

暴式昭 哎呀夫人！你……你分明是在指责式昭不该弃西山父老于不顾呀！

李　氏 （笑）式昭，你真的会一走了之吗？我知道那都是你一时的气话！

暴式昭 （双手抓住李氏）知我者夫人也！

李　氏 这些年咱受的气多了！只要咱心里干净，啥都别怕。好了，我做饭去了！

暴式昭 哎！（李氏走向厨房）

【姨母从屋内出来。

姨　母 式昭……

暴式昭 姨妈？（式昭扶姨妈坐下）姨妈，这几天我早出晚归的，疏于问候，姨妈可别怪我啊！

姨　母 （从衣兜里掏出手帕包的一团东西，两眼含泪递给式昭）式昭，你看这是啥？

暴式昭 （看，惊）啊！是青菜包麸皮的菜团子！

姨　母 （声泪俱下）你媳妇把好米好面都让咱和妞妞吃了！她饿了就背

着咱吃这个呀！孩子！（泣不成声）

暴式昭　（心为之一震）啊！

姨　母　（唱）一家人吃着两样饭，

她再苦也不让你为难。

式昭啊，你是养家的男子汉，

你当的这叫什么官！

暴式昭　（唱）姨妈话出似利剑，

都怨我常常用掉买米钱。

夫人哪，你为我任上无惧挺腰杆，

甘受饥馁与寒酸。

我岂能辜负这心一片，

再大险难也腰不弯！

姨　母　式昭啊，姨知道你见了穷人就想给，可顾那头顾不了这头，全苦了你媳妇了啊！

暴式昭　都是我……唉！

姨　母　式昭，来这三年多了，我想家了，你送姨妈回老家吧！

暴式昭　姨妈真想回就等些时，我来安排。这糠团之事，她既然不想让咱知道，姨妈还要假装不知。我以后不会再让家里缺米的。

李　氏　（内喊）姨妈，式昭，饭做好了，都来吃饭了！

暴式昭　（忙收起菜团）哎呀，我忘记说了，回来时和陈书办在小店吃了，现在还饱着呢！夫人，你就把我那饭吃了吧，不要放坏了啊。（示意姨妈高高兴兴去用饭）姨妈，你快去用饭吧！

姨　母　哎！（下）

【式昭拿起菜团，咬了一口，噎得两眼泪水，他含泪吞咽着糠团。

【役丁甲匆上。

役丁甲　大人！

暴式昭　何事？

役丁甲　请快随我走！

（切灯）

第五场

【追灯中，役丁甲领暴式昭至一偏僻处。役丁甲向暗中拍了三掌，衣衫褴褛的荷花爹蹒跚走出。见到暴式昭随着一声“大人”的哭叫，跪在地上。

役丁甲　（忙止）不可大声哭叫！

【荷花爹强忍悲声，泪如雨下。

暴式昭　荷花爹？（忙扶起老人）你怎么在这里？

役丁甲　不要哭了！事情紧急，快给大人讲明白！

荷花爹　大人……俺荷花早被他们害死了啊！早被他们害死了啊！

暴式昭　害死了？！

荷花爹　那天俺荷花不愿上轿，咬了那人一口，他！他！他！一拳打昏了孩子，又勒脖子五花大绑，在路上俺闺女就没气了！大人，你要为俺闺女报仇啊！

暴式昭　这实情你是怎样知道的？

役丁甲　大人，他给我讲了，是抬轿的一个人酒醉后说出来的。

暴式昭　抬轿之人？

役丁甲　看押他的那个人和一个轿夫是老乡。昨天二人在一起喝酒，喝多了，说起了这事儿。

荷花爹 大人，原来他们藏大烟的山洞，就在我对面山的后边，打死俺荷花的那个禽兽也在那里！

暴式昭 你怎么逃出来了？

荷花爹 他们一天只让我喝两碗稀粥，我就像个活死人！要不是听到他们的话，我真不知道哪来的力气，趁他们睡着跑下了山。是老天爷让俺为孩子报仇啊！大人，你得给我做主啊！

暴式昭 （对役丁）你马上让老人换上你的衣服，趁黑夜将他悄悄藏到巡检司。给老人弄些吃的，此事除了你我，万不能让任何人知道。事情紧急，一切由我安排。去吧！

役丁甲 是！

（切光）

【升灯，景同二场巡检司厅堂。

【陈书办正在伏案书写，打着算盘；叶捕快走近，一把抓过算盘。

叶子建 大师爷！巡检好容易让放假歇息，你还这样忙，累不累啊！

陈书办 你别捣乱！西山去年旱灾今年水灾，山民入冬缺衣无粮，巡检让我赶快算出需多少赈灾款呢！

叶子建 算出来了吗？

陈书办 至少得三千五百多两！

叶子建 钱呢？

陈书办 钱？巡检说向知府魁大人要！

叶子建 你别忘了，咱还欠苏州府三千两银款没交呢！那天你没听通判大人怎么说？

陈书办 （撂下笔）唉！看来暴大人这个坎儿是过不去了！

叶子建 哈哈哈……

陈书办 你幸灾乐祸呀？

叶子建　我的大师爷，钱来了！

（唱）许虎姐、许老板，

以德报怨堪称贤。

马上登门来捐款，

要帮巡检渡难关！

陈书办　你说这……这是真的？你咋知道？

叶子建　老兄，你不是借给我些银子，我就去还许老板银子了，听她亲口说的！快找巡检，许老板马上就来了。

陈书办　他刚才还在这儿……

【司门外传来说话声：

许虎姐　巡检大人！

暴式昭　哎呀，许老板你怎么会大驾光临？快请！快请！

【许和暴说笑着进来。

许虎姐　通判大人走时，一再嘱咐我要来拜访巡检大人呢，我来迟了！

暴式昭　快请坐！陈书办，上茶。我这可没贡品好茶，许老板多担待。

【暴拿过自己茶罐，自倒自饮，陈书办给许虎姐敬茶后，与叶子建退下。

许虎姐　暴大人，我今天可是遵通判大人的训谕，来给你赔不是的。

暴式昭　言重了，这从何说起呀？

许虎姐　大人！

（唱）这些年许某西山谋营生，

全靠着历任巡检多照应。

逍遥馆所以能日渐隆盛，

离不开暴大人卫护之功。

按理说你我应荣辱与共，

许多事欠思虑我少礼不恭。

今天来登门致歉一片诚敬，

望大人不吝赐教开诚布公。

暴式昭 许老板，河南人性子急，喜欢有话直说，有事明讲。

许虎姐 暴大人自到任西山，夙夜在公，有口皆碑。惭愧的是许虎姐未助寸力。这点银两不成敬意，望你收下。

【将一张银票放桌上，暴拿起看。

暴式昭 三千两？！

许虎姐 我不能看着因交不上这三千两款银，西山这么好的巡检被他们革职！

暴式昭 好啊！这真是雪中送炭！可许老板，我若收下，这不是你公然行贿，我公然纳贿吗？

许虎姐 哈哈哈……暴大人真是精明过人！这三千两银子，我可不白给，我要大人四个题字！

暴式昭 四个题字？

许虎姐 “太湖之春”！

暴式昭 “太湖之春”？一字七百五十两银子？许老板，大气魄！只是四个字太少了，我想给你多写几个怎么样？

许虎姐 大人，你想写多少呢？

暴式昭 哈哈哈……你误会了！多写的字，一文钱都不再要！

许虎姐 那我谢过暴大人！

暴式昭 好，咱一言为定！

【许虎姐四下观望。

许虎姐 这巡检司果然静悄悄。听说你让兄弟们放假歇息了？

暴式昭 许老板消息灵通啊！实不相瞒，抗洪赈灾，修桥补路，大伙都累得不行了，我只得让歇息几日。

许虎姐 对啊，对啊！干不完的公事，身子可是自己的，该歇息就得歇息。好，如此我就不打搅了，告辞！

暴式昭　我要送许老板到门外！请！

许虎姐　请！

暴式昭　哈哈哈！

许虎姐　哈哈哈！

【二人步出厅外。

【叶子建、陈贵欢喜地跑进厅内。

【叶子建抓起案上银票。

叶子建　天上掉下个大元宝呀！

陈书办　这真是雪中送炭，雪中送炭呀！

【暴式昭进厅。

暴式昭　哈哈哈！好啊！今冬灾民有救了！陈书办，把你计算的赈灾单给我，马上拨钱！

叶子建　不不不，大人，当务之急，你得交欠苏州府的银子呀！

暴式昭　苏州府不缺这些银子！可西山灾民没有这些银子，就要死好多人呀！书办老兄，赶快拟出赈灾清单！

陈书办　好！

叶子建　（大喝一声）慢！大人，你就听听子建的吧！这些钱不能拿去赈灾啊！

暴式昭　却是为何？

叶子建　大人到任西山，这几年是一心想着百姓，事事都为百姓！在百姓心中，你确是个难得的好官！可你更不能得罪上司啊！

陈书办　这倒是！

叶子建　大人，这官场规矩你该比我清楚，历来让你任职，让你去职，让你升，让你降，是百姓做主还是上司做主？就是西山百姓人人都说暴大人好，能顶上司一句考语吗？难道这个道理你还不明白吗？

暴式昭 好！叶捕快直人快语，所言不虚！

叶子建 大人！以我之见，当务之急这三千两银要送与魁府台。至于逍遥馆，且任它去。今后只要有逍遥馆在，那就是咱西山巡检司的财源！

暴式昭 高！怕这高见非叶捕快之意，实为朱通判、许虎姐所谋！

叶子建 这……可叶某认为句句在理！

暴式昭 如此一来，我这九品小吏饭碗无虞，可西山嗷嗷待哺的父老乡亲，今冬要冻馁而亡何止百人千人呀！不知其中可有叶捕快的父母亲人？

叶子建 这……

暴式昭 叶捕快，你能忘掉那些因烟因赌妻离子散、上吊投湖的受害山民吗？朝廷设此巡检司，是维护百姓为民除害呢，还是要咱为虎作伥，做权贵的看门狗？叶大人！

（唱）暴式昭生性人冥顽，
从不会谋私利看风使船。
承家教济天下一副肝胆，
或为官或为民追慕圣贤。
居庙堂怀天下痴心一片，
处江湖忧社稷自律当严。
先天下忧而忧常怀忧患，
后天下乐而乐举世同欢。
蒙不弃来就此九品巡检，
职虽微责千钧不敢等闲。
见不得百姓受苦缺衣少饭，
看不惯权势者虐民欺天！

做不到贪富贵把良心背叛，
更不会为钱财做人鹰犬。
成不了栋梁材柱石宫殿，
小木杆也要为百姓撑起茅庵！
三千银本就是民之血汗，
用于民顺天理有何不端。
魁大人若问罪我一人独揽，
或去职或入监与诸位无关。
不是我不听你良言相劝，
暴式昭怕的是这良心不安！

陈书办 子建，暴大人是身入官场，依然以百姓之心为心的人呀！

暴式昭 陈书办，请把人都叫过来！

陈书办 是！（下）

叶子建 人？不是都放假了吗？

（众上）

陈书办 人都到齐了。

暴式昭 好！大家听着。许虎姐想要暴某人的题字，我现在就写，笔墨伺候！

叶子建 大人，这就对了！

【众为暴铺纸递笔。

陈书办 请！

暴式昭 （边写边念）

“照得敝衙访知：甪头地方，烟赌猖獗，屡禁不止！

赌头许虎姐肆虐做祟，竟开禁场，残害山民，血债累累。本衙现将许虎姐捉拿归案，晓知山民！特礼。”

叶子建 大人？你要抓捕许虎姐？

暴式昭　　岂止抓捕，拿到罪证我还要她的项上人头！

叶子建　　这……大人你一意孤行！这是拿脑袋往石头上撞了！看来你也不信用我了！叶某就此告辞！

陈书办　　子建！你知道吗，你借我那还债的银子，是暴大人给你的呀！你……

暴式昭　　口辞照准！不过你还不能马上走！

【招手，役丁甲带荷花爹上。

叶子建　　你？荷花爹？

暴式昭　　就是你那个许老板，为了要他女儿，引他染上毒瘾。抢走荷花，又将荷花折磨致死，抛尸太湖！

叶子建　　这……是真的吗？

暴式昭　　真的假的，你今天就会明白！来人！将叶大人带下，在司内暂住几时！

主　役　　是！

【二人将叶带下。

暴式昭　　诸位听了！你们都是西山人，为了西山百姓不再受害，恶人必除！荷花爹，你头前带路，我与你去抄鸦片藏匿之地，抓捕残害荷花的凶手！其余人随陈书办前往逍遥馆，今晚要封毁逍遥馆，抓捕许虎姐！

众　　（吼声雷动）封毁逍遥馆，抓捕许虎姐！封毁逍遥馆，抓捕许虎姐！

【吼声雷动，切光。

【描写激烈冲突的音乐逐渐转入幽静。

【苏州知府大堂。定点光中现朱通判和跪地待见的暴式昭。

朱通判　　哈哈哈，暴大人，魁大人没空见你，又要我转告，不委屈巡检大人吧？

暴式昭 式昭已等待了两天，请通判大人示下。

朱通判 哈哈哈，暴巡检，暴式昭，你好手段啊！竟然查出烟库，拿到命案的凭据，抓了许虎姐，封了逍遥馆。你知道这会给你带来什么后果吗？

暴式昭 式昭上尊朝廷法令，下为百姓除害。从未多想个人利害，莫非魁大人要问罪于式昭吗？

朱通判 非也非也！魁大人历来旗帜鲜明，禁烟查赌，谁人不知哪个不晓？何况人命关天？你把案情又报到巡抚那里去了，你是用心良苦啊！可惜啊，你这个官级太低了，拿下你只是魁大人一句话的事情。暴式昭听着：尔性情乖张，行事荒谬，好事越规，目无上司。着即革去巡检之职，即日起停发俸禄，回你的河南老家去吧！

暴式昭 哈哈哈……（站起）想到了！这个结果我想到了！通判大人，你知道吗？此时此刻，式昭毫不为去官而惜，倒为尔等心忧啊！

朱通判 你是何意？

暴式昭 我大清如今内忧外患，势如累卵！尔等身为朝廷股肱，却在干着毁基亡国的勾当！你们可曾想过，一日大清败亡，你们更加可悲可耻可怜的下场吗！啊？！哈哈哈……

【两处追光灭。

第六场

【暴式昭家小院。已入冬季，天气渐冷。李氏在为一单衣絮棉。

【陈书办提一捆书和暴的茶罐，心事重重进院。

陈书办 夫人！

李 氏 陈书办？式昭你们从苏州回来了？你这是……

陈书办 这是暴大人平日在巡检司看的书和他的茶罐！

李 氏 式昭呢？

陈书办 夫人……大人他……

李 氏 （惊恐）他怎么了？

陈书办 他……（难过）

李 氏 （预感到不祥）快讲！式昭他怎么了！

陈书办 大人被魁文农革职了呀！

李 氏 （长吁了一口气）原来是这样啊！

陈书办 暴大人是难得的好官呀！我第一次见到一个身入官场还依然大小事都以百姓之心为心的好官！他一心为百姓有什么错！这还有天理吗！

李 氏 （摇头笑了）陈书办，式昭尽干些让魁大人生气的事，革职是迟早的事情。

【酒醉的笑声中，两个役丁扶醉步不稳的暴式昭上。

暴式昭 不用扶我，我暴式昭是倒不下的……我还有一支笔，一张口，要和他们斗……斗……

【李氏上前扶过暴。

李 氏 式昭……

陈书办 让暴大人歇息吧，我们稍后再来看望。

李 氏 谢谢，慢走。

【陈贵与众役丁下，李氏扶暴坐于院中凳上，端水让暴喝下。

暴式昭 夫人，你知道了？

李 氏 知道了，你为此事竟喝酒了？

暴式昭　我……我今天竟然喝了三大杯！……这浑身暖酥酥……两腿轻飘飘……这就是那无官一身轻吗？哈哈哈……哈哈哈……呜呜……

【暴笑着笑着伏在李氏怀里哭了起来。

李　氏　式昭，你伤心了？这几年，你顶住压力，从没有干一件愧对良心的事！多好啊，妻为你高兴啊！

（唱）见夫君，热泪奔，
滴滴灼痛我的心。
他忍了多少悲，
他含了多少愤，
今日里化作破堤长江水！
夫君啊，
自你西山来到任，
忧国从不因位卑。
追慕圣贤遵家训，
一腔情爱给山民。
多少次迎着山洪把山进，
多少次月黑风高你巡湖村。
你把西山父老全都装进你心内，
顾不了小家和自身。
五年巡检咱心无愧，
称得上大写一个人！
式昭啊，我的好夫君，
你是暴家的好儿孙！

暴式昭　夫人，如此回家，父亲不会怪罪于我吧？

李　氏　不会！全家人都会到村头接你，会因你荣光！

暴式昭 好快的这五年啊！

（唱）曾记得离家赴任前一晚，

老父亲语重心长对我谈。

从罐中父亲倒出茶一碗，

告诉我常喝他清心明目祛淤痰。

父亲说，式昭啊，

千万别轻看这九品巡检，

身系着一方百姓万千生民的吉与安！

一定要勤政廉明解民疾苦让百姓把你赞，

万不可贪婪昏庸坑民害民落个骂名传。

等到你两袖清风回家转，

爹率领暴家的老老少少，

迎你接你到村前。

接风酒爹要亲手为你端！

老父的话我牢记在心以身践，

清凉茶常喝常思常自勉。

一颗心视西山百姓为父母，

时难顾妻儿姨母饥与寒。

许虎姐贩烟设赌害人命，

铲除她我何尝不知会罹难。

我不能瞻顾利害存私念，

我不能任百姓冤苦求自安。

我也知不送节敬仕途短，

怎忍心榨取民脂买升迁！

被革职我非将此职位恋，

我不平世事如此颠倒颠。

为什么国奸民贼不惩办？

为什么百姓苦难无人怜？

为什么大清将亡无人管？

为什么忠直无路却遭冤？

难道说皇上真的看不见？

那一些衮衮大员将他瞒！

他们可都在把戏演，

高唱着为民实为贪。

他们一个个不在划桨在沉船！

在沉船啊！

李　氏　式昭，不要想不开，林则徐大人尚且受屈被贬，何况咱啊！只要我们于心无愧，心志不泯，自有咱施展抱负之地。咱走！

暴式昭　夫人说得极是！

【妞妞上。

妞　妞　娘，爹回来了，姨奶呢？

李　氏　爹去苏州的时候，已送你姨奶回河南老家了！式昭，你去苏州的时候就该买米了，这个月的薪俸呢？

暴式昭　这个月的薪俸，已经被他们停扣了！余钱送姨妈回家时已经……

李　氏　我知道了，放心。我煮的青菜好吃着呢！我去做饭了。

【李氏领妞妞下。

暴式昭　（眼含热泪）夫人！

【陈贵领商人衣装的叶子建上。

陈书办　暴大人，你看看谁来了？

暴式昭　（一眼认出）叶捕快！

叶子建　子建见过大人（施礼）。

暴式昭　别别别……你我如今都是一样的了。

叶子建　子建离开大人后，贩茶之中备受官府盘剥与欺凌，才知我之大错！百姓不能没有大人这样的官啊！大人！

（唱）大人心将百姓爱，
万炷高香求不来。
莫以一时论成败，
人心自有黑与白！

（白）当官的都说百姓是衣食父母，大人才是真正把百姓当父母的好官啊！我今天厚着脸皮来见大人，我要变卖家产，为大人呼冤！

陈书办　数百人的联名信也写好了！

暴式昭　（摆手含笑）你们以为魁文农不知暴式昭无错吗？无用！省下你那来之不易的钱吧。

【内喊，爹爹。妞妞端碗出。

妞　妞　爹爹，俺娘说爹爹回来就给我做好吃的，爹都回来了，咋还叫我喝这青菜汤啊！

李　氏　（急出喝止）妞妞！

陈书办　啊！（急步跑进厨房，传出陈贵喊声）子建快来！

【子建应声急入厨房，暴式昭欲阻不成，与李氏相对无言。陈贵、子建二人含泪各端一碗，走出厨房。

陈书办　缸里无有粒米！

叶子建　锅里清水煮菜！这就是五年巡检的日子呀！

【李氏哭泣。

叶子建　我要告诉西山的山民！

陈书办　我要告诉普天下的人！

二　人　（含泪呐喊）你们见过这样穷的官吗？！（切光）

【黑暗中当当当的锣声伴着他们的呐喊，起伴唱灯亮。

（伴唱）锣声响，震山村，
锣声牵动万人心。
他为百姓身戴罪，
他为百姓断了炊。
看吧！看吧！
从湖畔到山村，
从早晨到黄昏，
山民们啊，
送米送菜送柴薪，
送来了万千山民颗颗心！

【**伴唱声中，纷纷大雪在下，大雪中，人们在蜿蜒的山径上奔走着**。

【**人们将手中的鸡、鸭、鱼、米、水果……送给李氏和暴式昭，暴让陈书办一一登记在册**。

群众甲 大人，这鸡蛋请你收下！

群众乙 这担柴请你收下！

群众丙 这半袋米请你收下！

暴式昭 乡亲们！不用送了，不用送了！请乡亲们拿回去吧！

大　爷 孩子，自你来到西山，俺“继善堂”数十位孤寡老人有吃有穿！可大人你呢？都断顿儿好几天了，为啥不给大爷说呀孩子！（失声恸哭）

【**一大娘拉过暴式昭**。

大　娘 暴巡检！

暴式昭 我已不是巡检了。

大　娘 不！你永远是咱西山百姓心中敬着的巡检哪！我听到信儿，是沿着你帮俺铺好的那路跑来的！听说你无米下锅，只有清水煮菜，俺老两口是放声大哭呀！俺西山人对不住你呀暴大人！

荷花爹 （荷花爹跑上，一把抓住暴大人），你都是为了俺呀！暴大人！你是为我们这些素不相识的老百姓，才落了个罢官的下场啊！让俺给恩人磕个头吧！

暴式昭 （急扶荷花爹）快快起来！

【一老者持画卷至暴身边。

老　者 暴大人，我好丹青，几日来为众人真情所感，绘得《林屋山送米图》，望大人存念！

暴式昭 谢过了！（接画卷交陈贵）陈贵兄，大家所有馈赠之物，你俱已记下了。就请你能返者返，不能返者送“继善堂”让老人们取用。暴式昭要“两袖清风朝天去，不带江南一寸锦”！我们全家就此拜别西山父老乡亲了！

【暴式昭、李氏牵妞妞一起跪下。

众 暴大人！

【暴全家起身，穿过众人走向远处。

（起合唱）啊……

九品小吏职位轻，
品格如岳高千重！
政声多在人去后，
丰碑百代民心中。

【暴全家走至高台，众百姓高呼暴大人，齐刷刷跪下。

【定格。

【空中传来暴式昭声音。

（白）乡亲们呀——

（唱）我暴式昭今生成不了栋梁材柱石宫殿，
我这小木杆也要给百姓撑起茅庵！

（茫茫大雪覆盖舞台）

【**旁白及字幕滚动：暴式昭革职数年后，因清廉之政声，复任军职。赴塞外购买战马，经手钱财千万，竟无一文差错。暴廉洁爱民，修身自励之情操，为同代和后世敬仰！胡适、张东荪、朱自清、俞平伯、沈从文、冯友兰、张大千等文人名士题咏称颂不绝，今苏州明月湾和河南滑县，均建有暴式昭纪念馆。而魁文农等贪官，在革命的浪潮中被百姓处死，永远钉在了耻辱柱上。**

（剧终）

二〇一五年十月

《九品巡检》剧照，李树建饰暴式昭

【豫剧现代戏】

清风明月

编剧　李学庭
王子厚

人物表

刘志清	男	三十来岁	一个从县城到市区跑客运的个体户
淑　华	女	三十来岁	志清的妻子，一个善良有主见的女子
艾　月	女	四十出头	某单位职工，因身体不好内退在家，性情柔弱但正直善良
于　姐	女	四十五六	是艾月的大姑子，在某办事处工作，见多识广，是个爱当家主事的人
王交警	男	三十多岁	处理本剧车祸的交警
于　玲	女	十八九岁	艾月的女儿，大学二年级学生
小　王	女	二十五六	医院后勤工作人员
房　东	男	七十岁	市郊一个善良的老头
甲、乙	男	六十余岁	两个收废品者

序幕

（幕前伴唱）

夜幕降，华灯明，

城乡客车返归程。

【启幕：城郊灯火闪烁，车如流水。

（伴唱）车内笑语车外影，

啊……

一场车祸突发生。

【随着一声刺耳的刹车声，全场灯突暗。

【黑暗中响起110的呼叫声：交警一中队！交警一中队！伊水桥南200米，一辆中型客车撞死一中年男子！请出警！请立即出警！

【警车声、救护车声交替响起，由近及远……

第一场

【事故科事故处理办公室、王交警上。

王交警　（唱）干交警整天忙得像救火，

如今是车多人多车祸多。

一场死人大车祸，

半月四十费周折。

耐着性子嘴磨破，

合情合理息风波。

【**臂戴黑纱的于姐，扶着悲恸欲绝的艾月进来，王交警忙扶艾月坐下。**

王交警　请喝水！（倒水）

于　姐　王同志，撞死我兄弟的司机怎么还没来？

王交警　早来了！大姐，在事故责任划分上，咱得再统一一下认识。

于　姐　我决不同意是“同等责任”！

（唱）俺兄弟和美幸福一个家，

现如今断了大梁房子塌。

我老爹偏瘫心脏怕惊吓，

为瞒他只好搬到俺的家。

小侄女广东上大学，

这噩耗至今还瞒着她。

这个家被他弄得无法过，

同志呀说俺有责任咋解答！

王交警　大姐别急，你喝点水。现场勘查，司机是正常行驶，你兄弟却突然横穿马路到车前，责任不全是司机的！（艾月哭泣）

于　姐　那……

王交警　责任划分虽然是同等责任，但经济赔付上，司机要承担60%。

于　姐　那你看能有多少钱？

王交警　超不过20万！

于　姐　什么？他可是毁了一个生命，一个家庭啊！

王交警　具体钱数你们自己谈，只要双方能接受。好不好？

于　姐　我弟妹心脏不好，现在只会日夜啼哭！我负责和他谈。

王交警　　好。请你们先到那边房里等着，我和司机再谈一下。就去找你们协商。

于　姐　　好吧。

【于姐搀扶艾月下。交警冲另一小屋：

王交警　　刘志清，过来吧。

【刘志清和妻子淑华上，刘志清给王交警敬烟。

王交警　　谢谢，我不抽烟。你们坐。

刘志清　　站着都中，王警官，该咋办你就说，事出来了，我们决不推卸责任。

淑　华　　交警同志，那人实在出来得太突然，俺刹车都来不及了呀……！

刘志清　　哎呀，反正咱把人家撞死了，这话就别说了！

王交警　　死者横穿马路虽然突然，咱要早些认真观察，准确判断，也不会有这事。所以尽管死者有责任，但咱对死者家属姿态一定要高点！

刘志清　　对对对，“要得公道，打个颠倒”！啥事不能光想自己那点理！

王交警　　刘师傅这样考虑问题非常好！所以，在赔付钱数上，能多给些就多给些。

刘志清　　倾家荡产咱也赔人家！

淑　华　　（哭泣）倒八辈子霉啦！买车借的钱还没还完！……

王交警　　放心，她们要求太不合理，我也会从中调停。

刘志清　　还是那句话：“啥事要得公道，打个颠倒”。是咱把人家撞了！

王交警　　好，那咱们就过去谈一谈，然后签协议？

刘志清　　好好好！

【三人走向艾月在的屋子。

【起伴唱：

谈判为的求公道，

公道要在人心找。

人心虽有秤一杆，

称高称低不好调。

【少许，王交警返上。

王交警　（唱）事故处理得不算少，

这司机心肠好姿态也高。

再帮于姐降降调，

早签协议把案销。

【于姐情绪激动地上，艾月随上。

于　姐　小王，我从六十万降至五十万，司机都不吭声了，他媳妇还是不同意，你得说话啊！

王交警　（端水给于）于姐，你要得确实有些多。我看你还是要降一些好！

【艾月哭泣，于姐伤感。

于　姐　这让俺今后的日子咋过啊！

【艾月失声啼哭。

【刘志清、淑华上。

刘志清　大姐别伤心，咱再商量好吗？

于　姐　听着，俺也是讲道理的人！

（唱）俺不再坚持五十万，

体谅你们也困难。

四十万是最底限，

同意就把协议签！

淑　华　（唱）既然责任各一半，

俺赔偿只将一半摊！

于　姐　（唱）你是说只赔二十万？

淑　华　　（唱）就这数俺也觉得冤！

于　姐　　（唱）一条人命二十万，
　　　　说这个话让人心太寒！
　　　　不行就让法院判，

淑　华　　（唱）中，判俺多少都无怨言！

【王拉于姐到一边小声劝说。

王交警　　（唱）此事若让法院判，
　　　　二十万就是一大关！

于　姐　　（唱）那……那……那你说该咋办？

王交警　　（唱）再让点……再让十万元。
　　　　（于姐转与艾月低语后，扭脸对淑华）

于　姐　　我……我们再降十万！三十万！

淑　华　　不行，最多二十万！

于　姐　　三十万少一分也不行！

淑　华　　二十万，多一分俺也不拿！

【艾月突然心脏不适，于姐、交警赶紧给其倒水服药。

王交警　　不敢激动，咱慢慢商量！

刘志清　　这……三十万俺答应！

淑　华　　（又惊又急）志清！刘志清！

刘志清　　不能再出条人命！于同志，就是这三十万，俺一下子拿不出来呀！

于　姐　　可以分两次付清，中秋节前先给二十万，剩下的春节前付完！

刘志清　　大姐，那十万明年五月前吧？你得让我挣啊！

于　姐　　不行！

艾　月　　就明年五月份吧！

于　姐　　算话，必须签协议！

刘志清　　好，签！

淑　华　　不能签！（冲到志清身边，哭着阻拦）刘志清，那可是三十万呀！你去哪儿弄三十万？你千万不敢答应呀！

刘志清　　（拉过淑华，对交警）没事，听我的，签！

王交警　　好！（刘志清签协议）

【淑华气得扭身就走突然晕倒。

刘志清　　淑华！媳妇！（急扶）

（切光）

第二场

【转场幕间。

（伴唱）协议好签钱难凑，
　　　　刘志清陷进万斛愁！

【开幕：刘志清家，是一座崭新的二层小楼，如今也被忧愁笼罩。此时淑华和衣躺在内间卧室床上。

【刘志清从外回来。

刘志清　　（唱）求亲戚，找朋友，
　　　　卖了汽车把款筹。
　　　　旧车卖了四万块，
　　　　二十万还差一大头。
　　　　走一路，想一路，
　　　　也只有再卖了这小楼。
　　　　可这件事情难开口，

无法再将媳妇求。
签协议她怨我向外歪着胳膊肘，
这几天脸不放一直跟我记着仇！
盖小楼她风里雨里罪受够，
一砂一石一砖一木全将她的心血流！
这是俺四年拼搏的心头肉，
淑华她不会答应丢！
她不会答应丢！

【**想了想，进院，进客厅，推了推里间门，门从内还闩着。**

刘志清　淑华，我回来了。给你汇报一下情况：咱那车总算四万块钱出手了。（淑华没有反应）这样加上保险公司赔付的钱，还差十万。下来我想……媳妇，你开开门，人家都说小两口打架不记仇，白天吃的一锅饭，晚上枕的一个枕头！我知道你埋怨我不该答应三十万，可媳妇，要得公道，打个颠倒，要是我被撞死了……

【**淑华忽地坐起。**

淑　华　闭嘴！你咋恁会比呢！

刘志清　（笑）理儿是一样的嘛……要真是我被……那个了，你说他赔咱一百万你愿意不愿意？

淑　华　我心不会那么狠！

刘志清　她孤儿寡母以后不容易，咱俩年轻轻的，动动手就是钱。这些时在城里，我发现了不少挣钱门路。下来我打算……

【**淑华开门走出。**

刘志清　看看，两只美丽的大眼睛，都变成……

【**淑华不理志清，洗了把脸，回身认真对志清说：**

淑　华　志清，你坐下，我也有话给你说！

刘志清　　好，咱同坐。

淑　华　　志清，这一个多月我啥都想了，想来想去只有一条路。

刘志清　　啥路你说吧。

淑　华　　咱俩离婚吧。

刘志清　　中！啊？你说啥？

淑　华　　咱俩离婚吧！

刘志清　　你是说离……离婚？

淑　华　　对，离婚！

刘志清　　你打渣子哩？！

淑　华　　我是认真的，真的！离婚！

刘志清　　（激怒）胡扯！不……不不至于吧？

淑　华　　（掏出协议）志清，你怨我也好，骂我也好，咱好合好散，婚一定要离！这是我写的协议你看看。

刘志清　　（暴怒）我不看！（难过）淑华，你不能这样！咱走到今天，容易吗？淑华！你咋能想到离婚呢？淑华！

（唱）你一句离婚说出口，

我筋骨好似被人抽。

咱心贴心走过四年风雨路，

这情意咋能说丢就丢？

淑华呀，

你忘了咱多少次盟誓永相守，

你忘了创业路上咱汗同流。

你忘了五年计划咱一步一步往前走，

你忘了恩爱夫妻就应该风雨同舟！

淑　华　　（唱）没有忘你复员回来在村口，

咱心心相印志在白头。

没忘记咱借钱买车车上路，
披星戴月创丰收。
没忘记你军衣穿得烂襟袖，
没忘记我嫁衣年年改又修！
没忘记逢年节豆腐当肉茶当酒，
口里挪肚里省咱才盖起这座小楼！

刘志清 （唱）住进新楼那一宿，
咱夫妻相拥相抱热泪流。
那一晚多少苦累忘脑后，
美好的憧憬涌心头。
誓凭咱心心相印两双手，
要让青春竞风流。
咱计划要孩子在两年后，
不管他是儿还是妞。
让她们幸福甜蜜啥都有，
把成才大道为儿女修。
多少计划刚刚起步走，
淑华呀你怎能一场车祸就回头！

淑　华 （唱）原谅我半途失信不忠厚，
原谅我自私想把后路留。
三十万你自己应下自己受，
就算我怕苦怕难想开溜。
从今后咱不是夫妻是好友，
还望你谅解我不要记仇！

刘志清 淑华，你能不能再想想，我……我……

淑　华 你别说了，志清……你一口答应人家三十万，我拦你也不听。

这些时我夜夜失眠，翻过来倒过去啥都想了，这些年咱两口就那一辆旧车，还有这个小楼。你不能把啥都卖光赔净！车归你，这房子归我，盖房时花了十二万。你车卖四万，家里那点钱都归你，我想法再给你四万，行吧？

刘志清 看来你啥都想好了！要是这……钱你也不用给了，房子应该给你！

淑　华 不！三十万呀！你去哪弄那么多钱还账？我给我爹我哥打电话说了，他们答应给我再凑点钱，以后我要真有钱了，还可以帮你还账……

刘志清 （苦笑）谢谢……你不用再操心了，安心去过你的好日子吧！人都走了，钱算啥！三十万压不死我刘志清！我马上就离开这个家！

淑　华 不……志清，你……你不要离家，我是说……只要办了手续你还可以……住在这儿……

《清风明月》剧照，刘亚林饰刘志清、曲韵饰淑华

刘志清　　哈哈哈……你可怜我？放心！我刘志清是个男人，四年能攒下这份家业，我就还能闯份更大的家业！

淑　华　　我相信你能！可车没了，你以后干点啥挣钱还账呢？

刘志清　　这你就不用操心了，敢签协议，我就有办法弄钱还账。

淑　华　　你有想法了？干啥？

刘志清　　你想知道？那就告诉你，收废品！

淑　华　　啥呀？收破烂？不行！绝对不行！

刘志清　　行不行你说了不算！收破烂面子上是不光鲜，可这与你无关了！

淑　华　　志清，你咋会想到收破烂哩？要不我再跟我哥们商量一下？

刘志清　　不用！如今除了债务，身无分文，我还能干啥！（难过）不说了，你歇吧，我上楼了。（志清欲出门）

淑　华　　志清！

刘志清　　咋？再急也得等明天去办手续！

淑　华　　不是……（拿出那张协议）我写这个分财产协议，你要没意见就签个字……

刘志清　　你放心！我刘志清要是总让女人为我吃苦受罪，（几乎是吼出来）我他妈就不算个爷们儿！

【拿过协议就签。

（切光）

第三场

【艾月家，她为丈夫于旺设了个简单的灵龛，遗像前有花和水果等供品。

（伴唱）飞来横祸亲人丧，
大厦梁断家败亡。
伤心泪水断肠泣，
形单影只人凄凉。

艾　月　（唱）几月来止不住以泪洗面，
中秋近更让人肠断心酸。
于旺他两只眼直直将我看，
似有那满腹话语却再难开言。
没想到二十载夫妻撒手去，
山倒地塌顷刻间。
艾月我今后怎么办，
突然间千苦万难摆面前。
女儿上学要学费，
欠的债务怎样还。
米面菜蔬加水电，
还得给久病的公公治偏瘫。
只有我每月内退的几百元呀！
我将那肇事司机恨千遍，
艾月被你害得惨。
你就是赔俺一千万，
换不回我能依能靠的那双肩。
从今后谁为我风里雨里撑把伞，
谁为我推心置腹消愁解忧把话谈。
俺一家幸福的路被你截断，
害得俺家破人亡你罪滔天！

【于姐提月饼、苹果推门进来。

于　姐　　艾月，那个刘志清把第一笔赔的钱送来没有？

【**艾月摇了摇头，给于倒水。**

于　姐　　我就知道，他决不会按时把钱送来！

艾　月　　一下让拿二十万，是不是……

于　姐　　他给王交警说过，汽车卖了，不够他还有一座刚盖不久的小楼嘛！

艾　月　　小楼卖了他住哪儿？

于　姐　　你还替他想！（打电话）喂，是王交警吗？我姓于，对对……就是我！这个刘志清到现在还没送钱来，肯定是……

【**王交警打着手机和刘志清上。**

王交警　　到门口了，开门吧！

于　姐　　（开门）哎哟！王交警你太负责了！快请进！

【**刘志清进屋先到遗像前鞠了三个躬。于姐只给王交警倒了杯水。**

于　姐　　好了！关键是钱拿来没有？

王交警　　今天还没上班，刘师傅就到单位等我了。于姐、艾月同志，刘师傅是个很讲信用的人，为凑这个钱，他卖了车，爱人也和他离了婚！

艾　月　　离婚了？那……那……

于　姐　　夫妻本是同林鸟，大难来时各自飞嘛。钱呢？

王交警　　（拿出卡）这卡里现在只有十七万。

于　姐　　怎么才十七万？不是说好二十万吗？一开始就不讲信用！

王交警　　刘师傅原本打算卖了房子，可媳妇一离婚把房子要走了。

于　姐　　这是阴谋！

刘志清　　大姐你放心，眼春节前剩余的三万，我就是卖血也会还给你！

艾　月　　姐，就先收下吧……

于　姐　　好，我就再相信你一次！

王交警　　（交卡给于）正好这门口有银行，你们现在可以去查一下，密码也在这儿。

于　姐　　（接卡）好吧，谁跟我去查？

王交警　　是这，我不能停，正好一块去查一下，没问题我就赶紧回去。

于　姐　　刘志清你先在这儿等一下，我还有话给你说！

刘志清　　中、中！我等我等！

【王交警和于姐出门下。

【艾月给志清倒了杯水。

刘志清　　谢谢姐。

艾　月　　咋能说离婚就离婚了呢？出事你又不是故意的，那开车就是要老虎！

刘志清　　（苦笑）离了也好！人家跟咱受了几年罪，今后不能再连累人家了。一个人利亮，净一门心思挣钱还账了。

艾　月　　你不开车了，又干点啥？

刘志清　　收破烂。收那些废旧书报纸张，破铜烂铁，还有旧家具电器。

艾　月　　啊……正好，我整理了些旧书报，你拿去吧。

刘志清　　那老中！别人八毛，给你算九毛。

艾　月　　送给你哩要啥钱！我整一下去。（进内）

刘志清　　那我得给钱！

【于姐返回。

刘志清　　大姐，没错吧？

于　姐　　没错，刘志清啊！

（唱）车祸伤了我兄弟的命，

多少钱也难医俺心中巨疼。

刘志清　　（唱）我自知我的罪孽重，

按理说就该抵命判重刑。

于　姐　（唱）头笔款付得不干净，

剩余的不能拖要尽快付清。

刘志清　（唱）我一定拼命想法把钱挣，

尽早还清我心也宁。

于　姐　（唱）今天就再相信你，

刘志清　（唱）唾沫掉地砸个坑。

于　姐　（唱）敢要赖我可有法把你整，

刘志清　（唱）大姐呀我毕竟受过教育当过兵！

于　姐　刘志清，你既然说你是老实人，你告诉我，你们是不是假离婚转移财产呀？

刘志清　不是！……大姐……

于　姐　不是？为什么把房子留给你前妻？啊？这点小伎俩能骗过谁！

刘志清　大姐……你不知道为盖这房子，人家淑华受症太大了！跑客运每天天不明就起床，快半夜回到家，颠簸一天，灰头土脸都没力气洗！每天卖票吆喝得喉咙充血，也不舍得买片药吃！三年穿的都是结婚时的衣裳，就那，盖房子的砖还是淑华她爹给买的！那小楼全给人家也不亏呀！可……淑华又从娘家要了五万块钱给了我！

【提纸出来的艾月听得两眼含泪。

艾　月　姐，别再说了！

于　姐　好吧，春节前一定把今年的钱还完！

刘志清　中、中！一准！

艾　月　这些旧书报你拿走吧。

刘志清　（掏出小电子秤）好，称称多少斤。

艾　月　称啥呀，拿走吧！

于　姐　　称称是对的呀。多少钱一斤？

刘志清　　人家收都是八毛……

于　姐　　啥呀？上礼拜我办公室卖旧报，还八毛五呢！

刘志清　　我给艾姐算的是九毛。（称重）错一格九公斤算九公斤，十八斤乘九。

于　姐　　十六块二，给十六块吧。

刘志清　　好。（数钱交于，掂起袋子）艾姐，这里没有有用东西了吧？

艾　月　　没有了。

于　姐　　还是再看看好！

刘志清　　对，再看看。

【于和志清翻看，志清翻出一日记本。

刘志清　　艾姐，这日记本里没记啥吧？

于　姐　　记没记啥这个也不用卖。（拿过来，随手交给艾月）

艾　月　　哎呀，我咋把日记本也卷进去了。

刘志清　　大姐，你看还有啥没？

于　姐　　其他没啥，可以走了。记住，尽快还剩下的钱！

刘志清　　不会忘！那我先走了。（下）

于　姐　　（拿出银行卡）艾月，这钱你打算咋办？

艾　月　　于旺生意上欠那账，老董比较困难，先还老董吧？

于　姐　　你呀，没脑子！

（唱）于旺生前欠的账，
　　如今人死账也凉。
　　你上老下小没进项，
　　手中握钱心不慌。
　　这笔钱千万不能动，
　　变成定期存银行。

养家糊口你再没有于旺，

这日子可比流水长！

（白）生意上欠的账，咱认，等于玲大学毕业后挣钱还他们！

艾　月　那……

于　姐　咱爹的病，就说以后我多负担，可于玲上学不能没钱。马上把钱存起来！

【于放下卡，欲出门。

艾　月　姐，天好像要下雨哩！

于　姐　我包里有伞！（出门下）

【艾月伤心落泪坐桌边，不小心将茶杯碰翻，水洒在日记本上。急忙拿起本子抖水，从中掉出折叠信纸。艾月捡起看，看着看着突然惊愕不已，心灵剧烈震撼！

艾　月　啊！（再看信）怎么……怎么会是这样呢！

《清风明月》剧照，陈大华饰艾月

【艾月几乎瘫倒。

【冥冥之中，于旺讲述着信上内容：

于　旺　“艾月妻，对不起你了！我到医院取化验结果，才知我患了绝症！生命只有三到六个月了……说实话，我不怕死。可把几十万债留给你们母女，我死了也不能瞑目啊！……想来想去，只得走了这条路，你们原谅我吧……！”

艾　月　他爸、他爸！于旺——

（唱）读遗信，心震颤，
方知车祸非偶然。
一颗心霎时坠入万丈深渊！
于旺呀你不该一时糊涂寻短见，
就不想俺母女可怜不可怜！
这世上谁能不遇沟和坎，
你怎能撒手一去图清闲！
你不光把痛苦撇给俺，
更不该又让无辜蒙屈冤！
刘师傅温暖小家被拆散，
从此后恩爱的夫妻断情缘！
咱纵得一些赔偿款，
你可知咱一辈子良心永不安！
病能治，账能还，
没有过不去的火焰山！
你还是个男子汉，
做此事让人失望让人心寒！
你已错我不能照错办，
做人良心得放当间！

是毒药咱也要自己咽，

我必须讲明真相退回钱！

于　旺　（似有旁白）“艾月！事情已经这样了，你不能让我死了还落个骂名呀！”

艾　月　（唱）似听见于旺声声唤，

怎能让他生命白抛又把罪名担。

真相更难对女儿讲，

咋能让她纯洁的心灵蒙尘斑。

事涉名声我难改变，

为全家我必须思虑再三。

这真是船行江心失了舵，

处处是激流暗礁加险滩。

为孩子为家人只有把真相遮掩——

可这良心啊如同针扎似挨鞭！

刘志清为此破了产，

流落街头更凄惨！

靠收破烂还赔款，

收赔付我如偷如骗羞无颜！

【艾月心涌波澜，举措难定。

（伴唱）怎么办，怎么办，

艾月心乱麻一团！

天上明月隐又现，

时明时暗照无眠！

（切光）

第四场

【郊区的一个农家后院，两间简陋的小平房，有成堆的废纸和垒得整齐的空啤酒瓶、饮料筒。志清在院门口的树下整修三轮车。一阵风，他突感身冷，走进小平房内。

【小平房内，一块旧布隔出了卧室和外间，外间有个小矮桌和用废木箱改成的小凳子，靠后窗的墙上挂着一个坠胡。志清从里间提出个编织袋，打开翻拣着御寒的衣服，找不到一件合适的，不禁心中一阵酸楚。

刘志清　（唱）时近岁尾天渐寒，
西风吹身觉衣单。
往年此时妻相伴，
及时为我加衣衫。
今日自将衣寻拣，
阵阵酸楚涌心田。
淑华呀，转眼半年音信断，
你可知，我无时不把你挂牵。
这数月收废品甘苦尝遍，
才知道行行业业不简单。
一些人结伙搭帮想搞垄断，
一些人不自重偷骗耍奸。
遭辱你得忍，受气赔笑脸；
风里雨里跑，大街小巷钻；

叔叔阿姨喊，腿勤眼要尖；
拼着力气干，一分一文攒。
吃苦受累，起早睡晚，
全为了早日攒够还账的钱！
盼望着还清赔款那一天，
淑华呀！我立马就去到你跟前！
咱还是恩爱夫妻不能散，
人生好梦还要一同圆。
淑华呀！我的好妹妹，
你千万千万心莫变。
可一定一定等着俺！
一定等着俺！

【老房东提热水拿件毛衣进来。

房　东　志清，冷了吧？给，把这件毛衣穿上！

刘志清　（接过衣服）哟，还是新的，这是谁的？这我可不能穿！

房　东　先穿上我再告诉你，穿上！

刘志清　（套上毛衣）嗯，暖和！这衣服是……

房　东　是一个好人送给你的，人家不说名，不图感谢！那方便面、感冒药都是这好人给的！

刘志清　这人太好了！我不能白要人家东西啊！

房　东　这就叫好人心疼好人！啥废话都别说，逮你一回不容易，快拉着叫我唱几句过过瘾！

【说着从墙上摘下坠胡递给志清。

刘志清　伯，我拉的老业余呀！

房　东　我这唱家也不咋着！前两天在周王城广场，一个拉家光拉没人唱，我就过去说：你拉着叫我唱两句，中午我请你吃烩面！那人高兴地拉着让我唱，刚唱了两句，那家伙把弦一收，冲我就说：“大哥，中午我请你吃烩面！”

刘志清　咦，咋了？

房　东　嫌我唱哩老难听呗！

刘志清　哈哈哈……来，咱唱！

【志清拉，房东唱：“小仓娃我离了登封小县”荒腔凉调，少板没眼，志清拉不成，只得停下。

房　东　咋不拉啦，你也想请我吃烩面？

刘志清　不……不是……手……有点僵。

房　东　就是，你这屋太冷，走，到我那屋咱接着唱！

【房东拉志清走，志清小灵通响。

刘志清　（接小灵通）喂……对，我是刘志清。你是？啊……哎哟……太好了！我马上赶过去！好！好！

房　东　又有活啦？

刘志清　医院一位大姐说攒了一车废品……

房　东　那得快去！

刘志清　再瞅时间我拉着你唱。

房　东　快走吧！

【志清蹬三轮车下，房东提坠胡亦下。

【少许，艾月寻找着上。

艾　月　（唱）一路打听一路找，
顶风浴寒到城郊。
好像是自己做了亏心事，
见人都没勇气瞧。
几次想来把真情表，
可又怕平静的生活又起风涛。

讲着难，瞒不好，

一颗心天天如在火上烧。

鼓勇气来找志清实言告，

到门前心里又似小鼓敲！

（观察寻找）按王交警说的地址，就是这儿。（小心打问）这儿有人吗？刘志清是住这儿吗？

【房东闻声出。

房　东　刚才是你打的电话？他接了电话就去啦！

艾　月　电话？我没打电话，我叫艾月，是来……

房　东　啊！你就是志清经常说的那个“艾月姐”？快进屋，进屋！

【艾月进屋察看简陋的小平房。

房　东　我知道，你来一准是催着要钱哩，你净把心放肚里，他比你还着急呢！这孩子是白天收废品，晚上去工地给人家看大门，大冬天冷馍就咸菜，有病都不舍得买片药！闺女，你不敢再催他了！

艾　月　（唱）大伯话听得我两眼泪，

更觉得艾月太亏心。

破门裂窗小房内，

少桌无椅冷森森。

这件事不能再隐讳，

当让志清知真因。

房　东　我跟志清有缘法。他原先住在立交桥下小棚子里呢。我是看这孩子仁义、正派，还会拉两下弦子，才领他住我这儿。房子不要钱，后院管放破烂……

艾　月　大伯，我今天来，是有些话想给他说明白。

房　东　说啥哩？不就是钱多钱少的事吗？闺女，刘志清为赔你钱，就差点卖血卖器官了，不要再逼他了！

艾　月　大伯，不是，你不知道……

房　东　我啥都知道！我最看不惯现在有些人，心里除了钱，一点人情味都没有了！你走吧！刘志清到工地去给人家看大门了，你别等了，走走走……！

【房东推艾月出门，生气地径下。

艾　月　大伯！

【委屈难过地低首垂泪。

（切光）

第五场

【某医院院墙一角，刘志清骑三轮车上。

【停车、拿出小灵通，找出电话拨打。

刘志清　喂，王姐，我是刘志清，半个小时前是你……对对……我到了！就在咱医院后门这儿，好，我等你。

（收起手机）看来是遇上好人了！

（掏出个本子翻看）咦，收医药废品还有这么多规定哩……需要注意的是……（认真看）

【医院工作人员小王上，招手在医院做陪护的淑华悄上。

小　王　是他吧？

淑　华　（见志清寒酸的形象，心里难过）嗯……就是他！

小　王　李姐放心，我会让他高高兴兴把东西拉走。

淑　华　他一定要给钱，你就收些，他这人，不明不白他不会要的。

小　王　知道了，你到那边等着。

【淑华下，小王走到志清身边。

小　王　刘志清！

刘志清　（抬头）哎……你是王姐？你咋知道我？

小　王　俺医院有你个老乡，经常说你这人不错，忠厚正直，热情实在。

刘志清　咦，我可不敢当。王姐，俺老乡是战友还是一个庄哩？他叫啥？

小　王　你现在不用打听，她以后会去找你的。我给你说，东西都符合规定，已经称好啦。（手一指）见到没有，去装车吧。

刘志清　好！（推车下）

【小王欲随下，手机响，接听。

小　王　谁呀？叫你们别来了，你们没听清呀！

【两个年老的收破烂的上。

甲　我们都来了……王科长，有啥话你睛说啦……

小　王　我给你们说，俺医院这废品，你们收一年多了吧？

甲、乙　对对对，你对我们真好！

小　王　我再说一遍，从现在起，你们别再来了！

甲　不是……你要觉得价钱不合适，可以再多点……

小　王　给你们一年多了，还不知足？走走走！

甲　不是……你看……俺都来了……

小　王　快走！

甲、乙　好……好……（退下）

【刘志清推装了废品的车上。

刘志清　小王姐，我又称了一下，这钱应当是一百三十八元。

小　王　（从志清手里抽出一百元）好了，就收一百。

刘志清　咦，那不中！我就没多给，还有三四十哩，你得收下！

小　王　快走吧，再有废品我就给你打电话。

刘志清　好好，你代我谢谢俺老乡……我回头去看他！

小　王　走吧！废话不少！（自下）

刘志清　（心里高兴）哎呀！这真是有个老乡，多喝碗汤！这一车估摸能挣百十块！走起！

【志清哼唱着骑上车。刚转过弯，甲、乙两个收废品的老者挡在车前。

甲　（厉声）下来！

刘志清　（下车）二位老哥这是……

甲　你也不打听打听，敢从我哥俩手里抢饭吃！

刘志清　啊……这医疗废品一直是你俩在收？

甲　对！眼窝头放亮点，把这车货让给俺，算你没事，要不然……

刘志清　咋着，老哥俩想收拾我？

【乙持一木棍，从身后突然一棍打在志清头上，志清蒙头蹲下，血从指缝流出。

甲　你……你咋抡棍就打哩？

乙　你不是说他不给，就让我打！

甲　出人命咋办？快跑！

【甲、乙撒腿就跑，志清突然起身，把甲、乙拉住、擒伏。

刘志清　我当过兵，擒拿格斗，收拾你三五个不费大力，你们知道不知道？

甲　我……外甥在公安局是科长……

刘志清　我舅在公安局专管科长！

甲　我黑道上也有朋友……一个电话就来人！

刘志清　别吹啦！真有恁大本事，不会为抢一车废品打破头！

【志清放开两老者，一时都无语。

刘志清　老哥呀！

（唱）你也捡垃圾，我也捡垃圾，

咱是一样的穷兄弟。
干的一样活，
出的一样力，
咱应当互相帮助互怜惜！
为争眼前这点利，
大哥呀你竟然不计后果把人袭击。
这一棍真要打出好和歹，
我饶你，法律可不饶你！
说什么谁在公安局，
说什么黑道上你也有关系。
看看咱这穷酸样，
不要再自己吓自己。
大哥呀人穷不能穷志气，
再穷人格不能低。
歪门邪道违法律，
诚实劳动心不虚。
咱捡垃圾社会需要不丢人，
万不可呀，
万不可把咱自己变成垃圾！
把自己变垃圾！

甲　……兄弟，这垃圾俺不要了！（扭头拉乙就走）

刘志清　站住！

【甲、乙站住。

甲　兄弟，俺俺……知道错了！

刘志清　今天这事，是个没见过面的老乡给我揽的生意。是这，以后我不来了，你们还来收！（骑上车下）

甲　　　（冲志清）不，你收你收！

乙　　　哥，咱打住好人啦！

（切光）

第六场

【**艾月家。春节临近，女儿于玲放假归来，大姐已去接站，她心神不宁地在等待。电话铃响起。**

艾　月　（忙接电话）喂？大姐，你把玲接到你家了？她爸的事你给她说了吗？

于　姐　（电话中话音）说了，你没听孩子还在哭呢！

艾　月　那……她没埋怨一直瞒着她吗？

于　姐　怨！火气大着呢！好啦，马上就回去了！

艾　月　嗯……（放下电话，心绪更加不宁）

（唱）车祸的事大姐已给女儿讲，
她怎知所讲并非真情况。
回家来该不该说出真相，
想说又怕将女儿伤！
于旺呀你把难题出给我，
思来想去无主张！

【**于姐陪于玲上，泪眼婆娑的于玲扔下旅行包，直奔父亲的遗像双膝下跪，痛哭失声！**

于　玲　爸呀！女儿回来了，你在哪儿呀！你咋不去接我呀，爸——

【**艾月和于姐搀扶起于玲。**

艾　月　玲！（母女相拥哭泣）

于　姐　好了！艾月，马上要过年了，刘志清还没把第一笔钱还清？

艾　月　可能快来了，这事……

于　姐　这事要盯紧他！这种人说话能算数吗？他要回老家过年，你能追着讨债？

艾　月　不会的……

于　玲　要钱干什么？要他赔我爸的命！

艾　月　玲，你不了解，人家……也不是故意的。

于　玲　妈！你咋还替凶手说话呀！

于　姐　艾月！孩子正在气头上。（示意不要多说）玲，别难过了啊！我到单位转一圈，回头再来，中午姑给你接风吃饭啊！

【于姐出门离去，于玲哭着进内室。艾月提起旅行包亦追进内室。

【刘志清拿包上。

刘志清　（唱）节前这几天真不赖，

最多时一天就斗几百块。

总算又凑两万整，

赶紧给艾姐送过来。

（白）屋里有人吗？

【艾月闻声出，开门。

艾　月　哎呀，你来啦，快进来！

【志清进屋，艾月倒水。

刘志清　艾姐我不喝水啦。这是两万你先收下，怕你年前急用，就先送来了。还差的钱我再挣。

艾　月　（不好意思接）这……这钱你不用给了，你……你也得过年！

刘志清　咳！现在我一个人天天都是过年。

【于玲出。

于　玲　　妈，他是……

艾　月　　啊……这是你刘叔。

刘志清　　我叫刘志清，你是于玲吧？放假了？

于　玲　　是你……把我爸撞死了？

刘志清　　我……我对不起你们一家！

于　玲　　（厉声）你过来！（拉刘志清至于旺遗像前）给我爸跪下！

艾　月　　于玲！

【刘志清双膝下跪。艾月欲挡被于玲推过。

于　玲　　（唱）你知道父亲对我是什么？

是我的生命是我的魂！

你知道我爸对我有多爱？

我是他的精神是他的心！

你为贪钱开飞车，

把我的幸福碾作尘！

多少钱能补我的心破碎，

你是个万恶不赦的大罪人！

艾　月　　（唱）女儿她话如利剑泄愤恨，

怎知有罪的是你父亲！

刘志清一腔真诚双膝跪，

于旺啊你面对人家脸何存？

为人良心比金贵，

再苦的药也要自己吞！

【艾月拉起刘志清，拿过志清给的钱。

艾　月　　志清兄弟，你是个好人！这钱你拿走，从今天起，你不欠俺的，是俺对不起你！

于　玲　（大惑不解）妈？！

刘志清　艾月姐，你咋这样说呢？孩子对我有气有恨，那是对她爸亲呀！要得公道，打个颠倒，我是罪有应得呀！艾月姐，这钱你收下，剩余的我再挣。于玲，我对不起你们！

【志清向着于玲深深一躬，撂下钱夺门而去。

艾　月　（急叫）志清兄弟！我有话说！

于　玲　（忍无可忍）够了！妈，你啥意思？他把我爸撞死了，倒是咱对不起他？你……你……

【艾月开抽屉拿出那封信。

艾　月　玲，你看看吧，这是你爸死前写的一封信！

于　玲　（接信）信？

艾　月　你爸知道身患绝症后……他……他……你自己看看吧！

于　玲　（看信后如遭重击）这……这……这是真的吗？！

（冲至于旺遗像前）爸！是真的吗？是真的吗？（瘫坐地上哭泣）

艾　月　当初交警就说咱家有责任，可你姑不依不饶要人家赔偿咱三十万！刘志清一口答应。为还账他卖了汽车收破烂，妻子也和他离了婚，你去看看人家住着破旧小房，省吃俭用不到一年就送来了十九万……咱不能坑害这样实诚的好人呀！

于　玲　妈……那你说咱该咋办？

艾　月　孩子，妈把信交给你，相信我女儿知道该咋办！

【于姐进门。

于　姐　怎么啦？

于　玲　姑！

【哭着扑进于姐的怀里，把信交于姐。

于　姐　（看信，努力镇定自己）我明白了！你们是不是想给刘志清说明白？

艾　月　　咱只能这样做了。

于　姐　　（厉声）糊涂！

（唱）于旺糊涂把命扔，

咱不能感情用事脑不清。

不是我今天及时到，

天大的错误就铸成！

这件事到此就为止，

什么事情也没发生！

艾　月　　大姐，玲她爸已经错了，咱不能……

于　姐　　你呀！你应当理解我兄弟的良苦用心！你要崇高要退钱，可以呀！ 欠债怎么还？玲玲上学费用在哪里？偏瘫的老人还有你的病还治不治？再说，这件事情通过交警部门签了协议，各方认可，你再横生枝节，这日子你不打算过了吗？

【于姐随手撕碎了信，扬长而去。

【于玲哭泣着慢慢蹲下捡拾碎信纸。

（切光）

第七场

【郊区，刘志清住的小房内外。雪天，已近傍晚。淑华提一小包上。

淑　华　　（唱）瑞雪纷飞迎新年，

年近更把亲情牵。

和志清分手数月未见面，

心里头时刻惦记他饥和寒。
佩服他逆境挺立还心愿，
笑对苦难腰不弯。
下决心走出幕后台前站，
与志清同心协力渡难关！

【房东大伯提水拿曲胡上。

房　东　哟，好心人又来了！叫我说，闺女别再躲躲闪闪啦，还是一家人！

淑　华　大伯，天下雪了，他还每天干到老晚？

房　东　快回来了！

淑　华　我就是想见见他，把我攒的钱给他一块还账！

房　东　对着哩！夫妻一条心，黄土变成金。你送的毛衣、方便面，还有感冒药，我都给他了。他好几次非要我领着他去谢好心人！哈哈哈……这回叫他一块谢！

淑　华　只求志清能原谅我就是了！

房　东　他今天把攒的两万送去了，说眼年根再挣点。这孩子呀……

【刘志清上。喊着大伯我回来了。

房　东　你听，洛阳地方邪，敢说不敢嘛，志清快来看谁来了？

刘志清　（志清进小房，看到淑华有些惊喜）淑华！你咋摸到这儿了？

房　东　摸到这儿？人家来好几回了！这就是你要找的“好心人”！好啦，你俩慢慢说。对，今天是我七十大寿，正好淑华也来了，一会儿都到我那坐坐！咱再唱一段儿！

刘志清　伯，你咋不早说，我得去买个生日蛋糕！

房　东　我不吃甜的！

刘志清　那……买两瓶杜康！

房　东　家里还有两箱！不许外套！吃了饭你拉着让我过过戏瘾，啥都齐了！（下）

刘志清　（深深感动）伯拿我当亲儿子待呀！你坐嘛，我洗把脸！

淑　华　（为志清倒水）你来洛阳后，其实我也来啦。

刘志清　你也来洛阳了？

淑　华　我一直在医院当陪护，一个月挣千把块哩。

刘志清　医院？让把医院废品卖给我那老乡，就是……

淑　华　就是我！

刘志清　咦，我说嘛，谁对我真好，原来是你呀！

淑　华　（从包内掏出一沓钱）志清，这是五千块钱，给你还账吧！

刘志清　（不解）给我？这不行！你当个陪护挣钱不容易！不行，我咋能要你的钱！

淑　华　志清哥！

（唱）人常说一日夫妻百日恩，
你应该知道淑华的心。
我是怕为凑赔款你卖房子，
没个家咱何处把身存。
那房子是咱夫妻的梦，
没有它我就没有魂。
分手实属权宜计，
无奈痛心才离婚。
总算是最难的时候将过去，
难割舍咱风雨同舟恩爱深。
你要是还没有新相好，
淑华我还是你的人。

刘志清　（挠头跺脚）咄！咄！咄！你早来几天该多好！

淑　华　（惊）咋啦？

刘志清　我已经答应别人啦！

淑　华　　谁？是……真的？

刘志清　　说出来你也认识！

淑　华　　是……是……

刘志清　　姓王，叫小丫，在中央电视台主持节目嘛！

淑　华　　（知道上当，破涕为笑）你坏！你坏！你捉弄人！

【刘志清哈哈笑着拥淑华于怀抱之中。

刘志清　　这就叫完璧归赵！其实当时我也想到了这一层，真让于姐说对了！这不真成假离婚转移财产啦？

淑　华　　咋转移财产啦？我不是给你了五万块钱，这又送来了五千？

刘志清　　哎？今上午我刚送去两万，咱再凑凑，凑够一万，今年就还完了！

淑　华　　咱不过年啦？

刘志清　　就是，赖好是个年呀。

淑　华　　（笑）我还留有五百多呢！

刘志清　　哎哟！我刘志清傍住大富婆啦！

【王交警进院。

王交警　　刘志清师傅在吗？

刘志清　　好像是王交警？淑华，人家都知道咱俩离婚了，见面半天说不清……

淑　华　　我先到里间吧。

刘志清　　好，估计还是说还款的事。

【淑华进内间。

王交警　　刘师傅？

【志清迎出。

刘志清　　王交警？我当谁哩，快请进！

王交警　　（进屋）我怕你收破烂没回来。刘师傅，一场车祸咱们可成朋友了！

刘志清　你对我帮助太大了!

王交警　刘师傅。

（唱）叫声志清刘师傅，

那车祸现已弄明有出入。

艾月母女把真情吐，

刘师傅你蒙冤受屈是无辜。

【淑华悄在内间听。

刘志清　人都撞死了，我还无辜哩！不打渣子，是不是赔款人家还嫌少？你说吧，不能让你作难！

王交警　刘师傅，艾月发现了他丈夫车祸前写给她的信！写得很明白，他丈夫是检查出患了绝症，加上生意上欠了几十万债，走投无路，自己寻短见呢！

【淑华冲出，一把抓住王交警。

淑　华　你……你说这是真的？

王交警　结合那天现场勘查的情况，现在认定确实是自寻短见！

【起无字歌：啊……

【淑华哭着扑进志清怀里。志清慢慢走向一边，抱头蹲地，失声哭泣。

（伴唱）一任号啕男儿泪，

悲喜交加任洒挥。

万千委屈付流水，

清风明月润心扉。

刘志清　艾月姐真是个好人呀！

王交警　艾月母女也来了，她们想请你原谅她们！

【刘志清急冲出门，正和进门的艾月、于玲相遇，三人六目相对，百感交集，王交警和淑华亦出。

于　玲　　叔叔，于玲错怪你了，我向你请罪！

【于玲欲跪，志清含泪急扶，众人心事不同，都流出了泪水。

刘志清　　（走到艾月跟前，深深一躬）姐！

（唱）艾月姐，你的心比金子贵，

做人你是一座碑！

感激话苍白无力难出嘴，

艾月姐，做好人志清要将姐跟随！

艾　月　　（唱）不！

事情全是俺不对，

害你无辜把罪名背。

你给的赔款要如数退，

王交警再罚多少俺决不推。

【把钱和卡交给王交警。

王交警　　志清师傅，事情明白了，你没责任，当然你给的赔款要如数退还你。你还有啥要求也可以提出来。

刘志清　　（接住钱）外边冷，都进屋内说吧。

王交警　　好，进屋慢慢说！

【艾月、于玲、王交警进屋，志清拉住淑华到一边商议。

【屋内。

于　玲　　妈妈，你不要难过，你女儿已长大了，我会帮妈妈偿还债务的！

王交警　　你的任务是学习。

于　玲　　叔叔，我失去了爸爸，不能再让债务把妈妈压垮呀！（母女难过相拥）

【刘志清推着淑华进屋，淑华走到艾月母女跟前。

【此时于姐进院，走到小屋门前，止步谛听。

艾　月　　大妹子，有什么话你就说！

淑　华　艾月姐，志清让我告诉你们！

（唱）多少人为钱财把天良泯，
多少人为钱财跌进牢门。
你的心犹如九天月，
光明磊落不染尘。
这真相你若永不讲，
谁会想到另有因。
你捧出真心对待俺，
俺夫妻更要还真心。
给的钱已给不用退，
俺也要学你做好人！

艾　月　不……不……你们才是好人呀！

（唱）想当初你们不辩不争担责任，
仁爱宽厚情意深。
赔偿款按时送到言有信，
刘师傅一言一行见精神！
一年来你们为俺甘受罪，
俺看在眼里记在心。
车祸本是俺的错，
再让你们拿钱理何存！

（白）这钱我们决不能再要！

刘志清　艾姐，还是那句话："要得公道，打个颠倒。"大哥毕竟走了，还欠了那么多债，玲还在上学，你现在在难处，需要这钱！你要看我这人还行，今后你就是俺刘志清和淑华的亲姐姐！我也认个大学生侄女，中不中，姐？！

艾　月　不！姐认你这个兄弟，可钱我不能要！

刘志清　　收下！

艾　月　　不行！

王交警　　别争了，我说个意见好吗？处理事故很多，像二位这样的少见！我有个意见，这卡上的十七万刘师傅收下……

刘志清　　不！

王交警　　听我说完。志清说得对，艾月姐现在在难处，确实应该帮一把，这两万艾月姐留下。

艾　月　　不！

王交警　　我也尽点心，不能白受教育，回头我也拿出五千，算给玲玲的助学款！

艾　月　　王交警，志清兄弟也够难的了呀！

刘志清　　姐，我给你透露一个秘密，这一年干的，我发现废旧物资回收是个大市场！不仅有利于节约、环保，并且经济前景喜人！问题是要规范，要有规模！你看吧，三五年后你兄弟就会登上那是不是财富明星榜！

于　玲　　“福布斯财富榜”！

刘志清　　我就是问问“是不是”嘛！

【众笑。

淑　华　　艾月姐，这钱是给玲的，你们就收下吧！

艾　月　　于玲，快谢谢叔叔阿姨！

【于玲鞠躬，于姐冲进屋内，惭愧地抓住志清双手鞠躬致歉。房东拿着坠胡一步跨进。

房　东　　好啊！都是好人呀！今天我高兴，想给大家美美唱两段！

众　　　　好！

刘志清　　大伯，不唱了吧？

房　东　　咋？

刘志清　我怕他们也要请你吃烩面呀！

众　啊？（畅笑）哈哈哈哈！

（合唱）畅快的笑声一阵阵，
迎出东天月一轮。
月下梅花传春信，
皓皓明月照人心！

【舞台正中一轮硕大的明月升起。

（闭幕）

（剧终）

二〇一四年四月

《清风明月》剧照，赵晓星饰于姐、曲韵饰淑华、刘亚林饰刘志清、王连贵饰老房东、梁鸿俊饰王交警、陈大华饰艾月、朱梦婉饰于玲（从左至右）

诚信仁爱　和谐人间

——评现代豫剧《清风明月》

叶　鹏

洛阳豫剧院创作并演出的《清风明月》，金鼓镗锴，笙箫悠扬，为洛阳寂寞的现代豫剧舞台，喜迎一襟明月，舒舞两袖清风，可喜可贺。

《清风明月》的题材，源自现实生活中一个真实故事。一场交通事故，使两户普通人家猝临大难，陷入了巨大的悲痛之中。在救赎赔偿过程中，又引发了一场宽容与怨恨、尚德与求财的冲突。剧情悬念迭起，波澜多姿，观众在审美观赏的同时，紧随剧情，进入了道德自审自律的境界。《清风明月》的故事，来自生活，贴近人心，感人动容。观众剧场静坐，倾听心腹话，陷入了深思。

司机刘志清，是一位谦恭自守的老实人。车祸发生后，面对蒙难家属的悲苦，他真诚自责，无地自容。“要得公道，打个颠倒，啥事不能光站在自己的角度想问题。”这句话，既是他在车祸发生后反复表白的口头禅，也是他处世待人的行为准则。他不顾举债建房落下的贫穷，也不顾妻子因不愿房产失落、护卫爱情的一方天地，以离婚相逼的困境，依从对方的索赔要求，依然践约。他既无奈，又主动。无奈，是他经济贫困的处境；主动，是他真诚赎罪的心愿。刘志清卖掉运输车，捡拾破烂，举债赔偿，悔罪由衷，千方百计宽慰对方的伤亲之痛。而车祸罹难方——于旺的姐姐，则因为痛极生恨，提出了过分的赔偿要求，于理欠通，于情可悯。而于旺的妻子艾月，心地善良，隐约巨痛的同时，又能入情入理，体谅对方艰难的困境。后来，她偶然发现了丈夫车祸前留下的遗书。丈夫自述经医院检查确诊，得了不治之症。他不忍让妻女为他陷入生活的绝境，情急心迷，以撞车自尽了结无望的苦难生活。艾月面对丈夫的遗书，心头激起了巨大的波澜，此刻，她终于明白了车祸的缘由。她深感“事涉名声我举步难”，但“更不该又让无辜蒙屈冤”。艾月进退两难，良心难安：“怎么办？怎么办？艾月心乱麻一团。天上明月隐又现，时明时暗照无眠。”在激烈的斗争后，她终于下定决心，不欺暗室，不毁人自益。她主动寻访刘志清，公开车祸的缘由，厘清正误，问责分明，执意退还赔偿的款项。两诚相遇，善意迎人，这两户险些永结怨毒的人家，在诚信仁爱的接引下，融融和谐，亲如一家！

当前社会人心浮躁，功利跋扈，社会诚信体系有待健全。《礼记·大学》云：“德者本也，财者末也。”磊落求道和负义求财的选择，是道德的价值取向。倡导荣辱观，明是非，辨真假，识美丑，知好歹，是社会教化的根本。《清风明月》展示的宽容与怨恨、尚德与求财的心理冲突，有着十分重大的现实意义。心灵有待叩问，心灵有待管理，和谐冀宽容形成，善心待虚怀接纳，这是世风人心建设的基础。《清风明月》亲近百姓心态，不说教，去套话，没有口号喧嚣；敞开肺腑，真情真心相对，润物无声，令观众心弛神往，情不自禁地向往真善美，走进真善美。

豫剧《清风明月》在艺术创造上，也取得了出色的成功。《清风明月》着意表现美好的心灵境界，在剧作者的匠心设计下，观众在舞台上分明看到的却是具象的戏剧冲突。如第三幕，当艾月发现于旺的遗书后，是出示还是隐匿，在她心中引起了强烈的冲突。由于编剧的精心设计，艾月的内心矛盾，在舞台上外化为具象的图景：亡者于旺幽灵般的身影，在舞台两侧隐约现身，一句叩问，一声倾诉，把艾月的内心困惑和矛盾推向了高潮。见义不为，无勇也。仁爱的本性、不移的诚信，使艾月终于战胜了私字一闪念，堂堂正正、清清白白地登上了道德的更高境界。这幕匠心独具的舞台设计，旋成《清风明月》舞台构思的一大亮点。同时，在舞台调度上，《清风明月》也不乏精巧的设计，如幕间货郎摇铃过场，既是剧中情节的延伸，也为幕间舞台布景的转换赢来了时空。《清风明月》的舞美背景，采用剪纸图案的简朴形式，为《清风明月》清纯质朴的意境，增添了神韵；也为将来的下乡演出亲近百姓，带来了方便。

《清风明月》的演员队伍整齐，每个人都有出色的表现。唱腔设计，更淋漓展示了豫剧字正腔圆、声情并茂的传统本色。特别是饰演艾月的陈大华女士，声腔明亮圆润，极富穿透力。激越处，似冰碎玉裂；婉转时，如垂柳迎风，令听者心醉神迷。陈大华正当润腔的大好年华，潜心唱情，前程无量。

张潮在《幽梦影》一书中说得形象生动："律己宜带秋风，处事宜带春风。"《清风明月》为净化世风、为立身处世人格美的追求，送来了习习清风。《清风明月》的献演，必将受到社会的赞誉。更令人欣喜的是，《清风明月》已具优秀佳作的素质，精品格局初成。我相信，在不断的艺术实践中，千锤百炼，精益求精，《清风明月》必将成为久演不衰的杰作！

（作者系原洛阳师范学院教授、院长，全国人大代表，
"曾宪梓教育奖"获得者）

【现代戏】

俺娘　俺妈

编剧　李学庭

人物表

母　亲	（娘）
父　亲	（爹）
翠　玲	（妈）
虎　子	（5 ~ 12 岁）
吕学峰	（成年的虎子）
老支书	
大娟、二娟、三娟	（母亲三女儿）
信　德	（邻居）
中年妇女	（村民）
治安员甲、乙	（车站人员）
红卫及红卫妈	（村民）
石　头	（村民）
主持人	

第一场

【**舞台二道区纱幕前，一圆或方高台，台上放一河洛大鼓的鼓架与鼓。纱幕上有“文艺联欢晚会”的鲜红大字。**

【**主持人伴着吕学峰走上。**

主持人　尊敬的各位朋友，现在站在我身边的是我们公司吕总吕学峰。我们吕总不光会管理企业，还会唱曲艺“河洛大鼓”！

【**观众鼓掌，学峰向大伙鞠躬。**

主持人　吕总，今晚你给大伙演唱什么曲目呢？

吕学峰　唱的曲目是我自己写的……

主持人　你自己写的？

吕学峰　对，写我自己的一段家史，名字叫《俺娘　俺妈》。

主持人　（和观众一起笑）这娘和妈不是一样吗？

吕学峰　不一样，是俩人。

主持人　啊……两个……人？怎么回事？

吕学峰　这……还是让我唱着说好吗？

主持人　好好好！掌声有请吕总演唱河洛大鼓《俺娘　俺妈》！

【**起河洛大鼓前奏音乐，**

【**主持人退场，学峰站高台上击鼓鸣板起音乐、开唱。**

吕学峰　（唱河洛大鼓）

弦歌声中我登场，

开口要唱我亲娘。

要知俺娘的命多苦呀，

好比是黄连水里又煮砒霜！

（白）俺娘出身在一个贫苦农家，姊妹十个，俺娘居二。因为大姨出生赶上灾荒，先天营养不良，十几岁还不能自理。所以我娘十一岁就能帮我姥姥洗衣做饭，缝衣做鞋，照管弟妹喂鸡喂鸭，拿得起，放得下，十里八村都夸她是个能干的小大人！

（唱）俺娘苦累中长到十七八，

结婚到了姓卫的家。

好日子过了没几年，

一场车祸失去丈夫就守了寡。

（白）大伙可能听出点眉目了。俺娘是寡妇再嫁。我爹是我娘的第二个丈夫。关于我爹的情况……

【纱幕后显抽着烟的父亲。追灯。

父 亲　　哎哎哎……我的情况，我自己说。一边歇着去！（父亲说白中，吕学峰消失。纱幕升起，父亲向前）

父 亲　　嘿嘿……我是学峰他爹。要说起苦命受苦，诸位不知道吧？

（唱）我也是苦瓜一个，

十岁上就死了爹娘一个人过活。

好比那一只小小流浪狗，

不怕冷，不怕热，

溜房檐，拱草窝，

喝剩汤，吃馊馍，

苦水泡，碱水焯。

一年四季风里雨里任漂泊！

常言说老天不杀瞎眼雀，

我天生聪明伶俐心窍多。

没上学写得一手毛笔字，

没读书三皇五帝、水浒三国听上一遍就全记着。

为糊口我无师自通能画画，
还会干人见人夸的油漆活。
凭手艺日子也能过，
挣不多顾住我抽烟与吃喝。
那一年在山西赵庄漆家具，
结识了学峰他娘我的老婆。
那年她才二十七，
人样端庄很利索。
全村人都夸她能干勤快心肠好，
一见面俺两个都有感觉。
结婚时她前边就有仨闺女，
三千多斤我背上驮。
两年后生下俺学峰，
是一个又白又胖眉清目秀带着把的小家伙。
你们不知道我多高兴，
抱着俺孩儿不知饱不知饿，
整天像有人把我痒痒戳。
忍不住张着大嘴笑呵呵！
唉！人常说槽里没食猪咬猪，
穷日子三天两头把气格。
这几天正在和我闹离婚，
情断义绝要撵走我。
一个人过了几十年，
没家口其实更解脱。
就一条我亲生的儿子要带走，
说破天谁也别想把俺儿子夺！

【全场灯亮，贫寒的松枝家，母亲怀里拥着五岁的学峰，正在暗暗抽泣。

母 亲　这些年那事儿，我也不说了！家里你想要啥，尽管拿走，只求你把小虎留给我！

父 亲　你也别说的恁大方，家里东西尽我拿？拿啥？还有啥可拿？给你说多少遍了，我就要我的亲生儿子！

【说着去拉小虎，被母亲一把拉回掩在身后。

母 亲　不！你不能领走我的儿子！不能！

父 亲　你的儿子？他姓吕！大名学峰，小名虎子！是我的骨血！公社民政同志都说了，我有权把虎子领走！

母 亲　不……我求你了……虎子还小，他不能没有娘！

父 亲　他更不能没有爹！这婚可是你坚持要离的。亲爹带走亲儿子，没啥好商量的！把虎子给我！（夺儿子）

母 亲　（高叫）大娟！二娟快……快……

【从内室冲出十二、十、八岁三个闺女，一齐冲上挡在虎子前边，三娟紧紧抱着虎子。

大 娟　（哭求）爹……虎子是俺娘的命呀！……没有虎子，俺娘没法活呀……俺求你啦！

【大娟跪下，二娟、三娟也一齐跪下，齐哭着求说：留下俺兄弟吧！

父 亲　呀！这给我摆上阵势啦？！孩子们，是你妈坚持要撵我走！我走，就必须带走我虎子儿子！你们跪到啥时候，虎子我也不会给你们留下！

母 亲　（突然异常震怒）都给我起来！用不着求他！

【三个女儿擦泪起来将虎子围在中间。

父 亲　求也没用！

母 亲 姓吕的，拍拍良心！这些年俺母女待你咋样？七年啦，你在这个家没有待下三百天！俺为啥要离婚？是我刘松枝无情无义吗？你不能不凭良心呀！

（唱）七年来一肚子苦水我不敢倒，

千苦万难咬牙熬。

你进门俺三个闺女年龄小，

千斤担俺总尽力自己挑。

没有你俺娘们挣的口粮够肚饱，

有了你年年欠账得倒交。

你说你自小没干过庄稼活，

从不出工动锄锹。

生产队给咱家按两个劳力计功效，

你不出工年年被罚没啥掏。

你出去一年半载无处找，

挣俩钱不够你吸烟喝酒自花销。

这些年为喝酒你把俺能卖的东西全卖掉，

最不该给妞攒的学费你也偷偷拿去换烟烧。

这个家眼看就要停锅灶，

咱分了手都还有一条活路逃。

离了婚你一人走你的阳关道，

就算是开恩赦俺命几条！

咱虎子刚刚五岁还太小，

离开娘孩子一定将罪遭。

虎子是我生我养我怀里抱，

凭良心你操过啥心付啥劳？

我身上的肉谁也割不掉，

夺虎子人情天理都不饶！

父　亲　这些年我没出过队里工，是不假，可我也没有白吃白喝呀！

母　亲　不，没多有少，你给俺闺女们也买过吃喝，这个家也花过你挣的钱！

父　亲　我知道我挣得不多！可不是我不想挣，干这油漆活，人家说是走资本主义道路，都是偷偷摸摸干，有时候挣俩钱，让逮住还给没收了！我容易吗？（难过）不说啦，我也决不再拖累你们母女了！把虎子给我，我爷俩现在就走！

母　亲　不！你不能带虎子走！

【父亲从几个人手中夺过虎子，母亲等拉住虎子不丢，虎子大哭……

【老支书破门而入。

老支书　都住手！

【老支书从父亲手中夺过虎子，交母亲怀里。

父　亲　老支书！你不能不让我领虎子走呀！

老支书　哎呀，不错，你还认我这个老支书。刚才我在外边听半天了。老吕，你凭良心说，虎子他娘这人啥样？

父　亲　她……我咋说！

老支书　咋说？你在俺卫庄这七年，我敢保证我这大妹子没有亏待你！就这个人，你知道不？六〇年没啥吃，一个山东老汉领着孙女，病倒在这门外，她不仅给山东老汉看病拾药，还把家里仅有的口粮，做饭让那山东爷孙两个吃！病好临走，还把出嫁时的花棉袄给了那老汉的孙女！还是这个人，在大娟正吃奶时，她听说村里二黑媳妇生下孩子中风丧命，二话不说，把那孩子抱来吃她的奶！为此大娟吃不饱营养不良，孩子五岁多才会走路说话……这样的人会亏待你？

母　亲　别说了！

【大娟哭泣出声。

父　亲　我……也不是我要离，是人家嫌我才……

老支书　不错，是松枝坚持要跟你离。做这个决定，也是村里和亲戚们一致的意见。你心里应该明白这是为啥。你今天要把虎子带走，一句话，你没有资格呀！

（唱）我记得那一天大雪盖地，
松枝她替你还工冒雪修渠。
谁知她快生产又饭食不继，
一头栽倒在雪地里命悬一息。
村里人板车拉她医院里，
你一元他二毛才把院费凑齐。
那时候才真正需要你，
没一人知道你在东在西。
仨月后你回来一见虎子只知欢喜，
你可知孩子咋生婴儿咋养？
你为这家庭出了啥力！
让虎子叫爹你屈不屈！
三岁上虎子得病医生都放弃，
松枝她冒着大雨，
抱虎子连夜跑了六十里。
爬上灵山磕头求告老中医，
才保住虎子小命都说是奇迹！
那时候她身边还是没有你，
你这个爹当得实在厚脸皮！
你挣不来钱不下地，

最不该呀你偷卖东西换烟吸。
老吕呀吕老弟，
是男人不能把她母子欺！
听我劝别吱声拿上你东西悄离去，
再见面你还是虎子的正经亲戚。

父　亲　说完了？

老支书　咋，我说这不是事实？

父　亲　是，都是！老支书，咱队里算一级政府，上级政府的话你总得听吧？

老支书　那是，咋？

【父亲将一纸文件交老支书。

老支书　（看文件，惊愕，站起）咋？公社民政判虎子归你了？

父　亲　政府的话，你总该听吧？

【母亲哭泣，女儿们小声哭泣。

老支书　都别哭了！虎子……让人家带走吧！

【老支书出门离去。父亲上前一把夺过虎子，在母亲等的哭声中，拿起小包，抱着虎子夺门而下。母亲起身欲追，一头晕倒在地，女儿们叫妈的一片哭声中。

（切光）

第二场

【在河洛大鼓的弦鼓声中，灯光照着二道纱幕外正在表述的吕学峰身上。

吕学峰　（唱河洛大鼓）

可怜失子我老娘，
不吃不喝病在床。
天天都逼着我三个姐姐去找兄弟，
找不回又骂又打哭声扬。
我的娘病疾稍好能下地，
风雨中她一心寻儿跑四方。
姐姐们每天都在惊恐中过，
睡梦里哭叫着弟弟你在何方。

【纱幕前灯暗，升纱幕，现母亲家，仍是原一场前屋，母亲病了，挣扎着被大娟搀扶坐在凳子上。大娟倒了碗水给母亲，母亲用手推过。

母　亲　二娟、三娟还没回来？

大　娟　还没……

母　亲　不知道找到你兄弟没有。可能找到了！大娟，快，你兄弟最爱喝豆粥，快去熬上！

大　娟　嗯……妈，你天天让熬豆粥，昨天的还没喝完呢……妈……你也得吃口饭呀！

（唱）我兄弟已走两个月，
你三天两头不吃喝。
弟弟若是找不着，
妈呀妈你有好歹俺咋活！

母　亲　（唱）你兄弟就是娘的命，
没虎子娘就不想活。
当大姐你不赶紧打听去寻找，
谁让你在家守着我！

大 娟　（唱）后爹去哪咱不知道，
天天乱找干磨脚。
天南海北这么大，
打死俺也难找着。

【二娟一头撞进屋内，叫了一声妈！坐在地上，手指着水。

母 亲　快给你妹子倒点水！

【大姐递水，二娟痛饮后。

二 娟　妈！我兄弟……有信儿了！

【大娟扶起二娟。

大 娟　二娟，你是说……

二 娟　（笑着）妈，我兄弟……我兄弟有信儿了！

母 亲　（一把抓住二娟）快……快说！你兄弟在哪儿！

二 娟　妈！
（唱）在镇上我碰到信德伯，
他刚从太原转回来。
德伯说在太原火车站的广场上，

众　快说呀？怎么啦！

二 娟　（唱）见到了很像虎子一男孩！

母 亲　你信德伯呢？他到底看清没有？！

二 娟　信德伯拐他家放下东西，说马上就来。

母 亲　不行，大娟，你跟我一块去找你信德伯！问清楚了，我马上就去太原接你兄弟！走！快走！

【信德伯上。

信 德　大妹子，知道你着急，我这不来了吗？

母 亲　他伯，你真见到咱虎子了？

【老支书亦匆匆进屋。

老支书　信德，听说你见到虎子了？

信　德　你们听我说嘛！

（唱）车晚点我在站前广场转，

见一个小男孩走过面前。

这孩子一看很热眼，

和虎子是一模一样的小脸盘。

母　亲　（唱）他上身穿的什么袄？

信　德　（唱）红格子棉袄斜衣边。

母　亲　（唱）那是我亲手给他做，

一水絮的是新棉。

老支书　（唱）是虎子你咋不带回来，

你这事办得不沾边。

信　德　（唱）我刚要上前去说话，

一个人抱上他三两步可跑过大花坛。

老支书　（唱）那你还不赶快撵，

信　德　（唱）怕误车没敢追上前！

老支书　你呀！

【众失望地看着母亲，母亲此时十分平静。

信　德　弟妹，你看这事我……

母　亲　啥都别说了。（扭头对大娟）大娟，快去把家里的干粮包起来，我得连夜动身！

大　娟　妈——

母　亲　（厉声）去！快去！（大娟、二娟忙下）

老支书　你要去哪？

母　亲　太原火车站！我得去把孩子接回来！

老支书　大妹子！人家能一直在那儿等咱吗？啊？再说信德只是看着像，

是不是虎子还没弄清楚哩！

母 亲 是！一准是！错不了！

（唱）娘和儿是一颗心来一副肝，
儿和娘身隔千里心相连。
我看见俺虎子就在那儿站，
他哭着叫妈等着俺。
风在刮，雪在旋，
我的儿声声喊娘泪涟涟。
我的心痛穿呀！
虎子呀你自小总在娘怀揽，
夜夜偎在娘怀才入眠。
你最爱吃娘熬的豆粥饭，
你身单薄最怕受风寒。
如今儿四处漂泊无人管，
无娘的孩子太可怜。
猫狗倘有窝可暖，
我的儿风雪旷野受摧残。
拼死我也要把儿找回转，
娘活着就不能让儿受艰难！

老支书 大妹子，我看你还是要再想想。就说信德见那孩儿真是虎子，也可能姓吕的是在太原坐火车，说不定早走了！你去哪儿找？

母 亲 俺虎子没走！还在等他娘哩，我一定要去，马上就走！

【母亲起身。

信 德 弟妹，太原离咱庄天高地远哩，你从没出过恁远的门，万一把你丢了，可咋办？

老支书 都是你，信儿准不准都乱说！

【大娟二娟捧出个小包袱。

大　娟　妈，只剩五个窝头了……

母　亲　（从兜内掏出布卷的钱）还有这十五块零六毛八分钱。够买车票了。二娟，你去给妈再包点红薯！

二　娟　都是生的还没蒸！

母　亲　生的也能吃。去！（二娟下）

老支书　大妹子，看起来你是一定要去？

母　亲　去！我儿不能没有娘！

老支书　（从兜内掏出几张钱）我这儿还有二十块钱你拿上！

母　亲　不，你？

老支书　算借的！（塞母亲手里）

信　德　我这儿还……还有五斤粮票……

母　亲　那我先借用着。（二娟提一袋红薯出）

二　娟　妈，可沉了，我跟你一块去吧！

大　娟　妈，我去吧，你一个人俺不放心！

母　亲　大娟，你不能去。我走了，这个家就撇给你了！照顾好你两个妹妹……我要是回不来了……

女　儿　（哭叫）妈，你一定要回来呀！

母　亲　（提上东西）回来，我一定把你兄弟领回来！你听？我听到俺虎子的哭声了……我娃遭大罪了！虎子！娘接你去了！

【夺门而出。

老支书　信德，送她到车站！对，我还得给她开个证明！

【支书、信德急下，大娟、二娟相拥哭泣。

（切光）

第三场

【黑暗中响起河洛大鼓的鼓声，灯光照出纱幕前正在说唱的学峰。

学 峰 （唱河洛大鼓）

千里寻儿我的娘，
早已把自己生死丢一旁。
娘心里只装着她的虎子儿，
一路上生红薯就水充饥肠。
第二天半夜到太原，
坎坷的遭遇更凄凉。

（白）方圆从没走出过五十里的老娘，为了找她的虎子，竟然一人闯向千里之外的太原！自打摸到太原火车站，我娘天天在广场上寻找她的虎子！她被当盲流驱赶过，因错认别人的儿子，遭受过训斥，甚至殴打！她一天连一顿饭也吃不上，可我的娘，瞪着昏花的眼睛就是要寻找她的虎子！

【纱幕后灯亮，太原火车站广场，时值冬季，蓬头垢面，疲惫憔悴的母亲，在穿流的人群中寻觅着……

母 亲 （看到一个像虎子的孩子猛扑上去）虎子！虎子！你让娘找得好苦啊！

【被人一个踉跄几欲推倒，呵斥声："滚！疯婆子！你那脏手竟敢抓我的儿子，我踢死你……"

母 亲 （作揖讨饶）对……对不住，俺看花眼啦……俺虎子和他一般大……也是白白胖胖大眼睛！

【呵斥声：“滚！”

【一阵西风刮得母亲双眼难睁，她依然睁大眼睛向另一边寻找，忽然听到孩子叫娘！娘……母亲如闻天籁，兴奋地忙答应着跑过去，又遭到了呵斥声：“干啥、干啥！哪来的疯婆子！”母亲失望转回。

母　亲　虎子——娘都找你五六天啦……我娃你在哪呀？娘快……快挺不住了呀……娃！

（唱）飕飕西风透骨寒，

腹无粮米腿如绵。

一日三晌广场转，

两只眼瞪得疼又酸。

为什么我的虎子还不见，

我昏花两眼要望穿。

几天来鞋已磨破脚跑烂，

两条腿肿胀行动难。

夜宿站房人家撵，

常蹲墙角溜房檐。

认错人呵斥怒骂赔笑脸，

像个疯婆遭人嫌。

最可恨小偷不长良心不长眼，

趁睡着把我兜里的东西全偷完。

食堂内捡点剩菜与剩饭，

想喝口热水没有一分钱。

几次被当盲流赶，

轻者遭骂重挨拳。

虎呀虎，这些苦难娘能咽，

找不到娃娘的心上如坠铅。
天气这样冷，人心这样险，
我的娃娘时刻都把你挂牵。
娃的爹一人闲散惯，
他不知我娃吃甚夜咋眠。
我娃爱喝娘熬的豆粥饭，
我的娃拱娘怀里才香甜。
四五岁我娃怎能没娘管？
没有娃娘过一天好似一百年。
人常说心诚天能见，
为什么我千里寻儿受冻饿饭。
双脚跑烂，
望眼欲穿，
老天爷呀！
你咋还不让我娃来到娘的跟前！
这两天只觉得心慌气短，
两只眼模糊重影一片茫然。
再若是见不到我虎儿的面，
怕只怕这条老命要扔到太原。
不！不！不！
不见娃这口气决不能咽，
不见娃任死这心也不甘。
世上只要有娘在，
决不让我儿遭罪受苦难。
任凭是天涯海角要找遍，
虎呀虎娘定要把我娃找回到身边。

【母亲强支病躯，重新寻找自己的虎儿。

【两个戴红袖箍的巡逻人员上。

治安员甲　（冲母亲）站住！你听到没有？

母　亲　（母亲回身）你们叫我？

治安员甲　还是你！你咋还没走呢？！

母　亲　啊……你们看过我的证明，我不是地富反坏！

治安员甲　知道你是贫下中农！那也不能天天在这广场上转悠，影响社会治安！你要再不走，马上就抓你到拘留所！

母　亲　不是……我还没找到俺娃哩，我咋能走哩！

治安员乙　这位大姐，你咋认定你娃就在这儿呢？

母　亲　俺村有人在这儿看到俺虎子啦……

治安员甲　你没有脑子呀？这车站每天成千上万人来来去去，他还能一直在这儿？

母　亲　那要是万一，娃还在这儿等我……我不能走啊！

治安员乙　大姐，你说那都是十几天前的事啦。你来太原有几天啦？

母　亲　今儿个是第七天。

治安员乙　是啊！你都找七天啦，说明你娃肯定不在这车站了！这太原你有亲戚没有？

母　亲　没有。

治安员乙　那，说不来你娃已经回你家了！

母　亲　回俺家了？

治安员乙　对呀！你找他，他更要找娘呀！这么冷的天，又快过年啦，他一准早回去了！

母　亲　（想、喜）是呀！俺虎恁精，他一准回家找娘了！

治安员甲　我给你说，你今天要还不走，一定抓你进拘留所！

母　亲　对！我今天就回家！

治安员乙　对啦，快买车票回吧！

母　亲　买车票？我钱让小偷偷走了……

治安员乙　一点都没啦？

母　亲　（点头）嗯。

治安员乙　那你咋回呀，这千余里地哩？

治安员甲　你管她咋回！快走！

母　亲　我走着走，我这就走，往西是往东？

治安员乙　大姐！你沿着铁路往东走……得走半个多月呀！你一路吃啥喝啥？

治安员甲　我说你管那个干吗？让她走不就得了！

母　亲　没事，我要着吃，好心人多……（扭头就走）

治安员乙　等等！（走向母亲，拿出钱）这是两块钱，路上你应应急！

母　亲　我……我谢过大兄弟啦！

治安员甲　（掏钱）给给给，我也添一块，快走吧！

【母亲磕头起身走下。

治安员乙　（望着母亲背影）唉！这就是娘啊！

（切光）

第四场

【追灯纱幕前，现吕学峰。

吕学峰　（白）我的老娘走上了千里返家的路！一路上要上一点就吃一点，要不着就饿着。迎着风雪，她步履匆匆，她没有倒下，没有止步，因为她认定她的虎子已经回家在等着她。她没吃没喝也有回家的力量。半个多月后，娘终于踏进了家门，三个姐姐已经认不出衣衫褴褛面容憔悴的老娘！当娘知道她的虎子并没有回家时，终于倒下了！这一倒三天都没有醒过来。娘啊！我的亲娘！你哪里知道，此时你的虎子被爹寄放在太行山里，一位他干油漆活结交的老爷爷家里！

【纱幕前灯暗，现太行山一个没有院墙的土窑洞院落。舞台一侧，有一棵枝干弯曲的老树。

【虎子和年龄相仿的红卫和石头，正在荒落的院里游戏玩耍。虎子的眼上被蒙了块破布，另两个孩子从不同方向向他突袭，他盲目地扑抓着，逃脱的孩子发出得意的笑声。窑洞里时不时传出老人撕裂心肺的咳嗽声。红卫悄悄从背后摸向虎子，就在他伸出胳膊准备打虎子时，虎子突然转身抓住了他的胳膊！

虎　子　抓住了！抓住了！

红　卫　不行，你偷看了！

虎　子　（拽下蒙眼布）没有！我根本看不到！

红　卫　那你咋知道我在你背后？

虎　子　我猜的！

石　头　（上前）都不能玩赖，抓住就是抓住了，来，你把眼蒙上吧！

红　卫　（红卫抓住破布扔到地下）我就是不蒙！咋着！

虎　子　你耍赖！（拾起破布）蒙！该你蒙了！

【红卫一把差点推倒虎子，石头忙上前挡开二人，拉虎子到一边。

石　头　（小声）虎子，他妈可厉害啦。

【红卫妈，一个小四十的胖女人，叫着红卫走进院子。

红卫妈　红卫，妈找了你半天，我的乖乖儿啊！你不知道冷啊，快，吃点蛋糕！

【一把拉过红卫揽在怀里，将一块鸡蛋糕塞到红卫口里，走，快下雪了，回家娘给我娃做油泼面！

红 卫 吃油泼面喽！（跟着娘高兴地离去）

虎 子 油泼面是啥面？

石 头 油泼面你都没吃过？嘿！反正又香又辣，可好吃了！

虎 子 （咽了口口水）咱们再玩吧？

【石头娘远远地叫“石头”！回来吃饭哩！

石 头 我娘叫我吃饭哩！我也饿了！（迎着叫声）娘——我回去了！（跑下）

【舞台上只剩孤零零虎子一个人了。从窑洞传出老人剧烈的咳嗽声。虎子慢慢向院门走去，天开始飘起了雪花。

虎 子 （自言自语）爹呀……你去哪了？……都快十天了，你咋还不回来……爷爷病了，连汤也没人给做了！我饿……爹……我冷……

（唱）红卫石头都有娘，
我娘只在梦中藏。
我想拱娘怀里取暖和，
我想喝娘又黏又香的豆粥汤。
自离家我天天都在把娘想，
娘啊娘，你咋还不来领我回咱庄。
这里的山太高，
山高我找不到回家的路。
这里的山真多，
多得不知爹在哪个山后挣钱忙。
爹回来至多能住两晚上，

爹在外的日子总是那么长。

我不想在这山里住，

爷爷说山里白天也有狼。

我不想在这山里住，

这里冷啊我手上脚上都冻出了疮。

我想回家，我想娘，

我想我的娟姐姐，我想俺的小村庄。

娘啊，你咋还不来找我，

我想回家我想回家，

我想回到娘身旁！

【幻觉中三个姐突然出现在窑院门口。

三个姐　（兴奋地）兄弟！虎子！

虎　子　（喜出望外）姐姐！（扑向姐姐，四人亲切地搂在一起，大娟把一件暖和的棉大衣裹在虎子身上）

虎　子　姐，娘呢？我想娘！

大　娟　（指着院门口）兄弟你看！

【母亲微笑着出现在门口，虎子叫着娘扑进母亲怀里，失声痛哭。

虎　子　娘！你咋才来呀！

母　亲　（流着眼泪，抚慰着虎子）娘不好！让我儿遭罪了！回家，娘给你熬了香米豆粥！回家！咱回家！

【幻觉消失，雪在下着，虎子倚坐在古树干下，嘤嘤地哭着，匆匆赶回的父亲，一眼看到身上落满雪的儿子，急忙扔下东西，扑上去抱起儿子。

父　亲　虎子！虎子！你咋在雪地睡着了！儿呀！

虎　子　爹！爹！……（哭着抱紧了父亲）

父 亲 我的儿呀！

（唱）抱着我儿我心愧酸，

我的虎子太可怜。

当爹的不把儿照看，

我我我……一心挣的什么钱！

儿啊儿，你若有个长和短，

爹在这世上难活一天。

我给我儿发誓愿，

从今后爹就守在儿身边！

【从扔地上的包里拿出一盒点心，来来来，爹给你买的蛋糕，还有梨糕糖！

虎 子 （吃着蛋糕，破涕为笑）爹，真好吃！

父 亲 虎子，下着雪你咋睡着在院子里啦？爷爷哩？走，回窑里去！

【一中年妇女从窑洞走出来。

中年妇女 真巧，你今天正好回来了！

父 亲 大妹子今天过来啦？

中年妇女 我老公公发烧呢。感冒吃点药就没事啦。我说姓吕的，这眼看快过年了，你咋打算呀？

父 亲 我……一时还没地方去，还想在这儿……

中年妇女 还想住这儿是吧？那行，那我就给你说件好事，你听着！

（唱）俺一家为人心都善，

看不得别人受艰难。

你手艺人整天四处蹿，

没娘的孩子太可怜。

我姐姐工作在俺县，

两口子挣的工资花不完。

可惜俺姐有病没生产，
想寻个男孩继香烟。
把你儿干脆寻给俺，
少说也给你一千元。
从此后儿子享福你没拖累，
这就叫好事两成全。

父　亲　你是说把俺虎寻给你姐？

中年妇女　对，给你一千？一千五？两千？啥样？

父　亲　（生气）谢你的好心！我姓吕的饿死，也不会卖孩子！

中年妇女　你！

【虎子紧抱父亲。

虎　子　爹！（哭求）爹，虎子听话……你不要卖我呀爹！

父　亲　（拉起虎子，搂在怀里）孩子，你放心，就是有人给爹座金山！爹也不会卖我的儿子！

中年妇女　不识抬举！那我告诉你，立马卷铺盖走人！

父　亲　好，我走，雪一停我就走！

中年妇女　现在就滚！马上就滚！

父　亲　这么大雪，山路没法走呀！

中年妇女　那是你的事！走！走！

父　亲　你别推！我走！（携虎子出院门）

虎　子　（胆怯地）爹……天快黑了，咱去哪呀？

父　亲　儿子，现在政策变了，爹可以到处光明正大干活了！到哪儿爹都带着你，决不让我儿子再受罪了！

虎　子　爹，我想和红卫一样，我想上学……

父　亲　（高兴）好啊！我儿子是该上学了！这是个大事！儿子，我现在决定，咱回老家！

虎 子　老家？是俺娘那庄吗？

父 亲　不是，是爹的老家！咱老家村子有学校，还有你爷爷留给咱的房子。爹攒了些钱，回去把房一修，不漂泊了，爹要一心供我虎儿上学！

虎 子　咱就快走吧爹！

父 亲　翻过前边那两架山，就能坐上汽车！走，儿子回家！

【虎子撒腿就跑，父亲叫着小心摔跤追下。

（切光）

第五场

【激越的河洛大鼓弦鼓响起。

【现纱幕前的吕学峰。

学 峰　（唱）春风春雨春色艳，

春回神州换人间。

历经严寒山河暖，

老百姓迎来了幸福日月幸福年。

（白）变了！真的一切都开始变了！回到老家，我爹在同族亲戚帮助下，整修了行将垮塌的房屋。我们父子结束了流浪漂泊的日子。我上了学，父亲在城里也找了个挣钱的活。我在一个同族爷爷奶奶家吃饭，日子就像大自然的春天一样，开始明媚起来。那是我已上小学四年级时，一天放学回到家，我爹领回来了一个女人——我的新妈！

【纱幕前灯暗，升纱幕，现虎子平原的家。院里三间上房，两

间厦子，虽不是新房，但也还整齐，小院有个门楼，院内一树海棠开得缤纷艳丽。

【背着书包的虎子，因为考了好成绩，兴高采烈高叫着爹！爹！跑进院子。父亲衣帽整齐满面笑容地从上房走出。

虎　子　爹，我写的作文，老师表扬了！

父　亲　好！虎子，快来看看谁来了！

虎　子　谁来了？

父　亲　你妈！

虎　子　（惊喜望外）我娘？！

【虎子急冲冲掀帘进屋，父亲满意地笑了，就在他转身欲进屋时，虎子一头撞出险些将他撞倒。

虎　子　（梗着脖子站在院子）她是谁？根本不是俺娘！

父　亲　你个兔崽子！她就是你娘！从今天开始你就得给她叫妈！

虎　子　想叫你叫！我不叫！

父　亲　你个兔崽子！你以为我不敢打你不是！（捡起根棍子要打虎子，翠玲从屋内冲出——这是个清爽俊朗的女人，有小四十岁）

翠　玲　他爹！（拉住）孩子第一次见我，啥都不清楚，咋能逼孩子叫妈！（夺过棍扔地下，含笑走向虎子）虎子，虽然咱是第一次见面，你爹在我跟前可没少夸你。我知道你是个好孩子！

虎　子　少来这一套！我不好！

【虎子欲走，被爹拉住。动手要打，被翠玲挡住。

翠　玲　虎子！

（唱）不怪你今天生气不相认，
都怨我突然登家门。
给生人开口就叫妈，
搁谁也难叫出唇。

和你爹俺自小就识认，
走一起因为都是苦命人。
十几年你爹带你难作尽，
俺母女也一样尝尽苦辛。
同命运就应该相帮解困，
从今后咱同病相怜结同心。
既然你叫妈难张嘴，
虎子呀叫声阿姨我都欢欣。
叫什么无关紧要情是本，
今日起你就是阿姨的骨肉亲！

父　亲　虎子，你……阿姨可是个大好人呀！
（唱）十余年咱爷俩艰难之中把日子混，
又当爹又当妈我苦泪暗吞。
多少次好心人提议让爹再婚配，
我都怕我儿受屈不敢再寻。
你阿姨和我是相同命运，
他十六年为养女儿坚守独身。
如今你姐姐已经结婚安顿，
才答应帮咱一起往前奔。
你这妈人好心好性和顺，
剪纸的手艺更超群。
从今后你妈剪纸爹将图样绘，
不出几年咱就脱贫。
供我儿高中念罢大学进，
咱吕家要重振门楣光耀四邻！

翠　玲　不说啦，孩子还饿着肚子呢，我去给虎子做饭。

父　亲　　不，我去吧……

翠　玲　　（挡）记住，从今天起，这做饭的挑子，我就接过来了！你干你该干的事吧。

【走向厦屋的厨房。

【父亲走向虎子，拉虎子坐下。

父　亲　　虎子，你别怪爹这事事前没给你商量，因为人家一直没吐口。这人爹了解，心肠好，决不会让你受苦。你也得体谅爹，五十出头的人啦，今晚上，我请几个人在家里吃顿饭就成了。你不小了，得懂点事，一定要开口叫妈！

虎　子　　她不是我妈！你为啥不去找我娘？！

父　亲　　你……你娘早没那人了！

虎　子　　胡说！造谣！我昨晚上还听到我娘在叫我！

父　亲　　你那是做梦！虎子，你得懂事呀！你这个妈，人好不说，剪纸手艺没人能比，县外贸都看中了！咱以后和外贸签下合同，就有了来钱门路！你兔崽子掉到福窝里啦，你还犯浑！

虎　子　　（站起）是你掉到福窝里了！与我无关！

（虎子背着书包夺门而出跑下，父亲欲追，又伤心地坐下）

【翠玲从厨房出来，走到父亲身边。

翠　玲　　虎子走啦？

父　亲　　啊！这兔崽子是欠挨，太犟！

翠　玲　　不，虎子有情有义，是个好孩子，我喜欢！

（唱）犟孩子都是直心肠，

犟孩子他不会编谎欺诳。

犟孩子做事有主张，

犟孩子认准道志气刚强。

十余年娘在他心没有忘，

足说明咱孩子孝顺善良。

开房门少了钥匙有锁匠，

开心门要用真情化冰霜。

既答应人生路上咱做搭档，

他爹呀，我会让咱虎子认我这个娘。

父 亲 （唱）谢谢你大人有大量，

谢谢你一颗真心把我帮。

翠 玲 （唱）一家人这些话永莫再讲，

我这就给虎送饭去学堂。

父 亲 你歇会儿，我去送！

【翠玲不容分说，从厨房提出饭盒走出大门。

父 亲 （看着翠玲离去的背影，由衷地）真好啊！（进厨房）（中场灯渐暗）

【追光中吕学峰上。

学 峰 也不知道为什么，那时候，不管后妈对我有多好，但始终消除不了我心中对她的敌意！因为我认为，是她占了我娘的位置，我才成了没有亲娘的孩子！那天，她把饭送到学校，我理都不理，硬让她又掂了回去……从那以后，每晚睡觉，她都要用热水给我洗脚，跑了一天的脚浸在温热的水里真舒服呀！可是我常常把盆蹬倒，水溅了她一脸一身！每当父亲生气要打我时，她总是护着我，她为我做了暖和的新被，我偏把被子蹬到一边！她给我做的新衣，我有意把它弄脏弄破。有一天下大雨，校门口许多孩子的母亲、父亲都打着雨伞接孩子，我看到后妈在雨地里撑着把伞，向我招手，可是我……硬是冒雨从她身旁跑过，踏起的雨水溅了她一腿！记得上初中时，有一天，父亲终于忍不住打了我！

【中区灯亮。一个阳光明媚的中午，洗净的衣服搭晾在院里绳上。小院安静温馨。虎子放学回来，他走过晾晒的衣服突然止步，他小心地走到晾衣绳边，看看无人，一把将衣扯扔地上，用脚踩，就在他恶作剧时，被进门的父亲一声断喝！

父　亲　兔崽子！（上去就是一掌）你个喂不熟的畜生！

【翠玲拿着剪了半截的剪纸，跑出房门见状，将虎子护到一边。

翠　玲　你干啥你！

父　亲　（指着地上的衣服）你看看他干些啥！这是一只白眼狼呀！

翠　玲　（捡着地上衣裳）这怕啥哩，搁水里淘淘就行了，值得那么打孩子！（对虎子）虎子，把书包放屋子里，饭做好了，我去给你盛。

父　亲　不行！翠玲，我忍了多少次了！日子不能这样过呀！我不能总让你这样受委屈了！他娃子十五六啦，啥事不懂？今天不认错改正，不开口叫妈，我就破着不要这个儿子了！你说你今天认不认？叫妈不叫？

虎　子　（梗着脖子不语）

翠　玲　他爹！

父　亲　不认不叫不是？好！算你有种！（从墙边捡起一根木棍打向虎子，翠玲急挡，虎子仍站着不动）

父　亲　不行，我要打死这孽种！

翠　玲　虎子，快跑！

【虎子跑出大门蹲在门外边，父亲欲追，被翠玲拉住。

翠　玲　他爹！

（唱）挡住他爹你莫发火，

万不可任性铸大错。

父 亲 （气难忍）他！他！

翠 玲 （唱）虎子今日是有过，
那是他心里还在怨恨我。

父 亲 （唱）像你这样贤惠后妈有几个，
这畜生他咋分不出善与恶！

翠 玲 （唱）求神咱要求真佛，
治病要找准病症再用药。
虎子是忘不了他亲娘，
他恨我斑鸠占了喜鹊窝。

父 亲 （唱）他亲娘虽然还有一口气，
已经是流落街头的疯婆婆。

【门外虎子一直在聆听。

见了面也不会认识他，
这孩他存心闹事往我心上戳。

翠 玲 （唱）我可是从来没听你说过，
大姐怎么已疯魔？

父 亲 （唱）前几天我到县城去进货，
汽车站看到一个疯婆婆。
孩子们撵着将她打，
她不避不躲还笑呵呵。
我突然觉得很眼熟，
仔细看就是他娘没有错！

【虎子撒腿跑下。

翠 玲 确实是大姐？

父 亲 是她！我就不明白你说相隔一两千里，她咋摸到这儿啦？身边一个闺女也没跟。

翠 玲　　一准是她听说虎子在这儿，自己摸来了，家里人不知道，说不定都在疯找哩！

父 亲　　不说她了。你这些时抓紧剪纸，跟外贸合同已经签了，“钟馗嫁妹”五百张、“牛郎织女”五百张、“松鹤延年”中堂要一千张。你得抓紧剪，这一签合同，到时候完不成，可是要赔钱哩！

翠 玲　　他爹……要真是大姐，够可怜的！你得想法送大姐回去，或给家里去个信儿！

父 亲　　她疯了，接回去还会乱跑。少招惹她。

翠 玲　　那……

父 亲　　啥也别说，吃了饭抓紧剪纸。

翠 玲　　饭都好了。我去叫虎子！

父 亲　　不叫！不惯他这毛病！咱吃，肚子饿了，怕他不滚回来！

翠 玲　　……他爹……

【父亲推翠玲进屋。

（切光）

第六场

【灯亮。

【虎子家的院子，距前场的第二天上午。虎子一夜未归，全家四处寻找，开幕时翠玲从大门外进院，声音急切地叫着。

翠 玲　　他爹！他爹！虎子？虎子？

【她匆忙进房查看，无人。焦虑不安地复出。

（唱）不知虎子去了哪，

一天一夜未回家。
四乡五村无音信，
一家人惊慌乱如麻。
真要是有个好和歹，
千古罪人是后妈！

【坐下暗自哭。父亲匆忙进院。

父　亲　翠玲，虎子回来没有？

翠　玲　（失望地摇头）……

父　亲　不要怕，不找了！他十五六大小伙了，丢不了！他自小跟着我四处跑，胆大着呢。只是，这小兔崽子到底跑哪儿去了呢？

翠　玲　会不会昨天咱说大姐的事，他听到了，去找大姐了？

父　亲　不会！他五岁随我就离开他娘了，见了也不会认识了。再说那是个疯子！

【一语未了，风尘仆仆的虎子，搀着蓬头垢面、衣衫不整的母亲进了院子。

虎　子　爹！

【众惊愕，一时没有反应，疯母只是傻笑。

翠　玲　是……是大姐来了？！

【翠玲急忙上前欲搀扶母亲往院桌前坐。

父　亲　（一声断喝）干啥！！（无情地命令虎子）把她（指母亲）带出去！

翠　玲　他爹！

父　亲　（不容置疑）带出去！

【疯母胆怯地依偎着翠玲。

虎　子　爹！这是我娘！我亲娘！

父　亲　虎子！我再说一遍，你必须马上让她走！

翠　玲　　他爹！你不能这样做！我虽然情况不全了解，可我知道，大姐的命够苦了！她落到今天这光景，还不都是为了咱虎子？虎子天天都想他的亲娘，今天既然把大姐领来了，你咋能赶她走呢！

父　亲　　她必须走！

虎　子　　你要撵我娘，我就和我娘一块走！

父　亲　　早知道你是个喂不熟的白眼狼！你走！你现在就走！

【虎子赌气去拉母亲，被翠玲挡住。

翠　玲　　干啥？走啥走！大姐现在这样子，能走吗？往哪走？

【翠玲搀着母亲，进了上房屋，虎子赌气地蹲在一边，父亲伤心地坐到石桌旁。

父　亲　　虎子呀……虎子！你是一定要把这家搅散哩呀！

（唱）不是爹要赶你娘无情义，
虎子呀是你做这事太离题。
和你娘我们的关系早过去，
我已经又成新家结新妻。
这个家能有今天不容易，
你不能这样乱搅局。
你和谁也不商议，
就把她接到咱家里。
我不同意你还有气，
接纳她咋不想想你阿姨！
这尴尬的关系咋处理？
闹不好这个家就怕要散席！
何况她如今疯癫难自理，
每天得需人照看不能离。
这个责任我担不起，

纵有心咱也没有这个力。

你阿姨剪纸有协议，

若违约人家定不依。

我在镇上有活计，

你得上学去学习。

咱家就这几口人，

虎子呀，你让爹咋走这盘棋呀！

虎 子 （唱）你心里只想你自己，

让我娘流落街头任人欺。

父 亲 （唱）咱和她现在已经没关系，

虎 子 （唱）赶娘走我怕天上忽雷殛！

父 亲 你！

【翠玲和母亲走出屋子，母亲整个形象焕然一新，她穿上了翠玲最好的衣裳，头发梳理得整整齐齐，只是仍然憨憨傻傻笑着。

【父亲和虎子一时都呆了。

翠 玲 虎子，来，搀你娘去你那屋，好好说会话！我去做饭，下午我去把南庄的赵仙儿请来，他会看这种病，放心，你娘会好的！

【虎子走向母亲。

父 亲 虎子！听我的话，领她走！马上走！

翠 玲 他爹！

虎 子 好！那我就一起走！

父 亲 你……你随便！走！（虎子领母亲走向大门口，翠玲挡）

翠 玲 虎子！你不要赌气，你娘更不能走！

父 亲 （冲翠玲）你……你知道你在干啥吗？！

翠 玲 知道。我要给大姐看病！大姐不能走！

父　亲　你要毁了这个家呀！

虎　子　我还是领我娘走吧！

翠　玲　虎子！（挡住虎子）你初中快毕业了，你的学还上不上啦？

虎　子　不上了！我走！

翠　玲　（发火，难见的火气，让在场人吃惊）浑球！没出息！你娘白为你疯了！我们都白疼你了！

（唱）双唇一碰你话出口，
放弃学业你竟要开溜。
想没想你这样把亲人心伤透，
让你娘山一样的疼爱付东流。
你爹他十余年为你心血呕，
一句话你挥鞭在他心上抽。
虎子呀这世上是有千条路，
决不能赌气蒙眼胡乱投。
做个人父母养育是小时候，
长大了就有责任在肩头。
你娘的病要治要抢救，
你的爹人生也渐渐进冬秋。
养育你他们虽不望饮回报酒，
可虎子呀做儿女担当二字要记心头。
咱这门好出，
今后路咋走。
你往何处去，
你往哪里投。
凭力气你提不动米三斗，
凭学问你初中还没上到头。

现如今科学种田有讲究，
去打工人家也优中要选优。
当父母都盼儿女出息有成就，
谁愿让儿女无能成爹娘愁。
虎子呀父母恩情如何报，
不需你不离左右常相守。
好男儿心胸要大志要有，
要不畏艰难敢追求。
你只有把知识本领学到手，
就能插翅任遨游。
从今后你娘由我来侍候，
你不需担心不用忧。
你爹要赶你娘走，
他是怕我心生怨隙把身抽。
我自打走进这门口，
这个家我就不会丢。
你娘就是我的亲大姐，
姐的事我愿一包兜。
治好病姐要不愿走，
我们就一个锅里搅稀稠。
前提是，你必须一心学习争优秀，
决不能遇到挫折就回头。
咱达成协议都信守，
人生路上咱要一块走。
相依相帮紧握手，
相激相励共加油！

（白）虎子，我把心里话全倒出来啦，你娘交给我，你放心不放心？

虎　子　（含泪点头）……嗯！

翠　玲　能不能一心把学习学好？

虎　子　嗯！（更深地点头）

翠　玲　好呀！俺虎子总算明白了！他爹，大姐的事交给我了，你干你的事，也不用你分心，大姐……

【此时大家忽然意识到，都只顾说话，疯颠的母亲却不见了。都正要寻找时，疯母笑着从屋里出来，手里拿着撕碎的剪纸傻笑着。

父　亲　啊？剪纸！（一头冲屋里，一声“天呀”的呼叫，双手捧一捧碎纸走出屋子）她……她把剪了几天的剪纸全撕毁了呀！

母　亲　（傻笑）嘿！

虎　子　（不知如何是好）娘……你……

【翠玲进屋看了看，笑着出来。

翠　玲　没多大事！没大事！

父　亲　（捺不住火）全让撕了呀！你还说没大事！咱完不成协议，赔不起钱呀！虎子！你赶快把她弄走！弄走！

翠　玲　（拉过父亲）虎子，刚才咱说的有协议！你两天没去学啦，去厨房拿点馍吃着赶快去学！

【虎子扭头走到门口，突然止步，回头向翠玲深深一躬，扭头跑出大门！

父　亲　翠玲，这……

翠　玲　（走向母亲）大姐，走，咱也吃饭去啊！

【翠玲扶母亲走向厨房，父亲发愁得蒙头蹲地。

（切光）

尾声

【舞台，空旷、深邃、湛蓝。音乐中吕学峰走到舞台中。

学 峰　我按照协议，努力读完了初中。这期间俺娘在她的照料下，疯病渐渐好转了。当我三个姐姐来接娘时，娘却不愿离开她了。而此时，我的心却时时刻刻被愧疚折磨着！那个憋在我心里的“妈妈”二字，还是叫不出口！我惧怕她的关爱，我想逃离，所以高中一毕业，我就自己报名参了军，决心干出事业，奉养父母。在自卫反击战中我立功提干，此后转业，办公司。我有钱了，我想用钱补偿我心灵上的愧疚！可有一天，突然接到我大姐的电话……娘！那个把一生都给了我的娘，在一个冬天的夜里，无声响地走了！我从英国飞回家，跪在娘的坟前哭呀……哭呀……娘！

【舞台后方一高处，现追光中的母亲。

母 亲　娃呀！别难过。娘这一辈子可不赖！你三个姐都成家啦，娃你也有出息了！娃，你最不该到现在都没给你妈叫声妈呀！你太不该啦！你妈这人好啊！你没做到的你妈都替你做了！你妈说有一句话她记了一辈子！你妈说：一个好女人可以上敬养老人、中间侍候丈夫、往下哺养儿女，能兴三代人啊！可一个坏女人会祸害三代人呀！你妈是好女人呀！娃呀，我给你姐们说了，你要再不给你妈叫妈，以后也不要再来娘坟上看娘了，你记住没有！（消失）

学 峰　娘！娘！娘！

【舞台中，现翠玲和父亲，他们坐在两把椅上，都显苍老了。

学峰匆匆走向二老。

父　亲　虎子，有空回来了？见过你……你阿姨……

学　峰　不！（冲着翠玲）妈！妈！妈！我亲亲亲的妈呀！

【双膝下跪，父亲和翠玲都高兴地站了起来，父亲按翠玲端坐在椅上，接受大礼。

学　峰　妈！

（唱）一句亲妈叫出口，
这个字在我心中藏太久。
儿错了，儿愧疚，
妈呀妈，
原谅我是一个不明事理的犟筋牛。
在心里我早已将妈接受，
妈的爱妈的情点点滴滴都在我心头！
忘不了妈为儿冬被絮得暖又厚，
忘不了妈为儿四季衣裳安排周。
忘不了三餐饭妈总劝我再吃一口，
忘不了儿晚归妈总接我到村头。
忘不了十余年一盆热水让儿泡脚从不漏，
忘不了儿有病你风里雨里把医求。
忘不了我的疯娘你收留又伺候，
忘不了为这个家妈里外操心日渐消瘦，
白发早早上了头！
父母爱就是那阳光雨露，
小苗苗有了你才长成松楸。
没有父母一腔爱，
哪有儿女世上留。

父母恩深似海洋，

儿女难报水一抔。

学峰是人非禽兽，

做人的良心不会丢。

只要儿有一口气，

孝父母敬爹娘，

终身践行死不休。

让我的爹和娘幸福长寿安康千秋！

【音乐大起。

【大娟、二娟、三娟齐上，冲父亲和翠玲口叫爹妈一齐下跪！翠玲和父亲忙扶起孩子们众人相拥。

（合幕）

（剧终）

该剧参考李学峰家史创作。

二〇一四年二月

【豫剧现代戏】

窦吉茂外传

编剧　李学庭

人物表

窦吉茂（绰号“捣鸡毛”）		三十至四十岁	农民，补锅匠
宋大伯		八十岁	农民，具有道风仙骨的老者，窦吉茂的岳父
玉　珠	女	三十多岁	贤淑的农村妇女，吉茂的媳妇
小旦儿	男	出场时十三四岁	吉茂的儿子
王秘书（公社秘书）		三十至四十岁	革命造反派
女干部		三十余岁	
仙　桃	女	二十岁左右	宣传队员
二　丑	男	二十五至三十岁	农民
大　婶	女	五六十岁	城市居民
各种群众角色			

第一场

【故事发生在"文革"中抢班夺权的时候，某县城一小巷中。

（幕后伴唱）荒唐岁月怪事多，

牛长翅膀鸡生角。

今天讲个真故事，

不信算我木有说。

【随幕启，一声"换钢精锅底，补搪瓷盆底喽——"的吆喝，窦吉茂推着载有补锅工具的自行车上。

窦吉茂 （唱）补锅底，换锅底，

走街串巷卖手艺。

生产队苦干一年少粮米，

靠手艺聊补一家肚子饥。

这年月挣钱不容易，

逮住就得挨斗批。

说你是帝修反的小伙计，

挖老根挖出你祖宗刘少奇。

这真是盐吃多了放咸（闲）屁，

没人给你论是非。

任你斗，任你批，

为顾嘴还得做生意。

大街不走小巷避，

学一学八路打游击。

小巷深处舒口气，

喊一嗓——

换钢精锅底喽，补搪瓷盆底——

【**大婶拿旧铝盆上。**

大　婶　补锅哩！你扭过脸叫我看看？

窦吉茂　（扭脸）咋，你认识我？

大　婶　你是不是叫“捣鸡毛”？

窦吉茂　咦！那是音叫转了，我姓窦，叫“窦吉茂”，窦娥冤的窦，吉利的吉，茂盛的茂，“捣鸡毛”那是一发人打渣子哩。咋，你补锅？

大　婶　都说你手艺好，等你快两个月啦，总不见你来。

窦吉茂　不瞒你说，进一个多月班子了。（接锅审看）

大　婶　进班子当官啦？

窦吉茂　进“学习班”挨批斗啦！过几天还得去北京，找我爷哩。

大　婶　你爷在北京？

窦吉茂　当然在北京！还是大官哩！“刘少奇”你没听说过？那是我爷哩！我们都是他的孝子贤孙。

大　婶　啊——你真逗！

窦吉茂　这锅换个底还能用五年。

大　婶　得多钱？

窦吉茂　锅底一分不挣，七毛一个，收五毛手工费，老不哄，少不瞒，活不满意不要钱，保管你锅烂还找咱！

大　婶　说哩老美，补吧。

【**窦开始干活，“叭”远处传来一声枪响，接着是“抓住他！抓住他！”的吆喝声。**

大　婶　娘啊！又武斗哩，不敢补了！

窦吉茂　我不怕，你先回去，停一会儿来拿锅。

大　婶　　这……（吆喝声更近）那我先回去了。（急下）

【一中年干部模样的人仓皇从台下跑上，四顾无路。

窦吉茂　　哎呀你咋跑这儿啦？这儿是死胡同！

中年干部　　同志，我姓齐……（吆喝声更近）

窦吉茂　　别说啦！快把上衣脱下来！（窦与中年干部迅速换了上衣，窦又将破草帽戴干部头上，按干部坐在他的小凳子上）快！敲！

【中年干部明白过来，忙低头敲锅。

【一群持棒拿枪戴红袖章的人从台下跑上。

甲　　看着是往这儿跑啦呀！（冲吉茂）喂！见一个人跑过来吗？

窦吉茂　　（忙热情迎上）你是说有个人这么高？

甲　　对！

窦吉茂　　穿件和我一样的衣服？

甲　　对！你见到啦？

窦吉茂　　见是见到啦。

甲　　他妈的快说，那人在哪儿？

窦吉茂　　伙计，你揪住领子，我气都出不来……

甲　　（松手）快说！

窦吉茂　　那人呀，在前面那个胡同都拐弯了。

甲　　妈的，快追！

【众造反者向胡同拐弯处追下。

窦吉茂　　（回头看仍在敲锅的干部，忙抓过锤子）哎呀！伙计，你咋憨砸哩！这锅叫你砸日塌啦！

中年干部　　（抓住窦手）谢谢你啦同志！这锅钱我赔（从裤兜里掏出沓钱塞到窦手）拿住，请问你是哪个组织的，你叫什么名字？

窦吉茂　　我叫窦吉茂，窦娥冤的窦，吉利的吉，茂盛的茂。向阳公社小河大队三队人。

中年干部　好了，战友！我在此地不能久留，咱们后会有期！（匆下）

窦吉茂　哎——你咋连衣服都不要了！（查钱）乖乖，给哩不少！还落件四兜衣服！今天发财啦！

【窦忘情地查钱，王秘书带民兵上，围住了窦吉茂。

王秘书　窦吉茂！

窦吉茂　（慌乱）哎呀……王秘书？……哎呀……你们这是找我哩？

王秘书　你这“捣鸡毛”的名字真没白叫！一会儿看不住，你就又跑出来搞资本主义复辟！啊！你这是公然向革命派挑战呀，抓起来！走！

【民兵扭住窦。

窦吉茂　王秘书，让我推上车呀！

王秘书　你还打算干呀？

窦吉茂　不，不敢干啦，可这车每次批斗都是赃证。大批判还得用呀！

王秘书　你真是让斗出经验啦！把赃证带上，走！

【众押窦下，大婶急上。

大　婶　“捣鸡毛”！我的锅！我的锅！

（切光）

第二场

（幕前伴唱）

一二三、三二一，
南北批罢批东西。
台上台下都是戏，

几人清醒几人迷。

【一个多月后，窦吉茂家的小院，贫寒不失整洁，随着母鸡啼叫，玉珠从房内出，快步至鸡窝处拿起刚下的鲜蛋。

玉　珠　（唱）黑母鸡呀你真不错，

天天下蛋不错窝。

有心抓食儿喂喂你，

唉！只可惜人还没有米下锅。

【宋大伯出房。

宋大伯　要能多喂几只看多好！

玉　珠　只准喂两只，再多喂就是资本主义！（撵鸡）出去吧，去草窝寻蚂蚱吃吧。爹，你坐那歇着，我去给你沏碗鸡蛋茶。

宋大伯　放那吧！攒着煮煮给吉茂送去，这都进去一个多月啦，还没批透？

玉　珠　夜里批斗，白天给公社干活，各家还得自己送饭，公社才不着急放人哩。

宋大伯　奸臣当道，世事平稳不了呀！

【玉珠拿蛋进屋，破衣垢面的窦吉茂匆匆跑上，进院关门。

宋大伯　吉茂？你回来啦？！

【玉珠急忙跑出。

玉　珠　旦儿他爹……

窦吉茂　快！弄点水我喝喝！

【一屁股坐到石桌上，喘气、擦汗，玉珠端水，吉茂仰脖灌下。

玉　珠　谢天谢地，总算放出来啦！

窦吉茂　放出来？你想得容易！

（唱）学习班如同进监狱，

白天干活夜挨批。
这几天姓王的又出新主意，
发动俺去打公社老书记。
谁要去打算立功，
拒绝打人罪升级。
他们想把人家置死地，
杀人还不想血沾衣。
让我去打我不同意，
就对我拳打又脚踢。
实实忍不下窝囊气，
心一横我抓根钢筋就反击。
没想到全是怕死鬼，
一个比一个蹿得急。
趁机夺门往家跑，
不管他三七二十一。
这就叫鬼神怕恶人，
挺起门面不受欺！

玉　珠　老天爷呀，你打伤人没有？

窦吉茂　钢筋敢遭住人？我专朝玻璃窗砸，吓得公社院人快蹿光了！有人吆喝说“捣鸡毛疯了呀！”哈哈哈哈……

宋大伯　他们不会放过你的。吉茂，家里不能多待，吃点东西快走！

窦吉茂　我回来看看，还得出去补锅，麦前还能干一段。小旦哩？

玉　珠　学校也不上学了，我让他去二姐那住几天。

宋大伯　吉茂，我就是膺记你这事来看看。也快收麦了，看这形势要不就歇一阵，再逮住麦天咋办？

窦吉茂　爹，家里光剩点红薯片啦，不抓腾俩钱买点粮食，这麦天咋过？

再说……

【狗咬声起。

玉　珠　（隔墙远望）吉茂！他们逮你来啦！

窦吉茂　（看）跑不出去了。（一想）爹，玉珠，你们快进屋！

玉　珠　吉茂，咱还是认错求个情吧！

宋大伯　这个情怕求不下来呀！

窦吉茂　你们先进屋，我有办法！

【吉茂推宋和玉珠进房，他反身稍作思索，脱去上衣，赤膊从房侧拿出铡刀，在院中的磨石上拉开架势磨铡刀。

【王秘书引民兵上，众人隔篱笆见状，没人敢进门。

王秘书　捣鸡毛！你不要用这一套吓唬人，革命派不怕耍二球！

窦吉茂　我就是革命的二球派！

王秘书　革命二球派？哈哈……你也敢说革命？

窦吉茂　（舞动铡刀）“四海翻腾”……发大水，五洲震荡……响大雷，要问我是什么人，“保卫毛主席红铡刀战斗队！”

民兵甲　王秘书，我看捣鸡毛神经有毛病啦！

窦吉茂　（持铡刀绕院示威）革命无罪！造反有理！革命无罪！造反有理！

王秘书　好，算你厉害，走着瞧！撤！

【王及民兵撤下。

【玉珠和宋大伯出房。

玉　珠　吉茂，他们都走啦？你快放下铡刀！

窦吉茂　哈哈哈哈……（笑着笑着却难过成了哭）旦他妈，爹，你们看我刚才像疯子不像？

【玉珠给吉茂披衣。

宋大伯　（白）这世事就是把人往疯处逼哩！

（唱）论心眼女婿你足足够用，

我常虑你秉性弱门面难撑。
今日里这一手见智见勇,
举铡刀英姿不亚赵子龙。

玉　珠　(唱)这件事你们不要太高兴,
公社人决不会就此安生。
咱不能鸡蛋硬往石上碰,
你还是躲出去避一避风。

宋大伯　(唱)没有事咱决不把能逞,
有了事也不弯腰缩脖颈。
处乱世门面要撑硬,
你越窝囊他越欺凌!

窦吉茂　爹说哩对!爹,你村那二丑,就是跟我学补锅那徒弟,也让斗进去了,叫人捏得跟摊泥一样。造反派让他打老书记,他真打了人家一耳光,还踢了两脚!老头当时嘴都流血啦!

宋大伯　看事就得看长远一点。吉茂,咱不能干伤天害理的事。看这阵势,你还是抓紧出去躲一躲好,我也该回家啦。

玉　珠　爹,红薯马上都蒸好啦,你给我妈捎点。

宋大伯　留着吉茂进城多带点,咱农民又没粮票,出去吃啥?好啦,我走啦。

窦吉茂　(送宋大伯出门远去)爹,慢点走。

【宋下,吉茂返身关上门,深情地看着妻子玉珠。

玉　珠　(不好意思)看啥哩,不认识!

窦吉茂　咱爹真是明白人!知道我这一个月蹲学习班……都快渴死啦!

玉　珠　(明知故答)水缸里有的是水,你……

【窦吉茂一把将玉珠搂进怀里。

玉　珠　松开!我看你还是早些去洛阳,万一……

窦吉茂　今天叫炮轰我，我也不走啦！玉珠，你每天去给我送饭，你猜他们咋说？

玉　珠　男人那嘴里能有啥好话！

窦吉茂　他们把咱公社漂亮女人，排队评出个七仙女，公社宣传队那个仙桃是第一名，说你是第二名，都说我这辈子艳福不浅！

玉　珠　艳福？豆腐！哎呀，你这儿咋乌青？

窦吉茂　让那些龟孙们打的！

玉　珠　（心疼欲泣）他们咋恁狠心！还有哪儿有伤，呀……呀！

窦吉茂　没事！

玉　珠　打成这还没事？你别动！

【起身迅速进房拿个碗和刚才那个鸡蛋。

窦吉茂　你弄啥？

玉　珠　（打碎鸡蛋沥清于碗内）抹点鸡蛋清伤好得快。

窦吉茂　你看你，好好一个鸡蛋！

玉　珠　人重要还是鸡蛋重要？脱了上衣。

窦吉茂　（脱去上衣）看这一身皮子还搁住抹鸡蛋？

玉　珠　你别动……（抹着伤疼处，不由难过）

（唱）看着这青红黑紫处处伤，
禁不住心里酸疼泪水淌。
人瘦得皮包骨头快走样，
怎禁住拳打脚踢棍子夯。
都是人生父母养，
有些人咋会变得似虎狼。
他爹呀，不让咱干咱不干，
吃不了稠的咱喝稀汤。
别人能过咱也能过，

心强抵不住命不强。

窦吉茂　（唱）咱吃稠吃稀都能扛，

不忍心咱旦儿受饥荒。

只要有吉茂这双手，

就不能让你母子断口粮。

好了，蛋清抹上浑身爽，

没想到老婆还会治病伤。

这真是家有贤妻金万两，

再苦再累也欢畅。

（挥拳踢腿）看，啥事都没了，现在呀就想干一件事！

玉　珠　啥也别干了，回屋歇着。

窦吉茂　（一把抱起玉珠）我就是要歇着！

【吉茂抱起玉珠走向房内，突然传来锣鼓声。

玉　珠　（急跳下地）锣鼓声好像往咱家来了……

窦吉茂　来抓我？不对，敲锣鼓干啥？

玉　珠　不管啥事，你快走，快走！

【锣鼓更近，吉茂掂起铡刀。

窦吉茂　走不了啦，把门打开！

【锣鼓至门口，玉珠开门。

【王秘书等拥上。

民兵甲　（呼口号）向革命派学习！向革命派致敬！

【吉茂持铡，怒目横对。

王秘书　（满脸堆笑）吉茂同志！请放下铡刀，不要误会！不要误会！

窦吉茂　想让我进学习班，先问问我这红铡刀答应不答应！

王秘书　哎呀，误会了！完全误会了！

【一戴眼镜女干部上前。

女干部　你就是窦吉茂同志吗？

窦吉茂　（不认识）你是谁？

女干部　你的老战友，咱们县无产阶级革命路线的代表者，县革委齐主任让我来找你。

窦吉茂　齐主任？

女干部　对呀，齐主任在全体革委常委会上，讲了你掩护革命领导的事迹，我们都非常感动，非常受教育呀！

（唱）吉茂同志你平凡之中不寻常，
真正是毛主席革命路线的红闯将。
危难时不畏凶险挺身上，
使我县革命旗帜永飘扬。
保护了齐主任就是保护我县的大方向，
英雄的事迹载史册代代流芳。
革命者就应当重用嘉奖，

（白）因此县革委会一致决定：

（读文件）火线任命窦吉茂同志为向阳公社革命委员会主任！

（唱）革命的重担要你扛。

王秘书　（领呼口号）坚决拥护县革委英明决定！向窦主任学习！向窦主任致敬！

【窦吉茂一时坠入五里雾中。

窦吉茂　……你说那齐主任是……

女干部　你用补锅掩护齐主任上了北京！见到了中央首长，中央首长亲自为我县造反派做了指示呀！

窦吉茂　（明白了事因）知道了……知道了……

王秘书　（上前双手拉住窦）窦主任！真不知道你补锅原来是在搞革命事业呀！（对女干部）刘组长，现在是不是请窦主任先到公社，有话咱们到公社再说，好吧？

女干部　好，现在就请窦吉茂同志到公社上任！

【众鼓掌，敲锣打鼓呼口号拥窦出了门。

玉　珠　（不知所以）旦他爹！（心思万端）

（切光）

第三场

【前场数日后，公社主任窦吉茂的客厅兼卧室

（幕前伴唱）

“捣鸡毛”运气转，

晕晕乎乎做了官。

袜筒拆了织帽子，

嘻嘻一步登了天！

【开幕　窦吉茂穿了身不太合体的草绿军衣，对镜自赏，拿语录挥了挥手，不由得笑了。

窦吉茂　（唱）这几天像做了一场梦，

到现在也不明白醒未醒。

原本是帝修反的小伙计，

一转眼成了革命大英雄。

想不到那天顺手把人情送，

却换来一顶纱帽把官升。

全公社我成一把手，

唾沫落地都砸个坑。

这两天这个看望那个请，
汇报请示如走马灯。
说句话他们都慌着拿笔记，
还说是一定贯彻落实去执行，
那脸蛋笑得像菊花丛。
怪不得都不想当老百姓，
这当官的滋味美无穷。
瞅机会把玉珠转成商品粮，
一家人从此要出穷坑。
贤妻为我吃尽苦，
这一回夫贵妻也荣。
手里有权就要用，
“高文举中状元八面威风”。

【**王秘书与仙桃上**。

王秘书　窦主任，宣传队排了个节目，想请你审查一下。

窦吉茂　你安排吧。

仙　桃　王秘书，那我们去准备吧？

王秘书　好好排，等窦主任审查。

仙　桃　窦主任俺等你呀！

窦吉茂　可以可以……

【**仙桃笑下**。

王秘书　窦主任，听说这两天学习班那些人不断找你？

窦吉茂　嗯，找过。

王秘书　赵二丑对人说，你要放他们回去？

窦吉茂　这个……我看几个泥瓦匠、补锅的，批判快两个月了，马上该收该种要大忙，抓革命促生产嘛！

王秘书　我这个人很重感情，你当了领导不计前嫌，依然信任重用我，我就要坚定地和你站在一条战线上，为你负责。窦主任，这些人决不能放！

（唱）让你来公社负责并不平静，
保守派伺机反扑秣马厉兵。
若解散学习班授人以柄，
没有私也有私惹臭沾腥。
相反要批判火力更强更猛，
不能让对立面有机可乘。
唯如此才能够站稳立正，
响当当硬邦邦旗帜鲜明。

窦吉茂　（唱）我心里确实有块病，
不须再说你也明。
我原本坐的也是那条凳，
再要去批人家着实脸红。

王秘书　窦主任，你现在是向阳公社革委主任，无产阶级革命派的首领！至于谈到过去的事，过去你补锅和他们有原则、本质上的区别！他们是搞自发，是走资本主义道路！而你补锅是革命事业的需要！是进行革命的手段！

窦吉茂　（茫然）是革命……手段？

王秘书　对！（对外）把革命车推进来！

【一造反派推窦吉茂的自行车上，但破车已擦拭一新，扎着红色彩绸。

窦吉茂　这不还是我那车吗？这是……

王秘书　窦主任，你是不是用这辆车做掩护，保护了我们敬爱的齐主任？

窦吉茂　对……

王秘书　我们要将这辆不同寻常的车子，摆放到公社阶级斗争展览室去！它已经成为革命文物了！

窦吉茂　革命文物？

王秘书　对！要让全公社每个人都知道，窦主任利用补锅进行革命的事迹！

（对造反派）把革命车推到展览室去吧。

【造反派推车下。

窦吉茂　（茅塞顿开，由衷佩服）啊……这么一来……王秘书……你这水平，让你干秘书真是太屈材料啦！佩服！

王秘书　明白了吧？

窦吉茂　明白了！

王秘书　你还要当着赵二丑的面辟谣，亮明态度，不能让他们存在幻想！（对外）把赵二丑带进来！

【民兵押赵二丑进屋。

二　丑　（冲窦）师傅！

王秘书　赵二丑！老实点！谁是你师傅？

二　丑　（指窦）这是我师傅，我补锅手艺都是师傅教的。

王秘书　胡说！我警告你，以后再散布这种有损革命领导形象的言论，你就罪加一等！

二　丑　那……不让叫就不叫……

王秘书　赵二丑，你对别人造谣说，窦主任说你们没错，要放你们回去，有这事儿吗？

二　丑　不是造谣，师傅说：凭手艺挣钱顾个嘴，算啥资本主义。师傅还说……

窦吉茂　胡说！我那样说了吗？我能那样说吗？你们不搞集体搞单干，不是走资本主义道路是什么？

二　丑　师傅……你……我们……

窦吉茂　我告诉你，不要拉扯我什么事！我和你们完全不一样！你们现在已成为资产阶级的敌人了！

王秘书　（小声）无产阶级……

窦吉茂　（笑）你迷了吧？他们还能是无产阶级？（转脸对二丑）我们对资产阶级的敌人决不手软！

二　丑　（窃笑）知道了……

王秘书　赵二丑，窦主任说你是资产阶级敌人，听清楚了吗？

窦吉茂　二丑，我说你娃子眼窝头要放亮些，识时务者为俊杰！摆在你们面前的，现在只有一条路，就是要积极倒打一耙！

二　丑　（窃笑）窦主任……

王秘书　窦主任是要你反戈一击！回去继续检查，接受批判！下去！

二　丑　（走到门口，回头动情地求告）师傅，你可不能一戴纱帽嘴就歪呀……我一家四口嘴巴接起来一尺多长，都等我干活，吃饭哩呀。

王秘书　不用说啦！

二　丑　师傅，家里断顿，我两天都没人送饭了呀！

王秘书　押下去！

【民兵推二丑下。

窦吉茂　王秘书，我看就让他们……

王秘书　（止窦说下去）窦主任，政治斗争是无情的，有时甚至是残酷的！

窦吉茂　那饿死人咋办？

王秘书　死人的事是经常发生的！在政治斗争中，慢慢你的心肠就会硬起来。另外说个事，供销社搞了几十条日本的化肥袋子……

窦吉茂　尿素袋？我见别人穿过，又轻又结实，还不要布票！

王秘书　给你弄几条？

窦吉茂　太好了！

王秘书　嫂子农转非指标的事，我给县上也打了招呼，凑机会就办。

窦吉茂　好！好！王秘书，公社这事该咋办你睛办了，你有水平我听你哩！

王秘书　你是掌舵人，我一定跑腿办好事！

【玉珠上。

王秘书　呦，嫂子来了！

窦吉茂　我回家几趟了，家里咋总没人？

玉　珠　回爹那了！

王秘书　窦主任，你和嫂子说话，我去办点儿事，嫂子你在！（下）

窦吉茂　（感觉不一样）这个……这个咱爹，他老人家还好吧？

玉　珠　不好！

窦吉茂　咋了？有病我让公社拖拉机去拉来看看。

玉　珠　不用，旦他爹……

窦吉茂　（向外看了看）以后这个……不要旦他爹旦他爹乱叫！注意影响！

玉　珠　（白）那咋叫？叫你窦主任？

（唱）你来公社这些天，

我是睡不宁来坐不安。

不知是福还是祸，

一颗心总在半空悬。

窦吉茂　（唱）你呀你真是小心眼，

这就叫时来运也转。

三十年风水轮流转，

咱家的老坟冒青烟。

玉　珠　（唱）这儿批斗那儿造反，

这世道，好人坏人颠倒颠。

是好事轮不到叫咱干，

还是回家种地最安全。

窦吉茂　（唱）妇道人家见识短，

糊涂汤快把你喝憨。

我问你想坐轿还是想抬轿，

想管人还是乐意被人管？

当百姓好比扛长工，

当了官就是东家大老板。

多少人做梦都想把官做，

咱总算有这机会掌上权。

过些时就把你的户口办，

再不用一听敲钟就往地蹿。

咱小旦上学找工作，

到时候不费一点难。

王秘书去给咱搞尿素袋，

那玩意不是干部谁能穿？

玉珠呀我的好媳妇，

这辈子管叫你过得香又甜！

玉　珠　（唱）为这事我专程回家问了爹，

窦吉茂　（唱）老人家一准高兴得要放鞭！

玉　珠　（唱）咱爹说莫忘记自己能吃几碗饭，

黄蒿再粗不能做椽。

这件事是祸不是福，

让你千万不能圈里钻！

窦吉茂　（唱）爹是说这个主任我不能干？

玉　珠　（唱）爹要咱安生度日当社员。

窦吉茂　（唱）爹是怕我做陈世美，

放心吧，窦吉茂不是负义男。

（白）你给咱爹说，我就是当了县革委主任、省革委主任，也不会和你离婚！

玉　珠　爹说，你要不听劝，就让我和小旦搬回去，不能跟着你。

窦吉茂　咋？叫你和我离婚？

玉　珠　爹说是啥人干啥活，这不是咱干的事。

窦吉茂　为啥？就为我窦吉茂是农民？陈永贵是农民不是？现在是啥年月？我窦吉茂……

【宋大伯上，进屋。

宋大伯　你窦吉茂就不行！

玉　珠　爹，你咋也赶来啦？

窦吉茂　爹，你坐……

宋大伯　我就知道玉珠回来也说服不了你，我也不一定能说服你，人到这时候，清醒的不多呀！

窦吉茂　爹，我这是县上任命的，有红头文件！

宋大伯　爹巴不得你有出息！可咱得认识自己呀！小学二年级没读完，连“枪杆子里出政权”都说成“枪杆子里出枪子儿”，敢领公社几万口人？

窦吉茂　爹！

宋大伯　吉茂！

（唱）做个人一生啥贵重，

人主贵就在有自知之明。

你三十而立事理懂，

该明白如何做人过光景。
常言说铁打锤镬坚又硬，
金镶佛面放光明。
万物各自有所用，
使用不当事难成。
人生好比一台戏，
当对角色就成功。
你手艺巧心眼灵，
白铁活数你玩得精。
这辈子就该吃这碗饭，
十里八乡都有名。
本事要往斜处用，
势必出事灾祸生。
咱不能让人当枪让人哄，
咱不能鼻子上让人拴根绳。
为了玉珠和小旦，
听爹话不做这个官，
咱还是回家种地过光景。

窦吉茂 爹！
（唱）现在是“文化大革命”，
世事与过去不相同。
本事再大没有用，
站对路线啥都行。
齐主任给咱撑腰杆，
全公社没人不服从。
不是我不听爹的话，

你念那全是过时的经！

宋大伯 唉！我知道这事劝不醒，能劝醒你也不是窦吉茂了。我今天话要给你说明白，你干，是福俺不享；是祸俺不担。玉珠跟爹走！

窦吉茂 爹，玉珠不能走！我马上要给她转商品粮呢！

宋大伯 咱生就啃生坷垃的命，吃国库粮生病。玉珠，走！

【玉珠与宋大伯欲下。

窦吉茂 （挡）玉珠，你不能走！

玉　珠 你要在这儿干，我就跟爹走！

窦吉茂 你……你要敢走，就永远别回来！

宋大伯 记住你这句话，你要在这儿干，她敢回来，我打折她的腿！走！

【宋大伯、玉珠下。

窦吉茂 玉珠，爹……

【欲出门追，仙桃上，挡住。

仙　桃 窦主任，俺等你去审查节目哩呀！

窦吉茂 你们先审，我得出去一趟。

仙　桃 （拉住窦胳膊）不嘛！我还要专门给你演唱“高举红灯闪闪亮”呢！

【窦吉茂止步。

（切光）

第四场

（幕前演唱）

一九七六年，

天塌地也陷。

老人家斗争未了留遗愿，
日头升起又一天。

【公社窦吉茂的客厅兼卧室，开幕仙桃在室内，王秘书臂戴黑纱匆匆进来。

王秘书　老窦，老窦！

仙　桃　（迎上）呦，王副主任呀，几天不露面又钻哪儿去啦？

王秘书　快说老窦呢？

仙　桃　我又不是人家的鞋，能管住他的脚！

王秘书　乱了！全乱了！

（唱）失舵手革命航船风浪大，
阶级斗争一天比一天更复杂。
已发现三个大队搞私分，
还有人公然搞自发。
走资派昨天突然失了踪，
落水狗又想往岸上爬。
批臭的思想又抬头，
政治谣言似风刮。

仙　桃　（唱）我不管斗争复杂不复杂，
仙桃是满腹委屈没处发。
都是你出的馊主意，
拿着我一朵鲜花往牛粪插。
窦吉茂对我根本没有意，
人家心里一直装着旦他妈！

王秘书　反正离婚证，我已让人送给他媳妇了。路线出感情，我不信她在你面前能扛多久，老窦回来你叫我一下。

【王出门下，仙桃欲追，室内电话铃响，仙桃返身接电话。

仙　桃　　喂，是窦主任办公室，不在，去哪啦？去搞阶级斗争啦！

【不满地放下电话，电话又响，仙桃不睬，自进里间。

【电话依然在响，窦吉茂和赵二丑上来，窦急接电话，拿起话筒那边却挂断了。

窦吉茂　　（对门外的二丑）进来吧，还要我请你？

【仙桃闻声出来。

仙　桃　　窦主任，王副主任刚才找你有急事。

窦吉茂　　你告诉他，我处理了这个问题就去找他。

仙　桃　　好吧，那我去告诉他一声。（下）

二　丑　　（进房）师傅，从放我回去到现在，我可是一天活都没出去干过！

窦吉茂　　（掩门）二丑，告诉我，你们队是不是把种子粮私分了？

二　丑　　（慌）没有……没有……绝对没有！

窦吉茂　　你队已有人告发了，你还嘴硬！

二　丑　　是谁告的？不得好死！

窦吉茂　　嘿，看你成李玉和啦！

（唱）你不要对我瞪牛眼，
　　我是想帮你渡难关。
　　今年秋天大减产，
　　那点粮六口人你能吃几天？
　　我手里有点救济粮和款，
　　全公社窟窿太大填不严。
　　说是要重点补助造反派，
　　论原则你二丑根本不沾边。
　　好不该咱们师徒有情感，
　　你的事总在我心中沉甸甸。
　　救济粮我给你一千二百斤，

救济款再给三百元。

二　丑　师傅，这……不敢吧？

（唱）救济粮款都有数，

这事你咋将外人瞒。

我不能一人吃炒豆，

炸锅的事儿让你揽。

窦吉茂　（唱）你没看眼下有多乱，

政治谣言到处传。

有些话也许是胡说，

有些话点准穴位是真言。

我这官还有几天干，

闹不好还得一绳拴！

有权不用白不用，

咱不能等到后悔晚半年。

（取出几个信封交二丑）这粮食和钱，不是给你一个人的，我一共分了六份。

二　丑　六份？

窦吉茂　学习班上，除了你还有木匠老刘、老尚、泥水匠毛旦儿，那个算卦的老魏，都让我折腾得不轻，这算一点赔偿吧！

二　丑　其实大伙都知道，你在那位子上，不那样弄不中。

窦吉茂　这两份，写的都是你的名，可你只能留一份。

二　丑　那一份给谁？

窦吉茂　给……给你师娘，旦他妈！千万不敢说是我给的。

二　丑　师傅，你也真是哩，你咋能要那个小妖精！

窦吉茂　谁要她了？我是用她吓吓你师娘，叫她不能和我闹离婚……我能当那陈世美？

二　丑　　你放心，我一定给师娘送去。

窦吉茂　　趁这会儿公社院没人，你快走！

【二丑下，电话铃又响，窦接电话。

窦吉茂　　喂——我是窦主任。齐主任？！什么……啊……啊……啊……什么什么？……电话有毛病我听不清呀！

（放电话，颓然坐到凳子上）……果然出事啦！

（唱）这电话接得我浑身冷汗，

怕出事天塌大事在眼前。

该咋办，我心里乱，

一步走错回头难。

去着太危险，

不去难过关，

到如今后悔不听岳父劝，

虎背难下咋过关，

怎么办……怎么办？

【王秘书，仙桃上。

王秘书　　老窦，我等着你说事哩，你一个人在这转啥圈哩？

窦吉茂　　啊……这个……（心中突然有了主意）你来得好！

（唱）有大事正要给你谈！

王秘书　　我也有事要给你说。

窦吉茂　　先说我的，王主任啊！

（唱）几年来咱战斗在同一战壕，

革命情结成了生死之交。

我这人没文化你也知道，

工作上全靠你又帮又教。

王秘书　　（唱）你今天咋学得如此客套，

好战友肩并肩不分低高。

窦吉茂 （唱）这一段学毛著把问题寻找，

又攻下我心中一座碉堡。

我决定让贤摘纱帽，

全公社革命重担由你来挑！

王秘书 你说这是什么意思？

窦吉茂 是毛主席革命路线把我推到了这个位置，可我文化低，讲话常掉板，不时让敌人抓住把柄！

王秘书 那是阶级斗争的必然反应，怕什么！

窦吉茂 不管咋说，反正对革命事业不利。我自己狠斗了私心一闪念，向县革委齐主任谈了我让贤的想法，齐主任完全同意我的意见！让我通知你，咱俩对换，我当副主任，从今天起，你就是向阳公社革委的一把手了！

王秘书 你说这是真的？

窦吉茂 齐主任说，红头文件已经打好，马上就下，让你先把工作全面抓起来，祝贺你王主任！

王秘书 这……这……

（唱）窦主任你清风亮节品德高，

感动得我五尺男儿热泪抛。

组织上如此信任我，

一定把全部生命向党交！

仙　桃 （唱）简直是个大傻帽，

哪见过不当老虎要当猫。

分明是个二半吊，

幸亏我没有真插这一脚！

（白）王主任，祝贺！热烈祝贺啊！我去告诉战友们！

【跑下。

窦吉茂　这下好了！咱公社“反击右倾翻案风”一定会掀起新高潮！

王秘书　担子太重……我怕挑不了……是不是等文件下来，再……

窦吉茂　不……不……齐主任交代今天必须上任！

【电话铃响，窦接。

窦吉茂　啊……是……请你等一下，主任在这。（示意王接电话）王主任电话！

【将电话交王秘书。

王秘书　（接电话）啊……什么？！……啊……啊……我们誓死捍卫红色政权！誓死保卫毛主席革命路线！一定按时到！

【放下电话心里紧张。

窦吉茂　（故作一无所知）有新精神？

王秘书　老窦，出问题了，出大问题了！

（唱）老人家去世才几天，

有人就想把天翻。

为防敌人搞政变，

（白）县革委通知，叫咱公社民兵，今晚到县城集结。

（唱）誓死保卫红色政权！

窦吉茂　（故作惊讶）哎呀！没想到……没想到……你是总指挥，你说咋办？

王秘书　马上通知各大队革委主任，带民兵到公社集合！连夜出发，按时集结！

【灯暗，旋复明：王、窦站在手持火把环列的民兵负责人中间。

王秘书　同志们！在我们奔赴战场之前，请我们的老领导窦吉茂同志讲话！

窦吉茂 不讲了吧，该走了！

王秘书 老领导给大伙鼓鼓劲！

窦吉茂 好吧，同志们！在这个节骨眼上，我想起一次会议上齐主任讲的一段话，非常深刻！齐主任说："忘记了革命，就等于忘记了背叛！"

（众笑）

王秘书 老窦！

窦吉茂 说反了吧？那就是忘记了背叛，就等于忘记……

（众笑）

王秘书 （声嘶力竭）出发！

（切光）

第五场

（幕前伴唱）

春雷响，新春到，
荒唐的闹剧画句号。
王秘书李代桃僵进了监，
窦吉茂回家重把旧业操。

【距前场数年后，农村城市都在改革中发生着巨变。

【景为一场时的巷道，但有了新时代的亮丽。随着一声"换钢精锅底来，补搪瓷盆底——"的吆喝，窦吉茂依然推着那辆工具车上场。

窦吉茂 （唱）高高的春阳当头照，

桃红柳绿风中摇。
脱去一身大棉袄，
舒坦气儿脚底直拱头发梢。
齐主任王秘书都被戴铐，
让我到学习班又去提高。
说清楚讲明白官帽抹掉，
单剩顶社员帽没法注销。
老车子旧职业轻车熟道，
再不用背语录活受煎熬。
凭良心啥时都没现在好，
再没有恁多路线缠手脚。
不敲钟不请假不怕领导，
自己活自己干自把钱捞。
别看我修个锅生意很小，
哪一天也百儿八十进腰包。
现而今补锅人专把我找，
想看看当过主任的“捣鸡毛”。
这也是名人效应胜广告，
犯错误闹一个歪打正着。

【两三个男女笑闹围上。

甲　　呦，“捣鸡毛”主任来补锅啦！

乙　　你就是“捣鸡毛”呀！

窦吉茂　　诸位见笑，谁补锅拿来，保证补得牢补得好，用不坏辈辈往下交，破锅变成传家宝！

丙　　说哩美，可锅老不坏你不失业了？

窦吉茂　　有法，咱不会敲掉旧锅底换上新锅底？

丙 不要钱？

窦吉茂 不多要钱。（众笑）

甲 哎，你给咱批讲批讲那“忘记革命就是忘记背叛”是咋说哩？

窦吉茂 哎呀！咱也是开会听人家说哩，学哩不照号，惹人哈哈笑。不打渣子，谁补锅赶紧回家拿，如今时间都是金钱，不能光“毛捣”。

【一场的大婶上，其他人说笑着下。

窦吉茂 哎呀！这不是那一年补锅那位大婶吗？

大　婶 你还认得我？

窦吉茂 咋不认得，我来找你几次了，人家说你上你闺女家啦！

大　婶 闺女女婿都出国啦，我去给人家看门哩。

窦吉茂 哎呀，你老人家真是放眼世界、里通外国啦！去美国挣美元，挣一块顶咱十块钱，干一个月照我干一年，大婶发财啦。唉，说是说，我还得赔你个锅钱哩。

大　婶 赔啥哩，如今那锅都没用啦，用的都是电饭煲。我是多年没见你，听说你文化革命中当官啦！成了名人啦，听见吆喝出来看看你。

窦吉茂 大婶子，那年月都是胡闹台哩！我也算出了个笑话。锅钱还得赔你，我有钱！

大　婶 知道你有钱，早成万元户了吧？

窦吉茂 反正是挣钱啦，比啥时候都强都自由！有啥说啥，真好这政策，咱不能给邓副主席脸上抹黑！

大　婶 都说你会说。好啦，不喷啦，十点半闺女还从美国打电话来哩。（径下）

窦吉茂 大婶，你看这锅钱……

【西装革履、戴着墨镜的王秘书上，他悄至窦身后，重重拍窦肩。

窦吉茂　（回头一看，一时没认出，王摘下了眼镜）

啊……呀！是王……王主任？

王秘书　窦主任！

【两人相拥大笑。

窦吉茂　真没想到是你，放出来啦？

王秘书　早出来啦！提起这事，我还要找你算账哩！

（唱）难怪人都叫你“捣鸡毛”，

好兄弟被你捣进了牢。

窦吉茂　不……不是……你看你都想哪啦！

王秘书　（唱）别紧张给你开个小玩笑，

过去的事一场闹剧一笔销。

如今形势这样好，

咱还得协力同心弄大潮！

窦吉茂　兄弟，咱可再也不敢胡闹了呀……再胡闹可……

王秘书　哈哈哈……你想哪啦！为了那点私心贪欲，让人当小丑耍了！那错误永不会再犯了！我找你是想请你下海弄潮，挣钱发财！

窦吉茂　弄潮？挣钱？

王秘书　我原来是学机械制造的，误入政界，找错了位置，现在又回到了原点！我和朋友办了个机械厂，专门制作小型农业机械。我发明了个自动喷肥器，市场广阔，销路很好。里面有个肥水箱，只能手工制作，工艺要求高。我想请你出山！

窦吉茂　白铁活？

王秘书　当然是白铁活，要不找你干啥。

窦吉茂　行，啥时干？

王秘书　哎，可不是十个八个，得十万二十万的做哩！

窦吉茂　老天爷，那得干多少年？

王秘书　我说。你看到没有，你补锅这条路可是越走越窄了，停了它。把你那徒弟都叫上，成立个白铁工艺厂，算我们协作单位，你当厂长怎么样？

窦吉茂　别……别，沾官的事，打死我也不干啦！

王秘书　这算啥官？你技术高，领个头。你要干，这几年下来管你成富翁！

窦吉茂　兄弟，你有文化懂政策，咱现在晕干哩，万一有一天又批斗资本主义哩，那咱可惨了呀！

王秘书　不会，电视上小平同志说：中国穷了几千年了，是时候了，不能再等了……国家是稳定下来走上正道了，决心要百姓富哩！不会再走回头路啦！

窦吉茂　好，这就好！干！不过兄弟不瞒你说，我只剩一块心病了，昨天听二丑说，有人正给你嫂子提头哩呀！

王秘书　你们还没复婚？

窦吉茂　复泥灰！都是你戳捣哩，我是吓吓她，你咋真弄个离婚证送去啦？！

王秘书　想起来了，我写了条让通讯员去民政上办哩！

窦吉茂　你看你不是把哥害苦了！

王秘书　放心，只要有钱，十七八的尽咱挑！

窦吉茂　胡说！像你嫂子那女人，这世上就只有一个！

王秘书　好好好，走，咱吃着饭慢慢商量。

窦吉茂　让我推上车。

王秘书　破车扔了算啦。

窦吉茂　（推上车）

看清楚，这是“革命文物”！

（二人笑）

（切光）

第六场

（幕前伴唱）

农家小院祥光照，

宋大伯为女招婿在今朝。

窦厂长闻讯也赶到，

窦吉茂今日可是发了毛。

【宋大伯家小院内外，幕启，二丑在宋大伯家门外焦急地向远处张望，一阵摩托车声后，窦吉茂身穿当年补锅的旧衣，提摩托头盔上。

二　丑　　哎呀，你咋才来嘛！

窦吉茂　　情况啥样？

二　丑　　崩圈炸带，生虫坏菜！

窦吉茂　　（紧张）玉珠真要找春柱哩？

二　丑　　要说春柱也不赖，老实勤快，人家还是童男呀师傅！

窦吉茂　　闭住你那嘴！二丑，（难过）真没救了？

二　丑　　（逗）干草卷娃子——撂手吧！

窦吉茂　　【瘫坐在地上，泪水纷流）我撂不下手呀！去哪再找玉珠这样贤惠的好媳妇哩！还有我那亲血亲肉的亲生儿子呀！

二　丑　　（窃笑）哎，师傅，人家今天可是喜事，你咋在这儿像吊孝出殡一样？

窦吉茂　　老婆孩子都没了，我还怕啥哩！

二　丑　　师傅，这事呀……我仔细估摸着，好像还有点脉！

窦吉茂　　啥？（一把抓住二丑）你是说还有救？

二　丑　　搁点劲儿也许还能扳过来！

窦吉茂　　二丑！要是这事办成，我从今往后给你叫师傅！

二　丑　　咦，师傅永远是师傅，不是职务你想提就能提……

窦吉茂　　明白了！从今天起，你是咱白铁工艺厂副厂长！

二　丑　　那还有啥说哩！我现在就去做春柱工作，让他退出竞争！

窦吉茂　　闹半天，春柱这事还没定？

二　丑　　也是我来得巧，正赶上宋大伯去叫春柱来定事哩，让我好说歹说给拦住啦！

窦吉茂　　行，不愧是我的徒弟！

二　丑　　师傅，我去找春柱，这头嫂子的工作，就全看你了！咦，你咋穿这身衣服，你那西服哩？

窦吉茂　　这是玉珠过去亲手给我做的衣服，这时候还敢烧包？剩蛋？赵副厂长，你一定压住春柱那一头啊！

二　丑　　放心吧！（下）

窦吉茂　　（抖精神，鼓勇气欲进门，又胆怯地退回，逡巡不前）

（唱）多少次踏过这个门，
老泰山热情又可亲。
这几回再踏这个门，
窦宋两家成仇人。
岳父冷脸不相认，
玉珠要我早死心。
早死心，怎死心，
十余年夫妻恩爱情意深。
那些年再忙再苦不知累，
就因为妻贤子爱家温馨。
那些年我见人笑话不离嘴，

一身劲想把日子奔。
自从我去到公社交官运，
不学好人装龟孙。
自种蒺藜自挨刺，
自酿苦酒自己吞。
稳稳劲，静静神，
怕登门还得强登门。
成败就看这一进，
且看我铁杵磨绣针。

（鼓勇气进门）谁在家？有人没有？爹，我是吉茂，我来看你老哩……（硬头皮欲进屋）爹……

【小旦迎出，把吉茂推出门外。

窦吉茂　小旦？我是你爹呀！

小　旦　我告诉你，我姥爷，我妈不表态，咱们的关系还是 ×！

窦吉茂　×？

小　旦　就是不确定答案，咱也可能是爷们，也可能是哥们。

窦吉茂　你这孩子，爹就是爹……

小　旦　不说废话，走吧！

窦吉茂　旦儿，爹是来给你妈认错哩！

小　旦　就是我妈让我赶你出去哩，走吧，别少脸没皮啦！

【回身欲关大门。

窦吉茂　（灵机一动）旦儿，你出来，我有样东西交给你。

小　旦　（开门出）啥东西？

窦吉茂　旦儿，你往那边看——（指摩托车停处）

小　旦　（惊讶）摩托车！谁的？

窦吉茂　（掏钥匙）给，这是钥匙。

小　旦　　给我的？

窦吉茂　　爹今天就是专门给你送车哩！

小　旦　　太好啦！

【接过钥匙欲跑下。

窦吉茂　　旦儿，回来！

小　旦　　咋，你是毛捣我哩？

窦吉茂　　（小声求）叫声爹中不中？

小　旦　　（大声）捣鸡毛——（小声）爹（跑下）

窦吉茂　　好啊！

（唱）一声爹叫得我信心大增，

复婚事十有七八成。

儿是夫妻连心锁，

大事今天要成功。

【玉珠叫着小旦出房，窦吉茂急忙进门笑脸迎上。

窦吉茂　　玉珠……

玉　珠　　说过多少次，要你死了这条心！你咋没有记性，出去！

窦吉茂　　玉珠……

玉　珠　　出去！

窦吉茂　　玉珠……

（唱）玉珠呀请你转转脸，

正脸将吉茂看一眼。

我还是你当年的吉茂哥，

这颗心一星儿没变似从前。

吃惯了你一日三餐糊涂饭，

穿惯了你东改西补的旧衣衫。

听惯了你疼我怜我的小声怨，

过惯了咱贫贱日子多香甜。

玉　珠　（唱）做官人应当吃酒宴，

绿军装穿上多威严。

你还有路线出情感，

年轻的仙桃陪你眠。

窦吉茂　（唱）千错万错是我错，

我也是悔断肠子补救难。

你或打或骂我情愿，

哪怕是把我弄上焦点访谈。

玉　珠　（唱）知道你嘴巴巧能说会侃，

当主任背语录名声四传。

我这人觉悟低不懂路线，

你说过咱没有共同语言。

原以为你步步高前程无限，

做县长当省长直登金銮。

没想到老天爷也会睁眼，

却让你狗咬水泡美梦难圆。

说什么你还把旧情念，

你这是口渴才想旧山泉。

听说你现在又当了大厂长，

月进斗金很有钱。

有钱自有美人伴，

那仙桃马上就重回你身边。

窦厂长请你快快离小院，

咱井水河水两不沾。

窦吉茂　玉珠，我给你说过，那离婚证是王秘书私自办的，我现在后悔死了！原谅我吧。这个厂长，我现在决定辞职不干了！咱还补锅种地过日子中不中？

玉　珠　我话都说清了，你走吧，出去！

窦吉茂　（咚地双膝跪地，情发内心，声泪俱下）

玉珠，我错了！我真的错了！原谅我一回吧！玉珠！

玉　珠　你！

【不由得也难过掉泪，忙掩泪进房，吉茂叫着玉珠跪赶，抱住了出门的宋大伯的腿。

宋大伯　窦厂长，看这算哪一出。起来起来！

窦吉茂　爹！我真后悔当初没听你的劝呀！请玉珠放心，吉茂永不与官气沾边，这厂长，我立马就辞！

【二丑上，搬凳扶宋坐下。

宋大伯　吉茂，这厂长，我倒要劝你干呀！

（唱）宋某人今年八十整，

也算是经历三朝一老翁。

我常将林木比世人，

物虽不同道理同。

参天巨木起大厦，

矮秆细枝搭草棚。

用得其所为大用，

用非所用灾祸生。

当初你不听老汉劝，

闹得和美的日子过不成。

三花脸硬将红生唱，

自己露丑落骂名。

如今你白铁厂里当厂长，

这才是人得其用事可兴。

老汉投你的赞成票，

盼望你才智发挥尽其能。

（白）白铁厂厂长，是要手艺的头，你能干好！

二　丑　大伯真是明白人！俺师傅干这厂长，俺白铁厂生意好得很！

窦吉茂　爹，如今这事，我是能使上劲，这方方面面也让人想干点事，可玉珠……

宋大伯　人怕伤心，树怕伤皮。她是伤心了！今一早二丑不让我去找春柱，我心里也不是没想，论说过去的事，也不能全怨你。

二　丑　对，那世事都是着戳人胡求弄哩，好人也让领歪道上啦！大伯，我真佩服，你老算把啥事都看透了！

宋大伯　我这一辈子经见的事多啦。有人说人之初性本善，有人说人之初性本恶。其实这人心都有善恶这两个念头，世事不安稳，这人的恶念就上升，恶人就得逞；世事太平，人这善念就上升，百姓就会安居乐业奔日子。

二　丑　太对了！再不敢像过去那样闹了！让咱都过过安稳日子吧！

宋大伯　如今好了，这叫太平盛世，百废俱兴！吉茂，你们赶上好世道啦！你娃子也能走正道啦！

【小旦满头汗跑上。

小　旦　（冲窦）爹，这摩托车骑着真过瘾！

宋大伯　旦儿，你给他叫啥？

小　旦　姥爷，那人家都说我是捣鸡毛的儿子……

宋大伯　你个小叛徒，一辆摩托车可把你妈出卖啦？

窦吉茂　爹，你老劝劝玉珠吧！俺这一家不能散呀！

二　丑　对，亲爹亲妈，和和美美多好的一家人呀！

宋大伯　解铃还须系铃人，心诚金石也能开！（示意吉茂进房去求玉珠）

去吧！你能解开她的心结。

窦吉茂　（心怯）我……

二　丑　（着急）哎呀，师傅！（以歌励其勇气）

师傅你大胆地往前走啊！

小　旦　（唱）往前走，莫回头！

（接戏合唱）真诚江河能改流，

珍惜美好风雨后。

愿人间盛世永驻，

幸福千秋！

【吉茂鼓足勇气，推进房门，场上众人相视大笑。

（切光）

（闭幕）

（剧终）

【豫剧现代戏】

山杜鹃

编剧　李学庭

人物表

杜　鹃	女	三十余岁	女检察官
刘镇山	男	五十余岁	山寨村村主任
崔科长	男	四十余岁	
小　郑	女	二十多岁	科员
丽　丽	女	三十多岁	医生
魏大爷	男	七十余岁	农民
麦　花	女	小四十	农民
小　聪	男	十五周岁	学生
黑　坤	男	四十余岁	农民
狗　牙	男	二十余岁	农民
护士长	女	二十余岁	

第一场

【县医院。通向诊室的走道上，丽丽打着电话从诊室走出。

丽　丽　不行！你必须马上赶过来！住院！对，必须住院！否则我让救护车去把你拉过来！没商量！马上！（收机、感叹）真没见过这种人！

（唱）乐呵呵，傻悠悠，

不知病魔扼咽喉。

追名逐位没个够，

岂不知小命一休万事休！

发小长大好朋友，

心心相印性情投。

千方百计要抢救，

年轻轻怎能让她把命丢！

【杜鹃气喘吁吁跑上。

杜　鹃　好……丽姐姐！你……你是有啥急事呀！

丽　丽　（忙扶抚）这么快？你没坐车，跑来啦？

杜　鹃　正好路过，我忙着呢，快说啥事！

丽　丽　啥事？最大的事！你去北京看病的结果出来了！

杜　鹃　确诊红斑狼疮？就这事？大惊小怪！（扭头就走，被丽丽一把拉住）

丽　丽　小姑奶奶！你知道这个病的厉害吗？你知道你的病况吗？！

（唱）红斑狼疮似狼豺，

凶险狡猾把隐患埋。

它把你心肺肾脏来损害，
再让你呼吸衰、心脏衰，
最终小命就哀哉！

杜　鹃　（唱）当医生是不是心态都变怪，
小毛病也能说成癌。
红斑狼疮再厉害，
咱有枪就能让狼把头栽。
好了，科里工作一大堆，
谢一谢老同学你的关怀。

【扭头又走。

丽　丽　（厉声）站住！你是非要逼着我把残酷的真情告诉你吗？

杜　鹃　残酷的真情？不就是红斑狼疮吗？

丽　丽　是，可严教授说，根据你的病况，你……

杜　鹃　咋？快说呀！

丽　丽　杜鹃，咱是好姐妹，我不忍心给你说，可又不能瞒你……

杜　鹃　啥情况，这病治不好了？

丽　丽　不是，严教授说……你的生命……只有一年了！

【如同炸雷响在头顶！杜鹃一下蒙了，她倒坐在走道的连椅上。丽丽难过得背过身去，短暂静寂。

杜　鹃　这……是真的？！

丽　丽　（转过身热泪盈眶）鹃！这事我敢开玩笑吗？昨天下午严教授打来电话，我一夜都没睡好……本不想告诉你，可你这人，心里除了你那永远重要、永远干不完的工作！你太不把自己的病当回事了！杜鹃，身体就像你的车一样，它能载着你东奔西跑，可你要不心疼它，爱护它，它会把你撂在半道上……让你什么也干不成的！杜鹃，情况虽然严重，但不是没有希望。只要你听医生的，配合治疗，正像你说的，咱们同心，就能把这只要命狼一枪毙命的！杜鹃，什么也不要再想，马上住院治疗，好吗？

杜 鹃　好！

丽 丽　（高兴）太好了！我这就安排！

杜 鹃　先别……（站起，依然轻松地）丽姐，你刚才一说，还真让我蒙了。仔细一想，嘿！严教授的话又不是高院的最后判决，这中间变数还是有的！

丽 丽　对！他说的是最坏结果，也是一种个人见解。疾病的发展很多时候，因为每个个体差异，常常在意料之外！

杜 鹃　就算他说对了，不还有一年时间吗？还能办许多事呢！我得先回单位去。

丽 丽　（生气发火）不行！你这人咋这样哩？！

杜 鹃　丽姐，工作总得安排一下吧？快到年底了，今年我们科按时批捕准确率还是 100%！这是治疗我疾病最好的药！

丽 丽　不行！你血沉一直没降下来，马上住院输液！（拉杜鹃）否则，我给你们检察长直接打电话说！

杜 鹃　别……别……别，你别吓她们啊！丽姐，我正要交代你呢，严教授的话你对任何人都不能讲！特别是我爱人和父母，他们知道了，那问题可就严重多了！你记住了吗？你要敢说，我这病就不治了！

丽 丽　好……我不对任何人说，可你必须配合治疗！

杜 鹃　听你的！手头工作一处理好我就住院。

丽 丽　先把住院手续办了，准你一天假！

杜 鹃　好！这是你的一亩三分地！

【一阵急促的脚步声和吆喝让路的呼叫声中，魏大爷背着麦花

匆上，护士等急忙接应着进了急诊室。

护士甲 （冲丽丽）李医生，快，服毒病人！（急下）

丽　丽 （对杜鹃）等我一下。（丽丽急跑进急诊室）

杜　鹃 服毒？唉！（苦笑）

（唱）能活的偏偏不惜命，
想活的却被判死刑。
嘴上说不怕愣充硬，
心里头一下好似被抽空，
浑身绵软冷似冰！
那一年风雨中办案患下病，
当成了一般疱疹蚊虫叮。
耽误了治疗好时机，
不意如今成大凶。
虽然说人活百岁都有一死，
杜鹃我毕竟还年轻。
人生路刚刚展开好风景，
难道说一切一切都要化为零。
人都说好人有好报，
老天爷你昏庸糊涂心不明。
杜鹃呀恨天怨地有何用，
面对现实要清醒。
配合治疗把病控，
一定要力争死刑变缓刑。
我不信只剩一年能活命，
杜鹃我要与死神争一争！

【魏大爷脚步踉跄地走出急诊室，一屁股倒坐在杜鹃身边的连

椅上。

【习惯使杜鹃上前询问。

杜　鹃　大爷，服毒的是你的啥人？咋服毒了呢？

魏大爷　（埋头看也没看）邻居！为啥服毒？没活路了呗！

杜　鹃　好好的，咋没活路了？你是哪村的？

魏大爷　（抬头看杜鹃）你是弄啥哩？你管这闲事干啥？！

杜　鹃　我随便问问，就是觉得有啥问题都好解决，不该服毒。

魏大爷　事没搁你身上，搁你也会喝农药！

（唱）常言说蝼蚁尚且惜性命，

可有时候想活个人都活不成。

这女人一年前男人刚丧命，

前几天她小儿子又被抓去要判重刑。

明知有冤无法诉，

也只有以死来抗争。

谁叫她生成小百姓，

真死了命比一粒尘土轻！

杜　鹃　她儿子咋了？你怎么知道是被冤的？

魏大爷　（不满地看了看杜鹃）咦！你这人咋跟法官审人一样？她妈 1994 年结婚，95 年生孩儿，人家硬说她儿今年 19 岁。冤不冤？明明八九十岁老人有病自己晕死了，硬说是她儿给摔死哩！冤不冤？

杜　鹃　那她可以去申诉呀？

魏大爷　申诉？他男人就为了上访申诉，被汽车撞死了！至今连撞他的司机都找不到。她一无权二无钱，上边一个熟人也没有，申诉有啥用？可人家治她的人，打个喷嚏就响个炸雷，她敢申诉？

护士甲　（上）这位大叔，人已经脱离危险，你快交费去。

魏大爷 我……我是她邻居！碰上了送她到这儿哩，我没钱。

护　士 那叫她家人来！

魏大爷 她家只有一个小儿子，在监狱！

【刘镇山率狗牙等走上。

刘镇山 护士同志，我是她的村主任，钱我来交，放心。

【护士返回急救室。

狗　牙 （冲魏）哟，听说你把她背来了？老雷锋！老相好吧？

【众笑起哄。

魏大爷 （气愤）你妈的老相好！

【狗牙挥拳就打，被刘镇山挡住。

刘镇山 狗牙！真是没大没小！论辈数你得叫爷哩！

【魏大爷呸了一口悻悻离去。

【刘镇山突然见到杜鹃。

刘镇山 哎哟！这不是杜检察官吗？你不认得我？山寨村村委主任刘镇山，咱在县里会上见过！

杜　鹃 对不起，一时没认出来。服毒这女的是你们村的？

刘镇山 嘿，一说你就知道，王小聪他妈！听说案子材料就在你们检察院，说不定就在你手上！

杜　鹃 为抢劫一百多块钱，致死一个老太太？

刘镇山 对。

狗　牙 那老太太就是俺主任的亲娘！我亲奶奶！

杜　鹃 啊……

刘镇山 唉！都是一个村的，没想到会出这事！孩子可能是失手了。不过这事要搁别人身上，都会说句同情话。因为我当个村干部，说啥的都有呀！现在的农村干部，群众是有吃有喝不求你，不批不斗不怕你，有了问题就找你，处理不好就骂你！这又用服毒威胁你！ 没法！这不，幸亏抢救过来了，要不这又是我的不是！不说了，我去前边交钱去了！

杜　鹃　　好，你忙。

【刘镇山等下，丽丽走出急救室。

丽　丽　　（对杜鹃）等急了吧？走，办住院手续去。

杜　鹃　　丽姐，那女的脱离危险没有？

丽　丽　　洗了肠，没大事了。

杜　鹃　　可以说话了吗？

丽　丽　　哭着闹着，说我们救她是害她！

杜　鹃　　我想找她谈谈！

丽　丽　　干啥你？一个喝农药的农村妇女，有啥谈的！

杜　鹃　　你咋不喝农药？我咋不喝农药？那农药是无缘无故随便喝的吗？！

【说完杜鹃径直走进急救室。

丽　丽　　鹃子！鹃子！（发火）杜鹃同志！！！

（切光）

第二场

【检察院侦察监督科办公室、崔科长抱一摞案件材料上，放下材料，捶了捶腰。

崔科长　　（唱）干检察一晃二十年，

经历了太多苦辣与酸甜。

外人看检察官威风八面，

殊不知工资不高肩上的责任却大如山。
件件案反复调查认真办，
因为它与人的命运紧相连。
良心话我也办过糊涂案，
那些年谁官大谁就握着定案权。
自从改革开放国运转，
依法治国一年比一年抓得严。
检察人无私无畏依着法律把案办，
才敢说俯不愧民仰也不愧天！
俺们科连续七年无错案，
全系统年年评比总领先。
给大家透个小秘密，
很可能我这个科长要升副检。
可不是老崔官瘾大，
一个人不想进步那是胡侃。
这个事成败今年是关键，
因此上件件宗宗，
我都要小心谨慎把好关，
不可等闲！

【小郑推门进来。

小　郑　科长，你叫我？

崔科长　（指案上材料）这材料里王小聪人命案的卷宗咋没了？

小　郑　啊，那个卷宗被杜副科长拿去了。

崔科长　鹃子拿去了？她当时去北京看病了，这个案子她是不太了解。让她快看，必须按时结。

小　郑　好，我给她说。

崔科长 啊。小郑，今年咱科批捕准确率又是百分之百，连续八年全院第一，新闻稿你写好没有？

小　郑 写好了，也和《检察报》联系好了，回头让赵检审一下，争取下个月见报。崔科，你就等着请客吧！

崔科长 我请啥客？

小　郑 赵副检明年升正检，崔科就是崔副检了，还不请客？

崔科长 组织上的事，可不能胡说！杜鹃来了，叫她来一趟。

小　郑 好！（退下）

崔科长 （掩不住地高兴）你看看，八字还没一撇就乱说！挡不住，这就是民意……民意！

【崔科手机响，崔接听。

崔科长 （先是大声的）喂，谁呀？大声说！（突然小声热情地）啊……没听出来是您，您说您说……啊……啊……嗯，我明白！好！好！我准备一下专门去汇报……好，再见！

（收起电话，心中兴奋异常，自言自语）直接给我通电话！……有点意思！

【杜鹃拿小聪材料上。

杜　鹃 科长。

崔科长 （收心）坐坐。身体咋样？你那老同学打电话给我说你的病不轻，还要你一定住院！

杜　鹃 嘿！在医生眼里，没有一个不是病人！崔科，王小聪这材料我仔细看了看，觉得还需要侦查，不能批捕。

崔科长 不能批捕？鹃子，上边领导对这个案子很关注，专门有批示，公安同志的材料也很翔实，你发现啥问题啦？

杜　鹃 崔科。

（唱）王小聪入室抢劫杀人案，

仔细审还存在不少疑团。

崔科长　（唱）疑团我咋没发现，

各种材料都很齐全。

杜　鹃　（唱）王小聪做案动机不明显，

群众都为他呼冤。

崔科长　（唱）你也是多年检察老经验，

这种事几个不喊冤？

杜　鹃　（唱）入室抢劫一老人，

杀人就为百十元？

崔科长　（唱）钱多钱少非关键，

出了人命就麻烦。

杜　鹃　（唱）王小聪可能不足十七岁，

初中学生未成年。

崔科长　（唱）这个事必须有根据，

可不能以情越法想当然。

（白）你是不是一看犯罪嫌疑人是个孩子，心肠又软了？干咱这一行，眼里只有事实和法律，罪与非罪，不能让其他因素干扰！外国那正义女神，为啥用布蒙住两眼？就是不能有个人情感色彩！我说这其实是多余，你是全省“十佳政法干警”，比我懂！

杜　鹃　科长，有话直说，不能讽刺人！

崔科长　我说的实际情况，咋会讽刺你哩！鹃子，没大问题，今年咱科又百分之百无差错，按时结案八连冠！好兆头呀！我让小郑把新闻稿都写了。

杜　鹃　科长，这新闻稿恐怕还不能发。我昨天和王小聪母亲 谈了谈……

崔科长　我知道了。这女人很不好惹，她丈夫活着时就是上访专业户！

不安定因素！你可别让她把你忽悠了！

杜　鹃　她说的别的情况，没调查落实，我当然不能全信。但她说她是94年结婚，95年生的小聪。这时间上是没错的。

崔科长　95年？那王小聪还不足十七周岁吗？

杜　鹃　可派出所登记的王小聪出生年月是1993年。

崔科长　这不能马虎！究竟是谁错了？

杜　鹃　所以必须到派出所查出原始档案。

崔科长　查？十五六年过去了，人员调动，区域变化，你能查出来吗？派出所出具的证明很清楚，人家一定是有根据的！

杜　鹃　可小聪的妈妈确实是94年结婚，就是当年生孩子，也不可能提前一年呀！

崔科长　这里就不可能有其他“特殊情况”吗？

杜　鹃　科长，这不能靠推测！

崔科长　那……你能查出证据吗？

杜　鹃　不查就永远找不到。

崔科长　好，这个事就让小郑赶快去查一下。另外上边领导交代的那两个案子，你马上写个材料，咱亲自去给领导汇报一下！

杜　鹃　我……那两个案子按程序走，有材料何必再写材料亲自去汇报？我还要提审王小聪呢！

崔科长　鹃子，转个材料跟亲自去当面汇报，能一样吗？咱要争取让领导了解咱的工作！你没空那我去汇报吧。

杜　鹃　科长，王小聪案可人命关天，关系到一个孩子的一生。一个家庭的命运！小聪母亲为这事都服毒了！

崔科长　服毒……服毒……咱可不能让她牵着咱鼻子走！山寨村情况很复杂，你不太了解……好好好！给你两天时间，你把王小聪出生的时间查清楚，做出结论！

杜　鹃　　四天！我还要再走访一下有关群众。

崔科长　　抓紧时间，咱这个环节不能滞留梗塞。不能影响咱科的“八连冠”！记住三天结案！

杜　鹃　　是！

（切光）

第三场

【一束追光，罩着舞台正中的一把椅子，所警带王小聪上，为他去了手铐，让他坐到了椅子上，所警下。

【传出另一空间中杜鹃的讯问声。

杜　鹃　　我们是检察院检察官杜鹃和郑珊，现在向你讯问有关问题，可以开始吗？

【台中间王小聪，像在课堂回答老师提问一样，嗓门洪亮地。

小　聪　　报告老师，可以！

杜　鹃　　姓名？

小　聪　　王小聪，男，今年 17 岁，不不……是，十九岁，县二中三〇二班学生，回答完毕。

杜　鹃　　到底是 17 岁还是 19 岁？

小　聪　　叔叔说户口簿上是十九岁，那就十九岁吧。

杜　鹃　　你哪一年出生？

小　聪　　应该说是 1993 年 11 月 18 日。

【另一光区，显杜鹃和记录的小郑。

杜　鹃　　王小聪！

（唱）对待讯问要如实答，
决不能有半点假。
你回答的每句话，
都关系你罪与非罪，罪大罪小，
违何法，
应当受到何惩罚！
你年龄究竟是多大，
怎么能随意减与加？

小　聪　（唱）回阿姨，小聪不是说假话，
我不知是妈妈错还是登记差。
既然户口簿上那样写，
我当然也得信公家。

杜　鹃　（唱）你为啥要害死刘奶奶，
就为了把那一百二十块钱拿？

小　聪　（唱）不是……是……是……
是我致死奶奶我认罚。

杜　鹃　王小聪，怎么又是又不是？回答我“致死”是什么意思？

小　聪　“治死”就是……就是我把奶奶摆治死了……

杜　鹃　你不诚实！你知道说谎话的孩子，今后谁都不敢相信你，看不起你！

小　聪　我不想撒谎！可……那个叔叔说，我要是不认罪就永远出不去，上不成学了！

杜　鹃　什么叫认罪？就是实事求是讲出真实情况，撒谎就是不认罪！

小　聪　我……那……我说真话！阿姨！
（唱）山寨村俺家最困难，
爹死后家里欠债没钱还。

我听说有人挖卖恐龙蛋，
一个能卖几千元。
一有空我就到山上转，
又寻又刨想挣钱。
那一天天已晚，
一镢头挖出块白石长又扁。
像鸟却有兽躯干，
还有毛羽两三团。
正高兴偏让狗牙给撞见，
夺去石片却不给钱。
我寻到他家去讨要，
就在奶奶屋里拿了钱……

杜　鹃　说呀，怎么在奶奶屋里拿了钱？

小　聪　那天我找到他家院里，只有奶奶小屋有灯，我进去想让奶奶帮我让狗牙给钱，奶奶说管不了他们的事。我见桌上有钱，拿了就跑。

杜　鹃　以后呢？

小　聪　我刚跑出门，听到咚的一声，我扭头一看，奶奶倒在桌边，我知道惹祸了，后悔拿奶奶钱，就急忙进屋去扶奶奶。只见奶奶头上往下流着血，我吓得又哭又叫人，村长和狗牙都来了，他们……他们就说是我为抢钱，把奶奶摔倒在桌角上死的……（哭）呜呜呜……

杜　鹃　你拿了钱就跑，没有和奶奶争夺？你没有推奶奶？

小　聪　没有！我跑到门口，奶奶才倒地上哩。我真的没有推奶奶，奶奶就没有抓我……

【小聪光区灯光消失，杜鹃和小郑走到舞台中区灯光中。

小　郑　　王小聪刚才讲这，可是和过去的口供完全不一样了！

杜　鹃　　如果小聪真的没有推奶奶，那么奶奶的死因是什么呢？

小　郑　　鹃姐，我觉得小聪不是在撒谎，老人可能另有死因！

杜　鹃　　如果不是小聪推的，刘镇山为什么要把死因往一个孩子身上推呢？

小　郑　　为了那块化石？不至于吧？

【杜鹃突然心闷，喘不上气，头上慌汗直流。

小　郑　　鹃姐！你犯病了？药呢？

杜　鹃　　（兜里掏药片，吞进嘴里，喝了口小郑递上的水）没事，老毛病。

小　郑　　今天就算了吧，我送你去医院还是回家？

杜　鹃　　小郑，王小聪案子看来并不简单，咱要认真查一查！就先从年龄的事情查起，走！

小　郑　　鹃姐！崔科可有交代，让咱只查年龄问题，我可不敢查别的事。

杜　鹃　　我就不明白了，有疑点为啥不让查呢？

小　郑　　过了年咱老一一走，赵副检一升格，崔科最有可能就是副检了！这时候，用赵检的话说，稳定压倒一切！

杜　鹃　　啥叫稳定？把问题压起来掩盖住，那不叫稳定！只有消除社会不公，才能真正实现社会稳定！这件事……

【突然晕眩。

小　郑　　鹃姐，看你头上的慌汗！我去查好吗！你回家吧！

杜　鹃　　你不是说昨天去派出所，人家说没法查吗？没事咱一块去查。

小　郑　　确实没法查，资料像垃圾一样堆了一屋，十六七年前的资料，丢没丢还不知道，真是不好找！

杜　鹃　　找！满屋材料一张一张过，也要查清楚！派出所顾不过来，咱自已找！走！

小　郑　（发火）不行！你回家休息！我去找行不行！

杜　鹃　一个人不如两个人。

小　郑　不行！你……你是病人！鹃姐！你是不放心我，还是不相信我？！

杜　鹃　好！我休息，你去查！

【手机响，示意小郑先走。小郑下，杜鹃接手机。

杜　鹃　丽姐……我在办公室歇着看报呢……啊？……嘻嘻…… 对不起，不是有意骗你，是怕你担心嘛！我感觉良好……对，放心！决不累着，不生气……一定去输液……好！放心姐们！

【收机深深喘了口气，欲下，又止步想了想，抖起精神向着小郑去的方向走去。

（切光）

第四场

【刘镇山家，客厅就是农村一般家庭的摆设，最显眼的是墙上放大的和一些领导的合影照片。

【刘镇山正在接手机。

刘镇山　嗯……嗯……知道了。听说网上都有人发照片啦？想法弄掉它！你那里千万不能出问题。……我这儿没事……好……好……

【狗牙一头闯进。

狗　牙　叔！叔！

刘镇山　（收手机）慌啥慌！

狗　牙　叔，那女检察官从小聪家出来，又去了魏老头家了！

刘镇山　　嗯。（端茶杯喝茶）当初真不该把那孩子弄进去。

狗　牙　　咱收了他那鹦鹉化石，不是怕他和他爹一样到处告咱的状，坏咱的大事！正好我奶奶……

刘镇山　　这就叫小不忍则乱大谋！

狗　牙　　这个姓杜的纯他妈多事，叫我师傅收拾她！一个蚂蚱小干部……

刘镇山　　闭嘴！

（唱）除了骂就会打，

能不能多动动你的脑袋瓜。

不要随便乱说话，

更不能气急硬顶茬。

检察院就怕姓杜的来搅和，

偏偏她就把手插。

她查咱也不必怕，

要摸清她想干什么？

狗　牙　　叔，就凭咱上边的关系！

刘镇山　　闭嘴！咱啥关系也没有！凭的是法律！

是事实！

狗　牙　　对，没关系，没人……

刘镇山　　姓杜的办案是出了名的六亲不认，人家是全省树起来的“十佳政法干警”！

狗　牙　　听说她得那病，活不了多少天了！

刘镇山　　是呀！可你看她躺倒没有？一个连死都不在乎的人，更可怕！去，她听了那边的，一定来咱家，就说我在家恭候她来。

狗　牙　　行。那我去请她。（下）

【刘镇山家灯灭。

【魏大爷家灯亮。

【杜鹏正和魏大爷交谈。

杜 鹃 （唱）那一天在医院，

知道你有话难明言。

今日专程登门见，

想请你开诚布公谈一谈。

【魏向门外看了看，回身对杜鹃。

魏 同志！

（唱）你不该来家把我见，

我没事就怕给你惹麻烦！

杜 鹃 （唱）惹麻烦？啥麻烦？

大爷尽可心放宽。

干检察吃的就是这碗饭，

正常工作心坦然。

你莫顾虑放开胆，

实事求是敞开谈。

魏 小同志，你进俺村都有人盯着你哩，你一举一动人家都知道！

杜 鹃 哟，还这么厉害呀？大爷，我是不是给你惹麻烦了？

魏 鸟！哎呀，咱农村人说话……粗！

杜 鹃 没事，我也是从农村出去的。

魏 那天医院见你之后，我回来想起来了！我在电视上见过你。你是个好检察官！电视上说你是老百姓心中的杜鹃花！

杜 鹃 那都是记者们鼓励我的话。大爷，既然咱已是熟人了，今天能不能好好谈谈？

魏 能！我都七八十岁人了，我还怕他个……啥！（从内衣兜里掏出一沓纸稿）我知道小聪妈遇事只会哭，啥也说不清，这个你一看都明白了。

杜　鹃　（接看）告状信?

魏　　刘镇山仗着权势，借改革的名把村里原先的集体企业，都变成了他家里啦。一个煤窑一年都几百万进项，又用钱上上下下都买通了！村里人一直往上告，没人管！人家还有个护矿队，如狼似虎，村里人差不多都叫收拾得害怕了。小聪他爹是个血性汉子，他不服，一直在告，就是往省里去上访时，出了车祸！这还不到一年，孩子又让抓进去了！

杜　鹃　那个肇事司机抓到了吗?

魏　　去哪抓?谁去抓?他一死不是都安定了！正合人家意！

杜　鹃　（看信）（灯渐暗）

【刘镇山家灯亮。

【狗牙匆匆跑回。

狗　牙　叔……叔……她……

刘镇山　慢点说！

狗　牙　她来啦！杜……杜……

刘镇山　杜鹃?

【刘镇山急出门，杜鹃上。

杜　鹃　刘主任！

刘镇山　杜检察官！哎呀，听说你是带病坚持工作！佩服！佩服！快请进屋！牙！快倒茶！

【杜鹃进屋看照片。

杜　鹃　哎哟，刘主任和这么多大领导都有合影呀！

刘镇山　都是领导关心咱山寨村群众，请坐！

【杜鹃坐，刘镇山接过狗牙递上的茶，双手捧给杜鹃。

杜　鹃　谢谢。刘主任领导有方，听说山寨村去年人均收入达到五六千了？

刘镇山　都是党的政策好，也有你杜检察官的功劳！

杜　鹃　有我啥功劳？

刘镇山　执法为民，保证了一方稳定，有稳定才有发展，这可是头等大事！

杜　鹃　有道理。不过我杜鹃一个人可没那么大本事！刘主任，王小聪致死令母的案子，我还想再听听你的说法。

刘镇山　哎呀，这件事情依我的意思，完全没必要惊动公安，小聪毕竟是个孩子！

杜　鹃　虽然是个孩子，可牵涉了人命。老人家去世时八十六岁？

刘镇山　对。我姓刘的在村里是大姓，我妈辈分又最高，农村这事，不报案族里人都不答应！

杜　鹃　大娘平常身体如何？

刘镇山　身体可以。

狗　牙　血压高，老头晕。

【刘镇山瞪了狗牙一眼。

杜　鹃　可以去看看老人家住的房子吗？

刘镇山　可以，就在这院西头不远，我领你去。

【刘镇山手机响。

刘镇山　对不起，我接个电话。

狗　牙　走，我领你去。

【镇山家光区暗，另一边小屋灯亮一间简陋的小房，一个木床，一张方桌，几乎占了三分之二的空间，狗牙领杜鹃走进小屋。

狗　牙　你看就这屋。

杜　鹃　（边查看边思考）啊……

（唱）一间小屋几平方，
一个方桌床一张。
床离门口一米多，
轻轻一推就挨床。
人怎会摔到桌角上，
一碰就致人死亡？
会不会老人血压急上涨，
引起溢血致死亡？

狗　牙　（唱）那一天我头一个赶到现场，
我奶奶满脸是血浆！
一只手抓住王小聪就不放，
直翻白眼口半张！

杜　鹃　（唱）奶奶平日到哪家医院去看病，
吃西药还是中药方？

狗　牙　（唱）就在村里医疗所，
吃的药我也说不清啥名堂。
（从床头拿出个小纸盒）你看还有这么多药没吃呢。

【杜鹃接过药盒查看，刘镇山匆上。

杜　鹃　平常血压有多高？

狗　牙　一百七八十吧。

刘镇山　牙，去把水端过来。（牙下）你也听说过，俺村发现恐龙蛋化石后，人是越传越邪乎。都说恐龙蛋值钱，是宝贝。这小聪捡了块白石头，就说是恐龙化石，要卖给牙。牙给他说你这是白石头，不是化石。谁知他摸到俺家要钱，见我妈桌上有一百多块，抓住就跑，我妈就拉，他就推，八十多岁人，推倒后，太阳穴正好碰到桌角上！

杜　鹃　刘主任，生前你给大娘去大医院检查过没有？

刘镇山　看过，没啥大病，身体不错。

杜　鹃　啊，（走到门口）刘主任，大娘在这儿被推倒的吧？

狗　牙　（端水上）对！

杜　鹃　（对狗牙）来，你推我一下，推一下。

狗　牙　好。

【狗牙放下水，用力一推杜鹃，杜鹃倒退两步坐床上。

杜　鹃　应该是这样的，可怎么碰住太阳穴呢？

刘镇山　推拉撕拽中，推倒在了桌角上。那一下太致命了！

杜　鹃　刘主任（拿起药），这药我可以带回去看看吗？

刘镇山　有用拿去。

【杜鹃电话响。

杜　鹃　对不起我接个电话！（杜鹃走出屋门）丽丽，正好，你先别说，我问你，一个八十六岁老高血压，什么情况可能猝死？……嗯……嗯……嗯……人已经埋了，咋证明呢？开？

【屋内注意听的刘镇山一惊。

【屋外杜鹃接电话。

杜　鹃　嗯……还是晚上吧，挂了啊！

【杜鹃进房。

杜　鹃　对不起刘主任，你是忙人，打搅这么半天，我告辞了。

刘镇山　想留饭你也不会吃，让车送你？

杜　鹃　不用，回头我还会来的，留步！（下）

刘镇山　那慢走……常来！

狗　牙　叔，我看这女人也没啥水平！

刘镇山　你不应该叫狗牙！

狗　牙　那叫？

刘镇山　蠢猪！

（唱）她反复念叨高血压，
又在这里亲比画。
分明对死因有怀疑，
上手就把痛处抓。
刚才留心听电话，
她开字出口又急刹闸！
这女人看来真要把功夫下，
刘镇山这次遇硬茬。
这些年经事多少从不怕，
树大何惧恶风刮。
她要查，就让查，
顺着她意把沟挖！
关键时让她咽不下，
看我铁腕掰狗牙！

狗　牙　哎，叔，你叫我？

刘镇山　通知他们，最近一个恐龙蛋也别出手，全停止！

狗　牙　那……好！

刘镇山　给矿上你师傅黑坤打电话，叫他尽快来一趟。

狗　牙　对！早该让我师傅出手了！

刘镇山　你去开车，我要去趟城里。

狗　牙　好！

（切光）

第五场

【夜，杜鹃家客厅，洁净温馨，最突出的是有一盆火焰般的杜鹃花。

【开幕，杜鹃仰卧在沙发上，丽丽在给她挂吊针输液。

丽　丽　鹃，你说我是欠你啦还是该你啦，下了班不能休息，一分钱没有，还得来给你输液！

杜　鹃　因为你是我的闺密！死党！

丽　丽　说实话，虽说气你不珍惜生命，可从心底也挺佩服你！

杜　鹃　哟，你佩服我？

丽　丽　佩服你胆子大，主意正！你说公安人员非法拘押那一案，你竟然依法查了公安？硬是追究了他们的法律责任。那事轰动多大呀！

杜　鹃　执法者违法不究，那法律还公平吗？法律要是不公平，这社会还有公平吗？老百姓养活我们还有啥用？你知道那天喝农药的那个刘麦叶吗？

丽　丽　我给她灌的肠，救过来还要死！

杜　鹃　她丈夫不明不白车祸刚死，活着唯一希望的儿子，又因涉嫌致人死亡被抓进了监。

丽　丽　命太苦了！

杜　鹃　我和小郑用一下午一夜的时间，终于找到原始资料，王小聪今年虚岁十七岁，周岁才十六，根本不是十九岁！是派出所在输入电脑时误将 95 年输成了 93 年！

丽　丽　哟！

杜　鹃　你说这事不查行吗？还有那个老太太真正的死因，疑点也非常大！

丽　丽　就是你说那八十六岁的高血压？

杜　鹃　对！

丽　丽　老人很可能是死于严重动脉硬化，脑小动脉病变高血压。

杜　鹃　所以，我想向院领导申请，开棺检验，确定死因。

丽　丽　那可是刘镇山的亲娘，那人社会关系可复杂了！

杜　鹃　今天碰到俺院长，我向院长说了我的想法，俺老一很支持我！

丽　丽　那万一不是死于病变呢？这事你还是想好退路，别把自己逼到死角！

【有人敲门。

丽　丽　你爱人回来了？

杜　鹃　他出差一个星期呢，去开门。

【丽丽开门，和小郑一块进来。

杜　鹃　小郑？（欲起）

小　郑　别动！鹃姐，你看看这个，我刚从网上下的材料。

杜　鹃　（接过看材料）……鹦鹉恐龙化石？

小　郑　对。从照片上看，和小聪讲的化石情况几乎相同！这化石已经从国内走私到了英国，世界古脊椎动物专家都在关注这件事情！公安部也在查！

杜　鹃　（站起）如果这东西就是从咱这儿走私的，那么……

小　郑　对！（唱）王小聪一案水不浅，

掩藏着重重迷雾道道弯。

杜　鹃　（唱）狗牙说是白石片，

小　郑　（唱）欺小聪无知把化石贪。

杜　鹃　（唱）他们卖了化石得巨款，

小　郑　（唱）王小聪反复讨要是麻烦。

杜　鹃　（唱）奶奶猝死机会现，

小　郑　（唱）正好灭口保万全。

杜　鹃　（唱）马上让小聪看照片，

紧追踪要将黑幕全揭穿！

【杜鹃一把扯掉输液线。

丽　丽　干啥？还有两瓶呢！

杜　鹃　小郑，明天你悄悄去让王小聪看一下这个照片，注意保密！

小　郑　好！

杜　鹃　若小聪捡到的真是鹦鹉恐龙化石，贵重的化石就是他们诬陷小聪的动机！这样看，奶奶真正的死因就存在另一种可能的合理性！这个棺就必须开！

丽　丽　杜鹃，别再说你们的事了，把这瓶液输了！

杜　鹃　输什么！小郑咱找崔科长去！

丽　丽　杜鹃！折腾啥你？你这是拿命做赌注你知道不知道？！

小　郑　鹃姐！

杜　鹃　（苦笑）拿命做赌注？赌注！我还有什么赌本呀！

（唱）一句话儿把我心刺疼，

杜鹃是油尽将息一盏灯。

我不甘，我惜命，

我怨恨老天太不公！

我珍爱我的工作多神圣，

我珍爱温馨小家情融融。

我还要将年迈父母来孝敬，

我舍不了情深似海的好亲朋！

我还要培育女儿成娇凤，

将来能为国建业立丰功。

我心中有太多的牵挂，
太多的梦！
涌动着烈烈火焰浓浓情。
可老天偏让我染上这要命的病，
我不能躺倒屈从等寿终。
好姐妹你们办事可从容，
杜鹃我生命的钟表就要停。
不工作我这有限的生命有何用？
好姐妹呀我的好姐妹！
求你们理解我如今的境况我的心情！（落泪抽泣）

【丽丽和小郑都为杜鹃真情的倾诉震撼，三人一时无语。突然传来敲门声，杜鹃欲去开门，腿关节疼得迈不出步；丽丽急上前扶住，小郑去开门。

丽　丽　输液吧姑奶奶！为了工作你更不能这样！

【小郑和崔科长匆匆走进。

杜　鹃　崔科长？

崔科长　鹃子，你咋关了手机呢？！

丽　丽　是我让她关的！崔科长，你们真不知道她的病况吗？

杜　鹃　丽姐！

崔科长　知道。可人家不听我的呀！

丽　丽　你们是谈工作，还是让我继续输液？

崔科长　这个……能不能给我半个小时时间？

杜　鹃　丽姐！

【丽丽生气地收起输液东西。

崔科长　谢谢李大夫！小郑，我咋给你说的？！

小　郑　我……我……你们说吧，我走啦。（小郑下，丽丽进内间）

杜　鹃　（给崔科长倒水）科长，你看你，人家小郑有啥错？有错你尽管批评我！

崔科长　（坐）鹃子，不说小郑。我这么急赶来，是因这两天我都找不到你，我知道你在查王小聪的案子。

杜　鹃　案子确实有问题！

崔科长　首先，你们查明王小聪的出生年月原始资料，立了一大功！避免了一个大差错。鹃子，你比我想得细，你坚持的意见对！好！

杜　鹃　咦，你咋虚套起来了？我还不是遵照你指示去查的。

崔科长　不管咋说，这件事你办得好！可你去山寨村找那些爱上访闹事的人，了解啥哩？咋又要开棺查老太太死因呢？

杜　鹃　我是发现……

崔科长　我知道，你发现老太太有高血压病，有可能因此而死。可那只是可能！万一不是呢？你知道不知道，山寨村一直有些人上访不稳定，县上做了多少工作刚稳下来，你不敢去搅和！你开棺会严重刺激刘镇山，姓刘的在山寨村是几千口人的大姓，闹不好会出大乱子！

杜　鹃　风险是有，可不查验总是存在个大疑问！按现在的结论定案，对王小聪不公！

崔科长　还有开棺这事，你是和我说了，可咱还没请示赵副检，你咋一下捅到老一那儿了？

杜　鹃　是老一碰到我，询问案子情况，我谈了情况和想法，不是专门汇报！

崔科长　你知道不知道，赵副检是坚决反对开棺这事的！可老一在会上一表态，赵副检很被动！很有意见！老一马上就去政协了，赵副检接老一都挑明了。所以这个棺决不能开！

杜　鹃　为啥呀？

崔科长 我真人面前不说假话，为了你，也为了我！

杜　鹃 为了你，也为了我？

崔科长 对！

（唱）检察服穿了二十多载，

一头黑发半头白。

这几年科里工作有成色，

良心话全凭你们把轿抬。

转过年赵副检职级就改，

接副检你哥在头前排。

升不升由组织选择审核，

关键时工作不能出乱惹灾。

赵副检马上就把老一代，

咱不能一上来就和他闹掰。

王小聪这一案速结不待，

八连冠为全院再添光彩。

你马上副科就将正科改，

杜鹃呀万不可错失这平台！

杜　鹃 （唱）谢老师对杜鹃真心表白，

我完全支持你再上台阶。

王小聪这一案疑点存在，

有私心不去查太不应该！

杜　鹃 （将小郑送的材料交崔看）崔科长，本来就打算去找你，你看看这个材料。

崔科长 （看）我在网上也看到了，你怀疑是……

杜　鹃 小聪交代的和网上的鹦鹉恐龙化石全部吻合！如果真是这样，刘镇山诬陷小聪就更有可能了！

崔科长 这个事情，公安部正在查，咱可以等。

杜　鹃 等？为什么？

崔科长 因为许多情况你都不了解呀！

（唱）这件事我希望你不要再管，
就因为此事牵连了刘镇山。
山寨村这两年赞声一片，
他可是领导手上的试验田。
那领导在上边正把咱管，
人家和赵副检关系不一般。
刘镇山小小村官不起眼，
关系网省市县里都牵连。
惹了他必然出大乱，
莫忘了稳定和谐是主旋！

杜　鹃 （唱）刘镇山一二十年当村干，
开矿卖地很有钱。
现如今有钱人谁都待见，
关系网盘根错节查着难。
谁告他他报复的手段阴又险，
山寨村让他统治得很森严。
正为此，他的事情咱更该管，
决不能再出一个南霸天！

崔科长 （唱）事情要因时度势能应变，
操之过急会翻船！
是毒瘤迟早化脓会凸现，
到时候再一刀下去把病根剜！

杜鹃，千万不敢太天真！这些年告刘镇山的人是不少，为啥没人深管？可不是都没有正义感呀！有个将军说得好：要消灭敌人，首先要保护好自己！

杜　鹃　保护好自己是为了更好地消灭敌人！那就得不怕牺牲，敢于牺牲！

崔科长　对对对，你说得对！我知道你认准的事儿，我很难说服你！你想过没有？这次你坚持开棺检验，老太太要真死于脑血管疾病，那也只是法医失误！可你和刘镇山的仇就结下了！连树人家那领导也得罪了！若不是咱预料的情况，鹃子，那问题可就大了呀！总之开棺检验的两种结果，对咱都有害无益，你明白吗？！

杜　鹃　崔科长……我没想那么多，我就是觉得有问题就得查清！咱不能光想自己的利害得失！

崔科长　鹃子！你叫我咋说哩？多少年的经验告诉我，干工作要跟着领导意图走，不能胡来！不错，你工作干得很好，现在是全省检察系统的典型。可你想过没有，领导要不想树你，不把你的事迹总结上报，你能当上十佳？！记住，决定咱命运的是咱的领导！不能干领导不喜欢咱干的事！更不能和领导对着干，憨子！

（唱）有些话讲出来是有不当，

可实际上就是这情况。

我劝你认真冷静想一想，

万不可不管不顾头脑发热撞南墙！

杜　鹃　科长，我知道！你是为我好，可我就是想不通！咱们要都这样，遇事就想咱自己利害得失，老百姓的权益谁去保护？法律公正谁去维护？执法为民不成空喊口号了吗？！

崔科长　好好好！你说得对，别再说了，我明白了……是我错了！我彻底错了！……杜十佳！杜科长！反正我今晚该说的不该说的我都说了！你就全当是我放臭屁！一切你看着办吧！

【**崔说完拂袖悻悻而下**。

杜　鹃　崔科长！崔科长！

【**丽丽从内室走出**。

丽　丽　鹃子！千万别激动！你的病可最怕激动！你就听崔科长的劝吧。那孩子的事咱不管了！马上住院治病，命可是咱自己的！

杜　鹃　（万分伤心）丽姐，你说是我错了吗？明明知道有问题，就因为牵扯到刘镇山的关系网，咱就装聋作哑不去管吗？！如果王小聪是你的孩子，是我的孩子，是崔科长的孩子，丽姐，你说该不该去管，该不该去查？！

丽　丽　姑奶奶！看来你是黑红不挺，油盐不入呀！这液还输不输啦？

杜　鹃　不输了！

丽　丽　好，那你就"作"吧！看你还能"作"几天！

【**扭头开门而去**。

杜　鹃　（杜鹃痛心地哭着呼叫）丽姐！你回来！你回来！

【**倒坐沙发上，失声痛哭。丽丽又推门返回，扶起泪流满面的杜鹃，为她擦拭着泪水，自己也伤心地掉泪**。

丽　丽　好了，别哭了！别激动！你千万不能激动！我是气你不听劝！我能真走吗？！

（唱）你病入膏肓急待救，

怎么能由着性子不回头。

天大事也要丢过放开手，

更不能激动生气火浇油。

崔科长把话已说透，

咱不能头碰石头血长流。

咱就是父母老公全不念，
别忘了你还有需要照料的宝贝妞！

杜　鹃　（唱）丽丽姐你千万不能走，
崔科长已在我心上把刀痕留。
几十年又是师长又是友，
何曾有伤心语话似鞭抽。
果真是杜鹃狂傲太执拗，
果真是我有了荣誉昏了头？
不！王小聪命案疑点露，
难道说不该彻查把真相求？
老百姓唯靠法律来护佑，
执法人岂能因自己利害把原则丢！
我要是明哲保身躲着走，
岂不是与不法之徒成同流。
身穿着检察官服装人前走，
面对百姓我怎遮羞。
我不怕刘镇山黑白两道势力厚，
我不怕最坏的结果降我头。
唯不安崔科长升迁因我掣了肘，
于心不忍有歉疚！

丽　丽　（唱）对呀对，这可是人家升迁的关键口，
你应当成全帮助把路修。
毕竟是你尊重的师长和战友，
万不能得罪结怨仇！

杜　鹃　（唱）这件事我定会细想前后，
我不会一时冲动要蛮牛。

该让步的我会让，
当坚守的定要守。
难得咱今晚畅谈将心事透，
杜鹃我尚有要事将姐求。

丽　丽　（唱）有事你就尽开口，
你我之间无须求。

杜　鹃　（唱）我这病你也知成无救，
这人生纵然不舍也得丢。
我身后父母有兄妹能侍候，
老公他还可重新结鸾俦。
唯有一事要托好友，
好姐姐你要帮我照顾咱的妞。
她从小没离我左右，
富养女儿条件优。
我害怕将来的后妈不接受，
孩子她挨打受骂无路投。
他爸爸到时想护也不能够，
没娘的孩子成罪囚。
她是我唯一留世的心头肉，
也是我抛舍不下的万斛愁。
我想前我想后，
姐呀姐，到时候，
你一定要将咱妞来收留！

丽　丽　（唱）你赶快闭上这张口，
分明是杞人将天忧。
还没到留下遗嘱那时候，

红太阳还要照你五十秋。

（白）快把你那不值钱的泪豆擦掉！只要你听话，配合治疗，还得准备好将来当外婆呢！

杜　鹃　不，丽姐，我不是开玩笑，我要写个委托书，做好公证。我走之后，你就可以代表我对妞妞执行监护权。你必须答应我，好姐姐！

丽　丽　啥意思，还要坚持开棺检验？病不治了？

杜　鹃　治！但我必须想到可能的万一！姐，我求你了，你必须答应，到了那一天，你要代我照看好咱妞！

丽　丽　好！我答应。来把这瓶输了。

（丽丽为杜鹃输上液，她手机响，丽丽接听）

嗯……好……好……好……

杜　鹃　姐夫催你回去的吧？你走吧，输完我自己处理。

丽　丽　那好，他已到楼下接我了。杜鹃，你说的情况不会出现，只要你听劝，马上住院治咱的病，工作上的事不要太较真了，好吗？

杜　鹃　记住了！

丽　丽　（拿上包）我走了。

（丽丽开门出，从地上捡起一封信）

谁在门外放了封信？

【杜鹃接过信，丽丽开门下。

【杜鹃看信。

旁　白　（信上话）“杜检察官，你千万不要去碰刘镇山……千万！千万！敬重你的知情人。”

【杜鹃愕然站起，信上话又轰响耳畔！

（切光）

第六场

【夜，舞台一片漆黑，几束手电光摇曳着。

【刘镇山，黑坤和狗牙聚在一起。

刘镇山　黑坤老弟，今晚领着你的人，一点多就过来，藏在那洼里。地方牙都收拾好了。

黑　坤　记住了，大哥！

狗　牙　叔，你真不该签字同意她查！你看多费事！

刘镇山　市检察院都来人支持了！我能不签字？

（唱）不让查说明咱害怕，

就让她放心大胆查。

山寨村刘姓千把口，

谁敢保没人阻挡把墓挖？

趁乱黑坤你把手下，

要让她从此地上爬！

咱的主要对手是姓杜的！她要咬住你，咬不出血不会松口！非常可怕！必须放倒她！

黑　坤　她要今天不来呢？

狗　牙　她准来吧？

刘镇山　她指导监督公安开棺，她能不来？今天我让警卫人员把村里人都挡在寨口西。这里鞭炮一响，黑坤兄弟，你的人就出来，先把挖墓人打跑，牙站岗上再一吆喝，村里人就往这儿冲！黑坤兄弟，你要趁乱把姓杜的废了！

狗　牙　弄死她！

刘镇山　　不！不能弄成命案！她那身体，给她一下就可能成植物人！

黑　坤　　大哥，你组织那些村里人，有警察拦着能过来吗？

刘镇山　　放心！警察不敢对群众开枪。你一得手，就往西南跑，人多混乱，他根本无法查。至于钱，保证让大家满意！

黑　坤　　谢大哥想得周到！

刘镇山　　委屈你的弟兄们，今晚就得埋伏在前边洼里，也就几个小时。

狗　牙　　师傅，我这就领你们去吧？

刘镇山　　（拍拍黑坤）今天看你的了！记住废了她，但不要出人命！

黑　坤　　放心大哥！

【刘镇山下。

狗　牙　　师傅，还得都换下护矿队衣服，咱走吧！

【狗牙拉黑坤向黑暗中走去。

【音乐声中晨光渐透慢慢照亮山山岭岭，树林庄田。

（伴唱）黑黑的夜静无言，

一夜多少人无眠。

亮亮的阳光照山巅，

照不出阴谋凶险在眼前。

【一队法警跑步过场。接着人声嘈杂，刘镇山和狗牙急上，刘对幕后的群众讲话。

刘镇山　　乡亲们！尤其是山寨村刘姓的乡亲们！开棺检验是我签了字同意的！不是我刘镇山无情不孝，是为了查案需要，是为了证咱清白！我丑话说前头，凡刘姓宗亲，今天一定听公安同志的话统统退到寨口西，敢闹事的，决不留情！

【杜鹏和小郑匆上，杜鹏握着刘镇山的手。

杜　鹏　　刘主任，谢谢你的理解支持！

刘镇山　　杜检察官，一切我都安排好了，你放心工作。墓前就由我侄子招呼着好吗？

杜　鹃　　好！

刘镇山　　狗牙，交代挖墓人，小心点！

狗　牙　　哎！

【刘镇山突然向着墓地方向双膝下跪，磕了三个头，起身向另一方下。狗牙向墓地方向走下。

小　郑　　鹃姐，我有点紧张，万一……

杜　鹃　　我心也跳得慌……相信咱的判断！

【崔科长上。

崔科长　　鹃子，市检察院的法医来了吗？

杜　鹃　　来了，和公安法医都在那边休息。小郑你先去照顾两位法医。

【小郑向墓地方向走去。

杜　鹃　　崔科长，请你理解，不是我要坚持，因为……

崔科长　　什么也别说了！鹃子，组织既然同意，我知道自己应该怎么做。你现在回院里去，今天这里一切由我负责！

杜　鹃　　不！崔科，你不能在这儿……这儿……万一！

崔科长　　别说啦！

（唱）开棺验尸有风险，
我最不放心刘镇山。
万一检验非预见，
这责任大哥不能让你一人担！

杜　鹃　　（唱）是我坚持开棺验，
为这事可能影响你升迁。
你今天能到这里站一站，
就是给杜鹃把信心添！

崔科长　　（唱）杜鹃呀你弱弱一个女孩子，

还有重病把身缠。
哪来的这股劲头这个胆，
你让我佩服又汗颜！
你是咱院树的旗一杆，
这旗色不能玷污染瑕斑。
你现在马上回到检察院，
等待我把喜讯传！

鹃子，刘镇山一反常态地支持开棺，让我总有几分不安！

杜　鹃　本来领导也怕阻力大起风波，是刘镇山的态度，才让领导下决心的。

崔科长　刘镇山我比你了解！怕这事没那么简单……鹃子，我来了，你马上回去吧！

杜　鹃　不！我不能走！

崔科长　杜鹃同志，你还承不承认我是你的科长！

杜　鹃　永远承认！但我……决不能离开！

崔科长　鹃子！万一开棺检验和咱想的不一样，那时候村里人要涌上来，会出大事的呀！你必须走！

杜　鹃　科长，这一层我想到了，这件事是我坚持的，应当我负全责，科长你必须走！

崔科长　你！（二人相持不下）

（伴唱）道是无情情无限，
不尽暖流涌心田。

杜　鹃　崔科……这件事你还是超脱些好！

崔科长　迟了！我已在申请报告上补签了大名，而且在你的前边！鹃子，我几晚上都没睡好，我终于想明白了，为啥把你比成老百姓心中的一棵杜鹃花？你心里是真装着老百姓！从来就把自己的利害放在后边……特别是昨天，知道了你的病情……只有……只有……你真是为民执法呀！（难过）可我……惭愧呀！杜鹃，哥对不起你！我没照护好你呀！你的病才会弄到这一步！我……我……（难过掉泪）

杜　鹃　别……别这样！崔科长，崔哥！我要真是还有一年时间，你更应该把这个机会留给我吧，求你了科长哥！

崔科长　不行！我不能再错了！（向内招手，丽丽背药箱上）

杜　鹃　丽姐！你怎么也来了？

丽　丽　救护车来了，你跟我走吧！

杜　鹃　你们这是干啥？崔科，你咋不理解杜鹃的心呢！我没多少时间了呀！（伤感）你们知道工作现在对我多重要吗？我求你们了行吗！（抽泣）

丽　丽　鹃，你要保持心态平静，千万不能生气！不能激动！

崔科长　好好好！你千万不要激动，我向你屈服！鹃子，我屈服了！千万别激动！丽丽，那今天就只好麻烦你，要全程陪护她好吗？

丽　丽　好吧！

崔科长　我今天就寸步不离去陪着刘镇山！咱们随时保持联系。丽丽，她身体要一不得劲，马上就让她撤！好吗？

丽　丽　放心吧！

【崔科和杜鹃双手紧握，相互勉励。杜鹃和丽丽转身向墓地走下。

崔科长　（接电话）赵检？我在这里！群众离现场有一里多地，警卫线较远，这里应该很安全，放心！

【崔科长四周转着看了看，然后向刘镇山待的方向走下。

【少顷，舞台墓地方向响起鞭炮声。

【狗牙、黑坤等十几个手持斧头铁棍的打手冲上。

狗　牙　师傅，我这就给我叔送信号！

【**黑坤一把拉住狗牙。**

黑　坤　别慌，这里一切看我的！

【**杜鹃、小郑、丽丽匆上。**

杜　鹃　（冲狗牙）狗牙！他们从哪儿来的？

（冲黑坤）你们手持凶器这是要干什么？

狗　牙　杜检察官，我叔答应你们开棺，可姓刘的人多了，决不会让你们挖墓的！师傅动手吧！

【**黑坤拉过狗牙交一弟兄看住，然后走向杜鹃，小郑忙以身相护。**

小　郑　你要干啥？

【**杜鹃又把小郑拉身后。**

杜　鹃　你要冷静！不能干违法的事！

黑　坤　杜检察官，好好看看，还认得我吗？

杜　鹃　你？

黑　坤　我叫刘黑坤，十年前是你把我送进监的！

杜　鹃　想起来了……是打人严重致残！你应当接受教训！

黑　坤　我被判了八年刑！你不会想到吧？

（唱）八年牢我明白了恨爱恩怨，

认识了你这样的检察官。

实事求是公诉我无一丝偏见，

依法依情还为我力争从宽。

八年里你又把我老娘照看，

多少次送吃送喝送单送棉。

我老娘临终要我跪地誓愿，

做好人报大恩恩重如山。

这两年我混得无颜与你见面，
老天爷今天把机会送到面前。
你放心开棺把尸验，
刘黑坤保恩人绝对平安！

杜　鹃　黑坤你……

狗　牙　师傅你？！

黑　坤　当年我打残那孩子的父亲，那么大的官！上边批示要严办，都是要置我于死地哩呀……没有你顶住压力实事求是公诉，我至少会是无期……你就是黑坤的再生父母！（咚地跪地，杜鹃急扶）

杜　鹃　起来！因为法律是公正的，这与我没有关系！

黑　坤　（转身对弟兄们）弟兄们！看着寨口方向不准过来一个人！（转身对杜鹃）杜检察官，不，姐！开棺验尸吧！

杜　鹃　（双手紧握黑坤）谢谢！

【杜鹃转身欲走，突感不适，丽丽、小郑急搀扶一同走下。

狗　牙　（挣脱冲向黑坤）你是叛徒！叛徒！

黑　坤　（一把抓小鸡似的抓住狗牙）狗牙！这些年你和你叔都干了些什么？你最清楚！面对我姐这样的检察官，我刘黑坤要再不背叛你们，我就是个十足的浑蛋、人渣！

狗　牙　你……你看我叔咋收拾你！

黑　坤　你叔是有钱有势！可只要他干下犯法事，终究长不了！狗牙，王小聪爹的车祸咋出的？你不明白吗？你听师傅的，你还年轻，把你知道的一切全告诉杜检察官，别叫她再掏力费心了！

狗　牙　我……我……

黑　坤　你……你知道不知道：我姐的病……她不到一年了呀！（难过）

狗　牙　我知道。我就是不知道她为啥要和我叔作对，她图个啥呀！

【音乐起，舞台人物定格：

旁　白　开棺检验的结果，共同认定刘镇山母亲死于动脉硬化，脑小动脉病变高血压！一个月之后，刘镇山因倒卖鹦鹉恐龙化石和黑社会组织罪，被逮捕法办。

【杜鹃和戴手铐的刘镇山出现在舞台两侧的追光中。他们相向走至舞台中区，四目相对，迸射火花。

刘镇山　（心语旁白）没想到，栽到你这个快死的女人手里了！

杜　鹃　（心语旁白）你高看我了！是你低估了党和政府依法治国的决心！你栽到了党纪国法之手了！

刘镇山　放心！那些拿了我钱的人，不久就会救我出去，怕是你日子不会好过了！

杜　鹃　你也放心！谁胆敢无视法律，职位再高，权力再大，也必将受到法律的惩罚！

刑　警　（刑警上）走！（押刘镇山下）

【陡起的音乐声中，欢呼庆贺的群众涌上。杜鹃突然眩晕腿软，丽丽等急搀扶杜鹃一步步走向杜鹃花盛开的高地。（起伴唱）**黑坤等群众自动组成护卫的“之”字长廊，目视杜鹃走向岭上的杜鹃花丛。长廊的人越来越多，崔科、魏大爷、麦花和小聪……杜鹃等走到舞台后高处，回头向大家招手造型。**

（伴唱词）一棵棵山杜鹃，
一团团红火焰。
燃烧的是生命，
奉献的是诗篇。
啊山杜鹃，
你美了生活、美了春天！

（剧终）

【古装豫剧】

风流千古

编剧　李学庭

人物表

杜十娘
李　甲
孙　富
老　鸨
船　翁
渔　婆
春　玲
送信人
围观群众若干

第一场

时间　明万历年间。

地点　京都丽春院。

【开幕时舞台无光，起说唱艺人似的吟唱

啭歌喉　弄丝弦，

吟唱一曲警世言。

千年泣泪风尘女，

至今犹传在人间。

【吟唱在一声刺耳的瓷器碎裂声中，舞台中区灯亮，显出暴跳如雷的老鸨。

老　鸨　（气急败坏）杜十娘！谁不知道开妓院就是前门迎新后门送旧的生意！眼看一年有余，别说新客，旧主顾你也断个干净！好好一个丽春院，眼看就要停炊断火！我今天把话说到明处，看在你的面上，我答应他李甲十日之内拿五百两银子赎你从良。五百两啊！等于将你白送于他！够仁义了吧？怎么样？今天已是第十天，人不见人，钱不见钱，你就得给我下楼接客！春玲！

春　玲　妈妈……

老　鸨　你们都与我跪请十娘下楼接客！

【十娘楼上答道："我来了——"

【舞台灯光全亮，素衣素面的十娘出现在楼上。

十　娘　（唱）愁锁春楼泪迷眼，

一日犹如度百年。

承诺十日今到限，

李公子音讯竟杳然。

纵然是借不到银两也该回转，

似这样十娘心碎眼望穿。

忍慌乱乞求妈妈暂延缓，

李郎呀万莫负我误今天！

（下楼施礼）妈妈……（哭泣）

老　鸨　好闺女！你得体谅妈妈的苦衷！咱这一院子人，每天柴米油盐全靠客人给呀！他李甲不能这样占着娘的女儿，却不见银子！

十　娘　妈妈，当初李公子也是花费过大钱给妈妈的……

老　鸨　那是当初！如今他可全靠吃我女儿的软饭活命！你说你把一点积蓄全给了他，憨女儿你图个啥呀？他还有指望吗？你瞧瞧，这十天了，他连五百两银子都借不来，你还指望他啥呀！

十　娘　也许……李公子借了银子正往此处赶呢！

老　鸨　（冷笑）我的傻女儿呀！莫非你真的不明白？那李甲身为太学生，银钱光了！学业废了！他那布政使父亲鼻子都气歪了！早就断了他的接济！亲朋故旧也俱冷眼看他，他去哪里能借到银子？说句不好听话，不是女儿你接济他，说不定早饿死街头了！

十　娘　妈妈，你言重了！

老　鸨　好好好，咱不说他了。从今日起，女儿就挂牌应客。京城多少富家巨室等着见女儿呢！那杭州富商孙富，张口就是三百两的见面钱呀！人家可一直还在等着你吐口呢！

十　娘　妈妈，女儿给你挣的钱还少吗！

老　鸨　（突然发火）养你就是给老娘挣银子！答应李甲五百两赎你，白纸黑字咱立有字据。今天十日已到，春玲，知会前厅，接客！有请孙大官人！

十　娘　慢！妈妈，今天虽是第十天了，可此时尚在辰时……

老　鸨　什么？难道你要我等到子时、丑时吗？真是得寸进尺，蹬鼻子上脸！春玲，请孙大官人！

【春玲恭请孙富应声上。

孙　富　（唱）杜十娘艳名满京华，

几回梦里睹奇葩。

银钱铺就寻花径，

今日巫山醉流霞。

（白）孙富见过妈妈，十娘她应允了？

老　鸨　孙大官人，你可是要出三百两银子吗？

孙　富　只要十娘乐意陪我一度良宵，莫说是三百两，六百两我孙富也乐意奉送！

老　鸨　好！十娘！

【内：李甲公子到！

春　玲　妈妈，李甲公子来了！

【十娘，老鸨惊喜各异，翘望前厅。

【李甲内唱：十日奔波心力疲。

李　甲　（上）牵念十娘悬望急。

归来唯有好言语，

求妈妈开窗放出双飞翼。

十　娘　（急速迎上二人深情执手）公子！你总算回来了！

李　甲　十娘，我知你等得焦急！十娘你还好吗？

老　鸨　（上前隔开二人）嘿嘿嘿！先别光顾缠绵。李太学生，拿来吧！

李　甲　什么？

老　鸨　你装什么糊涂！银子！赎我闺女的五百两银子！

李　甲　啊……银子……

老　鸨　对，银子！有吗？

李　甲　　啊……有，有有。妈妈少待。（李甲转身取银）

十　娘　　（喜出望外）谢天谢地！

老　鸨　　（慌）他真借到了银子？

李　甲　　（交银子与老鸨）妈妈，这是银两……

老　鸨　　（急查看银子）这……这……这是多少银子？

李　甲　　三百五十两……

老　鸨　　（突变脸色）原来是三百五十两？

十　娘　　怎么三百五十两？

李　甲　　妈妈，剩余一百五十两，还望妈妈再宽限几日！

老　鸨　　你说得好听！

（唱）老娘开的是行院，

不是粥棚施舍饭。

五百两让赎人给足了面，

十天期限我放得宽上加宽。

白纸黑字咱契约在，

少一文过一刻就全免谈。

既然你五百两银子借不到，

李公子、太学生：

屎壳郎转粪球，

你就滚着玩吧！

十　娘　　妈妈！

（唱）妈妈莫说绝情言，

当体谅公子奔波借贷难。

求妈妈再宽两日限，

筹不来从良之事我永不谈。

老　鸨　　一天老娘也不等！来人！

【打手应声齐上。

把李公子请出去！

【众架起李甲。

十　娘　妈妈……你你……你不要欺人太甚！

老　鸨　是你们逼我太甚！把李甲轰了出去！

十　娘　慢！（从袖中抽出剪刀）妈妈，你若绝情赶走李公子，十娘即此毁容，永不见客！

李　甲　十娘！你千万不能呀！

老　鸨　丫头！你真要毁了你的花容月貌？

十　娘　没有了李公子，我活亦无望！

老　鸨　那……你就毁吧！算我白养你一场！

十　娘　李公子……十娘有负你了！（十娘执剪刀刺向面容）

李　甲　（大喊）十娘不可！

【孙富大喊上前。

孙　富　十娘不可，千万不可！

【春玲急上前夺过剪刀。

老　鸨　（撒泼哭闹）哎呀！我是不能活了呀！掏心掏肺养大的女儿，竟要老娘的命呀！

孙　富　老鸨！你险些逼死十娘，你还哭闹什么？不就是一百五十两银子吗？我孙富替李公子付了，拿去！

【掷银与老鸨。

李　甲　你……你是……

孙　富　李公子，咱虽未谋面，但都是大同乡。我姓孙名富，与令尊大人曾有交往！

李　甲　孙兄真是雪中送炭！救了我与十娘的性命，小弟这里深谢了！

孙　富　自家兄弟，何言称谢。老鸨，赎银清了吧？还有话吗？

老　鸨　（看银、慌乱）啊？你……你为李甲出银赎人？这……这不行！

孙　富　怎么？这银子有伪？

老　鸨　不是，五百两不过是句戏言！我女儿千两银子也赎不走的！为教习她琴棋书画、诗词歌赋，我花了多少银子呀！

十　娘　妈妈，白纸黑字可是立有契约！

孙　富　有契约在，反悔你也迟了！胆敢耍赖，你可知我与官府的关系，一封便信，就让你吃不清官司！公子、十娘咱们走吧！

李　甲　（纳头便拜）李甲谢过孙兄！

【老鸨坐地哭闹，李甲与孙富执手相庆，十娘拭泪走出行院。

【舞台其余灯暗，只有追光追着十娘。

第二场

【解放了的十娘，若梦若幻，似置身无边的芳草花丛之中。

十　娘　（唱）梦也醒也心乱乱，

悲也喜也泪涟涟；

生死仿佛一闪念，

苦海挣脱在瞬间！

啊……丽天蓝亮亮！

芳草地宽宽，

人是这样亲！

花是这样鲜，

从此后金雀脱笼展翅去，

追云逐月舞翩跹。

血泪屈辱成往事，
十娘唯有谢苍天！
筹银租得小宅院，
居家度日蜜样甜。
人间自由最为贵，
十娘今生再无憾。
这几日李郎欢喜歌不断，
我心更比李郎欢。
辛酸岁月长，
欢乐时光短，
转眼离院有月半，
岁序秋叶落阶前。
十娘未晤公婆面，
隐忧时现心不安。
京城不是久留地，
商量返里拜慈严。
李郎雇船快回转，
归心已似箭离弦。
十九载不堪回首噩梦远，
偕李郎千里放舟归故园。

【舞台灯光全亮。李甲与十娘的临时客舍。微醺的李甲进门。

李　甲　（唱）好梦圆归故园，
喜事比踵又接肩。
孙兄仁义深感念，
又送万里顺风船。
（白）十娘！十娘！又有好事了！

【十娘扶李甲坐下，递水给李甲。

十　娘　莫不是回江浙的船儿雇下了？

李　甲　不是雇下了，是自己送来了！

十　娘　怎么自己送来了？

李　甲　哈哈哈……娘子呀！

（唱）常言结义在相知，

好友不言知缺失。

孙年兄正有船舶苏杭去，

一路结伴好吟诗！

十　娘　孙老板有顺风船？

李　甲　孙兄正有京货贩往苏杭，不过要待下月才能成行。

十　娘　要待下月才能成行？

李　甲　娘子哪里知道，如今沿江运河多不平静！孙兄手眼通天，要从户部借官船一艘，以为卫护，我们正好搭个顺风船儿，太好了！太好了！

【李甲倚案，酒困入寐，十娘为其搭衣。

十　娘　（唱）见李郎酒困蒙眬人入睡，

睡梦里依然展笑眉。

这些日郎与孙富频聚会，

萍水谊骤然间手足情殷。

李郎坦直人诚信，

那孙富久历江湖城府深。

想当初访我遭拒结怨恨，

他为何不计前嫌反施恩。

商人视钱比命贵，

关键时却一反常态助赎银。

与李郎归故里将双亲拜认，
偏又有同行船援手再伸。
非是我心窄狭虑事过谨，
风尘中见多了口蜜蛇心。
生意人投入回报利计分寸，
他不会无缘故舍财施人。
细思忖　生疑云，
恩怨情仇皆有因。
不祈妄福是平安，
谨慎灾祸不临门。
与孙富万不可过分亲近，
十娘当把戒心存！
顺风船儿不能搭，
租船离京在明晨。

李　甲　（醒）啊，十娘！我刚才梦到咱一同回到家乡，家父与母亲正笑容满面向我们走来……这不正是好兆头吗？

十　娘　李郎，我知你是担心父母，不认我这个烟花出身的儿媳。心诚金石为开。李郎尽管放心，十娘自会让二老接纳我的。只是我想，天气越来越冷，京城不可多待。咱不要搭乘孙富的官船了，你我明日就起程离京，自雇船只返回家乡！

李　甲　不搭孙兄的船了？

十　娘　过多的叨扰人家终是不好。

李　甲　十娘，你可想过，这京城到杭州，雇只像样的船需资不菲啊！搭乘孙兄船只，岂不是两全其美，何乐而不为呢？

十　娘　雇只可容你我的小船，费不了多少银两。我是万万不愿再叨扰孙大官人了！

李　甲　我知道，他曾对你……如今毕竟此一时彼一时了！

十　娘　李郎，不能为搭船再耽月余……我这个儿媳至今还未拜见过公婆呢！你可知我心多么不安！

李　甲　好好好！此事就依娘子。可孙兄一片好心，让我如何回复呢？

【内声：孙大官人来访！孙富笑容满面上，李甲热情迎接。

孙　富　贤弟，十娘！

李　甲　哎哟，孙兄你怎么又来了？快快请坐！十娘快给孙兄奉茶！

【十娘端茶与孙富。

孙　富　过去想见十娘一面不易，今日十娘亲手与我捧茶，荣幸之至！贤弟，我特意来是告诉你，户部的船只十日内就可起程！

李　甲　十日就可起程？十娘，这可好了！

十　娘　孙大官人，我们已将船只租下了，明日就要动身。

孙　富　怎么你们已将船只租下了？贤弟你……

李　甲　这……我……

十　娘　是我让人去租的，租银已经交付。明日准时发船，孙兄多谢你的牵挂了。

孙　富　如此说来这个忙我是帮不上了？

李　甲　这……这实在有负孙兄深情！十娘不愿再在伤心的京城多待，再者先到杭州将十娘安置之后，我还要先期回到绍兴，求父母接纳我们，如此来来往往，要费不少时日，只想先行一步……

孙　富　好，恭敬不如从命！如此咱们只有杭州相见了？

李　甲　对，我们在杭州恭迎年兄大驾！

孙　富　一言为定！十娘，（不怀好意地）你可要在杭州等我呀？

十　娘　空费了你的好心！

孙　富　没有什么。来日方长，告辞了！

李　甲　多谢孙兄厚谊！（孙富下）

【舞台灯暗，追灯追着孙富。

孙　富　哼哼！十娘！十娘！我就不信世上有金钱办不到的事！

（唱）早慕十娘俊雅艳，

欲近娇容终无缘。

三百两粉资竟不见，

惹我妒火三丈三！

南北两京俱跑遍，

从没见哪个婊子不爱钱。

达官雅士皆搞掂，

不信你烟花女子能脱凡。

欲钓大鱼垂长线，

敢放香饵鱼上竿。

任你是只鲤鱼精，

终要为我桌上餐！

哈哈哈！

（追灯收光）

第三场

【描写江南山水的音乐起，全场灯亮。舞台山明水净，秋江如练，船家，鱼婆操舟歌舞上。

（二人唱和）

一日江行万里程，

送过南山迎北峰。

山清水碧画图里，
舟家四季好心情。
好心情，踏歌声，
一曲唱出万山应。
今夜船泊瓜洲岸，
数尾鲜鱼酒几盅。

【船家，鱼婆停船歇息，鱼婆忙搬过凳子，扶船家坐下。

鱼　婆　这一程赶得，我心疼死我的老帅哥了！快坐下歇歇。

船　家　（起身扶鱼婆坐）我的老美人，你这一程也没消停，你也坐下缓口气！

【二人畅怀欲笑，突然意识到会惊醒舱内的客人，忙止，鱼婆小心地往舱内看了看。

鱼　婆　这对年轻人真是恩爱得让人眼红！

船　家　老美人，你看他们像不像咱们年轻时候？

鱼　婆　拉倒吧！咱咋能和人家比？你看那女的，长得天仙一样！别说男人，连我都想多看几眼！

船　家　在我眼里，这世上最漂亮的还是我的老美人！

鱼　婆　快别瞎说了，你看女客要出来了，走，少时他们又该吟诗弹唱了，咱烧点小酒，煎几尾鱼备着。

船　家　我也要喝上几盅！

【二人相扶走向另一侧船舱。

【少顷，十娘抱着琵琶从舱内飘然而出，面对江山夕阳轮指开弹，情韵悠然。

十　娘　（唱）浅浅青山没夕阳，
队队凫雁隐河梁。
归帆棹影秋色远，

江枫渔火松露凉。
果然是江南风光别有样，
萧瑟景致胜春光。
人在画中情豪放，
夫唱妇随归故乡。
犹如鱼儿脱了网，
飞波跃浪向东洋。
一路上李郎吟诗我伴唱，
对月小酌话情肠。
窃喜此生未虚枉，
命运赐我多情郎。
从今后李郎读书求名望，
十娘殷勤侍茶汤。
孝公婆，遵礼让，
贤妯娌，守纲常。
悉心用意再把儿女养，
让李门书香传家万世长。
也知前程有风浪，
为爱何惧苦难尝。
事在人为心不妄，
真情春暖化冰霜。
十娘我诚心一颗全捧上，
定然会感天地，娱高堂，
逢凶化吉得吉祥，
迎来个春风化雨百花香！

【船家捧酒，鱼婆端茶上。

船　家　女客官，你的琵琶弹得真好呀！天上的鸟儿，江中的鱼儿怕都不飞不游了！真是“此曲只应天上有，人间哪得几回闻”呀！

十　娘　夸奖了。二老这是……

鱼　婆　你看天气要变，今晚就歇在这瓜洲渡口。我们捉了几尾鲜鱼，烫了壶酒，请相公和娘子驱驱风寒。

【说着二人将东西放置停当。

十　娘　这一路多亏了二老照应，十娘感激不尽！

鱼　婆　快别这么说，和你们在一起，我们两个也要变年轻了呢！

十　娘　一路上眼见二老相帮相扶，相敬相爱，真令十娘羡慕！听言语，渔伯是读过书的？

船　家　嘿！读过！

鱼　婆　他呀，原也是个公子哥呢！

船　家　家父做过一任县令。

十　娘　那你怎么？

船　家　这就说到缘分了。二十七年前，我乘船玩耍，不慎落到江中，九死一生之际，是她将我救到了她家的小船上！

鱼　婆　他父亲送来了五千两银子答谢于俺，我爹爹却全数奉还。结果他就来到俺船上，死活不回家了！赖着要跟俺摇船捕鱼。

船　家　我第一次见到不爱钱的主！况又有那么漂亮个渔家姑娘，舍不得呀！

十　娘　那你父母也应允了？

船　家　大发雷霆！骂我没出息，不要前程。啥是前程？人生一世，还不就是图个称心如意过日子吗？

鱼　婆　就这么在船上一待快三十年了！老帅哥，别叨叨了，你看公子出来了，咱们快走吧！（二人互搀互扶入另舱）

【李甲出舱。

李　甲　船停了？此处是什么地方呀？

十　娘　这里是瓜洲渡口。因要起风雪，今晚就歇在这里了。

李　甲　（望）啊！“京口瓜洲一水间，钟山只隔数重山。春风又绿江南岸，明月何时照我还”！

十　娘　这是王安石的诗句。李郎我看不如张祜的“潮落夜江斜月里，两三星火是瓜洲”，用笔洒脱空灵，诗景清美之至，宁静之至，且贴景入题。

李　甲　状眼前情景的，十娘还知道什么诗词吗？

十　娘　鲍溶的“泊扬子岸”也不错呀！

李　甲　可能道来？

十　娘　“才入维扬郡，乡关此路遥。林藏初过雨，风退欲归潮。江火明沙岸，云帆碍浦桥，客衣今日薄，寒气近来饶。”当然最当为佳句的还是张继的“月落乌啼霜满天，江枫渔火对愁眠”了！

李　甲　皆古今绝词。十娘才情过人！我李甲好福气也！哈哈哈……

十　娘　你看，正好船家煎了几尾小鱼，烫了壶酒呢！

李　甲　是吗？快快斟上！美人美酒，真如诗如画也！

（唱）寒江舟上饮佳酿，

醉倚多情美十娘。

人生快意应若此，

笑傲王侯且尽觞。

来来来十娘也斟上，

同心酒儿饮成双。

卿即是当年杨贵妃，

微醺酡颜我是明皇！

哈哈哈！

十　娘　公子难得如此高兴，（倒酒）十娘再敬一杯，诚表谢忱！

李　甲　诚表谢忱？是何意思？

十　娘　公子为赎十娘，奔走求人，受尽冷眼！大恩大德，十娘永铭肺腑！

李　甲　十娘言过了，说反了！想十娘乃京城百花之后，风流领袖！在我贫寒之时，衣食全靠十娘。当感恩者应当是我！来来来，李甲诚心敬娘子一杯！

十　娘　我当敬公子一杯！

李　甲　你我何必谦让，来来来，咱同饮一杯！

【二人饮酒，天上飘下雪花。

李　甲　十娘！

（唱）漫天素雪似琼瑶，

江山静寂鸟归巢。

十　娘　（唱）江南雪景果奇妙，

雪中时见茶花娇。

李　甲　（唱）你我泛舟广寒道，

牛女今夜度鹊桥。

十　娘　（唱）公子情致高雅调，

十娘琵琶奏逍遥（弹奏琵琶）。

李　甲　（唱）高雅调，

十　娘　（唱）奏逍遥。

合　（唱）此情此景难画描！

李　甲　（唱）人生难得一知己，

况又是花中极品女中佼。

十娘就是我至宝，

爱意不竭江滔滔！

十　娘　（唱）十娘今生运命好，

得与公子心相交。

公子犹如大鹏鸟，

十娘是大鹏翅上一羽毛。

李　甲　（唱）不不不！

十娘是我心上长的灵芝草，

从此后我要用晶晶血珠来灌浇。

十　娘　（唱）你我永相爱，

李　甲　（唱）与天同老。

十　娘　（唱）任江河枯，

李　甲　（唱）任山岳倒！

合　（唱）你我真情永不消！

【突然船只摇晃起来，船家急出，向着对面吆喊：

船　家　喂！大船上的朋友，不要靠得太近，我们的船儿小啊！

【远处船上走出来人搭话。

来　人　敢问船公，你船上可住着布政使李大人的公子，李甲少爷吗？

李　甲　（急迎上）我就是李甲，敢问先生是？

【孙富出。

孙　富　贤弟，是愚兄我呀！

李　甲　（惊喜异常）怎么是孙年兄！你怎么在这儿？！

孙　富　贤弟刚走，绍兴李伯父就差人送信到京，我怕误事，就匆匆提前上路。一路赶来，总算与贤弟相遇在瓜洲！

李　甲　家父差人送信到京？

孙　富　正是。请贤弟过船说话。

李　甲　（走到十娘身边）十娘，家父有书，我需过船去谈。

十　娘　既是父亲差人送信，定有要事相告，李郎当去一见。

李　甲　（对船家）船家，请将小船向大船靠拢。

船　家　好！来！

【船家撑小船向大船靠去，灯暗。

【追灯照着忧心忡忡的十娘。

十　娘　（唱）突闻绍兴差来人，
忽地隐忧涌上心。
孙富追赶报音信，
怕是风波要来临。
江风阵阵寒意紧，
茫茫雪片没山林。
今夜晚风雪瓜洲困，
莫非是暗含十娘命运悲？
罢罢罢，待李郎归来细询问，
但愿无事空担心。

第四场

【中场灯亮。孙富船上。孙富、李甲、来人相对而坐，李甲持信呆若木鸡。

来　人　公子，老爷与夫人闻你携妓回家，夫人气得一病不起！老爷更是雷霆万钧！信上写得明白，你若胆敢执意返回绍兴，就要乱棍将公子……打死……

孙　富　住口！布政大人信上写得明白，何用你再叨叨！退下！

来　人　是……（欲下又返回）公子，老奴斗胆求你，千万不敢带十娘回家，若不然……

孙　富　　退下！

来　人　　是！（退下）

孙　富　　贤弟，你也不要太过犯愁，办法总会有的。

李　甲　　孙兄哪里知道，家父历来一言九鼎，视誉如命！

孙　富　　那怎么办，你能舍了十娘吗？

李　甲　　不……我是万万舍不了十娘的！我与十娘风尘相识，真情相爱，患难相交，誓结生死！我若舍她，犹如挖了我的心啊！

孙　富　　是啊，既不能舍她，又不能返回绍兴，那贤弟作何打算呢？

李　甲　　只有暂居杭州，慢慢再作计议了！

孙　富　　那也非万全之策呀！我知贤弟早已囊中羞涩，许久以来全凭十娘些许私房积攒。到了杭州，一要租房，这二，开门七件事，件件需银子！一天三餐饭，一月三十天，一年十二个月，还有穿衣应酬，没银子是寸步难行的！总不能讨要借贷为生吧？

李　甲　　这……是呀！

孙　富　　不是为兄说你，贤弟在家居长，布政大人将李家光宗耀祖，承继门第的希望，皆寄托在贤弟身上。费了多少心血才送你太学读书？进了太学离功名就只一步之遥，你若今生就为一风尘知己，将父母的企盼，家族的荣誉，个人的前程毁于一旦，岂是智者所为？！

李　甲　　孙兄，我实在……进退失据了！

孙　富　　你是真的糊涂了！你是读书人，当知道“不矜细行，终累大德”的道理。生为男儿，丢了你名垂青史的大业，也害了十娘的一生！

李　甲　　什么？我怎是害了十娘的一生呢？

孙　富　　从此往后，你断了父母的接济，拿什么供养锦衣美食惯了的十娘？你既痴情爱她，却要让她过那吃了上顿没下顿的日子，不是害她是什么？！

李　甲　这……

孙　富　这件事情，贤弟要听愚兄我的！

（唱）贤弟当听愚兄劝，
为你且倾肺腑言。
父子天伦怎能断？
忤逆背亲世笑谈。
人生之路何其短，
无功无业何为男？
烟花女子一时艳，
转眼春尽花也残。
女子其实如衣冠，
舍旧才有新衣穿。
劝贤弟莫恋十娘绍兴返，
父慈子孝恩义全。
太学苦读鹏志展，
功名利禄享万年！
到那时天下美女任你选，
甚样的好梦不能圆？

李　甲　（唱）一席话听得我一身汗！
心起心落抉择难。
倘若把父子情义断，
恶名从此天下传。
舍了十娘把家返，
良心受责更不安！
往前走是沟坎，

往后退是深渊！

天爷呀，我我我……

如何才能保两全！（灯暗）

【十娘区灯亮。

十　娘　（唱）山寺钟声响夜半，

李郎仍未返小船。

是何事匆匆赶来把信转？

难驱隐忧在心间！

【灯暗。

【孙富区灯亮。

孙　富　（唱）莫犹豫，要了断，

甘蔗从无两头甜。

舍弃十娘太学返，

博取功名衣锦还！

李　甲　（唱）要了断，何以断，

与十娘知音情深命相连。

李甲真若将情变，

难欺鬼神与苍天！

退万步纵有心再将经史念，

重返太学无银钱！

孙　富　（唱）返太学我助贤弟银千两，

明年帮你夺魁元。

将十娘托与兄照看，

可保她美食锦衣享永年。（灯暗）

【十娘区灯亮。

十　娘　（唱）李郎啊天大事你快转来与十娘讲，

咱共商良策共承担。

孙富老谋又深算，

他的话万莫轻信要思周全！

【**灯暗**。

【**孙富区灯亮**。

李　甲　（唱）孙兄为我肝胆见，

李甲感激又为难。

孙　富　（唱）功名为重情为淡，

一步走错今生完。

李　甲　孙兄！

（唱）助银两我可太学返，

怕我也难夺魁元。

孙　富　（唱）我向与户部礼部有交往，

莫忘记尚书大人也爱钱。

只要愚兄打点到，

敢保你把锦袍穿！

李　甲　孙兄，你说的可是当真？

孙　富　吏部王大人与我兄弟相称，他不会不喜欢银子的！

李　甲　哎呀！没想到贤兄竟然手眼通天哪！

孙　富　这天下之事，钱通神灵，没有钱办不到的！怎样？将十娘托与我，贤弟能放心吗？

李　甲　十娘托与贤兄，自然是享不尽的荣华富贵！只是此事叫我如何向十娘开口说呢？

孙　富　哈哈哈……来来来，酒宴摆上。酒喝好了，贤弟自然知道如何开口了！（灯暗）

第五场

【十娘船舱内。十娘操琴，一曲《十面埋伏》惊心动魄。

【船家悄上。

船　家　夫人，你的琴音让人听了心慌。公子还没回来吗?

十　娘　公子至今还未归来，船家，我怕他酒喝多了，烦请大伯过船去接他回来可好?

船　家　好好好，我这就去！（边说边下）老婆子，快起来送我过船接公子！（从另一边下）

十　娘　（眺望夜空，心绪不安）

（唱）雪落夜暗千山静，

波涌江岸渔火明。

寂寞舟上夜半冷，

偶闻沙渚孤雁鸣。

雁声悲，人心惊，

不眠十娘心不宁。

李郎去赴不意请，

难料是吉还是凶。

孙富赶来把信送，

怕是要有风波生。

莫不是绍兴二老突患病?

还是为阻止十娘返里行?

莫不是孙富有意暗设梗，

巧用心计毒谋逞!

李郎啊天大事有咱二人顶，

真情在可解难千重。

十娘生死托付定，

李郎啊莫忘记咱的山海盟！

【船家渔婆扶醉了的李甲回船。

李　甲　十娘！十娘！我回来了……

【十娘急搀扶李甲坐下。

十　娘　李郎，你怎么醉成这样了？

渔　婆　真是酒是龟孙，谁喝谁晕，喝那么多干啥！

船　家　公子怕是酒逢知己千杯少呀。好了，二位客官歇息，我们去烧些热茶，甚时需要，吆喝一声就送过来了。

十　娘　请二老去歇息吧。

【船家、渔婆相互搀扶去另舱。

李　甲　（突然一把抓住十娘，捶胸顿足，泣不成声）十娘！我刚才听到你的琴音了，李甲好恨好恨呀！

十　娘　李郎，你恨着何来？

李　甲　十娘！

（唱）我一恨有辱父母命，

儿女情长误功名。

我二恨有负十娘情意重，

几欲害你为飘蓬。

我三恨如今有家归不得，

忤逆不孝断亲朋。

似我这不忠不孝不仁不义，

苟安偷生有何用！

真不如沉没江河化鱼虫。

【十娘惊愕，似知事情端倪，强制自己镇静下来。

十　娘　公子，你夜半归来，何出此言呢？

李　甲　（拿出书信）十娘，家父得知我即将携你返里，万分震怒，差人送来书信，我……我实不忍让你观看！

十　娘　还是让我看一看吧。

李　甲　也好，十娘看了，就知道我眼下的困境了！

【李甲交信于十娘，十娘看信，花容色变。

十　娘　公子！

李　甲　（讨好地）十娘，家父为人刚峻无情，向来言出必行……我……我……

十　娘　你作何打算呢？

李　甲　十娘，我……我实在张不开口！

十　娘　有话但说无妨……

李　甲　十娘！孙年兄急人危难，仗义疏财！有意助我千两纹银，让我重返太学读书，明年好求取功名，以遂男儿抱负！

十　娘　孙富果然仗义！他与你银两，总不会无有所求……

李　甲　他……他……要我、要我……

十　娘　要你如何？

李　甲　要我将你托付于他……十娘！孙兄金银无数，手眼通天，跟上他，十娘就是进了天堂……

十　娘　（由冷笑到狂笑到凄笑）哈哈哈……哈哈哈……

李　甲　（胆怯惊慌）十娘……实在是事出无奈……我……我……

十　娘　好！好！李公子，我真为你高兴！

李　甲　十娘，你真的为我高兴吗？

十　娘　真的高兴！这个孙富看似聪明，却做了这么大一个赔本的生意！李公子你赚大了！

李 甲　我赚大了？

十 娘　你五百两将我从丽春院赎出，这转手卖了一千两！不是赚大了？！

李 甲　那……那……十娘，其实……我舍不得你！你要不答应，我……我就……

十 娘　话已说透，我怎能不答应呢！

李 甲　（喜）十娘，你真的答应了？

十 娘　我十娘虽出身烟花，但懂得做人言必信、行必果的道理，不会做那言而无信的卑劣之事！

李 甲　谢天谢地谢过十娘！你实在通情达理！！这是又一次救了我李甲！好好好！我这就去告知孙兄！（急下）

十 娘　（欲阻，止步。绝望后的平静，泣血地自嘲）十娘啊十娘！这就是你以命相托的人吗！

（唱）夜风萧萧吹雪飘，
落花离枝没江潮。
潮打落花救不得，
一颗心儿葬江涛！
想哭、想笑、想喊、想叫，
恨不得一任怒骂泪号啕！
人都说十娘似花俏，
是花就该任折抛。
十娘是棵路边草，
踩踏由人难伸腰。
十娘是只笼中鸟，
拼断翅翼也难飞逃。
十娘就是砧上肉，

听凭庖厨巧用刀。
你真傻呀真好笑，
浑然梦中全不晓。
原以为君子多情终身靠，
殊不知小人君子一步遥。
原以为从良人生重再造，
殊不知这耻辱已成终身标！
明白了，梦醒了，
挣扎来去是徒劳。
说什么真情山岳永不倒，
说什么为情愿将生命抛，
说什么滴水之恩涌泉报，
说什么做人信义比天高。
好言动耳迷魂窍，
金玉包饰杀人刀。
看起来人生金钱是至宝，
可怜真情成无聊！
世间谁信真情在，
终被嘲弄自羞臊。

【取镜理容。

为什么生我美貌？
摆不脱蝶戏蜂绕！
穷人女就当卖笑，
却为何心比天高？

【取过琵琶戛然划过。

自小习琴音谙熟曲调，

却不识这世间人心险刁。
多留恋少儿时岁月美妙，
忘不了妈耳边教唱歌谣：

【传来儿歌，摇啊摇，摇到外婆桥，外婆说我是好宝宝……

好宝宝好宝宝，
妈妈怀里任撒娇。
春天里疯跑山坳，
夏日里采莲过桥。
秋天到摘瓜果遍山寻找，
到冬天扫片雪支箩捉雀。
人若能常童年该有多好，
为什么要长大化蛇变魈？
十二岁卖妓院朝夕卖笑，
七年辱七年悲刀刻斧雕！
绝望中遇李甲曙光一道，
憧憬中把幸福巧画巧描。
一颗心满腔情竟被卖掉！
空落个悲怜自悯人讽嘲。
此生追寻成绝调，
断琴折弦恨难消。
心明了，无想了，
眼前唯有路一条。
森森江水黑黑夜，
片片雪花天地飘。

【李甲叫着十娘引孙富上。

李　甲　　十娘，孙兄亲自过船来了！

孙　富　十娘！你果真答应跟孙某走了吗？

十　娘　孙大官人，怕是你错爱十娘了！

孙　富　哈哈哈……十娘，当记在京时节，孙某曾慕芳名，前去拜谒，三百两银子求不得一见！实不相瞒，那个时候孙某就下决心等待今天！

李　甲　当时十娘与小弟正身陷情海，所以……

十　娘　（冷笑）嘿……孙大官人。我知你为十娘费尽心机，不过你虽精明，可做了一件赔本生意！

孙　富　十娘错了！孙某做生意还从未失手。似十娘这般花容月貌的美人，就是人间一笔巨大的财富，难得的宝物！不是李贤弟割爱，我出再多的银子又如何能得？走走走，十娘随我过船去吧！

十　娘　此时过去万分不妥。都知我随李甲公子从良，悄没声又跟了你，不明不白过于草率。大官人既错爱十娘，就于明日在两船之间高搭彩桥，笙管鼓乐吹奏，十娘也好风风光光过船而去！

孙　富　好！十娘毕竟是见过场面之人，一切均依芳卿。我这就回去准备，明日辰时迎接十娘过船！

李　甲　我明日亲送十娘过去！

十　娘　不用。你接了孙富的银子，你我已无干系。

孙　富　对对对，贤弟你今晚已不能歇在这里，随我过船，帮我料理明日的喜事。

李　甲　孙兄先行一步，我还有一两句话要说。

孙　富　尽速过来！（孙富下）

李　甲　（满怀愧意，欲作解释）十娘……

十　娘　李大公子，你什么也无须再说，过船去吧！

李　甲　不是……我这心里着实有些不安……我……

十　娘　请作速离开！

李　甲　今晚就答应我留下一晚，我着实有许多话讲……

十　娘　（厉色）你马上与我离开！

【船家、渔婆一齐走上，推李甲出舱。

船　家　十娘让你走，你还赖在这里干什么！走！

李　甲　船家，你难道不想要船钱了吗？

渔　婆　你那钱肮脏！没见过世上还有你这种东西！

船　家　（齐声）滚！（李甲狼狈下）

渔　婆　（走到十娘身边）这真是“棺材前面看孝子”，这姓李的咋是这样个东西！

十　娘　（惨笑）妈妈，天不早了，打些水来，请妈妈帮我梳洗妆扮！

渔　婆　（不解）闺女，你真的？好好好！我这就打水帮闺女梳洗妆扮！（灯暗）

第六场

【乍然而起的唢呐声中舞台灯亮。舞台正中，从官船伸向小船的“彩桥”，花团锦簇。河岸上挤满了看热闹的人。孙富衣帽鲜亮站在前边，李甲陪在身旁。传出看热闹群众的议论：

“你知道吗！姓孙的花一千两银子买下这女人！”

“一个妓女值一千两？”

“这可是京城的第一美人！在北京连王公贵戚想见一面都不容易呢！”

“乖乖，咱今天可开眼了！”

“来啦！快看，出来了！”

【全场静寂，十娘内唱:“唢呐声声浪三叠。”

【十娘一身鲜艳的嫁衣，慢步走上彩桥。众人一片惊叹。

十　娘　（唱）唢呐声声浪三叠，
歌舞笙簧把十娘接。
江岸上围观的人们多欢悦，
全不知十娘肠断心滴血！
我一步一步向死穴！
十九年血泪屈辱过，
最不该生为女儿姿色绝。
这世道遍布豺狼蛇蝎虐，
逃不脱淫贼狗彘道道劫。
恨自己世事人情全不解，
为一个“情”字挽死结。
千两银李甲就把真情亵，
真不知他经史子集怎样学！
这世道人为金钱德不屑，
这世道人为金钱良心缺。
那孙富贪婪淫猥品性劣，
靠银钱他能把星月摘。
人情恶，世情薄，
善良怎能敌奸邪。
痴女真情如草芥，
噩梦醒来空自嗟。
落花流水春去也，
花随流水一身洁。
笑对风雨吹花谢，

十娘今日不悲切。
权将迎娶彩桥借，
临别把丑类的真面揭！

【李甲上桥走近十娘。

李　甲　十娘，你今天真是风华绝代、光彩照人！不是父母严词相逼，我……怎忍心舍你……！

十　娘　李公子不舍十娘，怎得千两白银？

孙　富　十娘啊十娘，你今日总算属于我孙富的了！自京城初次谋面遭拒，我为今日可谓用心良苦！

十　娘　出银帮李甲赎人，又日夜兼程追来送信，确也老谋深算，绍兴来人威逼，也是孙大官人策应的？

孙　富　十娘果然聪明过人。这一切全是为了得到你。什么也别说了，来来来，我引你过船！

十　娘　慢！孙大官人，十娘整整七年风尘岁月，还为自己积攒了一些彩礼，你们可愿看上一看？

孙　富　十娘，从今往后，人间富贵尽享，何用你准备彩礼！

李　甲　是呀是呀！

十　娘　二位且退下桥去，请妈妈将女儿那只箱子与我。

【孙、李退下彩桥，渔婆捧箱含泪送与十娘。

十　娘　（持箱在手）李甲、孙富，你们可知此箱的名字吗？

孙　富
李　甲　（摇头）不知。

十　娘　此箱名唤“百宝箱”！

众　“百宝箱”？

十　娘　**【打开箱子，取出一些珠宝，绮丽的光彩令众人惊讶。**

（唱）开宝箱拿出些翠玉明珰，

一件件堪称是罕世宝藏。

件件宝都有我血泪流淌，

血和泪绝不能去饲虎狼。

【十娘在众人惊讶声中将宝物示众后，顺手将宝物丢入江中，引出一片惊呼。

李　甲　十娘、十娘！那、那、那都是些无价珍宝啊！

孙　富　十娘！那些宝物，从今往后都是你我的共同财富了，你怎么……

十　娘　哈哈哈（又从箱中取出一些宝物，众人又是一片惊呼）

（唱）这一颗夜明珠诸位观赏，

如此大如此亮举世无双。

【十娘又欲丢入江中，惊得孙富、李甲腾地跪地求告。

李　甲　十娘、十娘，你千万不敢再丢了！有这么多宝物你咋不早说呢！悔死我也！

十　娘　可惜你悔得迟了！我原来打算将这些宝物献与我那未见面的公婆，求他们接纳十娘！

李　甲　会的！会的！有此宝物爹娘一定会接纳十娘的！

十　娘　是吗？可惜我十娘梦已醒了，不需要了！

【将夜明珠丢入江中。

孙　富　（跪地呼喊）十娘！十娘！我的亲娘呀！那颗夜明珠少说也值八千两呀！

十　娘　（唱）到今日十娘我心已明亮，

这真情与金钱如烈火冰霜。

情可生情可死不可赎卖转让，

人无情不成人乃猪狗豺狼！

李　甲　都是我错了！都是我错了呀！

孙　富　十娘，箱里还有什么？千万不敢再扔了呀！

十　娘　（唱）笑你们奉金钱至高无上，
靠金钱就以为万物能降。
十娘我视真情为人间绝唱，
犹如那育万物暖暖阳光。
为宝物你们今日体面不讲，
伪君子真小人面目昭彰。
笑尔等何曾知卑贱高尚，
看一看我出污泥莲洁兰芳。
这宝箱——

李　甲　给我吧，亲娘呀！你给我——

孙　富　给我，祖奶奶！亲奶奶！你给我吧！

十　娘　（唱）我要带上它广寒宫往——

【十娘一个转身，艳服脱去，突显一身缟素，冰清玉洁，似融入漫天飘飞的雪花之中。

众　十娘！

十　娘　（唱）借江水洗尽我屈辱满腔！

【持箱跳入江中！众惊呼十娘声中起惊天动地的合唱。

（合唱）啊——
江河呜咽，
山河痛殇！
芳魂悠悠千古唱，
引几多感慨！
几多敬仰！

【雪越下越大，舞台一片白茫茫。

（剧终）

【豫剧新编历史剧】

心在天山

编剧　李学庭

人物表

陈升恒	巴里坤绿营总兵
樊建基	巴里坤直隶厅同知
古　母	维族老夫人，古丽母亲
娜孜古丽	维族少女
多　智	绿营副将
黑鲁明	古母养子
花狼斯坦木	阿古柏派往巴城的拉伊斯
拜尔斯	巴城落魄伯克
陈　亮	绿营千总
张团总	

营民甲乙、民团、镇西百姓、受骗信众等

第一场

（伴唱）天苍苍，
野茫茫，
天山脚下古战场。
民族同心歌一曲，
驱寇卫疆浩气长。

【一弯残月在天山高处孤悬着。战火映衬下的巴里坤古城楼上，陈列着搏杀攻城匪徒的绿营清兵的各种造型。

【表现激战音乐的进行中，天幕上滚动并朗诵着如下字幕：

十八世纪中叶，中亚浩罕国匪首阿古柏，借内忧外患的清政府无力他顾之机，侵入新疆，煽惑极端民族宗教情绪，在残酷杀戮的基础上，建起了“伪哲德沙尔国”。同治四年至十二年，北疆南疆多城沦陷。阿寇先后数次对处于战略要冲的巴里坤发起了侵袭。

【炮火声隆隆，反击攻城匪徒的清兵造型在“杀！杀！”的呐喊声中，将爬上城的匪徒砍杀或逐下城去。膂力过人的千总陈亮更是以一当十，杀得匪众望风披靡！在遮天盖地的喊杀声中巴城军民逐匪奔下。

【灯大亮。在畅快的笑声中，总兵陈升恒带着满身战尘在亲兵护卫下，从城楼另一方走来；同时，同知樊建基高叫着“总兵大人”！从城下登上城楼。

樊建基　（激情难抑地）总兵大人，匪徒终于败了！

陈升恒　你瞧，他们逃得比兔子还快呀！

众　　哈哈哈哈哈……

陈升恒　（唱）三天三夜卫城战，
鲜血染红城头砖。
将士们生死度外豪情满，
烽火中北疆巴城独巍然。

樊建基　（唱）日夜血拼我目所见，
钦总兵躬冒矢石在阵前。
镇西城父老深感念，
将士们生命换得全城安。

陈升恒　（唱）兵勇健儿在前线，
胜敌赖有后方援。
匪众难将巴城犯，
皆因为咱同心志坚似天山。

樊建基　（唱）战乱频仍灾不断，
军需短供我憾无言。

陈升恒　（唱）巴里坤你我只要共肝胆，
就能无惧克时艰。
来来来同知与我一起站，
共迎咱逐敌将士凯歌还。

【千总陈亮率绿营和团勇士兵拥上。

众　　（齐施礼）大人！

陈升恒　（急上前扶起）免礼！众位将士真国之干城啊！

樊建基　国之干城！国之干城！我亲眼目睹总兵大人，临敌指挥从容镇定，千总率众以一当百，奋不顾身，真乃羽扇纶巾诸葛亮，英姿飒爽赵子龙也！

【众笑鼓掌。

陈升恒　过誉了！过誉了！诸位，巴城今日巍然于北疆，但毕竟是阿匪咽喉一骨鲠。此次遁去，难免重犯。陈千总带你营兄弟休整几日，若无战讯，还要将尚未完功之渠道早日竣工。

陈　亮　是！（对众）兄弟们，我们走吧！

樊建基　（挡）慢！总兵大人，在下还有话说呀！

（唱）兄弟们舍命守城尽忠忱，

全城百姓感大恩。

凯旋日该当畅怀饮，

樊某我要给英雄端几杯。

总兵大人，虽然近年灾歉频仍，但在众商绅襄助下，敝厅已备下了几坛薄酒，数十只羔羊，还排练了秦腔、“麦西莱普”就是歌舞，今日此时，镇西直隶厅代全城百姓，要慰抚满汉文武诸公！

众　（众闻讯皆难抑喜悦之情，齐将目光瞧向总兵）啊！

陈升恒　哈哈哈哈……是我们和衷共济，才可挽此危局。薄酒羔羊且免……

樊建基　大人！

陈升恒　一来今夜守城将士不可锐减，二者此役虽胜，悍匪未灭，留待全歼匪众之日，我们再举杯畅饮如何？

众　好！

陈升恒　不过，同知大人用心用意排练的节目，弟兄们想不想看呀？

众　想！（鼓掌）

樊建基　好！点起篝火，歌舞上来！

【维族音乐中，一队漂亮的维族少女，列队舞上，美丽的舞者，曼妙的舞姿，引得兵勇们瞪圆了眼睛，其中娜孜古丽格外亮眼。

樊建基　姑娘们，当邀英雄们共舞呀！

【姑娘热情相邀，勇士们虽跃跃欲试，不少人还是怯后。舞队中最漂亮的娜孜古丽在众人的呼声中，径直邀千总陈亮与其一同对舞，欢声雷动。

【舞台灯渐暗。追灯中总兵拉同知向一侧，歌舞声渐远渐失。

陈升恒 让年轻人玩去吧，你我还有大事商议。

樊建基 建基悉听大人训示。

陈升恒 老弟，巴城四围重镇大多沦陷，与迪道联络已被阻断，你我如今如孤悬一隅，肩上担子重啊！

（唱）望北疆大小城池多沦陷，
巴里坤犹如孤岛浪中悬。
连年来朝廷协饷俱已断，
满汉营全靠屯垦维三餐。
眼看着枪炮弹药剩一点，
再对敌唯有刀棒与空拳。
更担心歹徒借宗教将人心搅乱，
到时候内外危困时更艰。
对兵勇我慷慨激昂信心满，
你可知我是愁肠百结夜难眠。
老弟呀，
咱要为大军复疆留下立足点，
巴城虽小系全盘。
你我要肩起这千斤担，
舍性命也要撑起这片天。

樊建基 （唱）说时艰，道苦难，
直隶厅从未足额发饷钱。
无奈中加赋与派款，

又惧怕激变起波澜。

我明白眼前是黎明到来天最暗，

一切唯大人的马首瞻。

有一事正要禀告求示见，

巴里坤已有人暗中作祟想把恶浪掀。

【突然从歌舞处传来“啪”“啪”两声枪响，随之在一片“抓住他”的喊声中，舞台灯亮，副将多智匆忙跑上。

多　智　总兵大人！陈千总，他……他……被人捅了黑刀！

陈、樊　啊！陈千总他……

多　智　刀扎在千总心脏之处……已经……不行了！

陈升恒　啊！（几欲倒地樊建基急忙抱扶）

樊建基　凶手可曾抓住？

【众将绑缚的娜孜古丽和其母押上。

营兵甲　大人，就是这个维族女子在和千总跳舞时，千总被人捅了刀子！

百姓甲　（指古丽母亲）我认得，凶手是这个老人的儿子，这女子的哥哥，名叫黑鲁明，他们是一伙儿的！

多　智　（上前抓住古丽母）你女儿有意和千总共舞到无人处，让你儿子捅刀，你们早有图谋！

古　母　不……真主做证……不是这样的！不是这样的！

【几个营兵急上。

营兵乙　枪未打中，凶手逃跑了！

樊建基　城门俱已落锁，他跑不了，来人！

【民团众人上。

民　团　在！

樊建基　全城搜索凶手，将这母女押回厅内我要连夜审讯！

民　团　是！

陈升恒　（挣扎站起声微气弱）慢！同知大人，将这母女留给我来审讯吧！

樊建基　（略一思索）好！陈千总是我们的英雄，决不能轻饶了她们！

陈升恒　（喝声雷动）来！将他们带回绿营！

众　（火山齐喷）“喳！”

（切光）

第二场

【绿营总兵府的府厅，厅内显眼处摆放有挖渠垦地的坎土镘。

【副将多智搀扶总兵走进厅内坐下，为总兵倒上茶水，看见坎土镘，拿起其中一把大镘向门外走去。

陈升恒　放下！

多　智　大人，这把坎土镘，我拿去吧……

陈升恒　我让你放下！

【多智将坎土镘放回原处，见陈升恒摆手，伤神地退下。陈升恒怨愤难抑地拿起磨蚀半片的镘头，万分痛伤！

伴　唱　却敌庆凯歌正兴，
恨煞暗凶弑英雄。
强抑悲愤一腔痛，
追奸除贼慰英灵。

陈升恒　来人！将凶手从犯带上来！

内　声　喳！

【稍时，多智和一营兵将绑缚着的古丽母女押了进来。

陈升恒　去绑！

【多智和营兵将古丽母女去绑。

古　丽　（扑上拥抱母亲）妈妈！

【二人呼叫着哭出了声。

【陈升恒示意多智坐旁边桌上记录。

古　母　（拉着古丽向陈升恒跪了）大人啊！真主在上，我说的全是实话！我和女儿真不知黑鲁明什么时候来的，他怎么会对英雄捅了刀子……他就是野狼一样的性子，蛮牛一样的心眼子……他……

【古丽一直在掩面啼哭。

陈升恒　黑鲁明是你的儿子？

古　母　是……是在和田时，我在葡萄园子旁边捡的孤儿，那时他才两岁多……是个快死的狼羔子……

陈升恒　是谁策划的这次暗杀？你今天必须讲出实话，讲！

古　母　大人，安拉看着我们，我向真主发誓，真是什么也不知道呀！

（唱）求大人您将怒火按，
俺母女不敢讲谎言。
黑鲁明为何将这样愚蠢的事情干，
我也是百思难解谜一团。
俺全家对官府是感恩一片，
是你们给了俺乞讨母女活命田。
每当官兵一开战，
俺就祈求安拉保佑恩人将士早凯旋。
为了给英雄将士把歌舞演，
娜孜古丽从满城借来了这身好衣衫。
大人呀！
真不知这狼崽子失去理智把大错犯，
让他的妈妈妹妹把罪名担。

抓住他我也要问问为什么，

为什么恩将仇报坏了心肝。

陈升恒 此事你真的不知？

古　母 真的不知呀大人！安拉在看着，自开战这几日，黑鲁明也是每天都听从同知大人指挥，为守城将士运送饭食茶水。他回家还说他曾用石块打落了三个就要爬上城楼的匪徒。

陈升恒 你们不是巴里坤的老户民？

古　母 我们两年前才从和田逃出，来到了这里，官府给了我们二十亩垦田，才活了下来。

陈升恒 官府给了你们二十亩垦田？你可知道那二十亩垦田是谁一寸一尺垦出来的吗？

古　母 大人，是……

陈升恒 （拿起坎土镘）就是你们杀死的这个人和他的兄弟们，冒着戈壁风沙、严寒酷暑，在断饷缺粮之中，在守城杀敌之余，一天天、一月月、一年年垦出来的呀！

（唱）将士们背井离乡别双亲，

奉圣命荒漠边陲作垦军。

地穴窝棚安寝枕，

无人烟处扎下根。

冬日冰雪似刀刃，

冻残手脚疼骨髓。

夏日火浪地如焚，

黑压压蚊虫咬死人。

他们是垦民可战事频，

是军人却无饷银。

就这样边战边垦边垦边战将万苦忍，

才有这能耕能种能工能商能安居从业的巴里坤。
有了这太太平平一片土，
到此地你才可存身。
有了这兵勇开出方方田，
你全家才有地可种能饱温。
兵士们不求感恩将恩报，
怎么能恩将仇报杀恩人。
天理何存……

古　母　真主呀！我们真不知黑鲁明会这样做呀！

陈升恒　被你们杀死的陈千总，来疆五年，每战必率领兵士冲在最前。他已三天两夜坚守在城上最危难之处！你们再看他用过的这把坎土镘，这是全营最大的坎土镘，镘头都磨损了多半！（声泪俱下）我的亮千总啊！

多　智　（挥泪拍案而起）我要杀了你们！（陈升恒按多智坐下）

陈升恒　今天你们一定要讲出是谁策划此事，决不可为巴城安危埋下隐患！

多　智　说！

古　母　（无奈又痛苦）真主啊！我们真是什么也不知道呀！什么也不知道呀！

陈升恒　不讲恩义，不讲良心，杀人也要偿命！你们必须讲出实情，不要逼我用刑，讲！

古　丽　（一直抽泣无语，突然拭泪站起）总兵大人，我说！我告诉你们这件事情的真相！

古　母　古丽！你？你知道？

陈升恒　好！你说，你说！

古　丽　（唱）全因为双舞中我们一时动情拥了吻。

众 什么拥吻？

古　丽 是的！

（唱）由不得激情似火醉了魂，
对英雄我久已仰慕在心内。
更爱他战场杀敌似天神，
英雄他开始欲拒终不忍，
俺二人情到烈处天地焚。
黑暗中我们相抱倒在草地滚，
没想到黑鲁明刀刺千总血淋淋。

陈升恒 （唱）你你你编此谎话何人信？
千总他遵礼守义岂是那样的人？

古　母 古丽，你可不要胡说呀！

古　丽 （唱）妈也知哥哥曾把古丽追，
我早已当面拒绝坦心扉。
谁知他是只迷途的傻骆驼，
一直狂奔头不回。
今晚上事出突然全不备，
妒火让黑鲁明的心变黑。
大人呀，此事不能将英雄罪，
娜孜古丽爱慕英雄敢作为。
英雄为此丧了命，
古丽我甘愿抵命去追随。

【古丽与母亲相抱哭慰。

陈升恒 这……这……

（唱）原以为暗中肯定有大鬼，
却不料情性难羁铸成悲。

黑鲁明丧失理智实可恨，
可事涉千总规矩违。
亮呀亮你不该失分寸，
可仔细想来我心有亏。
他正值青春好年岁，
却随我抛亲别爱到边陲。
今日里两性相悦忘忌讳，
这也是人性使然情不违。
古丽的话我可以全然不采信，
可小女子痴情不掩坦心扉。
维族女情意实宝贵，
怎能诬她把罪名背。
凶手要问罪，
真情不可追。
将士要抚慰，
无辜当放归。
还要小心此事成议论，
让歹人借此把风波推。
我必须冷静而后慎以对，
切记大局卫边陲。
娜孜古丽，你讲的可全是实情？

古　丽　古丽面对安拉起誓，我讲的句句实言，英雄被害因我多情，甘愿为英雄赔命！

陈升恒　你所说之事，是否在场众人皆知？

古　丽　千总和我是舞至无人处才拥吻的，不知道黑鲁明一直在暗中盯着我们，才……才……（伤心掉泪）

陈升恒　　那黑鲁明会逃到何处？

古　丽　　这……大人，我也急于找到他呀！

古　母　　大人，他平日只知干活，话就很少，也没有朋友，真不知他会逃到何处。

【营兵甲进厅，将一信交陈升恒后退下，陈阅信。

陈升恒　　今日所说，诸位切不可对外言讲，免被歹人借此再生是非。你们一定要记下！

众　　记下了！

陈升恒　　多智，你现在送她母女回去，带上一袋粮食。

多　智　　大人，送她们回去？这……

陈升恒　　去吧，她们也是无辜！

古　母　　大人，我们……

古　丽　　大人，让我再去看看英雄吧！我还不知英雄的名字，就……

陈升恒　　（含泪倾诉）他姓陈名亮，二十八岁，去年今日升任千总。久处边陲五载，他……他至今还是孑然一身！难得姑娘对我边关将士尚有此情意，来来来！我就陪你去送送他吧！

【音乐起切光。

第三场

【同知府。

【同知樊建基一身临阵打扮，在急急地待人。团练目张团总匆上。

张团总　　禀大人，遵命全体团练俱已集齐。

樊建基 好！时刻待命；总兵大人到后，咱们再一齐出动。（内声：总兵陈大人到！）

【樊建基慌忙迎出，向已进门的陈升恒施礼迎接。

樊建基 建基迎迟，望大人见谅。

陈升恒 （一把拉住樊，携手入堂）老弟不必多礼！（说着入座，樊恭立在侧）

陈升恒 书函我已看了，你们查到黑鲁明去向，太好了！看来那母女虽是凶手家人，但对行凶之事实不晓知，不是同谋，已经放了。

樊建基 大人怎么将她们放了？

陈升恒 我们要抓的是凶手，不可株连家人！黑鲁明现在何处？

樊建基 （奉茶）大人且用茶，待在下详细禀告。那日在城上，本就要向总兵大人禀告，谁知千总遇害，事出突然未及讲出，大人！

（唱）阿古柏匪徒把镇西侵，
城里边已混进策应之人。
此人叫花狼斯坦木，
身披着阿訇外衣欺骗教民。
他联络了伯克后裔拜尔斯，
要组建穆斯林的圣战军。
斯坦木靠宗教与吹嘘把人愚昧，
已纠合大约两百余人。
黑鲁明捅杀千总后，
逃在那里躲被擒。
咱正好打他一个歼灭战，
将尔等一个不留斩草除根。

陈升恒 你说阿古柏奸细以阿訇之名已经和拜尔斯伯克联手？

樊建基 这个拜尔斯的父母是咸丰爷时任命的伯克，到了拜尔斯虽说世袭了名号，可并无经朝廷确认。这个花狼斯坦木吹嘘夺取镇西之后，任他为巴里坤帕夏，就是王爷。他们已纠合了一二百个危乱分子，此次定要一网打尽。

陈升恒 二百余人？

樊建基 这些危乱分子，多是无产无业街头混混；一些有田有产者，因战乱与灾害，经营不善已属穷极之人；少数是一些怀有野心图谋不轨者。这些人甘于冒险，皆冀一步登天，一日飞腾。花狼斯坦木正好给了他们一个镜中烧饼！只是一时还没找到他们麇集之处，就是请绿营兄弟帮我们一起寻找。

陈升恒 如若找到，大人打算如何处置？

樊建基 全歼！非施以雷霆手段，不足以震撼那些已在跃跃欲试者！也会给巴城留下隐患！

【**陈升恒无语踱步。**

樊建基 大人，我们正好挟守城获胜之威，借征办杀人凶手之机，除西城危乱之患，建百姓安定之功！千载一逢的良机呀！我团练只有百余人，求总兵再调三百绿营将士，侦到他们的藏身之处，定让他们一个难逃！

陈升恒 同知大人，我思来想去，这个隐患要除，可灭绝之策不可取呀！

樊建基 大人，怎么不可取？

陈升恒 同知老弟！

（唱）圣人言上善之道在攻心，
得人心得天下其理至真。
看全疆连年战乱民生艰困，
处处是流血杀戮人人惊魂。
镇西城今日能人心尚稳，
皆因为历任官员不忘爱民。

主政者百姓称咱为父母，
为父母怜子女要真情相亲。
爱民是为政者圭臬根本，
万不可情急失措施暴弃仁。
斯坦木靠谎言要把水搅浑，
咱就要针锋相对釜底抽薪。
穷急者一旦帮他解了急困，
谁还会为他们去把命拼。
无业者若帮他或商或垦，
有盼头人就会把正道奔。
受骗者一旦明了善恶真伪，
有几个会甘愿投火自焚。
阿古柏杀人杀得人心丧尽，
灭亡日也就在今晚明晨。
咱与他打一场争夺人心之战阵，
定燃起腾天烈焰烧送瘟神。

樊建基 夺取人心之战阵？大人，你以为卑职剿灭那些丧心病狂的所谓“圣战军”会失去人心吗？

陈升恒 非也非也！能争取者当要争取，当杀者自然要杀！

樊建基 大人，不知如何甄别何人该杀，何人不该杀？

陈升恒 真正有野心图谋者，只为少数，大多百姓，虽一时被蛊惑，终究会明白的。

樊建基 哈哈哈……大人从守城之战下来没有几日，当清楚记得，那些被阿古柏灌了迷魂药的匪徒，明知攻城会死，却前仆后继累累毙命在枪炮之下。宗教的力量不可低估呀！

陈升恒 战场之上自当别论。我说的是镇西拜尔斯纠合之人。同知老弟，且记杀戮乃致祸之道，我们当仁义在前，而后言诛。

樊建基 如此说来，大人连那暗中刺杀千总的凶手也放过吗？

陈升恒 凶手嘛！他若认错，也可不杀！

樊建基 什么！恕卑职冒犯，大人，你过于仁慈了！

（唱）烈马虽烈犹可驯，

虎狼本性要伤人。

危机四伏时不稳，

切不可谬言圣贤妄施仁。

当杀就杀把妖氛镇，

莫等铸错悔恨深。

大人，我实在没有想到，连那杀死英雄千总的凶手你竟然也有意放过！你不怕寒了绿营将士的心吗？！

陈升恒 （半日无语）同知兄弟，你可知那被杀的千总是谁吗？

樊建基 他是战功累累的绿营千总！是镇西百姓心中敬仰的英雄！

陈升恒 他姓陈名亮。是我陈升恒的亲侄儿呀！

樊建基 （惊愣）什么？！是大人的亲侄儿？

陈升恒 兄长嫂嫂早丧，亮儿十六岁就跟上我，从关内到镇西，十余年来，屡立垦功战功，去年才升任千总。我平日对他管束颇严，全营兵士无人知他和我的这层亲情！他是我陈门之望呀！谁知……老弟呀老弟！你以为我不痛心！不心疼吗？不想生吞那杀人的凶手吗！

【音乐激昂，樊建基深受震撼。

樊建基 大人！建基没有想到……你要节哀呀大人！

陈升恒 我不节哀又能如何？如此多事之秋，职任艰危之地！一着不慎，步步艰难！你想过吗，这二百余人谁没有家口亲人，加一起又是多少人？一旦杀之，巴里坤就会全城震动，人心惶惶，必酿更大祸患！同知老弟，你我因此必需事事谨慎呀！

樊建基 大人，樊某若不是胸腔里还有一颗忠心，说句愧对祖宗的话，我早已弃官回家了！

陈升恒 万万不可！如今南北捻匪已靖，陕甘战事也获全胜，朝廷绝不会让那几个觊觎我新疆的国家还有这个浩罕小丑得逞！新疆乃我华夏国土，一尺一寸也不能丢失。生当作人杰，死亦为鬼雄！同知老弟，你我虽临险境，可这也是历史赐给你我报效国家、建功立业的机遇呀！

樊建基 大人，建基听大人的就是了。

陈升恒 千万牢记，守卫巴里坤的是人心！受花狼斯坦木蛊惑的大多是一些头脑简单的可怜人，这些人做事不计后果，简单地活着，也不惜简单地死去，最易受人蒙骗。我已想好了！

（唱）给他们种子给他们田，
让他们生计有望心不寒。
他们是大清怀中的好子民，
让他们享爱的阳光与甘甜。

樊建基 （唱）这确是美美的画一卷，
可咱手无分文哪来钱。

陈升恒 （唱）戍垦田拿出一些做民屯，
租种者三年免租无杂摊。
还要派出耕牛帮犁种，
赈粮种子全承担。
不瞒老弟讲实话，
我绿营屯粮足可食三年。

樊建基 （唱）怪不得士骄马腾又能战，
大人你早有运筹气如山。

看起来这场夺心战，
胜负大人早定盘。

陈升恒　此绝非权宜之策。民能丰衣足食，自可太平安稳。贤弟，我知道你也很难，今日起你厅衙属下口粮，本营接济一半。为的不可再对商户摊派加赋。如今生意难做，他们能稳定商市，对人心稳定就大有作用。另外，我早已加修一条长渠，要为西城一些靠天收的户民送上渠水。家有隔夜之粮，许多人就不会铤而走险。你我切记，轻徭薄赋，鼓励农耕，兴办县学，以敦教化，这才是比杀戮强百倍的大事呀！

樊建基　大人所言，卑职记下了！只是那斯坦木、拜尔斯……

陈升恒　当然不能任由他们胡为！善待严防，都要紧抓。我立派十名营兵，归你调遣，一定要弄清他们集聚之地和一切动向，视情势再定决策！

【团总上。

团　总　大人，何时出发？

樊建基　现在出发，一些人继续侦探匪众藏身之地，一部分人随我马上去修渠垦田，减负赈灾，安抚灾民！

团　总　减负赈灾，安抚灾民？

陈、樊　（相视而笑）是啊！哈哈哈……

第四场

【落魄伯克拜尔斯居住的一个神秘所在，大白天门窗紧闭，加上墙壁上看不清楚的壁画，给人以阴森恐怖之感。两个打手

似的人带惊悸且敌视的黑鲁明上。

打手甲　（弯腰低首，压着声音）伯克大人，他来了！

【故作高贵的拜尔斯从内室走出，他左右审视了一遍黑鲁明。

拜尔斯　瞧你这马瘦毛长的样子，你能杀了那个千总？

【黑鲁明不满地瞪了拜尔斯一眼，无语。

打手甲　大人，那个千总，确实是他杀的，官府四处张贴告示捉拿他呢！

【“好！”随着一声好，花狼斯坦木在两个维族少女护持下上。

斯坦木　好！真是我们穆斯林的英雄！一定是圣人穆罕默德赐给你了智慧和力量！我一眼就看出来了。巴浪子，你是一只让佛教徒丧魂落魄的雄狮啊！

拜尔斯　黑鲁明睁大眼睛，站在你面前的是安拉派来的斯坦木阿訇！还不快快跪下磕头！（两打手和黑鲁明匍匐在地）

斯坦木　（唱）艾米尔阿古柏是伟大的圣裔，

他高举着穆斯林神圣之旗。

我们要杀尽全部佛教徒，

要夺回我们的财产家园和土地。

穆斯林雄狮般的英雄们，

举起你们的刀剑投入圣战吧。

牛羊、草地、珠宝、美女，

一切的一切都属于你。

【拜尔斯和打手们疯狂地拍手欢呼，黑鲁明依然冷峻无语。

拜尔斯　黑鲁明，你是天山的冰块吗？怎么一句话也不说呢？大人还是哲德沙尔国王派来的具有至高无上权力的“拉伊斯”！

斯坦木　你懂什么！（呵斥拜尔斯）他是一头所向无敌的雄狮！你见过狮子说话吗？他有的只是呐喊和行动。（走到黑鲁明身边）英雄，你用锋利的刀剑和异教徒的鲜血，证明了你是安拉的好儿子！浅水藏不住蛟龙，小丘容不下猛虎，圣战军就是你展示本领的战场！（转身对拜尔斯说）我未来的巴里坤统治者拜尔斯伯克，我决定任命英雄黑鲁明为圣战军第一领队大臣，大人没异议吧？

拜尔斯　好！英雄自当担此重任！

斯坦木　来人，给英雄授勋！

【两位维族少女捧出托盘，斯坦木将上边的金边红绶带，斜披在黑鲁明身上，同时取下一把短快枪。

斯坦木　这是一把英吉利人做得最好的快枪，英雄！拿上它，率领着我无敌的穆斯林勇士，向我们共同的敌人开枪吧！

拜尔斯　你们知道吗，我们无上英明的艾米尔阿古柏，即将再次发起夺取巴里坤的战斗，我们要大力配合，里应外合，巴里坤满汉两城马上就是我们的了！到时，你们都是最大的功臣。金钱、美女、鲜花都将属于你们！要过上天堂一般的日子了！

斯坦木　全疆都已经是我们的了，小小巴里坤，圣王大军一到，他们还能顶得住吗？为了我们最后的胜利，你们要：

（唱）积极联络穆斯林，
扩大我们的圣战军。
你们要敢于杀敢于拼，
让鲜血和白骨吓破敌人魂。
待到胜利那一天，
英雄们，
你们都是哲德沙尔圣王的大功臣。

【在几个人疯狂的杀声中切光。

第五场

【巴里坤山下，一片开阔的垦田区。天山松树，杨树，沿山绕田，在蓝天之下，风光无限。时深秋，秋庄稼已收，冬播将开始时。舞台右侧前区两棵杨树之下，是两间可以栖身的泥土垒建的简易平房；树枝栅栏，框出了一方小院落。

伴　唱　天山上有清澈的水，
亲人修出宽大的渠。
渠水浇灌上我的地，
明年就结出金色的米。

【具有维族韵味的歌声中，拿着坎土镘和背着种子的几个民族农民，高高兴兴从小平房后边的田垄上走过。

【多智和绿营兵提一大陶罐水和拿着坎土镘的古丽母女从平房后来到小院门前。

多　智　老人家，该干的活都干了，我们还有别的事情，就不往你院里去了。

古　母　（一把拉住多智）大人！我儿子犯了罪！你们胸怀却像草原一样开阔！渠水引到了我们的田里，又帮助我们种下了明年收获的种子！我们没有奶茶，给大人烧碗热茶，总还是应该的呀！

古　丽　大人，你们就……（双手往院里请）

多　智　不了！只要你们能帮我们早日抓到那个杀害了我们陈千总的凶手，就算你们有良心了。（回首对兵丁）走！

【古丽母女失落又难过地望着多智走去，母女拭去泪水，抬着水罐进了院里。母亲无力地坐在了院子的土凳上，古丽放好

了工具，提水进了她母女住的那间平房内。

古　母　（唱）一阵难过一阵恨，
一团风暴一团云。
黑鲁明一逃无音信，
却让我，
难说难讲难做人。

【娜孜古丽端一碗水给娘，难过得倚在娘的身边。

古　母　（唱）古丽呀，
仔细想这全是你带来的厄运。
花儿香就招来蜂叮蝶侵，
在和田阿古柏就要选你为妃。
你不从屠刀下大祸降临，
黑鲁明冒死带咱逃出危困。
一路上九死一生几次断魂，
黑鲁明像匹骆驼力气拼尽。
咱才来到巴里坤安家栖身，
学种田他干着学着还算不笨。
这两年咱才能免受饥馑，
他爱你那全是真情难禁。
你偏偏不答应铁石之心，
最不该一时冲动与千总相吻。
害得他头脑发昏成了罪人，
这件事官府若将咱监押问罪。
娘如今也不会如此疚深，
你看看，现如今。
水渠引进田，

帮耕又帮耘。
咱把人家害，
还把咱当亲人。
做人最怕心有愧，
怎能以仇报大恩。
任凭他黑鲁明逃到天边去，
古丽呀！
咱也该入地三尺去把他找寻，
咱得把他找回来，交给总兵大人处置！走！

古　丽　妈妈——
（唱）妈妈呀你想的你讲的道理不顺，
我纵有错哥哥也不该杀人。
自懂事哥哥妹妹自然亲近，
怎么能做夫妻我直觉乱伦。
娜孜古丽我所爱心有标准，
不是骆驼是骏马驰骋绝尘。
那一天守城战把我吸引，
亲眼见陈千总叱咤风云。
炮火中他胆豪无畏出入战阵，
面强敌如猛虎驱灭羊群。
起舞时我有意邀他双舞成对，
陈千总一见我也情意殷殷。
情浓处俺二人急切拥吻，
黑鲁明一刀夺去我敬慕的男神。
坟墓前我为英雄深深地一跪，
妈妈呀你知道吗？

坟墓中也埋去了你女儿的心。

古　母　虽说妈妈捡来养大了黑鲁明，可没有他，咱能逃出阿古柏的魔掌吗？能在巴里坤活下来吗？你就不念他一点好吗？

古　丽　哥哥自小保护我，对我好，我娜孜古丽怎么会忘呢？可他是我哥哥！我不知道什么生的捡的，他就是和我一个母亲一个爸爸的亲哥哥，怎么能变成我的新郎呢！对，妈妈，今天田里播下种子休息时，我听多智大人和那个领着修渠的人说："黑鲁明在一个伊斯兰的什么军，还当了官呢！"

古　母　伊斯兰的什么军？是不是拜尔斯伯克找来的那些人？哎呀，我也听说伯克好像要闹事！这个黑鲁明真的要跟官府作对吗？不可，咱得去把他找回来！

古　丽　找回来让总兵大人杀他吗？

古　母　他已经错一次了，不能再有第二次！官府待咱们这么好！咱错了，就该认错。杀不杀的，就听总兵大人的。大人是个胸襟宽大充满阳光和爱心的人！走，咱去求伯克把黑鲁明交还给咱。

古　丽　也好，伯克不给咱也要见见我哥，告诉他该怎么做！

【就在古丽母女要出门时，小平房另一面的门突然打开，走出了黑鲁明。

古　母　（惊回首）黑鲁明！

古　丽　哥哥！

【黑鲁明抢步跪倒在古母面前，头在地下磕着。

古　母　（忙扶起了额上已浸血的黑鲁明）儿子！你什么时候回来的？妈妈怎么一点儿也不知道？

古　丽　哥哥，你回来就对了！总兵大人不仅没去抓你，还把渠水引到咱家田里，帮咱播下了明年的种子！你去自首，大人也可能不会杀你。

【黑鲁明一个劲儿摇头拒绝。

古　母　为什么？你怕死吗？

【黑鲁明依然摇头。

古　母　你心里都想些什么呀孩子？千万不要跟着拜尔斯伯克和官府作对，伯克是想夺回他失去的权势，他是借穆罕默德让你们去干傻事呀！

【一阵热烈的话语声传来，黑鲁明警觉地要躲进小屋，古母一把拉住他。

古　母　儿子呀！你随妈妈去见总兵大人吧！

古　丽　妈妈，好像就是总兵大人从渠首过来了！

【黑鲁明一把挣脱，跑进他的小屋闭上了门。

【古丽和古母二人相望，眼神交换着各自的心意，古丽跑进她和母亲的小屋，拿出了一把大锁，古母接过，将黑鲁明的小屋牢牢锁了起来。

【陈升恒和多智等持坎土镘走上，陈升恒登上渠坝，看着眼前的风光，百感交集。

陈升恒　（唱）纵目天山画图里，

痛心山河多疮痍。

何日一扫妖气净，

遍地桑麻听牧笛。

（走下渠坝）

多将军，这次西支渠贯通，又可多浇数万亩垦田。这些受益的户民明年就可有个好收成了！

多　智　那些得益户民无不感恩戴德！近日又从哈密、伊吾逃来了六十余户种田人，他们的庄稼被阿古柏匪徒抢收了，要来西城租种咱的垦田呢！

陈升恒 都是落难亲人，一定好好安置。

多　智 是，大人，昨日同知大人派张团总来说，因给商户减了赋税，众商户要给同知大人送匾，同知大人说是总兵大人周济直隶厅口粮，税才减免。因此要他们把匾送给总兵大人，请大人定个时辰。

陈升恒 粮食是绿营兄弟种的，给我送什么匾？告诉同知大人，从陕甘窜疆的白彦虎，已经投靠了阿古柏，声言要拿下巴里坤！这个败类！背宗忘祖，穷凶极恶，要团练随时关注叛匪动向！那些华而不实的东西，全免了吧！钱要用在刀刃上！

【娜孜古丽出门迎陈升恒。

古　丽 （施礼）总兵大人！

陈升恒 噢，到娜孜古丽家门口了。古丽你家的田不是全种上了吗？

古　丽 多谢总兵大人派多大人帮俺！

陈升恒 这黑鲁明逃跑了，你们母女种不了地。多将军，帮人帮到底，古丽家的活你要安排人能帮就帮。好了，咱们一块再到那边看看吧。

古　丽 （拦）总兵大人！我……（示意要大家到她家院子去）

陈升恒 还有事吗？

【古丽上前耳语。

陈升恒 噢？！（回头对多智）大家随我来！

【众人进院，古母示意人在西边小屋内多指挥人把守在门两侧；众人做好准备，古母拿钥匙开了屋门。

古　母 黑鲁明，原谅妈妈和妹妹吧！你不能在错误的路上继续走下去了！出来向总兵大人自首吧！

【室内无语。

陈升恒 黑鲁明，听说那个花狼斯坦木给你封了个领队大臣？哈哈哈……他们这是死到临头要让你去当炮灰！你之前杀了陈千总，虽有大罪，但毕竟事出有因，你若真诚认罪，留你性命尚还有望，出来吧！

【室内依旧死寂无声。陈升恒一挥手，几个营兵持枪冲入小屋。古母暗暗拭泪，营兵复出小屋。

营兵甲　总兵大人，凶手从后墙小窗早逃走了！

众　啊？

古丽母女　怎么会？

营兵乙　（将一张纸交给总兵大人）屋内案上搜到的。

陈升恒　（接过细细看后，转身对古丽母女）人没抓到，可你们的心意我们领了。黑鲁明留下这个，看来是听了你们的劝告。多将军！

多　智　在！

陈升恒　黑鲁明留下了有关拜尔斯、斯坦木集结地的信息，速速送给樊大人！

多　智　是！（接信速下）

陈升恒　谢过你们！告辞了！

【随陈升恒退下，古丽母女，还不明白所以然，悲伤地拥抱在一起。

（切光）

第六场

【舞台上中心区是斯坦木，纠集匪众地方，景同四场。

【开幕时追灯中，陈升恒、樊建基和多智，张团总悄在另一方

隐蔽处出现。

多　智　（向总兵禀告）大人，我们已将此处团团围住，一只老鼠也难逃出去！

樊建基　这次定要斩草除根，一网打尽，不留后患！

张团总　前后门火力均已布好，前门我团练进攻，后门绿营将士把守。他们如若躲藏不出，两发炮射保证无一生还。

多　智　炮位已安放妥当，定会一炮中的！

樊建基　好，就听总兵大人一声令下了！

陈升恒　你们弄清里面有多少人吗？

张团总　这两天的来人我们都一一记下，总共五十六人。

陈升恒　不是说他们有二百余众吗？

张团总　不知为何，大多没来！

陈升恒　（兴奋）好！好啊！（对樊建基）这足以说明我们这一时期轻徭薄赋，鼓励农商已经大大见效！不管何种民族，何种信仰，期盼的都是太平盛世，安居乐业。因此，樊大人，咱要关爱每个子民，尤其是犯了错的，能拉就要伸手再拉他们一把！

樊建基　再拉他们一把？

陈升恒　对！再拉他们一把！

（唱）别忘了百姓呼咱父母官，

为父母谁不将儿女疼怜。

儿女犯错父母过，

不教而诛违圣贤。

生死关头要拉一把，

绝不能看着他们蹈深渊。

咱要当众揭穿花狼斯坦木的嘴脸，让大伙看清他的狼子野心！

樊建基　大人，你要如何告知？

陈升恒　面见那些受蒙骗之人！让他们迷途知返！

樊建基　（压着火）什么？大人！面对手持凶器的宗教极端分子，恕在下不敬！你想以口舌服膺群贼？分明是异想天开！如今白彦虎匪众已越过天山，不日就兵临巴城，我们必须除此内患，万不可再有悲悯之心！

多　智　大人，樊大人话虽不恭，但说得在理，宗教狂热会使一些人丧失理智，你万不可冒险进入狼穴。

陈升恒　怕什么？五百余人已将此团团围起，他们有点脑子也会明白眼下他们的生死在我们手上。应该是他们怕我们，多将军，你与我同往！

樊、张　大人，万万不可呀！（跪下乞求）

陈升恒　别忘了，那是五十多条生命！有险也当一闯，走！

【昂首而下，多智随下。

樊建基　严密警备，随时准备动手！

【追光灭，中区升光。两个维族侍女陪伴着一身武装的斯坦木正在主持萨满祈神仪式。一巫人将火中牛骨取出，呈给斯坦木。

斯坦木　（看）好啊！安拉告诉我们这次要获全胜了！

【拜尔斯匆上。

拜尔斯　尊敬的拉伊斯斯坦木大人……不……不好了呀！

斯坦木　（示意萨满等下）慌什么！说！

拜尔斯　（唱）时间已到这时辰，

圣战军前来报到没几人。

斯坦木　多少人？

拜尔斯　四十……五十……反正没有一百人。

斯坦木　什么？

（唱）定是你没有传到信，
关键时你怎么掉以轻心。

拜尔斯　（唱）三天前每个人都已送去信，
是官家搞阴谋釜底抽薪，
商家他们减赋税，
给户民送去种子和渠水，
都是些心地不诚实的贪利鬼，
哪里是圣洁伟大的穆斯林！

拜尔斯　（唱）四十人……五十人……
好！
淘去沙石全是金，
五十个勇士五十只虎，
只虎能抵狼一群。

今天要将武器发给勇士们了！我们的领队大臣呢？带领你的勇士们都进来吧！

【黑鲁明一身戎装带众上，向斯坦木、拜尔斯弯腰施礼，斯坦木示意众席地而坐，黑鲁明持枪佩刀站在斯坦木身后。

斯坦木　（巡视众人）好啊！好啊！捍卫穆斯林的英雄们！你们都是真主的好儿女！我们要像天上的霹雳一样，爆响出我们的声音与光辉！我们即将投入一场杀灭异教徒，弘扬神圣的伊斯兰教的战斗中！我们伟大的"哲德沙尔圣王"的雄师，已经翻度天山，不日就兵临镇西，（举牛骨）安拉已经告诉我们这次一定全胜！我们要里应外合，先放火烧了直隶厅和绿营，打开城门，迎接真主派来的圣战军！下边让我们未来的巴里坤帕夏和领队大臣将圣战的刀枪，赐给勇士们！（一圣战兵惊慌地跑上）

圣战军　大……大人……绿营兵和民团的人，将我们这里团团包围了！

【众惊慌，席地者也站了起来。

斯坦木　都慌什么？！把大门紧闭！赶快发放刀枪！

【陈升恒和持刀的多智大步走进来。

陈升恒　来不及了！我五百健勇的刀枪已悬在你们的头上了！

【众见到大义凛然，威武从容的总兵，本能地惊恐欲躲，又无处可去，一时混乱。

多　智　通通坐下，不许动！

【众只得惊恐地席地坐了一堆。

拜尔斯　我抗议！你不仅带兵包围，还冲闯我神圣的伊斯兰礼拜圣地！这就是你们官府口口声声说的尊重我们的信仰吗？

陈升恒　哈哈哈……不要演戏了！不过你确是个不错的演员！如果卸了装，你花狼斯坦木，就不是什么阿訇，你是匪首阿古柏手下的一个“胖色提”！你跟随阿古柏从浩罕侵入新疆，杀人无数，双手沾满了我同胞的鲜血！阿古柏封你什么“拉伊斯”，让你监管全疆的穆斯林，你给自己又披上什么阿訇的外衣，潜至我镇西，封官许愿，空话连篇，欺骗信众充当你们妄图侵占巴里坤之战的炮灰！你穷凶极恶，罪大恶极！

斯坦木　一派胡言，恶毒的污蔑！我斯坦木是虔诚的伊斯兰教徒！我是圣洁的伊斯兰阿訇，拉伊斯为了拯万民于水火，我们就是要消灭你们这些罪恶的异教徒！

陈升恒　好一个虔诚的伊斯兰教徒！你知道伊斯兰教的宗旨教义是什么吗？

斯坦木　我们伊斯兰人，受无所不能的真主的委托，就是要杀尽你们这些人间恶魔异教徒，让人们都过上天堂一般的生活！

陈升恒　信口雌黄！

（唱）几句话道出了你残暴的本性，

完全地背叛了古兰圣经。
一张嘴就是杀，无视生命，
全没有伊斯兰教义和平安宁普爱众生。
看一看你们侵入新疆罪恶行径，
肆意地烧杀抢夺遍地血腥。
千里不见牛羊影，
万村无人豺狼行。
四望白骨惨烈景，
昔日家园今鬼城。
在和田你们一次残杀五万余众，
用头骨垒起白塔恐怖狰狞。
六百妃子供阿逆淫乱享用，
早已是天怒人怨恶贯满盈。
阿古柏梦想着南北疆归他一统，
把战火一次次烧到我坤城。
说什么水深火热要你救拯，
纯粹是无中生有倒施逆行。
看一看吧！
镇西城市廛交易公平稳定，
田野里耕耘者沐雨栉风。
草原上放牧人信腔歌咏，
学堂里响彻着读书之声。
各族同胞和睦相处，
相学相帮。
幸福平静，
绝不许你挑战端杀我生灵。

在这里我要大声正告尔等，
莫辜负本总兵仁慈心一腔真情。
你们眼要亮，心要明，
来回想，莫莽冲。
善恶真伪要分清，
想一想谁教你们与人处要心怀爱与敬。
谁让你们仇恨满胸野蛮杀戮嗜血腥，
谁把你们一步一步往死亡线上领。
谁要你们居家团聚平安度日享太平，
谁帮你们靠着双手脱困境。
谁许你天堂乐园实欺蒙，
想一想全家老少将你等。
想一想为人子为人父你的职责与担承，
想一想妻子儿女温暖相处幸福景。
想一想做个人你该如何度一生，
斯坦木狼子野心是本性。
万不能为他当枪做帮凶，
跟着恶魔把命扔。
巴里坤你我共有的好家园，
怎能让敌寇侵占屠我城。
本总兵冒险来把警钟鸣，
关键时清醒清醒要再清醒。
一步错就会把命扔，
悔恨终生。

【众信徒一片躁乱，似已动摇。

斯坦木　都不要听这个异教徒一派胡言！我们洪福可汗的大军马上就要

到了！巴里坤指日可下，你们都将是哲德沙尔国的大大的功臣！穆斯林大大的英雄！你们就要拥有天堂乐园了！

拜尔斯 我们马上就要胜利了！我们想要的一切东西都可以得到了！千万不要动摇！

陈升恒 拜尔斯，你是正在做妄当巴里坤帕夏的梦吧？你一定知道和田帕夏哈比布拉，他听信阿古柏，把阿当成兄弟，引狼入室，阿古柏占领和田后为了霸占他的财产，就把他全家连同几岁的小孩一个不落全都杀掉了！这是真的吧？莫非你也要步他后尘？！

斯坦木 你……

陈升恒 真正的穆斯林乃是顺从真主实现苍生万物的和平，要促进各教派信众互爱互助。以真主的名义广行善事。而你们所至之处，杀人放火，强取豪夺，村镇废弃，田地荒芜！与真主宗旨背道而驰！你口口声声说要他们为真主而战，实则是为保护你和阿古柏利益而战。你们利用信众的盲从，要他们充当实现你们野心的炮灰！不惜用信众的鲜血和生命，建起满足你们私欲的天堂乐园，其罪滔天，其心可诛！

斯坦木 恶魔！恶魔！我要杀死你这个恶魔！（斯坦木举刀被多智举刀镇住）

拜尔斯 黑鲁明！开枪！

【黑鲁明举枪，“嘭、嘭”两枪，在信众惊讶的同时，斯坦木和拜尔斯惨叫着跪地——他们腿上中了枪。此时，樊建基率众冲了进来！黑鲁明抢步跪在陈升恒面前，双手交出了刀和枪，众将斯、拜控制。

陈升恒 黑鲁明，看了你留的信，就知你会迷途知返，好！（面对众人）你们现在如果心里清楚了，就到同知樊大人处登记造册，既往不咎！

樊建基　你们这些人呀！不是总兵大人，尔等早已成了刀下鬼！你们可知今天包围此地的可不只是绿营和团勇五百余人，镇西城数千民众都赶来要除掉你们这些危害他们生活的从匪！尔等不信打开大门，睁开你们的眼睛！

【舞台灯光大亮，众望向台下，传来滔天呼声！“剿灭匪众！剿灭匪众！！！”

【信众齐齐跪下，总兵一一扶起。

（伴唱）天苍苍，

野茫茫，

天山脚下古战场。

军民同心歌一曲，

驱寇卫疆浩气长。

【音乐轰然响起，音乐声中夹着枪炮声和滚滚烟焰，垂下纱幕。纱幕后是总兵率将士和各族民众拒敌杀寇的造型，纱幕上硝烟中出字幕和浑厚有力的男中音朗读声：

清同治十二年七月，投靠阿古柏的叛贼白彦虎率两千余匪众，进攻巴里坤城，巴里坤总兵陈升恒督率将士奋战月余，贼众败退，坤城巍然！阅古思今，以小胜大，坚不可摧者，乃人心之力！民族团结实为中华富强，民生安乐之要旨，切切勿忘！

（剧终）

二〇一九年十一月

【豫剧现代戏】

大河儿女

编剧　李学庭

人物表

水　芹	二十八岁	支书
陈　军	四十岁	村长
王　广	五十岁	村民
河套爷	八十四岁	村民
刘　亮	二十五岁	水芹弟
刘　献	六十五岁	水芹公公
香　香	二十岁	村民
香　婶	六十三岁	村民

男女村民甲乙丙丁……

工人若干

第一场

【面对黄河的邙山麓小浪底村，村口王广家的小饭店，今日店墙和树上都贴着大红喜字，还有“舍小家，顾大家，支援黄河水利工程”的标语。

【开幕，刘献一身新衣，匆上。

刘　献　广！广！

【饭店掌柜王广急迎出。

王　广　献叔，都准备好了，三十桌，还有两桌备用。

刘　献　这新人该到了呀！眼看十一点多了，说是十点钟准时过来河，出啥麻烦事了？

王　广　不会！献叔，你坐，喝口水。看把你急的！

【刘献擦汗，坐下喝水，水芹上。

水　芹　爹，亮他们把新人接过来了吗？

刘　献　不敢劳支书过问，你忙大事去吧！

水　芹　爹，我实在是抽不开身，刚给省、市移民办领导汇报完搬迁的事情，我就……（感到不适）

王　广　支书！你不舒服？你喝杯水！

水　芹　（镇定一下）没事……（接水，放下）爹，我到河边看看去。

【水芹离身下。

刘　献　哼！

（唱）看见她我心里就有气，

八辈子没见过这样的儿媳。

她兄弟娶媳妇本该她去，

到现在才露面等着入席！

王　广　（唱）搬迁的事困难重重不容易，

这差事够她烦心够她急。

刘　献　（唱）快三十有身孕还不珍惜，

整日里东跑西颠瞎积极。

这要是不慎出事掉了喜，

到那时肠子悔断也无药医呀！

王　广　（唱）凡事有利就有弊，

两头不能一般齐。

这时候给亮把媳妇娶，

明摆着趁河洗船还带打鱼。

人头费你家又多一个，

别人咋赶不上这一集？

刘　献　（唱）亮媳妇过门不算搬迁数，

你不用乱咬胡尥蹄！

【刘献起身往外走。

王　广　叔，别生气呀！怪我不会说话！

刘　献　你给我把饭菜准备好，新人一到就开席！（下）

王　广　（冲背影）保证不误事，咳！

（唱）王广我长叹息，

满腹的心事没法提。

好日子没有过几年，

又叫俺抛家别舍大迁移。

我暗中观察细留意，

不少人故土难舍不想离。

刘献叔五间新房若拆了，

一辈子心血化土泥。

到事上肯定有台热闹戏，

王广我不唱主角专打旗！

【**村民甲、乙、丙、丁搀着河套爷上**。

王　广　哎哟，老寿星来了！河套爷您也来参加亮的婚礼哩？

河套爷　献去叫我好几回，新媳妇接过来没有？

王　广　还没有，您你老快坐。

【**河套爷入座**。

村民甲　叫我说，趁滩和泥，献叔不如一船把香香妈也接过来妥啦！

村民乙　爷俩一起忙活，谁招呼谁啊！（众笑）

王　广　都别瞎操心！你们都搬不搬？

村民甲　先说你搬不搬！

王　广　我听说禹王爷给咱村不少人托梦，说是搬迁不利！

村民甲　瞎扯淡！禹王爷是专管治水哩，能不支持大坝工程？

河套爷　咱黄河边人，得听禹王爷哩！咱村现在这地方，说当年就是禹王爷给咱祖先找的！

【**村长陈军上**。

王　广　村长回来啦？坐！

河套爷　军呀，新村房盖得咋样了？

陈　军　十五天后第一批就能搬！

众　十五天后就要搬？

陈　军　下个月世界银行要来人，检查移民情况。第一批必须搬迁够一百户！河套爷，支书不在这儿？

村民甲　上河边接新媳妇去啦！

陈　军　河套爷，您老坐，我找一下支书。

河套爷　你忙你的去吧。

【陈军匆下。

王　广　哎呀，说搬就搬？这第一批党员干部也没有一百户呀！

村民乙　叫我说分啥一批二批，干脆都搬过去算啦！

王　广　咦，看你们都想得简单哩？

（唱）年轻人头脑太简单，

搬迁可不是过大年。

去新村咱就成了外来户，

等于去溜人房檐。

村民甲　（唱）广叔这话说得远，

咱这是集体重把新家安。

这不是旧社会发水去逃难，

现在是移民开发紧相连。

王　广　（唱）巴望着搬迁后都成大老板，

吃香喝辣不缺钱。

咱这地儿自古是宝地，

怕的是袍子换件粗布衫！

村民丙　（往远看）你们看一群人从黄河边过来了！新娘子到了，快吹起来！

【唢呐齐奏，有人放鞭。

水　芹　（跑上）别吹了，都别吹了！

刘　献　（急头怪脑冲上，跳脚喝道）他妈别吹啦！

【各种声音立时停下，众不解，刘亮上，埋头蹲在一边。

河套爷　献，咋啦？新媳妇哩？

刘　献　（伤心地）叔，人家不上船！

众　变卦啦？

水　芹　（扶起刘亮）亮，究竟是咋回事？

刘　亮　我们过去后，就没见到香香面！香香她妈就那一句话！

水　芹　她说啥？

刘　亮　咱要搬迁，婚事就拉倒！

河套爷　这话不讲理！搬迁是政府叫搬哩，是咱想搬哩？

王　广　看看这事弄的！

【众议论不一。

【刘亮忽地站起。

刘　亮　不行！我一定要找着香香问清楚！（冲下）

刘　献　亮，你等等——（追下）

水　芹　爹——（追下）

【众议论着纷纷散去。王广急。

王　广　都别走！别走！咦，我准备了这么多东西，咋办？看这事弄成浆饭啦！

第二场

【舞台为黄河南北两岸。

【黄河北岸，香香含泪跑上，眼望滚滚黄河，声泪俱下地叫了声：刘亮哥——

香　香　（唱）没想到事到临头起巨变，

妈妈她无情要拆好姻缘。

香香我被锁房中心如燃，

恨不能插翅飞上迎亲船！

亮哥呀，你千万莫将香香怨，

我心没变似从前。
妈的安排我知得晚，
事到临头送信儿难。
亮哥呀，误了今日明日办，
香香心比铁石坚。
咱两个相好拆不散，
没有船游过黄河要把两情圆！

【欲下水，香婶上。

香　婶　香香！你真要把妈往死处逼吗？！

香　香　（流泪相求）妈呀！我和亮哥相好几年，你从没说过不愿意，这要办喜事啦，你咋突然变卦了呢？

香　婶　我原以为他们说搬迁，不过说说。现在搬迁成真的了，我就不能答应这门婚事！

香　香　搬迁是为国家黄河水利工程，你不应该反对搬迁！

香　婶　（痛苦万状）搬迁！搬迁！听到这两个字，我身上就颤！你啥也别说，妈不会害自己的亲生闺女！回去！

香　香　不！我要过河去，就是毁约，也得把事说明白！

香　婶　香香，你今天要敢过河去，就永远别回来！

香　香　妈，你要真这样逼女儿，不回来就不回来！

香　婶　好……好！你大啦，能噎妈啦！不是妈落后，妈要挡你，前天晚上你爷、你爹真是托梦给我啦！无论如何不能让你去当移民！你爹是哭着对我说的呀！

香　香　啥托梦不托梦，那是你的心病！

香　婶　你要真过河去，你就走吧！我一个人哪死哪埋，就当没有女儿！

【香婶说罢，掉头走去。

香　香　（左右为难，心如刀绞）妈——（追下）

【**黄河右岸，刘亮上，刘献追上。**

刘　献　亮，你等等，我和你一块儿去！

刘　亮　你去还不如我嫂子去！

刘　献　人家是支书！哪能顾着管你这小事！别说啦，我撑船去！

【**刘献下。**

刘　亮　（仰望对岸，思绪难平）

（唱）兴冲冲去迎亲竟然被拒，
好端端一场喜事变闹剧。
亲朋们高兴来丧气离去，
刘亮我这一回丢尽了脸皮。
恨香香既变卦该早通声气，
这样做分明是要把人欺！
按情理香香她不该躲避，
这里面一定有其他问题。
过河去把事情问个究底，
说不出个子丑寅卯不能结局！

【**水芹上。**

水　芹　亮，咱爹哩？

刘　亮　找船去啦，嫂子今天这事儿……

水　芹　香香对你是真感情，她不会不吭声变卦，这里头有别的事儿，我过去看看。

刘　亮　嫂子，这两天，我看你身体不大好，爹去，你就别……

水　芹　你放心，我没事儿。

【**刘献拿长桨上。**

刘　献　亮，上船！

水　芹　爹，让我和亮一起去吧！

刘 献 不用！

水 芹 爹，我和大婶、香香都好说话，万一不行，还可以找村干部帮忙……

刘 献 我说不行就不行！

刘 亮 爹，我嫂子去比你强。

水 芹 （拿过桨）对，我去！

刘 献 （一把夺过桨）姑奶奶！别忘了你身子不利亮！

（推刘亮）走！

【二人上船下。

水 芹 爹！（百感交集）

（唱）一句身上不利亮，

感得水芹泪两行。

爹呀爹实情我没敢对你讲，

你越关爱我越心慌。

移民的事对上级我立下军令状，

事牵大局非寻常。

搬迁的事工作难做如打仗，

关键时我无权去做孩子娘。

为工作水芹斗胆自主张，

打掉了胎儿我把真情藏。

原谅我对你老盼孙心情少体谅，

原谅我事前没与你们做商量。

这件事我已写信对刘强讲，

希望他能给我理解和力量。

等以后大伙都搬到新村上，

爹呀爹，儿媳定把你的夙愿偿！

【陈军上。

陈　军　水芹！你没过去？

水　芹　嗯。

陈　军　村里最近啥样？

水　芹　个别人还有点麻缠。

陈　军　县上讲得很明确，必须按时搬迁！可是没有商量余地呀！

水　芹　这我清楚，走，回村商量。

【二人欲下，水芹回望河上。

水　芹　船咋往黄河滩划过去啦？

陈　军　就是，打算拐回来哩？

水　芹　不对，北岸也过来一条小船，好像是香香？！

陈　军　看，两条船都向滩上漂过来啦！好啊，黄河两岸交兵，黄河中间谈判，有意思！

水　芹　走吧，让他们谈吧！

【水芹突然一踉跄。

陈　军　咋啦？我看你脸色咋恁不好？现在可是全要你哩呀！你可不能倒！

水　芹　（笑）没事！（二人说着下）

【黄河中流，刘亮撑船，刘献掌船，船迎风浪前行。

刘　亮　（唱）轻船熟路浪花激，

刘亮心比流水急。

刘　献　（唱）婚娶大事非儿戏，

她不给个说法咱不依！

刘　亮　爹，你看对岸过来一条船！

刘　献　撑好篙，别卖野眼！

刘　亮　爹，我看清了，那是香香和大姊！

刘　献　你是心想的吧？

刘　亮　真的就是香香！（大声叫）香香——

（远远传来）亮哥——

刘　献　真是！她们船咋向滩上去了？

刘　亮　爹，快！咱也上滩！

【远远传来香香呼叫亮哥——

刘　亮　（兴奋地应）香香——

【刘亮脱去上衣，一个鱼跃扑下黄河。

刘　献　亮——上来！不要命啦！哎呀香香咋也下河啦！

【刘献急撑船追刘亮。

【刘亮与香香从两侧游上，二人随着水流忽近忽远，忽分忽合。

【刘献和香婶各撑船从两侧上，二人呼叫着将篙伸向刘亮和香香，二人抓篙，随篙分开渐离渐远，突然二人同时持篙将船推开，相互转身扑向对方，相拥着向河滩游去。刘献和香婶撑船复上，二人也并船向河滩追去。

【黄河中间的荒滩，刘献和香婶舍船登滩寻找亮和香香。

香　婶　香香——（欲往前行）

刘　献　站住！

香　婶　我找我闺女！

刘　献　哪有你这样的丈母娘，你没看人家年轻人在一块哪……你好意思嘛！

香　婶　不行！

刘　献　亲家母呀！我想着见你了，好好骂你几句哩！这一见你……你今天可叫我刘献把人丢到家啦！

香　婶　我问你，前几天你还说，你不搬！现在为啥你又搬哩？我命苦呀！想着香香总算寻了个好家……可你们咋也真成了移民呢？！

刘　献　唉，水芹当着支书，我实在没有办法！搬得不远，香香想看你，容易得很！再说，你……也可以去住嘛！

香 婶　献哥，啥是移民你知道不知道？这事我一直没对你们说过，你把孩子们叫过来！

刘 献　好，啥事该说就说清楚！亮，香香！你们都过来，过来！

【亮和香香上。

香 香　（冲刘献）大伯……今儿个……

刘 献　别说了孩子，你妈有话说！

刘 亮　（冲香婶）婶，我听香说啦，你老放心……现在！

香 婶　（以手势止刘亮说话）这些话，我连香香都没说过，想起心里就难过！我又梦见死去多年的老公公和香她爹啦！香香，你知道咱老家在哪儿吗？

香 香　知道，陕西渭南。

香 婶　不……咱老家在西华县黄河故道！三八年蒋介石扒开黄河花园口，你爷爷领着咱们一家五口往西逃。那时我四岁……那一路呀！

（唱）雨搅雪雪搅雨路稀泥烂，
三五步摔一跤肚饥身寒。
小推车直推得骨架零散，
半年后才落脚陕西渭南。
黄河滩土地肥沃地也宽展，
一家人开荒租佃才把家安。
解放后盖了房分了田产，
好日子一年胜过一年。
突然说三门峡要把水库建，
俺住地成库区说要被淹。
咱政府一句话库区搬迁，

几万人齐响应恐后争先。
说的是新地方水足地肥粮高产，
住楼房电灯电话样样齐全。
到那里才知道上当受骗，
光秃秃一片沙漠乱石荒滩！
没房住搭草棚还可遮掩，
没有水吃喝种地全得靠天！
一时间老哭少啼人心大乱，
移民们扶老携幼往回逃窜！
穿沙漠翻山岭水绝粮断，
你爷爷连饥带渴咽气在路边！
回到家成黑人日夜被撵，
抓住你扔车上又送回沙滩！
送回去再逃跑跑回再赶，
可怜的移民泪流个没完！
这件事终于惊动了国务院，
下文件才准许移民回返。
住库区我真怕情况再变，
带着香香来到了黄河北沿。
俺香香和亮好称我心愿，
河两岸傍河居如在身边。
谁知道一过门又遇搬迁，
移民苦决不能代代相传。
这苦命一定要从香香改变，
我不能看着她再跳泥潭。
断亲事你们气就气恨俺，

反正俺决不和移民结姻缘！

【一时众无语。

刘　亮　婶，过去的事怎么造成的，我不知道。可是现在完全不一样！从党中央到各级政府都非常关心移民安置！如今是开发式移民，移民的同时政府要帮咱发家致富！

香　婶　（摆手摇头）别说啦！让你搬的时候，说的比唱的都好听！以后的事就由不得你了！

刘　亮　婶，你可以过河去看看，不远！

香　香　妈，我陪你去看看好吗？

刘　献　（沉思良久，忽地站起）大妹子，你这一说就清楚了，这家我要不搬哩？

香　婶　我立马把香香送过河！

刘　献　好！你以为我老想搬？！我那可是磨砖合缝的五间上房带厦子！走，这家咱不搬！

刘　亮　爹，你说那会中！都得搬迁！

刘　献　你不用管，我自有办法。大妹子，等我的信儿！

刘　亮　不搬不行！

刘　献　（跳上船）走，回村！

（切光）

第三场

【刘献家院里。王广进院。

王　广　献叔、献叔！

【刘献出。

刘　献　有事儿?

王　广　两天不见了，老想你!（掏烟二人坐下抽）第一批你得搬!

刘　献　该谁搬谁搬。

王　广　咦，我不搬中，你家水芹是专管这事哩!

刘　献　昨晚已把话说清啦!不搬!分家，各是各!

王　广　哎呀，叔，这法你可是想绝啦!

刘　献　水芹不同意分家!要不看她怀着俺刘家的身孕，我……唉!

王　广　水芹憨呀!

（唱）这次咱村搞搬迁，
是福是祸说不全。
叫我说往后拖拖看一看，
看准了咱再决定咋放船。
有好处该占你不占，
有权不用才叫憨。

刘　献　（唱）有害不吃光不沾，
更不愿不吃麸子挨皮鞭。
我主意拿定不改变，
反正是第一批咋着也不搬。

王　广　好!

（唱）我坚决和叔一块站，

刘　献　（唱）这事可不要相互攀。

王　广　（唱）一人硬顶不好办，
人多势众不怕官。

刘　献　（唱）新村适宜做生意，
你还是响应号召早搬迁。

王　广　好叔呀！我光宅基地都有亩把子！房子七八间，这是俺几代人创的家业呀！说扔能都扔了？再说这工程一上马，以后那生意比洛阳还红火！是块宝地呀！给叔说哩，我前儿去禹王庙烧了香，求了个签。

刘　献　签上咋说？

王　广　签上说，小浪底是宝地，以后发财大大的！

刘　献　禹王爷还说日本话？

王　广　哈哈……叔，我以后反正跟着你！我走啦！

（起身）

刘　献　哎，你是你，我是我！

【王广走远，刘献欲追，电话铃响，刘献转身接电话。

刘　献　喂……你是谁？你是强？我是你爹！你说……啊……啊？……，你说啥？你再说一遍……混账！

【刘献如遭重击，扔下电话，踉跄几步，气不可抑。

刘　献　（爆发）这个败家女人呀！你！……你！（气冲冲奔进房内拿出一把铁镢，走到当院，挥镢就刨），分家！分家！！分家！

【水芹、刘亮上，见状大惊，刘亮上前夺。

刘　亮　爹，你疯了？

水　芹　（上前阻刘献）爹，你这是咋啦？

刘　献　滚！（扬臂一推，水芹倒地上，刘亮急去搀扶）

刘　亮　爹！你不知道嫂子有身孕！

刘　献　（伤心地狂笑）身孕？哈哈……哈哈……娃子呀！人家把你卖了，你还帮人家数钱哩！

【又发疯地刨地。

水　芹　（伤心万分）爹，你真要分家……那就分家，也不用当院挖沟！

刘　亮　爹，啥话不都说明白啦，分开家你还是爹！关系分不开！第一批照样得搬家！

刘　献　爹？啥时候她把我当爹啦呀？！

水　芹　爹……我……

刘　献　亮啊！你哥刚才电话告诉我……她……她不吭声把孩子做了呀！咱刘家的骨血呀！

（唱）刘献我今年六十三，

盼孙子盼得眼望穿。

咱村挨家看一遍，

这年龄谁家不是儿孙全！

为这事我人前难立站，

总觉得比人矮半肩。

忘不了老伴临走难闭眼，

她黄泉之下心没圆。

得喜讯我喜烟喜糖逢人散，

还去到老伴坟前放了鞭。

想不到你心黑怀揣一把剑，

生生要我刘家断香烟。

从今后你当你的党支书，

我还是我的小社员。

咱井水河水两不犯，

有本事哪怕你上天！

（白）这家从现在就算分了！至于你和刘强，我管不了你们，你们也管不了我！亮，回屋去！

刘　亮　爹……嫂子！

刘　献　没出息，你欠嫂子！

【刘献推刘亮进屋。

水　芹　爹——（追，被挖的沟绊倒在地，刘献"咣"地闭上了门）

【聚光打在水芹身上，其他景隐。

水　芹　（伤心委屈泪水奔涌）

（唱）声严厉色绝情语，

好似轰雷心头袭。

刘强有怨爹有气，

难道说水芹心中没有屈？

难道说女人的职责只是生育？

难道说为人妻就必须百顺百依？

难道说我不能想想自己，

难道说婚姻网专把女人拘？

打胎事我知道都不同意，

也明白先斩后奏要惹是非。

说穿了都是各想各自的理，

谁想过如何对我最相宜。

我虽是个农家女，

志气不比别人低。

高考不中虽落第，

追求的火焰从未熄。

我自信人生成败靠自己，

牢记着那篇课文《老鹰和鸡》。

黄河水黄土地把我养育，

骨子里不缺少拼搏不屈。

两年前全体党员把我选举，

小浪底党支部让我擎旗。

改革年代政策好处处机遇，

恰逢上枢纽工程开工在即。
能不能按时搬迁事关大计，
时间紧困难多任务艰巨。
镇党委要我把重担挑起，
是信任也是个磨砺之机。
这时候怀孕生子是自暴自弃，
失去了不再有后悔难医。
二十八岁人生路充满希冀，
我不愿随遇而安活得空虚。
忘不了呀，
那个人进城把妈妈抛弃，
一个农字戴头上比谁都低。
忘不了妈妈深夜声声叹息，
我生下来第一眼看的是泪滴。
妈妈她用苦难让我明理，
教会我树志气自强自立。
刘强他是军官我在家种地，
我不愿不努力拉大差距。
好时代都可以平等竞技，
天高地阔夫妻可并肩比翼。
世上事没牺牲很难获取，
打胎事没有错我坚信不疑。
黄河水穿山越谷一去万里，
黄河号声声吼将人启迪。
要做个黄河母亲的好儿女，
为家乡捧上我心无怨无悔坚定不移。

【追光暗，起伴唱：

月儿升月儿落两天过去。

水芹又遇到新的难题。

【灯全亮，依然在水芹家院。

【刘亮从外回来到屋门口。对屋叫。

刘 亮 爹……爹……（进屋看）

【水芹、陈军、河套爷上。

【刘亮出。

刘 亮 还没人，两天啦，不知去哪儿啦！

水 芹 河套爷，你老坐。

河套爷 我这老党员出不上大力啦，心里是干着急！

陈 军 水芹，你知道不知道，村里人说，你们这是定的苦肉计，你也不想搬！

河套爷 这五间上房，没有几年，是不忍心拆呀！

水 芹 是呀！盖这新房，全家人节衣缩食，我爹是攒了一辈子劲儿！

河套爷 我今年八十五啦，八十多年在这山上爬，滩里滚。一棵小树，一块石头我都认得，都挂心呀！

（唱）咱小浪底可是宝地，

有山有水地土肥。

旱涝不愁长粮米，

四季菜蔬吃有余。

坡上树多有柴烧，

河边塘里能养鱼。

黄河摆渡能生利，

顺流行船快如飞。

一句话说搬就要离去，

想一想我也是老泪滴。
不是我党员不听党的话，
这舍家的滋味可是没法提！

（难过）水芹，你批评吧！今儿个我可是说落后话了呀！

水　芹　（动情地）不，河套爷，您老说的是心里话！不是落后话！咱为治理黄河造福社会搬迁，这牺牲就是奉献！

河套爷　对！我跟大伙说的也是这个理儿！咱应该做奉献！

陈　军　从动员搬迁到现在，您老为支部做了不少工作，今天就给你商量件事。这两天大坝施工，咱要把禹王庙移到山后，可是村里有些老年人还想不通……

河套爷　我尽力做工作吧！唉！禹王爷呀！您老也得搬迁啊！

水　芹　我有个想法，咱是不是最近搞一个禹王庙搬迁的祭奠仪式？

陈　军　祭奠？你是想……

水　芹　具体想法下来再给你说，一定要搞个祭奠仪式！

河套爷　好，让禹王爷搬迁哩，得祭奠祭奠！

陈　军　哎，水芹，我正要给你说，前天我在新村好像见到了香婶！

水　芹　真的？

陈　军　我离得远，待我走过去，人家又上车走啦，看着像！

水　芹　有可能！我给香香写了封信，可能起作用了！

陈　军　水芹，我明天上县里，第一批搬家的事儿，一天也不能拖！现在王广那些人，可是瞪着眼看献叔咋行动哩！咋办？

水　芹　按时把工地的推土机调过来！

刘　亮　把咱家新房先推了？

陈　军　那……献叔不跟你拼命？！还是要找到献叔做好工作！

水　芹　两天不见人，大后天就要搬，你说我咋办？！

陈　军　我先去汇报情况，别急，一定要找到献叔！

河套爷　对着哩！等找到刘献，我再给他做工作！

陈　军　好，我顺路送你回去！

【陈军搀河套爷下。

水　芹　奇怪！两天了，你说咱爹会上哪儿？

刘　亮　我想了想，嫂子，会不会……

水　芹　说呀！咋说句话比鸡下蛋都难哩！

刘　亮　不是……我是想着……不知道是不是……

水　芹　说出来呀！

刘　亮　嫂子，有件事儿……我只是猜测……

水　芹　快说吧！

刘　亮　（唱）有件事我只是瞎猜想，
说出来嫂子千万别声张。
我发现咱爹和香婶常来往，
两个人见面的表现不寻常。

水　芹　对呀！
（唱）一句话说得我心头亮，
咱爹可是早就认识香香娘。
为什么我咋没往这上边想，
这里边有篇好文章！

刘　亮　（唱）真是那可成了一笔糊涂账，
哪见过儿娶闺女爹娶娘。

水　芹　（唱）老少配戏里可是经常唱，
亲加亲喜连喜好事一桩！

刘　亮　（唱）香婶她提起移民如火烫，
搬迁的事咱爹更是没商量。

水　芹　（唱）难商量咱偏商量，

定来个两全其美喜成双！

（白）亮，我现在就过河去找咱爹，他别处没地去！完全可能！再交给你个任务，你找几个人先把咱家东西整整，搬到村委会！

刘　亮　好，等爹回来咱啥都弄好啦，给他来个先斩后奏！

水　芹　亮，咱协同一致做好咱爹的工作！

刘　亮　放心吧！一心跟党走，坚决不回头！

【调皮的造型，水芹被逗笑。

（切光）

第四场

【黄河北岸水边停泊着一条小船，香婶提饭罐走来。

香　婶　（看看船，叹息）唉！

（唱）人生路上难事多，

就像黄河波连波。

这一个浪头刚闯过，

又一大浪头上泼。

俺香的事情还没办好，

老东西又把难题摆上桌。

献哥呀，莫使性子铸大错，

闹出笑话让人说。

（向船上叫）献哥、献哥！

【蒙头睡的刘献忽地坐起。

香　婶　你咋还没回去？

刘　献　回去干啥，回去就得让逼着搬家。

【香婶将食物取出。

香　婶　上来吃点东西吧！

刘　献　（上岸）我吃了两包方便面啦！

香　婶　（倒汤）那喝点汤。

【刘献端汤喝。

刘　献　你搅这汤真好喝！你说强媳妇，还党支书哩！搅那汤不是跟涮锅水一样就是一碗糨子！

香　婶　现在的年轻人，哪像俺们，一辈子只会围着锅台，伺候男人，侍候儿女，啥能耐也没有！

刘　献　我就看不惯如今这女人！我……

香　婶　人家谁能看惯你这犟筋头？你家水芹可不是一般人！听香香说，人家将来还想竞选乡长、县长哩！

刘　献　当毛主席哩！得有那能耐！

香　婶　献哥，别跟水芹闹啦！赶紧回吧！我看不搬也不行。

刘　献　咋不行？为盖那几间房把命差点搭上！说拆就拆？！我不搬！

香　婶　那人家马上火抬老营要施工哩！

刘　献　三年五年也不碍事，多住一年是一年。

香　婶　献哥，有件事我想给你说说。

刘　献　说吧，我等两天啦！你都难开金口。

香　婶　我去你们那新村看过了啦！

刘　献　你上新村啦？

香　婶　香香跟我生气，说现在移民和过去不一样，是啥开发移民。我偷偷过河去看了看，那地方盖得跟城里一样，现在移民真这样好？

刘　献　房盖的是不赖，就是地不好，水浇地也没有。

香　婶　我想好啦，让香香去吧，人家赶上好时候啦！

刘　献　好！早该吐口啦！那你哩？

香　婶　我……就这命，在这儿守到死吧！

刘　献　不中！你说那不中！大妹子！

（唱）你过了六十二马上六十三，
咱两个少说再活二十年。
一辈子咱经的都是苦和难，
到老了不能再孤单受熬煎。
你同意就把孩子们婚事办，
叫我说你也随船到河南。
在一起咱们相互好照看，
人老了得有个伴儿在身边。
这种事别人说啥都扯淡，
只要咱心里高兴日子甜。

香　婶　不中！不中！说啥都不中！

刘　献　你……你咋恁不理解人哩？！

香　婶　从答应香香和亮好，我就死了这条心！

刘　献　说心里话，强他妈过世后，我本来啥心也没啦！就是见了你……我觉着这心里又有劲啦！……这日子又有味啦！……咱话虽没有说透，可我知道你心里也有我……

香　婶　要没有香香和亮的事，也许……

刘　献　这事我想几百回啦！我想来想去不明白，为啥年轻人好了，咱就不能好？为啥咱就得跟年轻人让道？人家年轻人光知道自己高兴哩，谁想咱？咱再不想自己，咱不是啥也没了吗？

香　婶　献哥……

刘　献　说吧，我今天下多大决心，把心里话全说了！你要说不中，我立马走人……反正也没多少年活头啦！

香　婶　我说……死了心吧！

刘　献　我……你……唉！（悻悻跳上船，头也不扭，撑船离去）

香　婶　献哥！（埋头哭泣）

（唱）一句话不对就扭头走，

六十多还是一个犟筋牛。

献哥呀，这一步我何尝不想走，

眼前是重重大山和深沟。

人言可畏如猛兽，

怕的是儿女蒙羞亲做仇。

世上事好事难成七八九，

命里没有别强求！

【小声抽泣，香香和水芹找来，见香婶，诧异不解。

香　香　妈，你咋啦？

水　芹　婶，你……

【二人突然出现，香婶有些慌乱，不知作何解释。

香　婶　我……不知咋啦，心里有点难过，水芹过来啦？

水　芹　哎！（往黄河上看，暗示香香注意河上划走的船）

香　婶　走，回家吧！我去给你做点吃的。

【香香掂起饭罐。

香　香　妈，这是咋回事？给谁送的饭？

香　婶　（窘）这是……这是……

水　芹　婶，您老请坐下。

（唱）婶呀婶你脸莫红心莫乱，

好事无须将儿女瞒。

怨我们孝心不够知得晚，

让二老至今难把好梦圆。

香　婶　　（唱）你们千万不敢想太远，
　　　　　　　俺这是为他们的婚事在商谈。

水　芹　　（唱）大婶呀，人不分老幼都有情感，
　　　　　　　老年人更需交流怕孤单。
　　　　　　　你和我爹都历经坎坷多磨难，
　　　　　　　这才是母亲黄河把两情牵。

香　婶　　（唱）不不不……这事可不敢胡乱侃，
　　　　　　　传扬出去人笑谈！

香　香　　妈！
　　　　　（唱）这件事你不必再遮掩，
　　　　　　　你越遮掩我越心酸。
　　　　　　　为儿女你种田不惜腰累弯，
　　　　　　　为儿女你一件旧衣穿十年。
　　　　　　　为儿女你世间苦难都吃遍，
　　　　　　　为儿女你弱肩一切灾难担。
　　　　　　　母亲的心比天地大，
　　　　　　　让儿让女全占完。
　　　　　　　为什么我咋没为母亲想，
　　　　　　　狭隘自私太羞惭。
　　　　　　　水芹姐我一定按你的意见办，
　　　　　　　妈呀吗，过黄河咱母女同乘一条船！

水　芹　　大婶，你不知道刘亮为这事多高兴！

香　婶　　水芹，这件事都别再说啦，你们马上要搬家，你爹还有些不通，你快回去吧！

水　芹　　婶，你和我爹的事是好事呀！你不能犹豫！

香　婶　　（发火）别说啦！

【香婶提饭罐径直下。

香　香　妈！

水　芹　大婶还迈不出这一步！

香　香　那咋办？水芹姐，你别走啦，今晚上好好劝劝我妈，你一定能说通她！

水　芹　大后天搬家，明一早……如果能把大婶工作做通，也可能是打开我爹心锁的一把钥匙！这样吧，努力做工作，不管通不通，不管多晚，天明前，我一定赶回去！

香　香　那夜里过河……

水　芹　不怕，想当年河套爷都是夜里过河，给咱八路军送军火哩，走！

（切光）

第五场

【水芹家院，刘献气急败坏地从已搬空的房里出来进去，大声叫着刘亮！王广从外进院。

王　广　献叔，你这几天是去哪儿啦？

刘　献　（一把抓住王广）广，这是咋回事？我家的东西哩？

王　广　咦！弄半年啦你还啥也不知道！

（唱）你躲起两天不露面，

人家在家搞政变。

东西都搬到村委会，

推土机还要把房子掀。

水芹是杀鸡给猴看，

拿你这样板教育俺。

献叔呀这一次你老成模范，

闹不好电视报纸要宣传！

刘　献　（唱）谁给他们这样的胆，

谁给他们这样的权！

我刘献今天当院站，

看谁敢动我房子半块砖！

（白）刘亮你这鳖孙孩子钻哪啦？你见刘亮没有？

王　广　就是你家刘亮领着人搬的东西！献叔，不说啦，大势所趋！

刘　献　不搬！我就不搬！看谁能把我刘献叫炮了！

【一阵推土机声传来。

王　广　哎哟，真把推土机开过来啦！献叔，我得赶紧回去招呼我那一摊哩！

【王广出门匆下。刘献坐当院抽烟，推土机声息。水芹和刘亮及村民甲、乙等上，刘献不予理睬。

水　芹　爹，几天找不到你，俺只得……

刘　献　（头也不扭，充耳不闻）

【刘亮走到刘献身边。

刘　亮　爹，这两天你去哪啦？

刘　献　（忽地起身，一耳光打得刘亮险些跌倒）畜生！

（唱）小畜生你胆包天，

谁让你把我的东西搬。

水　芹　爹！

（唱）马上咱就要搬迁，

准备工作要赶前。

你有气莫把刘亮怨，

大小过错我一人担。

刘　献　（唱）你姓杨我名叫刘献，

咱早已分家两不沾。

要搬搬你自己的，

你不该强迫命令管得宽！

看阵势你还要把房子铲，

我怕你没有这个权！

刘　亮　爹！

（唱）几天寻你寻不见，

搬迁的时间不容缓。

这房子是咱全家建，

我同样具有房产权。

搬家推房我同意，

当家长也不能手遮天！

刘　献　你个狼羔子呀！咱家咋出了你这个大叛徒！

【刘献操起件东西追打刘亮，水芹挡，胳膊被打伤。

众　支书！

刘　亮　嫂子！

【刘献依然赌气地昂首站立。

村民甲　支书，去医院看一下胳膊吧？

村民乙　献叔，你也太过分了！

水　芹　（阻止）没事，你们先到那边等一会儿吧！

【村民甲、村民乙等下，刘亮上前查看水芹伤情。

刘　亮　（难过的）嫂子，去看看吧！

水　芹　没事……（走到刘献身边）爹，你这一下打得好，水芹我该挨！

（唱）我不怪爹爹生大气，

恨自己不是一个好儿媳。
三餐茶饭少滋味，
顾东忘西爹受屈。
最不该不做商量打了胎，
让爹你伤心受刺激。
搬家事应该征得爹同意，
不应该兵临城下强相逼。
千错万错是我错，
爹打爹骂我都依。
可是爹呀爹，眼下不是家务事，
咱的举动牵大局。
大坝工程千年计，
根治黄河争朝夕。
咱政府借贷建设为百姓，
难道咱舍点小利都吝惜。
后天就要搬到新村去，
尚有几户心存疑。
说实话人家都在看着你，
就因为水芹是你的亲儿媳。
你尽可口头否定这关系，
爹呀爹，我还是刘强你儿的妻。
关键时我必须以身作则不犹豫，
才能让全村老少步调齐。
咱家的新房要推倒，
是爹为大坝工程建功绩。
黄河记住这情谊，

水芹心里更感激。

等咱搬到新村后，

我一定做一个孝顺听话的好儿媳。

给爹生个胖孙子，

让爹爹含饴弄孙乐无极！

刘　献　哈哈哈……

（唱）任你说得莲花转，

我心比铁石还要坚。

建大坝我刘献不反对，

这个家我现在不搬日后搬！

刘　亮　爹，咱第一批必须搬！

刘　献　我就不搬！

水　芹　爹，你要这样，儿媳就对不住您老了！

（唱）搬迁计划决不变，

事关大局重如山！

推土机开过来把房铲……

刘　献　（挡在中间）谁敢？

水　芹　（唱）一切责任我承担！

（白）大家让开，推土机开过来！

【推土机响，有群众围观，刘献躺到地上。

刘　献　从我身上轧过去吧！

刘　亮　爹！

【陈军上。

水　芹　来几个人，把我爹搀过去！

陈　军　水芹，我家东西也搬过了，先从我家房推起吧！

【群众丙跑上。

群众丙　支书，出事啦，工程上人扒挪禹王庙哩，被咱村人挡住啦，你快去吧！

【围观群众听扒挪禹王庙，纷纷不满地议论着跑下。

陈　军　这事儿处理不好，又会有人借口不搬呢！

水　芹　陈军，本来想铲了我家房，再召集全村人……搞一个禹王庙搬迁祭奠仪式！现在看……你跟我走！

【陈军、水芹叫刘亮一同下。

【舞台上只剩刘献一人，他慢慢起来，看看自己的房子，摸着墙上的砖，泪水盈眶。

刘　献　我的新房啊！从我爷到我爹，一辈子都想盖几间房子……只有到了我手，才圆了这个梦！可住上不到几年呀！就……就……（蹲下痛苦地号啕，香婶悄悄走到了他的身边）

香　婶　献哥！

【刘献猛抬头见是香婶，惊讶不解。

刘　献　是……是你？你咋来啦？

香　婶　水芹劝了我一夜，我想了想，孩子们说得对！献哥……我心里明白啦！赶过来就想对你说……

刘　献　我听你的，你说！你说！

香　婶　我和香香一起过来，不走啦！

刘　献　（激动）哎呀，妈呀！【欲拥抱，不敢，笑着蹲到了地上，说不清是哭还是笑。

（切光）

第六场

【禹王庙前。

【所谓禹王庙，只是在半山坡上，不大的一座砖石砌起的小土房。风雨沧桑，呼唤着记忆。

【开幕时，庙前一些村民男男女女，正和工地施工人员对峙。

【王广站在坡边一大石上，发表着见解。

王　广　要扒要挪，也得等俺村人都撤走了，现在就是不行！

众　不能扒！不能扒！

工人甲　工地施工都有计划安排！

众　不行！不行！

【水芹、河套爷、刘亮、陈军等上。

【陈军将工人甲拉一旁说话，水芹扶河套爷坐大石上，她走向大家。

水　芹　乡亲们，我知道大伙儿不同意扒挪禹王庙，还是故土难舍，老家难离！其实禹王庙该不该扒挪，大家心里也都明白。今天，我想请河套爷说说他的想法，咱再统一认识，好吗？

众　（无语）

【刘亮搬了把椅子放在高处，水芹和刘亮扶河套爷坐到椅上。

河套爷　故土难舍，穷家难离！咱祖先的遗骨都埋在这里！……咱都是自小喝着黄河水、吃着这地里的粮食长大的……心都在这儿啊！今天大伙儿不让工地扒挪禹王庙，我就想，要是禹王爷还活着，他老人家是让搬，还是不让搬呢？

（唱）先辈传上古时遍地洪水滚，
洪水中老百姓难以生存。
大禹爷担起了治水重任，
数十年踏遍了天南地北。
眼看着洪水归海灾难尽，
唯有这滔滔黄龙不受擒。
禹王爷顺势利导把它引，
让黄水从高原到平川向着东海奔。
那一日黄水突然停流不进，
原来是千仞大山水头蹲。
禹王爷登上山顶四下看，
看到了山脚下坐落的小山村。
这小村，
依着山，傍着水，
层层田，片片林。
村头场院庆丰收，
狮子旱船飘歌音。
好一幅农家欢乐图，
人间太平艳阳春。
禹王爷暗沉吟，
进退两难乱了心。
水过只有劈山开，
劈山就要淹灭村。
他几次举斧心不忍，
老人家竟然难得泪淋淋。

（白）此事让山下村民知晓了，大家商议道：洪水不治，沿岸百姓受害！小山村太平也难保长久！于是全体村民毁家别舍，搬迁到我们今日居住之地！禹王爷这才一斧子劈下！只见滚滚大浪消失，小浪沉底，直奔东海而去！

水　芹　（跳上高台）乡亲们！

（唱）我们的祖先是楷模，

精神永在映日月。

如今这光荣的机遇已经轮到你和我，

想一想啊……乡亲们，

我们应该如何做？

（白）乡亲们，此次黄河水利枢纽工程，功在当代，利在千秋！是当年禹王爷治水的继续！我们黄河儿女不能忘掉祖先传给我们的家国情怀，大局意识！这是我们黄河儿女的魂魄！今天是1995年10月，我们是河南、山西20万移民中的第一批搬迁者！我想再次问问乡亲们，我们是该搬还是不搬？！

众　（一时无语）

【刘献、香香和香婶上。刘献走到众人面前。

刘　献　我……一时糊涂！带了个瞎头！乡亲们，我已让推土机把我家的新房推倒了！咱喝着黄河水长大，不能只想着小家，我明天就搬！要做禹王爷的好子孙！

众　（掌声中山呼海啸）搬！搬！搬！

水　芹　乡亲们！让我们全体村民祭拜禹王爷！告别旧家乡，迎接新生活！

众　好！好！好！

【音乐起，伴唱声中，河套爷主持，陈军等摆上祭品，众列队跪拜。

（伴唱）万年东流黄河水，

哺育代代大河人。

黄河日夜向前进，

华夏不灭黄河魂！

（剧终）

【现代曲剧】

天下父母

编剧　李学庭

人物表

母　亲	六七十岁	
拴　柱	三十五六	母亲大儿
拴　勤	三十余岁	母亲二儿
拴　玲	二十七八	母亲女儿
舅	母亲的兄弟	
支　书	母亲所在村的党支书	
拴柱媳	农妇	
淑　静	拴勤媳、白领职员	
医　生		
父　亲	幻影形象	

序曲

（幕前伴唱）

天下父母心，

皎洁月一轮。

为了儿女爱倾尽，

无私一个真。

儿女都是父母的梦，

追梦至死也无悔！

也无悔！

【**幕启**。

第一场

【**母亲家院子里**。**老大和他的妻子、拴勤和拴玲，或坐或站在院子中的树荫凉下**。**母亲、舅和村支书从房内走出**。

母　亲　兄弟，那你就说吧。

舅　好，孩子们都听着，根据你妈的意见，由支书和我三人商量了一下，最后的决定是：

（唱）镇工厂这一次搞扩建，

你家老宅需搬迁。

总共赔偿五万块，

我把分配意见谈。

老二在城里买房欠下款，

要帮他把窟窿填。

这次给他三万块，

【众反应不一。

也算是父母帮他置房产，

老人的心也安。

下边还剩二万整，

老大五千、拴玲一万，

给你妈只剩五千元。

你们看这样分配中不中？

没意见这场事情就算完。

【一时都无语。老大媳妇压着火扛扛老大。

支　书　咋都不吭声？有啥意见现在就说，过后不许翻疙瘩！

拴　玲　妈、舅，我那一万我不要，留给我妈吧。

拴　勤　那……按理说……家里供我读书，也参加工作有了工资……这钱……这钱……我……

舅　拴勤，别说了！当老哩不偏不向，给你自有道理，你要在家，也得给你盖房子娶媳妇，你妈心里有本账。

拴　柱　（气恶声粗）啥账？糊涂账！

支　书　拴柱！有意见就说，你可是人哥哩！

大　媳　狗屁！出力是大哥！吃亏是大哥！

拴　勤　妈，舅……这钱我……我也不要啦！

拴　玲　还有我那一万，都给俺妈留着。

大　媳　呀！一个比一个觉悟高，好像就俺想要这钱……

母　亲　都别说啦，给你们就是你们该要！

（唱）百枝树杈一条根，
一奶吊大一样亲。
兄弟姐妹有长幼，
钱财上不分薄厚要分均匀。
老大当年盖新房，
接着娶亲又结婚。
你爹车祸赔偿款，
四万多花得不剩一分文。
老二结婚在城内，
我们家没有花钱也没去人。
他塌了一堆账，
咱当尽点心。
拴玲出门咱没陪送，
一万元算补陪送金。
若不然妈以后不好去登亲家门。

舅 都听清了吧？当老哩方方面面可都想到了。拴柱，你看这样分还公平吧？

拴柱 （火冒三丈）公平！我可不敢说不公平！我那五千我也不要！

大媳 咋不要？出门的出门，进城的进城，养老哩不见人，分东西人倒不少！

拴玲 大嫂！拍拍心口，你们管妈啥啦？

支书 都住口！拴柱，全村人都知道是你爹一条命，给你换了盖房娶亲的钱！要不是为你，那场车祸不会那样处理！我看这钱分得很公！谁要觉得不公，那是自己心里不公！钱就这样分了，马上房子要拆，你妈的养老问题咋办？这事我们也有个意见，他舅，你接着说。

舅　　好！都听着，拴柱、拴勤今后你妈就轮流跟着你们过，一轮仨月。从这月开始七、八、九拴柱，下来拴勤接。

拴玲　　舅，还有我哩，我也轮仨月，妈也是我妈！

母亲　　拴玲不能算！

支书　　你妈当然可以去拴玲那住，但不能写进协议里。就这样安排，拴柱，你表个态！

拴柱　　中！

拴勤　　我同意。

支书　　好！签个协议，村里监督执行！嫂子，我还得上乡里一趟，那我就先走了。

母亲　　兄弟，叫你操心了！有事你忙去吧。

支书　　有事就跟我说。

【众送支书下。

舅　　走，都跟我到屋里拿钱，签协议！

【拴柱两口、拴勤随舅进房，拴玲偎到妈身边哭泣。

拴玲　　妈——

母亲　　玲，你这是咋啦？

拴玲　　（唱）妈呀妈你太傻，
让女儿心似石头压。
你把钱分得不剩啥，
到以后用钱时看看哪个给你拿？
可怜的糊涂妈！

母亲　　闺女啊！
（唱）你不用替妈老后怕，
两个哥加上你儿女有仨。
妈如今活能干地也能下，

动动手妈就能，

有吃有穿也有花！

拴　玲　（唱）转眼间房要拆啥也没啥，

再回来哪里是拴玲的家。

母　亲　（唱）我闺女莫难过不用牵挂，

从今后闺女的家就是老妈。

拴　玲　妈，我公公婆婆他们都愿意你跟着我过！

母　亲　放着俩儿不养活妈，让亲戚养活，那人不笑话你哥们？

拴　玲　哥！哥！你看我大哥大嫂那样子！

母　亲　没事，你大哥大嫂都是有口没心，对妈都亲着哩。

【舅内叫：拴玲，快来！

拴　玲　（冲内）我说过我不要！

母　亲　去吧，去吧，你拿着，以后妈上你家也有脸。

拴　玲　那……（拴玲进房）

【音乐……母亲看着就要离开的院子，心思起伏，场上灯渐暗，一束光罩着母亲。

母　亲　真快呀！在这院子里一晃可四五十年过去了！……马上就要拆啦……就要……啥也没有啦……

【父亲的形象在意识中出现。

父　亲　老伴呀，咱这老宅可是你的福地呀，你不该把它卖了呀！

母　亲　你个死鬼，活着时你就好说这院子是我的福地！是我的福地！

《天下父母》剧照，商秋凤饰演母亲

父　亲　你忘了？生老大难产，我说要大人不要孩子，你就是坚持要孩子不让要你，结果孩子生了，你没了气……

母　亲　你把我抬回咱这院子里，就要换衣裳入殡，嘿嘿！谁知道我又活过来啦！

父　亲　咱家这地就是你的福地！你把你的福地卖了，看你以后上哪去？

母　亲　啥福地不福地，孩子就是我的福地。拴柱如今日子不赖，拴勤在城里工作，拴玲家日子好着哩！你个老东西没福，早早走啦，以后该我享福啦！

【母亲笑声中父亲隐去，场上灯亮，舅站在母亲身边。

舅　姐，你咋在这儿睡着啦？

母　亲　啊？！（笑）做了个梦，都分好啦？

舅　好啦。拴玲那钱她就是不要，加上你这五千，一万五给你。姐！这五万元可都分到各人手了，你就这俩钱，这往后的日子，可是比树叶还稠啊！

母　亲　一个人不论咋着过也不愁，你只管放心回家，走吧！

舅　你呀……好好好，不说啦。这钱，千万放好，最好存起来，留个密码，要好记，比如你的生日……

母　亲　中，我知道。

舅　姐，我看拴柱两口心里，可是有疙瘩呀！我担心……

母　亲　哎呀，走吧走吧！啥事都没有！

舅　姐，我看你气色不老好呀！回头到老二那好好检查一下！

母　亲　中，走吧！

舅　姐，有事你要给我捎信，把钱放好啊！

母　亲　我记住啦——

【舅下。

（切光）

第二场

【拴柱家院，伴唱中拴玲提点心奶粉上。

（伴唱）收了玉米摘棉花，
忙了果园又忙家。
一个多月忙中过，
拴玲她抽空回家来看妈。

【拴柱出门，正好相遇。

拴　柱　拴玲，你咋来啦？

拴　玲　我回来看看妈。

拴　柱　拴玲，咱妈在我这儿好好哩，你可不要回来乱戳捣！

拴　玲　大哥！我回来看看妈，我戳捣啥啦？！

拴　柱　反正我警告你啦！（下）

拴　玲　大哥，你回来！

【母亲闻声端着吃饭碗出。拴玲进院。

母　亲　拴玲，正忙哩，你咋又回来啦？

【拴玲放下东西，端详妈。

拴　玲　妈！这才一个多月，你这气色可越来越不好啦！

母　亲　胡说！幸亏你哥嫂都去地啦，要听见又不依你啦！

拴　玲　妈！
（唱）我的妈脸色青又黄，
两眼昏浊无有光。
轮饭不到两个月，
就像大病害一场。

老年人全靠好保养，
妈呀妈你就这冷馍稀水汤。

母　亲　（唱）死闺女不敢大声嚷，
这脾气到哪都是惹祸秧。
庄稼地长啥妈吃啥，
顿顿肉妈还没有那化油肠。

拴　玲　啥也别说啦！你收拾一下东西，跟我走！

母　亲　去哪？

拴　玲　上我家！

母　亲　我不去！再有一个多月，你二哥就回来接我啦。

拴　玲　你心里就只有你两个儿子！我就不是你生你养的闺女？人家一天到晚想着你，可你就不把女儿当女儿！

母　亲　玲！妈知道我闺女孝顺，可你不知道，这先辈传下的规矩！
（唱）咱不能两个儿子不养老，
给亲戚找麻烦妈的脸发烧。
玲啊玲只要你对公婆尽孝道，
就算妈自小没白把你教。

拴　玲　（唱）妈呀妈你去看看就知晓，
对公婆女儿咋把心掏。
上房让俺公婆住，
买有电视和空调。
牛奶鸡蛋从不断，
补品点心营养高，
一个个红光满面挺着腰。
我的娘还是过着苦日子，
让女儿咋能心不焦！

母 亲　别说啦，回去吧，一二十里路哩，又不通车。

拴 玲　妈，你真不去，我也没法，可你不能屈了自己！你不是有钱吗？自己买，花完了俺再给你！

母 亲　不用……一天三顿饭，啥都有啦，你走吧。

拴 玲　我就知道你舍不得买！你给我那一万块呢？拿出来给我！

母 亲　玲，妈啥都有！

拴 玲　啥都有？看你这脸色，八成是贫血，不补就垮了！把钱马上给我！

母 亲　钱，让……让你大哥拿去啦……

拴 玲　啥呀？！

母 亲　你大哥想搞大棚哩，连我那五千，都借去啦。

拴 玲　（又气又急）我的憨子妈呀！你咋能把钱给他哩！

母 亲　我眼下又花不着，再说，到你二哥那也用不着钱……

拴 玲　你！你！不行，我找我大哥去！

【扭头匆下。

母 亲　拴玲你回来！

（切光）

第三场

【村外拴玲拉着拴柱上，走到一土丘——父亲的坟前。

拴 柱　干啥？你拉我来这里干啥？！

拴 玲　哥，你把咱妈那钱要去啦？

拴 柱　咋啦？亲儿子借亲妈的钱违啥法啦？

拴　玲　哥，这是咱爹的坟，当着爹的面你说老实话，这钱你还打算还吗？！

拴　柱　滚！管好你自家的事就行啦！

【欲走，拴玲挡。

拴　玲　大哥！你们不能算计妈那俩钱啊！妈脸色越来越不好，你们长眼没有？！那亮亮堂堂的新房你们住着，大哥，那房是咋来哩？那是咱爹一条命给你换的呀！

拴　柱　别说啦！我烦听这话！

拴　玲　我要说，我就是要说！

（唱）提起爹死我的身打战，
为啥咱忍气吞声不申冤。
就为的给你盖房把婚事办，
咱的妈私了接下人家的钱。
你的房是拿咱爹性命换，
当老哩为儿为女把血汗流干。
如今妈老了该咱管，
哥呀哥咱应该，
让妈幸幸福福度晚年！

拴　柱　（唱）天天吃的一样饭，
没有亏待没有偏。
动不动就说房子是爹拿命换，
我是儿为我盖房理当然。
我的事不许你插手管，
再胡说小心我用耳巴子扇！

拴　玲　（唱）妈的生活要改善，
家务活不能干个没有完。

鸡蛋奶粉不能断，
一月花不了几个钱。
一万五还妈让妈用，
你不能算计妈的钱！

拴　柱　（唱）老二拿去钱三万，
要还老二得先还。

拴　玲　（唱）大哥你咋学成这，
要钱就不把良心放当间。

拴　柱　（唱）你再胡说我就打，
不信治不了你这鬼难缠。

拴　玲　（唱）不还妈钱我把你告，

拴　柱　（一脚踹拴玲倒地）
（唱）我等着，
逮捕我，判大刑，
正想去蹲蹲大牢坐坐监。

【拴柱扬长而去，拴玲慢慢爬起，挪到坟前哭。

拴　玲　爹呀！这就是你养大的儿子呀！

【母亲拄杖踉跄上。

母　亲　玲！玲！

【拴玲急起扶住母亲。

母　亲　玲，你哥他打你了？

拴　玲　没有，妈……

母　亲　听你五婶说，你姊妹俩在这儿吵架哩。玲，别跟你大哥吵，他也不容易！

拴　玲　妈，你要真不想去我家住，我送你去二哥那好吗？

母　亲　还得一个月呢。玲，算啦，吃好吃赖不生气，比啥都好，这事你不用管啦。

拴　玲　反正这事不能这样放下！走，咱回去吧。

母　亲　有日子没来这儿啦，我想坐一会儿。

拴　玲　那你少坐一会儿就回啊！再晚就起风了，那我先下去了。

母　亲　回吧！不敢再跟你大哥吵啦！

【拴玲下，起音乐。母亲看女儿远去，回身走到坟前巡看，拢土拔草。

唉！说话你走了十多年啦！

（唱）十八岁俺过门嫁给你，

家虽穷可咱是你亲我爱好夫妻。

那些年钟一敲都得下地，

心疼我你总把我拦家里。

生产队开会批判你，

你呀你一蹦三丈给大伙急。

你说道：俺家里体弱少力气，

累下病谁能给我拿钱医。

分多活我一人都全担起，

完不成抽我筋来扒我皮。

（白）你呀！护媳妇护得一点理都不讲啊………

不料想半路上你就撒手去，

我叫天天不应，呼地地不语。

靠山倒了孤孤单单无啥依。

忘不了你实实在在的真情意，

再作难不能让没爹的孩子受委屈。

千难万苦咬牙熬过去，

孩子们一个个成家立业树起旗。

老伴啊，从此后吃穿不用你再惦记，

老马退套牛卸犁。

说不了哪天我就来找你，

我的老伴呀，到时候可别不认你老妻。

可别不认你可怜的老妻！

【大柱媳匆上。

大　媳　妈！你真在这里，快回吧！你闺女把俺给告下啦！支书逼着叫俺还钱哩！

母　亲　这死闺女，她咋恁好管闲事哩！

大　媳　你不指派她，她凭啥去告俺？

母　亲　我真是没有！

大　媳　（哭闹）这日子硬是让戳捣里过不成了呀！叫俺去哪一下弄这一万五千块哩呀！

母　亲　老大家，不敢哭，你放心，我回去说，妈不要钱！

大　媳　妈不要钱？

【大柱媳妇破涕为笑。

（切光）

第四场

【城里，拴勤家。这是个布置温馨的二居室，一眼可看出女主人的洁净与品位，拴勤正在焦急地徘徊。

拴　勤　（唱）一轮仨月有协议，

还没接老娘我无奈着急。

与淑静我还得耐心商议，
说不通老娘来会受委屈。

【淑静提着购买的大包小袋水果蔬菜进门。

淑　静　快接着啊！

【拴勤忙接着放桌上，又给妻子拿拖鞋。

拴　勤　一买就买那么多，你提得动吗！

淑　静　多吃水果，多吃蔬菜有利于健康。

拴　勤　淑静……国庆七天假马上就完了，一上班就请假不好，我想无论如何得回去接妈了。

淑　静　咋？还是要接你妈呀？

拴　勤　一轮三个月，我和大哥签有协议！

淑　静　就咱这个六十多平米的地方，还能再住一口人吗？

拴　勤　我不是把储藏间腾出来了吗？

淑　静　非要挤到这儿干什么！不来城里，咱每个月捎回去些钱，不照样尽责了嘛！

拴　勤　淑静，那不一样！

淑　静　咋不一样？

拴　勤　（唱）钱能买衣能买粮，
买不来妈想儿子儿想娘。
娘年老需要儿赡养，
天伦乐生来是人之情长。

淑　静　（唱）生活习惯不一样，
住一起难免龃龉把感情伤。
你知我清洁安静是向往，
不喜欢嘈杂乱又脏。

拴　勤　（唱）咱娘干净又勤快，

收拾家务给咱做饭洗衣裳。

淑　静　（唱）我的意见已全讲，

究竟咋办你自掂量。

【拿东西进屋。

拴　勤　那我收拾一下，明天搭早车回去吧。

【内无语。

【拴玲扶带着大包小包的母亲寻上。

拴　玲　（看信）妈，就是这个号，对，就这儿！

母　亲　老天爷呀！住真高的楼呀！

拴　玲　（敲门）哥！拴勤哥！

【拴勤开门，看到母亲，说不上是高兴还是慌乱不安。

拴　勤　妈！你咋自己来啦？这……这……

拴　玲　还说呢！十月都过去五六天啦，你咋不回去接妈？

拴　勤　单位有点急事，说明天回去。走，快进屋！（众拿东西进屋）

母　亲　这房子多好！拴勤，你媳妇呢？

拴　勤　她……她有点不舒服，在卧室里呢。我叫她，淑静——

拴　玲　（看屋子）这屋子收拾得真跟电视里一样！哎呀……我二哥算有福气！

母　亲　花十几万呢。

拴　玲　妈，你以后就住在这样的房里享福啦！干脆，别再让大哥轮了，让他们每月拿点钱。

母　亲　那是家，咱乡下人离不开土。

拴　玲　你呀！生就啃生坷垃的命！妈，我刚才见这楼东边，就是个医院，让二哥领你去检查检查！

母　亲　妈没病，检查啥呀！

【拴勤推淑静出门，淑静脸上勉强挤了点笑容。

淑　静　　啊，都——坐吧。

母　亲　　你不舒服？歇吧！

淑　静　　单位有点事，我先出去啦。

拴　勤　　淑静——

【淑静踢开地上的包，出门而去，拴勤求着追出门外。

拴　玲　　哟！二嫂看着不高兴呀？

母　亲　　别胡说！

【拴勤无奈返回。

拴　玲　　二哥，我二嫂她……

拴　勤　　她有事……妈…… 你喝水……

【各人心里都有感觉，又无法说出，一时静场。

拴　玲　　（唱）见二嫂悻悻出门走，

二哥他追出门外苦哀求。

《天下父母》剧照，张晓辉饰拴勤、芳芳饰淑静

拴　勤　　（给拴玲倒水）妹子，喝水，这地方不好找吧？

母　亲　　（唱）儿媳妇出门去我心凉透，

分明是不高兴把我收留。

满心想进城来与儿相守，

老废物惹人厌泪在心流。

拴　勤　　妈，咱这楼高吧？咱这是六楼，是高了点……

母　亲　　哎……哎……

拴　玲　　（唱）二哥他这个样我看出八九，

是一个“妻管炎”怕字当头。

拴　勤　　妈，你坐这儿歇着，我把你的小屋收拾一下。

母　亲　　我去吧……

拴　勤　　你歇着，我去！（下）

拴　玲　　妈——

（唱）这个家我看你难住长久，

从乡下到城里事会更稠。

一进门就给脸是只咬客狗，

二哥他就不敢耳巴子抽！

母　亲　　（唱）死闺女你给我赶紧闭口！

这不是在村里你信口胡诌。

你要是敢惹事再把气斗，

我现在就赶你出门下楼。

你没看你二哥还是恁瘦，

咱不能再给他惹事添忧。

你二嫂是城里人咱一时摸不透，

在一起时间长慢慢就熟。

你已经把妈送到你二哥手，

吃了饭就回去别在城里留。

拴　玲　　妈，这个样子我咋能放下心呀！

母　亲　　到你二哥这儿了，啥样子？你大哥那不好，你二哥这不好，就你那好！各家都有各家的难处！妈这事以后你别管了。

拴　玲　　你就不知道好歹！

母　亲　　吃了饭回吧，有你哥们，我不叫你惦记！

拴　玲　　不叫就不叫！（生气地向拴勤去的小屋走下）

【母亲从包里掏着东西，放在茶几上。

【拴勤、拴玲从小屋出。

拴　玲　　二哥，就让咱妈住那间小黑房子，你这大屋干啥哩？

拴　勤　　这大屋……你二嫂有时，她…… 她要用电脑……

母　亲　　拴玲！妈就爱住小屋，大屋我睡不着！

拴　勤　　妈，你去床上躺一会儿吧！

母　亲　　我来就是给你们做饭哩！东西在哪？

拴　勤　　妈，你才来……

母　亲　　坐汽车又不是跑路，走，给我说东西在哪儿！

【母亲和拴勤向厨房走下。

【拴玲忧心重重，无奈地拿起包，走到门口又转身。

拴　玲　　（眼含热泪）妈！我走啦……是好是赖，你就一个人受吧！

【扭头洒泪奔下。

（切光）

第五场

【一个多月后，拴勤家厅内。母亲拿了块抹布，趴在地板上擦拭，起身差点跌倒。

（唱）天天盼，月月巴，
盼着早来老二家。
人老就是没有用，
轮到哪家烦哪家。

母 亲 （唱）人家的卧室常上锁，
不打扫不让往里踏。
转来转去四指地，
擦完地板把桌椅抹。
吃饭的碗筷分着用，
大门的钥匙也不让拿。
一来客就得拱进小黑屋，
害怕不慎话说差。
媳妇整天拉着脸，
我心理实在害怕她。
儿子倒是心疼妈，
可就是，
瞻前顾后处处怕；
左右为难难为他，
大小事情他都不当家。
这些时腹内块好似又长大，

时不时疼得如针扎。
有心开口去看看病，
不忍心再给儿子把负担加。
反正是三年两年也不会垮，
真死了倒也是满天乌云变彩霞。

【门铃响母亲忙开门。

【拴勤、淑静进门。

拴　勤　妈，我们回来啦！

母　亲　啊！今儿一块回来啦？我这就去炒菜！

【母亲进厨房，拴勤给淑静拿拖鞋。

淑　静　给你妈说，炒菜少放盐，不要不是咸就是甜！

拴　勤　好，妈——注意盐，不要放多啊！

【淑静掏钥匙，拴勤接过去开门。

拴　勤　（试探地）淑静，以后咱这屋门是不是……不锁了？

淑　静　啥意思？

拴　勤　你看，就好像防咱妈似的，不得劲！

淑　静　这道理你还要我给你讲几次？这是我们最后一块私人空间了！

拴　勤　算我没说，你进屋歇吧。

【敲门声传来，

淑　静　（惊觉）谁敲门？

【拴勤开门，拴玲和舅提着东西站在门口。

拴　勤　哎呀，舅！你们咋来啦？！

舅　　　你妈来一个多月啦！拴玲要我一块来看看，你妈还好吧？

拴　勤　好、好，快进屋。

【淑静明白来人后，不悦地欲进房间，拴玲进屋。

拴　玲　（热情地）二嫂，你也在家呀！

【淑静应付地哼了一声，又欲走。

拴　勤　　淑静，这是咱舅……

舅　　啊！这就是外甥媳妇？你们结婚也没让舅来，头一回见面，好！好！

淑　静　　（出于礼貌）啊……坐吧。（进房关门）

舅　　这楼看着不高，上着还怪费劲哩。哎，拴勤，你妈哩？

拴　勤　　我妈正在做饭，我叫——

拴　玲　　别叫。（拴玲进厨房）

拴　勤　　（端水）舅，你来也不打个电话，我好去接接你。

舅　　接啥哩，拴玲来过认识路。你妈这一段啥样？我看错不了。这高楼住着，电视看着，风雨不打，吃穿不愁！我姐是享住你们的福了！

【母亲和拴玲出。

舅　　哎呀，姐！

母　亲　　没事你们来干啥哩！

拴　玲　　舅！你看我妈是不是又瘦了？

母　亲　　整天吃吃坐坐还会瘦！

拴　玲　　哥，给妈检查没有？

拴　勤　　还没……

母　亲　　没病检查啥呀！就你多事！

拴　玲　　妈，明天我带你去检查。

舅　　哎，外甥媳妇是咋啦？叫出来说说话嘛。

拴　勤　　我叫……

【淑静一脸不高兴地从房中出来，踢过地上的大包小包，向大门走去。

淑　静　　我有事，先走啦。

母　亲　　你还没吃饭，我马上给你盛！

淑　静　　不用，够你们吃就行啦！

【淑静要出门。

拴　玲　　（忍无可忍）站住！二嫂，你还通不通点人性？！

母　亲　　（急）拴玲！

淑　静　　（转身走到拴玲面前）姑奶奶，我怎么不通人性啦？

母　亲　　（又怕又急忙拉过拴玲）她二嫂，你别跟她一样，她是个野人……

拴　玲　　第一次送妈来，你就给了个脸子！今天还是这！你还是读过书的大学生！你就是天上掉哩，你就没有妈？

母　亲　　拴玲！你要气死妈是不是？！

拴　玲　　妈！你怕啥啦？这是你儿子的家！

（唱）打进门你就不高兴，
满脸黑丧挂着冰。
俺是迢迢百里看母亲，
不是讨要的可怜虫！

母　亲　　（唱）死闺女不让生气你心不静，
你咋是个愣头青。
她二嫂你别理她她有病，
娘就去给你把饭盛。

淑　静　　（唱）莫盛饭，等一等，
今天把话要说明。
拴玲讲的没有错，
对你们我就是不欢迎。

拴　勤　　淑静……

淑　静　　（唱）我这家不是招待所，

我讨厌人多嘈杂乱哄哄。
我生存的空间要保证，
你们无权破坏我的平静和安宁。

拴　玲　（唱）这里是我二哥的家，
我们一奶吊大一母生。
兄弟姐妹常来往，
难道说这点人情你也不通？

母　亲　死闺女！你少说两句中不中啊！

舅　姐！
（唱）怪兄弟多事来看你，
惹得一家不高兴。
拴玲咱还是回去吧，
谁让舅是个穷老农！

拴　勤　（拦）舅！
（唱）千错万错是我错，
原谅你外甥太无能。
我打揖作躬求淑静，
给我个脸面行不行！

淑　静　（唱）这环境我实在不适应，
这就离开把地方腾。

【淑静拂袖而去，拴勤欲追，母亲晕倒。

拴　玲　妈！

舅　姐——

【拴勤扇着自己耳光，跪在母亲面前。

舅　快背你妈上医院！

（切光）

第六场

【医院。拴勤、拴玲、舅都围在已经检查过的母亲身边。

母　亲　拴勤，我没事啦，净等化验结果啦。你带着拴玲去跟她二嫂赔个错！你舅他们马上就走啦。让淑静回来吧。

拴　勤　有本事永远别回来！

母　亲　胡说！拴玲跟你二哥一块去，听妈哩！

拴　玲　二哥，你咋给我找了个这样的二嫂！（悻悻下）

舅　　　拴勤，去吧。

拴　勤　我就去叫她这一次，要还不回来，随她的便去！（下）

舅　　　姐，拴勤这孩子可是拿不住事呀！

母　亲　唉！人家工资比拴勤高。拴勤这公司连奖金都没有……

舅　　　我看你在这儿也住不长，回去吧！

母　亲　可还有一个月才轮到拴柱，拿捏着过吧……

【医生上。

医　生　你们的化验结果出来了。

母　亲　俺这是啥病？

医　生　请你回避一下，（指舅）我有话给他说。

舅　　　姐，那你先过去一下。

【母亲已感不好，不安地到一边听。

医　生　大娘是你？

舅　　　是我姐，有啥话净说啦。

医　生　你姐的病是肝癌，而且是晚期！

【母亲慢慢软坐地下。

舅　　　医生，这病……还有治吗？

医　生　　也不能说不能治，但治愈的概率很低。如要治，先交三万押金，带钱了吗？

舅　　　带……不够，你等等好不好？

医　生　　好，准备好钱再来找我。（下）

【舅如惊雷炸心，六神无主。

（伴唱）医生话，似雷霆，

让人冷，让人惊。

姐姐呀你咋得了这个病，

老天爷都说你公平，

你不公平啊！

【母亲慢慢站起，恢复平静。

（伴唱）不需怕，何必惊，

《天下父母》剧照，师东辉饰老舅（左一）、商秋凤饰母亲（左二）

长寿短寿都是命，

命里定了就别争。

【**舅故作轻松走到母亲跟前**。

舅　　姐，还以为有多大事哩，没……啥大事。

母　亲　　不会有啥大事，把那化验单给我。

舅　　先放我这儿。姐，要不，你先回拴勤那吧？

母　亲　　那你哩？

舅　　我……去找找拴勤，还有拴玲……我……商量个事……

母　亲　　商量啥？

舅　　商量一下……回去的事……

母　亲　　把化验单给我吧。医生一让我过去，我都清楚啦……

舅　　（悲从中来，泣不成声）姐！……还能治还……能治呀！我这就找孩子们筹钱去！

母　亲　　傻兄弟！姐给你说，人活百岁也得死。能治，姐也不治啦。我都奔七十的人啦，还想活多大？

舅　　不！姐，要治，要治好！咱一定要治呀！

（唱）姐呀姐你这辈子太不易，

一步一坎路崎岖。

为儿子，为闺女，

年纪轻轻就寡居。

当爹当妈受尽苦，

咬牙从不把头低。

好容易养大儿和女，

你却是一只孤雁无处栖。

一个包袱提手里，

今日东来明日西。

看脸色，忍闲气，
到老来变成童养媳。
老天爷偏偏不睁眼，
又让你染下这病疾。
姐呀姐！你要把信心树立起，
这个病如今的医术可以医。
花钱多少是小事，
孩子兄弟都能集。
治好病老姐晚年享欢娱，
也不枉来世一场披人皮。

母　亲　兄弟！
（唱）人生在世几十年，
享福受罪都得完。
要想血脉不会断，
得靠儿女往下传。
天下的父母都一样，
为儿女受尽苦难也心甘。
孩子们托生咱家命都够贱，
一个个跟着咱没少受可怜。
这一回旧宅院乡里拆占，
头一回给他们那么多钱。
这辈子我总算办了大事一件，
当老哩愧疚心也算稍安。
我这病从得下就有预感，
几次疼几次犯没对人言。
这一次你们拉我来化验，

这结果万不能给孩子们谈。
倘若是逼孩子拿钱把病看，
肯定让一家家日子更艰难。
这老命纵然能往前拖延，
姐活着比死了更不安。
兄弟啊，不敢憨，
人生都有这一天。
这病坚决不能治，
病情不能往外传。
不让儿女受连累，
不让儿女再为难。
只要娃们都幸福，
我在九泉也坦然。
兄弟呀，你必须按照姐的意思办，
姐的决心定如山。
兄弟倘若不答应，

【母亲腾地双膝跪倒在兄弟面前，舅热泪奔涌，叫着姐跪倒，扶姐。

母　亲　（唱）姐就跪死你面前！

舅　姐——你这是咋啦？你起来，姐！

母　亲　兄弟，你答应姐！

舅　姐……我……我……答应！

母　亲　一点口风也不能透，要让孩子们高高兴兴地过日子，你记住了吗？

舅　记住啦。可姐咱得吃药，可不能放弃治疗呀！

母　亲　（母亲起身）兄弟，拿药回乡下吃吧。咱今天就走。

舅　行，乡下空气好，还能找些偏方。

母　亲　　不过，拴勤这儿还有一个多月，这刚刚又生了点气，不能让孩子们觉着，是为了生气我才要走。要让孩子们高高兴兴哩！

舅　　姐，都啥时候啦！你还管那么多！

母　亲　　得想仔细点。要不，咱走了，他小两口又该为我闹别扭！

舅　　姐，你看那边是拴勤和拴玲回来找咱了吧？

母　亲　　兄弟，走，咱从这边赶紧走。

【母亲说完就向另一边走下。

舅　　姐，还没抓药呢！

（切光）

第七场

【拴柱家景同二场。

大　媳　　（埋怨拴柱）你看老二多能啊，不到时候可把咱妈给打发回来啦！这协议还算数不算数？

拴　柱　　你没听舅说，是咱妈住不惯，自己要回来。

大　媳　　钱只嫌给老二少，你妈那心长到胳肢窝了！

（唱）这件事咱占着理，
坚决坚决不同意。
咱妈分明向二弟，
合伙要把老大欺。

拴　柱　　（唱）咱要硬是不同意，
村里人要说咱是非。
一万五那事要重提起，

再要不还怕不依。

大 媳 （唱）若不然咱们来个苦肉计，

拴 柱 （唱）苦肉计？

大 媳 （唱）对，跟他们设个大难题！

大 媳 你听我说（附耳低语）。

拴 柱 那……怕不好吧？

大 媳 老实人受欺，听我哩！

【大媳推拴柱进屋关上门。

【村支书，舅上。屋里传出大媳嘤嘤的哭声。

支 书 拴柱！

【拴柱出。

舅 谁咋啦？

拴 柱 别理她！不通人性的东西！硬是坚持要按协议办。我梃了她一顿！没事，让我妈回来吧。

舅 拴柱，这次你妈回来，快七十的人啦。她……她……还能跟你们几天呀？！

支 书 拴柱，人都得老呀，都有这一天！

【传出大媳哭声。

拴 柱 （冲屋内）你挨哩轻不是？再不跟我夹住，我往死里揍你！

支 书 （喝住）大柱媳妇！闹啥哩闹？不错，一轮仨月有协议，你妈跟着你们，吃多大亏了？不愿意也行，你们把那一万五千块钱还了，我找人管！

【大柱媳妇，披头散发冲出。

大 媳 你当支书哩，为啥不一碗水端平？

拴 柱 你！你还想活不想啦！

大 媳 不想活啦！打死我，你妈给你再找一个大闺女！

拴　柱　　我叫你嘴硬！

【拴柱挥手就打，大媳妇哭喊着跑向屋内，拴柱紧追进去，反手闭门，传出殴打闹声。

【拴玲、母亲上，见状不解。

舅　　（急推门）拴柱！开门！不能打！

【传出殴打和大媳妇的吼叫声。

支　书　　（苦笑）没办法，让打吧，我看也该挨！

【拴柱执棍追打着，大媳开门从屋内跑出。

大　媳　　过不成了我要离婚！

拴　柱　　我让你离！（追打）

母　亲　　拴柱你疯啦？！

大　媳　　过不成啦，我要离婚！（跑下）

舅　　拴柱快去把她拉回来！

拴　柱　　离就离！反正他妈的也过不成啦！

母　亲　　胡说！死孩子，你还不快去，你在这儿干啥！

【拴柱不情愿地追下。

支　书　　没想到拴柱媳妇真马虎蔫，我看拴柱打得不轻！

拴　玲　　（笑）嘻嘻……哈哈……

舅　　拴玲你笑啥哩？

拴　玲　　你们上当啦！

舅　　上当？

拴　玲　　（唱）一个举棍打，

一个哭声扬。

打的打不着，

哭的不悲伤。

我敢打包票，

是在演双簧。

目的是千方百计不想养俺娘！

舅　　不会吧？刚才拴柱进屋里，关住门打得可厉害！

拴　玲　关着门打哩，你咋知道那棍子打在身上，不是打在床上？被子上？你们想想，那么粗的棍子往身上打一下，我大嫂还能禁得住？跑恁快？

支　书　拴玲说得有道理！这些不孝顺的东西，得依村规收拾他们！今晚就开会！

母　亲　兄弟兄弟，你别听拴玲胡说，俺拴柱是孝顺孩子！

支　书　你护孩子的毛病又犯啦！

母　亲　家务事都一样，吵吵就没事了。孩子都是好孩子，这点我清楚，千万不敢惊动村里！你有事先忙吧。

支　书　嫂子，上次不是你说话，那一万五他敢不拿出来，这该教育可得教育呀！

母　亲　自己的孩子我能不知道，一会儿就好啦。没事，你放心去吧。

支　书　嫂子，你这气色可是真有点不好，有事你就给我说，你兄弟这官，就是专为村民办事哩。那我先去啦。

【村支书下。

拴　玲　妈，你能管了我大哥？

母　亲　兄弟，你跟拴玲去把西边那砖窑收拾一下，灶具都是现成的，我想自己过。

拴　玲　啥呀？你要一个人去住那？那是多年不用的牛圈！咋住人！

舅　　姐，你不知道你现在这情况？不能离人！等拴柱回来看他咋说，不行还真得经经法律！

母　亲　让拴柱他们生气过不成日子，都高兴？把咱孩子弄会场上丢人，当妈哩老光彩？！你们不去收拾，都走吧，我自己去！

【母亲走，突然腹疼发抖。

舅　　姐——

拴　玲　　妈——

（切光）

第八场

【一盏油灯，照着窑洞内病痛难耐的母亲。

【母亲颤抖着，一口鲜血喷涌出口，她伸手去端水碗，水碗落地，破碎声尖厉惊心。

母　亲　　（唱）阵阵疼痛透心肺，
无力捧起茶半杯。
止不住鲜血涌出嘴，
看起来我要去把老伴追。
想今生虽然没有享富贵，
养大了两儿一女不算亏。
这辈子也曾经家境和美，
农家院也时有欢笑声飞。
养儿女都盼着成梁成檩，
这个梦似大手把人往前推。
为这梦我甘愿寡居大半辈，
为这梦四季田头雨淋风吹。
为这梦千难万苦我都吃尽，
为这梦阎王殿我走过来回。

全不说吃香喝辣安度晚岁，
全不说儿女孝道回报春晖。
当父母为儿女掏心掏肺，
老无用落一个无家可归。
老大家又哭又闹装神弄鬼，
把亲娘当包袱硬往外推。
老二他平时就惧内，
内心里也盼我早走解围。
回村两月问也不问，
哪管你死活停了炊。
若不是拴玲闺女尽孝顺，
我这把老骨头早沤成灰。
千般苦万般屈难说出嘴，
自养儿不成器我还能怪谁。
村里头来看望还得忌讳，
为他们好名声遮过饰非。
我巴着早些走都不受罪，
让儿女去拖累舒心扬眉。
买的药全没吃藏在纸箱内，
我死后退回去少把钱赔。
残烛孤灯油已尽，
衰草枯叶不经摧。
窑外大雪纷纷坠，
鲜血吐得我气息微。
该走了，该走了，
就要去把老伴儿陪。

十多年未见要相会，

我不能一身旧衣满脸灰。

【艰难地从纸箱中拿出送老衣穿戴起来。

走时候穿的衣早已准备，

是闺女量身做不瘦不肥。

想起来出嫁时那新衣好美，

这辈子再穿新衣就是这回。

【倒水洗脸对镜梳头。

再洗一次脸，

再理一回鬓，

见老伴儿才真是去见亲人。

穿戴好免他们忙乱受罪，

干净来利亮走不伤不悲。

老伴儿呀快来接我走，

从今后咱又要相依相随！

【母亲倒坐，气息渐弱。

【拴玲提东西叫着妈进窑，见状大惊。扔下东西扑上去，抱着母亲——

拴　玲　妈——妈——

（母亲拼尽生命余力，挣扎着睁开双眼，直视拴玲）

拴　玲　妈——，你咋啦？你不要吓我啊！

【母亲嘴动了动，似有话说，却说不出。

拴　玲　妈！你有啥话要说吗？你说呀妈！

【全场静寂，母亲聚力说出了她人生最后一句话。

母　亲　不要……难为……你哥们！

【母亲头一歪，绝气。

【随着拴玲撕心裂肺一声“妈——”

【起凄楚惊心的音乐与合唱：

（合唱）天下父母心，

无私一个真。

倾尽所有为儿女，

至死也无悔！

天下儿女扪心问，

知道孝老有几人？

为什么一父母能养十儿女，

十儿女难养一双亲！

当思忖！当思忖！！当思忖！！！

【合唱声中，出以下场景：

【舅、支书、拴柱两口齐上，拥向拴玲抱着的母亲。老大和媳妇上，胆怯地走向母亲，老舅转身给了老大一耳光！又要上脚踢，被支书拉住。

【老大两口、老二两口一起向母亲跪下。支书和老舅也低头致哀！

【定格造型。

（剧终）

【豫剧现代戏】

时来运转

（精准扶贫戏）

编剧　李学庭

人物表

刘　莉	女	小四十岁	镇干部
李桂香	女	四十多岁	村民
程自强	男	六十多岁	村民
王玛瑙	女	小三十岁	村民
程丛民	男	三十五岁	村民
程　妻	女	小六十岁	村民
赵知行	男	小四十岁	村民

第一场

【豫西某村贫困户程自强家院子，零乱寒酸。开场音乐中，程自强推轮椅中的妻子上场，停下轮椅，端详一阵门楼后，走到儿子丛民住的平房门前。

程自强　（对屋内）丛民，快十点了，起来吧，今天不出去乱跑了，帮爹干点活，咱家要挪门楼哩，得准备准备……

【少许，丛民开门出，打着哈欠，看着手机往外走。

程自强　（乞求地）丛民，爹说哩你听见没有？

程丛民　（看着手机，进入情境）上勾拳！打打！好！……

【出门而去。

程自强　（追叫）丛民！哎！

（唱）程自强我长叹息，

这日子过得不能提。

老伴偏瘫坐轮椅，

我也是三天两头有病疾。

别说手里没有钱，

有俩也全送医院里。

瘸子腿尽遇坑洼路，

屋子漏偏逢连夜雨。

一个儿年轻力壮三十几，

心眼憨直出了奇。

出外打工常挨打，

坏了名声窝家里。

人家都打工挣钱奔日子，
他却是硬啃老子这脊梁皮。
你嚷他人家两眼一瞪出恶语，
天爷呀，就差出拳往你头上击，
我他妈活得辈数低呀！
谢老天、谢大地，
如今这政策没说的。
扶贫咱是贫困户，
镇里头脱贫有限期。
刘同志三天两头上家来，
又送东西又出主意。
我家一天不脱贫，
我不着急他们急。
掐指算今天应该来，
最好是带点卤肉或烧鸡。
老伴呀，命瞎遇上好时代，
该知足时咱得知足。
等将门楼移过去，
说不了咱全家真要时来运转迎大吉。

【到老伴轮椅前。

程　妻　你不是答应人家刘莉种药材哩，咋非得急着挪门楼哩？

程自强　我想了想，这种药材得投入一笔钱哩，逗住逗不住还两说哩！只要小刘真能弄来钱，干啥再走着说着。这门楼可是早挪比晚挪强啊！

程　妻　那赵知行可是个忽悠大王，哄死人不偿命。

程自强　你懂个屁！

（唱）赵知行人虽鬼，

那也要看看他对谁。

挪门楼这事有学问，

风水时运系门楣。

门楼挪到东边去，

紫气东来迎光辉。

下辈儿孙沾大惠，

这一回我的决心不可摧。

这儿子依靠不上，得给亲戚们捎信，他小姨夫是木匠，叫他来帮两天忙。走，进屋打电话！

【推程妻进房。

【镇干部刘莉上。

刘　莉　（唱）沐浴着爽风阵阵清禾香，

扶贫匆匆到程庄。

程自强是我帮扶的贫困户，

几月来反复登门做商量。

做商量，难商量，

他名叫自强却志不强。

只想要钱要东西，

不愿出力把汗淌。

一见你送米送油他就笑，

一见你空手登门就脸黑丧。

歪理说得强似唱，

常常叫我口难张。

好容易答应了种植药材把项目上，

扶贫的专项资金办停当。

争取尽快把款放，

登门将各项措施定周详。

【刘莉进院。

刘　莉　大哥，自强大哥！

【程自强高兴地答应着出门，一见刘莉两手空空，顿时热情大减。

程自强　啊……来了，坐吧。

刘　莉　大哥，咱家那三亩地，经过多次论证商讨，种植药材的计划，你也同意了。根据咱这里的土质和气候情况，经征询农研所专家，也认为咱的方案合适可行！

程自强　不用问他们，我也知道可行。再可行没前期投入资金，还是不行！

刘　莉　县上的专项扶贫资金已经说好了！

程自强　（喜出望外）解决了？哎呀刘书记！

刘　莉　我不是书记！

程自强　刘镇长！

刘　莉　我就是个普通干部，请你不要乱叫！

程自强　你是我的财神爷呀！不不……财神奶奶！办成了？多少钱？

刘　莉　二万。

程自强　二万？够了！够了！（伸手）钱哪？

刘　莉　还要你办有关手续。

程自强　（脱气）办手续？不是白给的？

刘　莉　这是为支援贫困户脱贫，国家设置的无担保、无抵押、无息专项资金！

程自强　无息？那本钱还不还？

刘　莉　等药材卖了，逐渐归还。

程自强　说了半天……那不是还得还嘛！

刘　莉　当然要还！政府替你付了息，几年内才让你还本，难道你……

程自强　不让还本我就干，让还本我不贷！

刘　莉　你！你不要？

程自强　不要！那种药材谁敢保证一定赚？万一赔了呢？无息我也不敢贷！

刘　莉　自强大哥！

（唱）不能说种植没风险，
任何事要成功先要承担。
真要是天灾大人力难挽，
政府会帮助你渡过难关。

程自强　（唱）不是我不愿担风险，
穷日子过得我没有胆。
一辈子不欠外人账，
喝凉水就馍心安然。
刘同志别再将我劝，
说一千道一万，
要让还本就免谈。

刘　莉　大哥，你知道这无息贷款也不是谁想要都给的，你不能……

程自强　别说啦，我知道你无职无权，办事作难。是这，你要能弄来千儿八百，让我挪了门楼，你放心，以后上边来检查，我管保只说好话！至于你们要填表上报，你咋填我都同意，都签名，咋样？

刘　莉　大哥！你咋能这样想哩？咱扶贫是实实在在要真正脱贫哩，不是要个虚名！你那不是哄上级，是在哄自己呀！挪了门楼你都能脱贫？那是胡扯！

程自强　　给你说实话吧，这日子我已经过得没一点心劲儿了！我老两口土埋半截身子了，全过儿子哩！可一个儿子啥都不干，三十多了还是光棍一条，这日子还有啥过头？！我是四两心劲都提不起来了！

刘　莉　　我看丛民不错呀，咋会说不来媳妇？

程自强　　这孩子性不正，出去打工光惹事，名声毁了！有媒茬一说人家都摇头，连面都不见。命！我老俩就是这命！不说啦，还是那句话，你要弄来钱让俺挪了门楼，变变风水或许还有指望！不说了，偏瘫老伴该吃药啦！（进屋）

刘　莉　　大哥！咦！

（切光）

第二场

【豆腐西施王玛瑙豆腐作坊院内。

【开幕，玛瑙正给几个男女员工布置任务。

王玛瑙　　都听我说：今天客户多，咱只保证重点。小赵，你把超市要的送去，老张送黄河宾馆的，小林送农贸市场的，其余有要豆腐的，给人家解释，咱马上设法扩大生产，好不好？

众　　好！

王玛瑙　　出发！

【众欢笑着分头跑下。

（玛瑙接手机，回答）明天，明天，一定给你们，谢谢支持！

（唱）一阵忙伴随着一阵欢喜，

豆腐坊生意好步步升级。
生意好全因为讲究科技，
老产品新做法创出了佳绩。
卤水点醋水点各有口欲，
甜叶汁点豆腐味道新奇。
硬豆腐软豆腐各有欢喜，
草莓豆腐菜豆腐让你满足。
质量好讲信誉闯出名气，
人送我“豆腐西施”名满豫西。
忘不了艰难中政府帮济，
无望中农家女没把头低。
因此上知恩报恩我心中牢记，
豆腐坊要和乡亲共同富裕。
为了让更多人打工得利，
小作坊要扩大走出豫西。
扶贫书记已帮我制订了发展之计，
提质量上规模逐步升级。
新厂房马上要拔地而起，
新设备农科所帮忙购齐。
豆腐小万家餐桌天天难离，
决心创出新天地，
借时代浩荡东风蓝天展翼。

【电话响，接听。

王玛瑙 喂，我是玛瑙……你……大姐啦？啊……啊……知道这个人，他好像和桂香姐家是亲戚，啊……对，那你抽空来吧，我领你找她，行，啥时候来都行。

【刘莉打着电话已走到玛瑙身后。

刘　莉　玛瑙，我已经来了！

王玛瑙　（扭头，惊喜）咦！大姐你都来了还打啥电话？（拉过凳子）坐！坐！

刘　莉　我怕你忙，没工夫见我。

王玛瑙　难得你来一次，停了活也得见你。

刘　莉　玛瑙，小虎呢？

王玛瑙　我忙得头不是头，脚不是脚，我送他上了全托。

刘　莉　你咋不送到咱家让爹妈招呼？

王玛瑙　我怕爹妈受拖累……说实话，我也不想让见你弟，人家刚生了个宝贝女儿……不说了，你能不忘妹子，有事还找我，我高兴！

刘　莉　玛瑙！

（唱）俺弟就是陈世美，
分不清烂铜和真金。
俺们对他怨又恨，
可挽不回他让别人迷了心。
咱多年情意忘不掉，
关系变了感情存。
有事我还是想找你，
我最佩服弟妹的本领和为人。
眼下我就遇难事，
请弟妹，不……
请妹子帮我把手伸。

王玛瑙　（唱）谢大姐依然把我信任，
没说的你要八两我给一斤。

哈哈哈……刚才你电话说是程庄那程自强？

刘　莉　对，他是我分包的贫困户。你知道为他脱贫我工作有多难。每次去都送米、送油，又买点心又给他买衣服，可人家就是不配合！好不容易经过论证，确定了他家脱贫项目，镇领导帮助说好了无息贷款，可人家死活不贷！

王玛瑙　无息贷款都不要，是不是……

刘　莉　主要还是思想问题，提不起心劲儿，他唯一的三十来岁的儿子，整天蹲家里啥也不做，连媳妇也说不来。

王玛瑙　你想让妹子咋帮你？

刘　莉　我了解到，你村李桂香是程自强妻妹，很有本事！她能降住程自强。要是能让她帮我去做做工作，让程自强把种植药材这项目上了，不出意外，三亩地两年下来就是八九万收入，肯定能脱贫。

王玛瑙　（思索）大姐，你说那程自强我听说过，但没交往。他媳妇是桂香姐伯家的老大闺女，听说偏瘫了？

刘　莉　都两年多了，离不开轮椅。

王玛瑙　桂香姐可是我佩服的干家，对，找她！只要她答应出马，十有八九马到成功！

刘　莉　看来我是真来对了！桂香姐要是能再做做程自强儿子丛民的工作，让他出去打个工，这盘棋就全活了！

【门外有人叫：“豆腐西施在家吗？”

王玛瑙　你看巧不巧，说曹操，大白脸可登门了！（对外大声）桂香姐，妹子在家哩！

李桂香　（说笑着进院）我看看俺西施妹子又白了没有？（上前一抱拉住玛瑙认真端详）哎呀！真是又白了！又漂亮了！这脸就和你那嫩豆腐一样，看着就想抱住咬一口！（二人畅笑……忽然见刘莉）咦！这还有个人！这不是那……镇上的刘莉吗？

刘 莉　我就是刘莉，你好桂香姐！

李桂香　好好好，想你玛瑙妹子啦？哈哈哈……刘莉，听说你扶贫包的俺大姐那一家？

王玛瑙　桂香姐，你姐夫那人都把刘莉快难为死了！你说恁好这扶贫政策，无息贷款送上门，他都不要？

李桂香　我的那个姐夫呀！

（唱）上辈子也不知道是啥托生，
干的没有说的能。
日子过成烂浆饭，
不以为耻反为荣。
一见面我就将他骂，
害俺姐这辈子掉穷坑。
一个儿子也带坏，
亲戚们提起都脑根疼。
因此俺平时也不常走动，
不想沾他惹身腥。
前几天他突然给俺打电话，
让初六到他家里去帮工。
说是他家要挪门楼，
我看是半夜三更发癔症。

刘 莉　（唱）这件事全怪赵知行，
忽悠他平路不走偏跳坑。
说什么挪了门楼变风水，
他以后就会吉星高照时运通。

王玛瑙　（唱）这才是不听人话听鬼叫，

做梦等神仙送馅饼。
现在还不想挺身干，
这种人活该他受穷。

李桂香　（唱）怨他恨他有啥用，
毕竟连着亲戚这根绳。
我姐已经落下病，
不帮心里也不宁。

刘　莉　（唱）对对对！
咱一定想法帮助他，
也算帮我把难题攻。
脱贫一个不能少，
咱合力解决这典型。

王玛瑙　（唱）治病先要诊透病，
突破口抓得不准瞎费功。

李桂香　好好好！
（唱）咱现在就给他会诊，
找准穴位把针行。

李桂香　我看我姐家那问题关键是程自强，他就是病根！

王玛瑙　对，他是病根，可他的病是咋得的呢？

刘　莉　桂香姐，这个问题我也认真想过。现象上看关键是程自强，但我觉得真正的穴位，怕应该是程丛民。

李桂香　是丛民？

刘　莉　程自强曾说，日子过得没一点心劲儿，一个儿子啥都不干，三十多了还是光棍一条。是儿子让他灰心失意了。

王玛瑙　有道理，这很可能是程自强的病根！

李桂香　哎呀，对对对！这应该是他们家最大的问题。我姐有病也是为这愁的！

刘　莉　咱俩看法完全一致！我也托人给程丛民找打工活了，可人家就是一个不干！

王玛瑙　不干？为啥呀？怕出力？

李桂香　不是怕出力，你们不知道，丛民原先一直在外打工，可能干了。后来是因为受了刺激伤了心！那是几年前的事了。丛民给市里一个大超市开车送货。一次超市把一批过期奶制品改了日期，让丛民送到一个幼儿园，丛民把东西拉到后，就告诉幼儿园奶品日期是改的，不能喝！幼儿园请质检部门一化验，果然奶品已开始变质了。这件事上了报纸，那家超市受了处分罚了款，人家也把丛民辞退了。谁知这件事后，竟然没有企业再用他，不少人还说他脑子有病，不够数！孩子就伤心地一直待在家了！

刘　莉　原来是这样……这我还不知道。

李桂香　咦，那程自强怕儿子让别人知道性不正，不好找工作，不好找媳妇，谁都不让说，为这事还和村里人打过架。

刘　莉　姐，要是因为这，这个程丛民可是个正直善良、有原则有底线的人！

王玛瑙　对呀！我扩大生产，正需要送货司机，这样的司机我要用！

李桂香　好！哎呀，玛瑙啊！我几次都想求你，怕你为难就没敢张口！这下好了！我通知他明天就来上班。对，这件事呀！先不要告诉程自强，他要一高兴，又要教育丛民话该咋说，事该咋干，咋做人，爷俩要是一吵，丛民一生气不干就麻烦了。

刘　莉　是这！我先和丛民谈谈心，从精神上支持这个好青年，打开他的心结！

李桂香　若丛民一出来干事，我姐家的这盘棋可能真要活了！

刘　莉　好，但愿这是一把打开程自强心锁的钥匙！

李桂香　我先打个电话，看丛民啥态度。（拨手机）喂……丛民，我是你桂香姨！对，我给你找个活，俺村有个豆腐西施，开的豆腐作坊……需要个司机开车送货……什么？不干？你听我说，丛民！丛民！这小子把手机挂了！

刘　莉　不怕，我尽快找他谈谈心！

王玛瑙　我忙得三神顾不上六神，可没工夫“三请诸葛”。真不干，那就算了！

李桂香　不会，他是一朝被蛇咬，十年怕井绳！

刘　莉　桂香姐，这事就交给我吧。

李桂香　好，你去把玛瑙这儿的情况给他好好说说！我抽空去说说我那拉不起来的姐夫！

刘　莉　好，干脆现在就把这里情况拍成视频，放给丛民看！

李桂香　好主意！

【刘莉拿起手机拍了厂房又对住玛瑙开拍。

王玛瑙　哎哎……拍厂子，拍产品，拍我干啥？

李桂香　拍！对着哩！让他小子见识见识豆腐西施的漂亮形象，怕他不爬着跪着来哩……哈哈哈！

【刘莉拍，玛瑙躲。

【笑声中切光。

第三场

【县区一个旅游景点的一隅，万亩荷塘，清风中飘着花香，远处可看到奔腾的黄河。

【开幕，刘莉打着电话上。

刘　莉　来吧，我请你喝喝茶，再说说你家扶贫的事。你家的事当然离不开你，我在这儿等，不见不散，好！

【放眼望眼前美景，不由得心旷神怡。

（唱）好一个万亩荷塘碧连天，
习习风抚红白莲，
人道西湖风光好，
我的家乡赛江南。
人在画图看不厌，
处处美景与诗篇，
家乡啊，
你恰似少女十八变，
一转眼就变得美若天仙，
为家乡我送上美好的祝愿，
甘愿把辛勤的汗水倾洒其间。
自肩负亲人的脱贫重担，
品尝了工作的苦辣酸甜，
让老程改观念丛民是关键，
一定要帮助他走出谜团，
这步棋若走好意义深远，
也可能成全一对好姻缘。
是好人就应当幸福美满，
是好人有好报不是妄言，
这件事我定要倾力来办，
期盼着万亩荷塘花好月圆。

程丛民　（打电话上）喂，你在哪儿？

刘　莉　（见丛民忙招呼）在这儿哪！

【**丛民莫名，所以走近刘莉**。

程丛民　你叫我来这儿干啥？

刘　莉　想跟你谈谈心。

程丛民　俺一个农民，谈啥心！

刘　莉　（倒水）你请坐，别拘谨，咱又不是第一次见面，喝水。

程丛民　种药材的事，还得跟我爹说，我不管他的事。

刘　莉　丛民，过去对你不了解，听你小姨俺桂香姐说了你过去的事，真是挺佩服你的，你是个善良诚实的好人。

程丛民　（站起）没啥事，我走了！

刘　莉　（忙拦）别走呀，正事还没说呢。

程丛民　你快说嘛。

刘　莉　丛民！你家的事，你真的一点都不关心吗？

程丛民　不关心。

刘　莉　为啥？

程丛民　不为啥。

刘　莉　你有心事不想说出来？

程丛民　没有。

刘　莉　桂香姐让你去豆腐坊干，你为啥拒绝？

程丛民　不为啥。

刘　莉　丛民，我今天不是以镇政府工作人员的身份，是以大姐姐的身份和你谈谈心。因为我对你们家，包括你的现状，很不理解，很不满意。现在脱贫致富从上到下热火朝天，咱不能还是这样冷冷清清，无动于衷！我知道你心里有一团火，不能总压抑着，要爆发！要燃烧！因为三十多岁，这正是人生的黄金时段，丛民兄弟！

（唱）人生短人生长，
长短都不能活窝囊。
是铁咱就当铁用，
是金就要放光芒。
小木材咱就烧柴火，
大木头就做家具和栋梁。
是头驴咱就去拉磨，
是骏马咱就扬鬃上战场。
人生有几个三十岁呀，
怎么能三饱一倒无所事事小屋藏。

程从民 （怒吼）别说了！

【一阵静默之后。

（唱）你的话把人心伤，
逼得哑巴也要开腔。
我是七尺一男儿，
四肢不缺眼不盲。
上学读书也有理想，
也不缺人生的规划与向往。
我一腔热血扑生活，
得到的却是兜头冷水冰与霜。
讲真话人无路走，坑蒙骗人反得昌！
最难忍他们看我眼光都异样，
鄙视得让我心头滴血浆。
我的爹劝我趴下眼闭上，
随着权势说圆方。
要我学光棍眼窝亮，

要我做听吆喝的小羔羊。
我一个农民的孩子能怎样，
也只得闭目塞耳家中藏。
这世上有谁还能看起我，
我生我死我存我亡。
谁会在意会心伤！
你们也别可怜我，
就当我一缕灰尘随风扬！

刘　莉　不，你不是无用的灰尘，你是一个有大爱大信的男子汉！想一想，如果那车变了质的奶制品，让孩子们喝了，那是多么伤天害理的罪恶呀！现在社会上，有些很现实的人，诚信缺失，道德缺失，他们总有一天会为此付出代价的！丛民，我今天来找你，是要你答应去玛瑙豆腐坊干。

程丛民　她不了解我，了解就不会用我了。

刘　莉　你说错了，是桂香姐说了你过去被辞退的事情后，我玛瑙妹子当时就说：这人我要用，并且用定了！

程丛民　她！她真是这样说的？

刘　莉　当然，我就站在她身边。

程丛民　我听说过豆腐西施……

刘　莉　对对对，她做的豆腐名声可大了，人也长得漂亮，见过她？

程丛民　没有。

刘　莉　正好，我录有豆腐西施和她厂房的录像，你现在就可以看一看。（打开手机录像递给丛民，如果可在天幕上显示更好）

【画面中玛瑙的形象立刻吸引了丛民。

（伴唱丛民心声）

早听说豆腐西施，

果然是漂亮异常。

两只眼多么明亮，

我和她曾相识在哪次梦乡……

刘　莉　（关注着丛民的反应）怎么样，去干吗？

程丛民　（脱口而出）干……干……不……我行吗？

刘　莉　当然行！玛瑙妹子等你去帮她呢。镇里县里都支持她，作坊正要扩大发展呢。啥时去？

程丛民　今天……今天就去看看……吧！

刘　莉　好！

程丛民　这事先不要给我爹说，因为，干成干不成还不一定，他要一搅和……

刘　莉　不说，你桂香姨也是这样想的。

程丛民　那我就……我就去先找我桂香姨！（扭头跑下）

刘　莉　（急追）等等，我跟你领路！

【远传来：我知道路……

（切光）

第四场

【距第一场近两个月后程家破败小院。

【开幕赵知行上。

赵知行　（数板对观众）

都认识吧，

我赵知行，

因为告状很有名，
过去俺村的低保户，
村干部当成礼物送人情，
你说不告行不行?
这一告还真管用，
送烟请吃好话哄，
他们是想封我嘴，
我抓住把柄就不松。
这次脱贫大行动，
情况可是大不同。
识贫人人讲精准，
户户家底查得清。
村干部没有小动作，
想瞅毛病总落空。
快一年没人给好处，
此处不通我改道行，
程自强很好哄，
借看风水吃荤腥，
快俩月他咋没行动，
登门见机再斗几盅。

（进院，见没人，叫）叔，自强叔。不在家？人哩？

【**程自强无精打采出房。**

程自强 知行！又是吃了饭才来哩？

赵知行 哪呀叔，想来你这儿混口酒喝。

程自强 不捣人吧！你能缺酒喝。坐吧！

赵知行 叔，这都快两个多月了，咋一点动静都没有？我还以为你这门楼早挪好了呢。

程自强　唉！人都没了，还挪啥门楼。

赵知行　啊？人没了？你是说俺婶……走了？啥时候的事？

程自强　她要走了，我还放鞭哩！是丛民！

赵知行　（慌）啊？我兄弟……哎呀兄弟呀……你年轻轻就……

程自强　夹住！你想哪了？是丛民不知去哪了，音讯皆无！

赵知行　啊，把我吓了一跳。我兄弟他能去哪儿？弄不好跑南方打工去了。

程自强　那我烧高香了！（掏出一张纸交赵知行）你看。

赵知行　（接看念）“我走了，不许寻找。”

程自强　连找都不让找，这是不认我这个爹了，不要这个穷家了呀！老伴现在连药都不吃了，我也是一点指望也没了，还挪啥门楼哩，等着灭门绝户吧。（伤心落泪）

赵知行　叔你想错了！你没想想，丛民兄弟为啥会离家出走，而且连找都不让找？

程自强　家穷呗。

赵知行　为啥穷？

程自强　为……时运不好呗。

赵知行　再问句为啥时运不好？

程自强　为……为……是门楼？

赵知行　对，还是这门楼！

（唱）这门楼是你全家出入口，

这地方可不能不讲究。

你看看迎你门百米外就是电线杆，

好比是一杆长枪把门守。

财运官运都进不来，

好事都挡门外头。

大门挪到西边去，

迎着山丘是溪流。

有山有水四下透，

糊涂叔，你就时来运转还发啥愁。

程自强 我就说挪门楼，信捎去，亲戚没人来！加上丛民这鳖孙孩子，又来个没踪没影，这事都搁住了！

赵知行 左青龙右白虎，前朱雀后玄武，一点不能错！东为阳西为阴，阴阳要不合倒大霉呀！

程自强 大侄子真是啥都知道！

赵知行 常言说得好，那媒婆的腿，卖当的嘴……

程自强 啊？你是说……

赵知行 （意识到说漏了）我是说，我是说他们那都是骗人的！我上这易经班，光学费就交了一万五，要不收叔三百咨询费，要按规矩收，得千把块哩！

程自强 （赶紧献上烟）我知道你膺记叔这事，可眼下丛民找不到，这没心劲呀！

赵知行 你把门楼一挪，不出一星期，人自己就会回来！

程自强 真的？

赵知行 你不信算我没说！

程自强 信、信！可我上次打电话亲戚们都没来呀！

赵知行 现如今都各自忙着挣钱哩。是这，我跟你找人，五个人两天完事，给他们个茶水钱。

程自强 得多少？

赵知行 （看看门楼）因陋就简，拿一万吧。

程自强 一万？那我可挪不起！

赵知行　是这，小工你出，只找两个匠人，六千！

程自强　一千我也没有。

赵知行　人家镇财政所刘同志，不是给你争取到两万块无息贷款吗？

程自强　那是让种药材哩，我没要。

赵知行　没要？你傻到家了！到嘴的肉你都不吃？

程自强　虽然无息，本钱总得还吧？那万一药材到时行情不好，赔了哩？

赵知行　我的傻大叔呀！那钱是国家的！国家是谁？只要不扣干部工资，谁跟你要？那都是扶贫哩呀！人家别人都嫌贷得少，你是给两万不要！你……你……哎呀！

程自强　你是说还不了也没事？

赵知行　有啥事？你打听打听那私人干的大企业，哪个不是银行贷几百几千万？他们花的都是国家钱呀！不是现在扶贫哩，贷款能轮到你？

程自强　哎呀，那我再找刘莉……

赵知行　要！要来先拿出六千，我负责挪门楼，门楼一挪，一顺百顺，财门洞开，你还怕啥！

程自强　中！就按大侄子这计划办！估计镇里刘莉这一半天一定还来，我贷款！

赵知行　好！哎呀，弄口水喝喝！

程自强　咦，光顾说哩，我去给你倒茶！（程自强忙跑下）

赵知行　（看门楼）这点活，找俩人一千松松拿下，再添五百块东西，净弄四千五……

【程自强掂水壶水杯上。

程自强　来来来，让大侄子喝点好茶！

赵知行　哟，啥好茶？

程自强　这还是从民过满月时，一个城里的好朋友送给我的。

赵知行　三十多年啦？那还能喝吗？

程自强　我保存得好！里边放有臭蛋，就是樟脑丸！

赵知行　（喝了一口，啊的一声吐了出来）这啥味呀！

程自强　咋啦？喝不惯？

【李桂香掂东西进院。

李桂香　姐夫！

赵知行　咦！这不是桂香小姨来啦？

程自强　来了妹子！他姨夫没来？

李桂香　咋，这是商量挪门楼哩吧？

赵知行　不是……不……叔，姨，你们说话，我先走了。

李桂香　别走啊，也给我说说，不用干活挪挪门楼就能过好日子的法！

赵知行　那个……那个那个……这个……

李桂香　我见镇政府那门也不在东边，你赶紧去说说，也让他们挪挪门楼。

赵知行　我……我有急事先走了啊！（在桂香的笑声中，狼狈溜走了，程自强很不高兴）

李桂香　坑蒙拐骗！啥人！

程自强　李桂香！你干啥？他是我朋友，人家是一片好心！你打狗也要看看主人面！

李桂香　哟！忘了你是赵知行的粉丝，赵粉，还是牡丹品种哩！啊呸！

（唱）鱼找鱼，虾找虾，

　　螃蟹邻居是王八。

程自强　你……

李桂香　（唱）你整天信的啥人想的啥，

　　不走正路往邪道爬。

程自强　（唱）走啥道，往哪儿爬，

用不着你来闲龇牙。

各人日子各人过，

也没去你家缸里把面挖。

李桂香 （唱）程自强你是不是还要挪门楼？

程自强 （唱）挪不挪不用你操心把手插！

李桂香 （唱）你傻得不知人好歹，

程自强 （唱）也没见你精到哪。

李桂香 （唱）我见你这样就有气，

程自强 （唱）我见你就恶心把病加。

李桂香 （唱）你你你……

程自强 （唱）咋咋咋！

李桂香 （唱）你是扶不起的癞皮狗，

程自强 （唱）你是一只癞蛤蟆！

李桂香 （唱）真后悔今天来看你，

程自强 （唱）赶紧走，我没请你把门踏。

李桂香 （唱）程自强你要赶我走？

程自强 （唱）没说“滚”，那是我文明有文化。

李桂香 （唱）好好好——

你竟然说了绝情话。

怪我好心眼睛瞎，

再来你家我不是人！

程自强 （唱）那就是狗是王八，

李桂香 （唱）你！

程自强 （唱）把你那手拿回去，

你敢打人可犯法！

李桂香 程自强，你不是人！（夺门而出走去）

【程自强看到桂香拿的礼物，拿起本要叫住桂香，突然又止步。

程自强　（笑）不管饭还落一箱奶，少说也值百十块！

【程妻自摇轮椅出。

程　妻　谁来了？听着有人说话？

程自强　那……那谁，知行来了嘛！

程　妻　赵知行会给你送礼？

程自强　咋不会，孝敬他叔哩嘛！

程　妻　咱还是听刘莉的，种药材吧！挪门楼是哄人哩，你看那门朝西也不是咱一家，桂香家门都朝西，你看人家日子多好……

程自强　（火）你给我夹住！这个家我不管了你做主吧！

程　妻　我……我……

程自强　我啥我？如今这形势，我摸得透透哩！脱贫一个不能少！你记住，咱一天日子过不好，脱不了贫，他们比咱还着急呢！你急啥？回屋吃药！

（切光）

第五场

【李桂香家小院，一个富裕农民的庭院景象。

【刘莉提礼品上，进院。

刘　莉　桂香姐在家吗？

【手拿剪枝剪刀的桂香从屋后出来。

李桂香　哟！刘莉妹子来了？快坐！快坐！

刘 莉 你这是在干啥？

李桂香 我给几棵苹果树剪剪枝！（看见礼）妹子！来姐家还拿东西？！你怕空手姐不让你喝茶，还是不让你吃饭？

刘 莉 不是，姐，我听玛瑙说程自强跟你吵了一架？把姐气得不轻……我觉得怪对不起姐！

李桂香 对不起我？哈哈哈……那事儿我扭扭脸就忘光了！

刘 莉 姐！

（唱）桂香姐为了把我帮，
反让你生了气一场。

李桂香 你是为谁？

（唱）那件事转脸我就忘，
跟那人生气不值当。
就是一事我很后悔，
一生气把看姐的事情忘精光。
姐给你说，
他就是死猪不怕开水烫，
你干脆把他撂一旁。

刘 莉 （唱）政策是脱贫一个不能少，
决不会扔下程自强。
运气不好摊上他，
再作难我不会认输去投降。

李桂香 （唱）从民上班俩月多，
玛瑙说孩子干得可不瓤。
一月能挣三千多，
他全家脱贫达标过杠杠。
你的任务已完成，

不要再想那程自强。

刘　莉　（唱）虽然说我的任务可交代，

可心里头还是不舒畅。

程自强若也树起志，

好日子保障达小康。

程丛民再找个媳妇生个子，

这个家幸福指数更上扬。

李桂香　（唱）刘莉呀我的好妹子，

你真是菩萨好心肠。

可程自强自己甘愿躺地上，

你总有好心也难帮。

（白）妹子，你不知道那天程自强说那难听话，让我连门都出不来呀！他家事咱管得差不多了，你也省省心！我已说过了，谁再去他家就不是人！

刘　莉　我听说了。你不知道，你去的那天晚上他还给我打了个电话，说他想通了，无息贷款他要！我还以为姐工作做通了！

李桂香　没有！就没挨住说贷款种药材的事！

刘　莉　第二天一早我去了，他只说要贷款，就不签种药材协议。我分析他是想挪作他用，弄不好，是想用这钱挪门楼！

李桂香　八九不离十！钱没给他吧？

刘　莉　当然，人家银行贷款项目就是种药材。

李桂香　（站起）不说他了，姐给你做茴香馅饺子。

刘　莉　（站起）不了姐，我来还要给姐说一个重要情况。

李桂香　啥情况？

刘　莉　这件事？（走近桂香对耳小声说）……

李桂香　（越听越惊喜）啊……真的？你说这是真的？

刘　莉　以我的眼光，错不了！

李桂香　天哪！这可太好了！太好了！这得马上让我姐知道！

刘　莉　是呀！可姐说过，再不登程自强家门了！

李桂香　咦……那都是气头上随嘴一说，风一刮啥都没了！我去！我立马去！

刘　莉　姐，是这，我只是看到有那势头，还得推他们往前走！我再去做做工作，夯实他！

李桂香　对对对！这还得靠妹子你！你说这，我越想越是真的！前天在村口我见到丛民，那工作服一穿！嘿！人模狗样……如今的说法是……啥？

刘　莉　“颜值高”！

李桂香　哈哈哈……对，“高”！

刘　莉　姐，我下午去找玛瑙，把问题弄清楚，晚上给你说准信儿，你什么时候去，听我通知好吗？

李桂香　好！刘莉呀好妹子！你这事办得那是哑巴拍手又跺脚呀！

刘　莉　咋了？

李桂香　（比画）高兴得没法说呀！

二　人　哈哈哈……

（切光）

第六场

【同一场，程自强家院里。

【程自强推着老伴在院里转悠，李桂香提礼进院。

李桂香　姐！（直奔姐身边）

程　妻　桂香……你来了！

李桂香　姐，你轻点没有？药你可得按时吃啊……那天我来……

程自强　哎哎哎……这谁呀？我看着咋不像人哩？

程　妻　他爹！

（桂香直走到程自强面前）

李桂香　你眼没瞎，看得怪准，我就不是人！

程自强　这可是你自己说的！

李桂香　不错，我是"神"！是来给你治病的"神"！

程自强　真是脸皮够厚的！

程　妻　他爹，他爹！你就坐那跟桂香好好说会话！

程自强　夹住！跟她没啥好说的！咱穷，穷的有骨气，不沾她那富光！李桂香，我还是文明用语："请走人！"

李桂香　听清楚，我也是文明用语："决不走！"

程自强　你想干啥？

李桂香　想干啥？专门来管你家的事嘛！（坐下）

程自强　你……你凭啥管俺家事？你也学会长臂管辖了？

李桂香　凭啥？凭我姐在这个家，凭丛民给我叫小姨！

程自强　（气得欲拉不能，干转圈）你……你……厉害！惹不起我躲得起！不陪！

【程转身欲向门外，桂香快步走到面前挡住。

李桂香　你不能走！

程自强　你……你上门来欺负人哩不是？

程　妻　他爹……

李桂香　姐，他出不了这个门！你听说过吧？俺村那藏獒见到我，我说："趴那！"它也得夹着尾巴趴那儿，别说你啦！坐那！

程自强　　你！（程左走右走，都被桂香挡住。伸手欲拉欲推，又不好动手）

李桂香　　走呀？

程自强　　你……你仗凭你日子比俺过得好，就这样欺负人呀！

李桂香　　对你这样的人，我就“欺负”定了！程自强，你给我坐下！

程自强　　（回身）不坐！

李桂香　　（伸手就按，程慌忙坐下）治不了你还行？

程自强　　我怕你了行吧！咳！

程　妻　　你坐那儿，跟桂香说说话，怕啥哩！

李桂香　　（偷笑）姐夫哥，可别真生气，血压一升高，我可是负不起责。我今天是受人之托，专门来找你说事哩。

程自强　　受人之托？谁托你啦？我可没请你！

李桂香　　当然不是你，是负责你脱贫的刘莉同志！我的糊涂哥！

（唱）叫一声糊涂哥你把火按，
听妹子掏一掏肺腑之言。
把日子过成这你将谁怨，
你就是这个家致穷的根源。

程自强　　我？！好好好……

李桂香　　（唱）庄稼人要富裕全凭实干，
靠耍奸想取巧路定走偏。
三亩地你种得年年减产，
三张嘴顾不住难站人前。
一有钱你从来不想长远，
大块肉囫囵鸡你一日三餐。
只吃得血脂稠血管塞诸病都患，
害我姐脑血栓落个偏瘫。

从民他为人正直也有才干，
为什么窝家里与你有关。
三十几没成家你不急不管，
害从民心灰意懒有口难言。
现如今精准扶贫都拼战在一线，
你还像一摊死水不起波澜。
好日子全凭自己下力去干，
你竟然做美梦求神靠仙。
你这是自欺欺人把自己骗，
闹笑话让人说让人可怜。
你不憨你不傻要听人劝，
想脱贫就得干还得计划周全。
镇政府为你脱贫反复调研，
刘莉同志为了你操心作难。
政策帮咱努力就会改变，
万不可等靠要稀泥一团。
放眼看脱贫路上你追我赶，
多少个贫困户都跃马向前。
连从民都着急把你埋怨，
当爹的你不挺身懒牛卧潭。
话难听是实情我一片肝胆，
就算是警醒你抽上一鞭。
为从民为俺姐你得挺起腰杆，
哥呀哥，
你要立志气变观念丢幻想下力干。
甩掉穷帽往前站，

活一个顶天立地的五尺儿男。

【妻难过地呜呜哭出了声，桂香过去抚慰。

程自强　（没处撒气，忽地起身）我还没死，你给我夹住！

李桂香　你才应该夹住！你就会在我姐、丛民跟前耍威风，有本事干出个样子让人服服！

程自强　我……（气馁地低头坐下）好，好，我夹住！

李桂香　你知道不知道，为帮助你，刘莉同志一次次上俺家，人家帮你制订的脱贫方案多好啊，你为啥不干？

程自强　好啥好？让我无息贷款搞养殖，种药材，贷款我到时还不了咋办？

李桂香　种药材都是考察好的项目，本钱给你无息贷款，这你都不干，你坐那等天上掉块肥肉到你嘴里？（转向程妻）姐，有件事我今天来，就要给你们说哩！糊涂哥！刘莉和丛民说好了，这个家让你这样领下去，没有希望！我们都支持丛民领头干！

程　妻　丛民领头干？

李桂香　今天我来就是要告诉你！丛民在俺村豆腐坊打工了！

（唱）咱丛民三十五六没成家，
都因为咱的日子差。
糊涂哥年龄一年比一年大，
接班人立不起身可全抓瞎。
刘莉多次和我做商量，
先要帮咱丛民找个媒茬。

程　妻　（唱）哎呀呀！太好啦！
这才真是把病根抓。

程自强　（唱）他姨正说关紧话，
谁让你多嘴把话插！

他亲姨你快说，
有没有合适的好媒茬？

李桂香 （唱）俺村有个小媳妇，
离婚后撇下一个娃。

程自强 （唱）小寡妇？一个娃？

李桂香 （唱）咋？这女的今年才二十八。

程自强 （唱）啊……只要丛民不说啥，
你当家就把主意拿。

李桂香 （唱）这女子能干志气大，
离婚没把她压垮。
卖豆腐到做豆腐，
小作坊几年就大发。
产品丰富质量优，
“豆腐西施”谁不夸。
人家的豆腐声誉好，
从洛阳卖到三门峡。

程自强 （唱）哎呀人家条件那么好，
恐怕看不上咱们家。

李桂香 （唱）刘莉让丛民已去她厂干，
两个人好像有缘法。

程自强 （唱）好好好，这事你要说成了，
我我……我把你敬成活菩萨！

程　妻 （唱）咱丛民原本就不赖，
好人与好人该成一家。

李桂香 （唱）常言说有缘千里能相会，
咱丛民见人家你不知多勤多听话。

原说好考验三个月，

谁知道两个月就要开并蒂花。

程自强　哎呀，我的妈呀！我还说两个多月见不到人，以为出了啥大事哩……这……他小姨，我我我……

李桂香　你你你啥你……孩子这俩月隔三岔五，还回来住呢，你一点都不知道？

程　妻　咋一点都不知道哩！

【程忙跑进从民屋内。

李桂香　从民回来你们睡着，他走时你们还没醒。

程自强　（出房激动得泣不成声）那……那一年到头都不叠的被子……现在叠得整整齐齐……屋子干干净净！

（咧嘴哭了起来）呜呜……没想到啊……没想到……

程　妻　（抽泣）他爹……有望了！

李桂香　哥！别哭了，这一段从民把豆腐坊当自家的事在干。为这事，人家刘莉操心多了。我今天来，就是想问问，你是坚持挪门楼哩还是按刘所长的脱贫计划干？

程自强　挪挪挪……不不……不挪，按刘所长那计划干！干！

李桂香　真干？

程自强　真干！不真干我是……我是……

李桂香　是啥？

程自强　哎呀！好妹子，骂了我你老美？我是真心哩！只要俺从民能立住身，我这日子有盼头了呀！刘同志真有水平呀！

李桂香　脱贫先立志，改掉你那坏习惯。不能像过去，一有就胡吃海喝，不讲一点养生之道。圈养那鸡几十天就出栏了，能吃吗？那肉全是激素啊！你们这病都是吃出来的！

程自强　再也不乱吃啦……咱也科学……科学……

（桂香电话响忙接）嗯……好！好，来吧！

【刘莉进院。

程自强　哎呀，刘所长来了！我现在一切都听你的，种药材，那款我贷！马上签约！

刘　莉　迟了，让别人贷去了。

程自强　啊？！我的妈呀……这咋办……让谁贷走啦？

刘　莉　人家正要找你呢！（对外）请进来吧！

【衣着整齐的丛民领着漂亮的玛瑙提着丰厚的礼物进院。

程丛民　妈！爹！

【霎时程自强两口呆了，造型起伴唱。

（伴唱）恍若贵客从天降，
　　小院顿时全明亮。
　　爸妈激动不知把啥话讲，
　　张着大口泪水淌！

李桂香　咦！这咋都不说话啦？

程自强　啊……都都都坐……坐！我倒水……

程丛民　这正好有茶，我来倒！

程自强　（一把夺过）换换……这茶……（拿茶壶跑进房）

李桂香　玛瑙，欢迎你呀！咦，刘莉，我这主人怕当不长了吧？

刘　莉　八九不离十！（众笑）

【程自强端水出。

程自强　（唱）这玛瑙身上好似带着光，
　　一进院我眼前一下亮堂堂。
　　看模样精明能干不用讲，
　　若进俺家那是八辈祖先烧高香！

程　妻　（唱）这小院多年来少有笑声嚷，

心高兴咋难忍泪水淌。

李桂香　（冲程自强）姐夫，倒水呀！

程自强　哎！

【忙倒水，从民接过，程自强忙让烟又觉不妥，笑着蹲妻子身边。

刘　莉　（唱）小院里人人高兴笑声朗，

看起来这是一副好药方。

要让剧情变高涨，

趁机戳破纸一张。

（白）从民，你回来就回来了，你老板咋也来了，还带着大礼，这是咋啦？

王玛瑙　（嗔怨）姐！

刘　莉　从民，是不是你和你老板有故事啦？

程丛民　不是你们让我带玛瑙，回来见俺爸妈哩……咋……又……

李桂香　哈哈哈……看我外甥老实的，一点都不会演戏。姐夫，姐，这就是我给你说的"豆腐西施"玛瑙老板！今年二十八，经刘莉妹子做工作，如今丛民和人家两个是好上了，你们要同意，今天刘同志和我就是证明人，表态吧！

程自强　（忽地站起）同意！同意！老伴你赶紧说话呀！

程　妻　我……我……（捂脸失声哭泣）我做梦都盼着这一天呀！（玛瑙和丛民走到娘身边安抚）

王玛瑙　阿姨，我听丛民说了，你的病不严重，回头让丛民开车拉你上省城去看看，你这病能治好！

刘　莉　程叔，种药材的无息贷款，丛民也正在办手续。你家今天可是双喜临门呀！

程自强　（激动）丛民签了？好！没想到……我程自强还有时来运转这一

天哪！

李桂香　不对呀，姐夫？你这门楼还没挪，咋时来运转了！

程从民　爹，你让赵知行忽悠迷了！

程自强　对对！我现在心里清楚了！有党的扶贫政策，刘同志这样的干部，我家才能时来运转！今天玛瑙头次登门，刘同志也在，还有桂香，你们都为俺这个家操心了！我宣布：我程自强今天要请客！

众　你请客？

程自强　对！

李桂香　咋请？

程自强　下馆子，吃桌！

李桂香　算了吧！玛瑙，咱俩今天当主厨，给他们做一顿健康营养的美餐！啥样？

王玛瑙　好！（二人走）

程　妻　（忽地从轮椅站起）不，我去做！

众　（惊奇地发现瘫痪病人站起来了）啊！

李桂香　姐！你站起来了！

程　妻　（惊疑）啊……我咋站起来了？

【起合唱。合唱声中，玛瑙从民搀扶母亲慢慢迈出了步子，众激动地看着程妻迈出的一步又一步。

（合唱）好一场精准脱贫战，

山村变貌人换颜。

精神不倒志不短，

心智汗水幸福源。

（切光）

【豫剧现代戏】

尧山情

编剧　李学庭

人物表

汪　可	男	二十八九	驻村第一书记
钟仁厚	男	五十七八	尧寨村支书
何　媛	女	三十六七	汪可战友、扶贫联络员
鲁银宝	男	小五十	尧寨村主任
刘半仙	男	七十四	尧寨村民、盲人
金灵韵	女	二十余	大学生村官
钟　丽	女	二十余	小名丑妞、村民
母　亲	女	五十五六	干部、汪可母亲
鲁三豹	男	二十余	鲁银宝之子
王西文	男	四十出头	尧寨村会计
钟　涛	男	二十二三	村民

老年村民、壮年村民、青年村民

第一场

【尧寨党群服务中心院内外。

【大学生村官灵韵正组织排练《赞神牛》节目。

（表演伴唱）唱尧寨，赞神牛，

神牛是天上的金牛把种留。

这头牛能懂人说话，

干啥活你交代明白尽撒手。

耕田、曳耧，

上坡、下沟。

拉车赶集自己走，

还救过他的主人钟老头。

【扮牛的青年甲躺地上不干了。

金灵韵　咋躺下啦？起来排呀！

青年甲　就说牛郎织女这故事发生在咱尧山，可也不能说丑妞她爷那牛，就是牛郎那牛的种啊！我觉着这是忽悠人！

【瞎子刘半仙走上。

刘半仙　这牛是不是金牛星的种，我不敢说，可这牛有灵性，救过你钟大爷的命可是真的。

金灵韵　对呀，这牛真是有灵性！半仙儿叔，你给他们说说！

刘半仙　有一年夏天，雨大风大天昏地暗，你钟大爷正在后山干活，他赶紧牵着牛躲到一块石岩下避雨。突然那牛发疯似的几下可把你大爷抵出岩外十几丈远，你大爷正要发火，只听一声炸雷，他躲雨的那石岩轰隆一声就全砸到地上了！

众 乖乖，还真神了！

金灵韵 信了吧？大伙儿听我说呀！

（唱）牛郎织女那故事就发生在咱寨后，

尧寨村子出神牛自有根由。

咱一定排演出精彩节目，

配合咱尧山风情农家游。

汪书记布置的任务咱不能打折扣，

流身汗瘦斤肉也要保节目优。

众 好！排！开始！

【三豹跑上。

鲁三豹 都别排了，那神牛昨天晚上都让丑妞牵城里卖了！

众 啊，卖了？

金灵韵 三豹，别胡说，扰乱军心！

鲁三豹 真的，我在沟口碰见大年爷在转悠，很伤心！我问咋了，大年爷说丑妞和同学要在城里开个公司，每人自备电脑，得一万多呢！为没钱丑妞哭了两天，大年爷咬牙跺脚让丑妞把牛牵走卖了！

众 真的呀？

刘半仙 真的，我也是来说这事儿哩！汪书记不在村里，灵韵你得想法，这牛不能卖呀！

【灵韵急打手机，手机不通。

青年甲 这儿没信号。

金灵韵 三豹，我离不开，你现在就进城找到丑妞，牛绝对不能卖，买电脑我帮她想办法。

鲁三豹 昨晚都走了，怕牛都已经出手了！

刘半仙 没有，买主今下午才会去看牛！

金灵韵　（掏钱）这两百块钱是路费，你快去好吗？

鲁三豹　中，大力你摩托让我骑一下吧？

青年乙　中！走！

【二人下，三豹正好和走上的鲁银宝撞个满怀。

鲁银宝　（火）混账东西，正事不干，你抢孝帽哩！

【三豹不理，和大力跑下。

【鲁银宝转向众人。

鲁银宝　牛都卖了，还想要猴哩？能不能干点正事儿？

【众无趣下，灵韵也不满地欲走。

鲁银宝　灵韵，你是咱尧寨的大学生村官，汪书记是驻村第一书记，人家到时候拍屁股就走了，你走不了！该干啥心里得清楚！

【钟仁厚和会计西文一块上。

钟仁厚　银宝，你上乡里回来，火急火燎让我们来啥事儿？

鲁银宝　（掏出一沓报表）三喜和保全的低保申请汪书记打电话说不让批。

众　不让批？

鲁银宝　理由是情况不实！

西　文　汪书记不是回北京几天了吗？

鲁银宝　问题就在这儿！他走多天了，谁给他打电话汇报的？这事儿得查！

钟仁厚　查啥查？这事原本就该给汪书记汇报。

鲁银宝　我再次亮明态度，不能再那样干了！

（唱）自汪可到任进山寨，

咱事事都听他安排。

有些事咱得为尧寨长远想，

必须按咱的想法来。

钟仁厚　（唱）这个事我本来心里就不实在，
总觉得做得不应该。
还没公示两天你就报，
难怪乡里打回来。

鲁银宝　（唱）公示都是搞形式，
机会错过不再来。
两委通过不能改，
这件事儿不能让汪可再拆台。
乡上我再去做工作，
有啥问题我担待。
（白）钟书记，你给汪可打个电话，就说两委一致通过，少数服从多数！

金灵韵　不是一致通过，只能说过半。

鲁银宝　过半就是多数！还有个事儿，那几户退出低保的表，我也没交。

金灵韵　那为啥？

鲁银宝　我到乡里一看，没有几个申请取消低保的！这指标好争取吗？！谁怕国家给钱多了！

金灵韵　实事求是，九户收入已达脱贫指标，都有具体材料！

鲁银宝　这些我比你清楚！

金灵韵　这事儿得给汪书记说！

鲁银宝　现在不能说！

钟仁厚　不过……咱弄这不老美啊！这……汪书记回来咱咋说嘞！

【汪可身背旅行包出现在门外台阶上。

汪　可　大家好，都在啊！

众　（喜并惊异）汪书记！

【汪可笑着进院，众热情迎上。

【金灵韵上前接过汪可的包放在一边。

钟仁厚　（上前热情地拉住汪可）汪书记，你没回北京啊？

汪　可　没有。

钟仁厚　哎呀，那这几天你……

【西文端水给汪可。

汪　可　（喝了几口西文递上的水）七号到县里，我先去找了通信部门，想请人家来尧寨赶紧调整一下基站，完善咱村的移动网络建设。

金灵韵　太重要了，说好了？

汪　可　人家说，原先勘验的理想站址，住户要赔偿太多，加上山高路陡，成本太高，搁住了！

钟仁厚　瞎子半仙儿说，要给他盖几间房子，才让占地方！

汪　可　现在是信息时代，咱们四五个村都没有信号，咱的手机也是一会儿通一会儿不通。网络不通畅，对咱脱贫攻坚影响太大了！我通过县领导做工作，通信上一两天就来施工。

钟仁厚　好，不过……你半年多没有回家了，不能为了俺连老婆孩子爹妈都不要了。你放心，通信这事儿我们保证做好，你一定得回家！汪书记！

（唱）自你到俺村这一年多，
咱尧寨那是翻天覆地大起色。
人老几辈的致富梦，
现在是努把劲儿就能够得着。

汪　可　还得努把大劲儿啊！

钟仁厚　（唱）咱夜校办起已上课，
讲技术不少人听都想学。
草莓生长很不错，
酥梨大多已挂果。

按计划都在一步一阶把工作做，

你一定放心回家歇几月。

鲁银宝 对！俺岁数都大了，你可是八〇后啊！再咋说也不能让弟妹骂俺尧寨人不通人情呀！

【众笑。

汪　可 过一段儿再回去吧！一是咱村信号通畅问题必须马上解决；二是县上通知帮我工作的联络员有调整，新派的同志要来见我谈工作。

鲁银宝 不行不行，再急也要等你回来再说！

众 对、对……

汪　可 对啥对。实话说吧，我打电话了，我爱人正好到外地学习三个月，要不我早回去了！

众 啊！这……哈哈哈……

汪　可 不说这个事儿，都坐。

（唱）在县里接电话我才知道，

鲁三喜鲁保全咋又申低保。

这两户经济情况大家知晓，

早取消又申报根据是哪一条。

这件事牵涉政策事情非小，

我不得不赶回弄清根梢。

（白）咱全村建档立卡 65 户贫困户，8 户兜底户，12 户低保户，都是咱们精准审定的，这两户去年初评就取消了，又有啥新情况？

鲁银宝 是这，就是要给你汇报呢！低保户指标要着不容易，趁今年有调整，能多要一个是一个，各村都是这。至于为啥这两户又报上，人家过去一直吃低保，所以……因为……

钟仁厚 哎呀，银宝，你就对汪书记实话实说吧！

鲁银宝 中，都是一家人，汪书记心里也是装着咱尧寨嘛！那我就实说了。

（唱）对着你我把实话吐，

这两户情况较特殊。

人家亲戚在县里是干部，

这些年对尧寨各方关照有帮扶。

咱给他亲戚些小照顾，

修好关系把道铺。

列上去国家多少给俩钱，

全村人可是都沾福。

（白）你不知道，过去上边有帮扶农村的项目，都少不了咱尧寨，而且还比其他村多。人情大似学问啊！

汪　可 哦，你们按程序开会研究，大家都通过了？

金灵韵 就公示了一天，两委开会，刚过半数通过，我投的弃权票，其实我心里是不同意的！

（唱）上级把申报退回有道理，

咱不能本位角度考虑问题。

不该享享低保个人得利，

视政策如儿戏权威降低。

这样做助长了不正之气，

拿原则做交易十分不宜。

鲁银宝 （忽地站起）咱这是一家人关起门商量哩，这样上纲上线，想弄啥哩！心里还有尧寨没有了？！

钟仁厚 银宝，好好说，发啥火哩！

鲁银宝 咱是尧寨干部，一切得为尧寨人着想！

汪　可 我也认为这两户不能申报。政策就是原则，原则是刚性的，不是橡皮筋儿。通过努力，以后退出低保的会更多，咱不能舍不得这顶穷帽子啊！还有咱们精准扶贫，扶的就要是真正的贫困户，决不能是关系户！如果按人情申报，党的政策和村两委在群众心目中的形象就会受到损害！再想一想，我们通过关系在立项和补贴上多得了，对那些少得的村合理吗？公平吗？最重要的，这样做，会让一些干部犯错误！大家想是不是这个理儿？

【众无语。银保忍无可忍……

鲁银宝　好！好！咱一群人都不懂这个理儿，还是咱汪书记水平高！

钟仁厚　银宝！是这……申报这事儿先搁住，按汪书记说的，网络通信是大事，银宝，你看谁去给半仙儿再做做工作？

鲁银宝　谁说了算谁去呗！

汪　可　鲁主任，咱都是党员干部，想不通可以讨论，不能有情绪，影响工作啊！

鲁银宝　我没情绪，我情绪好着呢！

汪　可　好吧，我就去找瞎子大叔谈谈吧！

钟仁厚　那好，那就让汪书记歇吧。银宝，后沟修桥的事儿，你得抓紧！咱都走吧！

【众下，灵韵欲言，看了看留心她的鲁银宝，扭头也下。

（切光）

第二场

【汪可简易的卧室。

【夜，虫声唧唧，汪可推门进来，拉灯没电，点着蜡烛，提壶

倒水，空的。只得在大旅行包中取出瓶饮料，仰脖灌下，仰躺床上。身下不适，用手一摸，一只大甲壳虫，顺手甩下。

汪　可　（唱）虫唧唧夜幕掩上牵心的尧寨，

一天奔忙总算回到这小屋来。

身疲惫一觉醒来工作仍无碍，

拂不去一个个问题塞满心怀。

回想起一年前踏进尧寨，

乡亲们迎接我村口成排。

干部说欢迎，

大伙把手拍。

掌声无热情，

笑中有苦涩。

我看到他们眼中充满期待，

也见到他们心中那淡漠疑惑。

一年来群策群力破关夺隘，

因地制宜上项目有序展开。

贫困户针对问题精准施策，

大部分成效好喜上眉腮。

每一次上级检查都听到喝彩，

每一次评比表彰都名列前排。

按理说难关已渡我该愉快，

可为什么心中隐忧总在徘徊。

离开村我只是几天不在，

村两委就做出糊涂事来。

对政策对原则竟不理不睬，

群众监督无监督形同空白。

白天事犹如警钟敲我脑袋，
真扶贫绝非只是指标钱财。
要保证千秋业长兴不败，
党支部带头人关系未来。
认准问题莫懈怠，
迎难而上不徘徊。
打实基础谋长远，
步子踏实不虚歪。
别无选择！

【伏案疾书，突然灯亮，电来了，汪可在电炉上烧水。

【灵韵和钟仁厚走来敲门。

金灵韵 汪书记，你回来了吗？

【汪可开门。

汪　可 呦，快请进！

钟仁厚 想着你也睡不了。

汪　可 没有。水还没开，稍等一下！

金灵韵 电刚来吧？

钟仁厚 你一走，电工就把这路电给掐了。鲁主任忘记通知电工给你送电了。

金灵韵 鲁主任一生气，记性就不好。上次不是连水都忘了送了！

钟仁厚 他这人，脾气是不老好！

【灵韵一边倒水一边说。

金灵韵 汪书记，白天忘说了，钟大年把他那头牛给卖了。

汪　可 神牛卖了？怎么回事儿？

钟仁厚 说是为凑钟丽和同学们合伙开公司买电脑的钱。

汪　可 咦，这可不行！那头牛身上有故事，有文化，咱农家风情游，它还是个看点呢！千万不能卖呀！

金灵韵 我上午一知道，就让三豹赶往县城去找丑妞了。我刚电话上才知道，那牛已让买主牵走，买主不愿意退，三豹正着急呢！

汪　可 灵韵，明天一早，你就进城找到钟丽，你去不光把牛要回来，这钟丽在职专学的就是计算机专业，把钟丽一并请回来，告诉她，网络一改善，学校要建立一个电脑班，她可以教呀！

金灵韵 太好了！我明天赶最早一班车，不到十点就到城里。

汪　可 我看三豹这孩子对村里事很热情，两眼很清澈！很正直！

钟仁厚 哈哈哈，你看得准！三豹这孩子，受大委屈了！有个情况除了鲁主任一家，没外人知道呀！

（唱）三豹这孩子性直正，
事事和他爹拧着绳。
鲁银宝骂他傻无用，
说他干啥啥不成。
最早先他给一商店当送货员，
那老板常以次充好把顾客蒙。
过期奶改了日期往学校送，
鲁三豹货送到却把真情全说明。
店老板受罚怒赶他走不再用，
他又到建筑工地去打工。
干了不到一月整，
头被打了个血窟窿。
还是因为太直正，
揭露了灰土当水泥用的黑工程。
从此后他到哪人都不敢用，
回到家又被骂得身难停。

银宝气得跳脚蹦，
提三豹就说脑根疼。
自从你进尧寨来，
我发现孩子和过去大不同。
其实这孩子真不错，
汪书记你看人确实有水平。

汪　可　太好了！三豹过去的那些事儿，不是傻，是正直善良，讲诚信的好品质，应该宣扬树立呀！

钟仁厚　咦，鲁银宝就怕别人知道，怕三豹这辈子打光棍，招不来媳妇！

金灵韵　这些事儿我也是今天才听说，我只知道三豹和他爸啥事儿都对着干！

钟仁厚　父子俩心性不一样，可偏又在一家！

汪　可　钟书记，咱支部就是要发现培养重用这些年轻人，尧寨是他们的呀！

钟仁厚　对，钟丽就不错，还有几个。村里现在好了，得想法让他们能回来就回来，你说得对，尧寨是他们的。

金灵韵　汪书记，我明一早就去找钟丽，你还得去找半仙大叔说基站的事情，歇吧！

钟仁厚　你明天去，估计半仙都在那儿等着你呢，啥事儿也瞒不了他！

汪　可　真的？

金灵韵　反正……咋说哩！人家是啥都知道。

汪　可　好，我明天就去领领高教，让高人指点指点！

众　哈哈哈！

（切光）

第三场

【一个突兀的山头高处，几户人家。刘半仙家贫寒的小院。

【开幕，刘半仙持杖立在山头道旁，汪可攀上。

刘半仙　汪书记……

汪　可　哎呀，大叔，你真在这儿等我啊！

刘半仙　知道你要来，老早都在这儿等你了！

汪　可　哎呀，（扶半仙坐下）有人给你说吗？

刘半仙　谁给我说？要说了，我还称得起刘半仙儿？

汪　可　大叔，你真是……神了！那你知道我来干啥哩？

刘半仙　要在我院里建铁塔，我把地方都腾好了，汪书记咋说我咋做，百分之百不打折。

汪　可　叔，你咋对我这么好呀？

刘半仙　今天给你说实话你进村的第四十二天，走进了你瞎子叔的院门，喝了你瞎子叔的糊涂汤。打解放算起，你是第一个在我家吃饭的公家人，大干部！

汪　可　大叔，我不是大干部！

刘半仙　村里都没人愿吃我做的饭呀！你吃了我瞎子的饭，还撇了一百元钱，还要听听我对村里扶贫工作的意见……最没想到啊！第二天一大早，你在哪儿找了块板，把我那烂门钉了钉……（泣不成声）我……我……我想到了我那死去的爹妈呀！

汪　可　大叔！

刘半仙　你是真人，捧着真心，我瞎子从心里服气你。……我……我不叫你汪书记啦，我叫你汪可行吗？

汪　可　当然行，叔，我就叫汪可。

刘半仙　汪可——

汪　可　（响亮地回答）哎——叔！

刘半仙　汪可，我要给你讲实话，你叔不是神仙，我不会掐不会算，我今天对你就全坦白了！

（唱）我不再叫你书记叫汪可，
这样叫亲近心里热。
生下来两眼都看不见，
我爹妈依然当宝贝养着我。
老天爷关了大门留窗户，
给了我两只好耳朵。
我这耳朵顺风能听二三里，
悄密说话都能听着。
村里人心事我都知道，
谁想干啥我全掌握。
谁找我指点迷津算时运，
我句句能说到他心窝。
我承认说过哄人话，
但从来是与人为善往好处说。
不趋强、不欺弱，
不拿人隐私把人讹。
不给政府唱反调，
绝不戳事惹风波。
就是没人来找我，
我宁可缺吃缺喝不缺德。
瞎子小命如草芥，

百年后决不让后人把我瞎子觖。

（白）汪书记，原先人家想占地建铁塔，是村里干部让我要求人家给盖三间房的，这地方我是不想舍，说是风水宝地，其实这是全尧寨的顺风口，听啥都方便。现在我听你的，搬！

汪　可　叔，搬下山，你是五保户，以后一切都由村里包了。咱的草莓大棚去年一年集体就有四十万收入。你放心，以后不会让你们受苦。

刘半仙　你进村到现在，人前人后说的话，办的事儿，我瞎子全清楚。

汪　可　叔，咱说好，以后知道我什么地方做得不对，要及时提醒我，批评我！

刘半仙　可能有人要给你摆道小坎儿啊！

汪　可　小坎儿？啥坎儿？

刘半仙　可，要说也没啥大事儿，你现在手里有权，好多人眼馋！你可不能乱许愿，乱签名啊！

汪　可　乱许愿，乱签名？叔，你能不能说明白一些！

刘半仙　不说了，不能说了，你也不是粗心人，走吧，让人帮我搬吧。你忙吧，明天还要接待重要客人嘞！（走下）

汪　可　他……真的啥都知道吗？

（切光）

第四场

【追光中，银宝拉钟仁厚谈话。

鲁银宝　仁厚兄，低保那事不说了，争取到咱也花不了一分钱。

钟仁厚　哎，真通了？

鲁银宝　昨天晚上吴部长给我打了一个电话，批评我不对。可是又说了个大事儿！

钟仁厚　啥大事？

鲁银宝　新给汪可派的联络员你知道是谁吗？

钟仁厚　谁？

鲁银宝　何媛主任！让何主任来给汪可当联络员，我体会就是汪可工作中太缺少灵活性。精准，精准！在下边，好多事就得变通！

钟仁厚　何媛不是和你家大豹在一个单位吗？

鲁银宝　对，所以这件事儿，牵涉你大侄子的前程。你当伯的可一定得帮。走，我仔细给你说说。

【二人说着下，追光暗。

【全场起光。地点在村头坡上。

【一阵摩托车的轰鸣声中，何媛驾摩托上。

何　媛　（唱）风驰电掣尧山进，

一路风光景色新。

一别十年隔音信，

身份变异会故人。

担起联络肩上任，

不负领导一片心。

【汪可从另侧坡下走上高台，何媛驾摩托直至汪可跟前刹车。

何　媛　（边下车边命令地说）侦察连一排二班长，汪可！

汪　可　到！（看看不认来人）请问你是……

何　媛　好小子，当了第一书记，连老战友都认不出来了？！（随话声摘掉头盔，散开了一头秀发，又摘下墨镜）仔细看看认识不？

汪　可　（细看，出乎意料）啊！你是通讯连的何……何排长！

何　媛　哈哈哈……（上前一个虎抱）好小子够意思，十几年了还没忘了姐！

汪　可　哎呀！我咋能忘了我的入党介绍人！你咋突然在这儿出现？

何　媛　我复员就回俺们县了，你不知道？

汪　可　你复员在我退役之后……啊！县上新派来帮我协调联络的同志……就是你呀！

何　媛　几个意思？不欢迎？

汪　可　喜出望外！姐当年一身戎装、器宇轩昂！俺们背地里都叫你“冰雪丽人”！哈哈哈哈……

何　媛　那时候你们一群新兵蛋子可没少给我捣乱！

汪　可　姐！我今天就是专门来村头接你呢！

何　媛　好啊，汪可，我从市委党校学习回来，可听说你不少情况啊！

汪　可　我？啥情况？

何　媛　进村一年半，搞了二十五个草莓大棚，二十个香菇大棚，栽种了六百亩酥梨基地，打了八眼机井，这可都是精准脱贫的大项目。

汪　可　姐！没有领导支持，没有大家努力，那么多项目打死我可干不成。

何　媛　别给姐玩虚套，我佩服你！

（唱）小兄弟让姐另眼看，
再不是当年的兵蛋蛋。
姐佩服你入村坚守第一线，
对自己事事处处要求严。
乡政府留房你不住，
硬住进村里的破房间。
尧寨的跳蚤蚊虫开盛宴，
直咬得你身上起泡又发炎。

更难得你吃遍全村百家饭，
不计脏净与淡咸。
真正与尧寨群众处一片，
掌握实情纳谏言。
精准识别精准施策同心干，
扶贫成效全县评比走在前。
脱贫攻坚是硬战！
战友挺身来支援！

（白）汪书记，要我干些什么，你下命令吧！

汪　可　等你来还真有件急事！

何　媛　讲！

汪　可　我爷爷是刘邓大军的老兵，今年 95 岁了，四七年曾在尧山搞过土改，我来这里扶贫时，爷爷说了一件事：当年在尧寨搞土改时，和清乡团对打，牺牲了个战友，为了保护受伤的土改队员，还牺牲了一个农会干部，可惜老人大多不在了，具体情况都说不太清楚。我去民政局找，因为搬家换人资料丢失，查找起来困难重重。你人熟，请帮我一定想法查找出烈士的有关资料！

何　媛　四七年？土改？

汪　可　那个牺牲的农会主席叫鲁振涛！

何　媛　你想就地取材，搞革命传统教育？

汪　可　对。姐，前阶段抓项目一心在脱贫的经济指标上，我最近突然发现农村扶贫攻坚最难的其实不是资金项目。

何　媛　那是啥呀？

汪　可　是群众观念的改变，是建一个永远能带领大家致富的村两委好班子！

（唱）进尧寨一年多有不少感受，

脱贫困必须抓精神源头。
要唤起人心思进不甘落后，
山里人要融入时代潮流。
要保证永远走在创业路，
关键是党支部雁阵的领头。
这工作必须做不能等候，
有何姐你帮助咱要更上层楼。

何　媛　看得深，看得准啊！但是你说这些工作可非一朝一夕呀！你只有不到一年的时间了。

汪　可　习主席说，功成不必在我。我在尧寨一天，就要努力干一天！要抓班子建设，要着眼尧寨的未来。尧寨现在在校学生 215 人，大学生 3 人，高中生 18 人，初中生 28 人，其余都是小学生。所有的贫困生，我都联系了爱心人士给予资助。马上还要在学校开设电脑班，我妈妈和我的亲朋好友为了支持我的工作，他们建了个众筹，钱不是大问题，关键是这里的网络建设还跟不上。

何　媛　我听书记说不是问题已经解决了吗？

汪　可　是的，我们希望他们尽快来施工。你还得催一下。

何　媛　好。汪可，还有个事，我想问一下，你们是不是正计划在上下寨的季节河上修座桥？

汪　可　对，已报部通过了，钱也到位，小工程不到五十万。桥一建起，和伏牛山的旅游线路就贯通了。

何　媛　咱先不回村，到修桥的地方去看看吧！十几年不见了，我还有些心里话，想对战友说说。

汪　可　好！摩托交我，你坐后边！

何　媛　这可是山路，你行吗？

汪　可　姐忘了，我干过侦察兵。请上车！

何　媛　（上车）好，兄弟，走起！（二人上车、车舞）

（唱）转业回县十几年，
满腹苦辣与酸甜。
家乡本是贫困县，
想做点成绩难又难。

汪　可　（唱）贫困县正好把身手展，
硬仗才显功不凡。
只要撸起袖子干，
机遇就在咱眼前。

何　媛　（唱）我就想借你东风催花艳，
别忘了战友情谊重如山。

汪　可　（唱）在部队你是我领导，
如今我还是你的兵一员。
工作上需你帮助与指点，
毕竟姐是老尧山。

何　媛　（唱）如今角色已转换，
你是船长我船员。
各方面需要你照管，
你给阳光我才灿烂。

汪　可　（唱）互相帮，互监管，
咱同心协力齐向前。

【何媛跳下摩托。

汪　可　还没有到建桥的地方。

何　媛　汪可，有件事儿我不知该怎么说……

汪　可　姐，有话就说！

何　媛　是这样，县里基层和中央机关不一样，许多事儿需要灵活应对，需要变通，所以……

汪　可　啥事儿，说嘛！

何　媛　兄弟，能来跟你当联络员我非常高兴，我回县十几年了，眼下不瞒你该升正科了，你得帮我！

汪　可　当然帮！你说，怎么帮？

何　媛　好，有兄弟这句话，我心里就有底了。至于怎么帮，以后告诉你。来，上车，我带你一段。

（切光）

第五场

【追光中何媛、银宝上。

何　媛　鲁主任，修桥工程这事儿，部长又不让我给汪可明说。我心里很矛盾，你一定要把一切程序都弄好，决不能出任何偏差！

鲁银宝　放心，这事过去不是没干过。关键是这个汪可认死理儿，万一他有察觉反对就麻烦了！你可得做工作。

何　媛　这件事儿……哎呀，部长也真是，不给汪可说我心里……

鲁银宝　事成了再说。要不你说咋办？搁过去这算啥？一个电话的事儿！

何　媛　好了，我要马上回县里，让交通局立项；催移动快来施工；汪可还要我去民政局找烈士的资料。我走了。

鲁银宝　何主任，你的正科一解决，我家大豹副科的事儿，你可得给部长好好说说。

何　媛　你啊……真行！（切光）

【升光，景同一场。

【夜，服务中心路灯亮着，墙外传来夜校结束的喧嚷声。

【汪可、钟仁厚、西文拿着凳子议论着走进院子。

西　文　汪书记，今晚上你这一课上得好！听听人家十八洞村的事迹，看看人家华西村的富裕状况，咱真是太落后了。不搁劲儿干真是不行啊！

钟仁厚　咱要是就这样躲在这山窝里，光等着政府来扶咱，真是太丢人了！

汪　可　是啊，他们有他们的优势，咱尧寨山清水美，土特产丰富，有咱们的优势啊！关键是要有想法，要实干！你看人家那班子！

钟仁厚　人家真有水平！

汪　可　人家那班子成员，都有一颗为群众吃苦奉献的真心！

钟仁厚　那是！

汪　可　何主任电话中说，通信上明天就来施工。网络全覆盖后，人家还要免费赠送咱们村三十部手机！

众　好啊！

汪　可　接下来夜校就开始教大家用手机上网，还要把咱的电商平台也建起来。

众　太好了。

【几声牛叫声传来。

西　文　牛？钟大年家的牛回来了？

【三豹气喘吁吁跑上。

鲁三豹　神牛牵回来了！

汪　可　太好了，辛苦了三豹（用手拍拍三豹），把牛牵进来！

鲁三豹　没拉住，那牛一进村就自己跑回去了！

钟仁厚　回来就好！（金灵韵上）

汪　可　灵韵，钟丽没叫回来？

金灵韵　回来了。俺们找到买牛的，好说歹说把牛要回来了！三豹这回可出大力了。

钟仁厚　行，谁说三豹光会扒豁子？这不很能干嘛！

鲁三豹　我回家啦！（跑下）

汪　可　（冲远去的三豹）三豹同志，谢谢你！（回头）西文你歇吧。（西文点头下）灵韵，把钟丽叫进来吧，我和钟书记一块和她谈谈！

金灵韵　好，（冲门外）钟丽，进来吧！

【钟丽怯懦地上。

钟仁厚　钟丽，买电脑没钱给村里说嘛！你爷爷这牛也舍得卖呀！

钟　丽　汪书记、钟大伯，对不起，给你们添麻烦了！

汪　可　怪我们工作没做到位，现在牛牵回来了！好，钟丽，听说你卖牛是为了……

钟　丽　买电脑，几个同学想开个网店！

金灵韵　钟丽给我说了她们的想法，汪书记，我觉得钟丽和你想的完全一致！

（唱）如今已进入信息时代，
新机遇新事物源源而来。
熟悉的许多事情正在变革，
互联网提供了万千平台。
有多少实体店要被网店替代，
有多少成功创业足不出宅。
他们不想因循守旧无为等待，
有想法有信心缺资金钱财。
钟丽她卖牛实属无奈，

咱应该帮她们建起平台。

汪　可　对啊！钟丽，咱是想到一块儿去了！明天咱村基站和铺设光纤宽带一齐进行！网络要覆盖咱整个尧寨！我就是想请你回村里干呢！

钟　丽　回村，我行吗？

汪　可　行！当然行！就想请你负责筹建尧寨的电商平台，你同意吗？

钟　丽　我，汪书记……

钟仁厚　村里就是要选人去县里参加电商培训班哩。回来吧孩子！

汪　可　村里太需要年轻人了！尧寨村是我们的根，是我们的家呀！老一代干了他们应该干的事儿，我们这代年轻人不能只想着往外跑，要想家乡，要肩起我们的责任啊！

（唱）你是咱尧寨的新一代，
看到你就看到尧寨的未来。
卖牛事是你们出于无奈，
你的用心没有错无须自责。
村里的扶贫事业方兴未艾，
急需你这样的 IT 人才。
回村来现在还有困难存在，
扶贫政策会帮你把局面打开。
你的家乡等待你泼墨施彩，
你要肩负起尧寨的继往开来。

钟仁厚　孩子，汪书记对你可是寄托着厚望呀！回村干吧！现在在外打工回村干大棚，搞养殖的二十多人了！

钟　丽　我……

（唱）汪书记一席话真情澎湃，
似阵阵温暖的春风吹进心怀。

农家女自小生活在穷山寨，
何曾想自己是有用之才。
书记话充满了信任期待，
把我这封闭的心顿时打开。
再不能代代穷无为等待，
再不能浑浑噩噩认命认灾。
再不能跟着爷爷亦步亦趋往前迈，
再不能三顿稀粥一张床活吃死埋。
没有错我们就是新一代，
这世界待我们重新安排。
把命运和家乡绑在一块，
让生命奋斗中焕发光彩。
要学那百年松扎根山寨，
青春之花要迎风开！

（白）汪书记我听你的，我回村干！

汪　可　好啊！钟支书，咱要全力支持！

钟仁厚　好！支持！

钟　丽　我同学钟涛，他对电商平台很有经验，让他也回来，我们一起干，行吗？

钟仁厚　那不是老虎家孩子吗？

钟　丽　是。

钟仁厚　他愿回来吗？

钟　丽　他说过，只要村里网络建起，他愿意回来！

汪　可　好，把钟涛叫回来，先给你记一功！

（众笑）

（切光）

第六场

【追光中鲁银宝打电话。

鲁银宝　钟大支书，你在哪儿？

【钟仁厚上。

钟仁厚　你看，这手机信号立马可就好了！

鲁银宝　何主任电话上说，费九牛二虎之力把鲁振涛材料寻着捎过来了，交通局那事儿也说好了，真不容易！接下来这事你得赶紧呀！

钟仁厚　你不是让西文做账了吗？

鲁银宝　西文说你没对他亮明态度呀！低保事黄了，这事要弄不成，咋给吴部长交代，连何主任也坑了！这可是大事呀！

钟仁厚　好好好，我给西文说！

鲁银宝　西文说出账时，还要汪可签字，这还得你办！仁厚兄，你知道我这情况，三豹这孩子做人不开一点窍，老爷愁！只有老大有点希望，关键时候，你得帮我，兄弟记你的大恩！

钟仁厚　你这是真难为我哩！我这一辈子都不会编圈让人跳！

鲁银宝　哥，你这是让我跪下求你哩？

钟仁厚　好、好，等何主任来了，我和她一块找找汪书记！

鲁银宝　好！

（切光）

【全场升灯，现尧寨后山。

【山林间，汪可用手机在测试信号。

汪　可　喂喂，西文，这里信号非常好，你那儿怎么样？好！好！这一下咱尧寨是全覆盖了！

【欲走，突然，想到给家里打个电话，坐下拨手机。

汪　可　媳妇，这里以后信号好了！随时可以联系，告诉爷爷，鲁振涛烈士材料找到了，很感人！我想借此对大家进行一次革命传统教育，还想给烈士立碑，让全体党员不忘初心，牢记使命。哎呀，干不完的事呀！

【汪母出现在手机荧屏上。

母　亲　可可。

汪　可　（欣喜）哎呀！妈！我打了好几次电话，你咋都不接呢？

母　亲　可可，我们又筹的钱，后天给你打过去，不耽误学校买电脑设备！

汪　可　谢谢妈！没有你们的支持，我真的干不好，（突然发现不对）妈，你咋看着那么弱……你瘦了，哎呀，穿的医院病号服？妈，这是……

母　亲　可可，现在可以告诉你了，妈上个月做了个小手术！

【汪可忽地站起。

汪　可　手术？什么手术？

母　亲　乳腺癌！

汪　可　什么？……不……怎么会……确诊了吗？

母　亲　手术已经做了，很成功！也恢复得很好！你要安心工作！不要牵挂我！

汪　可　妈？！……这么大的事情怎么能瞒着我！万一……我的妈呀，你就我这一个儿子呀！这个时候，我怎么能不在你身边呀！妈妈！我马上回去！

母　亲　可可！

汪　可　妈……（失声哭泣）儿子要马上回去！

母　亲　可可，你听着！你是代表着咱们全家的心愿去完成这神圣使命的。那里就是战士的火线，一个战士能随意离开战斗岗位吗?忘了你爷爷的托付了吗?

汪　可　我……

母　亲　孩子!

（唱）你在扶贫第一线，
使命光荣任务艰。
有孝心就孝敬你尧寨的父和母，
帮他们早日脱贫把梦圆。
你八〇后这样的事情干一件，
胜过学校多少年。
别忘了你爷爷的那个礼，
别忘了你慷慨激昂立誓言。
一定要全力以赴把工作干，
凯旋归妈定为你把酒杯端。

（白）不说了，明天筹款都打过去了！工作吧！（关机）

汪　可　妈妈……妈妈——（声泪俱下）

（唱）一席话，我心震颤，
字字句句动心弦。
道是无情情无限，
妈妈呀，你是巍峨一座山。
你要我孝敬尧寨的父和母，
做一个对人民大孝的好儿男。
妈妈啊，几十年您的教诲将儿伴，
点点滴滴润物无声在心田。
“锄禾日当午”自小背诵多少遍，
聆听着杨家将故事我入眠。

你让儿把文天祥《过零丁洋》的诗篇念，
精忠报国岳武穆是儿的榜样印心田。
你教儿莫贪安逸志气短，
儿才能栉风沐雨不畏难。
你教儿莫图虚名要实干，
儿才能一步步一滴滴心血浇灌事业篇。
你教儿听党话永不忘信念，
儿才能人生路上道不偏。
你教儿心怀天下甘奉献，
儿才能跳出小我勇承担。
双膝跪下表心愿，
妈妈呀，你一定要健康伴儿一百年。
待你儿完成任务把家返，
再尽孝心在膝前。

（切光）

第七场

【追光。鲁银宝打着电话上

鲁银宝　吴部长，一切进展顺利，今天何主任来，仁厚和她一起让汪可一签字，马上钱就打过去了。就这一两天，保证！（收机，想了想又拨机）喂，仁厚兄，你去接住何主任了吗？好，汪可书记可能在五号草莓大棚。好，我让西文把一切弄好。

（切光）

【升灯，草莓大棚内，钟丽、钟涛正在指挥三豹安装摄像头。

（伴唱）山泉山，腐殖壤，

丰美的草莓富营养。

客户亲睹果生长，

新时代的新电商。

【金灵韵陪汪可进来。

汪　可　钟丽、钟涛、三豹辛苦了！

【钟丽、钟涛迎上。

钟　涛　汪书记，还剩两个草莓大棚网络就全覆盖了！

汪　可　好！

钟　丽　又有二十几个订单！最远的是广州，客户看到咱草莓生长的情况，看到山泉浇灌，腐殖质土壤，客户会越来越多！

汪　可　好！争取把香菇大棚，酥梨基地，还有一些鸡、羊、猪的养殖户，如果同意，都接上探头，让客户也看到它们的生长情况，放心大胆购买。

钟　涛　我们有这个计划。

汪　可　钟丽、钟涛你们写的入党申请我看了，很好！回头钟书记会专门找你们谈，作为培养对象，想让你们尽早参与一些支部的活动。

钟　涛　嗯，我们一定努力。

【汪可电话响，接电话，金灵韵和钟丽等走向另一个大棚。

汪　可　何主任，你到尧寨了？好，我正想和你商量鲁振涛烈士的宣传方案呢！我在五号草莓大棚，你和钟书记正好在棚外？那还不快进来！

【汪可收起手机，迎向棚门口，何媛和钟仁厚进来。

何　媛　嗬，好漂亮，你们大棚建得坚固，估计七八级风都没事儿。

钟仁厚　一开始汪书记就要求大棚要坚固，不能雪一压、风一刮就垮了！

汪　可　何主任，谢谢你帮我找到了鲁振涛烈士的材料！听说费大劲了？

何　媛　咳，你不知道多难吗？

（唱）县民政平房早拆搬新楼，

“文革”中大批资料已失丢。

资料员换了整五茬，

老人员二十年前都退休。

眼看着寻找无门路，

我是绞尽脑汁犯大愁。

人托人友托友，

网上搜，群里求，

总算是找到了八十五岁的刘文修。

退休前他是民政资料员，

这老人笔勤手勤还是文学发烧友。

退休后写了一本书，

名字叫《伏牛红春秋》。

鲁振涛事迹整一章，

拿到书我真想给他磕个头。

（众笑）

汪　可　真让你作难了。材料太珍贵了！村两委主要领导都传看了。我们想造成声势，对党员干部进行一次不忘初心、牢记使命的革命传统教育！

钟仁厚　要在烈士牺牲处立个碑，刻上烈士事迹，让后代子孙永记不忘。

何　媛　我双手赞成！这为红色旅游又增添了内容。

汪　可　灵韵和钟丽商量，下一步还想创作个情景再现小剧呢！走，咱们到搬迁户看看吧！

【鲁银宝上，给钟仁厚暗示。

何　媛　　这……还有个事儿，老钟你说呗。

钟仁厚　　啊……是这……

（唱）咱那桥已开工建，

施工方急需要用钱。

西文说这是你要来的扶贫款，

若动用还得请你把名签。

汪　可　　不给钱人家咋干活。拿来，我签！

【钟仁厚呈上单子，汪可提笔签字，鲁银宝匆上前拿过汪可签了名的单子。

鲁银宝　　好！好！我马上交西文办！（匆下）

何　媛　　（上前紧握汪可双手）谢谢战友啦！

汪　可　　这谢什么？（他感到气氛有些异常，此时耳边突然响起刘半仙的话“不敢乱许愿，乱签字”！）……钟书记，刚才那单子？（注意观察）

钟仁厚　　（慌）单子……你不是签了啦？咋？

汪　可　　不对！

何　媛　　咋不对了？

钟仁厚　　这……

汪　可　　（汪可从两人的情绪，断定有问题）我刚才好像带了一笔，“可”字可能写的像“河”字了。（打手机）鲁主任，请你把那个单子拿回来，字写错了，有个笔误。

何　媛　　名字你经常写，不会吧？

汪　可　　习惯，有一次就让银行退回来了！

【银宝匆匆返回，拿着单子。

鲁银宝　　没啥错呀？

汪　可　是吗？（拿过单子细看）果然是“可”字……（细看）可这个收款单位，怎么不是公路局的路桥公司？

钟仁厚　这……

鲁银宝　哎呀，一个公司俩名字。（上前欲拿单子，汪可不予）

汪　可　这个可不行，钱必须拨到合同上的公司，一字也不能差，否则……（关注钟、何情绪，觉得不对劲）钟书记，何主任，你们是不是……有别的情况呀？

钟仁厚　这……

鲁银宝　没有！啥情况都没有！（又要拿单子，汪可不给）

何　媛　好吧，我给你说清楚。要说这事儿不应该瞒你，战友，我现在就实情相告，还要请你谅解！

汪　可　还真有情况呀！

何　媛　是这样的。

（唱）贫困县办事儿多困难，
常常变通使用钱。
尧寨要修的这个桥，
县交通也曾经立项在先。
你争取部里拨了修桥款，
交通上省下了这笔钱。
俺做工作这桥依然让交通建，
部拨款挪用扶贫解急难。

汪　可　（唱）交通款为何不它用，
部里钱专款专用制度严。

何　媛　（唱）交通钱只能修桥路，
部里钱易于变通少麻烦。
给部里依然上报修桥账，

只是要战友配合莫说穿。
在基层多有这样办，
恳请你体谅苦衷多成全。

鲁银宝 对对对，这事儿万望汪书记体谅俺的苦衷！

何　媛 我们部领导扶贫点上有个食品加工项目，资金缺口太大，所以……

鲁银宝 何主任这事儿办成了，那就是立了一大功！汪书记你也是功德无量呀！

何　媛 这件事我也觉得很不妥当，可不知该咋对战友说，我马上就是要迈进四十的人了！部长说……（难过转身拭泪）

钟仁厚 汪书记，这事……你看？变通一下吧！

汪　可 （唱）何媛姐在伤感，
我一阵难过又心寒。
明知错误还要干，
美名变通实欺瞒呀。
公然要挪用五十万，
拿着原则当儿戏玩。
这哪是当年的何排长，
我该如何对她谈。

何　媛 （转身）汪可，我知道你心里是怎么想的，不要为难，该咋办咋办……我……反正就这样了。

鲁银宝 何主任，事都办到这程度了，这钱还是用于扶贫工程，性质没变。汪书记，何主任她不容易！这不是啥大原则问题呀！

汪　可 欺上瞒下，要挪用五十万，不是原则大问题？等钱在转用中出了问题，把人送进监狱才是大问题吗？！原则就是原则，是原则就必须遵守，怎么能随意变通！不能上有政策，下有对策！多少错误甚至犯罪，不就因为心中无原则造成的吗？！何媛同志，我的何主任！你怎么能将这么大的事儿一直瞒着我呢？

【**两把撕碎了转账单。**

鲁银宝　（怒向汪可）你！（忙转身求何媛）何主任这……

何　媛　（又羞又痛，无言以对）我……我……我错了！

（何媛忍泪转身奔下，鲁银宝叫着何主任追下）

钟仁厚　（心情复杂）这事……弄得……

汪　可　天快黑了，百十来里山路，不能让何主任骑摩托回县呀！

钟仁厚　对呀，山路不好走！

汪　可　快让灵韵赶到村口拦住她！

【**汪可转身打着电话，急下。**

【**钟仁厚想了想，追下。切光**

第八场

【**景同二场，开幕灵韵从坡上下来，正好和匆上的汪可相遇。**

汪　可　何主任呢？

金灵韵　接你电话我追过来，何主任已经走了啦！出啥事儿了？

汪　可　啊……没啥事，你回去吧！咱下一步不是要建文化活动广场嘛，你们尽快出个方案。

金灵韵　好。

【**鲁银宝上，他直冲到汪可跟前。**

汪　可　鲁主任，你怎么不把何主任拦下？

鲁银宝　汪可，汪大书记！走着瞧！

【**银宝怒气冲冲下，汪可挥手让惊异的灵韵亦下。他回身坐在**

山石上。

【钟仁厚上，走到汪可身边。

钟仁厚 下边这事就是这。你知道咱尧寨一多半都姓鲁，加上银宝关系广，脑子灵，没有办不成的事儿，这一回没想到遇上你……

汪　可 钟书记，论公咱俩都是尧寨支部的负责人，论私你是老兄，我总想找个机会，咱俩互相帮助，开展一次批评与自我批评！

钟仁厚 那只怕老中！中，我先说。

（唱）咱尧寨这一年多天大改变，
全凭你决策指挥操心作难。

汪　可 （唱）请别说这些虚套话，
今天要推心置腹讲实言。
咱相互之间要提意见，
批评帮助要从严。

钟仁厚 哎呀，我对你真没意见！

汪　可 钟支书，那我就先说了，我对你有意见！

（唱）你待人处世与人为善，
能吃苦能任劳很有人缘。
可就是原则性上有缺陷，
该坚持不坚持随方就圆。
尤其是对银宝你有忌惮，
看他的眼神里就不坦然。
莫非他抓住了你什么短，
有心病不除掉会酿成祸端。

钟仁厚 没有啊！……没有……你听到啥了？

汪　可 仁厚兄，尧寨村你是党支部书记，全村人把希望都寄托在你身上，所以要记住一千多口人无时无刻不在关注着你……班子好坏，班长是关键。咱挑起了这个担子，就要负起这个责任。不但要敢于担当，还要甘于奉献。不想奉献，绝对当不好带头人，想发财占便宜，一定成罪人。我爷爷是个老红军，他常给我们说：人都有私心，那是天性。但对于党员干部来说，有个原则，就是公私的轻重关系一定要摆正确！即使你做不到公而忘私，也要做到先公后私，退其次公私兼顾，决不能做的是损公肥私和借公谋私！想把大家的事情办好，有时一定会损失一些个人私利，这就是奉献！仁厚兄，咱能奉献，是全村百姓对咱的信任，咱当了干部，有了权，都想着给自己谋利，老百姓该多失望！养咱们干什么！仁厚兄！

钟仁厚　（突然蹲下抽泣）别……别说了！我……我……我有错啊！

（唱）三年前鲁银宝给了一笔钱，
大信封装着一万元。
那钱是退耕还林补贴款，
千不该万不该我接住盖房买了椽。
银宝说干部辛苦算补助，
我说是暂时借用可没有还。
从此后见银宝我就觉理短，
工作上他要干的我也不敢拦。
这石头今天总算落了地，
马上就还这笔钱。
从今后遇事应该咋办就咋办，
坚持原则不藏奸，
下力气为尧寨群众做奉献，
汪书记，我说到做到不食言。

汪　可　（紧握钟手）钟书记，一个好的党支部，是尧寨实现小康的根本保证！尧寨群众的精神面貌如何，党支部和全体党员就是榜样。我们徇私办事，就是对群众精神的污染和心灵的误导！

钟仁厚　我……我……我还有个心事，让灵韵同志干书记吧，我曾给乡党委说过。

汪　可　谁的班迟早都是要交的。乡党委赵书记给我说了，他已同意把金灵韵留在尧寨，先当党支部副书记，要你带一带呢！

钟仁厚　好！灵韵真不赖，她在年轻人中很有威信。

汪　可　咱尧寨的群众基础不错啊！有一批钟丽、三豹、钟涛这样的年轻人！当年不光鲁振涛为掩护土改队员壮烈牺牲，全村群众知情的也没有一个暴露伤员的藏身之地。咱们一定要把这个正气树起来！我想组织一次活动，全体党员干部和积极分子，到烈士牺牲地重温先烈们的革命精神和初心！

钟仁厚　好！我同意，一定把正气树起来！

【钟仁厚电话响，接电话。

（切光）

第九场

【夜，追光，鲁银宝在焦急地等待，钟仁厚上。

钟仁厚　啥事这样急，连晚饭也不让吃。

鲁银宝　你还有心吃饭？！这个汪可可是害一圈人啊！

钟仁厚　先想想咱做得对不对？

鲁银宝　有啥不对？仁厚！我给你说，这事儿不能这样了啊！

（唱）他第一书记搞一言堂，

把大家的意见都扔一旁。
以往事情咱不讲，
修桥款他能帮绝情就不帮。
计划全被他打乱，
你知道这要把多少人心伤。
他无情别怪咱无义，
坚决撵他离开庄。

钟仁厚 （惊）你要撵汪书记离开咱尧寨？

鲁银宝 对，我想好了！先在网上以村民名义捅他！臭他！然后以咱村支部和村委名义给上级写信告他！

钟仁厚 你真厉害，你啥都不怕啊！

鲁银宝 你也别怕他？他是“飞鸽”牌！迟早得滚蛋！

钟仁厚 你不怕我怕！我怕良心丢了找不回来！我怕群众唾沫把我淹死！银宝啊，咱说话办事儿不能不要良心啊！人家汪可咋了？人家一来咱就让人家住到那蚊虫窝里。不错，咱以为他会住乡里，没准备，可人家住了！浑身上下咬的都是疙瘩，人家没骂没怨没走人！人家挨家吃饭调研听意见，有些家那饭咱都吃不了呀！人家吃了！为了精准识贫，精准施策，全村走了多少遍？全村贫困户情况人家比咱都熟呀！现在村里家家户户那狗，见人家都摇尾巴！定低保户，是把咱一直照顾的几户去掉了，咱拍良心说公平不公平？应该不应该？上恁些大项目，经手那么多钱，你说人家有一丝私心没有？人家把自己的工资、朋友的赞助，公家给人家的工作经费，全用到了咱村扶贫上！修桥款这事儿咱有私心没有，该不该那样办？原则还要不要啦！咱还是不是共产党员啦？银宝，咱要真把人家撵走，你就不怕尧寨群众饶不了咱吗？！鲁银宝，鲁银宝呀，你是精能出圈了啊！

（唱）你比我能干又聪明，
就是私心实在重。
这世上是人都有私心，
问题是这先后轻重要摆端正。
先公而后私，
先私而后公。
为公牺牲私，
为私侵害公。
公私两兼顾，
假公徇私情。
这一先一后一重一轻性质可大不同，
该先你放后。
该重你放轻，
看着占便宜。
其实你不能，
因为你失掉了做人的好名声。
银宝啊，
你就听哥一句劝，
把良心放到正当中。
大是非决不能耍小聪明，
把人心都失空。

（白）银宝…… 今天我说多了，对不对你考虑。要告你告，你若诬陷好人，如今是法制社会，全村人会说话！我钟仁厚也会说话！你要想想后果！

【钟仁厚拂袖而下，鲁银宝一屁股坐地下。

（切光）

第十场

【全台升灯，美丽的尧山景色，峰峻岩秀，汪可带人向山上攀登着！

汪　可　（唱、男群众合）凭吊英雄登尧山，
壮美山河动心弦。
放眼看山接山、山连山，
八百里伏牛连着天。

灵韵、钟丽　（唱、女领众合）登山巅，放望眼，
碧海白云天地宽，
看不尽千岩万壑苍松翠。
置身于万顷碧涛红杜鹃，
真真是大美画卷大美奇观。

何　媛　（唱）果然尧山气不凡，
登顶顿觉气宇轩。
青峰秀岭层林染，
飞瀑凌空天河悬。

众　（合唱）这样的水，这样的山，
人杰地灵出圣贤。

汪　可　（唱）山山水水寄托着深情一片，
烈士鲜血浸染这五彩斑斓。
脱贫困奔小康是百年的心愿，
守青山护绿水早把梦圆。

钟仁厚　大家加把劲儿，马上就到山顶了！

【暗转，尧山摩天岭，几株苍松顶天立地。汪可率众登顶，钟仁厚紧随其后。

钟仁厚　汪书记，你可真行，真不愧是侦察兵！

汪　可　钟支书，你也是老当益壮啊！

钟仁厚　山里人不怕山，习惯啦！汪书记，这就是摩天岭了！

汪　可　摩天岭！（四处打量）

何　媛　（气喘吁吁上）我还以为上不来啦！

汪　可　一努劲，你这不是追上来了？

【其他人随上。

何　媛　你今天是不是要当众再批我一次呀？

汪　可　我是要你批评我呢！如果你一提出让帮你的事，我就问清楚，也不会闹到最后给你造成那么大的伤害！（面对大家）同志们，何主任不仅费心尽力为尧寨找到了烈士资料，这一段还为咱尧寨联系了一批农家游客人，我们要谢谢何主任！

众　　谢谢何主任！

何　媛　别、别……

汪　可　何主任，今天我们尧寨全体党员干部和留村的年轻人都来了，想请你把鲁振涛烈士的事迹给大家说说好吗？

众　　（响起热烈掌声）

何　媛　好，（从汪可手中接过材料）四七年土改期间牺牲的农会主席名叫鲁振涛，尧寨人、佃农。当年他和乡亲们掩护咱们的土改队员，被清乡团抓住后，就绑在这摩天岭的松树上毒打拷问，他始终一言不发。敌人要杀一儆百拿他开刀，刺刀扎在他胸脯的时候，他突然大声说道："得人心者得天下！你们今天把我杀掉，也挡不住共产党得天下。只要有共产党，俺穷人的好日子就有指靠！"敌人扎一刀，他喊一句，扎一刀，他喊一句！

直到——

汪　可　“只要有共产党，俺穷人好日子就有指靠。”

众　“只要有共产党，俺穷人好日子就有指靠。”

汪　可　这是烈士的心愿！劳苦大众的心声啊！我爷爷说，他们投身革命最大的心愿就是要老百姓早日过上好日子呀！当我被批准参加扶贫，到医院向爷爷辞行时，我95岁的爷爷握住我的双手说好啊！好啊！我们的心愿要由我孙子代我去实现了！没有想到的是95岁的老人家突然挺起身子，颤抖着给我敬了一个军礼！

（唱）这一礼敬得比泰山还重，
这一礼敬得我热泪盈盈。
这一礼敬得我全身热血奔涌，
这一礼连起了共产党人的使命传承。
那一刻我肩起责任千钧重，
那一刻我牢记叮咛踏征程。
何媛姐啊如果汪可负使命，
我何颜面对那礼敬，
更不配共产党员这神圣的名。

【全场灯暗，追灯照何媛，何媛进入心灵空间。

何　媛　（心情激动）是啊……是啊！

（唱）汪可他真情倾吐似钟鸣，
一腔热血赤子情。
他心中不忘使命千钧重，
我却是在为小我计较争。
他一心想的是尧寨老百姓，
他不惧苦累敢担承。
他和我都在党旗之下宣过誓，

他和我同受教育在军营。
比比他，我脸红，
何媛羞愧又心惊。
十余年变化岂止在年龄，
他精神比我高几重。
知错改错是清醒，
吸取教训向前行。
面对先烈我重宣誓，
我一定弃小我，为大公。
记使命，勇担承，
与战友肩并肩向前打冲锋。

【全场灯亮，回到现场。

钟仁厚 同志们，咱们都是党员和要求入党的积极分子！今天咱们上山来，一是学习烈士精神，不忘初心，牢记使命，要坚定不移奋斗拼搏奔小康！另外，今天也算一次抗灾动员，具体情况请咱尧寨党支部副书记，村委副主任金灵韵同志布置！

金灵韵 同志们，我们接到县、乡通知，明天尧山区域有暴雨和冰雹袭来，这是大自然对我们这一段学习提高的检验。我宣布，金灵韵、王西文同志，负责组织全村的年轻妇女，保护好老人孩子的安全。

西　文 是！

金灵韵 钟仁厚和鲁三豹同志，组织青壮年劳力负责草莓、香菇大棚的安全。

鲁三豹
钟仁厚 保证完成任务！

何　媛 灵韵同志，请给我分配任务！

金灵韵 何媛同志！

何　媛　　到！

金灵韵　　请你和钟丽、钟涛负责通信基站安全，确保通信畅通！

三　人　　一定完成任务！

金灵韵　　汪可同志负责全面协调指挥！

汪　可　　是！

【乌云密布，传来隐隐雷声！

汪　可　　同志们，听，这考验提前来了！我们大家要听从指挥，各负其责，紧密配合，战胜灾害！

众　　听从指挥，各负其责，紧密配合，战胜灾害！

【众人造型。

【接村民齐心合力抗击风雨雹灾舞蹈。

尾声

【尧寨村头文化广场上，尧山风情游的客人们正在观看《神牛赞》节目，半仙和村里老人也在看热闹；有老人用手机拍照，金灵韵当表演指挥。

……　……

……　……

（伴唱）耕田、曳耧，

上坡、下沟。

拉车赶集自己走，

还救过他的主人钟老头。

【传来两声牛叫。

游　人　快看！就是那头神牛！

众　看神牛啦！（众哄下）

金灵韵　演得不错，大家歇一会儿吧！

【钟仁厚匆上，鲁银宝、西文、钟丽、钟涛都跟着，他招手让灵韵过来，大家聚在一起。

钟仁厚　说个事，这次县里评比，咱们村扶贫工作还是先进！咱要汪书记一定放心回家歇一段！

【众纷纷赞成，鲁银宝不语。

钟仁厚　从现在起，有啥事按分工负起责，有问题给我说，不能让汪书记又走不成！

众　对对对！

钟仁厚　银宝，何主任电话上说，汪书记在北京给三豹找了个事儿，你知道不知道？

鲁银宝　不……不知道啊！这孩子都不给我搭腔，不会吧……

刘半仙　（走过来）会不会你马上就知道了，仁厚，汪书记他娘乳腺癌做手术人家都没有回去。真该回去看看了！

众　啊，还有这事儿？！

钟仁厚　你看看！你看看！咱尧寨人不能这样办事儿啊！

刘半仙　汪书记回来了！

【何媛和汪可上，众热情地拥上去。

钟仁厚　汪书记，听何主任电话上说了，你放心回去歇一段！现在咱村是形势一片大好！

众　对，你放心回去歇吧！

汪　可　正好我在北京通过单位推销了咱五百箱草莓，就顺道回一趟家。

何　媛　鲁主任，汪书记要带你家三豹去北京找工作呢！

鲁银宝　我……汪……汪书记，是真的吗？

汪　可　前几天我就和三豹说好了，他没有给你说？

鲁银宝　没有……这孩子……他……他……

汪　可　三豹是个好青年，想出去开开眼界，正好我北京的同学开了个公司，给他找了点事儿，出去长长本领，回来建设家乡！

众　哎呀，这多好啊！

鲁银宝　我……我……汪书记……（突然泣不成声）我给你磕个头吧！

钟仁厚　（一把拉住）出啥洋相！干好咱的工作才是正经！

刘半仙　（亮亮地一声）可！

汪　可　（亮亮地回）哎，叔！

刘半仙　（捧一个大南瓜给汪可）给你妈捎个南瓜吧！可，别……别忘了你瞎子叔啊！

汪　可　叔，尧寨有我的亲人，这里就是我的第二故乡，我怎么能忘呢？

钟仁厚　对，鲁振涛烈士碑弄好了，汪书记，你交代一下碑文咋写啊！

汪　可　我还真想了好久，就写上烈士的遗言吧“只要有共产党，俺穷人好日子就有指靠！”

众　“只要有共产党，俺穷人好日子就有指靠！”

【起音乐，伴唱，伴唱声中，三豹背大旅行包上。汪可让三豹给银宝告别，三豹走到银宝跟前，银宝含泪挥手让儿子跟着汪可走。汪可、三豹告别大家，众送行，定型。

伴唱词

尧山高，尧山青，
扶贫尧山结深情。
同心共圆中华梦，
几多佳话寄春风。

【合幕。

（剧终）

二〇一八年五月

【豫剧音乐剧（电影剧本）】

秦雪梅

李学庭

人物表

秦雪梅
商　林
秋　菱
春　花
商　母
秦国政
秦夫人
小　郎
家　院
院　丁　甲、乙等

第一场

（起伴唱）歌一曲，咏雪梅，
唤春拼将魂不归。
东风裂石雪原上，
寒香伴着笛声飞。

【伴唱声中，景现商林书馆，桌案之上商林正挥毫泼墨，画出一枝玉骨冰姿的梅花，小郎边研墨边连声赞好。

【雪梅秀楼上。雪梅正在一方白绢上刺绣，绣的也是一枝梅花。

【书馆外，丫鬟秋菱正穿过回廊，走向书馆，悄悄侧身窗外向书馆内观望。

【书馆内，商林挥笔在画好的梅图上题诗："一袭素华远俗尘，香自广寒月为魂。生就清绝傲霜姿，只为天涯一片春。"商林边写边念，情动于衷。写完抛笔于案，陶然落座。

小　郎　哎呀，公子这一幅画得更好啦！还收起来吗？

商　林　不，贴于壁上！

小　郎　那……万一让老爷看到，怕……怕……

商　林　（忽地站起）你真是个奴才！贴起！

小　郎　是！公子，听说老爷今日在府内，他可正寻事呢！

商　林　那就更好了。小郎，今日不读书了，园内菊花已开，咱正好赏菊去！

小　郎　（挂画）哎呀公子，等老爷不在府中，咱再去看不好吗？

商　林　　少啰唆，我更衣就走！

【窗外，秋菱笑了笑，撤身离去。秋菱快步穿回廊，过花门，上楼梯走进雪梅卧室。

第二场

【雪梅的卧室，淡雅幽静。丫鬟春花，一个体态丰盈的姑娘，正在给窗台上一盆枝叶葱翠飘逸的文竹浇水；雪梅已将手帕绣好，秋菱匆匆进来。

秦雪梅　　（收起手帕）秋菱，你回来了？

秋　菱　　回来了！

秦雪梅　　商公子可在读书？

秋　菱　　公子开头在画画，画完了就吩咐小郎，要到园内赏菊去呢！

秦雪梅　　公子要到园内赏菊？

秋　菱　　现在一准走了啦。

秦雪梅　　（低眉叹息）唉！

（唱）秋菱她探望归真情细讲，
雪梅我又增添几多惆怅。
秋气爽正堪读励志向上，
却又到小园内赏什么菊黄。
怎忘了寄人篱下诸多窘状，
我的父处心积虑棒打鸳鸯。
事多变心烦乱日愁夜想，
倒不如去书馆察看其详。

秦雪梅　秋菱，我已想了多日，不能让公子总是猜咱的心思，你随我去趟书馆。

秋　菱　去书馆？要让老爷知道了……

秦雪梅　公子若真是心灰意懒，荒废学业，我爹爹就更不能容他了。春花，你守在房内，我母亲若问，就说我和秋菱道观降香去了。

春　花　是。

【秋菱带路与雪梅二人出门。

【春花目送雪梅秋菱远去，稍有犹豫，旋出楼门，回身将门带上，急速下楼而去。

第三场

【秦国政居住的上房内，富贵中透着几分压抑与森寒。

【春花进门跪下禀告。

春　花　春花禀告老爷……

秦国政　站起说话。春花有什么事了吗？

春　花　（起身）老爷，听秋菱说商公子今日到园内赏菊，小姐就上书馆去了……

秦国政　（起身）你说什么？你家小姐她竟然上书馆去了？

春　花　小姐刚走，奴婢就……

秦国政　（一番思索后，反倒若无其事地又坐下）好。就是这样，有事定然告我，我不会亏待你的，去吧！

春　花　是。

【春花退出，离去。

【秦夫人从内室走出。

秦夫人 老爷，刚才春花来讲些什么？

秦国政 啊……春花来禀，后院菊花开了，要我们去观赏呢！可惜还有公务要理。另择时日，陪夫人赏菊可好……哈哈哈……

第四场

【书馆门外，秋菱引雪梅走向书房。

（伴唱）离闺阁，穿回廊，
小心谨慎近书房。
欲开书馆门一扇，
难推心头道道障。

秦雪梅 （止步）秋菱，我心慌得紧，咱还是回去吧。

秋　菱 好不容易到门口了，咋又要回去呢？

秦雪梅 那你就看仔细了，书馆中果真没人吗？

【秋菱隔窗向书馆内察看。秋菱一掌推开书馆门，雪梅小心进房。

秦雪梅 （唱）雪梅我壮胆儿走进书馆，
不由得心慌慌汗湿香衫。
这地方梦里来过多少遍，
今日里竟然一步进梦园。

秋　菱 （见墙上梅图）小姐你看！

秦雪梅 呀！

（唱）好一幅雪梅图，

迎面墙上悬。
满纸清雅气，
意在笔墨先，
商郎他借梅图把我思念。
雪梅我一则喜一则把心担，
心里情任挥洒全不遮掩。
老爹爹看到了又生事端，
叫秋菱你快把画图收卷。

【秋菱收画图。

秦雪梅 （唱）送绣楼锁书柜莫让人观。

秋　菱 是！（持画下）

【雪梅坐商林书案边，察看文章书籍。

秦雪梅 （唱）满桌案圣贤书我且不理，
看一看经济文章知他心迹。
这一篇议朝政直击时弊，
一字字一句句千钧之力。
恨奸宦惑圣聪欺天灭理，
忠直臣陷囹圄蒙冤含屈。
好男儿不党附心怀大义，
不瞒心不贪利不害人昧己。
学家严光明正直仰天不惧，
耻岳丈阿权贵人格太低。
（伴唱）啊……
一句话看得雪梅慌乱心悸，
羞爹爹没骨气屈身媚敌。
（念）“愁思知多少，浪逐浪飞高。人说天公有公道，善恶总颠倒。充耳锥心语，四顾青眼少。枝头若无雪梅花，直教少年老。”“枝头若无雪梅花，直教少年老！”

呀！（唱）卜算子看得我心绪激荡，

商郎他愤世嫉俗正气满腔。

若无有雪梅在他心志无望，

又感动又让我愀然心慌。

倘若是怨天尤人心胸不敞，

成大志立伟业难把愿偿。

知心话我应对商郎面讲，

让公子莫因我心志彷徨。

这时候顾不得礼仪多想，

秋菱——

速带我去花园我要见商郎。

【秋菱门外进来。

秋　菱　小姐，这万万不行的。今日来书馆观文，已担多大风险，大天白日去到花园，若有人告知老爷，事情就大了！

秦雪梅　当初我公爹锒铛入狱，接公子到此读书，我父就非情愿。悔婚之心早就有了；如今商公子愤世嫉俗，心胸不敞，言谈举止不慎，更会让爹爹据为悔婚的口实。雪梅今日看了公子的诗文，知公子对雪梅还不放心，我心里的话要对公子言讲，秋菱，你就随我走吧！

【雪梅出门而去，秋菱只得急忙相随而出书馆。

第五场

【秦府后花园，亭榭池畔，菊花绽放着雪白、艳红的花朵，亭上的小郎不放心地向远处张望。商林信步花间，俯仰悠闲。

（男声伴唱）徜徉庭院赏菊黄，

心事掩人佯作狂。

素菊烂漫耐霜枝，

三尺篱下吐寒香。

商　林　（唱）寄读秦府将人仰，

谁知商林我心肠。

本当返家早他往，

怕将雪梅情意伤。

雪梅呀！

你可还是儿时双髻俏模样，

喊哥哥甜甜亮亮小奶腔。

唉！十余年人大岁也长，

怅望秋风心苍茫。

（女伴唱）漫道相思苦无望，

来了多情的小梅娘。

【雪梅绕过小亭，突然与商林相遇。二人都意外得有些慌乱。小郎招手秋菱走向一边。

（男伴唱）今日聚首是早想，

莫负秋圃一园香。

秦雪梅　（内心唱）十余年未见他模样，
长成了伟岸俊雅读书郎。

商　林　（内心唱）字行里见睡梦里想，
果然是清纯俊丽我梅娘。

秦雪梅　（内心唱）哥呀哥，你可知你时时藏在妹心上。

商　林　（内心唱）妹啊妹，你的倩影无时不在我身旁，
早盼着亲手画眉效张敞。

秦雪梅　（内心唱）总想着举案齐眉做孟光。

商　林　（内心唱）今相见，感上苍，
莫孟浪，莫心慌。

秦雪梅　（内心唱）他开口还是我先讲。

商　林　（内心唱）男子汉理当解窘大方方，
望妹妹施一礼深深拜上。

秦雪梅　（唱）羞怯怯忙还礼口儿难张。

商　林　（唱）好妹妹你莫非已把我忘。

秦雪梅　（内心唱）忘了谁也难忘我的商郎。

商　林　（唱）这些年无一日不把妹妹想，
忘不了咱孩童时趣事桩桩，
有一回你装个老婆儿把亲戚串。

【闪回童年时的景象。

秦雪梅　（唱）你装个小外孙去接姥娘。

商　林　（唱）你拿个瓦片当烧饼。

秦雪梅　（唱）你给我个竹棒当麻糖。

商　林　（唱）咱还在后麦场上把戏唱。

秦雪梅　（唱）唱的是张生跳花墙。

商　林　（唱）我扮个小生张君瑞。

秦雪梅 （唱）你让我扮了个小红娘。

商　林 （唱）你怪我扮得不太像，

当着人竟然打了我一巴掌。

【闪回结束。

秦雪梅 （唱）童年事多有趣已成既往，

至如今成大人男女有防。

公爹他陷缧绁婆母有恙，

寄我府暂读书你心也不畅。

我也恨爹爹他品节不讲，

为儿女终难违亲生爹娘。

冒不韪背二老花园来闯，

妹要将咱的事与哥相商。

商　林 （内心唱）来相商，她怎相商，

莫非她也把悔约心思藏。

倘若她父女心思一个样，

商林我就算瞎了眼一双。

雪梅妹妹！

（唱）我爹爹成罪臣洗冤无望，

商林我受株连也会遭殃。

心意冷志消堕一日三晌，

妹妹你陪伴我怕前景凄凉。

【商林走到亭上坐下。

秦雪梅 （内心唱）商郎一席语，

雪梅心暗伤。

对君坦肺腑，

且倾情一腔。

【雪梅追至亭上。

秦雪梅　林兄，你在这里读书好呀不好？

商　林　好啊！衣食应用，样样俱备。衣来伸手，饭到张口，真乃此间乐不思蜀也！

秦雪梅　此处虽好，总是做客，凡事应当想长远些。

商　林　倘我想不到呢？

秦雪梅　你想不到吗？

商　林　怎么样呢？

秦雪梅　林兄呀！

（唱）商林兄你且在花厅坐稳，
妹也把心腹话说与兄闻。
若非是家遭祸生计艰困，
无奈何才到此读书习文。
我母亲爱门婿心怀忠信，
我爹爹早有意悔约退亲。
商林兄诸多事你都在忍，
妹也是心有余力不从心。
这境况咱千万不能气馁，
不能忘勤发奋大志要申。
常言说冬日再长有时尽，
四季里天上不会总遮乌云。
有一日奸宦除咱家转运，
商林兄展抱负革故鼎新。
到那时礼亲迎良缘合卺，
妹为兄奉箕帚也万分欢欣。
退万步咱纵然一世艰困，

秦雪梅与商郎谁也难分。
讨饭同拄一根棍，
御寒同披一条巾。
一碗稀粥轮换品，
夫妻恩爱胜金银。
林兄啊，
把妹的心腹话牢牢记准。
我的林兄啊，
你千万莫辜负妹的一片痴心。

商　林　呀！

（唱）一番坦诚真情深，
拂去我心头大片云。
妹妹呀！
倘若岳丈失情信，
怕的是终将拆散有情人。

秦雪梅　（唱）林兄尽可心放稳，
雪梅一诺重千钧。
爹爹若真失情信，
雪梅拼将玉石焚。
今生只将哥哥认，
香消玉殒魂魄也只进商家门。

商　林　（内心唱）爱煞我也雪梅妹，
商林要把真情话儿告知音。
妹妹呀，
处境艰难我能过。
心志从未受消磨，

寄读秦府一时策。
也不会乐不思蜀自菲薄，
心在社稷匡时错。
爹爹为我树楷模，
妹妹你是商林心中神一座。
定助我蟾宫一枝功名夺，
到那时凤冠霞帔你穿戴。
我脱去蓝衫换紫罗，
鼓乐高奏把你娶。
合欢酒咱二人对面喝，
我让让你，你让让我。
我叫声妹，你叫声哥，
花烛夜我纵有什么错。
我的好妹妹，
你千万可不要再打我。

秦雪梅 林兄！你书馆中的梅花我看到了……

商　林 雪梅！愚兄的一颗心全在妹的身上！

秦雪梅 我也绣了一方手帕，哥哥留在身边，拭汗拂尘可用。（将手帕递与商林）

商　林 （展视手帕，惊喜）妹妹，兄知你的一片心了！

【二人双手紧握。

【丫鬟秋菱和小郎匆匆跑来的同时，秦国政紧随而至。

秋　菱 （远远地）小姐……

【雪梅和商林慌忙离开，秦国政已到跟前。

秦国政 好……好……好你个奴才，竟然做出这等苟且之事！真乃欺人太甚！

【**秋菱拉雪梅急下。**

商　林　岳丈大人，你听我说……

秦国政　住口！无耻之人才能做出这下流之事，我可怜你的处境，接你到此读书，你却恩将仇报，来人！

家　院　（上）伺候老爷。

秦国政　快把商林赶出府去！

商　林　（惊愕委屈）岳丈……

秦国政　从此我秦家与你商家断绝往来，永无干系！

商　林　岳父大人……

秦国政　哇！哪个是你岳父？家院，快快逐他出门！

【**秦国政拂袖而去，商林神魂若呆。**

家　院　商姑爷，俺们早已看出，迟早有这一天，收拾收拾走吧。

商　林　秦国政你……我走！

【**商林愤然而去，家院摇头跟去。**

第六场

【**秦府后堂，秦国政怒气冲冲进堂，秦夫人起身相迎。**

秦国政　气煞我了！气煞我了！

秦夫人　老爷这是何故？

秦国政　那商林与你女儿，在花园做那苟且之事，被我撞见了！

秦夫人　啊？你莫非老眼昏花，我断然不信！

秦国政　我知你不信。来人！

【**春花上。**

秦国政 快叫你家小姐到此！

春　花 是。（春花下）

秦夫人 老爷，你说的可是当真？

秦国政 我亲眼目睹！我已将商林逐出门去，断绝干系，永不来往！

秦夫人 什么？你……

【秋菱、春花伴雪梅进来，雪梅哭着扑进秦夫人怀中。

秦夫人 女儿，你爹爹所言是真的吗？

秦雪梅 母亲……

秦国政 住口！我的脸面叫你个奴才丢尽了，家法伺候！

【秦国政取出板子，举板欲打。

秦夫人 （夺板）放下！问出不是，再打不迟！雪梅，事情到底如何，你慢慢讲给娘听。

秦雪梅 **【满腹怨绪，一腔委屈，如破堤之水。**

（哭滚白）我哭啊！我哭了声爹爹，再叫声亲娘……孩儿满腹苦痛痛不欲生，爹爹你不问青红皂白将商郎逐出府去……执意悔了亲事，你、你……你好狠的心呀！

秦夫人 女儿将事讲明，我儿无错，他悔不了这亲事！

秦雪梅 母亲！爹爹！

（唱）爹爹你莫动怒暂且息愤，
今日事也算是事出有因。
这些日在绣楼我心中烦闷，
带秋菱到花园散一散心。
谁知道世间事都在赶趁，
花园里遇商郎我一时慌神。
欲走又觉得绝人太甚，
俺从小青梅竹马况又订婚。

商公子知礼仪儿明闺训，
言谈间彼此是相敬如宾。
他劝我孝父母诸事勤谨，
我劝他勤读书莫负良辰。
谈诗书论家常光明正顺，
全没有丝毫的邪念歹心。
俺二人早已定夫妻情分，
情深处授受亲有什么不伦。
老爹爹你一见原委不问，
狠着心把公子赶出府门。

秦夫人 （唱）我儿讲出事原本，
有什么伤风又不伦。

秦国政 （唱）平日里皆因你放任，
做出丑事辱门楣。

秦夫人 （唱）你小题大做失分寸，
分明借故把事寻。

秦国政 你？

秦夫人 儿啊，此事你和我那门婿都无过错，诸事有娘安排，你回房歇着去吧。

秦雪梅 谢过母亲。

【秋菱、雪梅出门去。

秦国政 夫人，你这样骄纵，如何得了！

秦夫人 算了吧，悔亲之事你早有预谋，今日分明是借机行事！

秦国政 不是我执意悔亲，你知道圣上如今更加重用那班宦官，商年兄出狱无望，机锋四伏，稍有不慎，就会牵连到我。况，那商林就是学富五车，他还有什么仕途可言吗？你也得为女儿着想呀！

秦夫人　可你别忘了，不是商年兄将事情一人担承，如今你恐怕也在牢中！

秦国政　我？此一时，彼一时嘛！

秦夫人　啥时做人也不能不讲良心。此事由我处置，你不要管了！

【秦夫人起身而去，秦国政扶额思索。

第七场

【商林病房。

【商林手执绣帕，悲愤难支。

商　林　（唱）清白污，遭驱逐，
恨结肝肠冤难吐。

【秦府绣楼上，雪梅泪眼远望。

秦雪梅　（唱）林兄啊！
无端让兄蒙大辱，
妹心痛如刀锋屠。

【商府。

商　林　（唱）忧妹妹，连累受责无人助，
商林懊悔错难赎。

【秦府。

秦雪梅　（唱）林兄啊！
莫自责，且息怒，
我母已知兄无辜。

【商府。

商　林　（唱）我无辜，妹无辜，

秦国政无端加害何其毒。

世事处处有狼虎，

噬我心来嚼我骨。

【商母端汤药进房。

商　母　儿啊，快来将汤药喝了。

【小郎忙接药端给商林。

商　林　母亲，不孝儿拖累你了！真是那秦国政屈儿太甚！

商　母　我儿一定想开些，儿身体好了，我去秦府理论。

【家院匆匆走上。

家　院　府上哪位在？

小　郎　（出门）哎哟，原来是院公到了，快请进！

【二人进房。

家　院　（向商母、商林施礼）见过夫人、公子！

商　母　罢了，你这是？

家　院　我奉我家夫人所差，来告知公子。我家夫人言道：让公子放宽心怀，来日，定然还接公子回府读书。并送来纹银百两，以资平时所用。（交银）

商　母　难为你家夫人了！回头定谢定谢！

家　院　我家小姐还让我带书信一封，面呈公子。（交信与商林）

商　林　（猛起，喜不自禁）快快拿来我看！

商　母　请院公随我后面饮茶，我还有话说。

家　院　夫人请。（商母、家院同出门下）

商　林　（看信忘情地读出声）

林兄如面，

自兄痛别后，

心神为之摧。
万事皆憎厌，
五味不知辛。
点点思君泪，
滴滴穿郎身。
三更梦同梦，
两地魂交魂。

雪梅妹，你……你爱煞我了！（昏迷伏案）

小　郎　公子！公子！

【商府柴门外，商母与家院交谈。

商　母　（唱）回家来商林儿气伤成病，
受冤诬又相思药物难平。
回府去见夫人实言告禀，
拜托她费周旋早把亲成。
用大喜冲去病救我儿一命，
到来世变犬马定报深情。

家　院　夫人放心，我一定实言告于我家夫人，早日让小姐与公子成亲，拜别了。

第八场

【秦府大门外，家院匆匆由商府返回，被等候在此的家丁拦住。

家　院　二位兄弟不认识我了吗?

院　丁　怎不认识老兄呢? 老爷让我们带你去见他。

家　院　去见老爷？夫人还等我回话呢！

院　丁　什么也别说，跟我们走吧！

【二家丁带家院向秦府旁的院子走去。

【另宅的小房内，秦国政端坐桌前。二家丁走至门前站定，家院进房向着秦国政跪下。

家　院　老奴叩见老爷！

秦国政　告诉我那商家对你说了些什么？

家　院　回老爷，老奴不敢隐瞒。商公子回去就得了大病。

秦国政　气性倒不小呢。接着说！

家　院　是。公子之病一来是气，二来是相思难解，药物无用。因此商家夫人想请我家老爷夫人早将小姐过门去，冲喜救公子呢！

秦国政　她想得倒不错呀！好了，我有书信一封，劳你速速送给太原府赵大人。

家　院　太原府？冲喜之事我还没告知夫人呢。

秦国政　自然我会和夫人相商。来人！

【院丁应声进屋。

秦国政　你送老院公去太原府！即刻启程！

院　丁　是！（院丁和家院出门离去）

秦国政　（思索，狞笑）来人，唤春花！

第九场

【商林小院门外。柴门贴对，绿树挂红。一片喜庆气氛。

【商林母衣着整齐，白发中插朵红花，正吩咐小郎等摆放桌椅。

商　母　　都快点

（唱）今晨起亲家送来信，

说今日就送儿媳来过门。

说来就来时太紧，

仓促间诸多礼数难认真。

委屈儿媳我心愧，

亲家的恩情比海深。

小　郎　　（远眺）夫人！

（唱）那边来了一花轿，

咋不声不响进了村。

商　母　　定是秦家想着你家公子病重，故无鼓乐相送。快接快接！

【一乘二人小轿停在门前，商家鼓乐齐奏，鞭炮声中，商母等人上前从轿内扶出蒙着盖头的新人，走进柴门。

【商家院里，鼓乐声中，商母扶新娘，小郎扶商林就位后，喝仪：

小　郎　　一拜天地，二拜高堂，夫妻交拜，送入洞房。

【商林喜笑盈盈牵着红绸，引新娘走向洞房。

第十场

【商林洞房内。红烛高烧，绛帷生香，新娘侧身坐在床沿哭泣。商林高兴地手忙脚乱，不知所措。

商　林　　妹妹呀！

（唱）日日盼，月月等，

今日合卺大礼成。
妹妹为何反悲痛，
莫不是乐极生悲太多情。
原以为今生婚姻成画饼，
天助咱绝路又逢生。
来来来撤去锦帕睹美凤，
从此比翼喈喈鸣。

【商林上前欲揭盖头，新人躲过，哭声更悲。

商　林　妹妹，这是为何，莫非今日过于仓促，委屈了妹妹？此事你当体谅。一来我在病中，二来爹爹还身陷囹圄，若非为了冲喜，怎能如此慢待妹妹？妹妹不要哭了，商林用你绣的绣帕给你拭泪。

【商林揭去盖头，盖头下不是雪梅，却是丫鬟春花。商林大骇！

商　林　你……你……你是何人？！

春　花　（哭着跪地泣告）我乃秦府丫鬟春花！

商　林　啊！（一个踉跄，倒坐椅上，心头若遭雷击）你……你为何冒充雪梅，败我名声？！

春　花　公子莫怒，这都是秦府老爷相逼！春花是秦府买来的奴才，生死皆难自主，我不敢不从呀！

商　林　秦国政！你好毒的心呀！你……

【商林一口鲜血吐在绣帕之上，春花忙起身相扶。

春　花　啊？血！公子！公子！

商　林　（颤抖的手指向远方）雪梅……梅……梅呀！

【商林又一口鲜血，訇然倒地。

春　花　啊？！夫人快来！夫人快来！公子他气绝身亡了呀！（跪向商林啼哭）

第十一场

（男声伴唱）炎凉世态谁怜孤，
吃人未必是狼虎。
谁言太行摧车路，
比之人心是坦途。

【秦府上房，景同六场。

秦国政 （唱）商林竟然丧了命，
事出意外我也心疼。
如此倒也除心病，
用心将女儿婚事再经营。

【秦夫人怒气冲冲闯进来。

秦夫人 秦国政！你……你……你！

秦国政 夫人息怒，我正有话要和你说呢。

秦夫人 你说什么呀？真没想到你背着我竟干出这样伤天害理的事情！你！

秦国政 夫人，你听我说。

秦夫人 你好狠的心呀！你想过吗？你此举不仅害了我那门婿商林，也害了丫鬟春花，还要害了我女儿雪梅呀！

秦国政 夫人言重了。我将春花与他，也是门当户对。那个商林，心胸狭窄，狷刻阴毒，死虽可惜，实是运命。况，他染病日久，怎么能说老夫害了他呢！

秦夫人 这件事情你做的全然坏了良心！若让女儿雪梅知道，情何以堪？情何以堪呀！

秦国政　我已晓与秦府上下，眼下不会让雪梅知道，过些时日，你我再慢慢告诉她。

秦夫人　此事你竟瞒了我几日？咱秦府上下竟没人去送一送我那可怜的门婿呀！

第十二场

【秦府绣楼通往上房的路上，秦雪梅跌撞前跑，秋菱紧追。

秦雪梅　（唱）闻噩耗商郎丧了命，

　　秦雪梅心肝碎裂不欲生。

第十三场

【上房内。

秦夫人　你听，雪梅女儿哭着来了！

秦国政　她怎么知道此事了？我且回避！

【秦国政欲向内室，秦雪梅一步进房。

秦夫人　女儿？

秦雪梅　母亲！（扑入母亲怀里，失声痛哭）

秦国政　商林短命，天意难违，女儿也不要太过悲伤。

秦雪梅　（泪眼转对秦国政，叫头）爹爹呀我狠心的爹爹！你借故将商郎赶出府去，绝了翁婿之情，竟不顾他重病在身，又逼春花代为冲喜，把商郎置于死地！又将噩耗隐瞒与我，你父女情肠何在？天理人心何存？你你你……好狠的心呀！

秦国政 够了！你身为女儿，如此斥责父亲，你的伦理何在？孝道何存？此事你既已知，事过情了，以后不许再提此事！

秦雪梅 雪梅前来，有一事告禀。

秦夫人 有何事情，女儿尽管讲来。

秦雪梅 我要到商府吊祭！

秦国政 你说什么？

秦雪梅 我要到商府作吊！

秦国政 一派胡言！断断不可！

（唱）你与他虽订亲并未婚嫁，
去吊孝惹笑谈白璧染瑕。

秦雪梅 （唱）未婚妻吊夫丧情意为大，
夫早亡我应该戴孝披麻。

秦夫人 （唱）他二人毕竟是青梅竹马，
去吊孝表寸心也不为差。

秦国政 （唱）夫人你莫自欺再说傻话，
闺门女吊夫丧人言可杀。
传扬开再议婚谁还要她，
这一步走出去如何还家。

秦雪梅 （唱）我情愿从今后望门守寡，
出此门我可以永不返家。

秦夫人 女儿呀！

（唱）你不敢这样想为娘害怕，
儿要有好和歹可杀了你妈。

秦国政 （唱）非是我无情意冥顽不化，
那商林既已死该把手撒。
我的儿正青春才貌俊雅，
重选郎另择婿一世荣华。

秦雪梅 （唱）爹爹你再莫说这污耳之话，
你女儿最不耻水性杨花。
你若非贪权势指鹿为马，
秦雪梅何至于肠断天涯。
商郎夫被害死含冤地下，
雪梅我去吊祭情通礼达。
爹允我去作吊万事俱罢，
如不然碰头死血染黄沙。

秦国政 （唱）你不要拿死活把我恫吓，
任凭你投井挂梁也休想离家。
压不住心头怒我把你打——

秦雪梅 （唱）漫说打，你就是杀，
我也要作吊到商家。

【夫人夺过秦国政家法。

秦夫人 你算了吧！非把女儿逼死不成吗？

秦雪梅 母亲恕女不孝之罪！（雪梅施礼后往门外走）

秦国政 站住！雪梅呀雪梅，你定要气死为父不成吗？我知道你心里恨为父，也看不起为父！难道我真的不知善恶忠奸，不晓大礼对错吗？天子昏庸，宦海险恶，你商伯父命恐难保，难道咱秦家也去殉葬不成吗？为父狠心作为，全是为了女儿，为了这个家！我良苦用心，女儿，你就不能体谅一二吗？

秦夫人 雪梅，我儿能不能……

秦雪梅　　不！我是商家的儿媳，我定要前去吊孝！

秦国政　　你？！

秦夫人　　如此就允了女儿吧，我陪女儿前去，陪女儿回来，老爷尽可放心！

秦国政　　唉！我真拗不过你这个奴才！我允你前去作吊，但须答应我两项事情。

秦夫人　　老爷吩咐。

秦国政　　一要悄悄前往，不可声张，早去晚归，莫使外人知晓！这二嘛，雪梅不能以亡妻身份吊祭，因此绝不能身穿孝服，日常衣装，素净些即可。

秦夫人　　言之有理，这样妥帖。

【雪梅哭着奔出上房，秦夫人追出。

第十四场

【两乘小轿走在云暗风紧的原野上，时值初冬，万木萧疏，更增悲戚。

（伴唱）寒风萧萧，枯树衰草，

避耳目，人行早。

不尽血泪洒荒郊，

哀哀悲声过溪桥。

【小轿过桥后，远远已能看到商家的柴门，前边小轿停下，秋菱走到后边的轿窗前，秋菱对后轿中的秦夫人说：

秋　菱　　禀夫人，我家小姐说，请夫人派人先给商家打个招呼。

秦夫人　你小姐说得对。家院？

家　院　（从轿后过来）夫人？

秦夫人　咱的轿先走，安置后再来叫小姐。

家　院　是。（转身对轿夫）走，咱们先行。

【秦夫人坐的轿，越过雪梅的轿，直奔商家而去。

秋　菱　（回到雪梅轿旁）小姐，夫人已去打点，咱们再稍候片刻。

秦雪梅　慢慢跟着。

秋　菱　是。

第十五场

【商林柴门外，秦夫人和商母泪眼相对，一身孝服的春花也在一旁伤心落泪。

商　母　你们怎么才来呀？

秦夫人　怎么？

商　母　林儿一殁，即差人过府报丧，等了三日，不见秦府来人，只得让他入土为安了！

秦夫人　都是我那不明理的老爷！林儿葬在何处？

商　母　林儿咽气时，口叫“梅……梅……梅……”我知他丢不下的心思，就将他葬在了村东梅园！

秦夫人　既如此，雪梅一定要到坟上哭祭。

商　母　我即刻安置，小郎！

小　郎　夫人！

商　母　快到坟前安置，快去！

小 郎 是！（飞奔而去）

第十六场

【梅园，商林茔地。时值冬初，空寂的梅园，坡上垄间的梅树，枯枝疏朗，已始着花，商林的新坟，一堆黄土隆起在梅园中间；坟前搭一简易的席棚，棚下供桌上，小郎已布下些果蔬供品，点上了香烛。石案前铺下了布垫。

（伴唱）啊……

为何？为何？遽然失约，

君有亡魂且回首。

生者比死更难活，

带走了亲人的心。

痴情成永绝，

一抔黄土君眠去，

人间空留长恨歌。

【伴唱声中，秋菱、春花搀架着一身孝服悲恸欲绝的雪梅走进梅园，她步履艰难，几次欲倒，但当走至离商林坟冢十余步时，雪梅陡地站住，毅然推开了秋菱、春花，双目直视坟茔。

秦雪梅 （穿云裂帛的一声哀音）商——郎——

【雪梅抢步直扑在石案上。

（哭白）哭一声商公子啊！再叫一声商郎夫啊！我的商郎夫啊！

（唱）秦雪梅跪坟茔悲声大放，

哭一声商公子我短命的夫郎。

实指望结良缘妇随夫唱，
有谁知婚未成你就撇我早亡。
你说是中状元名登金榜，
窈窕女歌于归出嫁状元郎。
你说是凤冠霞帔我穿戴，
却不料今日穿上孝衣裳。
至如今这景象完全两样，
我盼望的花堂堂毁人亡。
商郎夫啊！
你莫怨恨，莫把我想，
咱生不能同衾死也偕鸾凰。
妻今日来作吊祭品摆上，
初献爵谒亡魂祷我商郎。
愿夫君神不昧酒醴是享，
对亡灵我先读祭文一张。

【天开始飘落雪花。

【雪梅展读祭文，秋菱将商林画的那幅《雪梅图》铺在石案上，后复退下。

秦雪梅 维大明成化十一年十月十二日，未婚妻秦雪梅，至祭于亡夫商林之灵曰：呜呼！商郎！才华出众，志气刚强；文章可比韩苏，书法颇似柳王。倘天假永年，寿不夭亡，何难攀丹桂与蟾宫，宴琼林于朝堂。雪梅幸得佳偶，盼鸾凰早日成双。谁知亭园一会，引出祸殃。家父迁怒，逐出东床。郎怀怨愤，染病卧床。因积怨而莫解，为相思而难偿，忧愤而殇也！呜呼哀哉！君今去世，梅有何望？昔日钟情，竟成永伤！从此君为亡魂，妻作孤孀。恨皇天之无情，怨大地之不良！闻君讣讯，断我柔肠。

抚茔一恸，血泪千行。清酒沥地，纸灰飞扬。灵其不昧，权作齐眉奉敬，死而有知，再作同穴鸳鸯。呜呼哀哉！尚飨！

【雪越下越大。

（唱）亚献爵望夫君英灵永爽，
三献爵再表表咱夫妻的情肠。
秦雪梅坟茔前珠泪簌簌，
哭了声商郎夫你真乃命薄。
自幼儿咱两小无猜早结情果，
成亲眷也算是天地巧合。
多不幸你家中蒙冤遭祸，
到俺府去读书我常把心戳。
既怕你吃不好又怕穿不妥，
还怕你心中烦闷不快乐。
我的商郎夫，我的好哥哥，
你的影常和我的心连着。
我的父将你赶铸成过错，
害得你回家来命见阎罗。
商郎夫你一死可是苦了我，
撇下我孤苦伶仃，伶仃孤苦。
不上不下，不下不上，
可是死可是活。
奴的夫既要死怎不叫着我，
怎不叫我与你同死免受折磨。
想奴夫也读过些圣贤列课，
想奴夫也看过些英雄传略。
古圣贤谁不遭流离颠簸，

大英雄更难免困顿坎坷。
这些人倘若是都像你死过，
有丰功和伟绩如何创拓。
你应知为君死死得其所，
你应知为民死重如泰岳。
你应知报国死千载受胙，
你应知卫土死万世楷模。
像你这狭量人哪有几个，
看性命如淡水难收好泼。
商郎夫啊！
你不想前不想后，
就不想想我呀。
不念名你不念利，
你就不念娇娥。
你可见那春日柳梢燕飞过，
你可见冬阳檐下舞双鹊。
你可见那绿水池边鸳鸯卧，
你可见那青山崖前白鹭落。
是飞鸟它还知不离伴伙，
商郎啊！
你怎忍心把妹妹一旦舍割，
哭商郎哭得我咽哑喉锁。
哭夫君哭得我失去知觉，
左瞻望右顾盼孤坟一座。
风戚戚雪纷纷阴寒四遮，
闭目去见商郎招手唤我。

睁眼来见人世鬼怪妖魔，

心恍惚眼迷离情炽似火。

我的商郎夫啊！

妹伴你赴泉台鸳鸯同穴。

【**商林亡魂出现在雪梅前边。**

商　林　妹妹，我一直在等你呀！

【**秦雪梅起身走出席棚，向着商林亡魂走去，一声商郎！**

一口鲜血吐在洁白的雪上，瞬间化成朵朵梅花。坡上垄间雪园中的万千梅树，顷刻间绽蕊吐葩，梅香四溢。雪梅飘飞似的奔向商林，二人挽手走向梅园深处。

【**西风吹起石案上的那张雪梅图，图中诗行充盈画面。**

一袭素华远俗尘，香自广寒月为魂，

生就清绝傲霜姿，泱泱清气溢梅林。

【**定格闭幕。**

（剧终）

根据阎立品演出本改编。

二〇一〇年十一月　北京

后记

在子厚兄的鼓励和催促下，这几个选本总算付梓了，对我来说，这无疑是件大事！

我不会电脑打字，这么多剧本从纸面笔稿到电子稿，全凭顺建和志远两个年轻人帮助，深谢了！

所选的这23个本子中，有9个还在舞台上演出，它们是《金鸡引凤》《清风亭上》《清风明月》《红娘》《试夫》《天下父母》《九品巡检》《尧山情》《时来运转》；还有《娥眉女》《春到邙岭》《大河儿女》《天河恨》《儿女情长》也都被剧团演出过，但因演员变动和剧团情况，已不再演出了；剩余的9个本子，虽大多受邀创作，皆因资金和其他情况都还是案头剧本，等待知音、识者。

借此机会，向所有合作过的省、市、县专业及民营团的艺术家们表示真诚的谢意！愿我们因戏曲而建立的友谊长存、永芳！

向为本书题写书名的王际鑫兄致谢！

李学庭

2021年6月　洛阳